KB110387

유세명언

喻世明言

유세명언

3

풍몽룡 소설

김진곤 옮김

민음사

차례

月明和尚度柳翠

월명화상이
유취를
제도하다

이 작품의 연원이 되는 이야기는 명 대의 책 『서호유람지(西湖游覽志)』에 실려 있다. 『연거필기(燕居筆記)』에는 「유 부윤이 홍련을 보내어 월명화상을 파계시킨 이야기」라는 제목으로 실렸다. 원 대에 「월명화상도유취」라는 제목의 연극이 있었으며, 명 대에 상연된 서위(徐渭, 1521~1593)의 「취향몽(翠鄉夢)」이라는 연극도 같은 내용을 담고 있다. 작품이 이렇게 여러 책에 수록되고 장르를 넘나들면서 변주되었던 것은 주제가 그 시대 지식인들의 관심을 끌었던 때문일 것이다.

이 작품이 다루는 두 개의 화두, 즉 인간이 오욕칠정을 끊고 성불할 수 있는가와, 인간을 감싸고 있는 무수한 인연의 끈을 과연 우리는 어떻게 바라볼 것인가는 둘이면서도 실은 하나라 할 수 있다. 인연이라는 것, 오욕칠정이란 것은 쉽게 끊어지는 것이 아니다. 아마도 그것이 우리 인간을 구성하는 요소의 일부이기 때문일 것이다. 오욕칠정에서 자유로운 자는 어쩌면 인간의 경지를 벗어난 자일 수 있다.

이렇게 본다면 오십 년 수련을 하룻저녁에 물거품으로 만든 뒤 자신의 과오를 인정하고 세상과 작별하는 시를 지은 스님의 태도는 깔끔하다 할 것이다. 그러나 끝내 인연의 굴레를 벗어날 수는 없었는지 자신을 파계시킨 원수의 딸로 환생하여 스스로를 파멸시키는 행위로 그에게 복수를 한다. 그러나 그 인연으로 인해 또 새로운 대오각성이 이루어지니, 결국 욕망과 깨달음은 같은 성질의 다른 모습이 아닐까 생각된다.

저 무덤들 좀 보게나. 젊어서 죽은 자 무덤이 저렇게 많구나.
어찌 늙기를 기다려 수도를 시작하려는가?
앞길은 어둡고 험난하기 가없으니
하루 스물네 시간을 어찌 함부로 흘려 보내랴.

이 시는 선승들이 참선을 통하여 깨달음을 얻기가 얼마나 어려운지를, 깨달음을 얻기 전뿐 아니라 깨달음을 얻고 난 뒤에도 수련을 이어 갔던 선승들이 얼마나 많은지를 잘 읊고 있다. 오늘 이 사람 이야기꾼은 송나라가 남도한 이래 고종 황제가 재위하던 소흥 연간(1131~1162)에 살았던 유선교(柳宣敎)라는 선비의 이야기를 하려고 한다.

그의 본적은 원래 온주부(溫州府) 영가현(永嘉縣) 숭양진(崇陽鎭)이다. 스물다섯의 나이에 이미 천고의 역사서를 꿰뚫고, 다섯 수레의 책을 독파했다.

어린 나이에 부모를 여의고 갖은 고생을 했으나 친척 중에 도움을 청할 만한 사람도 없어 그저 혼자 힘으로 열심히 공부한 끝에 검사관 고씨(高判使) 집안에 데릴사위로 들어갔다. 그 후 일거에 과거에 급제하여 어필로 된 영해군(寧海軍) 임안부(臨安府) 부윤 임명장을 받았다. 부인 고 씨는 한창 나이 스무 살로 총명하고도 지혜로우며 용모마저 단아했다. 데릴사위 유 씨는 처가에 들어온 지 일 년도 안 되어 관직을 받고 임지로 떠나게 되었다.

유 씨는 새아라는 하인 하나를 데리고 길을 떠나기로 하고 장인, 장모에게 하직 인사를 올린 뒤 임안으로 출발했다. 배고파 밥 먹고 목말라 물 마시는 시간을 빼곤 밤늦은 시간에야 잠자리에 들고 새벽이면 바로 일어나 길을 걸으니 며칠 지나지 않아 임안부 경계의 객사에 도착할 수 있었다. 관청의 아전들과 고을의 원로들, 승려와 도사들, 각 무리의 우두머리, 궁사와 보졸들, 가마와 마차의 인부들이 모두 신임 부윤의 부임을 축하하러 객사로 찾아왔다. 유 부윤과 아내는 그들과 같이 성안으로 들어가 짐을 정리했다.

유 부윤이 집무실로 나가니 관리들이 가득 기다리다가 인사를 올렸다. 유 부윤이 명부와 실제 인사하러 온 자들을 일일이 대조해 보니 모두 틀림이 없었다. 다만, 임안부의 남쪽 죽림봉(竹林峯)에 있는 수월사(水月寺)의 주지인 사천 출신 옥통선사(玉通禪師)만 자리에 없었다. 유 부윤이 화를 내며 말했다.

"중놈이 버르장머리가 없구나!"

유 부윤이 다른 절의 선사들에게 물었다.

"아니, 그 땡중은 어째서 인사를 오지 않는 건가? 당장 잡아 오라. 내가 친히 벌을 주겠다."

여러 절의 주지들이 일제히 대답했다.

"그분은 부처의 화신입니다. 죽림봉에 틀어박혀 수도한 지도 벌써 오십이 년이며 그동안 밖에 나온 적이 없습니다. 부윤을 맞이하고 떠나보내는 것도 제자들이 대신하곤 했습니다. 부윤께서는 이 점을 해량하여 주십시오."

유 부윤은 이 말을 듣고 옥통선사를 붙잡아 오라는 명령을 거두었으나 속으로는 매우 못마땅하게 여겼다. 신임 부윤을 위한 상견례는 이렇게 마무리되었다.

부윤의 공관에서 환영 연회가 열렸다. 연회에 응대하려고 나온 기녀는 이팔청춘에 화용월태라 교태가 철철 흘렀으며 노래 솜씨 또한 빼어나기 그지없었다. 유 부윤은 그녀의 노래를 듣고 크게 감탄하면서 이름을 물었다.

"소첩의 성은 오가(吳哥)이고 이름은 홍련(紅蓮)이며, 오직 부관에 소속되어 손님을 모시고 있습니다."

그날 연회가 끝날 무렵 유 부윤이 홍련을 따로 불러 은밀히 분부했다.

"내일 꽃단장하고 수월사에 가서 주지를 꼬드겨라. 운우지정을 나누고 그 증거물을 가져오면 내가 후한 상을 내리고 너를 기적에서 파 줄 것이다. 그러나 만약 성공하지 못하면 그 책임을 너에게 묻겠다."

'이 일을 어쩌나?'

홍련이 관아를 나서며 미간을 찌푸리고 고민하다가 마침내 좋은 방도를 생각해 냈다. 홍련은 집에 돌아와 오늘 유 부윤과 있었던 일을 기생 어미에게 자세히 말하고는 밤새 이런저런 궁리를 했다.

다음 날 정오, 비라도 올 것처럼 하늘이 어둑한 것이 영락없는 섣달 겨울 날씨였다. 홍련은 하얀 상복을 입고, 국과 밥을 챙겨 청파문(淸波門)¹을 나섰다. 몇 리를 걸었을까, 얼추 수월사를 코앞에 두었다 싶으니 시각은 이미 신시를 넘어섰는데 비바람이 몰아치기 시작했다. 수월사에 이르러 산문으로 들어서고 싶어도 출입하는 사람이 없었다. 해가 지자 노승이 나와서 산문을 닫으려 했다. 홍련이 노승에게 인사를 올리자 노승도 답례를 했다.

"날이 저물었습니다. 얼른 돌아가십시오. 이제 산문을 닫아야 할 시간입니다."

홍련은 눈물을 흘리며 노승에게 사정했다.

"스님, 부디 저를 불쌍히 여겨 주세요. 저는 성안에 살고 있습니다. 지아비가 저세상으로 떠난 지 백 일, 국과 밥이라도 지어 제사를 지내고자 집을 나섰습니다. 그러나 어느새 이렇게 해가 저물고 비는 내리는데 성문까지 닫혀 집에 돌아갈 수 없는 형편입니다. 절에서 하룻밤만 묵고자 하니 스님께서 자비를 베푸셔서 주지 스님께 아뢰어 주십시오. 호환을 피하여 내일 날이 밝은 다음에 집에 돌아가게 해 주십시오."

---

1 항주의 서문. 문루는 서호의 동남쪽을 바라보고 있다. 남송 때 '청파문'이란 이름이 붙여졌다.

말을 마친 홍련은 산문 바닥에 엎드려 일어나려 들지 않았다. 노승이 입을 열었다.

"어서 일어나시오. 소승이 부인을 위해 자리를 마련해 드리겠습니다."

홍련은 이 말을 듣고서야 겨우 몸을 일으켰다. 노승은 산문을 닫은 후 홍련을 데리고 승방 옆에 붙어 있는 작은 방, 그러니까 노승의 숙소로 안내하고는 앉아서 기다리게 했다. 그런 다음 주지를 찾아가 전했다.

"젊은 아낙이 국과 밥을 지어 와 죽은 남편의 제사를 지내고자 했으나 그만 비바람이 몰아치는 바람에 성으로 돌아가지 못하고 이렇게 산문을 찾아와 하루 쉬어 가기를 청합니다. 내일 아침 날이 밝으면 다시 성으로 돌아간다고 하니 특별히 그 사정을 큰스님에게 아룁니다."

주지가 대답했다.

"그래, 잘했구나! 날이 이미 저물었으니 자네 방에 재우고 내일 아침 날이 밝는 대로 떠나게 하라."

노승은 주지의 말을 듣고 홍련에게 그대로 전했다. 홍련은 다시 한번 절을 올리고 감사 인사를 했다.

"목숨을 구해 주신 은혜는 죽어도 잊지 않겠습니다."

홍련은 말을 마치고 방 안에 있는 나무 걸상에 앉았다. 노승은 다시 나가 문단속을 마치고 돌아와 흙을 이겨 만든 침상에 옷을 입은 채로 누웠다. 그러고는 하루의 피로를 이기지 못한 듯 바로 잠에 빠져들었다.

수월사는 숲속 한가운데 있는 데다가 근처엔 인가도 없었다. 게다가 오늘은 젊은 중들마저 탁발을 하러 떠났으니 절간은 인적조차 드물어 조용하기 이를 데 없었다. 이경을 알리는 북소리를 들으며 홍련은 중얼거렸다.

'어쩌면 좋지?'

어지러운 마음을 가누며 살며시 발걸음을 옮겨 주지의 방을 찾았다. 주지의 방은 굳게 잠겨 있었고 성긴 창살 사이로 유리 등잔 위의 불빛만 새어 나왔다. 참선 의자에 앉아 있던 주지가 방문 밖에 서 있는 홍련을 보았다. 홍련 역시 주지를 바라보며 나지막하게 말했다.

"스님께서 자비를 발동하여 쇤네를 제도하여 주십시오."

주지가 대답했다.

"어서 방으로 돌아가 눈을 붙였다가 날이 밝거든 성으로 돌아가라. 괜히 나의 선방을 어지럽히지 말라. 어서 가라."

홍련은 창문 밖에서 열몇 번이나 절을 올리며 말했다.

"스님이란 자비를 베풀고 중생의 안위를 살펴 주는 분이라고 들었습니다. 쇤네는 지금 겨우 홑옷 한 벌을 걸치고 있어 추운 밤을 견디기 어려우니 옷 한 벌만 주시어 이 몸을 가리게 해 주십시오. 이 생명을 살려 주신다면 그 은혜 죽어서도 잊지 않겠습니다."

홍련은 말을 마치고 울먹이더니 그예 눈물을 쏟고 말았다. 주지야 자비롭기 그지없는 사람이었으니 급기야 이런 생각을 하게 되었다.

'저 여인을 추운 선방 밖에서 죽게 내버려 둔다면 그 또한 안 될 일이지. 한 생명을 구하는 것이 칠 층 부도탑을 쌓는 것보다 더 낫다고 하지 않던가?'

주지는 참선 의자에서 내려와 격자무늬 문살의 문을 열고 홍련을 들어오게 했다. 주지는 홍련에게 해진 승복을 건네 주고는 다시 참선 의자에 앉았다. 홍련은 참선 의자로 다가가 연신 인사를 올렸다. 그러다 갑자기 울먹이며 소리를 질렀다.

"아이고, 배야! 배가 아파 죽겠네!"

그러나 주지는 동요하지 않고 조용히 눈을 감고 앉아 있었다. 홍련은 주지 옆에서 더욱 소리를 질렀다.

"아이고, 배야, 아이고, 배야."

홍련은 애절하게 울면서 자기 몸을 주지 쪽으로 들이밀기도 하고 주지 옆에 앉아서 "스님, 스님!" 하며 불러 대기도 했다. 시간은 어언 삼경이 되었다. 주지가 더 이상 참지 못하고 홍련에게 물었다.

"부인, 왜 그렇게 우는 거요? 어디가 아픈 거요?"

홍련이 주지에게 대답했다.

"지아비가 살아 있을 때는 제가 이렇게 아파하면 옷을 벗고 저를 품에 안아 그 따듯한 배의 기운으로 저의 차가운 배를 데워 주었습니다. 이 밤 쇤네 이렇게 아픈데 마침 한기까지 들었으니 그저 죽을 것만 같습니다. 스님께서 배의 열기로 저의 몸을 따뜻하게 해 주시면 바로 나을 것 같습니다. 쇤네가 앞으로 다시 살아난다면 바로 스님의 은혜 덕분일 것입니다."

주지는 홍련의 간청을 차마 거절하지 못하고 승복을 풀어 헤쳐 홍련을 품어 주었다. 홍련은 자신의 꾀가 주지에게 통했음을 알고선 바로 옷을 벗어 아랫도리를 드러내고 주지의 품에 안겼다.

"스님께서도 속옷을 벗고 뜨거운 배의 기운을 저에게 대어 주십시오."

주지가 홍련의 말을 들으려 하지 않으니 홍련은 두 번이고 세 번이고 연신 재촉을 했다. 그러다가 제 손으로 주지의 바지를 벗기고 손에 잡고 흔들어 빳빳하게 세우더니 자신의 음부에 갖다 댔다. 이제 주지의 불심은 온데간데 없이 사라지고 말았다. 홍련의 옥처럼 매끈한 살결을 본 주지는 춘심이 활활 타올랐으니 주지와 홍련은 서로 껴안고 침상에 올라 운우지정을 나누었다.

여래의 불법이 어이 소용 있으리
부처의 남기신 말씀 어이 따르랴!
색정에 사로잡힌 눈 게슴츠레 뜨고
숨을 헐떡이고 교성을 지르니
마치 꾀꼬리가 버들가지를 뚫고 가듯
음심이 피어오른다.
끈적이고 교태로운 말씨
마치 나비가 꽃을 희롱하듯.
스님의 베개에선
남녀가 사랑을 나누는 소리가 들려오고
홍련의 베개에선

이 사랑 변치 않을 것이란 맹세 소리 들려오네.

불도에 통달했다는 주지의 선방이

쾌락의 도량이 되어 버렸네.

수월사가 바로

극락 세계로다.

주지가 홍련을 껴안고 물었다.

"부인의 이름이 무엇이오? 어디 사시오? 무슨 일로 여기까지
오게 되었소?"

홍련이 대답했다.

"사실대로 말씀드리면 저는 부윤을 모시는 기녀로 성은 오가
요, 이름은 홍련입니다. 성안 남신교(南新橋)에 살고 있습니다."

이 말을 들은 주지는 뭐에 홀리기라도 한 듯, 입을 열어 큰 목
소리로 다짐하게 했다.

"이 일은 그대와 나만 알고 있어야지 결코 다른 사람에게 누설
해서는 안 될 것이오."

잠시 후 절정의 순간이 지나자 홍련은 옷소매 한 자락을 이로
쭉 찢어 주지의 정액을 닦은 다음 품에 넣었다. 노곤했던 주지는
홍련이 그 천을 품에 넣는 것을 눈치채지 못했다. 그러면서도 이
상하다는 생각을 떨쳐 버릴 수 없었는지 홍련에게 물었다.

"처자가 이곳을 찾아온 데에는 필시 이유가 있을 것이니 솔직
히 말해 보시오."

주지는 이유를 알아내고야 말겠다는 듯이 홍련에게 거듭거듭

물었다. 홍련은 주지의 추궁을 더 이상 피하지 못하고 사실대로 이야기하고 말았다.

"임안부에 새로 부임한 유 부윤 나리께서 스님이 자기에게 인사를 하러 오지 않았다고 대로하셔서는 특별히 소첩을 보내어 스님과 운우지정을 나누도록 했습니다."

주지는 그 말을 듣고서 대경실색했다. 그러나 이젠 후회해도 소용없는 일. 주지는 탄식하며 중얼거렸다.

"내가 뭐에 홀렸구나. 내가 너의 꼬임에 넘어가 색계를 범했으니 응당 지옥에 떨어질 것이다."

동녘 하늘이 희붐하게 밝아오자 주지는 노승에게 산문을 열게 했다. 홍련은 주지와 작별하고 수월사를 총총히 빠져나왔다.

한편 주지 옥통선사는 노승에게 물을 데우라 했다.

"몸을 씻고 싶구나."

노승이 부엌에 들어가 물을 끓이는 동안 주지는 먹을 갈고 붓에 먹물을 묻혀 '세상을 하직하는 노래'라는 뜻의 「사세송(辭世頌)」 여덟 구절을 적었다.

불가에 입문하고 아무런 거리낄 것 없이
오십이 년 동안 내 마음은 자유자재.
그러나 한때 마음을 잘못 먹어
색계를 범하고 말았구나.
그대는 홍련을 보내 내가 색계를 범하게 하였으나
나는 홍련에게 전생에 진 빚이 있다네.

내 몸의 덕행은 그대로 말미암아 망가졌으니
그대 가문의 명성도 나로 말미암아 망가지리라.

주지는 「사세송」을 적은 다음 접어서 향로 다리 밑에 끼웠다. 노승은 목욕물을 방 안으로 들여와 주지가 목욕을 마친 다음 승복 갈아입는 것을 도왔다. 주지가 노승에게 당부했다.

"임안부의 유 부윤이 사람을 보내 나를 찾거든 향로 다리 밑에 끼워 둔 간찰을 부윤에게 전달하라고 하여라. 실수가 있어서는 안 될 것이다."

주지가 말을 다 마치니 노승은 불전으로 가서 향을 사르고 바닥을 청소했다. 노승은 주지가 이미 입적했으리라고는 상상도 하지 못했다.

한편, 홍련은 집에 돌아가 아침밥을 먹고 나서 상복을 벗고 다른 옷으로 갈아입은 후 품에 간직하고 돌아온 옷소매 한 자락을 챙겨서 임안부 관아로 들어갔다. 유 부윤은 마침 관아에 앉아 있다가 홍련이 들어오는 것을 보고 황망히 서재로 돌아가 홍련을 불러들였다.

"그래, 수월사 주지의 일은 성사시켰느냐?"

홍련은 어젯밤의 일을 상세히 설명하고는 품에 간직해 온 옷소매를 보여 주었다. 유 부윤은 크게 기뻐한 뒤 대청에서 옻칠한 검은색 작은 상자 하나를 가져오게 하여 옷소매를 담았다. 그러고 나서 그 상자를 봉함했다. 유 부윤이 붓을 들어 간찰을 하나 썼으니 바로 네 구절로 된 시 한 수였다.

수월사에 있다는 옥통선사

오랫동안 축림봉에서 내려오지 않았다더군.

가련토다. 몇 방울의 보리수를

홍련의 두 연꽃잎 사이에 쏟아부었구나.

유 부윤은 간찰을 봉투에 넣어 심부름꾼에게 주고는 수월사 옥통선사에게 전하고 답장을 받아 오라 했다. 심부름꾼이 출발하니 유 부윤은 홍련에게 돈 오백 관을 선물로 주고 기녀의 의무를 일 년 동안 면제해 주었다. 홍련이 감사의 인사를 올리고 돈을 받아 돌아갔음은 두말할 필요도 없겠다.

한편 부윤의 심부름꾼은 상자와 간찰을 들고 곧장 수월사로 달려갔다. 수월사에는 노승 혼자서 불전에 향을 사르고 있었다.

"주지 스님은 어디 계신지요?"

노승이 심부름꾼을 데리고 주지 스님 방으로 들어가 보니 주지는 참선 의자에 앉은 채로 이미 열반에 들어 있었다. 노승이 심부름꾼에게 말했다.

"주지 스님께서 전에, 만약 유 부윤이 사람을 보내 나를 찾거든 향로 다리 밑에 끼워 둔 간찰을 주어 보내라고 분부하셨소이다.'"

심부름꾼이 깜짝 놀라며 소리를 질렀다.

"정말 살아 있는 부처님이셨습니다. 미래의 일을 이렇게 꿰뚫어 보시다니!"

심부름꾼은 옥통선사의 간찰과 자신이 가지고 왔던 작은 상자를 가지고 관아로 돌아갔다. 심부름꾼은 서재로 들어가 유 부윤의 간찰과 옥통선사의 간찰, 그리고 작은 상자를 바치고 옥통선사가 열반에 들었음을 전했다. 유 부윤이 옥통선사의 간찰을 열어 보니 여덟 구절로 된 「사세송」이라. 유 부윤이 다 읽고 나서 깜짝 놀랐다.

"참으로 훌륭한 스님이시다. 내가 그분의 덕행을 망쳤구나!"

후회가 밀려들었으나 이미 소용없는 일이었다. 유 부윤은 장인을 불러 관을 짜서 옥통선사를 입관하고 남산(南山) 정자사(淨慈寺)의 주지 법공선사(法空禪師)에게 부탁하여 다비식을 거행하게 했다.

한편 법공선사는 먼저 유 부윤의 서재로 찾아가 저간의 사정을 자세하게 물어보았다. 유 부윤이 홍련과 옥통선사의 일을 털어놓자 법공선사가 입을 열었다.

"애석하고 애석한 일입니다. 옥통선사께서 잠시 불심을 놓치고 악귀의 도에 빠지셨구려. 부윤께서 그의 불심을 망가뜨리셨으니 소승이 다비식을 거행하여 그가 축생의 도에 들어가지 않고 정의의 도에 들어가도록 하겠습니다."

말을 마치고 나서 법공선사는 수월사로 가서 수월사 뒤뜰로 관을 메 오게 했다. 법공선사가 장작에 불을 붙인 다음 합장을 하고서 입으로 염송했다.

그대 이곳에 오신 지도 어언 수십 년
쉼 없이 불도를 닦아 왔네.

조주종심(趙州從諗)의 화두를 안고 정진했거늘
덧없이 쓰라린 인연으로 끝나 버렸네.
예나 지금이나 복숭아는 붉고, 버들은 푸르고
계곡의 돌 사이로 흐르는 물은 여전히 시원하구나.
이제 내가 그대를 참깨달음의 길로 인도할지니
홍련에게 미혹되는 일이 다시 없으시기를.

열반에 드신 옥통선사의 영가에 이렇게 적어 바치나이다. 오
십여 년을 소박하게 정진하니, 마음은 마치 대지를 밝게 비추
는 하늘의 달과 같도다. 그대의 법명, 옥통은 통달한다는 의미
이지만, 애석하게도 이번 일에는 그러지 못하셨는지, 참선 대사
의 길을 가지 않고, 홍련과 더불어 음욕의 길을 가셨구려. 본시
색즉시공이라고들 하지만 공즉시색임을 누가 알리요. 부처님의
광채가 있는 곳에서 한가롭게 거니는 천상의 복을 누릴 팔자는
아니니 망아지가 도랑을 뛰어 건너는 것처럼 짧은 인생에서 인
간의 고뇌를 잔뜩 짊어졌도다. 그대 가신 길이 잘못된 길만은
아닐 것이나 어찌 그렇게 빨리 떠나셨는가. 중생들이여, 그를
비웃지 말게나, 소승이 그를 바른 길로 천도할 것이니. 주목하
시라!

한 점의 신령한 빛이 푸른 하늘에서 내려와
향내 나고 화려한 누각에 새 생명을 낳아 주는구나.

　　　　　　　　　　　月明和尙度柳翠

법공선사는 염송을 마치고 불붙은 장작 하나를 관 밑에 쌓아 둔 장작더미에 던졌다. 장작불이 관을 거의 다 태웠다. 그날 다비식을 보러 온 사람들이 인산인해를 이루었는데 불길 한가운데서 황금빛 빛줄기가 하늘을 향해 솟구치더니 사라졌다. 법공선사가 유골을 수습하여 부도 아래 묻었다.

한편 그날 밤 유 부윤의 부인 고 씨가 꿈을 꾸었다. 꿈속에 얼굴이 보름달 같고 몸집은 살찌고 건장한 스님이 침실로 들어왔다. 부인이 깜짝 놀라서 식은땀을 흘리며 일어났다. 이날 부인 고 씨는 연유도 모른 채 임신을 했다. 세월은 쏜살같이 흘러 열 달이 지났다. 부인이 몸을 푸니 계집아이가 세상에 나왔다. 하녀가 달려가 유 부윤에게 출산의 소식을 알리자 유 부윤이 그 소식을 듣고 크게 기뻐했다. 사흘이 지나고 한 달이 지나 아이의 이름을 '싱그러운 푸르름을 지닌 아이'란 뜻으로 취취(翠翠)라 지었다. 유 부윤은 취취의 백일과 돌을 맞을 때마다 잔치를 열어 축하해 주었다.

창밖의 해는 눈 깜짝할 사이에 지나가 버리고
의자 앞에 드리운 꽃 그림자는 내가 의자에서 일어나기도 전에
자리가 변하네.

유취취가 자라 여덟 살이 되던 해에 유 부윤은 임기가 차서 고향으로 돌아가고자 했다. 그런데,

이 세상의 좋은 일은 오래가지 못하니

멋진 구름은 쉬이 흩어지고, 유리는 쉬이 깨지네.

유 부윤이 당시 유행하던 역병에 걸려 며칠을 앓다가 그만 세상을 떠나고 말았다. 유 부윤은 관직에 있으면서 절대 뇌물도 받지 않고 청빈한 삶을 살았기에 집안 살림이 여유롭지 않았다. 부인 고 씨는 관을 준비하여 시신을 담고 상복을 입고 독경하며 유주사(柳州寺)로 운구했다. 그런 다음 하인 새아, 딸 취취와 함께 고향 온주로 돌아가고자 했다. 하지만 길은 멀고 의지할 사람은 없는데 수중에 돈도 많지 않아 노자를 감당하기가 힘들었다.

하여 성안 백마묘(白馬廟) 앞에 집을 한 채 세내어 세 식구가 임안부에 눌러앉기로 했다. 벌이도 없이 팔 년을 살다 보니 그동안 모아 놓은 것들도 떨어져 마침내 새아마저 내보내야 했다. 유취취는 자라서 나이가 열여섯, 용모는 비길 자가 없을 정도로 빼어났다. 그러나 유취취 모녀는 하루하루 생활비마저 없었으니 결국 이웃 아낙 왕 씨에게 돈을 빌려줄 만한 사람을 소개받았다. 양패두(羊壩頭)에 사는 아전 양 씨(楊氏)에게 세금으로 받아 둔 돈 삼천 관을 빌렸다. 반년이 지나니 채주가 어서 갚으라고 성화를 댔다. 빚 독촉에 시달리다 못한 고 씨가 왕 씨에게, 딸 유취취를 아전 양 씨에게 첩으로 주려 하니 중매를 서 보라고 했다. 그러면서 아울러 양 씨가 자신의 노후도 책임져 주기를 바란다고 전했다. 며칠 후 양 씨가 고 씨 집에 사위로 들어왔다.

"내가 취취를 둘째 아내로 맞고 두 모녀를 호의호식시켜 주겠소이다."

이러구러 두 달이 지나고 양 씨는 아침저녁으로 출퇴근하기도 불편하고 두 집 살림하는 처지인지라 본처와 상의하여 다시 본가로 돌아가기로 했다. 그런데 이때 양 씨의 장인이 양 씨를 축첩했다는 죄로 관가에 고발했다. 임안부의 관리들이 나와서 유취취와 고 씨를 관가로 잡아가서 양 씨가 유취취를 첩으로 들이면서 준 예물을 내놓으라고 윽박질렀다. 고 씨는 형편이 어려워 어쩔 수 없이 선택한 길이라며 딸 취취를 관가에 팔겠다고 했다.

한편 공부의 주사 추 씨(鄒氏)가, 유취취가 용모가 빼어난 데다가 총명하고 똑똑하다는 말을 듣고는 자기가 유취취를 사겠다고 했다. 추 씨는 포검관(抱劍管) 거리에 따로 집을 마련하여 작은집으로 삼고는 유취취 모녀를 이사시키고 하녀와 심부름꾼을 붙여 시중을 들게 했다. 유취취는 이참에 이름을 유취로 바꾸었다.

송나라가 수도를 남으로 옮기고 나자, 임안부가 가장 번성했다. 통화방(通和坊) 거리, 금파교(金波橋) 아래엔 화월루(花月樓)가 있었다. 동쪽으로는 희춘루(熙春樓), 남와자(南瓦子)가 있었고, 남쪽으로는 포검영(抱劍營), 칠기장(漆器墻), 사피항(沙皮巷), 융화방(融和坊)이 있었으며, 서쪽으로는 태평방(太平坊), 건자항(巾子巷), 사자항(獅子巷)이 있었으니, 이곳들은 모두 시장이었다.

유취는 옥통선사가 환생한 아이라, 천성이 총명하고 독서에 능했으며 시와 노래에 두루 두각을 드러냈다. 거기에 더해 여자가 응당 갖추어야 할 침선에도 능했다. 추 씨는 잘해야 열흘이나 보름에 한 번 정도 유취를 찾아오는 형편인데도 화류가로 유명한 포검영에다 유취의 집을 마련해 주었다. 유취는 평소 한가할 때면 좋은 본은 보지 않고 오히려 이웃 사는 기녀들이 손님을 받는 것을 보고 흉내 내어 자기도 대문간에 나가 추파를 던지며 뭇 사내들을 꼬드겼다. 이렇게 서로 추파를 주거니 받거니 하다 보니 자연 찾아와 밤을 지새우고 가는 자들이 생겨났다. 유취의 어머니 고 씨는 몇 번이나 말리다가 유취가 말을 듣지 않으니 아예 기생 어미로 팔을 걷어붙이고 나섰다. 돈푼깨나 있고 자리 좀 차지하고 있다는 집안의 자제들이 유취에게 몰려와 술을 마시고 노래를 불러 대지 않는 날이 없었다.

주사 추 씨는 유취의 이런 행실이 너무도 부끄러워 아예 인연을 끊고 왕래하지 않았다. 잔소리하는 사람마저 사라지자 유취는 대놓고 화류계로 나섰다. 유취의 아비 유 부윤이 덕행을 쌓지 않고 남에게 부덕한 일을 행했기 때문에 딸이 이렇게 망가진 것이니 이 역시 인과응보요, 하늘이 정한 이치일 것이다. 후대 사람들이 이 일을 보면 모름지기 경계할지니 시 한 수로 이를 증명한다.

꼼수를 쓰면 꼼수에 당하고
돈을 밝히면 돈에 당하니라.
나는 당하지 않을 거라고?
자손이라도 사기꾼에 걸려 당할지니라.

후에 활불(活佛) 한 분이 나타나 유취를 제도하여 유취를 원래의 모습으로 되돌리고 성불하게 했다. 이 활불이 바로 월명화상

(月明和尙)으로, 어려서 출가하여 줄곧 계율을 지키며 세속의 때를 전혀 묻히지 않은 채 고정산(皐亭山) 현효사(顯孝寺)의 주지를 맡고 있는 이였다. 월명화상과 옥통선사는 함께 수계를 받은 도반이기도 했다. 월명화상은 옥통선사가 열반에 들었다는 말을 듣고서 큰 소리로 웃으며 이렇게 말했다.

"시어미 노릇을 제대로 하지 못했으니 이젠 며느리 노릇이라도 한번 제대로 하게 해 주어야겠군!"

후에 월명화상은 유취가 포검영에서 미색과 재주로 명성을 드날린다는 소식을 듣고서 유취가 바로 옥통선사의 환생임을 직감했다. 그리고 이를 심히 안타깝게 여겼다. 하루는 정자사의 주지 법공선사가 현효사의 월명화상을 찾아왔다. 이런저런 이야기를 나누다 월명화상이 법공선사에게 이렇게 말했다.

"옥통이 환생한 지도 시간이 한참 흘렀소이다. 이러다가 본성을 잃을까 걱정이니 적당한 기회를 봐서 제도하는 것이 좋을 같습니다. 때를 놓쳐서는 안 될 것이오."

유취가 화류계에 깊이 빠져든 것이 그래도 나름 좋은 면도 있었다. 어려서부터 불법에 심취했던 유취가 보시할 수 있는 경제력을 갖게 된 것이다. 유취는 술자리의 대가로 받은 금붙이나 비단을 아낌없이 보시하곤 했다. 기생 어미가 자신의 친어미이니 눈치를 볼 필요도 없었다. 만송령(萬松嶺) 아래에 돌다리를 하나 만들고서 '유취 다리'라 이름하고, 포검영에 우물을 하나 파고 '유취 우물'이라 이름했다. 이것 말고도 사람들에게 편의를 제공하거나 구제해 준 일이 이루 헤아릴 수 없을 정도였다. 또 매월 초하루와 보름이면 화장을 지우고 문을 닫아건 뒤에 포의를 입고 불경을 염송했으니 손님이 아무리 구름처럼 몰려와도 이날만은 손님을 받지 않았다. 이 점 때문에 월명화상도 유취가 근본이 변하지 않았음을 알아차리고 제도하기로 마음먹은 것이다.

쩨쩨함과 탐욕, 이 두 가지를 초탈한 자는
서방 정토를 향하는 자들 아니겠는가?

한편 법공선사는 월명화상의 말을 듣고 그다음 날 시주를 바란다는 핑계로 포검영에 있는 유취의 집을 찾아갔다. 그러고는 목탁을 두드리면서 큰 소리로 염송했다.

탐욕의 바다에서 윤회하노니
영원토록 미혹되도다.
눈앞에 펼쳐지는 영화
허공에 흩어지고 사그라지네.
일단 죽어지면
이 세상도 부질없으리니.
어서 마음을 고쳐먹고
출가하여 염불하시라.

마침 유취가 서호에서 한껏 놀고 집으로 돌아오다가 탁발하는 스님의 목소리를 예사롭지 않게 듣고 몸종을 시켜 스님을 안으로 모시게 했다.

"스님, 스님께서는 무슨 특별한 재주가 있으시기에 이곳까지 오셔서 탁발을 하십니까?"

"소승이 무슨 재주가 있겠습니까? 그저 인과설이나 설법할 따름입니다."

"인과설이란 게 도대체 무엇입니까?"

"원인이 있으면 나중에 반드시 결과가 있다는 것이지요. 심은 것이 원인이 되어 열매가 결과로 나타나는 것이니 심지 않았으면 어찌 거둘 수 있겠습니까? 선한 씨앗을 뿌리면 선한 열매가 맺히고, 악한 씨앗을 뿌리면 악한 열매가 맺히는 것입니다. 전생의 원인을 알고 싶은가요? 그럼 지금의 모습을 바라보면 될 것이오. 후생의 원인이 되는 일이 무엇일까 궁금하시오? 그럼 지금 이생에서 하는 행실을 바라보면 될 것입니다."

유취는 조리가 분명한 법공선사의 말씀을 듣고 마음이 다 시원해져서 식사라도 하고 가시라며 붙잡았다.

"불법이 오묘하다지만 저같이 속진에 찌든 사람도 성불할 수 있을까요?"

"관음보살께서 이 속진 세상의 욕망 덩어리가 너무도 뿌리 깊은 것을 보시고서 화류계의 미녀로 변신하여 남정네들을 홀렸을 적에, 돈이나 지위가 있다 하는 남정네들이 그 미녀를 만나고 싶어 안달이었지요. 그러나 그녀를 한번 만나기만 하면 욕망의 덩어리가 모두 사라져 버리고 말았답니다. 그 관음보살이 현신한 미녀의 법력이 워낙 커서 사악한 마음을 모두 제거한 것이지요. 그러다 아무런 고통도 없이 세상을 하직하니 마을 사람들이 관을 사서 잘 묻어 주었다지요. 타국의 스님이 와서 그 무덤을 보더니 예를 갖춰 합장하면서 '기이하도다, 대단하도다!'라며 찬탄해 마지 않았답니다. 그러니 마을 사람들이 '그건 창녀의 무덤인데 스님께서 잘못 아신 거 아닙니까?'라고 물었겠지요. 타국 스님이 이렇게 대답했답니다. '이건 창녀의 무덤이 아니라 바로 관음보살의 무덤이오. 관음보살이 욕심에 빠진 속세의 대중들을 구제하여 바른길로 이끌어 주시고자 현신하신 것입니다. 내 말을 믿지 못하겠다면 저 무덤을 열어 보시오. 무덤의 유해가 자못 기이할 것이오.' 마을 사람들이 그예 믿지 못하고 무덤을 파내 관을 열어 보니 뼈와 살이 하나도 어그러지지 않고 그대로 다 붙어 있는데 그 색이 황금색이더랍니다. 그제야 마을 사람들이 뭔가 기이함을 알아차리고 무덤가에 절을 세워 '황금 뼈 보살의 절'이란 의미로 황금골보살사(黃金骨菩薩寺)라 이름 지었지요. 이게 바로 청정한 연꽃은 진흙에도 더럽혀지지 않는 것과 같은 이치라오. 낭자께서 지금 속진 세상에서 이렇게 헤매는 것도 전생의 인연 때문이오. 이생의 속진 세상에서 뒹굴며 다시 깨닫지 못한 채 그저 웃음이나 파는 것을 당연하게 받아들인다면 다음 생도 역시 속진 세상에서 뒹굴 것이며 영원히 윤회의 수레바퀴에서 빠져나오지 못할 것입니다."

이 설법을 듣자 유취는 등골이 오싹해지면서 속진에서 욕망을 좇던 마음이 다 달아나 버리는 느낌이었다. 지난날의 잘못을 바로 깨우치면서 법공선사에게 이렇게 물었다.

"스님의 인과설을 들으니 마음에 문득 깨달음이 왔습니다. 저를 천하다 꺼리지 않으신다면 제 집에 모시고 아침저녁으로 설법을 듣고 싶습니다."

"소승은 불력이 높지 못하여 그대의 스승이 되기에는 부족합니다. 이 근처 황정산 현효사에 계신 월명선사라고 하는 분은 살아있는 부처로 과거와 미래를 꿰뚫어 보는 자이니, 진정 도를 깨우치고자 하신다면 소승이 그대를 소개하겠습니다. 월명선사의 설법을 듣는다면 윤회의 내용을 통찰하고 심지 굳게 밝은 마음으로 견성하실 것입니다."

"저 역시 월명선사의 명성을 익히 들어 왔습니다. 내일 당장 찾아 뵙고 싶으니 스님께서 안내해 주십시오."

"당연히 그래야지요. 내일 새벽 소승이 현효사 앞에서 기다리겠습니다. 낭자의 말이 허언이 되지 않기 바랍니다."

유취는 자신의 검은 머리에 꽂혀 있던 붉은빛이 도는 황금 비녀 한 쌍을 빼서 법공선사에게 건네며 이렇게 말했다.

"이 비녀로 저의 마음을 표시하고자 합니다. 부디 받아 주세요."

"소승이 비록 탁발을 하고 다니기는 하나 그저 주린 배를 채우면 그뿐 다른 것은 필요 없습니다. 출가한 사람에게 이런 패물이 무슨 소용이겠습니까?"

"스님께 직접 소용이 닿는 물건은 아니겠으나, 저의 성의를 봐서 받아 두셨다가 나중에 절을 수리하는 데라도 써 주십시오."

법공선사가 유취의 청을 차마 거절하지 못하고 합장을 한 뒤에 떠났다.

웃음을 팔며 지내온 한평생
포검영에서 제일가는 기생이라네.
마침내 전생의 불법 인연 덕분에
인과 설법 듣고선 깨달음이 바로 오는구나.

 법공선사가 떠나간 다음 유취는 생각에 잠겨 잠을 이루지 못
했다. 다음 날 아침 일어나 세수를 마치고 새 옷으로 갈아입고서
천축산(天竺山)에 향불을 사르러 간다 하니 어미인들 어찌 말리
겠는가! 몸종을 시켜 가마를 부르게 하고 곧장 고정산 현효사를
찾아갔다. 법공선사는 일찌감치 도착해서 기다리다가 가마에서
내리는 유취에게 다가왔다. 그리고 유취를 안내하여 산문을 통과
한 다음 대웅전에 들어가 여래불에게 절을 올리게 했다. 그런 다
음 주지 스님의 방을 찾아가 월명화상을 뵙게 했다. 참선 의자에
앉아 있던 월명화상을 보더니 유취는 누가 시키지 않았는데도
스스로 엎드려 절을 올렸다.
 "제자 유취가 인사 올립니다."
 월명화상은 답도 하지 않고 이렇게 소리 질렀다.
 "이십팔 년 동안 풍진 세상에서 진 빚 갚기도 어려울 터인데
어쩌자고 그렇게 머뭇거리고 있었더냐?"
 고함 소리를 들은 유취는 모골이 송연하고 정신이 번쩍 들었
다. 정신을 차리고 입을 열어 뭔가를 물어보려는 찰나 월명화상
이 또 소리를 질렀다.
 "한없는 은혜 없고, 사그라지지 않는 원한도 없다. 오직 불심만

항상 빛날 뿐이다. 이제 너와 유 부윤이 비긴 셈이니 본전을 챙겼
으면 어서 돌아가거라."

유취는 대오각성하고 머리가 다 시원해지는 듯하여 연신 머리
를 조아리면서 이렇게 말했다.

"스승님의 지혜로운 말씀을 들으니 머리가 개운해지고 전생과
금생과 내생의 인과를 제대로 알게 되었습니다. 제자가 어리석고
우둔하니 삼가 스승님의 가르침을 바랍니다."

월명화상이 또 소리를 버럭 질렀다.

"너의 진면목을 알고 싶다면 어서 수월사로 가서 옥통선사를
찾아보아라. 그가 너의 진면목을 알려 줄 것이다. 어서 가라. 지체
하면 내 몽둥이가 네 뼈를 부러뜨릴 것이다."

바로 이 대목이 '현효사 주지의 세 차례의 꾸짖음'이라 불리는
유명한 일화이다.

전생 금생 내생의 인과 설법을 알고 싶은가
그 설법 바로 고승의 죽비와 외침에 있다네.

유취는 월명선사의 연이은 고함 소리에 얼이 나가서 감히 입
을 열지 못하고 황망히 몸을 일으켰다. 그러고는 현효사의 산문
을 나서서 수월사로 향했다. 옥통선사를 만나 월명화상의 말뜻
을 알아보기로 한 것이다.

한편 수월사의 행자가 보니 가마 한 대가 멀리서 다가오는데
그 안에 여인이 앉아 있었다. 행자는 바로 불목하니를 시켜 그 여

인을 가마에서 내리지 못하게 했다. 유취가 이에 그 연고를 물으니 행자가 대답했다.

"예전에 한 여인으로 인해 우리 주지 스님이 돌아가셨습니다. 그래서 우리 절의 스님들은 절대로 여인을 절 안에 들이지 않습니다."

유취가 재차 물었다.

"대체 어떤 여인이었으며 무슨 일이 있었던 것입니까?"

"지금부터 이십팔 년 전, 한 여인이 우리 절에 찾아와 묵기를 청했지요. 하도 애절하게 재워 달라고 하기에 주지 스님께서 차마 거절하지 못하고 재워 주었답니다. 알고 보니 그 여인은 양갓집 규수가 아니라 오홍련이라는 창기로 유 부윤의 명을 받아 우리 주지 스님을 유혹하려고 일부러 찾아온 것이었답니다. 그날 밤 홍련은 배가 아프다는 거짓말로 주지 스님에게 바짝 달라붙어서 주지 스님이 색계를 범하게 했다오. 주지 스님은 이 일이 너무도 부끄러워 여덟 구절의 게송을 남기고 그만 스스로 열반에 드셨답니다."

"스님께서는 그 게송을 아직 기억하고 계십니까?"

"기억하고말고요!"

행자가 유취에게 게송을 읊조려 주었다. 유취는 행자가 "내 몸의 덕행은 그대로 말미암아 망가졌으니, 그대 가문의 명성도 나로 말미암아 망가지리라."라는 대목을 읊조리자 모든 게 시원하게 밝혀지는 기분이 들면서 그 일이 바로 자신의 일처럼 느껴졌다. 유취가 또 물었다.

月明和尙度柳翠

"그 주지 스님의 이름이 무엇입니까?"

"바로 옥통선사입니다."

유취는 모든 것을 깨달았다는 듯이 고개를 끄덕이면서 가마꾼을 불러 포검영의 집으로 돌아왔다. 집에 돌아온 유취는 몸종에게 일을 시켰다.

"목욕물을 데워라. 목욕재계를 하련다."

유취는 몸종의 시중을 받으며 목욕을 마치고는 머리를 말아 올리고 포의로 갈아입은 후 방문을 닫아걸었다. 탁자 위의 문방사보를 보더니 하얀 종이를 펼쳐 게송 두 수를 적었다.

색계를 지키려다 외려 색을 불렀네

붉은 치마 입은 여인이 납의 입은 스님을 잡았네.

나 오늘 모든 것을 다 벗어던졌으니

버들잎(유취), 연화(홍련) 모두 아무런 자취도 없다네.

그대의 명성을 무너뜨렸으니 나 역시 부끄럽소이다.

원한으로 원한을 갚으니 언제나 그칠까?

이제 오늘 원한도 은혜도 다 버리고

이십팔 년 전 그 수월사로 되돌아가련다.

그런 다음 게송을 적은 종이 뒷면에 이렇게 적었다.

"내가 떠나면 평소 입던 옷과 함께 관에 넣어서 고정산으로 메고 가라. 그리고 사부인 월명화상에게 부탁하여 깔끔하게 화장하도록 하라."

다 적고 나서 유취는 붓을 놓고 세상을 떠났다. 몸종이 문을 열고 들어와 봐도 아무런 기척이 없었다. 다시 앞을 바라보니 유취가 가부좌를 틀고서 의자에 앉았는데 몸종이 불러도 대답이 없었으니 이미 세상을 하직한 뒤였기 때문이다. 몸종은 황망히 유취의 어미인 고 씨에게 알렸다. 고 씨는 대경실색하며 아이고, 내 아가야, 아이고, 내 아가야, 하며 울부짖었다. 한참을 소란을 떤 다음 유취가 남긴 게송 두 수와 뒷면에 적은 글을 읽어 보더니 몸종에게 천축산에 가서 향을 사르고 오면서 무슨 일이 있었는지 물었다.

마침내 현효사에 가서 월명화상을 만난 일과 수월사에 가서 행자와 나눈 이야기를 알게 되었다. 남편 유 부윤이 좋지 못한 계략을 꾸며 옥통선사를 파계시켰기에 옥통선사가 유씨 집안에 환생하여 가문을 절문시킨 것이 분명했다. 악행을 저질렀으니 악행으로 보답받는 것은 당연한 일이었다. 유취가 월명화상을 통하여 깨달음을 얻어 이 윤회의 고리를 끊을 수 있었으니 고정산 아래로 보내 달라는 유취의 부탁은 결코 거절할 수 없었다.

그러나 화장해 달라는 딸의 유언은 어미 된 자로 차마 받아들이기 어려웠다. 유취가 남긴 옷가지와 패물은 장례식 비용을 충당하기에 전혀 모자라지 않았다. 관을 사고 염을 할 때 그저 평소 입던 그 옷을 그대로 하고 비단옷을 따로 사용하지는 않았다. 염을 마치고 나니 평소에 내왕하던 많은 공경 자제들이 조문을 하러 몰려왔는데, 유취가 죽은 사연을 듣고 찬탄하지 않는 이가 없었다.

　유취의 어미 고 씨는 먼저 사람을 현효사에 보내 월명화상에게 통기하고 장례 절차를 어떻게 하면 좋을지 여쭤보았다. 월명화상은 고정산 아래의 빈터를 고 씨에게 제공하고 길일을 택하여 봉분을 만들게 했다. 성안의 백성들이 유취의 죽음에 얽힌 신비로운 이야기를 알게 되었다. 모두 유취가 부처의 화신이라고 입을 모아 칭송하면서 마지막 가는 길을 애도했다. 봉분이 다 만들어지자 월명화상이 봉분을 향해 합장하고 예를 갖춘 다음 네 구절로 된 게송을 지었다.

　　이십팔 년 동안 욕정에 사로잡혀 지은 빚
　　하루아침에 갚아 버리니 거칠 것 없어라.
　　홍련, 유취 모두 부질없는 것이려니
　　옥통선사여, 이제 편히 안식을 취하소서.

　오늘날까지도 고정산에는 유취의 묏자리가 남아 있다고 한다. 시로써 이를 증명한다.

　　유 부윤은 남을 해치려다 자기가 피해를 입었고
　　옥통선사는 색계를 지키려다 색에 빠지고 말았구나.
　　현효사에서의 세 번 호통 소리에
　　고정산은 다시 푸른 하늘과 밝은 햇빛.

明悟禪師趕五戒

명오선사가
오계선사를
제도하다

이 작품의 주인공 오계선사는 불완전한 존재이다. 자신이 거둔 핏덩이가 자라 여인이 되자 그녀를 범하고 머뭇거리는 수행 스님을 돈과 지위로 꼬드긴다. 그러나 그는 잘못을 깨우쳐 주는 사제의 꾸짖음을 듣고 깨달음에 이른 후 스스로 세상을 떠난다. 그리고 소동파로 환생하지만, 여전히 세상의 명리에만 관심을 둔다. 한편 사형을 위해 함께 세상을 하직한 사제는 환생해서도 다시 사형을 위해 평생을 기다린다. 소동파가 세상의 온갖 명리를 맛보고 그 양면을 다 경험한 후 모든 것이 헛되다는 것을 스스로 깨달을 때까지 말이다.

깨달음의 다른 쪽에는 인연이 자리하고 있다. 내가 행한 선업과 악업이 이생에 그치는 것이 아니라 내생까지 이어져 영겁회귀한다면 오늘 손 한번 들고 발 한번 내딛는 동작을 함부로 할 수 없을 것이다.

이 작품의 연원이 되는 이야기는 송 대 이야기 모음집인 『태평광기(太平廣記)』에 실려 있지만 작품 말미에 명 대 사람인 구종길(瞿宗吉, 본명은 구우(瞿佑), 1341~1427)과 왕원한(王元翰, 1565~1633)의 시가 인용되어 있으니 당연히 명 대 사람 풍몽룡에 의해 새롭게 다듬어졌을 것이다. 『청평산당화본(淸平山堂話本)』에는 「오계선사사홍련기」로 실려 있다. 『동파문답록(東坡問答錄)』에도 소동파가 불인선사와 교유한 내용이 실려 있다. '홍련에게 진 빚'이란 의미의 「홍련채(紅蓮債)」라는 중국 전통 연극도 홍련과 오계선사의 이야기를 다루고 있다.

사바세계에서 살던 몸
이젠 바른 깨달음을 얻은 몸.
서방 정토에서 버들가지 손에 들었으니
지난 일을 생각해도 이 역시 전생의 인연이라.

옛날 당(唐) 태조(太祖)가 있었으니 성은 이가(李哥)요, 이름은
한 글자로 연(淵)이라. 수나라의 뒤를 이어 섬서(陝西) 장안에 도
읍을 정하고 법령을 일신했다. 둘째 아들 이세민의 도움을 받아
일흔두 차례 변방의 소요를 진압하고 열여덟 차례 이방인의 침
입을 막아 냈다. 그런 다음 연호를 무덕(武德)으로 바꾸고 문학
관을 세워 열여덟 명의 학사를 초치했으며 능연각(凌煙閣)을 지
어 스물세 공신의 초상화를 그려 걸었다. 위징(魏徵, 580~643),
두여회(杜如晦, 585~630), 방현령(房玄齡, 578~648) 등을 재상으
로 임명하여 천하를 다스렸다. 정관(貞觀, 627~649), 치평(治平,

1064~1067), 개원(開元, 713~741)과 같은 연호는 태평성대에 붙이는 연호이다. 한데 현종 말년에 간신 이임보(李林甫, ?~752), 노기(盧杞, ?~784?), 양국충(楊國忠, ?~756) 같은 자들을 총애하여 안녹산의 난을 초래하고 말았다. 안녹산의 난은 어찌어찌 수습되었지만 밖으로는 번진이 활개를 치고 안으로는 환관이 권력을 농단하니 군자들이 숨고 외려 소인들이 날뛰게 되어 당이 망할 때까지 다시는 평화롭지 못했다.

한편 낙양에 한 사람이 살고 있었으니 이름은 이원(李源)이고, 자가 자징(子澄)으로, 학문이 뛰어나 다섯 수레의 책을 읽고 천고의 역사를 꿰뚫었다. 조정이 엉망으로 망가지자 실망하여 물러나 낙양의 혜림사(慧林寺) 주지 원택(圓澤)과 가깝게 교유했다. 원택역시 시를 잘 지어 낙양에 명성이 자자했고, 덕행이 온누리에 알려졌으며 부처의 화신으로 이름이 나서 당시 호걸준사들의 존경을 한 몸에 받았다. 원택은 이원과 함께 경치 좋은 곳을 찾아다니고 유적지를 찾아보고 음풍농월했으며 감흥이 일어 시심이 발동하면 시를 짓곤 했으니 그 발길이 닿지 않은 곳이 없을 정도였다.

그러던 어느 날 그들은 배를 타고 구당삼협(瞿塘三峽)에 가서 천개도화사(天開圖畫寺)를 방문하기로 했다. 이원은 종을 하나 데리고, 원택은 제자 하나를 대동하여 넷이서 배를 탔다. 보름이 못되어 삼협에 도착한 일행은 강둑에 배를 대고 옷매무새를 여미고 일어났다. 이때 나이가 서른쯤 되어 보이는 여인 하나가 홀연히 나타났다. 해진 겉옷에 비단 치마를 입고 있었는데, 임신한 몸으로 등에 물 항아리를 지고서 샘에 물을 길러 가는 중이었다. 원

　　　　　　　明悟禪師趕五戒

택이 여인을 보더니 얼굴을 찡그리고 말했다.

"저 임신한 여인이 내 몸을 기탁할 곳이구나. 내일 아침 서방 정토로 가리라."

이원이 깜짝 놀라며 물었다.

"아니, 어찌 그런 말을 하시오?"

"내가 지금 서방 정토로 가는 마당이니 나름 이별의 언사가 없을 수 없지요."

네 사람이 절을 찾아 안으로 들어가니 스님이 이들을 맞아 주었다. 차를 마시고 난 다음에 원택이 찾아온 이유를 설명하니 모두 놀랐다. 원택은 목욕물을 데워 달라 부탁한 다음 목욕을 마치고 제자에게 이런저런 부탁을 하고 이원과 작별을 나누었다.

"이승에서 사십 년을 사는 동안 그대와 가장 가깝게 지냈소이다. 그러나 죽을 날이 다가왔으니 이제 이별이구려. 내가 죽고 나면 사흘 후에 좀 전에 봤던 여인의 집을 방문하여 주시오. 그 여인이 바로 내 몸이 깃들 곳이라오. 그때 여인은 내가 깃든 아이를 씻기고 있을 터이니 그 아이가 미소를 짓거든 내 말이 허언이 아니라는 증거인줄 아시오. 그날 밤 나 역시 죽을 것이오. 그 후로 다시 십이 년이 지나 항주 천축사(天竺寺)에서 만납시다."

그런 다음 종이와 붓을 가져오게 하여 「사세송」을 지었다.

사십 년 세월 동안 선을 수행했으니
시와 술은 흉금을 터놓는 내 친구라.
오늘 나를 아는 친구들에게 작별을 고하노니

천축사에서 다시 만날거나.

오호라!

환생하여 다시 홍진세계로 들어가니

그대와 다시 만날 수 있겠구나.

원택은 「사세송」을 다 적고 나더니 가부좌를 틀고 그대로 열반에 들었다. 절의 스님들이 관을 준비하여 산 뒤편으로 옮겼다. 주지 월봉(月峯) 스님이 장작더미에 불을 붙이기로 했다. 스님들의 독경 소리가 끝나자 월봉이 높은 의자에 앉아 손에 장작불을 들고 합장을 하여 예를 표한 뒤 이렇게 읊조렸다.

유불도 삼교는 본래 그 뿌리가 같으니

이분은 삼교에 두루 통달하셨네.

오늘 이분이 서방 정토에 드셨으니

소승이 읊는 이분의 생애를 들어 보시려오.

열반에 드신 원택선사 큰스님의 영가에 아룁니다. 스님은 하남에서 태어나 낙양에서 자랐습니다. 불가에 귀의한 이래 마음에 얽매이는 바가 하나도 없었습니다. 주량은 온 강물을 바닥낼 정도이고, 귀신도 울고 갈 시 짓는 재주를 지녔으며 평소 산천을 유람하기 좋아하여 거친 밥 먹고 해진 옷 입기를 마다하지 않았습니다. 둘도 없는 친구 이원과 함께 구당삼협을 유람했습니다. 그곳에서 임신한 여인이 물 항아리를 등에 지고 있는 것을

　　　　　　　　　明悟禪師趕五戒

보더니 그 여인에게 자신을 기탁하여 다시 태어나고자 했지요. 다시 태어나면 항주에서 다시 만날 것이라 하니 오늘날의 친구들과 그때 재회하겠지요. 지금 이렇게 그대를 떠나보내니 소승의 읊조림을 들어 보시구려.

아!
천축산에서 다시 만난다는구려
갈홍[2]의 우물가에서 흔적을 찾으리다.

월봉 스님의 읊조림이 끝나고 다비식이 거행되었다. 불길 가운데 한 줄기 파란 연기가 피어오르더니 구름까지 곧장 올라갔는데 원택 스님의 전신 모습 그대로였다. 연기로 나타난 원택 스님은 합장을 한 채 공중으로 올라갔다. 잠시 후 사리가 비처럼 쏟아져 내렸다. 스님들이 사리를 수습하여 부도탑을 만들었다. 이원은 슬픔을 가눌 수가 없었다.

월봉 스님이 붙잡기에 이원은 그 절에서 며칠 더 묵기로 했다. 사흘째 되던 날 이원은 산문을 나서 마을을 찾아갔다. 반 리쯤 갔을까, 인가가 하나 보였다. 장씨 성을 가진 집으로 아들을 하나 낳았는데, 사흘째 되는 날이라 하여 목욕을 시키고 있었다. 이원이 아이를 한번 보고 싶다 간청했으나 절대 허락하지 않았다. 이원이 자초지종을 설명하고 금은과 비단을 주니 그제야 이원을

---

2 갈홍(葛洪, 283~343). 동진(東晉) 시대의 도사. 천축산의 우물가에서 대오 각성했다고 전해진다.

안방으로 안내했다. 마침 산모가 아이를 목욕시키고 있었는데 아이가 이원을 보더니 정말 방긋 웃었다. 이원은 기쁜 마음으로 돌아 나왔다. 그날 밤 아이는 세상을 떠나고 말았다. 이원은 월봉 스님에게 작별을 고하고 집으로 돌아갔다.

해가 지고 달이 뜨고 별자리가 여러 번 바뀌어 어언 십여 년의 세월이 흘렀다. 때는 바야흐로 당나라 16대 황제 희종(僖宗) 건부(乾符) 3년(876), 황소의 난이 일어나 천하가 격랑에 휩쓸리고 백성들이 흩어지고 황제는 촉 지역으로 피난한 시절이었다. 궁실과 백성들의 집이 모두 불타 버려 남아 있는 게 하나도 없을 지경이었다. 다행히 진왕(晉王) 이극용(李克用)이 병사를 일으켜 황소를 진압하니 황제가 피난처에서 궁성으로 환궁하고 천하가 가까스로 조용해지면서 막혔던 길이 다시 뚫렸다.

이원은 일이 생겨 강절로(江浙路) 항주에 가게 되었다. 때는 바야흐로 청명절, 날은 쾌청하고 경치는 아름다운데, 서호와 북산에는 유람객들로 발 디딜 틈이 없었다. 이원은 십이 년 전에 천축산에서 다시 만나자던 원택의 말을 떠올리고는 사람들을 따라 발길 닿는 대로 걸었다. 두 개의 산봉우리 사이에 실개천이 흐르는 곳에 이르니 경치가 너무도 빼어나서 바라보느라 지루할 틈이 없었다. 어느덧 이원이 천축사 서쪽 회랑에 도착했다. 갈홍이 수련했다는 샘물이 보였다. 절 안쪽엔 시내가 흐르고 커다란 너럭바위가 있었다. 샘물이 그 너럭바위 위로 흘러가는 형국이었다. 이원이 기쁜 마음으로 그곳에 잠시 앉아 있는데, 우물가에서 노랫소리가 들려왔다. 고개를 들어 바라보니 열두서너 살 먹은 목동이 소 등에 타고서 시내 건너편에서 노래를 부르고 있었다. 이원은 괴이하다 생각하면서 노랫소리에 귀를 기울였다.

전생, 이생, 내생을 상징하는 삼생석(三生石)에 그윽한 옛 영혼
바람과 달에서 기쁨을 찾으니 무슨 말이 필요하리.
부끄럽게도 멀리서 친구가 나를 찾아왔으니
몸은 비록 다르나 영혼은 변하지 않았다오.

또 다른 노랫소리도 들려왔다.

전생과 이생의 일 어찌 필설로 다 표현할 수 있으리오
그때 일 말하려니 가슴이 아리는구려.
오월 지역 산수 두루 살펴보았으니
배 한 척 빌려 구당삼협으로 떠나 볼거나.

목동은 노래를 마치고 멀리서 이원을 바라보며 손뼉을 치고 웃었다. 이원은 이상한 생각이 들어 얼른 시내를 건너가 물어보고 싶었다. 그러나 아이는 버드나무 숲 사이로 사라져 종적을 찾을 길이 없었다. 이원은 상심하여 너럭바위 옆에 한참이나 앉아 있었다. 스님에게 물으니 그 너럭바위가 바로 갈홍의 너럭바위로 불린다고 했다. 이원이 그 아이가 불렀던 노래를 곰곰이 곱씹어 보니 바로 원택이 세상을 하직하면서 남긴 노래와 월봉 스님이 다비식을 거행하면서 불러 준 노래와 같은 내용이 아닌가. 이 천축

사에서 만난 아이가 바로 원택의 내생, 그러니까 세 번째 현신이라는 생각이 들었다. 스님에게 그 아이가 어디 사는지 물어보자 처음 보는 아이라는 반응이었다. 이원은 안타까운 마음을 안고 돌아왔다. 후세 사람들이 이원이 앉았던 갈홍의 너럭바위를 삼생석이라고 불렀는데, 그 유적이 지금도 여전히 남아 있다. 후대 구종길(瞿宗吉)의 시 한 수가 전해진다.

맑은 시냇물에 자색 잠방이 선명하게도 비치고
강물을 떠다니는 배에서 우연히 만났구나.
전생과 내생에서 겪었을 무수한 일들
삼생석에 앉아서 서로 인연담을 이야기하네.

왕원한(王元瀚)도 다음과 같은 시를 남겼다.

이 세상에 산다는 건 그저 일장춘몽
전생과 내생의 삶을 누가 감히 논할 수 있으랴.
저녁놀이 비치는 삼생석
여전히 그 자리에서 삼세의 인연이 허튼소리 아님을 보여 주네.

이 이야기는 「삼생에 걸친 만남」이라고 불리는 이야기이다. 이젠 두 생애에 걸친 만남 이야기를 하려 한다. 바로 '명오선사가 오계선사를 제도하다'라는 의미의 「명오선사간오계(明悟禪師趕五戒)」라는 이야기로, '불인 스님이 소동파를 제도하다'라는 의미의

「불인장로도동파(佛印長老度東坡)」라는 제목으로 불리기도 한다.

때는 바야흐로 송나라 영종(英宗) 황제 치평 연간, 절강로 영해군(寧海軍) 전당문(錢塘門) 너머에 남산이 있었고 그 남산에 정자효광선사(淨慈孝光禪寺)라는 절이 있었다. 그야말로 명산대찰이었다.

이 절에는 득도한 두 스님이 있었으니 사형사제 관계였다. 한 스님은 오계선사, 또 한 스님은 명오선사로 불렸다. 오계선사는 나이가 서른하나로 용모가 괴기스러워 왼쪽 눈은 멀고 키가 오 척도 되지 않았다. 서경 낙양 출신으로 어려서부터 신동 소리를 들었으며 붓을 들었다 하면 글을 줄줄 써내고 비파, 바둑, 서예, 그림에 모두 능통했다. 출가한 이래로 선종의 가르침을 모두 체득하고 참선을 통하여 득도의 경지에 나아갔다. 출가하기 전 속세의 성은 김씨였으며 법명은 오계였다. 그럼 그 오계라 하는 것이 무엇인가?

제1계, 생명을 죽이지 말라.
제2계, 재물을 훔치지 말라.
제3계, 여색에 미혹되지 말라.
제4계, 술과 고기를 먹지 말라.
제5계, 허망한 말과 근거 없는 말을 하지 말라.

이것이 바로 오계이다. 언젠가 오계선사가 구도 여행 중에 이 절에 들렀을 때 주지 스님이 오계선사가 불법에 통달한 것을 보고선 붙잡아 수제자로 삼았다. 몇 년 후 주지 스님이 입적하니 스님들이 일심으로 오계선사를 주지 스님으로 추대했다. 오계선사는 그 후로 매일 참선에 몰두했다.

한편 명오선사는 스물아홉 살로 시원한 두상에 잘생긴 얼굴, 듬직한 입 모양, 눈과 눈썹이 똑 부러지게 잘생겼고, 품위마저 넘쳐 보이는 데다 키가 칠 척이 넘어 그 모습이 마치 나한 신장과도 같았다. 하남(河南) 태원(太原) 출신이며 출가하기 전 속세의 성은 왕씨였다. 어려서부터 총명하여 붓을 들었다 하면 대단한 기세의 문장을 짓고 참선 득도하고자 바로 태원의 사타사(沙陀寺)에 출가하여 명오라는 법명을 얻었다. 명오는 나중에 이 영해군에 올 일이 있었는데 그 김에 정자사의 오계선사를 찾아보게 되었다. 오계선사는 명오의 총명함을 알아보고 붙잡아서 사제로 삼았다. 오계와 명오는 마치 친형제처럼 가깝게 지냈다. 설법을 할 때도 함께 법좌에 올라 가르침을 폈음은 두말할 필요도 없겠다.

어느 날 겨울이 다 지나고 봄이 오려는 날, 하늘의 기운은 아직 매서워 검은 구름이 일더니 눈이 내리기 시작하는데 이틀이나 연이어 내렸다. 사흘째 되는 날 눈이 그치고 하늘이 갰다. 오계선사가 새벽녘에 주지 스님 의자에 앉아 있자니 멀리서 어린아이 울음소리가 들렸다. 오계선사는 당장 자기 마음을 잘 헤아려 주는 청일(淸一)을 불러 분부했다.

"산문 밖으로 나가서 무슨 일이 있는지 알아보고 알려 다오."

"주지 스님, 이틀 연이어 눈이 내리고 오늘에야 겨우 그쳤습니다. 아마 다른 일은 없을 것입니다."

"잔말 말고 어서 가서 살펴보고 오너라."

청일은 주지 스님의 명령을 거역할 수 없어 산문 쪽으로 갔다. 아직 해도 뜨기 전이라 산문이 열리지도 않은 상태였다. 문지기 스님에게 산문을 열게 한 뒤 밖을 살펴보던 청일은 자기도 모르게 소리를 질렀다.

"아니, 이런 일이!"

날마다 자비를 베푸시고
시시각각 선한 마음 보여 주시도다.
이렇게 좋은 일을 행하시니
앞날이 어찌 될지는 물어볼 필요도 없구나.

청일이 바라보니 산문 밖 소나무 밑동의 쌓인 눈 위에 해진 자리가 놓여 있고 그 자리 위에 어린아이가 놓여 있었다. 청일은 혼잣말로 중얼거렸다.

"쯧쯧, 아니, 누가 아이를 버린 거야? 얼어 죽지 않으면 굶어 죽겠구먼."

좀 더 다가가 보니 오륙 개월쯤 된 계집아이가 넝마 같은 부대에 싸여 있었다. 아이의 품에는 생년월일시가 적힌 종이쪽지가 있었다. 청일은 말없이 생각에 잠겼다.

'옛말에 한 사람의 생명을 구하는 게 칠 층 부도탑을 쌓는 것보다 낫다고 하지 않던가.'

청일은 황급히 돌아가 주지 스님에게 알렸다.

"어느 집인지 모르겠으나 오륙 개월쯤 된 여자아이를 넝마 같은 부대에 싸서 산문 밖 소나무 밑동에 버렸습니다. 엄동설한이라 사람들 왕래도 없을 텐데 우리가 구해야 할 것 같습니다."

"맞다, 맞아! 청일, 참으로 선한 마음을 지녔구나. 어서 가서 아이를 데리고 와서 미음이라도 만들어 먹이도록 하라. 생명을 구하는 일이 중노릇만 하는 것보다 백배 나을 것이다."

청일은 즉시 산문 밖으로 나가 아이를 안고 돌아와 주지 스님에게 보여 주었다. 주지 스님이 보더니 이렇게 명했다.

"그 종이쪽지 좀 보여 다오."

청일이 건넨 종이에는 이렇게 적혀 있었다.

"금년 6월 15일 오시 생, 이름은 홍련(紅蓮)."

주지 스님이 청일에게 명했다.

"안아서 방으로 데리고 가서 대여섯 살까지 키운 다음 다른 집에 주는 게 좋을 듯하다."

청일은 주지 스님의 명을 따라 아이를 안고 천불전 뒤에 있는 건물로 들어갔다. 서까래 네 개짜리 지붕에, 방이 세 칸 있는 일층짜리 건물이었다. 청일은 그 건물의 방 한 칸으로 들어가 불을 때서 아이를 데워 주며 미음을 먹였다. 이렇게 날이 가고 달이 가도록 아무도 모르게 그 아이를 키웠다. 주지 스님 역시 이 일을 잠시 잊은 듯했다.

어느덧 홍련은 열 살이 되었다. 청일이 보기에도 홍련은 외모도 깜찍하고 눈치도 빨랐다. 청일은 홍련을 방에 꼭꼭 숨겨 두었다. 자신이 밖으로 나갈 때는 밖에서 잠그고 안으로 들어와서는 안에서 잠글 정도로 늘 조심 또 조심했다. 세월은 유수처럼 흐르고 흘러 어느덧 홍련이 열여섯 살이 되었다. 청일은 홍련을 직접 낳은 딸처럼 보살폈다. 홍련에게 남자 옷을 입히고 남자 신을 신겼으며 이마 위의 머리카락도 눈썹에 닿지 않을 길이로 잘라 주고 뒷머리도 목덜미에 닿지 않게 잘라 사미승처럼 보이게 했다. 하지만 아무리 그래도 고운 생김새는 감출 수 없었다. 홍련은 방 안에서 차를 끓이고 밥을 하고 침선도 했다. 청일은 홍련에게 짝을 찾아 준 뒤 홍련과 사위에 의지하여 말년을 보내고 싶었다.

하늘도 뜨거워 보이는 6월 어느 날 오계선사는 문득 십몇 년 전의 일을 떠올리고 몸을 씻은 뒤 저녁 요기를 하고는 곧장 천불각 뒤쪽으로 가 보았다. 청일이 오계선사를 보고 인사를 올렸다.

"주지 스님께서 어인 일로 직접 찾아오셨는지요?"

"전에 우리가 거두어 준 아이는 지금 어디 있느냐?"

청일은 방 안으로 안내하여 홍련을 보여 주었다. 오계선사는 너무도 놀랐다.

정수리 뼈가 여덟 조각으로 갈라지는 듯
얼음물을 한 바가지 뒤집어쓴 듯.

홍련을 본 오계선사는 순간 정신이 혼미해지더니 음흉한 생각에 휩싸였다. 그러고는 뜻 모를 미소를 지으면서 청일에게 말했다.

"청일, 오늘 밤 홍련을 내 방으로 들여보내라. 실수가 있어서는 안 될 것이다. 내 말대로 해 주면 너에게도 섭섭지 않게 해 줄 것이니, 절대 이 일이 밖으로 새어 나가지 않도록 하라. 홍련을 사미 승처럼 꾸며서 사람들이 여자라는 걸 눈치채지 못하게 하라."

청일은 대답을 하면서도 떨떠름한 기색을 감추지 못했다.

"주지 스님의 말을 안 들을 수도 없고, 홍련을 들여보낼 수도 없고. 거참 진퇴양난이로구나."

오계선사는 청일이 그다지 내키지 않는 기색인 것을 간파하고 이렇게 말했다.

"청일, 방문을 잠그고 나를 좀 따라오거라."

청일은 오계선사를 따라 방으로 들어갔다. 오계선사는 옷장 안에서 은자 열 냥을 꺼내어 건네며 말했다.

"받아 두어라. 내가 너에게 도첩을 발행하여 머리를 깎고 수계를 받게 해 주겠다. 그래, 어떠냐?"

"스님, 감사합니다."

청일은 어쩔 수 없다는 듯이 은자를 받아 들고 방에서 나왔다. 그리고 홍련을 찾아가 나지막이 말했다.

"얘야, 방금 전에 다녀간 분은 바로 주지 스님이시다. 너를 보고 아주 마음에 드셨나 보다. 오늘 밤 늦은 시각에 주지 스님을 모시러 가거라. 각별히 조심하여 실수가 없도록 하라."

홍련은 아버지의 말을 듣고도 전혀 싫은 내색을 하지 않았다.

해가 저물자 청일과 홍련은 같이 밥을 먹었다. 이경쯤 되었을까, 청일이 홍련을 데리고 오계선사 방을 찾아갔다. 방문을 당기니 그냥 열렸다. 오계선사가 시중을 드는 행자에게 저녁 먹고 바람을 쐬러 나갈 것이니 방문을 잠그지 말라고 분부해 두었던 것이다. 오계선사는 방 안에서 홍련과 청일이 오기를 기다리고 있었다. 청일이 홍련을 데리고 방 안으로 들어가자 오계선사가 청일에게 당부했다.

"내일 이 시각에 다시 와서 홍련을 데리고 가거라."

청일은 이 말을 듣고 먼저 자기 방으로 돌아갔다.

오계선사는 방문을 걸어 잠그고 유리 등잔의 불을 끄고선 홍련의 손을 잡아 침상으로 이끌었다. 홍련에게 옷을 벗게 하더니 품에 안고 침대에 누웠는데 그 모양이 이러했다.

물장난하는 한 쌍의 원앙이요
꽃 사이를 날아다니는 봉새와 난새라.
그 기쁨 연리지처럼 붙어 자라는 나뭇가지인가
그 달콤함은 마치 가슴과 가슴을 끈으로 묶어 놓은 듯하구나.
앵무새 지저귀는 것과도 같은 소리가
귀에서 떠나지를 않는구나.
혀끝을 타고 흘러나오는
달콤하고 끈끈한 타액.
봄을 맞아 더욱 결마다 농익은
버들가지 같은 허리.
격정의 숨결 새어 나오는
앵두 같은 입.
샛별 같은 눈동자는 몽롱해지고
백옥 같은 살결엔 땀방울이 맺힌다.

풍만한 젖무덤이 흔들거리고
젖무덤 사이에 땀방울이 흘러내린다.
여자 맛을 한번 보더니
이젠 굶주린 호랑이가 새끼 양을 삼키듯 하네.
남자 맛을 한번 보더니
목마른 용이 물을 얻은 듯하네.
애석하도다, 참선으로 얻은 감로수,
홍련의 두 꽃잎 사이로 흘러들어 가고 말았네.

오계선사가 홍련과 운우지정을 나누고 난 시각은 바로 오경으로, 사방이 밝아 오고 있었다. 오계선사는 궁리 끝에 옷장 열쇠를 따고 그 안의 옷을 다 들어낸 뒤 홍련을 들어가게 했다.

"먹을 것은 내가 가져다줄 터이니 걱정하지 말고 들어가 있어라."

홍련 역시 첫 경험이 나쁘지 않았던 듯 거리낌 없이 옷장 안으로 들어갔다. 오계선사는 다시 옷장 문을 잠갔다. 그런 다음 본전에 들어가 독경을 마치고 다시 돌아와 방문을 잠그고는 옷장 문을 다시 열어 홍련을 나오게 했다. 홍련에게 밥을 주고 난 뒤 간식거리를 옷장 안에 넣어 주고는 또 옷장 문을 잠갔다. 밤에 청일이 찾아와 홍련을 데리고 돌아갔다.

바로 그날 밤 참선을 마친 명오선사는 오계선사가 홍련과 운우지정을 나눠 색계를 범하는 바람에 오랜 기간의 수련이 수포로 돌아갔음을 알아차렸다. 지혜의 눈이 그에게 그 사실을 알려 준 것이다.

"남들이 눈치채지 못하게 넌지시 권하여 다시는 이런 일을 하지 못하게 해야겠다."

다음 날은 마침 6월의 마지막 날이었다. 연못에 하얀 연꽃, 빨간 연꽃이 흐드러지게 피었다. 명오선사는 행자를 시켜 하얀 연꽃을 한 송이 따서 방으로 가지고 와 화병에 꽂게 했다. 그런 다음 다른 행자를 시켜 오계선사를 모셔 오게 했다.

"내가 오계선사를 모시고 연꽃 구경이나 하면서 시도 짓고 이야기도 나누고 싶다고 전하여라."

얼마 후 행자가 오계선사를 모시고 들어왔다. 두 선사는 인사를 나누고 같이 앉았다. 명오선사가 먼저 말문을 열었다.

"사형, 오늘 연꽃이 만개한 것을 보니 한 송이 꺾어 화병에 꽂고 특별히 사형을 모시고 시도 짓고 이야기도 나누고 싶었습니다."

오계선사가 대답했다.

"그대의 고아한 취향에 나도 기꺼이 동참하지요."

행자가 차를 올렸다. 차를 마시고 나서 명오선사가 행자에게 일렀다.

"지필묵을 가지고 오너라."

행자가 지필묵을 대령했다. 오계선사가 입을 열었다.

"무엇으로 시제를 삼을까요?"

명오선사가 대답했다.

"연꽃을 시제로 삼으면 어떨까요?"

오계선사가 붓을 들고 먼저 시를 적었다.

연꽃 봉오리 막 꽃잎을 열었네
해바라기, 석류꽃과 짝하니 그 향기 더욱 고와라.
빨간 석류꽃 같아 아름답기 그지없으나,
비취빛 연꽃 잎보다 향기롭지는 못하리.

오계선사가 시를 다 지으니 명오선사가 이렇게 말했다.
"사형께서 이런 시를 지으시니 소승이 화답하는 시를 짓겠습니다."
명오선사가 바로 붓을 들어 네 구절의 시를 지었다.

봄 되니 피어나는 복숭아꽃 살구꽃
아름다움 다투는 천만 송이 꽃
여름 되니 피어나는 연꽃
빨간 연꽃이 어찌 하얀 연꽃만큼 향기로울까?

명오선사는 오계선사가 지은 시에 차운하여 화답시를 다 짓고 나서 호탕하게 웃었다. 오계선사는 시를 다 읽어 보더니 문득 깨닫는 바가 있는지 갑자기 얼굴빛이 붉어졌다. 명오선사에게 급히 돌아가야 한다는 말을 남기고 서둘러 자기 방으로 돌아와 행자에게 분부했다.
"어서 목욕물을 데우도록 하라. 목욕을 해야겠구나."

행자는 황급히 물을 데워 오계선사가 목욕을 할 수 있게 준비했다. 목욕을 마친 오계선사는 새 옷으로 갈아입고 방 안으로 의자를 옮겼다. 그리고 그 의자에 앉아 붓을 들고 하얀 종이를 펼쳐 세상을 하직하는 노래 「사세송」 여덟 구절을 적었다.

내 나이 마흔일곱
모든 깨달음이 이제 그 출발점으로 돌아가는구나.
한때 생각을 잘못 먹어
이제 이렇게 황급히 떠나가는구나.
명오선사에게 전해 주구려
나를 깨우쳐 주느라 수고하셨다고.
이 몸은 번개 치듯 그렇게 빨리 떠나가리니
하늘은 의구하게 푸르기만 하구려.

노래를 다 적은 오계선사는 자기 앞에 향로를 놓고 향을 사르게 한 뒤, 결가부좌를 틀고 앉아서 합장한 채로 열반에 들었다.
오계선사의 행자가 황급히 달려가 이 사실을 명오선사에게 알렸다. 명오선사가 깜짝 놀라서 방으로 달려갔으나 오계선사는 이미 열반에 든 뒤였다. 오계선사의 앞에 놓인 노래를 보더니 명오선사가 이렇게 말했다.
"색계를 범한 일을 뺀다면 그대는 얼마나 뛰어난 승려인가. 그대가 이생에 사내대장부로 살았다 한들 불, 법, 승 삼보를 믿지 아니하면 결국 부처의 도를 해치는 것이며 후생에 고해에 빠져들고 불법에 귀의하지 못할 것이니 이 어찌 애통하지 않으리오. 정말 애통하기 그지없는 일이오. 그대가 이렇게 빨리 떠나가니 나도 바로 그대를 쫓아가리다."

명오선사는 즉시 목욕물을 준비하게 하고 목욕을 했다. 옷을 갈아입고서 방에 들어가 의자에 결가부좌를 하고 앉아 여러 도반들을 불렀다.

"나는 이제 오계선사의 뒤를 따라가련다. 그대들은 관을 두 개 준비하여 우리 둘을 각각 나눠 담고 사흘 동안 기다렸다가 같이 화장하도록 하라."

명오선사는 당부를 마치고 열반에 들었다. 뭇 스님들은 어찌 이리 기이한 일이 있는가 하며 깜짝 놀랐다. 성 안팎의 사람들이 두 선사가 한날에 같이 입적했다는 소식을 듣고 달려와 향을 사르고 절을 올리고 보시를 했다. 그 수가 너무도 많아 이루 다 헤아릴 수가 없을 정도였다. 바쁘고 시끌벅적한 사흘이 지나고 두 선사를 모신 관을 메고 금우사로 가서 다비식을 거행하고 유골을 수습하고 흩뿌렸다.

청일은 매파에게 부탁하여 홍련을 부채 만드는 기술자 유가(劉哥)에게 시집보냈다. 청일이 홍련 부부의 봉양을 받으며 일생을 보냈음은 두말할 필요가 없겠다.

한편 명오선사의 영혼은 오계선사를 따라 사천 미주의 미산현으로 날아갔다. 오계선사는 이곳에서 이미 다른 사람의 아들로 환생했으니 그 사람의 이름은 소순(蘇洵)으로 자는 명윤(明允), 호는 노천거사(老泉居士)이며, 시와 예에 통달한 사람이었다. 그의 부인 왕 씨가 외눈박이 스님이 방 안으로 들어오는 꿈을 꾸고선 다음 날 아침 아들을 낳았는데 이목구비가 너무도 준수하여 부모가 한참이나 좋아했다. 그 아이가 사흘, 한 달, 백일, 일 년을 무럭무럭 자라났음은 굳이 다시 설명하지 않아도 될 것이다.

명오선사의 영혼은 바로 오계선사의 영혼이 환생한 고을에 사는 사원(謝原)이란 사람의 아들로 환생했다. 그의 아내 장 씨(章氏)가 나한이 찾아와 두 손을 합장하고[3] 시주를 바라는 꿈을 꾸었다. 장 씨가 놀라서 깨었다가 아들을 낳았다. 아이의 이름을 사서경(謝瑞卿)이라 지어 주었다. 사서경은 어려서부터 고기와 술을 먹지 않고 한결같이 출가하기만을 바랐다. 그러나 대대로 벼슬을 해 온 집안인데 부모가 어찌 그 말을 들어주려 하겠는가? 억지로 학당에 보내니 천성이 총명하여 한번 읽었다 하면 모두 외우고 시부를 지어도 남들보다 훨씬 빼어났다. 그는 경서 내전 읽기를 좋아했으며 모든 내용을 다 통달했다. 어떤 고승의 강론이라도 그보다 낫지 못할 정도였다. 그러나 학문 수준이 이렇게 높고 깊음에도 그는 과거를 보려 하지 않았으며 공명을 이루는 일은 그저 웃음만 짓고 하려 하지 않았다.

한편 소순의 아들은 일곱 살이 되면서부터 글을 읽고 글자 쓰기를 배웠다. 너무도 총명하여 한 번에 다섯 줄을 읽을 정도였으

---

3 원문은 '수지불인(手持佛印)'이다. 그대로 옮기면 '손에 부처의 인(印)을 지니고'라는 뜻이다. 이때 인(印)은 수인(手印), 즉 손 모양으로 합장, 선정, 항마 등의 의미를 표현하는 것이다. 사서경이 출가하면서 인종에게서 받은 법명이 불인(佛印)임을 생각하면 이 대목은 사서경의 운명을 미리 예고하는 복선이 됨을 알 수 있다.

며, 나중에 열 살이 되어서는 오경과 삼사(三史)에 모두 통달했다. 이름은 소식(蘇軾)이고 자는 자첨(子瞻)이었다. 소식의 문장은 천하의 으뜸이라 붓을 들었다 하면 영롱한 문장을 막힘없이 지어내고 어려서부터 사서경과 동문수학하며 서로 돈독히 지냈으나 취향은 서로 달랐다. 소식은 공명에 뜻을 두었으며 불법을 믿지 않아 중을 극도로 싫어했다.

"머리 깎지 않은 자 가운데 악독한 자가 없고, 악독한 자가 아니면 머리 깎지 않는다. 악독해지면 머리 깎고, 머리 깎으면 악독해진다. 언제고 내가 권력을 잡으면 저 땡중들을 다 쓸어버릴 것이다."

소식은 사서경이 고기와 술을 입에 대지 않는 것을 보고 크게 웃으며 이렇게 말했다.

"술과 고기 역시 사람에게 영양을 공급해 주는 것이야. 너처럼 살생하지 않는다면서 고기를 먹지 않으면 온 길거리에 양이나 돼지나 닭이 넘칠 것이니 사람은 어디서 살지? 게다가 술은 쌀로 만드는 것이라 살생하는 것도 아닌데 술을 마시는 게 무슨 문제가 있다는 거야?"

두 사람은 만나기만 하면, 사서경은 소식에게 불교를 공부하라고 권하고, 소식은 사서경에게 과거 공부를 해 보라고 권했다. 이럴 때마다 사서경은 소식에게 이렇게 말하곤 했다.

"벼슬살이가 뭐 대단하다고. 차라리 불학을 익혀 삼생의 인연을 깨닫는 게 낫지."

"그 불학이라는 게 뜬구름 잡는 거잖아? 벼슬을 하여 실제 일을 하는 게 더 낫지."

이렇게 서로 하루 종일 입씨름을 하곤 했다.

인종 황제 가우(嘉祐) 원년(1056)에 소식이 동경에 가서 과거에 응시했다. 소식은 사서경도 함께 가기를 원했으나 사서경이 거절했다. 소식은 단번에 급제하여 한림학사에 임명되었다. 비단옷에 맛난 음식, 앞뒤로 사람들이 밀어 주고 당겨 주어 엄청난 부와 명예를 얻자 소식은 단짝인 사서경이 굳이 벼슬을 마다했던 일을 떠올렸다.

"서경을 동경에 데려와야지, 내가 이렇게 출세한 것을 보면 공명을 이루고 싶은 마음이 생길 거야."

그리하여 사람을 시켜 미산현의 사서경에게 편지를 전하고 모셔 오게 했다. 한편, 사서경은 공명을 이룬 소식이 더욱 부처를 비방하고 스님들을 멸시할까 걱정하며 그에게 불교에 귀의하라고 권유하고자 소식이 보낸 사람을 따라 동경에 왔다. 두 사람이 만나서 하루 종일 이야기를 나누었으나 각자 자기주장만을 펼칠 뿐 누구도 굽히려 들지 않았다.

그러나 세상사는 참으로 우연찮게 전개되는 법. 마침 동경에 큰 가뭄이 들어 사방의 땅이 쩍쩍 갈라졌다. 인종 황제는 교지를 내려 특별히 궁궐 안에 제단을 쌓고 이레 동안 기우제를 지내게 했다. 인종 황제도 직접 기우제에 나와 두 번이나 향을 살랐으며 만조백관도 모두 하얀 옷을 입고 집례하느라 분주했다. 이 기우제의 축문을 짓는 것이 한림학사의 몫이었다. 소식은 축문 짓는 임무를 받들고 사서경을 같이 데려가려 했으나 사서경은 별로 가고 싶어 하지 않았다. 소식이 사서경에게 말했다.

"자네는 불교를 좋아하지 않는가. 오늘 조정에서 서른여섯 개 절의 스님들을 초치하여 기도 도량을 만들고 독경과 제사를 드리는데 가 보지 않으면 섭하지 않겠는가?"

사서경이 대답했다.

"조정에서 지내는 초제라는 게 겉으론 의식이나 축문이 그럴 듯해도 다 틀에 박힌 건데 고승이 와서 설법을 하고 말고가 어디 있겠나?"

그래도 소식이 불교를 받아들일 팔자여서 이런 기회가 찾아온 것인가. 소식이 기어코 데리고 가겠다는 심산으로 사서경에게 떼를 쓰니 사서경도 마냥 거절하지만은 못하고 결국 따라나서기로 했다. 두 사람은 함께 기우제 지내는 곳에 도착했다. 사서경은 도사 복장을 하고 제단 주변을 오갔다.

이때 인종 황제의 어가가 도착하니 만조백관이 맞아들였다. 황제가 불전에 절을 올리고 향을 살랐다. 사서경도 한 발 앞으로 나아가 황제의 용안을 바라보았다. 황제 역시 자신을 바라보는 사서경을 발견하고 주목했다. 사서경의 훤칠한 얼굴형과 커다란 귀, 위엄 있는 자태는 당연 눈에 띄었다. 황제가 입을 열어 물었다.

"이자는 누구인가?"

소식은 황제의 하문을 듣고 당황했으나 순간 기지를 발휘하여 무릎을 꿇고 고했다.

"대상국사에 새로 들어온 행자입니다. 불경에 통달한지라 특별히 오늘 기우제에 향불을 사르는 역할을 맡았다고 합니다."

황제가 사서경을 보고 말했다.

"참으로 잘생겼구나. 불경에 통달했다니 그대에게 도첩을 내려 승려가 되게 해 주겠다."

사서경은 어려서부터 출가하고 싶은 마음이 굴뚝같았는데 마침 황제가 자신을 승려로 만들어 주겠다니 더 이상 바랄 게 없었다. 사서경은 성은에 감사하면서 엎드렸다.

"성은을 입어 이렇게 도첩을 받고 승려가 되는 것이니 원컨대 폐하께서 법명을 내려 주시길 앙망합니다."

황제는 예부에 명하여 도첩을 가져오게 한 다음 어필로 '불인(佛印)'이라는 두 글자를 적어 주었다. 사서경은 도첩을 받아 들고 다시 한번 머리를 조아렸다. 황제가 탄 마차가 떠나자 사서경은 초제단 앞으로 나아가 바로 머리를 깎고 자신을 불인이라 부르며 더 이상 사서경이란 이름을 쓰지 않았다. 대상국사의 스님들도 불인이 불법에 통달한 데다가 황제께서 직접 도첩을 하사하고 게다가 소식의 죽마고우라는 사실을 알고는 감히 함부로 대하지 못했다. 그들이 모두 불인을 선사라 불렀음은 두말할 필요도 없다.

한편 소식은 사서경을 동경으로 불러들여 그에게 벼슬길에 나아가도록 부추길 참이었는데, 어쩌다 보니 함께 기우제에 참석했다가 사서경이 머리를 깎고 불인이라는 법명까지 받아 버리자 마음이 착잡하기 이를 데 없었다. 사서경이 그동안 자기에게 불학을 공부하라고 그렇게 권해도 들은 척도 하지 않았는데, 오늘은 이렇게 자기가 사서경을 중으로 만들고 말았으니 이게 하늘에서 정해 놓은 운명인가 하는 생각이 들었다.

사서경은 또 본디 출가하고자 하는 염원이 가득했지만 소식에게는 일부러 너 때문에 중이 되었다는 식으로 원망을 해 대 소식을 당황케 했다. 더불어 중들은 모두 되먹지 못한 놈들이라는 험담을 다시는 하지 못했다. 불인선사가 설법을 하면 소식은 꾹 참고 들을 수밖에 없었는데, 제대로 듣지 않으면 불인선사가 버럭 화를 내곤 했다. 하지만 불법을 자주 듣다 보니 자기도 모르게 귀에 익숙해지면서 불법도 나름 사리에 맞고 오묘하다는 생각이 들어 물과 기름처럼 서로 겉도는 상황은 면하게 되었다.

매월 초하루와 보름이면 불인선사가 소식을 대상국사로 불러 예불을 드리게 하니 소식도 불인선사의 말을 따르지 않을 도리가 없었다. 그러다 보니 평소 불인과 불법에 대하여 스스럼 없이 대화를 나누는 정도가 되었다. 소식이 대상국사에 들어와 불인선사와 이야기를 나누다 보면 불법을 논하기도 하고 차운하여 시를 주고받기도 했다. 불인이 술과 고기를 입에 대지 않으니 소식도 자연스레 채식을 하게 되었다. 불인선사가, 부처와 승려를 비방하던 사대부 학사 소식을 부처와 승려를 아끼기를 마치 자식이 부모를 믿고 우러러보듯 하는[子瞻]⁴ 소식으로 바꾸어 놓은 것이다. 불인선사는 이참에 소식에게 벼슬을 그만두고 불교에 귀의하라고 권했다.

"먼저 벼슬살이하면서 이름을 드날린 후 그대의 절의 동쪽 편

----

4 '자첨(子瞻)'은 소식의 별명이다. 이 별명은 문자 그대로 풀이하면 '아들이 부모를 우러러 바라본다'는 뜻이다. 소식의 별명을 끌어들여 소식이 불교를 대하는 태도가 바뀌었음을 멋들어지게 표현해 냈다.

에 집을 짓고 그대와 함께 은거하리다."

이에 소식은 자신의 별명을 동쪽 언덕에서 은둔하는 거사라는 의미로 동파거사(東坡居士)로 지었고 사람들은 소식을 소동파라고 불렀다.

소동파가 한림원에서 근무하던 신종(神宗) 황제 희녕(熙寧) 원년(1068)에 과거를 담당하는 지공거(知貢擧)에 임명되었다. 소동파는 과거 시험 문제를 출제하면서 당시의 재상 왕안석(王安石)을 조롱하는 문제를 냈다. 왕안석이 신종 황제에게 소동파가 재주를 믿고 경박하게 날뛰므로 내직에 두어서는 안 된다고 고해 마침내 항주통판(杭州通判)으로 폄적되었다. 소동파는 불인과 작별하여 항주로 부임했다. 소동파가 항주부에서 지내던 어느 날 문지기가 이렇게 말했다.

"스님이 한 분 찾아왔습니다. 이곳 항주 영은사(靈隱寺) 주지라고 하는데 나리를 뵙고자 합니다."

소동파는 문지기에게 무슨 일로 찾아왔는지 여쭤보라 했다. 불인은 밖에 있다가 문지기의 질문을 받고는 문지기에게 지필묵을 가져오게 하더니 네 글자를 써 주고는 다시 전하게 했다. 소동파가 보니 "시 짓는 중이 뵙기를 청하오[詩僧謁見]."라는 네 글자가 쓰여 있었다. 소동파는 즉시 붓을 들어 이렇게 적었다. "시 짓는 중이 감히 왕후를 알현하려고 하는가?" 그런 다음 이 종이를 다시 문밖의 스님에게 전달하라고 했다. 문밖의 스님은 네 구절의 시를 적었다.

대해는 이무기를 품을 만하고
높은 산은 봉황이 노니는 터전이 되누나.
가소롭다, 도량 좁은 소인이여
시 짓는 중이 감히 왕후를 알현하려 든다고 하다니!

소동파는 스님이 적어 준 시를 보다가 어쩐지 눈에 익은 글자
체라 생각하다가 깜짝 놀라 소리를 질렀다.
"그가 어인 일로 여기에? 어서 가서 모셔 오너라."
이 스님이 누구인가? 바로 불인선사였다. 소동파가 외지인 항
주로 발령을 받자 불인선사는 대상국사의 스님들에게 작별 인사
를 고하고 항주 영은사의 주지를 맡아 소동파와 아침저녁으로
왕래하고자 했던 것이다. 나중에 소동파가 항주에서 서주로, 서
주에서 호주(湖州)로 폄적될 때에도 불인선사는 늘 소동파의 뒤
를 따랐다.
신종 황제 원풍(元豊) 2년(1079), 소동파는 호주의 지부(知府)로
임명되었다. 소동파는 당시의 시대 상황에 느끼는 바가 있어 시를
몇 수 지었다. 그 시에는 풍자의 기세가 있을 수밖에 없었다. 어
사 이정(李定), 왕규(王珪) 등이 상소를 올려 소동파가 조정을 비
방했다고 진언했다. 신종 황제는 격노하여 교위(校尉)에게 소동파
를 동경으로 압송하게 하여 하옥시키고 이정을 시켜 심문하게 했
다. 이정은 왕안석의 문하로 소동파와 척을 지고 있는 사이였다.
이정은 소동파가 대역무도한 죄를 지었으니 극형에 처해야 한다
고 했다. 소동파가 감옥 안에서 곰곰이 생각해 보니 과거 공부를

하고 공명에 뜻을 둔 까닭에 이런 횡액을 당한 것이라, 스스로 시를 지어 자신의 죽음을 애도하고자 했다. 그 시 가운데 한 수는 이러했다.

사람들은 다 똑똑한 아들을 낳으려 하지
그러나 나는 외려 똑똑해서 죽음을 맞는구나.
아들을 낳거들랑 바보처럼 키우시라
화를 면하고 시기 질투를 면해야 공경대부도 되는 거라네.

소동파는 시를 짓고 나서 처연하게 눈물을 흘렸다.
"지금 내 신세가 바로 푸줏간의 칼잡이한테 잡힌 닭이나 오리 같은 신세니 그저 죽을 일만 남았구나. 아아, 닭이나 오리가 무슨 죄가 있을까. 평소에 닭이나 오리를 참으로 잘도 먹었구나. 닭이나 오리가 말을 할 줄 몰라서 억울해도 말을 하지 못했을 뿐이리니. 그래, 나 소동파는 말을 할 줄 안다손 누구에게 이 억울함을 하소연할까? 괴롭고 쓸쓸하구나! 불인이 나에게 늘 살생을 삼가고 계율을 지키고 벼슬살이를 그만두고 불가에 귀의하라고 했거늘 지금 생각해 보니 그의 말이 구구절절 옳은 말이로구나. 그의 말을 듣지 않은 게 후회 또 후회로다."
소동파가 한참 탄식하던 바로 그 순간 염주 소리와 함께 아미타불 소리가 들려왔다. 깜짝 놀라 눈을 비비고 바라보니 바로 불인선사였다. 소동파는 자신이 옥에 갇혀 있다는 사실도 잊은 채 벌떡 일어나 불인선사를 맞이하려 들었다.

"사형께서 어인 일이시오?"

"남산 효광사에 붉은 연꽃[紅蓮]이 만개했다고 하오. 우리 같이 어서 가 봅시다."

소동파는 자기도 모르게 자연스럽게 불인선사를 좇아 효광사에 갔다. 효광사의 산문을 들어가니 승방이 꼬불꼬불 이어져 있는 모습이 왠지 전에 자주 와 본 것처럼 눈에 익었다. 법당에 놓여 있는 종이나 불경 같은 것들도 익숙하여 마치 자기 집에 온 듯한 것이 너무도 기이한 생각이 들었다. 절 앞뒤로 한번 돌아보았으나 홍련이 보이지는 않았다. 소동파가 불인선사에게 물었다.

"홍련이 어디 있지?"

불인선사가 손가락으로 뒤로 가리키며 말했다.

"저기 홍련이 오고 있잖아."

소동파가 고개를 돌려보니 젊은 처자 하나가 천불전 뒤쪽에서 사뿐사뿐 걸어오고 있었다. 처자는 소동파 앞으로 다가와 두 손을 모아 인사했다. 소동파가 보니 왠지 전부터 알던 처자 같았다. 그 처자가 소맷부리 속에서 화전지 한 장을 꺼내어 건네더니 소동파에게 시 한 수를 적어 달라고 부탁했다. 불인선사가 진즉 붓과 벼루를 준비해 주었다. 소동파는 아무런 망설임 없이 손이 가는 대로 네 구절의 시를 적어 주었다.

사십칠 년의 수행, 한순간의 잘못 먹은 생각
홍련에 미혹되어 타락하고 말았구나.
효광사에 새벽 종소리 들리니

이번엔 여래의 발을 꼭 붙잡으리라.

그 처자는 소동파가 적어 준 시를 보더니 갈기갈기 찢어 버리고 와락 소동파를 껴안으며 이렇게 말했다.

"소위 학문한다는 사람이 은혜를 저버리고 의리를 잊어서는 안될 것이오."

소동파는 어쩔 줄을 몰랐다. 불인선사가 손을 뻗어 그 처자를 떼어 놓았으나 소동파는 등에서 식은땀이 줄줄 흘렀다. 깜짝 놀라 일어나 보니 한바탕 꿈이었다. 옥중의 북소리는 오경을 알리고 있었다. 소동파가 생각해 보니 이 꿈이 그냥 보통 꿈은 아닌 것 같았다. 꿈에 나왔던 시 역시 한 글자도 빠짐없이 정확하게 기억났다. 도대체 영문을 알 길이 없었다. 멀리서 새벽을 알리는 종소리가 들려오는데 마음속에서는 분명 깨달음이 터져 올라왔다.

"내가 분명 전생에 효광사에서 출가했다 색욕에 빠져 파계했기에 금생에서 이렇게 고초를 겪는 것이리라. 만약 부처님의 은혜로 다시 해를 보는 날이 온다면 내 일심으로 불교에 귀의하여 불법을 공부하고 수행하리라."

잠시 후 날이 밝았다. 옥졸이 소동파에게 다가와 축하하며 소동파가 사면을 받아 죽음을 면하고 황주(黃州)로 폄적되어 단련부사(團練副使)에 임명되었다는 말을 전해 주었다. 소동파가 사면을 받아 옥문을 나서니 불인선사가 옥문 밖에서 기다리다가 다가와 인사를 건넸다.

"별 탈은 없으신가? 참으로 오랜만이네."

소동파가 동경으로 압송된 이래 불인선사는 다시 동경에 있는 대상국사의 주지로 돌아와 소동파의 소식을 알아보았다. 소동파가 죽을 수도 있는 죄를 지었다는 소식을 듣고는 소동파를 위하여 사방에 호소도 하고 구명 운동도 했다. 그 와중에 오충(吳充)과 왕안례(王安禮)라는 두 의인이 황제의 면전에서 소동파를 위해 극력 변호해 주었다. 전전황제 인종 때부터 소동파가 재주가 많다는 이야기를 익히 들어 온 태황후 조 씨(曹氏)가 소동파를 위해 궁중에 두루두루 부탁하는 말을 해 주었다. 이런 연유로 신종 황제는 겨우 마음을 바꿔 소동파의 사면장에 서명을 해 주었던 것이다. 소동파가 불인선사를 보니 이는 분명 죽었다가 다시 살아나서 만나는 격이라 반가운 마음을 가눌 길이 없었다. 소동파는 일단 오봉루(五鳳樓)에 나가 성은에 감사를 올렸다. 그런 다음 대상국사로 불인선사를 찾아가 지난밤 자신이 꿨던 꿈 이야기를 해 주었다. 불인선사가 소동파의 이야기를 듣더니 중간에 말을 자르고 이렇게 말했다.

"소승도 어제 같은 꿈을 꾸었습니다."

그러면서 불인선사가 소동파를 이어서 꿈 이야기를 계속하는데 소동파가 꾼 꿈과 딱 맞아떨어졌다. 두 사람은 너무도 기이하여 말을 잇지 못했다.

다음 날 소동파를 황주로 귀양 보낸다는 황제의 조서가 하달되었다. 소동파는 전에 불인선사와 한 약속을 떠올리면서 황주에 부임하기 전에 길을 돌아 영해군 전당문 밖 효광사를 찾았다. 효광사에 가까워질수록 길과 집들이 꿈속에서 본 것과 너무도 똑

明悟禪師趙五戒

같았다. 효광사의 스님들 가운데 오계선사가 홍련과 사랑을 나눠 색계를 파계한 일을 이야기하지 않는 자가 없었다.

스님들은 오계선사가 입적하기 전에 남긴 「사세송」을 아직도 간직하고 있다고 말했다. 소동파가 그 노래를 가져다 달라고 부탁하여 읽어 보니 자기가 꿈속에서 적었던 네 구절의 시와 너무도 잘 맞아떨어졌다. 이제야 소동파는 불법의 윤회설이 허튼소리가 아니며 불인선사가 명오선사의 환생임을 인정하게 되었다. 이제 소동파는 머리를 깎고 납의를 입고 불인선사의 뒤를 이어 출가하고자 했다. 그러나 이때 불인선사가 소동파를 말렸다.

"벼슬살이를 하는 그대의 인생 팔자가 아직 끝나지 않았다네. 지금부터 이십 년은 더 지나야 이 홍진세계를 초탈할 수 있을 것이네. 다만 이 도심을 그대로 이어 가서 변하지 않기를 바라네."

소동파는 불인선사의 말을 듣고 다시 황주로 발길을 돌렸다. 이제 소동파는 살생을 범하지도, 술을 입에 대지도 않았으며 머리부터 발끝까지 포의를 입었다. 또 매일 불경을 읽고 예불을 올렸다. 소동파가 황주에 기거하던 삼 년 동안 불인선사는 늘 소동파 곁에 기거하며 아침저녁으로 함께했다.

철종(哲宗) 황제 원우(元祐) 원년(1086), 소동파는 동경으로 돌아가 한림학사 겸 경연관이 되었다. 몇 년 지나지 않아 예부상서가 되고, 단명전(端明殿) 대학사가 되었다. 불인선사는 또 대상국사로 돌아와 늘 소동파 곁을 지켜 주었다.

소성(紹聖, 1094~1097) 연간에 장돈(章惇)이 재상이 되어 왕안석의 정책을 다시 시행하면서 소동파를 정주(定州)에 귀양 보냈다. 소동파가 불인선사에게 작별 인사를 하고자 대상국사를 찾았다. 불인선사가 소동파에게 이렇게 말했다.

"그대가 전생에 쌓은 업보가 아직 다 끝나지 않았으니 앞으로도 간난고초가 몇 차례 더 있을 것이오."

"나는 언제나 이런 것들에서 다 벗어날 수 있을까요?"

불인선사는 소동파에게 여덟 글자를 알려 주었다.

'영(永)' 자를 만나면 돌아올 것이며[逢永而返]
'옥(玉)' 자를 만나면 끝날 것이로다.[逢玉而終]

불인선사가 이렇게 덧붙였다.

"이 여덟 글자를 잊지 말고 기억하시오. 그대가 이번에 가야 할 길이 너무 멀어 내가 따라갈 수가 없구려. 나는 이곳 동경에서 그대를 기다리겠소."

소동파는 처연한 마음으로 불인선사와 작별했다. 소동파는 정주에 도착한 지 반년이 못 되어 다시 영주(英州)로 귀양을 떠났다. 그리고 또 얼마 후 혜주(惠州)로 귀양을 떠났다. 혜주에서 일 년 정도 지내다가 다시 담주(儋州)로, 담주에서 다시 염주(廉州)로, 염주에서 다시 영주(永州)로 흘러 다니게 되었다. 그제야 소동파는 불인선사가 왜 "가야 할 길이 너무 멀다."라고 말했는지 깨달을 수 있었다.

영주에서 지내기 시작하여 얼마 되지 않아 사면장이 도착했다. 더불어 소동파를 옥국관(玉局觀)의 책임자로 임명했다. 소동파는 전에 불인선사가 일러 준 여덟 글자를 떠올렸다.

"내가 영주에 귀양 와서 '영' 자를 만났으니 돌아갈 운명이고, 옥국관의 책임자로 임명되었으니 이제 생애가 끝날 운명이구나."

소동파는 짐을 꾸려 출발하여 동경에 도착하여 불인선사와 재회했다. 불인선사가 소동파에게 말했다.

"나는 진즉부터 고향에 돌아가고 싶었으나 그저 그대가 오기만을 기다리며 참고 있었소이다."

이때엔 소동파 역시 불교의 이치에 크게 통달한지라 불인선사의 말이 무슨 의미인지 단번에 알아차렸다. 그날 밤 불인선사와 소동파는 목욕재계를 하고, 오경까지 서로 강론을 주고받다가 헤어졌다. 불인선사는 대상국사에서 입적했고 소동파도 숙소로 돌아와 고통 없이 편안하게 숨을 거두었다.

휘종 황제(1101~1125) 치세에 한 방사가 이렇게 말한 바 있다.

"소동파는 대라선(大羅仙)으로 태어났으나 불인선사가 평생 함께해 주어 지옥에 떨어지지 않았다. 불인선사는 부처의 화신이다."

두 생애에 걸친 인연은 고래로 드문 일이라 지금까지도 재미있는 이야기로 전해지고 있다.

선종의 가르침 어찌 빼어나지 않으리
부처의 가르침 세상에 흘러 전한다네.
쇳덩어리 나무에서 꽃이 피는 건 어렵지 않으나
아비지옥에서 빠져나오는 건 어려운 일이네.

鬧陰司司馬貌斷獄

사마모가
저승 세계를 휘저으며
죄인을 판결하다

세상이 정의의 방향으로 움직이지 않는다고 생각할 때 사람들은 분노를 느낀다. 이 작품의 주인공은 분노하여 저승 세계를 방문했다가 열두 시간 동안 염라대왕 역할을 맡는다. 그리고 지난 역사에서 억울하게 죽었다고 주장하는 원혼들의 마음을 풀어 준다. 그 방식은 환생, 다시 살게 하는 것이다. 죽인 자는 죽임을 당하는 자로, 죽임을 당한 자는 죽이는 자로 말이다.

풍몽룡은 이 작품을 논평하면서 등장인물들이 "내 가슴속의 불평을 다 이야기해 준다."라고 했다. 속이 시원했던 모양이다. 자기처럼 실력은 뛰어나나 돈이 없고 배경이 없어 과거에서 실패한 주인공 사마모에게 동병상련을 느꼈던 듯하다. 부와 권력이 자격 없는 자들의 손에 쥐어져 있다는 인식을 갖고 있었던 것이다. 하지만 삶과 죽음, 그리고 우주의 운행을 어찌 인간의 의지로 참견할 수 있을까?

원나라 지치(至治, 1321~1323) 때 나온 『삼국지연의』의 아버지뻘 되는 『전상삼국지평화(全相三國志平話)』에는 이 작품과 같은 내용이 책머리에 실려 있다. 그러므로 이 작품의 연원은 원 대 이전으로 거슬러 올라간다. 『전상삼국지평화』는 삼국 시대는 바로 한나라가 건국되는 과정에서 나타난 수많은 인물들의 개인적 은원으로 인해 탄생했다는 것, 역사는 반복되고, 이 세상의 정의롭지 않은 일은 이렇게 수십 세대를 거쳐서라도 응징받는다는 것을 보여 주고자 했다. 정의가 소설에서나마 구현되는 것을 보고 독자들은 통쾌함을 느꼈을 수 있다. 그러나 『삼국지연의』에는 이 대목이 모두 빠져 버렸다. 나관중은 너무 황당하다고 생각했던 듯하다.

정신없고 부질없는 세상사

만족을 바란다손 언제나 만족을 느낄 것인가?

생각이 바로서야

풍요롭거나 쪼들리거나 흔들리지 아니하고

형편이 급격히 어려워져도 견뎌 내는 것이라오.

한창 잘나갈 때 너무 설쳐 대지 마시라

세상사 엎치락뒤치락한다는 걸 명심해야 할지니.

검은 머리 부질없이 하얀 눈이 내리기만 하고

공연히 애만 쓰누나.

그 누가 마다하리?

황금으로 지은 집을.

그 누가 마다하리?

천석 만석의 곡식을.

그러나 그대 팔자에

그런 운수 없으려니

괜히 헛심 쓰며 따지지 마시게

자손들은 자기들의 먹을 복을 타고날지니.

불사약 찾으러 봉래산에 갈 건 또 무어란 말인가?

그저 욕심을 줄이면 될 것을.

이 작품은 '강물을 온통 붉게 물들인다'라는 의미의 「만강홍 (滿江紅)」이라는 사로, 지은이인 회암화상은 사람들에게 천명을 받아들이라고 권하고 있다. 인간사 모든 깃이 팔자소관이니 팔지에 들어 있으면 저절로 이루어질 것이며 팔자에 있지 않은 것은 아무리 노력해도 얻을 수 없다는 것이다. 그대가 수재 사마중상 (司馬重湘)도 아니면서 염라대왕한테 따지고 소란이라도 피우겠다는 것인가? 이보시오, 이야기꾼, 사마중상이 도대체 어떻게 염라대왕한테 뭐가 옳으니 뭐가 그르니 하면서 따졌단 말이오? 하하, 다음 회를 보면 아실 거요.

이 세상엔 억울한 일 왜 이리 많은가

사다리 타고 하늘로 올라가 하소연하고 싶네.

하늘이 공평치 않다고 탓하지 마소

모든 게 대대손손 인과응보라네.

한편 동한 영제(靈帝, 168~189) 때 촉군(蜀郡) 익주(益州)에 한

선비가 살았으니 성은 사마, 이름은 모, 자는 중상이었다. 총명하기 이를 데 없어 한 번에 글 열 줄을 읽고 이해했다. 여덟 살 때 이미 문장을 지을 줄 알았으니 군의 사람들이 모두 신동이라 칭송했으나 낙양으로 과거 시험을 보러 갔다가 시험관에게 불손하게 굴어 낙방하고 말았다.

나이가 들어서는 지난날 건방 떨고 다닌 것을 후회하고 행동거지를 조심하면서 바깥일에 신경을 끊고 공부에 매진했다. 부모상을 치르면서 도합 육 년 동안 시묘를 사니 사람들이 입에 침이 마르도록 칭찬했다. 군의 사람들이 그를 효성스럽고 청렴한 자들을 가려 뽑는 과거, 또는 도리를 제대로 알거나 학문이 빼어난 자들을 뽑는 과거에 추천했지만 돈 있고 배경 좋은 자들이 합격을 독차지하는 바람에 사마중상은 그저 억울하고 답답한 마음뿐이었다.

광화(光和) 원년(178)부터 영제가 서궁(西宮)을 신축하기 시작하면서 매관매직을 일삼으니 관직의 높낮이가 돈의 다소에 비례했다. 삼공(三公)은 천만, 경(卿)은 오백만으로 공정 가격이 정해져 있었다. 최열(崔烈)이라는 자는 황제의 유모를 통해서 오백만을 내고 사도(司徒)가 되었다. 임명장을 주는 날 영제는 갑자기 너무 싸게 팔았다는 생각에 이렇게 한마디 했다고 한다.

"이렇게 높은 자리를 너무 싸게 팔았구나. 내가 좀 애를 먹여서 천만은 받아 내야겠다."

또한 영제는 홍도문학(鴻都門學)이란 자리를 새로 만들고 주, 군의 지사 그리고 삼공에게 돈 있는 집안의 자제를 추천하라고

했다. 돈을 많이 바치는 자들 가운데 뽑아서 지방직으로 자사(刺史), 중앙직으로는 상서(尙書)에 임명하니 자칭 군자들은 그런 자들과 어울리기를 꺼렸다. 집이 가난한 사마중상은 아무도 끌어 주는 사람이 없어 하릴없이 나이 쉰을 채웠다. 학문을 한가득 품고 있으나 출세 길이 막막하여 다른 사람 앞에 굽실거리다 보니 마음이 늘 앙앙불락했다. 이에 술을 들이켜고 문방사우를 꺼내어 작품을 지으니 바로 '원망'이라는 의미의 「원사(怨詞)」였다.

하늘은 나에게 재주를 주시고서
어찌 그 재주 알아보는 자는 안 보내셨을까?
나는 호걸이라 자부하나
어이하랴, 이 얄궂은 운수.
생애의 이 불우함이여
가난이 내 몸을 휘감고 있도다.
펄럭이는 황금색, 자색 옷이여
그 옷을 입은 자들은 누구인가?
허허, 머리는 텅 비었으되
주머니에 돈은 넘치는 자들이로다.
돈 있는 자 구름을 타고
돈 없는 자 진흙 고랑에 빠지는구나.
현자와 우둔한 자 뒤바뀌고
암수가 서로 바뀌었구나.
세상이 이렇게 타락했으나

나는 홀로 외로이 높게 머리 들고 있구나.
내 어찌 천도를 다 알까마는
천도 역시 불공평한 건 아닐까?
마지막 노래를 읊으려니
눈물이 앞을 가리누나.

사를 다 적고 나서 두세 번 연거푸 읽어 보았으나 아무래도 미
진한 마음에 사마중상은 다시 여덟 구절의 시를 더 지었다.

얻고 잃음, 잘되고 못되는 것
그것은 모두 전생에서 이미 정해지는 것.
묻노니, 그런 걸 정할 때
어이하여 인품의 선악을 따지지 않았던고?
선인은 도랑에 빠져 탄식하고
악인이 머리 들고 설치는 세상.
내가 염라대왕이 된다면
세상 한번 뒤집어엎으리라.

어느덧 해 저물어 등불을 밝히는 때, 사마중상은 등불 아래에
서 자기가 지은 시를 읽고 또 읽다가 자기도 모르게 울화가 치밀
어 시를 적은 종이를 등불에 붙여 태우며 소리쳤다.
"하늘이여, 하늘이여, 하늘이 정말 죽은 게 아니라면 뭐라 말
좀 해 보시오. 나 사마중상 일생을 나쁜 짓 하지 않고 부끄럽지

않게 살았으니 염라대왕 면전에 서도 당당하게 말할 수 있소이다!"

한바탕 소리를 지른 사마중상은 피곤을 느꼈는지 자기도 모르게 잠이 들고 말았다. 이때 키는 삼 척이 될까 말까 하고 파란 얼굴에 뻐드렁니가 튀어나온 일고여덟 명의 저승사자들이 탁자 밑에서 삐져나오더니 사마중상을 조롱하는 듯, 약 올리는 듯 소리를 냈다.

"야, 이놈아, 네가 공부를 했으면 얼마나 했다고 천지 신명을 원망하고 저승을 비꼬는 게냐! 우리가 너를 염라대왕 전에 끌고 갈 테다. 염라대왕 앞에서는 주둥아리를 어떻게 놀리는지 한번 보자."

"아니, 염라대왕이 공정하지 못했던 건 생각 안 하고 염라대왕한테 따진 것만 문제 삼다니, 이런 경우가 어디 있소!"

저승사자들은 들은 척 만 척 사마중상에게 다가와 누구는 다리를 잡고 누구는 손을 잡아 꿇어앉히더니 검은 새끼줄로 몸을 꽁꽁 묶었다. 사마중상이 소리를 지르며 깨어 보니 온몸이 땀에 젖어 있었다. 등불은 그저 꺼진 듯 켜진 듯 쓸쓸하게 방 안을 비추었다.

사마중상은 몇 차례 오한을 느끼고는 몸이 개운치 않으니 아내 왕 씨에게 따뜻한 차를 좀 준비해 달라고 했다. 아내가 차를 내와 받아 마셨는데 갑자기 머리가 무거워지고 발이 허공에 떠오르는 듯했다. 아내가 사마중상을 부축하여 침대에 뉘어 주었다. 다음 날도 사마중상은 침대에서 일어나지 못했다. 아내가 아무리 불러도 대답이 없었다. 도대체 어디가 불편한지 알 수가 없었다. 저녁때가 되니 콧김도 없고 입에서는 아무런 기운이 나오지도 않더니 몸이 뻣뻣하게 굳어 그예 저세상으로 떠나고 말았다. 왕 씨는 대성통곡하면서도 아직 사마중상의 손발이 따뜻하고 심장에 열기가 느껴져서 차마 포기하지 못하고 곁에서 울음만 울었다.

한편 여기서 이야기는 둘로 갈라진다. 사마중상이 「원사」라는 사를 짓고서 불에 태웠을 때 밤 귀신이 이걸 보고 옥황상제에게 보고했던 것이다. 옥황상제는 보고를 받고는 대로하며 말했다.

"세상의 부귀영화는 모두 팔자소관인 게야. 그놈 말대로 현명한 사람은 늘 윗자리에 있고 모자란 사람은 늘 아랫자리에 있으며, 재주가 있는 자는 출세하고 재주가 없는 자는 빌빌댄다면 천하는 태평하기만 할 것이며 세상은 아무 변화도 없겠네? 그럴 수야 없지. 저놈이 감히 하늘의 도가 공평치 못하다고 지껄이니 당장 혼을 내서 경거망동하지 못하게 하라."

이때 곁에 있던 태백금성이 고했다.

"사마중상이 비록 말을 함부로 하긴 했으나 가진 재주를 풀어 먹지 못해 불만이 쌓이다 보니 그런 말을 뱉었을 것입니다. 길흉화복이 운행하는 법칙에 비춰 보면 저놈의 말을 황당하다고만 할 수 없습니다. 한 번만 용서해 주십시오."

"아니, 염라대왕 역할을 대신 맡아 세상을 바로 잡아 보겠다는 게 감히 할 말이냐! 염라대왕이 아무나 맡을 수 있는 그런 자리인가? 저승에 들어오는 자들의 재판 서류만 해도 산더미 같아서 밥도 못 먹을 지경인데, 제 녀석이 무슨 재주로 바로잡겠다고 큰

소리야!"

태백금성이 다시 말했다.

"사마중상이 저렇게 큰소리치는 데에는 뭔가 곡절이 있을 것입니다. 그리고 저승 세계라고 해서 어찌 억울한 일이 없겠습니까? 수백 년 동안 이 저승 세계에서 제대로 재판도 받아 보지 못한 자들이 있어 그 원망이 하늘을 찌를 지경입니다. 잠시 사마중상에게 염라대왕을 대신하여 저승의 억울한 사정을 살펴보게 하는 것도 좋을 것 같습니다. 만약 그자가 판단을 제대로 하면 죄를 용서해 주시고, 판단을 제대로 하지 못하면 벌을 주시지요. 그렇게 하시면 그자도 뭐라 하지 못할 것입니다."

옥황상제가 일리 있는 말이라 여겨 태백금성에게 삼라전(森羅殿)에 가서, 사마중상을 잡아다 임시로 염라대왕 직을 대신하게 하라고 명했다. 사마중상은 하룻밤 열두 시간 동안 판결을 담당하며 만약 공명정대하게 판결을 내리면 다음 생애에 부귀영화를 누리는 운명을 타고날 것이며 이번 생애에 고생한 보상을 받게 될 것이나, 만약 판결을 제대로 못한다면 지옥에 떨어져 다시는 사람으로 태어나지 못하게 될 것이라는 말도 전하게 했다. 염라대왕은 옥황상제의 명령을 받들어 저승사자들에게 사마중상을 붙잡아 오게 했다.

저승사자들을 본 사마중상은 조금도 겁내지 않고 따라나섰다. 삼라전에 이르자 저승사자들이 사마중상에게 당장 무릎을 꿇으라고 큰소리를 쳤다.

"저 위에 앉아 있는 자는 누구냐? 저자부터 무릎을 꿇으라고 해라."

"이놈아, 저분은 염라대왕이시다."

사마중상은 염라대왕이라는 말을 듣고 속으로 기뻐했다.

"염라대왕님, 오래전부터 꼭 만나서 저의 불만을 좀 털어놓고 싶었습니다. 그런데 오늘 보니 대왕님은 그렇게 높은 곳에 앉아 계시고 좌우에는 판관과 수천수만의 저승사자, 소머리, 말대가리 들이 버티고 있네요. 이 사마중상은 혈혈단신이니 제 목숨은 대왕님 손아귀에 달린 셈입니다. 그렇게 겁만 주지 마시고 천천히 한번 따져 봅시다. 그래서 말이 되는 쪽이 이기는 게 어떻습니까?"

"과인은 저승 세계의 우두머리로서 모든 일을 공정하고 도리에 맞게 처리해 왔다. 네가 무슨 재주가 있어 감히 내 자리를 넘보느냐? 네가 바로잡겠다고 하는 건 또 무엇이냐?"

"염라대왕님, 대왕님께서는 방금 하늘의 도리를 공정하게 시행해 왔다고 하셨는데, 하늘의 도리는 사람을 아끼고 사랑하며 권선징악을 기본으로 삼는 것 아닌가요? 그런데 어째서 쩨쩨하고 욕심 많은 사람에게는 재산을 늘려 주고, 선행을 베푸는 사람은 가난을 선물해 주십니까? 또 남에게 못되게 구는 사람에게는 지위를 높여 더욱 방자하게 악행을 저지르게 하고, 충직하게 남을 돕는 사람은 손해를 입고 모욕을 받고 바라는 바를 이루지 못하게 하십니까? 그뿐이 아닙니다. 착한 일을 하는 자는 늘 악한 일을 하는 자에게 속임을 당하고, 재주 있는 자는 재주 없는 자의 부림을 당합니다. 원망이 있거나 억울함이 있어도 하소연할 데가 없게 된 것은 모두 대왕님이 판결을 제대로 하지 못했기 때문입니다. 나 사마중상만 해도 평생 열심히 공부하고 부모에게 효도하며 하늘을 우러러 한 점 부끄럼이 없이 살았지만 어찌 이렇게 꼬이고 막혀 형편없는 놈들 밑을 기고 있단 말인가요? 이거야말로 현자와 우자가 뒤집힌 격이니 대왕님 같은 분은 있어 봤자 아무런 소용도 없는 것 아닌가요? 만약 이 사마중상한테 삼라전에 앉아 저승 세계를 다스리라고 한다면 이렇게 불공평한 세상을 만들지는 않을 겁니다."

염라대왕이 껄껄 웃으면서 대답했다.

"하늘의 도리와 인과응보는 빠를 때도 있고 늦을 때도 있으며, 두드러지기도 하고 전혀 드러나지 않게 작용하기도 한다. 전생에 행한 원인이 금생에 나타날 수도 있고 금생에 행한 원인이 후생에 나타날 수도 있다. 만약 어떤 부자가 인색하게 군다면 그건 그 부자가 전생에 너무도 고생해서 그 부를 이루었기 때문일 수도 있으며, 만약 그 부자가 금생에 쩨쩨하게 굴면서 덕업을 쌓지 않으면 후생에서는 반드시 배고픈 귀신이 되는 응보를 받을 것이다. 가난한 자는 전생에 다 지은 원인이 있기 때문이다. 떳떳하지 못한 재물을 썼거나 낭비를 심하게 했던 까닭에 궁핍하게 된 것이다. 자기 형편에 만족하면서 선한 일을 하면 후생에는 의식이 풍족할 것이다. 이러한즉 각박하게 구는 자는 비록 금생에 부귀를 누려도 나중엔 구렁텅이에 빠지며, 충직한 사람은 비록 일시적으로 손해를 보는 것 같아도 나중엔 큰 이득을 보기 마련이다. 이처럼 분명한 이치를 어찌 의심할 것인가? 인간들은 눈앞에 있는 것만을 보지만 하늘의 도리는 저 멀리까지 내다보니 인간들이 어찌 하늘의 뜻을 헤아릴 것인가. 인간들은 하늘의 뜻을 헤아리지 못하고 말만 무성한데 이는 식견이 매우 천박해서 일어나는 일이다."

"저승 세계의 보응이 그처럼 한 치의 착오도 없다면 억울한 원혼이 하나도 없을 것 아닙니까? 방금 전에 처리한 판결문을 저에게 보여 주십시오. 제가 꼼꼼하게 한번 검토하여 보겠습니다. 만약 모든 판결이 공평하여 아무도 불만을 제기하지 않는다면 어설프게 함부로 주둥아리를 놀린 죄를 달게 받겠습니다."

"옥황상제님의 명도 있으니 내가 너에게 열두 시간 동안 염라대왕 역할을 넘겨주겠다. 네가 사건을 따져 보고 판결하라. 공명정대하게 판결하면 다음 생애에 부귀영화를 누리겠으나 만약 제대로 처리하지 못하면 영원히 지옥에서 고통받을 것이며 사람의 몸으로 다시 태어날 수 없을 것이다."

"옥황상제께서 그런 명령을 내려 주시다니, 그게 바로 제가 원하던 바입니다."

염라대왕은 즉시 어좌에서 몸을 일으키고는 사마중상에게 어좌 뒤쪽으로 오게 했다. 그런 다음 평천관(平天冠)을 씌우고 곤룡포를 입히고 옥대를 채워 주니 염라대왕의 기상이 좀 갖춰졌다. 저승사자들이 북을 치면서 소리쳤다.

"새 염라대왕이시여, 어좌에 오르소서!"

선악 판별을 담당하는 관리, 육조의 관리, 재판을 돕는 귀졸 등등이 가지런히 줄을 맞춰 양쪽으로 늘어섰다. 사마중상은 옥판을 손에 들고 당당하게 걸어 나와 어좌에 앉았다. 저승의 뭇 관리와 아전 들이 일제히 절을 올리더니 여쭈었다.

"재판을 시작한다는 방을 내걸어도 좋을지요?"

사마중상은 잠시 생각에 잠겼다.

'이 세상에 살아 있는 생령들이 얼마나 많은가? 옥황상제는 어인 연유로 나를 열두 시간 동안 염라대왕으로 삼았을까? 만약 내가 판결을 잘못하면 내가 능력 없는 것을 자인하게 될 뿐 아니라 결국 나 자신이 벌을 받게 될 것 아닌가?'

사마중상은 나름 계책을 생각해 두고 판관에게 명했다.

"내가 염라대왕 역할을 맡는 것은 겨우 열두 시간뿐이다. 하니 이런저런 사건을 모두 다룰 틈이 없다. 지금까지 처리한 사건 가운데 너무 해결하기 어려워서 수백 년을 끌어 온 것들만 몇 건 보고하면 내가 그 사건을 해결하여 모범을 보이겠다."

이 말을 듣고 판관들이 말했다.

"사실 한나라 초기의 4대 사건이 삼백오십 년이 지난 지금까지 해결되지 못하고 있습니다. 바라건대 대왕께서 이 사건을 해결해 주십시오."

사마중상이 대답했다.

"관련 서류를 가져오거라."

판관들이 서류를 올리자 사마중상이 들춰 보았다.

충신을 함부로 죽인 사건

원고: 한신(韓信), 팽월(彭越), 영포(英布)

피고: 유방(劉邦), 여 씨(呂氏)

은혜를 원수로 갚은 사건
원고: 정 공(丁公)
피고: 유방

권력을 남용하여 자리를 빼앗은 사건
원고: 척 씨(戚氏)
피고: 여 씨

상대방의 위기를 이용하여 자살을 강요한 사건
원고: 항우(項羽)
피고: 왕예(王翳), 양희(楊喜), 하광(夏廣), 여마동(呂馬童), 여승
(呂勝), 양무(楊武)

서류를 모두 검토하고 난 사마중상이 크게 웃으며 말했다.
"이게 무슨 어려운 사건이라고 아직도 해결하지 못했더란 말이
냐? 육조의 관리들은 모두 벌을 받아 마땅하다. 이건 염라대왕이
게으름을 피우고 질질 끌었던 때문이라. 내가 오늘 밤에 이 사건
을 아주 속 시원하게 해결하겠다."
사마중상은 눈이 툭 튀어나온 귀신 나졸에게 4대 사건의 원고
이름을 쭉 베껴 쓰게 하더니 그 사건의 원고와 피고를 모두 불러
심리를 받게 했다. 삽시간에 이 소식이 퍼지면서 저승 세계가 시

끌벅적해졌다.

해결하기 힘든 사건을 만나면 미뤄 놓는 건
저승 세계나 이승 세계나 어찌 이리 같을꼬.
오늘 사마중상이 새로운 바람을 일으켜
천년 묵은 억울함을 하루아침에 풀어 준다네.

귀신 나졸이 고했다.
"죄인들이 모두 여기 붙잡혀 와서 대왕님의 판결을 기다리고
있습니다."
사마중상이 대답했다.
"첫 번째 사건 관련자들을 대령하라."
판관이 외쳤다.
"첫 번째 사건 원고와 피고 출석 확인!"
원고와 피고 다섯 명의 이름이 차례로 불리고 대답했다.
"원고 한신?"
"예."
"원고 팽월?"
"예."
"원고 영포?"
"예."
"피고 유방?"
"예."

"피고 여 씨?"

"예."

사마중상은 제일 먼저 한신을 앞으로 나오게 했다.

"네가 항우를 섬길 때 지위는 겨우 낭중(郎中)에 불과했고 너의 말이나 계책은 전혀 먹히지 않았다. 그러나 유방을 만나고 대장군으로 등용되었고 나중에는 공을 인정받아 제후로 봉해졌지. 그런데 어이하여 모반할 생각을 품어 스스로 죽을 일을 범했단 말이냐. 그러면서도 오늘 그 모셨던 주인을 고발하다니!"

한신이 고했다.

"염라대왕이시여, 제게 소상히 설명할 기회를 주십시오. 저는 유방이 저를 대장군으로 임명한 은혜를 생각하여 온갖 지혜를 짜냈습니다. 잔도를 닦는다고 하면서 실은 우리의 주력 부대를 진창으로 이동시켜 유방이 삼진을 정벌하도록 도왔습니다. 형양에서 유방을 구출한 적이 있으며, 위왕(魏王) 표(豹)를 포로로 잡았으며, 대주(代州)의 병사들을 크게 격파했으며, 조왕(趙王) 헐(歇)을 사로잡았고, 북으로는 연나라를, 동으로는 제나라를 정벌하여 칠십여 개 성의 항복을 받아 냈습니다. 남으로는 초나라 병사 이십만 명을 격파하여 장수 용차를 목 베고, 구리산 아래 열 개 방향으로 매복하여 초나라 병사를 남김없이 섬멸했습니다. 여섯 장수를 오강 나루터에 파견하여 항우가 스스로 자결하도록 압박했습니다. 이렇게 열 가지 큰 공을 세웠으니 대대손손 부귀영화를 누려야 함은 당연한 일 아니겠습니까. 그런데 유방은 천하를 얻자마자 제가 세운 공훈을 다 잊어버리고 저의 관직을 깎아내렸습니다. 여후는 또 소하와 계략을 꾸며 저를 장락궁으로 꾀어들여서는 다짜고짜 무사들로 저를 붙잡아 목을 베어 버리고 제가 반란을 꾀했다는 죄목을 뒤집어씌우고 저의 삼족을 멸했습니다. 아무리 생각해도 저는 죄가 없는데도 이런 재앙을 당했나이다. 그때부터 지금까지 삼백오십 년, 아직도 저의 억울한 마음을 풀지 못하고 있으니 부디 현명한 판결을 내려 주시기 바랍니다."

사마중상이 한신에게 말했다.

"너는 일국의 원수라는 자가 용기만 믿고 지혜는 형편없었던 모양이구나. 그래, 주변에 상의할 만한 사람이 그리도 없었더란 말이냐? 어찌 그렇게 쉽게 꾐에 빠져 마치 어린아이처럼 붙잡혀 왔단 말이냐?"

"저에게 괴통이란 참모가 있었습니다만, 아쉽게도 시작은 같이 했으나 끝까지 함께하지 못하여 도중에 갈라서고 말았습니다."

사마중상이 귀신 나졸에게 명했다.

"어서 가서 괴통을 데려오도록 하라."

괴통이 즉시 불려 왔다.

"한신이 말하기를 네가 도중에 한신을 버리고 떠나 버려 참모로서 역할을 다하지 않았다고 하는데 도대체 무슨 연유인가?"

"제가 도중에 한신을 버린 게 아니라 한신이 제 말을 듣지 않아 생긴 일입니다. 한신이 제나라 왕 전광(田廣)을 격파했을 때 제가 낙양의 유방에게 서신을 보내어 한신에게 일단 임시로 제나라 왕의 호칭을 주어 제나라 사람들의 마음을 진정시키는 게 어떠하냐고 했습니다. 그러나 유방은 아직 초나라를 다 격파하지도 못한 마당에 남의 가랑이 밑으로 기어 다니던 녀석에게 어찌 왕의 호칭을 줄 수 있냐고 욕했습니다. 이때 장량이 발뒤꿈치를 들고 유방에게 다가가 아직 한신을 써먹어야 할 때인데 너무 욕하진 마시라고 속삭이더군요. 그러자 유방이 대장부가 하려면 진짜 왕 노릇을 해야지 어찌 임시 왕 노릇을 하냐며 말을 바꿨습니다. 그러면서 저에게 한신을 삼제왕(三齊王)에 봉하는 도장을 하사했습니다. 유방은 한신을 절대 신용하지 않아 언제고 한신을 버릴 것이 분명해 보였습니다. 하여 제가 한신에게 한나라와 결별하고 초나라와 연합하여 천하를 셋으로 나눈 다음 향후 변화에 대응하는 것이 좋겠다고 건의했습니다. 그런데 한신이 이렇게 말하면서 거절하는 것이었습니다. '내가 대장군에 임명될 때 단 위에 올라 나라가 나를 버리지 않으면 나도 나라를 버리지 않겠다고 맹세했다. 그런 내가 어찌 먼저 나라를 배신할 수 있겠느냐?' 제가 여러 차례 반복해 권했으나 한신은 제 말을 듣지 않고 제가 모반을 부추긴다며 화를 냈습니다. 저는 오히려 제가 벌을 받을 것 같아 미친 사람 흉내를 내고 고향으로 돌아갔습니다. 한신이 한나라를 도와 초나라를 격파하고 나자마자 장락궁에서 죽임을 당했으니 그제야 후회한들 무슨 소용이 있었겠습니까?"

사마중상이 다시 한신에게 물었다.

"네가 괴통의 말을 듣지 않은 것은 무슨 까닭이냐?"

"허복(許復)이라는 점쟁이가 저한테 크게 출세하여 일흔두 살까지 장수하면서 생애를 잘 마무리할 거라고 한 적이 있습니다. 그래서 저는 한나라를 배반하는 모험을 하고 싶지 않았던 것입니다. 그런데 누가 알았겠습니까? 서른두 살에 요절할 줄이야!"

사마중상은 귀신 나졸을 시켜 허복을 불러 오게 했다. 사마중상이 허복에게 물었다.

"한신은 겨우 서른두 살에 요절했는데 너는 어찌하여 일흔두 살까지 살 거라고 점괘를 냈느냐? 점쟁이들은 알지도 못하고 길흉화복을 제멋대로 이야기하여 사람들의 돈이나 후리고 그 사람이 제대로 생을 마감하든 말든 상관하지 않으니 참으로 나쁜 놈들이로구나."

허복이 사마중상에게 답했다.

"잠시만 제 말씀 좀 들어 주십시오. 타고난 수명은 늘일 수도 있으며 줄일 수도 있습니다. 그래서 저희 같은 점술가들도 수명을 예측하기가 참으로 어렵습니다. 한신도 타고난 운명은 일흔두 살이 맞습니다. 그러나 아뿔싸, 한신의 살기가 너무 강하여 자신의 생명줄을 갉아먹은 것이지 저의 계산이 잘못되었던 것은 아닙니다."

"그래 한신의 생명줄을 갉아먹은 일이 대체 무엇이냐? 자세하게 하나하나 설명해 보라."

"한신이 초나라를 버리고 한나라로 갈 때 도중에 길을 잃었는데 다행히도 두 명의 나무꾼을 만났답니다. 그 나무꾼들은 남정(南鄭)으로 가는 길을 가르쳐 주었답니다. 그런데 한신은 초왕의 부하가 자기를 쫓아오다가 그 나무꾼들을 통해서 자기 행적을 알아낼까 봐 검을 뽑아 들고 뒤돌아 두 나무꾼의 목을 베어 버렸다고 합니다. 나무꾼들이야 대단한 지위에 있는 사람들은 아니지만 그래도 자신에게 은혜를 베푼 사람들이었는데 말입니다. 하늘의 벌 가운데에는 은혜와 의리를 저버리는 행위에 대한 벌이 가장 중합니다. 이런 시가 있습니다.

활을 떠난 화살처럼 되돌아갈 곳 없는 망명객 심정
길을 잃고 헤매니 길을 알려 주는 자 있도다.
은인에게 오히려 원수로 갚으니
생명줄이 십 년 줄어들겠네."

사마중상이 바로 이어 물었다.
"그럼 나머지 삼십 년은 왜 줄어든 건가?"
허복이 대답했다.
"승상 소하가 세 번이나 한신을 추천하고 한 고조가 한신의 권력을 높여 주려고 삼십 척이나 되는 단을 쌓고서는 한신을 그 단 위에 앉히고 손으로 금인을 받쳐 들고 대장군에 봉했답니다. 그런데 한신은 그걸 아주 당연하다는 듯이 받아들였습니다.

대장군이 단 위에 오르니 그 권세가 멀리까지 미치네.
대장군의 군령 소리가 황제가 법령을 공포하는 소리보다 크네.
신하가 오히려 황제의 절을 받으니
다시 한번 생명줄이 십 년 줄어들겠네."

사마중상이 말했다.

"신하가 황제의 절을 받다니 복을 차 버렸구먼. 그래 나머지 이
십 년은 왜 줄어든 건가?"

허복이 대답했다.

"변사 역생이 제나라 왕 전광에게 한나라에 항복하라고 유세
했습니다. 전광은 역생의 말대로 하기로 하고 날마다 역생과 술
판을 벌이고 놀았습니다. 한신은 그들이 전혀 준비를 하지 않고
있는 틈을 타서 제나라를 공격하여 격파했지요. 전광은 역생이
제나라를 한나라에 팔아넘기려고 그런 유세를 했다고 생각하고
서 역생을 끓는 물에 넣어 죽여 버렸다지요. 한신은 제나라를 공
격하여 본디 한나라에 항복하고자 했던 제나라 왕의 마음을 깡
그리 무시했을 뿐 아니라 제나라를 무너뜨릴 때 역생이 했던 역
할도 감춰 버린 것입니다.

제나라가 멸망하도록 만든 공은 역생에게 돌려야지
저 한신이 그 덕에 제나라를 무너뜨리고도 모른 척하였구나.
남의 공적을 빼앗는 일은 생명줄을 줄이는 일이니
이렇게 다시 한번 생명줄이 십 년 줄어들겠네."

사마중상이 말했다.

"그래 나름 일리가 있는 말이다. 그럼 마지막 십 년은?"

허복이 대답했다.

"생명줄을 줄인 일이 또 있지요. 한나라 병사들이 항우를 추격
하여 고릉에 다다랐을 때, 초나라 병사들의 수는 많고 한나라 병

사들의 수는 적었지요. 게다가 항왕은 산을 밑동부터 뽑아 버리고 커다란 솥단지를 들어 올릴 만한 힘이 있었으니, 적은 수가 많은 수를 상대하기 힘들고 약한 자가 강한 자를 이겨 낼 수 없는 상황이었지요. 그러나 한신은 구리산에 필승의 진을 치고 십 면에 매복하여 초나라 병사 백만 명을 섬멸하고 장수 천 명의 목을 베어 항왕으로 하여금 단기 필마로 오강의 나루터까지 도망하여 거기서 결국 스스로 목을 베어 자살하게 만들었지요.

구리산 자락에는 원혼들이 갈래갈래 얽혀 있다네
백만 병사의 목숨이 여기서 사라졌다네.
음모를 꾸며 많은 사람 목숨 빼앗는 일은 천리에 역행하는 일
이리하여 한신의 생명줄은 도합 사십 년이 줄었다오.”

한신은 허복의 말을 다 듣고 나서도 뭐라 반박하지 못했다. 사마중상이 물었다.
“한신은 할 말이 있느냐?”
“당초 저를 대장군으로 추천한 자도 소하요, 나중에 계책을 꾸며 저를 장락궁으로 불러들여서 목숨을 앗은 자도 소하입니다. 그러니 소하는 저를 출세시키기도 하고 죽이기도 한 자이지요. 저는 이 점이 아직도 황당하고 억울합니다.”
사마중상이 대답했다.
“그래, 알겠다. 소하를 불러 너와 한번 따져 보겠다.”
잠시 후 소하가 나타났다. 사마중상이 소하에게 물었다.

"소하, 너는 왜 이랬다저랬다 했느냐? 처음엔 한신을 추천했다가 나중엔 또 왜 한신을 죽인 것이냐?"

소하가 대답했다.

"다 나름의 사연이 있습니다. 처음에 한신이 재주를 지니고도 알아주는 사람을 만나지 못했을 때 마침 한 고조에게는 장수감이 없었으니 한신과 고조는 서로가 필요한 상황이었습니다. 그러나 누가 알았겠습니까? 고조의 마음이 변하여 한신의 지위가 점점 올라가는 것을 시기하고 두려워할 줄이야. 나중에 진희(陳豨)가 반란을 일으켜 직접 진압하러 갈 때 고조는 여후에게 한신을 잘 방비하라고 당부했지요. 고조가 떠나고 난 다음에 여후가 저를 불러 이 일을 상의하면서 '한신이 모반을 일으키려 하니 그를 죽여 버려야겠다.'고 했습니다. 제가 여후에게 '한신은 한나라 제일의 개국 공신인데 아직 확실한 모반의 증거도 없는 상황에서 어떻게 그를 죽이라는 명을 받들겠습니까?'라고 아뢰었습니다. 그러자 여후는 버럭 화를 내면서 '그대는 지금 한신 편을 드는 것이오? 만약 한신이 모반하려고 하는 것을 사전에 격파하지 않으면 황상이 돌아왔을 때 그대와 한신을 함께 벌하게 할 것이오.'라고 말했습니다. 저는 겁이 나서 여후와 함께 꾀를 생각해 내어 한신에게 진희의 반란이 이미 진압되었으니 어서 궁실로 들어와 경축하자고 거짓말한 다음 무사들을 시켜 한신을 붙잡아 목 베게 한 것입니다. 사실은 제가 원래부터 한신을 죽일 마음이 있었던 것은 아닙니다."

이 말을 듣고 사마중상이 입을 열어 한마디 했다.

"한신이 죽은 데에는 근본적으로 유방에게 책임이 있구나!"

사마중상은 판관을 시켜 지금까지의 자백을 모두 기록해 두라고 했다.

"한나라 건국의 거반이 한신의 공적으로 말미암은 것인데 공은 높으나 대가는 낮으니 이처럼 억울한 경우도 없다 할 것이다. 응당 다음 생에 다시 태어나 그 원을 풀게 해 주어야 할 것이다."

사마중상은 이렇게 판결하고 첫 번째 사건을 잠시 물렸다.

사마중상은 대량왕 팽월을 불러 심문했다.

"너는 무슨 죄를 지었기에 여후에게 죽임을 당했느냐?"

팽월이 대답하였다.

"저는 공은 있을지언정 죄는 없습니다. 한 고조가 변방으로 정벌을 떠나자 평소에도 음탕한 여후가 환관에게 신하들 가운데 미남자가 누구인지 물었다고 합니다. 환관이 '진평(陳平)이 가장 용모가 빼어납니다.'라고 답하자 여후가 묻기를 '진평은 지금 어디에 있는가?'라고 물었습니다. '폐하를 따라 출정하였습니다.' '그럼 진평 말고는 누가 미남자인가?' 환관이 '대량왕 팽월이 용맹스럽고 잘생기기도 했습니다.'라고 대답했습니다. 여후는 그 말을 듣고 즉시 몰래 명령을 내렸다고 합니다. '대량왕 팽월을 입궐시켜라.' 저는 그 명령을 받들어 금란전에 들어갔습니다만 여후가 보이지 않았습니다. 이때 환관이 다가와 말했습니다. '여후께서 장신궁으로 들어와 함께 긴밀하게 의논하자고 하십니다.' 이 말을 듣고 제가 장신궁으로 들어가니 궁문이 바로 잠기는데 여후가 계단을 내려와 저를 맞아들이며 안에 들어가 같이 술을 마시자고 했습니다. 술이 석 잔 정도 들어가자 여후가 음심이 발동했는지 저에게 운우지정을 나누자고 보챘습니다. 저는 예법에 어긋나는 일은 절대로 할 수 없다고 거절했습니다. 그러자 여후가 화를 내며 쇠 채찍으로 저를 두들겨 패서 죽여 버리고는 몸뚱이는 삶아서 육장을 만들고 머리는 베어 거리에 걸어 장사조차 지내지 못하게 했습니다. 그러고는 고조가 정벌을 마치고 돌아오자 제가 모반을 일으키려 하기에 죽였다고 고했습니다. 어찌 이처럼 억울한 일이 있겠습니까?"

여후가 옆에서 이 말을 듣고 있다가 억울하다며 곡을 했다.

"염라대왕이시여, 팽월의 일방적인 말만을 듣지 마십시오. 아니, 세상에 남녀가 만나서 정분이 나는 일이야 남자가 여자를 꼬드기는 법이지 어찌 여자가 먼저 남자한테 꼬리를 친단 말입니까? 그때 제가 팽월을 궁 안으로 불렀더니 팽월이 부귀영화를 누리는 저의 모습을 보고서 저에게 먼저 추파를 던졌습니다. 저야 일생 동안 정절을 지킨 사람인데 어찌 음탕한 마음을 품었겠습니까?"

사마중상이 말했다.

"과인이 아무리 들어 봐도 팽월이 한 말이 사리에 맞고 여후가 한 말은 꾸며 낸 말이다. 여후는 여러 말 하지 말라. 팽월은 커다란 공을 세운 신하로서 정직하며 음탕한 마음을 품은 적이 없고 충성스럽기 그지없었으니 다음 생애에도 충성된 신하로 태어나 한신과 함께 그 원수를 갚도록 하라."

이렇게 하여 이 사건도 일단락되었다.

이제 구강왕 영포를 불러 심리하기로 했다. 영포가 앞으로 나와 이렇게 고했다.

"저는 한신, 팽월과 일심동체로 땅을 빼앗아 한나라의 강토를 이루어 냈습니다. 저희에게는 역모를 꿈꾸는 마음은 눈곱만큼도 없었습니다. 어느 날 제가 강가를 산책하며 경치를 구경하고 있을 때 별안간 황실에서 파견된 사신이 나타났습니다. 그자는 여후가 육장을 하사했다면서 병을 하나 들고 있었습니다. 제가 감사의 표시를 하고 자리를 잡고 앉아 맛을 보니 천하일미였습니다. 먹다 보니 갑자기 사람의 손톱이 씹혀서 이상하다 싶어 사신에게 캐물으니 모른다고 잡아뗐습니다. 제가 버럭 화를 내며 그 사신을 엄히 때리니 그제야 사실을 이야기하는데 대량왕 팽월의 살로 담은 육장이라고 실토했습니다. 저는 속이 너무 상하여 강가로 달려가 목구멍에다 손가락을 집어넣고 먹은 걸 모두 토해 버렸습니다. 그랬더니 목에서 나온 살들이 게로 변하더군요. 지금까지도 그 강가에는 팽월이라는 이름의 게가 있다고 합니다. 이건 바로 팽월의 원혼이 변한 것입니다. 그때 저는 도저히 화를 참을 수가 없어 사신으로 온 자를 잡아 목을 베어 버렸습니다. 여후가 그 소식을 듣고는 세 가지 선물을 하사했으니 보검, 독약이 든 술, 빨간 비단 세 자였습니다. 파견된 자들은 저의 목을 가지고 조정으로 돌아갔습니다. 저는 이렇게 억울하게 죽고서도 원한을 풀 길이 없었습니다. 대왕님께서 굽어 살펴 주십시오."

"그대들 세 사람은 참으로 억울하게 죽었구나. 과인이 나서서 한나라 강토를 너희 세 사람에게 각각 나눠 주어 생전에 세운 공에 보답하겠노라. 이렇게 판결하니 더 이상 왈가왈부하지 마라."

피고와 원고는 모두 판결문에 서명을 하고 떠났다.

첫 번째 사건의 원고와 피고들이 모두 물러나자 두 번째 사건의 심리가 시작되었다.

두 번째 사건은 은혜를 원수로 갚은 사건이다.

"원고 정 공(丁公)?"

"예."

"피고 유방?"

"예."

정공이 고했다.

"제가 전쟁터에서 한 고조를 포위하자 한 고조가 저에게 천하를 둘로 나눠 가지자고 제안했습니다. 그래서 제가 고조를 풀어 주었습니다. 그런데 고조는 한나라를 건국하더니 표변하여 저를 살해하고 말았습니다. 저는 너무도 억울합니다. 대왕께서 판결해 주십시오."

사마중상이 말했다.

"유방은 할 말이 있으면 해 보아라."

"정 공은 항우가 아끼는 장수인데 항우가 원수로 생각하는 나를 보고도 사로잡지 않은 걸로 보아 분명 주인을 배반하는 마음이 있는 것으로 보였습니다. 그래서 제가 놈을 죽여 후세에 신하가 될 자들에게 경고한 것이지 아무런 죄도 없는 자를 무고하게 죽인 것은 아닙니다."

정 공이 즉시 반박했다.

"내가 충성스럽지 못하여 죽였다고? 그럼 형양에서 너를 대신하여 죽은 충신 기신에게 아무런 작위도 주지 않은 일은 어찌 설명하려느냐? 그것만 봐도 너는 정말 배은망덕한 자다. 게다가 항백은 항우의 숙부임에도 홍문지회에서 번쾌와 내통하여 칼을 빼들고 너를 구했으니 사실 항우에게 불충한 자 가운데에서도 가장 불충한 자인데 그런 항백을 죽이기는커녕 오히려 유씨 성을 하사하고 제후에 봉하지 않았느냐? 또 옹치 역시 항우가 아끼는 장수였고 평소 네가 눈엣가시처럼 여겼으면서도 나중에 그를 제후에 봉했다. 한데 유독 나만 죽인 이유는 대체 무엇이냐?"

유방은 아무 말도 못하고 입을 다물었다. 사마중상이 말했다.

"이 사건은 이미 판단이 섰다. 항백, 옹치 그리고 정 공을 한목에 판결할 것이니 너희들은 물러나 기다리도록 하라."

세 번째 사건에 관련된 사람들이 등장했다.

세 번째 사건은 권력을 남용하여 자리를 빼앗은 사건이다.

"원고 척 씨?"

"예."

"피고 여 씨?"

"예."

사마중상이 입을 열었다.

"척 씨, 그대는 한 고조의 총애를 받은 후궁에 불과하고, 여후는 정궁으로 천하는 여후의 자손에게 돌아가야 마땅하거늘 여후에게 자리를 빼앗겼다고 원망하니 이게 무슨 경우냐?"

척 씨가 하소연하듯이 말했다.

"예전에 고조가 저수(雎水)에서 큰 싸움을 벌일 때 정 공과 옹치에게 쫓겨 옴짝달싹 못하게 되자 단기 필마로 우리 척씨 마을로 도망 오니 제 부친께서 그를 숨겨 주었습니다. 그때 마침 저는 비파를 연주하고 있었는데 고조가 그 소리를 듣고 찾아왔다가 저의 용모에 반하여 잠자리를 요구했으나 저는 거절했지요. 그러자 고조가 '지금 내 말을 들어주면 나중에 천하를 제패한 후에 네가 낳은 아이를 태자로 봉해 주마.'라고 하면서 전투복 한 폭을 찢어 저에게 징표로 주었습니다. 그제야 제가 한 고조의 말을 들었답니다. 나중에 저는 아들을 낳아 고조의 뜻대로 되라는 생각에 이름도 '뜻대로 되어라'라는 의미의 여의(如意)라고 지었습니다. 고조는 본디 여의를 태자에 봉하고자 했으나 만조백관이 여후의 기세에 눌려 차마 고조의 뜻을 바로 받들지 못했습니다. 얼마 지나지 않아 고조가 붕어하자 여후는 자신의 아들을 태자로 삼고 여의는 조왕(趙王)에 봉하게 했습니다만 저희 부자는 감히 따지지 않았습니다. 그런데도 여후는 만족을 모르고 저희 모자를 술자리에 불러 독주를 주니 여의는 그걸 마시고 온갖 구멍에서 피를 흘리며 즉사했습니다. 여후는 술에 취한 척하며 마치 아무 일도 모르는 양 행동했습니다. 저는 억울하기 그지없었습니다만 마음 놓고 울 수도 없는 처지였으니 그저 곁눈질로 한번 여후를 쳐다보았을 따름입니다. 여후는 저의 봉황새 닮은 눈동자가 한 황제를 미혹하게 만들었다며 궁녀를 시켜 금바늘로 제 두 눈을 찔러 제 눈을 멀게 했습니다. 게다가 벌겋게 녹인 구릿물을 제 목구멍에 붓고, 저의 사지를 잘라 똥간에 버렸습니다. 저희 모자가 무슨 죄가 있다고 이런 극형을 받아야 합니까? 지금도 그 억울함을 풀지 못했으니 바라건대 대왕께서 굽어 살펴 주십시오."

말을 마친 척 씨는 애절하게 울었다. 사마중상이 말했다.

"너무 상심하지 마라. 내가 너희 모자를 황후와 황제에 봉하여 평생을 함께 지내게 해 주겠다."

척 씨는 자신의 판결문에 서명하고 떠났다.

그런 다음 상대방의 위기를 이용하여 자살을 강요한 사건을 심리하기로 했다. 관계자들을 모두 불러와 이름을 불러 확인하고, 항우에게 물었다.

"너를 죽이고 한나라를 건국하게 한 것은 한신인데 너는 어찌하여 한신을 고소하지 않고 왕예, 양희, 하광, 여마동, 여승, 양무 이렇게 여섯 장수만을 고소했느냐?"

"제가 한쪽에 눈동자가 두 개씩 있는 겹눈동자임에도 불구하고 한신 같은 영웅을 못 알아보고 떠나게 했으니 무슨 염치로 한신을 고소하겠습니까? 제가 해하에서 패전했을 때 어렵사리 포위를 뚫고 도망하다가 농부를 만나 좌우 양 갈래 길에서 어느 길로 가야 큰길이 나오는지 물었습니다. 그러자 그 농부가 왼쪽 길이 큰길로 가는 길이라고 했습니다. 저는 그 말을 믿고 왼쪽 길을 잡아 나갔는데 아뿔싸, 그 길이 바로 죽을 길이었습니다. 저는 바로 한나라 병사들의 추격을 받고 말았습니다. 제가 길을 물어보았던 농부는 바로 한나라 장수 한광이 변장하고서 술수를 부린 것입니다. 그래도 저는 젖 먹던 힘까지 다하여 포위를 뚫고 오강 나루터까지 갔습니다. 거기서 저를 막아선 자는 전부터 알고 지내던 여마동이었습니다. 저는 여마동이 옛정을 생각하여 저를 한 번은 풀어 주리라 생각했습니다. 그러나 여마동은 다른 장수 네 명과 저를 핍박하여 저를 자결하게 만들었으며 저의 몸뚱이를 갈래갈래 찢어 가지고 가서 공을 청했습니다. 저는 오히려 그게 더 억울하고 원망스럽습니다."

사마중상은 고개를 끄덕거렸다.

"그래, 그 여섯 장수는 공훈을 세우지도 않았으면서 항우가 병사들을 잃고 어쩌지 못하는 틈을 타서 자결하도록 몰아세우고선 제후에 봉해지는 결과를 얻었으니 운만 너무 좋았던 것이로구나. 다음 생애에는 저 여섯 장수가 항우에게 목이 잘리도록 하여 항우의 억울함을 풀어 주겠다."

이 건을 다 처리하고서 관련 서류를 한곳으로 치웠다.

사마중상은 판결문이 적힌 문서를 모두 가져오게 하여 일일이 검토한 후에 은혜는 은혜로, 원수는 원수로 갚도록 하여 한 치의 오차도 없게 했다. 사마중상이 입으로 불러 주면 판관이 곁에서 붓으로 기록했다. 어느 주, 어느 현, 어느 마을 출신이며, 성씨와 이름은 무엇이며, 태어난 때와 죽은 때가 언제인지를 아주 세밀하게 기록했다. 그런 다음 피고들을 불러 세워 다음 생에 어떻게 태어날 것인지를 알려 주었다.

"한신, 그대는 나라를 위해 충성을 다하여 한나라의 기틀을 다졌다. 그러나 원한을 품고 세상을 떠났으니 그대를 초향(譙鄕) 조숭(曹嵩) 집안에 태어나게 한다. 그대의 성은 조(曹), 이름은 조(操), 자는 맹덕(孟德)이다. 일단 한나라 재상이 되었다가 나중에 위왕이 될 것이다. 허도(許都)를 근거로 삼아 한나라 강토의 반을 수중에 거둘 것이다. 그때 그대의 권세가 하늘을 찌를 것이니 전생의 원수를 갚기에 부족함이 없을 것이다. 그대 생전에 황제란 칭호를 듣지는 못할 것이나 이 역시 그대가 한나라 조정을 배반했다는 말을 듣지 않는 길이다. 그대의 아들이 한 왕실로부터 선양을 받을 것이니 그대는 무제(武帝)라 추존받을 것이다. 이로써 그대의 십 대 공훈이 보상받으리라."

사마중상은 이어서 유방을 불러 판결했다.

"그대는 다음 생애에도 한나라에 태어날 것이다. 그대는 한헌제(漢獻帝, 189~220 재위)로 태어나 조조에게 능욕당하나 전쟁을 두려워하고 겁이 많아 좌불안석으로 그렇게 평생을 보낼 것이다. 그대는 전생에 황제로서 신하들을 저버렸으니 이제 황제로서 신하들에게 버림을 받는 업보를 치를 것이다."

사마중상은 여후를 불러 판결했다.

"너는 복씨(伏氏) 집안에 태어나 나중에 헌제의 황후가 되어 조조에게 이리저리 시달리다가 붉은 비단 끈으로 궁중에서 스스로 목을 맬 것이다. 이렇게 해서 너는 장락궁에서 한신을 죽인 죗값을 치를 것이다."

한신이 물었다.

"소하는 무슨 처벌을 받습니까?"

사마중상이 대답했다.

"소하는 그대에게 은혜도 베풀었고 몹쓸 짓도 했느니라."

사마중상이 소하를 불렀다.

"그대는 양 씨(楊氏) 집안에 태어날 것이다. 그대의 이름은 수(修), 자는 덕조(德祖)가 되리라. 유방이 진의 심장부 관중에 들어섰을 때 모든 장수들이 금은보화를 탈취하는 데 혈안이 되었으나 그대는 오직 지도와 문서를 확보했던바 그대에게는 다음 생애에 지혜와 총명을 허락한다. 그 빼어난 지혜와 총명함으로 조조의 주부(主簿)가 되어 지위와 녹봉을 누리게 하여 한신을 한 고조에게 세 번 추천한 공로를 보답받게 하리라. 그러나 주제넘게 조조의 군호와 전략을 잘도 간파해 내어 조조에게 죽임을 당할 것이다. 그건 다 네가 한신을 장락궁으로 불러들여 죽음에 이르게 한 대가이다."

판관은 사마중상의 판결 내용을 꼼꼼하게 기록했다. 다시 구강왕 영포를 불렀다.

"그대는 강동 손견(孫堅)의 집안에 태어나게 할 것이다. 그대의 성은 손, 이름은 권(權), 자는 중모(仲謀)가 될 것이다. 먼저는 오나라 왕이 되었다가 나중에는 오나라 황제가 될 것이다. 강동을 주름잡고 한 나라를 차지하여 부귀영화를 누리리라."

그런 다음 팽월을 불렀다.

"그대는 본디 정직한 사람이었으니 탁군(涿郡) 누상촌(樓桑村) 유홍(劉弘)의 아들로 태어나게 하겠다. 성은 유(劉), 이름은 비(備), 자는 현덕(玄德)이 될 것이다. 모든 사람들로부터 인자하고 의롭다 칭송받을 것이며 후에 촉의 황제가 되어 조조, 손권과 더불어 천하를 셋으로 나누어 서로 대립할 것이다. 조씨가 한 왕실을 무너뜨리나 너는 한 왕실의 적통을 이어 충성된 마음을 널리 드러낼 것이다."

팽월이 다시 입을 열었다.

"천하가 셋으로 나뉜다는 것은 천하가 크게 어지러워지는 것입니다. 서촉은 궁벽한 땅인데 그 땅에서 어떻게 오나라, 위나라를 버텨 낼 수 있겠습니까?"

사마중상이 대답했다.

"과인이 그대를 도울 자들을 함께 보내 주겠다."

그러고 나서 괴통을 불렀다.

"너는 지혜롭고 꾀가 많으니 남양 땅으로 보내어 성은 제갈, 이름은 량, 자는 공명(孔明), 호는 와룡(臥龍)으로 할 것이다. 너는 유비의 군사가 되어 유비와 같이 촉의 기틀을 잡을 것이다."

사마중상은 그런 다음에 또 허복을 불렀다.

"사람의 명줄을 계산할 때는 업보로 말미암아 생명줄을 깎아먹는 일까지 제대로 계산해야 하지 않겠느냐! 너를 양양(襄陽) 땅에 보내어 환생하게 할 것이니 성은 방(龐), 이름은 통(統), 자는 사원(士元), 호는 봉추(鳳雛)가 되리라. 너는 유비가 서천 땅을 취하도록 도울 것이며, 서른두 살이 되는 해에 낙봉파(落鳳坡)에서 죽을 것이니 그 나이는 딱 한신이 누렸던 나이다. 이는 다 네가 생명줄을 제대로 계산하지 못한 대가이다. 앞으로 점쟁이들이 엉터리로 점괘를 내면 이렇게 업보를 받으리니 알아서 정신 차려야 할 것이다."

팽월이 고했다.

"군사는 있으나 뛰어난 장수가 없습니다."

"걱정 마라. 다 생각해 두었다."

사마중상이 번쾌를 불러들였다.

"과인이 그대를 범양(范陽) 탁주(涿州) 장가네 집에 환생시킬 것이니 이름은 비(飛)요, 자는 익덕(益德)이다."

사마중상이 더불어 항우를 불렀다.

"과인이 그대를 포주(蒲州) 해량(解良)의 관가네 집안에 환생시킬 것이다. 성은 바꾸되 이름은 바꾸지 않으니 그대는 관우라 불릴 것이며 자는 운장(雲長)이라. 그대와 장비는 모두 혼자서 만 명을 상대할 용기를 갖고 태어날 것인바 유비와 도원결의를 맺고 나라의 기틀을 다질 것이다. 번쾌의 아내 여수(呂須)는 여후를 도와 포악한 짓을 하는 걸 막지 않았다. 부인의 죄업은 결국 남편의 죄업. 항우 그대는 진왕 자영(子嬰)을 죽이고 함양을 불태웠으니 사실 번쾌와 항우는 제 명에 죽지 못할 팔자이다. 그러나 번쾌는 평생에 충직하고 아부할 줄 몰랐으며, 항우는 유방의 아버지를 살려 준 바 있으며 여후를 더럽히지 않았고 홍문연에서 유방을 해치지 않았으니 이상 세 가지 덕으로 다음 생애에는 의롭고 강직하게 살다가 죽어서는 신으로 모셔질 것이다."

사마중상은 또 기신을 불렀다.

"너는 전생에 유씨 황족에 충성을 다하고도 단 하루도 부귀영화를 누리지 못했다. 너를 상산(常山)의 조가(趙哥) 가문에 태어나게 하여 이름을 운(雲), 자를 자룡(子龍)으로 할 것이며, 서촉의 명장이 되게 할 것이다. 당양(當陽) 장판교(長坂橋)에서 백만 군을 막아 내며 세자를 구하여 명성을 크게 날릴 것이다. 아무런 병도

앓지 않고 여든두 살까지 수를 누릴 것이다."

그런 다음 척 부인을 불렀다.

"그대를 감 씨(甘氏) 집안에서 태어나게 하여 유비의 정궁이 되게 할 것이다. 여후가 당초 팽월과 바람을 피우려다 뜻을 이루지 못하고 나서 한 고조가 그대를 총애하는 것을 질투했으니 다음 생애에는 팽월과 그대가 부부가 되게 하여 여후가 감히 질투하지 못하게 하리라. 전생의 아들 조왕 여의는 그대로 너의 아들로 주되 대신 이름은 유선(劉禪)으로 할 것이며, 어릴 적 이름은 아두(阿斗)로 하고 지난 생에 못다 이룬 부귀공명을 누리다 마흔두 살에 세상을 뜨게 하여 전생의 고생을 보상해 주리라."

그런 다음 정 공을 불렀다.

"그대는 주씨 집안에 태어나게 하여 이름을 유(瑜), 자를 공근(公瑾)이라 하게 할 것이다. 손권 수하의 대장군이 될 것이나 제갈공명한테 화가 치밀어 죽고 말 것이다. 향년은 서른다섯 살에 불과할 것이니 이는 네가 항우를 끝까지 섬기지 못한 것처럼 다음 생애에도 손권을 끝까지 섬기지는 못한다는 말이다."

사마중상은 이제 항백과 옹치를 불렀다.

"항백, 너는 친족을 버리고 다른 사람한테 붙어서 부귀영화를 누렸으며, 옹치, 너는 원수가 주는 자리와 녹봉을 사양하지 않고 받았으니 너희 두 사람은 모두 항우에게 죄를 지었다. 너희 두 사람 가운데 한 사람은 안량(顏良), 다른 한 사람은 문추(文醜)로 태어나게 한 다음 관우에게 목을 베여 지난 원한을 풀도록 하겠다."

항우가 물었다.

"여섯 장수는 어찌 처리하시렵니까?"

"여섯 장수는 조조의 부하로 태어나게 하여 관애(關隘)를 지키게 할 것이다. 양희는 변희(卞喜)로, 왕예는 왕식(王植)으로, 하광은 공수(孔秀)로, 여승은 한복(韓福)으로, 양무는 진기(秦琪)로, 여마동은 채양(蔡陽)으로 태어나게 할 것이며, 관우로 하여금 오관을 돌파하여 여섯 장수를 목 베게 함으로써 전생에 그대가 오강에서 핍박당해 죽은 원한을 갚게 할 것이다."

사마중상의 판결이 조리 정연하게 마무리되니 사람들이 모두 감탄하여 마음으로 받아들였다.

사마중상이 다시 물었다.

"초한 전쟁에서 억울하게 죽임을 당한 장수나 병사, 재주가 있으나 제대로 펼쳐 보지 못한 자, 갚아야 할 은혜를 입은 자, 가슴에 맺힌 한이 있어 꼭 풀고 싶은 자는 모두 다 나와서 고하라. 내가 다 삼국시대에 다시 태어나게 하겠다. 각박하게 남을 해친 자, 음모를 꾸며 사람에게 상처를 준 자, 은혜를 입고도 갚지 않은 자들은 모두 전쟁터의 말로 태어나서 장수들이 타고 다니게 할 것이다."

그러나 이런 일들은 시간 관계상 상세하게 밝혀 서술할 수가 없다. 판관이 사마중상의 판결을 일일이 적으니 어느덧 오경이 되어 새벽닭이 울었다.

사마중상은 삼라전에서 물러나 염라대왕의 의관을 벗어 놓고 다시 예전의 수재 신분으로 돌아왔다. 그런 다음 자신의 판결문을 염라대왕에게 보여 주었다. 염라대왕이 그 판결문을 보더니 감탄을 금치 못했다. 염라대왕은 사마중상의 판결문을 옥황상제에게 보고하고 허락을 기다렸다. 옥황상제가 판결문을 보고 이렇게 찬탄했다.

"삼백오십 년 동안 저승 세계에서 체증처럼 묵혀 있던 사건들이 단 열두 시간 만에 해결되었으니 진실로 이 세상에는 사사로움이 없고 인과응보의 원리는 한 치의 어긋남도 있을 수 없음을 다시 증명했다. 사마중상은 진정 천하의 인재다. 그의 판결은 그대로 이루어질 것이다. 사마중상은 천하를 경영할 능력이 있으나 지금 생애에서 뜻을 펴지 못하고 불우했다. 다음 생애에는 응당 제왕이 되는 복을 누려야 할 것이다. 내가 그의 이름은 바꾸되 성은 바꾸지 아니하여 사마씨 집안에서 태어나게 할지니 이름은 의(懿), 자는 중달(仲達)이 될 것이다. 그대는 일생 동안 나가면 장수요 궁에 들어오면 재상이라, 대대손손 자리를 전하고 삼국을 병합하여 나라 이름을 진(晉)이라 할 것이다. 조조가 비록 한신의 환생으로 그 원수를 갚는다 해도 자신의 임금을 능멸하고 황후를 시해하는 일은 결코 바람직하다 할 수 없다. 게다가 사람들이 전생에 얽힌 이런 인연은 헤아리지 않고 그저 드러난 결과만 흉내낼까 걱정이니 사마의로 하여금 조씨 가문을 능멸하게 하겠다. 조조가 헌제를 능멸한 업보를 받는 것을 당대에 바로 보여 주어 사람들이 경계하면서 선을 행하고 악을 멀리하게 해야 할지니라."

옥황상제가 어지를 발령하니 염라대왕이 다시 읽어 주었다. 그런 다음 사마중상에게 송별연을 베풀어 주었다. 사마중상은 마지막으로 염라대왕에게 이렇게 하소연했다.

"소인의 처 왕 씨는 어린 나이에 저같이 가난한 선비를 만나 평생 고생만 죽도록 했습니다. 대왕께서 은혜를 베푸사 다음 생에도 저의 처로 태어나 저와 함께 부귀영화를 누리게 해 주십시오."

염라대왕이 사마중상의 말을 듣고 허락했다.

사마중상이 염라대왕에게 하직 인사를 올렸다. 바로 이때 침대에 누워 있던 사마모가 갑자기 눈을 뜨고 부인 왕 씨를 바라보았다. 왕 씨는 아직도 사마모 곁에서 슬프게 울고 있었다. 사마모는 연신 기이하다, 기이하다는 말만 되뇌며, 자신이 저승에서 겪은 일을 자세하게 이야기해 주었다. 그리고 마지막으로 한마디를 남기고 눈을 감았다.

"나는 이미 옥황상제의 명을 받은 몸, 이승에서 괜히 시간을 지체하고 싶지 않소이다. 다음 생에 다시 만나 우리 못다 한 영화를 누리도록 합시다."

왕 씨는 이제 자신과 남편의 운명을 알게 되었으므로 괴로워하지 않고 다음 일을 준비하기로 했다. 사마모의 장례를 마치고 왕 씨 역시 사마모의 뒤를 따랐다. 삼국시대 사마의 부부는 바로 사마모 부부의 환생이라. 이 기이한 이야기는 지금까지 사람들 입에 오르내린다. 후대 사람이 시를 지어 이렇게 읊었다.

열두 시간 맡은 염라대왕 역할, 천하의 명판결
원한이 원한을 부르더니 한 번에 해결되었네.
사람들아, 남의 가슴에 못 박는 일 하지 마소
길흉화복, 인과응보는 뉘라서 피할쏜가.

遊酆都胡母迪吟詩

호모적이
저승을 찾아가
시를 짓다

금나라에 저항하고자 했던 악비, 원나라에 저항하고자 했던 문천상 그리고 그에 반대하여 현실적인 타협안을 제시했던 진회. 사람들은 진회의 방법이 현실적이라는 것을 알면서도 겉으로만 악비와 문천상을 지지했던 것일지도 모른다. 진회가 개인적으로 악비를 미워했던 게 아니라 당시 송나라로서는 군사적으로 여진족을 물리칠 수 없다는 걸 누구보다 잘 알았기에 그런 선택을 하고, 중국인들 역시 그 사정을 잘 알았기에 진회를 미워했는지도 모른다. 거대 제국의 속 빈 강정 같은 실정을 알고 얼마나 두려웠을 것인가. 사람은 자신을 닮은 자, 자신이 하고자 하는 일을 먼저 해 버린 자를 미워하는 법이다.

악비를 떠나보내야 했던 중국인들의 미안함은 이승에서는 해결될 수 없는 것. 그저 저승으로 달려가 염라대왕에게 하소연하는 길뿐이었을 것이다. 아무튼 저승으로 달려가 질긴 인연의 굴레를 풀어내 보면 결국 손해 보는 자도 이익 보는 자도 없지 않느냐는 염라대왕의 설명을 듣게 된다. 죄짓고 저승에 간 자들이 얼마나 가혹한 형벌에 시달리는지도 두 눈으로 확인한다. 저승에 가 보고 나서야 도덕적 인과응보가 허튼소리가 아님을 깨달았을까. 반대로 도덕적 인과응보를 확신하고 그 확신을 타인과 공유하고 싶은 욕망이 너무 강하여 저승에서라도 도덕적 인과응보가 실현되는 이야기를 만들어 냈을까. 확신을 갈망하는 것 또한 얼마나 허망한 일인가? 기실 나를 따르라고 외치는 그 순간 악비 자신도 매우 외롭고 황망했을 것이다. 하지만 악비는 그 길이 멋진 길이라 생각했던 것 같다. 남이 뭐라 하든 상관하지 않고 말이다. 악비는 진회를 증오하지 않았을 것이다. 증오 역시 시기의 다른 표현임을 악비는 잘 알았으므로.

꿍꿍이가 너무 많으면 화도 많은 법

부귀영화에 정신 팔려 양심을 속이지 말라.

처마에서 떨어지는 빗물이 바로 그 자리에 떨어지듯

예나 지금이나 인과응보 역시 한 치의 착오도 없었다네.

송나라의 첫째가는 간신으로 꼽히는 진회(秦檜, 1090~1155)는
자가 회지(會之)로 강녕(江寧) 사람이다. 태어날 때부터 신체에 특
이한 점이 있었으니 발뒤꿈치에서 발가락까지의 길이가 일 척이
넘어 태학에서 공부할 때부터 '왕발 수재'라 불렸다. 과거에 급제
하고 정강(靖康) 연간(1126~1127)에 승진하여 어사중승(御史中丞)
에 올랐다.

그해 금나라 병사들이 변경을 함락시키고 휘종과 흠종 두 황
제를 북으로 잡아갔으며 진회 역시 포로로 잡혔다. 금나라의 대
장군 완안달라(完顔撻懶)와 가까워진 진회는 이렇게 제안했다.

"그대가 나를 남쪽으로 돌아가게 해 준다면 금나라를 위해 밀정이 되겠소. 다행히도 내가 송 왕실에서 출세한다면 나는 송과 금이 화해해야 한다고 강력하게 주장하여 송나라가 남쪽에서 차지하고 있는 땅을 떼어서 금나라에 바치고 대국 금나라의 은혜를 갚아야 한다고 할 것이오."

완안달라가 이 말을 금나라 황제에게 전하니 금나라 황제는 넷째 아들 완안올출(完顔兀朮)을 시켜 진회와 몰래 약조를 맺고는 진회를 풀어 주었다.

아내 왕 씨와 함께 배를 타고 남송의 수도 임안에 도착한 진회는 옥졸을 죽이고 탈출하여 고국으로 돌아올 수 있었다고 거짓말했다. 고종 황제는 진회의 말을 믿고 금나라의 형국에 대해 물었다. 진회는 금나라의 병사는 수도 많고 용맹하여 감히 대적할 수 없을 정도라며 금나라의 군사력을 부풀려 전했다. 예상한 대로 고종은 와락 겁을 먹고 좋은 계책이 없는지 물었다. 진회가 답했다.

"후진(後晉)의 석씨(石氏) 왕실이 오랑캐를 섬긴 이래 지금 중원에는 옹골찬 기상이 다 사라져 다시 일어나지 못하고 있습니다. 정강 연간에 금나라의 침입을 받아 우리 송나라의 사직이 거의 무너질 뻔했습니다. 이는 하늘의 뜻이니 어찌 사람의 힘으로 막아 낼 수 있겠습니까? 이제 겨우 수도를 옮겨 백성들의 마음에는 아직 경황이 없으며 장수들은 나라의 병사들을 이끌고 변방에 있습니다. 그런 장수들 가운데 하나라도 마음을 바꿔 먹으면 대사를 그르치게 됩니다. 폐하께서는 군사 작전을 피하고 강화를 도모하셔서 남과 북을 경계로 서로 한쪽을 차지하고 침략하지 않기로 맹약하신 다음 각 장수들의 병권을 회수하셔야 합니다. 이것이 바로 백성을 도탄에 빠뜨리지 않을 최상의 방책이라 할 것입니다."

"짐이 강화를 맺고 싶어도 금나라 사람들이 받아 주지 않을까 걱정이다."

"금나라에 포로로 잡혀 있는 동안 소신은 금나라 지도자들과 교분을 쌓아 두었습니다. 소신에게 맡겨 주시면 나름 방도를 마련하여 금나라와 강화를 이루어 내겠습니다. 모든 일을 온전히 하여 단 하나의 실수도 없게 할 것입니다."

고종은 매우 기뻐하며 진회를 상서복야(尙書僕射)에 임명했다. 그런 다음 얼마 지나지 않아 다시 좌승상에 임명했다. 진회는 이에 강화 업무를 전적으로 맡아 구룡여연(勾龍如淵)을 어사중승으로 삼았다. 또 조정에서 강화에 반대론을 펴는 자들은 상소를 올려 쫓아냈다. 조정(趙鼎), 장준(張浚), 호전(胡銓), 안돈복(晏敦復), 유대중(劉大中), 윤돈(尹焞), 왕거정(王居正), 오사고(吳師古), 장구성(張九成), 유저(喩樗) 등이 모두 유배되거나 쫓겨났다.

그러는 동안 악비(岳飛, 1103~1142)는 금나라 병사들을 연이어 격파하고 넷째 태자 올출을 몰아붙여 옴짝달싹 못 하게 만들었다. 올출은 다급해진 나머지 밀랍 속에 넣은 편지를 심복 왕진(王進)에게 들려서 진회를 만나게 했다. 편지에는 이렇게 적혀 있었다.

강화를 약속해 놓고 어찌 변방의 장수를 시켜 군사 공격을 하는 것이오? 이는 바로 승상의 신의 없음을 보여 주는 일입니다. 악비를 죽이지 않으면 강화는 더 이상 말도 꺼내지 마시오.

진회는 당장 악비를 죽여 강화를 향한 믿음을 보이겠다고 답장을 써서 왕진에게 들려 보냈다. 진회가 열두 차례에 걸쳐 전방에서 군사를 물리라는 황금 마패를 악비에게 보냈다. 악비 휘하의 장병들은 모두 분노했고 호남의 백성들 가운데 비통해하지 않는 자가 없었다. 악비는 전방에서 물러나 만수관(萬壽觀)의 관리자로 강등되었다. 그러나 진회는 여기서 그치지 않고 악비를 처형하기로 마음먹고는 심복 장준(張俊)에게 악비의 부하인 통제(統制) 왕준(王俊)과 부도통제(副都統制) 장헌(張憲)의 사이가 안 좋은 점을 이용하라고 했다. 즉, 왕준에게 뇌물을 듬뿍 준 다음 왕준이 스스로 나서서 자기 휘하에 있는 장헌이 양양을 근거 삼아 악비의 군사들을 다시 모으려 한다고 밀고하게 한 것이다.

왕준은 부탁받은 대로 장헌을 밀고했고 진회는 장헌을 수도의 중죄인 감옥에 가둔 뒤에 황제의 조서를 날조하여 악비 부자를 잡아 오게 했다. 어사중승 하주(何鑄)가 악비 부자를 심문해 보니 밀고자는 있으되 악비 부자가 역모를 꾀했다는 근거는 없는지라 악비 부자가 억울하게 고발당한 것이라고 진회에게 보고했다. 보고를 받은 진회는 격노하여 하주를 파면시키고 악비 부자의 심문을 만사설(万俟卨, 1083~1157)에게 다시 맡겼다.

평소 악비에 대한 감정이 좋지 않았던 만사설은 없는 사실을 날조하여 두 사람을 옥에 가두고 악비와 그의 아들 악운(岳雲)이 부장(部將) 장헌, 왕귀(王貴)와 공모하여 반란을 일으키려 했다고 보고했다. 대리시경(大理寺卿) 설인보 등이 악비의 억울함을 풀어 주고자 노력했으며, 판종정사(判宗正寺) 사뇨(士儦)는 제 식솔 백 명의 목숨을 걸고 악비는 결코 반란을 일으킬 사람이 아님을 보증했다. 추밀사 한세충(韓世忠)은 화를 이기지 못하고 직접 진회의 집으로 찾아가 진회와 격론을 벌였다. 그러나 악비를 변호하는 사람들은 모두 파면되거나 배척되었다.

악비를 옥에 가둔 다음 진회는 자기 집 동쪽 창문 아래에 앉아 악비를 어떻게 처리할지 고민했다.

"악비를 죽이지 않으면 금나라와의 화의가 성사되지 않아 그 책임이 나에게 지워질 것 같고, 악비를 죽이면 뭇 사람들이 나를 비난하겠구나."

진회는 딱 부러지게 결정을 내리지 못하고 있었다. 이때 진회의 부인 수다쟁이 왕 씨가 다가와 물었다.

"여보, 지금 무엇을 그리 고민하십니까?"

진회가 자신의 고민을 부인 왕 씨에게 털어놓았다. 왕씨는 소매 안에서 감귤 하나를 꺼낸 다음 두 손으로 그 감귤을 잡아 두 쪽으로 쪼개서 한 쪽을 진회에게 주고 이렇게 말했다.

"감귤을 두 쪽으로 쪼개는 게 뭐가 어렵습니까? 옛말에 호랑이를 잡기는 쉬워도 놓아주기는 어렵다고 하지 않습니까?"

진회는 부인의 말을 듣고 문득 깨닫는 바가 있어 마침내 마음의 결정을 내릴 수 있었다. 진회는 대리시 감옥을 담당하는 관리에게 비밀 쪽지를 보냈다. 이날 밤 악비는 목이 잘렸다. 그 아들 악운과 장헌, 왕귀는 저자로 끌려가 처형되었다.

금나라 사람들은 악비가 처형되었다는 소식을 듣고 술을 들이켜며 기뻐했다. 그리고 두 나라 사이에는 화의가 성립되었다. 회수(淮水)의 중류에서 당주(唐州), 등주(鄧州)에 이르는 선을 경계로 했으며 북쪽 금나라는 큰 나라이니 백부의 나라로 부르기로 하고 남쪽 송나라는 작은 나라이니 조카의 나라라 부르기로 했다. 진회는 태사(太師) 위국공(魏國公)의 봉호를 받았다가 여기에 더하여 익국공(益國公)에 봉해졌으며 망선교에 사저를 지으니 그 화려함이 황궁과 어깨를 나란히 했다. 그의 아들 진희(秦熺)는 열여섯 살에 장원급제하여 한림학사에 임명되었다. 진희는 역사 기록을 전담하게 되었다. 진희가 아들을 낳으니 그 아이는 아직 강보에 싸인 나이에 한림학사로 임명되었으며, 딸은 낳자마자 숭국부인(崇國夫人)에 봉해졌다. 진회 일가족이 일시에 누린 권력은 고금에 비할 데가 없었다.

숭국부인이 예닐곱 살 때 고양이를 데리고 놀기를 좋아했다. 그런데 어느 날 그 고양이가 사라져 버리자, 임안부 부윤에게 엄명을 내려 어서 빨리 찾아오라고 닦달을 했다. 임안부 부윤 조영(曹泳)은 관리들을 널리 파견하여 고양이를 찾게 했다. 관리들이 이곳저곳을 뒤져 비슷한 고양이 수백 마리를 찾아내고는 고양이 주인들한테 훔친 고양이 아니냐고 뒤집어씌우니 그 고양이 주인들은 황당하고 억울하더라도 일단 돈을 써서 제 몸을 빼내야 했다. 이런 황당함과 억울함을 어찌 필설로 다할 수 있겠는가. 고양이 주인들이 울며 겨자 먹기로 각자 고양이를 가지고 진회 집에 와서 검사를 받았으나 모두 숭국부인의 고양이가 아니었다. 이에 고양이 초상화를 수천수만 장 그려서 찻집이든 술집이든 다 붙여 놓고 관가에서는 천 금을 현상금으로 내걸었다. 이런 식으로 온 임안부가 한 달이나 야단법석을 떨었으나, 고양이의 종적은 찾을 수 없었다. 진회의 집에서는 임안부윤 조영에게 사람을 보내 닦달했다. 시달리다 못한 조영이 금을 녹여 황금 고양이를 만든 다음 유모를 통해 숭국부인에게 전달하고서야 겨우 위기를 모면할 수 있었다. 이 사건 하나만 보더라도 당시 진회의 권세가 얼마나 대단했는지를 알 수 있다.

진회는 말년에 들어 황제의 자리를 넘보았다. 하지만 조정의 원로들이 아직 버티고 있어 걱정이었다. 이에 그는 그들을 모두 제거하기로 마음먹고 일부러 큰 사건을 날조하여 조정(趙鼎), 장준(張浚), 호전(胡銓) 등 쉰세 가족을 대역죄에 얽어맸다. 진회의 부하가 사건 처리 문서를 작성하고 진회가 서명하여 황제에게 건네기만 하면 되었다. 이날 진회는 서호에서 유람을 하고 있었다. 술을 한잔 들이켜려는데 갑자기 앞에서 머리를 풀어 헤친 사람이 걸어왔다. 바로 악비였다. 악비는 진회를 바라보면서 큰소리로 나무랐다.

"이놈, 충신을 괴롭히고 백성을 못살게 굴고 나라를 망치다니. 내가 이미 옥황상제에게 고하고 너의 목숨을 가지러 왔다."

진회가 대경실색하여 좌우에 물었으나 아무도 악비를 보지 못했다고 했다. 진회는 심기가 불편해져 그냥 집으로 돌아왔다. 다음 날 부하가 사건 처리 문서를 가지고 와서 결재를 부탁했다. 진회는 사람들의 부축을 받아 일어나 서명을 하고자 했으나 손이 계속 떨려서 도저히 서명을 할 수가 없었다. 결국 서명을 하려다 서류를 모두 버리고 말았다. 다시 서명지를 만들어 오라 했으나 그 서명지 역시 버리고 말았다. 결국 진회는 이 서류에 서명을 하지 못했다. 진회의 수다쟁이 부인 왕 씨가 병풍 뒤에서 손을 저으며 말했다.

"나리를 너무 피곤하게 하지 마라."

잠시 후 진회는 찻상에 엎어졌다. 사람들의 부축을 받아 내실로 들어갔으나 이미 혼수상태가 되어 한마디도 하지 못하고 마침내 세상을 떠났다. 쉰세 가족은 반역자로 몰려 진회의 손에 죽임을 당할 운명은 아니었던 모양이다. 하늘의 이치는 이렇게 공명정대하다. 시 한 수로 이를 증명한다.

조정(趙鼎)을 유배 보내고 악비를 처형하고
착하고 충직한 자들을 함부로 잡아 죽였도다.
권세가 하늘을 찌르던 재상이 제 이름 서명도 못 하게 되니
충신 양장은 하늘이 돕는다는 말이 허튼소리 아님을 알겠네.

진회가 죽은 지 얼마 되지 않아 그의 아들 진희도 세상을 떠났다. 진회의 부인이 단을 쌓고 천도재를 지냈다. 방사가 단에 엎드려 제문을 읽으니 진회가 저승에서 목에 쇠칼을 쓰고 서 있는 모습이 보였다. 방사가 진회에게 물었다.

"아버지는 어디 계시오?"

진희가 대답하였다.

"저승에 계십니다."

방사가 저승 세계로 들어가 보니 진회, 만사설, 왕준이 머리가 풀어 헤쳐진 채, 얼굴에 땟국물을 줄줄 흘리면서 큰칼을 쓰고서 걸어가고 있었다. 귀신 나졸들이 몽둥이로 그들을 때리면서 재촉했다. 진회가 방사를 보더니 이렇게 부탁했다.

"번거로우시겠지만 제 아내에게 동쪽 창문 아래에서 나눴던 일이 다 드러났다고 전해 주십시오."

방사는 무슨 말인지 영문을 몰랐으나 있는 그대로 진회의 부인에게 전달해 주었다. 왕 씨는 단박에 말뜻을 알아듣고 다시 한 번 깜짝 놀랐다. 사람들이 몰래 소곤대는 말도 하늘은 우렛소리처럼 크게 알아듣고 문 닫아 걸고 허튼짓 해도 번개처럼 환하게 보신다는 것을 깨달은 것이다. 이렇게 놀람증이 걸려 왕 씨는 그만 세상을 떠나고 말았다. 얼마 지나지 않아 진훈(秦塤)도 세상을 떠나자 몇 년이 지나지 않아 진씨 가문은 몰락하고 말았다. 그 후 조정에서 운하를 파느라 진회의 집 문 앞에 흙이 산더미처럼 쌓였다. 누군가가 망선교를 지나다 진회의 집문 앞에 흙더미가 아무렇게나 쌓여 있는 것을 보고 담벼락에 시 한 수를 적었다.

재상 집은 남아 있으나 재상은 어디 있는가?
깊숙이 자리 잡은 언월당(偃月堂)엔 원한 또한 깊이 새겨졌구나.
임금을 모시던 낙양에서 말년을 잘 마무리할 궁리는 않고

미(郿) 땅에 높은 담을 치고 곡식과 금은보화 쌓아 두었던 동탁
과도 같은 짓 하였네.
마누라와 담소하면서 무고한 사람에게 죄를 뒤집어씌우는 계
략을 세울 줄은 알았으나,
하늘이 바로 위에서 내려다본다는 사실은 몰랐다니!
적막하다, 무덤에 쓸쓸히 묻혀 있을 진회여
생전의 집은 흙더미에 가려 그늘만 지누나.

송나라는 진회가 강화를 주장하는 바람에 대사를 그르쳐 원
수를 섬기는 신세가 되고 군신들은 모두 향락에 젖어 들었다. 원
나라 태조 테무친이 사막에서 세력을 키워 그 권력을 쿠빌라이
에게 물려주니 쿠빌라이가 금과 송을 멸망시켰다. 송나라의 승상
문천상(文天祥, 호는 문산(文山), 1236~1283)이 충심을 발휘하여
병사를 모으고 송나라 황제를 모셨으나 끝까지 마무리하지 못하
고 원나라 장수 장홍범(張弘範)에게 붙잡혔다. 장홍범은 문천상
을 어떻게든 항복시키려 했으나 문천상이 끝내 거절하니 지원(至
元) 19년(1282)에 연경(燕京)의 시시(柴市)에서 처형했다. 그의 세
아들 도생(道生), 불생(佛生), 환생(環生)은 모두 문천상보다 먼저
세상을 떠났다. 문천상의 동생은 이름이 문벽(文璧)이었으며 호는
문계(文溪)라 했다. 문벽은 자신의 아들 문승으로 하여금 문천상
가문의 뒤를 잇게 했다. 문벽과 문승은 나중에 원나라 조정에서
높은 지위를 차지했다.

강남에 문계(文溪)와 문산(文山)의 이름이 널리 불리니
형과 아우 모두 우열을 가리기 힘들다 하네,
한 나무에 열린 매화꽃도 각자 자기 나름의 취향이 있을지니
남쪽 향한 매화꽃은 해를 바라고 북쪽 향한 매화꽃은 한기를
마다하지 않네.

한편 이야기는 여기서 둘로 갈라진다. 원나라 인종(仁宗) 황제
황경(皇慶, 1312~1313) 연간, 금성(錦城)에 수재가 한 명 살았으니
성은 호모(胡母), 이름은 적(廸)이었다. 사람됨이 강직하고 사사로
움이 없었다.

"내가 만약 권력을 잡으면 착한 사람을 돕고 간사한 무리들을
쳐내, 조정을 바로잡고 큰 뜻을 이루리라."

그러나 아직 운을 만나지 못했는지 연거푸 열 차례나 과거에
낙방하여 위봉산에 숨어 살면서 밭 갈고 책 읽으며 생계를 꾸렸
다. 그러나 세상에 품은 불만에 가끔씩 울화가 치미는 것은 어쩔
수 없었다.

어느 날 조그만 집에서 술을 마시다가 얼큰히 취했다. 책 부대
에서 아무렇게나 하나를 꺼내어 보니 바로 『진회동창전(秦檜東窓
傳)』이었다. 책을 다 읽지도 않았는데 갑자기 버럭 화가 났다. 그
러곤 그 간신을 쉬지 않고 욕했다. 다시 책 한 권을 꺼내니 바로
『문문산승상유고(文文山丞相遺藁)』였다. 책을 읽다 보니 더욱 화
가 치밀어 책상을 내리치며 소리를 질렀다.

"이렇게 충성스럽고 의로운 사람이 죽고 후손도 끊기다니, 하

늘이시여, 하늘이시여, 정말 너무하십니다."

울적한 마음에 다시 술잔을 들어 통음하다가 그만 대취하고 말았다. 호모적은 먹을 갈아서 『진회동창전』 표지에 네 구절의 시를 적었다.

발만 큰 사악한 신하, 수다쟁이 마누라
충성스럽고 효성스러운 신하들을 모두 죽이고 해쳤도다.
불초 소생이 염라대왕의 역할을 대신할 수만 있다면
저 간웅의 살갗을 만겹의 시간을 두고 벗기련만!

호모적은 이 시를 여러 번 읽어 보고는 한쪽에 치워 두었다. 그런 다음 『문문산승상유고』 표지에도 네 구절의 시를 적었다.

외로이 한 손으로 하늘을 떠받들려던 그 뜻 이미 꺾였으나
숭고한 그 남은 뜻은 태양처럼 빛나리.
다만 혈육 한 점도 없이 모두 사라졌으니
충성스러운 그의 영혼 어디서 안식을 취하리?

시를 다 짓고도 감흥이 가시지 않자 그는 다시 뒤표지에 네 구절의 시를 적었다.

진회 같은 간신이 일생을 평안히 마치고
자손들 역시 영화로운 삶을 살았네.

문천상은 고통 속에서 죽고 자손마저 끊겼으니

하늘은 충성과 간사함을 구분하기는 하는 것일까?

호모적은 시를 다 적고 나서 몇 차례 더 읽다가 술기운이 갑자기 올라와 옷을 입은 채로 잠이 들었다.

잠시 후에 보니 검은 옷을 입은 아전 둘이 다가와 읍하며 말했다.

"염라대왕께서 나리를 모셔 오라고 저희를 보내셨습니다."

아직 술에 취해 있던 호모적이 아무렇게나 대답했다.

"나는 염라대왕을 잘 모르는데 무슨 일로 나를 데려오라고 하시는가?"

두 아전이 웃으면서 대답했다.

"가 보면 아실 것입니다. 더 이상 번거롭게 묻지 마십시오."

호모적이 다시 또 거절하려고 하니 두 아전이 어깨를 한쪽씩 잡고 일어섰다. 금성을 벗어나 몇 리를 가니 사방이 황무하고 안개가 자욱한 것이 늦가을의 정취가 물씬했다. 다시 몇 리를 더 가니 멀리 성곽이 보이고 사람들이 많이 오가면서 뭔가를 사고팔았다. 성문에 다가가서야 현판에 적힌 「풍도(酆都)」 두 글자가 보였다. 호모적은 그제야 여기가 저승임을 깨달았다. 기왕에 이곳에 왔으니 이제 어쩔 도리가 없었다. 성안에 들어가 보니 궁궐 건물이 웅장하게 들어서 있고 빨간색 솟을대문에는 '밝은 혼령들의 세계'라는 의미로 '요령지부(曜靈之府)' 네 글자가 적혀 있었다. 문밖에는 경비들이 삼엄하게 지키고 있었다. 호모적을 데려오던 두 아전 가운데 하나는 옆에서 호모적을 지키고, 다른 하나가 앞서서 들어갔다. 잠시 후 들어갔던 자가 다시 나와서 호모적을 불렀다.

"염라대왕께서 보자시오."

호모적이 따라 들어가 궁전 건물 앞에 서니 현판에 '삼라전(森羅殿)'이라 적혀 있었다. 궁전의 보좌에 앉아 있는 이는 곤룡포를 입고 면류관을 쓰고 있는 모습이 인간 세상의 사당에 그려 놓거나 조각해 놓은 신과 흡사했다. 좌우에는 여섯 명의 저승 관리들이 서 있는데 녹색 도포에 검은색 신발을 신고 키 큰 모자에 넓은 허리띠를 하고서 각각 문서를 들고 있었다. 계단 아래에는 백여 명이 염라대왕을 모시고 서 있었다. 소머리에 말 얼굴, 긴 주둥아리에 빨간 머리카락이 기묘하고 무서워 보였다. 호모적이 계단 아래에서 머리를 조아리니 염라대왕이 물었다.

"그대가 호모적인가?"

"네, 그렇습니다."

염라대왕이 버럭 화를 내며 말했다.

"그래, 명색이 선비라면 책을 좀 읽어서 예의가 뭔지는 알 텐데 어찌하여 천지신명을 원망하고 귀신을 비방했더란 말이냐?"

"제가 비록 젊으나, 성인과 선배 현자의 도리를 일찍부터 깨우쳤으며 자신의 처지에 만족할 줄 알고 도리에 맞춰 몸을 닦았으니 결코 하늘을 원망하거나 다른 사람을 원망한 일이 없습니다."

염라대왕이 다시 소리를 질렀다.

"'하늘은 충성과 간사함을 구분하기는 하는 것일까?'라고 읊은 것은 원망이 아니고 무엇이란 말이냐?"

호모적은 그제야 자신이 취중에 시를 읊은 것이 생각나서 재배를 올리고 사죄했다.

"소인이 우연히 충신과 간신에 대한 기록을 읽다가 술에 취해 분노를 억제하지 못하고 그렇게 적은 것이니 원컨대 너그럽게 용서하여 주십시오."

"어째서 하늘이 충성과 간사함을 구분하지 못한다는 것이냐? 자세하게 설명해 보아라."

"진회는 나라를 팔아먹고 금나라와 화의를 하고 충신들을 잡아 죽였으나 일생 동안 부귀를 누렸으며, 그의 아들 진희는 과거에 장원급제하고 그의 손자 진훈은 한림학사가 되어 삼대가 사관의 영예를 얻었습니다. 악비는 충성된 마음으로 나라의 은혜에 보답하기 위해 노력했음에도 부자가 도륙을 당했습니다. 문천상은 송나라 말기의 제일가는 충신이었으나 세 아들이 모두 유배당하여 죽으니 마침내 자손이 끊겨 버렸습니다. 문천상의 동생은 오랑캐에 항복했고 그 동생과 동생의 아들, 즉 조카가 모두 현달했으니 착한 일에는 복을 내리고 악한 일에는 화를 내리는 하늘의 도리는 대체 어디에 있는 것입니까? 소인이 아무리 헤아려 보아도 의심을 풀 길이 없으니 원컨대 대왕께서 저를 깨우쳐 주십시오."

염라대왕이 큰 소리로 웃더니 대답했다.

"이 천하에 썩어 빠진 녀석아! 하늘의 도리가 얼마나 오묘한데 네가 감히 그걸 알겠느냐? 송나라 고종은 전류왕(錢鏐王)의 셋째

호모적이 저승을 찾아가 시를 짓다

아들이 환생한 것이다. 전류왕을 이어 전씨 가문이 백 년 동안 오월을 독차지하면서도 덕을 잃지 않았다. 전숙(錢俶) 때에 이르러 송나라 수도에 입조하니 송 태종이 그를 붙잡고서 땅을 바치라 을러 댔다. 휘종 황제 때 현인황후(顯仁皇后)가 임신 중에 꿈을 꾸었는데 온몸에 황금 갑옷을 입은 사람이 눈을 부릅뜨고 이렇게 말했다. '나는 오월의 왕이다. 네 집안이 무고하게 나의 나라를 강탈했으므로 내가 내 셋째 아들을 환생시켜 내 나라를 돌려받겠다.' 현인황후는 꿈에서 깨어난 다음에 황세자 구(構)를 낳았고 이자가 바로 고종이니라.

고종으로 환생한 이자는 자신이 예전에 다스리던 강토를 되찾는 일에만 관심이 있었으니 남쪽으로 수도를 옮긴 후 너무도 편안하게 지내며 다시 중원을 회복하려는 의지가 없었다. 진회는 그런 고종의 마음에 딱 들어맞게 화의를 주장했으니 바로 하늘이 정한 운명에 맞아떨어짐이라. 그러나 충신 양장을 함부로 죽여서는 안 되는 법. 그래서 옥황상제께서는 진회의 자손들을 끊어 버린 것이다. 진희는 진회의 아들이 아니다. 진회는 진회의 처남 왕환(王煥)의 아들을 진회의 수다쟁이 부인이 아들로 들인 것이다. 하니 비록 그 아들이 부귀영화를 누린다고 진회의 혼령이 성도 다른 아들이 지내는 제사를 받겠느냐?

악비는 삼국시대 장비가 다시 태어난 것이다. 그의 충성심과 바른 기상은 역사에 길이 빛난다. 먼저는 장순으로 태어났으니 성은 그대로인데 이름이 바뀐 것이고, 그다음은 악비로 태어났으니 성은 바뀌고 이름은 그대로인 것이다. 악비 부자가 비록 억울하게 죽임을 당했지만 자손은 번성하여 영원토록 전해질 것이다. 문천상 부자와 부부는 온 가문이 충효와 의리로 천고에 길이 빛날 것이다. 조카 문승이 가문을 이었고 관직 생활을 바르고 청렴 결백하게 했으며 가풍을 그대로 이었으니 후사가 없다고 말할 수 없다.

하늘의 보응은 살아 있을 때 바로 나타날 수도 있고 죽은 다음에 천천히 나타나기도 한다. 또 복을 주려고 했던 것이 오히려 화가 되기도 하고 화를 주려고 했던 것이 복이 되기도 하니 이승과 저승, 옛날과 지금을 다 통합하여 살펴보아야만 비로소 착오 없이 제대로 살필 수 있다. 그대는 지금 눈앞에 드러나는 것만 보고 판단하니 비유컨대 우물 안의 개구리라, 자신의 능력이 얼마나 부족한지를 알기나 할까!"

호모적이 머리를 조아리고 말했다.

"대왕님께서 가르침을 주셔서 저의 무지함을 깨우치시니 마치 구름을 헤치고 해를 바라보는 것처럼 얼마나 상쾌한지 모르겠습니다. 그러나 우매한 백성들은 생전의 고락만을 생각할 뿐이니 죽은 다음에 받는 응보를 어찌 알겠습니까? 이처럼 잘 드러나지 않고 감춰진 이치를 통해서 뭇 사람들에게 선을 행하고 악한 일을 금하라고 한들, 뜬구름 잡는 이야기처럼 들리고 소 귀에 경 읽기처럼 들려 들은 척도 안 할 것입니다. 그래서 세상에 나쁜 놈들이 득실거리고 착한 사람들이 드문 것입니다. 제가 비록 못나긴 했으나 지옥 유람을 시켜 주신다면 지옥을 샅샅이 보고 돌아가서 사람들에게 전하겠습니다. 그럼 사람들은 생전에 죄를 짓지 않고자 조심할 것입니다. 허락하시겠는지요?"

염라대왕은 고개를 끄덕이며 녹색 옷을 입은 아전을 불러 하얀 종이에 글을 적어 건넸다.

"이 글을 보략옥(普掠獄) 간수장에게 전달하고 간수장에게 옥문을 열고 이 선비를 안내하여 지옥 세계에서 인과응보를 당하는 형국을 두루 보여 주도록 하라. 한 치의 실수도 없이 수행하라."

아전은 염라대왕의 명령을 받들어 호모적을 이끌고 서쪽 회랑으로 들어갔다. 회랑을 지나 삼 리 정도 갔을까 오른쪽에 몇 길 높이나 되는 담이 있고 무쇠로 만든 대문이 하나 있었다. 그 대문에는 '보략옥'이라는 글자가 적혀 있었다. 아전이 문고리를 세 번 두드리니 문이 열리고 두억시니[5] 여럿이 튀어나와 호모적을 붙잡아 가려고 했다. 아전이 소리쳤다.

"이 선비는 아무 죄도 없다."

그리고 바로 염라대왕이 적어 준 메모를 보여 주었다.

"우리야 뭐 죄짓고 죽은 귀신인 줄 알고 옥에 처넣으려고 했을 뿐 선비인 줄이야 몰랐지. 죄송하게 되었소이다."

그런 다음 읍을 하더니 호모적을 데리고 안으로 들어갔다. 안에는 사방 오십 리에 이르는 넓은 터가 있었다. 햇볕은 황량하고 생기가 없었으며 바람은 소슬했다. 사방에 문패가 걸려 있었고 그 문패에 글자가 새겨져 있었다. 동에는 '바람과 우레의 감옥[風

---

5 생김새가 괴상한 귀신으로 하늘을 날아다니며 사람을 잡아먹고 상처를 입힌다고 한다. 야차(夜叉)라고도 한다.

雷之獄]', 남에는 '불수레 감옥[火車之獄]', 서에는 '금강 방망이 감옥[金剛之獄]', 북에는 '어둡고 차가운 감옥[溟冷之獄]'이라 적혀 있었다. 그 안에는 목에 큰칼을 차고 있는 자가 천여 명이었다. 또 한쪽으로 작은 문이 있었는데 이십여 명에 달하는 남자들이 머리는 산발하고 옷을 벗은 채 손발이 대못으로 철제 침상에 박히고 목에는 쇠칼을 쓰고 있었으며 온몸에 칼자국이 나 있었으며 핏자국이 홍건하고 비린내가 코를 찔러 도저히 가까이 다가갈 수 없었다. 옆에 있는 쇠창살로 만들어진 철장 안에는 아낙이 하나 있었다. 그 아낙은 치마만 걸치고 허리 위로는 아무것도 입지 않았다. 두억시니 하나가 펄펄 끓는 물을 그 아낙에게 뿌리니 살갗이 벗겨지고 문드러졌으며 아낙은 처절한 비명을 계속 질러 댔다. 녹색 옷을 입은 아전이 철제 침상에 박혀 있는 남정네 셋을 가리키며 호모적에게 입을 열었다.

"저들이 바로 진회, 만사설, 왕준이고, 저 철장 안에 있는 아낙이 바로 진회의 마누라 수다쟁이 왕 씨요. 나머지 사람들은 장돈(章惇), 채경(蔡京) 부자, 왕보(王黼), 주면(朱勔), 경남중(耿南仲), 정대전(丁大全), 한탁주(韓侂冑), 사미원(史彌遠), 가사도(賈似道)로 모두 떼를 지어 간사한 짓을 일삼던 무리요. 염라대왕께서 그대에게 저들이 벌 받는 모습을 보여 주라 하셨으니 잘 보시오."

그런 다음 진회의 무리를 바람과 우레의 감옥으로 몰고 가서는 구리 기둥에 묶고 나졸 하나가 채찍으로 그 구리 기둥의 고리를 치니 바람에 실려 칼들이 날아와 그들의 몸을 난도질했다. 그들의 몸은 마치 오래된 체 밑바닥처럼 너덜너덜해졌다. 한참 후

우렛소리가 그들의 몸을 치니 몸은 가루가 되어 부수어지고 흘린 피는 땅바닥에 고였다. 잠시 후 음산한 회오리바람이 불어 그들의 뼈와 살을 말아 올리더니 다시 사람 형상으로 만들었다. 그 아전이 호모적에게 설명했다.

"저들을 체로 치듯 쳐서 가루로 만든 것은 저승 세계의 우레이며, 그 가루를 말아 올린 것은 바로 업보의 바람이다."

그런 다음 다시 두억시니들을 시켜 그들을 금강 방망이 감옥, 불수레 감옥, 어둡고 차가운 감옥에 차례로 몰고 다녔다. 그 가운데에서도 진회와 만사설, 왕준 세 명은 특히 더 혹독하게 벌을 받았다. 배가 고프다고 하면 쇳구슬을 먹이고, 목이 마르다고 하면 구릿물을 먹였다. 그 아전이 이렇게 설명했다.

"저들은 사흘마다 다른 감옥을 다니면서 고초를 당하게 될 것이다. 이런 식으로 삼 년이 지나면 저들은 결국 소, 양, 개, 돼지로 세상에 환생하여 사람들에게 붙잡혀 가죽이 벗겨지고 잡아먹힐 것이다. 저들의 아내들도 암돼지로 세상에 환생하여 사람들의 똥, 오줌이나 먹다가 사람들에게 잡혀 끓는 물에 삶겨지는 일을 면치 못할 것이다. 저들은 소, 양, 개, 돼지로 환생하여 세상에 나갔다가 돌아오기를 벌써 오십여 차례나 했다."

"저들은 언제나 죗값을 다 치를 수 있을까요?"

"천지가 탄생하던 그 혼돈의 시대가 다시 도래해야 죗값을 다 치를 수 있을까?"

그 아전은 다시 호모적을 서쪽 담장의 작은 문으로 데려갔다. 거기에는 간사한 자들의 감옥이란 의미로 '간회지옥(奸回之獄)'이라 적혀 있었다. 차꼬와 쇠고랑을 차고 있는 백여 명의 사람들이 온몸에 칼날이 꽂혀 있는 것이 고슴도치와 꼭 닮은 형상이었다. 호모적이 물었다.

"저들은 누구입니까?"

그 아전이 대답했다.

"고래의 왕후장상들인데 간사하게도 악한 무리와 패거리를 지어 임금을 속이고 나라와 백성을 괴롭힌 자들이다. 양기(梁冀), 동탁(董卓), 노기(盧杞), 이임보(李林甫) 등이 저 안에 있다. 저들은 사흘에 한 번씩 진회가 받는 것과 같은 형벌을 받는다. 그리고 삼 년이 지나면 진회처럼 짐승으로 환생할 것이다."

그 아전은 호모적을 데리고 남쪽 담장의 작은 문으로 데려갔다. 거기에는 '불충한 환관들의 감옥[不忠內臣之獄]'이라 적혀 있었다. 그 안에는 암소 수백 마리가 쇠줄로 코가 꿰여 쇠기둥에 메여 있었는데 사방에는 불이 활활 타고 있었다. 호모적이 물었다.

"암소는 축생 가운데 하나인데 무슨 죄를 지어 여기에 오게 되었습니까?"

그 아전이 손을 휘저으며 말하였다.

"그런 말 하지 말고 천천히 잘 살펴보시오."

그런 다음 그 아전이 두억시니를 시켜 거대한 부채를 부치니 불길이 더욱 치솟았다. 그 암소들은 도저히 견디지를 못하고 소리를 지르고 이리저리 몰려다니다가 마침내 가죽과 살갗이 다 문드러졌다. 한참 후 우르렁쾅쾅 소리가 울리더니 가죽이 찢어지고 그 안에서 사람이 삐져나왔다. 가만히 보니 수염이 없는 내시라.

그 아전이 두억시니를 불러 내시들을 가마솥에 던져 삶아 버리게 했다. 잠시 후 거죽과 살점이 문드러지더니 허연 뼈만 남았는데, 거기에 다시 차가운 물을 뒤집어씌우니 뼈들이 다시 연결되어 사람의 형상으로 복원되었다. 그 아전이 그 모습을 가리키며 말했다.

"저들이 바로 역대의 환관이다. 진나라의 조고(趙高), 한나라의 십상시(十常侍), 당나라의 이보국(李輔國), 구사량(仇士良), 왕수징(王守澄), 전영자(田令孜), 송나라의 동관(童貫) 등은 아주 어린 나이부터 궁 안을 맴돌면서 호의호식하고 임금을 미혹하게 하고 충신 양장을 시기하여 천하를 어지럽혔다. 이제 그 업보를 받는 것이니 아무리 시간이 흘러도 벗어나지 못할 것이다."

다시 동쪽 감옥에 가 보니 남녀 수천 명이 몸뚱어리와 발을 다 드러내 놓은 채로 살갗이 벗기우고 심장이 도려내지고 들어내지고 불태워지고 등뼈가 갈리면서 애절하게 지르는 소리가 몇 리 떨어진 곳까지 들릴 정도였다. 그 아전이 이 모습을 가리키며 말했다.

"저들은 생전에 관리 노릇하면서 재물을 탐하여 법을 자기들 마음대로 왜곡하고 남한테 각박하게 군 자들이다. 효성스럽지 못하고 친구들과도 우애롭지 못하며 선배나 스승을 저버리고 어질지도 못하고 의롭지도 못했으므로 이런 벌을 받는 것이다."

호모적은 그 모습을 보면서 기뻐하며 말했다.

"이제야 저는 하늘이 공평하고 귀신이 우리를 너무도 밝게 살펴 주고 있음을 알았습니다. 제 평생 지녔던 불만도 이제야 해결되었습니다."

그 아전이 북쪽 감옥을 가리키며 말했다.

"지금 우리가 가는 감옥은 사람들을 속여 재물을 빼앗고 색을 탐하여 나쁜 일을 저지른 중들이 갇혀 있는 곳이다. 또 다른 감옥에는 음란한 여인, 질투 많은 여인, 패역무도한 여인, 표독한 여인들이 갇혀 있다."

"인과응보 사례는 지금까지 실컷 보았으니 굳이 더 보지 않아도 좋을 것 같습니다."

아전은 미소를 지으며 호모적의 손을 잡고 감옥에서 빠져나와 다시 삼라전으로 돌아갔다. 호모적은 재배를 올리고 머리를 조아리며 고마움을 표시했다. 그리고 다음과 같은 네 구절의 시를 지어 바쳤다.

사악한 자들이 권세를 쥐고 마음껏 휘두르지만
인과응보는 한 치의 오차도 없음을 알까.
저승 지옥 둘러보니 형벌이 이리도 처참함을 알겠네.
죄짓고 나중에 후회해도 때는 이미 늦으리.

호모적이 또 이렇게 고했다.

"간사한 자들이 이렇게 죗값을 치르는 것은 소인이 충분히 보았기에 그 말이 전혀 허튼소리가 아님을 알겠습니다. 그런데 충신과 의인은 어디에 있는 것입니까? 충신과 의인을 한번 볼 수만 있다면 소원이 없겠습니다."

염라대왕이 고개를 숙이고 한참을 고민하다가 대답했다.

"그런 충신과 의인은 모두 다시 인간으로 환생하여 왕후장상
으로서 하늘이 내려 준 복록을 누리고 있다. 천수를 다 누리고
나면 다시 원래의 곳으로 돌아와 다음 번 환생을 기다리다가 다
시 또 환생하느니라. 보고 싶다면 내가 직접 데리고 가서 보여 주
리라."

염라대왕이 마차를 타고 앞서며 수행원들에게 호모적을 데리
고 뒤를 따르게 했다. 한 오 리쯤 갔을까, 옥으로 짓고 푸른 돌로
지붕을 이은 궁전이 하나 나왔다. 빨간색 현판에 황금색 글자로
'저승 궁전'이란 의미의 '천작지부(天爵之府)'라고 새겨져 있었다.
들어가 보니 수백 명의 선동이 모두 자색 비단옷을 입고, 연분홍
색 옥패를 차고, 채색 깃발과 비단 부절을 들고, 깃털과 꽃 모양
으로 장식한 깃발을 들고 있었다. 사방에 구름과 안개가 자욱하
고, 하늘 꽃이 춤추듯 내리고, 용과 봉황이 노래를 부르고, 선계
의 가락이 귀에 쟁쟁하고, 선계의 향기가 코끝을 자극하며 사람
몸에 딱 붙어 흩어지지 않았다. 그 궁전의 보좌에는 백여 명이
앉아 있었다. 머리에는 통천관을 쓰고 몸에는 하늘거리는 비단옷
을 입고 발에는 주홍빛 신을 신었으며 옥 패물은 주렁주렁 찬란
한 광채를 발했다. 그 보좌 주위에는 붉은 비단 옷을 입은 오백여
명의 여인이 오색 부채를 들거나, 여덟 가지 보배로 장식한 잔을
든 채로 시중을 들고 있었다.

그들은 염라대왕을 보고 모두 계단을 내려와 맞으며 반갑게
인사를 나눈 후 각자 자리를 잡고 앉았다. 선동이 차를 내오니

염라대왕이 호모적을 데려온 이유를 설명한 후 호모적에게 인사를 올리게 했다. 그들은 호모적의 인사를 받고는 극진하게 답례했다. 그러면서 이구동성으로 이렇게 칭송했다.

"선생은 어진 자로서 타인을 제대로 좋아할 줄도 알고 제대로 미워할 줄도 아는 사람이구려!"

그러면서 별도의 자리를 마련하여 호모적에게 앉기를 권했다. 호모적이 감히 앉을 수 없다고 거듭 사양하자 염라대왕이 입을 열었다.

"저들이 그대의 학문과 바른 논리에 감동하여 이렇게 대우하는 것인데 그렇게 사양할 필요가 있겠는가?"

호모적이 더 이상 사양하지 못하고 그 자리에 앉았다. 염라대왕이 두 손을 마주 잡고 입을 열었다.

"지금 이 자리에 앉은 자들은 모두 역대의 충신이요, 절개가 곧은 선비로 인간 세상에서는 역사에 길이 전해질 자요, 저승 세계에서는 하늘이 주는 기쁨을 누릴 자들이다. 현명한 임금이 통치할 때면 왕후장상으로 태어나 천하를 경영하고 사직을 보필할 것이다. 수십 년이 지나지 않아 바로 진인이 나타나 어지러운 것을 바로잡을 것이다. 그때 이들은 앞서거니 뒤서거니 세상으로 나가 나라를 창업하는 것을 도울 듬직한 신하들이 되리라."

호모적은 그 자리에서 네 구절의 시를 지어 바쳤다.

창가에 앉아 역사책을 읽을 때면
충신들이 복을 누리지 못하는 현실을 개탄했노라.

저승 세계를 돌아보고서야 그들이 하늘의 귀한 복을 받음을 알
았느니
하늘은 결코 현명한 신하를 버리지 않는구나.

그들이 모두 공수하면서 감사의 뜻을 표했다. 염라대왕이 입을
열었다.

"그대는 선악의 보응과 충신과 간신의 구분이 한 치의 오차도
없음을 알게 되었을 것이다. 그대가 염라대왕이라 해도 여기서 무
엇을 어떻게 더 하기는 어려울 것이다."

호모적은 자리에서 일어나 염라대왕에게 사죄했다. 그러자 옆
에 있던 그들이 한결같이 이렇게 말했다.

"저 선비는 타고나기를 착한 것을 좋아하고 악한 것을 싫어하
니, 이전에 시를 지어 비분강개했던 것도 저승 세계의 진면목을
제대로 보지 못했던 때문이니 너무 책망하지 마십시오."

염라대왕이 웃으며 말했다.

"그대들의 말이 옳다."

호모적이 다시 절하며 말했다.

"소인이 평소에 너무도 궁금하게 생각하던 게 있으니 원컨대
대왕님께서 풀어 주십시오. 소인은 어려서부터 열심히 독서하고
아무런 죄를 짓지도 않았는데 어째서 평생 과거에 급제하지 못한
것입니까? 혹시 소인이 전생에 무슨 죄업이라도 지은 것인지요?"

염라대왕이 대답했다.

"지금은 오랑캐가 다스리는 원나라 시대로 천지가 뒤죽박죽되

었다. 그대는 성품이 강직하여 오랑캐 임금 밑에서 신하 노릇 할 팔자가 아니다. 어쨌든 나도 물러갈 때가 거의 다 됐는데 그대가 선악의 판별을 잘하므로 나 대신 이 역할을 맡기에 족하다. 내가 옥황상제께 고하여 그대를 내 후계자로 삼겠다. 그대는 일단 인간 세상으로 다시 내려가서 남은 생을 마치고 돌아오너라. 십 년 후에 내가 다시 그대를 맞아 주겠다."

염라대왕은 말을 마치고 붉은 옷을 입은 두 아전을 시켜 호모적을 집에 데려다주게 했다. 호모적은 크게 기뻐하며 재배하고 염라대왕에게 감사의 뜻을 표했다. 여러 충신 명공의 혼령들과 작별하고 약 오십 리 정도 걸으니 하늘이 점차 밝아졌다. 붉은 옷을 입은 두 아전이 손가락으로 가리키며 말했다.

"저 해 뜨는 곳이 바로 그대의 집이오."

호모적이 집으로 모시고 가서 감사의 뜻을 전하고 싶다며 두 아전의 옷소매를 잡았으나 그들은 한사코 사양했다. 그렇게 거듭 거듭 잡아끌다가 깜빡하고 손의 힘을 뺐더니 그새 두 아전이 보이지 않았다. 호모적이 기지개를 켜고 일어나니 등잔불이 아직도 타고 있었고 햇빛이 창문 틈새로 비치고 있었다.

호모적은 이제 출세의 뜻을 접고 도를 즐기며 몸을 닦는 데 전념했다. 이십삼 년이 지나 호모적의 나이 예순여섯 살, 어느 날 오후에 홀연히 저승사자가 명부 책을 들고 호모적을 영접하러 왔다. 거마와 수행원들이 마치 임금을 모시러 온 자들과 진배없었다. 그날 밤 호모적은 세상을 떠났다. 다시 십 년 후 원나라가 멸망하고 중원 땅이 수복되었다. 하늘에서 준비하던 선비들 역시

자신들이 세상에 나가 재상과 장수가 되어야 할 때가 왔음을 알
았다. 후세 사람이 시를 지어 말했다.

세상의 법이 아무리 밝고 엄밀해도 빠진 부분이 있기 마련
저승 세계의 법은 보기에 희미하고 성글어도 공평무사하기가
이를 데 없네.
저승 세계를 어찌 직접 눈으로 볼 수 있으리.
호모적이 지은 시만 읽어 보면 족하리라.

張古老種瓜娶文女

장 노인이
참외를 심어
문녀와 결혼하다

일찍이 장자가 설파했듯이, 하루살이에게는 하루가 전부요, 쓰르라미는 봄가을을 알지 못한다. 초나라 남쪽에 사는 명령은 오백 년을 봄, 오백 년을 가을로 삼으니 명령의 일 년은 우리네의 천 년인 셈이고, 대춘나무는 팔천 년을 봄, 팔천 년을 가을로 삼으니 대춘나무의 일 년은 우리네의 일만 육천 년인 셈이다.

여주인공의 오라버니 위의방은 장 노인의 겉나이에만 신경을 쓰느라 우리네 이십 년이 그에겐 단 하루에 지나지 않음을 미처 깨닫지 못했다. 여주인공 문녀는 본디 상천의 선녀이며 장 노인은 본디 장흥궁의 신선이었는데, 인간 세상에 잠시 빠져 있는 문녀를 다시 상천으로 모셔 오는 역할을 맡았으니, 장 노인이 문녀와 결혼하는 것은 운명이었다.

눈은 모든 것을 덮으니 그동안 보이던 것을 감춘다. 그 위에 말 발굽 자국 남으니 그걸 따라 인간이 신선계와 인연을 맺게 된다. 이 작품의 서두에 눈에 대한 묘사가 장황하게 이어지는 것도 실은 기존의 질서를 덮고 새로운 것을 보게 하는, 다시 말해 인간 세계를 덮고 신선의 세계를 만나게 하는 매개체로서 역할이 중요하기 때문이며, 한편으로는 독자들에게 글재주를 자랑하며 소소한 읽는 재미를 느끼게 하고 싶었던 작가의 의도이기도 하다. 누군가는 눈에 대한 시를 줄줄이 읊어 대면서 그것을 매끄럽게 연결하는 작가의 재주에 감탄하며 작품을 읽을지도 모른다.

만 리 창공에 붉은 구름

상서로운 빛줄기에 둘러싸인 집.

버들 솜이 하늘에서 춤추기 전에

매화꽃이 먼저 꽃송이를 터뜨리는구나.

창문 너머로 들려오는 소리 바스락바스락

물 위에 떨어져 소리도 없이 사라지니 아련타.

밤새 집 처마 위로 늙은 소나무 가지 늘어지더니

새벽이 올 때까지 삭풍은 그치지 않는구나.

　눈이 내리는 광경을 묘사한 이 여덟 구의 시에서 시인은 눈이
소금 같고, 버들 솜 같고, 배꽃 같다고 묘사한다. 눈이 소금 같다
고 하는 이유는 무엇일까? 일찍이 사령운(謝靈運, 385~433)이 시
를 지어 눈을 읊은 바 있다. "마치 하늘에서 소금을 흩뿌리는 것
같구나." '강물의 신'을 의미하는 소동파의 사 「강신자(江神子)」에

도 비슷한 구절이 있다.

해 저물녘까지만 해도 부슬부슬 비 내렸건만
새벽에 창문을 젖히니
처마에 옥가루가 한가득.
너른 강물 위로 하늘이 낮게 내려오고
주막집 깃발도 가려 뵈질 않는구나.
홀로 앉아 시 짓기, 함께할 이 없구나.
언 손을 호호 불며
야위어 가는 수염을 쓰다듬는다.

손님 권장 가릴 것 없이 우리 흠뻑 취하세나
수정 같은 소금
저 소금이 달콤함은 누굴 위한 것일까?
매화꽃 손에 부여잡고
동쪽을 바라보며 도연명을 생각하네.

눈은 옛사람 같고 사람은 또 눈과도 같아서
비록 사랑스럽다 하나
싫어하는 사람도 있는 법.

저 눈이 또 버들 솜 같다고도 하였던가? 사도온(謝道韞)[6]이 읊
은 "버들 솜(눈)이 바람에 날리는 듯"이라는 구절이나 황정견(黃庭

堅, 1045~1105)이 지은 '풀밭을 거닐며'라는 의미의 「답사행(踏莎行)」이란 사를 볼거나.

옥가루 꽃이 쌓이네
버들 솜이 날리네
새벽, 길 가는 사람도 없네.
너른 하늘에 흩어지지 않은 저 붉은 구름
바람결에 쓸려 이리저리 춤을 추네.

경치를 바라보며 술잔을 들고
바람을 마주 대하며 시를 지으려 하나
그저 웃으며 아무런 말도 하지 못하네.
하루 종일 시를 짓지 못함은 무슨 이유런가
앞산에 아직 푸르름이 남아 있기 때문이라네.

저 눈이 또 배꽃과도 같다고 하였던가? 이청조(李淸照, 1084~1156)가 읊은 "길 가는 사람 소맷부리에서 배꽃 잎이 날리누나."라는 구절이나 조충지(晁冲之)가 지은 '강가에 선 신선'이라는 뜻의 「임강선(臨江仙)」이란 사를 볼거나.

만 리 창공에 붉은 구름 짙게 깔리고

6 동진 시대의 여성 시인. 당시 재상 사안(謝安)의 조카로 알려져 있다.

하늘은 온통 옥빛.

버들 솜처럼 날리며 땅 위로 낙하하는 눈.

앞마을 들어서는 길엔

사람사람 소맷부리에서 배꽃 잎이 날리누나.

이 순간을 묘사할 수 있는 경치는 무엇일까?

강, 호수, 작은 배 그리고 어부의 집.

한 해가 저물고 새해가 오는 이때의 멋진 경치가 술을 부른다.

흥이 올랐으니 도롱이 걸치고라도 가야지

삿갓을 쓰고서 강을 건너서라도 가야지.

눈이 소금과도 같고, 버들 솜과도 같고, 배꽃과도 같다고 했는데, 사실 눈을 관장하는 신도 셋이다. 그 세 신은 바로 고야진인(姑射眞人), 주경희(周瓊姬), 동쌍성(董雙成)이다. 주경희는 선계 부용성(芙蓉城)을 관장하고, 동쌍성은 눈을 담아 두는 유리병을 관장한다. 붉은 구름이 끼면 고야진인이 황금 젓가락으로 눈을 담은 유리병을 툭툭 쳐서 눈 조각이 빠져나와 세상에 한 자 정도 서설이 내린다. 어느 날 자부진인(紫府眞人)이 술자리를 마련하여 고야진인, 동쌍성과 함께 주거니 받거니 하다가 흥이 나서 눈 담은 유리병을 젓가락으로 두드리며 박자를 맞춰 노래를 불렀다. 그런데 아뿔싸, 잘못 두드려서 그만 유리병이 깨져 버리고 눈이 쏟아져 대설이 내려 버렸다. 일찍이 '요정을 추억함'이란 의미의 「억요희(憶瑤姬)」라는 노래가 있었다.

고야진인이 자부의 연회에 참석했던 그때

동쌍성이 그만 눈을 담아 두는 유리병을 깨 버리고 말았네.

꽃 궁전의 선녀가 옥가루를 공중에 흩뿌렸네.

하늘엔 하얀 때깔이 가득하고

바다엔 하얀 달빛이 더욱 빛나네.

새벽녘

대나무도 은색을 입고

옥가루를 품고 있는 가지는 허리가 휘었구나.

산 첩첩, 물은 굽이굽이

해 질 녘 머물 곳을 찾아 나는 새들

날은 추워지는데 둥지가 모두 눈에 숨어 버렸네.

처마 밑에 주렁주렁 달린 고드름

아이들한테 함부로 장대로 치지 말라 하시라.

그 옛날 원안(袁安)[7]이나 사도온처럼

눈에 얽힌 이야기나 시를 지으라 하시라.

7 ?~92. 어느 해 겨울 낙양에 큰 눈이 내려 십이 척이나 쌓였다. 낙양 현령이 시찰을
   나서 보니 다른 집은 눈도 치우고 이리저리 먹을 것을 구하러 다닌 흔적이 보이나
   오직 원안의 집에만 누구도 드나든 흔적이 없었다. 현령은 원안이 죽었을까 걱정
   되어 사람을 시켜 눈을 쓸어내고 들어가 살펴보았다. 원안이 벌벌 떨며 방 안에 혼
   자 누워 있었다. 현령이 그에게 어찌하여 먹을 것을 구하러 다니지 않았는지 물으
   니 원안은 큰 눈이 내려 모두들 굶주리는데 나까지 다른 사람을 번거롭게 할 수는
   없다고 대답했다. 현령은 원안의 덕성에 감동하여 그를 조정에 추천했다.

고야진인은 눈을 관장하는 신이고 그 말고도 눈을 관장하는 정령이 또 있으니 하얀 노새의 형상을 하고 있어서 몸에 난 털을 흔들면 그 털들에서 한 길이 되는 눈이 내려 쌓인다. 그 하얀 노새를 관리하는 신선이 바로 홍애(洪厓)인데, 홍애는 그 하얀 노새를 조롱박에다 담아 가지고 다닌다. 홍애가 자부진인이 여는 연회에 참석했다가 술에 취해 조롱박을 꼭 묶는 걸 까먹는 바람에 하얀 노새가 도망치고 말았다. 그 하얀 노새는 인간 세계를 향해 털을 흔들어 댔고 인간 세계는 온통 눈에 덮이고 말았다.

이제 한 남자의 이야기를 하려 한다. 그 남자는 눈 속에서 백마를 잃어버렸다가 그 인연으로 신선이 되었고 온 가족이 벌건 대낮에 모두 하늘로 올라가게 된다. 그 흔적이 지금도 남아 있다고 한다. 소연(蕭衍), 그러니까 양(梁)나라 무제(武帝)가 통치하던 보통(普通) 6년(525) 간의대부(諫議大夫) 위서(韋恕)가, 양 무제가 너무 불교에 빠져들었다고 간언했다가 미움을 받아 국립 양마소(養馬所)의 감독으로 강등되었다. 이 위서가 어떤 사람인가 보자.

마음이 정직하고
근본이 강직하다네.
세상을 바로잡는 충언
아첨하는 자와 사악한 자를 가려내는 식견.

이 양마소는 바로 진주 육합현에 위치해 있다. 양 무제에게는 백마가 한 마리 있었는데 '궁전의 빛, 옥사자'라고 불렀다.

발굽은 옥으로 조각한 듯

몸체도 옥으로 바른 듯.

가슴은 하얀 분을 바른 듯,

꼬리는 만 올의 은 실을 붙여 놓은 듯.

달리거나 싣거나

천 리를 달려도 헐떡거리거나 거친 쉼을 몰아쉬지 않네

아무리 넓은 시냇물도 훌쩍 뛰어넘지.

하늘의 사자가 이 세상에 환생한 것인가

신령한 동물 백택(白澤)이 인간 세상에 내려온 것인가.

이 백마가 양 무제를 태우고 달마대사를 따라가다가 요즘 지명
으로 장로라는 곳에서 달마대사를 놓치는 바람에 벌로 이 양마
소에 보내졌다. 눈이 온 세상을 덮었던 어느 날 위서가 아침에 일
어나 보니 말 먹이꾼이 호들갑을 떨면서 달려와 고했다.

"큰일 났습니다. 어젯밤부터 옥사자가 보이지 않습니다."

깜짝 놀란 위서는 황급히 말 먹이꾼들을 모두 불러 놓고 어떻
게 하면 좋을지 물었다. 그중에 하나가 의견을 냈다.

"그 말 찾기는 어렵지 않습니다. 눈에 난 발자국만 따라가면 바
로 찾을 수 있을 것입니다."

위서가 대답했다.

"네 말이 지당하구나."

위서는 즉시 사람들을 시켜 그 말 먹이꾼과 함께 말 발자국을
찾아 나서게 했다. 말 발자국을 찾아 몇 리를 헤맸을까, 홀연히

눈밭 가운데 꽃밭이 나타났다.

하얀 분으로 칠한 누대,
온통 옥으로 흩뿌려진 정자.
누대와 정자의 옆구리엔 옥가루로 덮인 난간
그 난간까지 이르는, 은빛 허리띠를 풀어 놓은 듯한 한 줄기 길.
태호의 바위가 잠겨 있는 것은
마치 남호(藍虎)가 눈에 잠겨 있는 듯.
소나무 가지가 눈을 이고 있는 것은
마치 하얀 용이 몸을 비틀고 승천하는 듯.
길 위의 풀은 겨우내 말랐으니 그 빛깔 눈 색깔과 다르지 않고
정자 앞의 매화만 꽃봉오리 틔우니 향기 절로 날려 오누나.

바로 사방에 울이 둘러쳐진 시골집이 나타났고, 말 먹이꾼이
뒤따라오던 사람들에게 말했다.
"말은 이 집 안에 있소이다."
사립문을 두드리자 노인이 나왔다. 말 먹이꾼이 노인에게 읍하
며 말했다.
"말씀 좀 여쭙겠습니다. 어젯밤 눈이 내릴 때 양마소에서 백마
한 필이 사라졌습니다. 그 말은 양 무제의 어마로 '궁전의 빛, 옥
사자'라고 불립니다. 그 말의 발자국을 쫓아오다 보니 이 울타리
안에 들어온 듯합니다. 노인장께서 그 말을 찾아 주시면 위 감독
관님께서 사례도 두둑이 하고 술도 대접해 드린다고 합니다."

노인이 대답했다.

"예! 그 말이 제 집 울타리 안으로 들어왔습지요. 어서들 들어 오십시오. 이 늙은이가 여러분께 뭐라도 대접해 드리겠습니다."

사람들이 모두 들어와 앉자 그 노인이 울 밑에 가서 눈더미를 헤치고 참외 하나를 가지고 들어왔다. 그 참외를 한번 살펴보자.

녹색 이파리, 부드러운 밑줄기
노란 꽃이 꼭지에 피어 있다네.
시큼함 속에서 향기 우러나고
쌉쌀함 속에서 단맛 우러나네.

참외에는 줄기와 이파리가 아직 그대로 붙어 있었다.

'설마 저 노인이 지금 따 온 것일까?'

사람들은 모두 속으로 이렇게 생각했다. 참외는 때깔도 아주 고왔다. 노인이 칼을 들고 와서 껍질을 깎아 내고 꼭지를 따니 달콤한 향기가 코를 자극했다. 사람들한테 참외를 대접하더니 다시 눈밭에 나가 세 개를 더 따 와서 말했다.

"돌아가시거든 장가 성을 가진 늙은이가 이 참외를 선물로 드리더라고 좀 전해 주시오."

사람들은 참외를 받아 들었다. 노인은 후원에서 말을 끌고 와서 말 먹이꾼에게 건네주었다. 말 먹이꾼은 말고삐를 잡아 들고 노인에게 사례한 뒤에 사람들과 함께 양마소로 돌아갔다. 위 감독관이 말했다.

"거참 희한하네. 이 엄동설한에 어디서 이런 참외를 다 가져왔을까!"

위 감독관은 바로 부인과 열여덟 먹은 딸을 불러 참외를 깎아서 식구들과 함께 맛보았다. 위 감독관의 부인이 말했다.

"장 노인에게 신세를 많이 졌네요. 잃어버린 말도 찾아 주시고 이렇게 맛난 참외도 선물로 주시다니. 이 고마움을 어떻게 표시하죠?"

두 달이 훌쩍 흘러가고 다음 해 중춘 사방의 경치가 맑고 상큼했다. 위 감독관의 부인이 위 감독관에게 이렇게 말을 건넸다.

"오늘은 날씨도 화창하니 참외를 선물해 주신 장 노인에게 고맙다는 인사를 하러 가면 좋겠어요. 더불어 말을 찾아 주신 것에 대해서도 감사를 표하고요."

위 감독관은 즉시 술과 안주 그리고 다른 먹거리를 준비하게 하고는 열여덟 살 난 딸을 불렀다.

"내가 오늘 장 노인에게 가서 여러모로 감사의 뜻을 전하고자 하니 바람도 쐴 겸 같이 가자꾸나."

위 감독관은 말을 타고 앞서고 모녀는 가마를 타고 뒤따르며 장 노인 집에 이르렀다. 위 감독관은 사람을 시켜 장 노인에게 찾아왔다 이르게 했다. 장 노인이 황급히 뛰어나와 그들을 맞자 위 감독관의 부인이 먼저 인사를 했다.

"지난번에 말을 찾아 주심에 감사드리고자 특별히 술과 안주를 준비하여 찾아 뵈었습니다."

말을 마친 위 감독관의 부인은 장 노인의 초가집에 술과 술잔을 차려 놓고는 다가와 앉기를 청했다. 장 노인은 거듭 사양하다가 등받이 없는 긴 걸상 하나를 가져와 걸터앉았다. 술이 석 잔 정도 들어가자 위 감독관의 부인이 장 노인에게 물었다.

"연세가 어떻게 되세요?"

"소인의 나이가 벌써 여든이 되었습니다."

"식구는 몇이신지요?"

"혈혈단신 혼자입니다."

"같이 지낼 짝이 필요하시겠습니다."

"맘에 드는 짝을 구하기가 어디 쉽나요?"

"일흔 좀 넘은 노파면 어떻겠습니까?"

"나이가 너무 많은데요. '백 년 세월도 눈 깜짝할 사이에, 인생 칠십고래희'라는 말이 있지 않습니까."

부인이 다시 물었다.

"그럼 육십 대면 어떨까요?"

"나이가 너무 많은데요. '달도 보름달이 지나면 빛이 사그라들고 사람도 중년이 되면 광채가 사그라들지.'"

부인이 다시 물었다.

"그럼 오십 대면 어떨까요?"

"나이가 너무 많은데요. '삼십 대에 빛을 발하지 못하고, 사십 대에 재산을 모으지 못하면, 오십 대에는 그저 죽을 일밖에 안 남았다.'"

부인이 참지 못하고 마침내 한마디 했다.

"제가 농담 한번 하죠. 그럼 노인장은 삼십 대한테 장가들고 싶은 모양이네요."

"그것도 많은데요."

"그럼 도대체 누구한테 장가든다 말이죠?"

노인은 일어나더니 열여덟 먹은 위 감독관의 딸을 가리키며 말했다.

"이 정도 젊은 여자라면 한번 생각해 보죠."

위 감독관은 화가 머리끝까지 치밀고 울화가 일어 더 이상 노인의 이야기를 견디지 못하고 수행원들에게 노인을 매우 치라 명했다. 부인이 말리며 말했다.

"사례를 하러 방문한 건데 그러시면 안 됩니다. 나이가 너무 많다 보니 노망이 든 모양입니다. 그냥 내버려 두세요."

위 감독관네는 그릇을 챙겨 황망히 돌아갔다.

한편 장 노인은 문을 걸어 잠그고 사흘 동안 바깥출입을 하지 않았다. 육합현의 꽃 장수, 그러니까 왕삼(王三)과 조사(趙四)가 장 노인에게 꽃을 받으러 들렀다가 문이 닫혀 있는 것을 보고 장 노인을 불렀다. 장 노인이 나오는데 말을 하면서도 연신 기침을 해대는 것이 마치 상사병이라도 걸린 듯 숨을 헐떡거렸다. '밤에 궁궐에서 노닐다'라는 의미의 「야유궁(夜遊宮)」이라는 사가 그 모양을 묘사했구나.

세상엔 병이 많고도 많지만

상사병이 가장 힘든 병이라네.

심장에 무슨 통증이 있는 것도 아닌데

아무런 증상도 없이 야위어 가는구나.

꽃 피고 달이 뜨면 더욱 서러워

해 질 녘에는 너무도 슬퍼라.

가슴이 한바탕 아려 오면

기침 그리고 또 기침.

장 노인은 나와서 다 쉰 목소리로 말했다.

"이렇게 몸소 찾아오셨는데 너무 미안하오. 요즘 내가 몸이 안 좋으니 꽃이 필요하면 그냥 공짜로 가져가시구려. 대신 부탁이 있소이다. 나한테 매파 두 사람만 소개해 주시구려. 그래 주신다면 당신들한테 이백 전에서 한 푼도 안 빠지게 해서 드리리다. 어디 그뿐이오, 술도 한잔 거하게 사리다."

왕삼과 조사 두 사람이 꽃을 따 간 지 얼마 지나지 않아 매파 둘을 데려왔다.

말만 붙였다 하면 배필을 찾아 주고

입만 열었다 하면 혼사를 치러 주네.

짝을 못 찾은 봉새, 난새

이 세상 잠 못 이루는 외로운 사람들 모두 해결해 준다네.

겹겹이 문을 걸어 잠가도

아무리 높은 누각에 숨어도 무슨 소용 있을까?

유하혜(柳下惠)마저도 장가가고 싶게 만들고

마고(麻姑)마저도 시집가고 싶게 만들지.

옥녀(玉女)는 기묘한 꾀를 부려 붙들어 오고
금동(金童)은 갖은 요설로 꾀어 오고
무산의 여신에게 남자를 꾀게 만들고
직녀에게 상사병 걸리게 만드네.

왕삼과 조사가 매파를 데리고 와서 인사를 시키자 장 노인이
말했다.

"자네들에게 부탁할 혼사가 있네. 내가 상대를 이미 만나 보긴
했으나 말을 꺼내기가 만만치 않아. 우선 은자 석 냥씩을 줄 거
고 만약 중매를 잘 서서 회답을 얻어 오면 다섯 냥을 더 줄 것이
야. 회답이 긍정적이어서 성혼이 된다면 자네들은 돈방석에 앉게
될 것이네."

장 매파와 이 매파가 물었다.

"나리, 근데 뉘 댁의 여식입니까?"

"국립 양마소의 위 감독관에게 딸이 있는데 올해 열여덟이라
네. 그 딸한테 말 좀 잘 전해 주시게."

두 매파는 웃음을 머금고 은자 석 냥을 받아 들고 나왔다. 한
참을 걸어 언덕배기에 이르렀을 때, 장 매파가 입을 열었다.

"거참, 위 감독관 댁에 가서 어떻게 말을 건네지?"

이 매파가 대답했다.

"어려울 게 뭐 있어. 우리 둘이 술을 한 잔씩 걸치고 얼굴을 발
그레하게 만들어서는 위 감독관 집문 앞에 얼쩡거리다가 장 노인
한테 가서 일단 혼사 이야기를 꺼내기는 했는데 아직 답을 얻지

못했다고 이야기하면 되지 뭐."

말을 마치기도 전에 누군가 외치는 소리가 들렸다.

"잠깐만!"

고개를 돌려보니 장 노인이 달려오고 있었다.

"자네들 술을 걸치고는 얼굴을 불그스레하게 해서 위 감독관 집문 앞에 얼쩡거리다가 나한테 돌아와서 혼사 이야기를 꺼냈지만 아직 답을 얻지 못했노라고 말할 참이었지? 내 말이 맞는가, 틀린가? 돈을 더 받고 싶으면 어서 가서 답을 얻어 오게."

두 매파는 장 노인의 말을 듣고 출발하지 않을 수 없었다. 두 매파는 국립 양마소에 이르러 위 감독관에게 자신들이 찾아왔음을 전해 달라 했다. 위 감독관은 그 두 매파를 들어오게 한 뒤 먼저 입을 열었다.

"혼사 이야기를 꺼내러 온 건가?"

두 매파는 웃음으로 위 감독관의 말을 받았지만 장 노인이 부탁한 혼사 얘기는 차마 꺼내지 못했다. 위 감독관이 다시 말을 이었다.

"스물두 살 먹은 아들이 있긴 하지만 왕승변(王僧辯)을 따라 북정을 나섰기에 지금 집에 없네. 또 열여덟 살 먹은 딸이 있는데 내가 워낙 청빈한 나머지 재산을 모으지 못해서 아직도 시집을 못 보내고 있다네."

두 매파는 계단 아래 엎드려 머리만 조아릴 뿐 차마 입을 열지 못했다. 위 감독관이 다시 입을 열었다.

"그렇게 머리만 조아리지 말고 말을 해 보게."

장 매파가 입을 열었다.

"글쎄요. 말씀을 드리지 않자니 여섯 냥의 은자가 걸리고, 말씀을 드리자니 감독관님에게 폐를 끼치지 않을까, 웃음을 사지 않을까 걱정입니다."

위 감독관이 연유를 물으니 장 매파가 다시 입을 열었다.

"참외를 심어 기르는 장 노인이 오늘 저희 두 늙은이를 부르더니 나리께 따님과 혼례를 치르고 싶다는 말을 건네 달라고 하면서 은자 여섯 냥을 주었습니다요. 그 은자가 바로 여기 있습니다."

장 매파는 품속에서 은자를 꺼내 위 감독관에게 보여 주었다.

"나리께서 도와주시면 이 은자는 저희들 것이 되지만 도와주시지 않으면 저희들은 이 은자를 돌려주어야 합니다."

"미친 노인네로군. 내 딸은 이제 겨우 열여덟 살이야. 아직 혼담이 나온 적도 없는 아이라고. 게다가 자네들 은자 여섯 냥을 건사하게 해 달라고 떼를 쓰다니. 그건 또 무슨 경우야?"

"장 노인이 감독관님께 혼사 이야기를 꺼낸 뒤 가부간 대답을 듣고 와서 전해 주면 은자 여섯 냥을 주겠다고 했습니다."

"어서 돌아가서 그 늙은이한테 전하게. 만약 내 딸하고 혼사를 치르고 싶으면 내일까지 십만 관을 현금으로 가져오라고 하게. 정확히 현금 십만 관이야. 다른 쓸데없는 게 섞여 들어가면 안 돼."

위 감독관은 매파들에게 술 한잔을 대접하여 보냈다.

매파들은 인사를 하고 나와서 장 노인의 집으로 갔다. 장 노인은 목을 길게 빼고 이제나저제나 기다리다가 그들을 맞았다.

"어서 앉으시오. 어려운 일로 폐를 끼쳐서 죄송하게 됐소이다."

장 노인이 은자 열 냥을 들고 와서 탁자 위에 놓고 말했다.

"그대들이 수고해 주신 덕분에 혼사가 잘 진행될 것 같군요."

"어떻게 되었을 것 같나요?"

"내 장인 되실 분이 다른 돈 섞지 말고 현금으로 십만 관을 가져오면 혼사를 진행한다고 하셨을 거외다."

"바로 맞혔네. 위 감독관님이 그렇게 말씀하셨어요. 그래, 우리가 어떻게 하면 좋겠어요?"

장 노인은 술을 한 병 가져와 마개를 따고는 탁자 위에 놓았다. 장 노인은 두 매파에게 연거푸 술 넉 잔을 권했다. 그런 다음 매파들을 처마 밑으로 데리고 가서 손가락으로 가리키며 말했다.

"자, 보시게."

매파들은 눈을 동그랗게 뜨고 바라보았다. 처마 밑에는 십만 관의 돈꿰미가 산더미처럼 쌓여 있었다.

"내가 이미 다 준비해 놓았다니까."

장 노인은 매파들에게 당장 위 감독관에게 달려가 이 사실을 알리고 언제든 돈을 가져가시라고 전하게 했다. 매파들이 위 감독관에게 달려갔다.

그사이 장 노인은 수레를 마련하고 하인들을 불렀다. 그들은 자줏빛 옷을 입고 진홍색 모자를 쓰고 은색 장식을 모자에 달고서 수레를 밀었다.

평탄한 길은 우레가 포효하듯 내달리고
너른 들판은 파도가 휩쓸고 지나듯.

지진이 일어나고 하늘이 흔들리는 듯,

별이 핑핑 돌고 해가 빙빙 도는 듯.

얼핏 보니

진시황이 산을 허물어 바다에 집어 던지는 듯.

그 위세는

하오(夏奡)[8]가 마른 땅에서 배를 끄는 듯.

추운 겨울 기러기 하늘 가득 메우며 날고

비단 새 무리 지어 운다네.

수레에는 깃발이 꽂혀 있었고 그 깃발에는 "장 씨가 위 감독관에 바치는 혼례품"이라고 적혀 있었다. 하인들은 수레를 몰고서 위 감독관의 집에 도착하여 소리를 질렀다. 수레를 두 줄로 도열시키고는 장 노인의 혼수품을 가지고 왔다고 전해 달라고 했다. 위 감독관은 나와 보더니 입을 다물지 못했다. 하인을 시켜 부인을 모셔 오게 하여 대체 이 일을 어찌하면 좋을지 물었다.

"그러니까 애초에 십만 관을 가져오면 결혼시켜 준다는 말을 하지 마셨어야죠. 장 노인이 저 돈을 어떻게 마련했는지는 모르겠지만 결혼을 안 시켜 주면 당신이 실없는 사람이 되고, 결혼을 시키자니 한창 젊은 우리 아이를 어떻게 저런 농사짓는 노인네한테 보낸단 말이오?"

위 감독관 부부는 어쩔 줄 몰라 하다가 부인이 위 감독관에게

---

8 옛날 중국 하 나라 때의 장사. 힘이 워낙 세서 맨 땅 위에서도 혼자서 배를 끌고 다녔다고 한다.

말했다.

"일단 문녀를 불러서 의향을 물어보도록 하지요."

부모님의 부름을 받고서 문녀가 나왔다. 문녀는 품에서 비단 주머니 하나를 꺼냈다. 사실 문녀는 본디 일곱 살이 될 때까지 말을 할 줄 몰랐다. 그러던 어느 날 갑자기 입을 열어 네 구절을 읊조렸다.

하늘의 뜻을 사람이 어이 알리오만
내 운명은 강남에 닿아 있네.
타고 남은 재가 다시 불을 피우고
마른 버들가지가 다시 이파리를 틔우네.

이후로 위 감독관의 딸은 글까지 쓸 줄 알게 되어 이름을 '글 잘 쓰는 여자아이'라는 의미로 문녀(文女)라 바꾸었다. 이때 문녀가 이 시를 적어 비단 주머니에 넣어 놓고서 십이 년 동안 간직해 왔다 그걸 오늘 꺼내어 아버지에게 보여 주며 말했다.

"장 공의 나이가 여든이나 된 것도 아마 하늘의 뜻이 아닌가 싶습니다."

부인은 딸이 싫다고 하지 않고 또 눈앞에 십만 관의 현금이 있으니 장 공이 기인이 아닌가 싶어 혼인을 시키기로 작정했다. 좋은 날을 택하고 혼사를 치르기로 했다. 장 노인은 뛸 듯이 기뻐했다.

마른 연꽃이 비를 맞아 다시 뿌리가 거듭나고

고목이 봄을 맞아 다시 새움이 돋는 듯.

위 감독관의 집에서 혼례를 마치고 장 노인은 문녀와 문녀의
세간을 챙겨서 자기 집으로 돌아갔다. 위 감독관은 집안사람들
에게 금족령을 내려 장 노인의 집에 드나들지 못하게 했다.

보통 7년(526) 여름 6월, 왕승변을 따라 북정을 나섰던 위 감
독관의 아들 의방(義方)이 육합현에 돌아왔다. 그날은 날이 유난
히도 무더웠다.

구름 한 점 없는 만 리 하늘 육룡을 몰고 가네
천 리 수풀 새 한 마리 날지 아니하네.
땅과 들이 갈라지고 강과 호수가 부글부글 끓고
남쪽엔 바람 한 점 불어오지 않는구나.

집에 거의 도착했을 무렵, 길가 농가에 있는 한 여인이 눈에
들어왔다. 머리를 풀어 헤치고 푸른색 치마를 입고 짚신을 신고
문 앞에서 참외를 팔고 있었다.

서쪽 밭에서 딴 참외 향기롭고 촉촉하기도 하여라
남향 집의 더위를 다 가셔 주네.
파리가 달려들지 않는다고 이상하게 생각지 말라
너무도 차가운 옥 항아리 같아 감히 달려들지 못하는 것.

황금 그릇에 샘물 담그고 참외 띄우면

낮잠은 절로 저만큼 달아난다네.

시인이여, 어찌하여 돌아올 줄 모르시나

소평이 농사짓던 청문(靑門)[9]이 바로 여기로다.

위의방은 그렇지 않아도 갈증이 나던 참이라 참외를 하나 사 먹으려 여인에게 다가갔다. 위의방이 여인을 바라보고는 깜짝 놀라서 소리를 질렀다.

"문녀, 네가 웬일이냐?"

"오라버니, 아버님이 저를 이곳으로 시집보내셨어요."

"내가 오다가 들으니 아버님이 십만 관을 받고 너를 참외를 파는 노인에게 시집보냈다고 하던데 도대체 어찌 된 일이냐?"

문녀는 그동안의 사연을 오빠에게 설명해 주었다.

"내가 그 노인을 만나 보면 어떨까?"

"잠시만 기다리세요. 내가 먼저 오라버니가 찾아왔다고 말을 전해 볼게요."

문녀는 안으로 들어가 장 노인에게 말을 전했다. 그런 다음 다시 나와서 오빠에게 이렇게 말했다.

"오라버니, 장 노인께서 오라버니 성격이 불같고 마음이 잘 변하여 만나기가 그렇다고 하네요. 만나 보는 거야 어렵지 않겠지만

---

9 진(秦)나라의 동릉후(東陵侯) 소평(邵平)이 진나라가 멸망한 후 장안의 청문(靑門) 밖에서 참외를 심어 가꾸며 소박한 삶을 살았다. 후에 은거의 상징으로 인용되곤 했다.

성질을 부리진 마셔요."

말을 마친 문녀가 오라버니를 데리고 안으로 들어갔다. 장 노인이 마주 나오는데 허리가 굽어 있었다. 위의방이 그런 장 노인을 보더니 버럭 소리를 질렀다.

"저런 늙은이가 십만 관을 주고 내 동생을 사다니 틀림없이 요물이로구나."

위의방은 차고 있던 보검을 빼어 들고 장 노인을 베려고 달려들었다. 그러나 칼의 손잡이는 손에 그대로 있는데 칼날은 산산조각 나 잃어버렸다. 장 노인이 말했다.

"아, 신선 하나가 또 이렇게 사라지는구나."

문녀는 오빠를 말리며 데리고 나왔다.

"욱하는 마음으로 화내지 말라고 했는데 어째서 그렇게 칼을 빼 들고 찌르려 한 거죠?"

위의방은 집으로 가서 부모를 만나 동생을 장 노인에게 시집보낸 경위를 물었다. 위 감독관이 대답했다.

"그 노인네는 요술사다."

위의방이 또 말을 했다.

"저도 그렇게 생각하고 있습니다. 제가 검으로 그를 베려 했으나 오히려 제 검만 산산조각나고 말았습니다."

다음 날 아침 위의방은 일어나 세수를 마치고 짐을 꾸리고 나서 부모에게 인사했다.

"제가 오늘 반드시 동생을 찾아오겠습니다. 동생을 다시 찾지 못하면 절대 집에 돌아오지 않겠습니다."

위의방은 부모에게 인사를 하고 수행원 둘을 데리고 장 노인의 집으로 출발했다. 사방은 탁 트인 평원, 다니는 사람도 하나 없이 황량했다. 그 동네 사람에게 물으니 이렇게 대답했다.

"장씨 노인이 살고 있는데 참외를 심죠. 여기서 이십 년 동안 살았습니다만 어제 검은 바람과 거센 비가 몰아친 후로는 도대체 보이지가 않네요."

위의방이 깜짝 놀라 고개를 들어 보니 나무의 껍질이 다 벗겨진 자리에 네 구절의 시가 적혀 있었다.

두 자루의 부대는 이 세상의 것이 아니지
참외밭과 초가집을 다 부대 속에 넣었지.
노인네가 사는 곳을 알고 싶다면
복숭아꽃 피는 하늘 마을.

위의방은 그 시를 읽고 나서 수행원을 시켜 사방을 찾아보게 했다.

"장 노인과 아씨가 나귀를 타고 부대 두 자루를 메고서 진주 (眞州) 방향으로 길을 잡아 가고 있습니다."

위의방과 두 수행원이 그들의 뒤를 쫓아가는데 길에 있는 사람들이 한결같이 이렇게 말했다.

"노인장 하나와 젊은 아낙이 나귀를 타고 가는데 젊은 아낙은 따라가지 않겠다고 하며 '제발 돌아가서 어머니, 아버지께 작별 인사하게 해 주세요.'라고 간청하더군요. 노인장이 지팡이를 들고서 아낙을 때리며 데려가는데 차마 눈 뜨고 볼 수가 없습디다."

위의방은 그 말을 듣고 화가 발끝에서부터 머리 꼭대기까지 치밀었다. 가슴에서 분노가 끓어올라 그 높이가 삼천 길에 이르니 도저히 참을 수가 없었다. 수행원을 이끌고 어서 쫓아가고 싶은 마음뿐이었다. 그러나 수십 리를 가도 여전히 거리를 좁힐 수 없었다. 과주 포구에 이르니 사람들이 장 노인과 문녀가 방금 포구를 건너갔다고 전했다. 위의방도 배를 불러 강을 건너 모산 기슭에 이르렀다. 사람들에게 물으니 장 노인과 문녀가 모산으로 들어갔다고 했다. 위의방은 수행원을 시켜 짐을 여관에 맡기고 혼자서 모산 안으로 들어갔다. 반나절 정도를 걸었지만 복숭아 꽃 피는 마을은 눈을 씻고 봐도 없었다. 발길을 옮기려고 하는데 큰 시냇물이 길을 막아섰다.

맑고 차가운 시냇물
졸졸 흐르는 시냇물
사람 그림자 그대로 비춰 주는 얼음장 같이 차가운 시냇물
시냇물의 포말은 하늘에서 눈이 내리는 듯도 하여라.
버들가지 그림자 드리운 긴 방둑
속세 사람들에겐 발길을 허락하지 않는구나.

위의방은 시냇가에 다가가 생각에 잠겼다.

"이렇게 먼 길을 쫓아왔건만 동생의 흔적은 찾을 수조차 없구나. 무슨 면목으로 아버지, 어머니 얼굴을 뵐 것인가? 차라리 저

시냇물에 뛰어들어 목숨을 버리리라."

짧은 번민의 순간이 지나고 눈을 들어 바라보니 시냇가 석벽에
폭포수가 쏟아져 내려오고 그 폭포수 아래로 복숭아꽃 몇 조각
이 떠 있었다. 위의방은 혼잣말을 했다.

"지금은 6월인데 어찌 복숭아꽃이 물에 떠 있단 말인가? 혹시
저 위가 복숭아꽃 피는 하늘 마을이고 내 누이와 장 노인이 사
는 곳은 아닐까?"

시내 저편에서 피리 소리가 들려왔다. 고개를 들어 바라보니
목동이 나귀를 타고 피리를 불고 있었다.

　　녹음이 그늘을 드리운 오래된 나루터
　　목동이 나귀를 타고 피리를 부네.
　　목동이 연주하는 노래는 태평성대의 노래
　　사람들의 온갖 시름 다 날려 주는 노래.

목동이 위의방이 서 있는 시냇가로 다가와 한마디 했다.

"선생님이 위의방이신가요?"

"그렇소."

"장 진인의 명을 받들어 모시러 왔습니다."

목동은 위의방을 나귀에 태워 시냇물을 건넌 다음, 한 마을로
인도했다. 그 마을이 어떠하였던가? 「임강선」이라는 사가 그 모습
을 증명한다.

농사짓는 전원생활보다 더 기분 좋은 일 어디 있으랴
초가집과 대나무 울타리는 절로 청아하구나.
봄에 밭 갈고, 여름에 씨 뿌리고, 가을엔 거두네
겨울엔 눈 내리는 걸 바라보며
이불 뒤집어쓰고 술에 취하네.

문밖엔 느릅나무, 버드나무 심어 놓고
버들꽃 시냇물에 가득 넘치네.
게으름, 근심 걱정 하나도 없으니
명리를 좇는 사람들
세속 일에 찌든 사람들에게 그저 미소나 지어 준다네.

마을에 도착하자 목동이 그를 안으로 안내했다. 빨간 옷을 입은 아전 둘이 마당에서 나와 위의방을 맞아 주었다.

"장 진인께서는 공무를 처리하느라 지금 직접 마중 나오지 못하고 저희에게 대신 영접하라고 하셨습니다."

그들은 위의방을 사방이 탁 트인 정자로 안내했다. 그 정자에는 '파란 대나무 정자'라는 의미의 '취죽정(翠竹亭)'이란 현판이 달려 있었다.

울창한 수풀
길고 빽빽한 대나무.
푸른 그늘이 봉우리를 가리고

빽빽한 이파리는 누각과 난간을 가리네.
안개가 누각을 감고 올라가니 선학이 울고
눈발이 깊은 계곡을 휘감으니 들원숭이 울도다.

정자에는 술자리가 마련되어 있었다. 사방에는 복숭아꽃, 살구
꽃이 탐스럽게 피고 기화요초가 둘러 있었다. 빨간 옷을 입은 아
전과 위의방은 서로 자리를 나눠 앉았다. 장 진인이 도대체 어떤
사람인지 물어보고 싶었으나 연신 술을 주고받느라 물어볼 짬을
내지 못했다. 술을 다 들고 나자 아전은 물러가고 위의방 혼자만
남았다.

한참 기다려도 아무런 기척이 없기에 위의방은 혼자서 조용히
정자에서 내려왔다. 발걸음을 떼는 사이에 꽃나무 저쪽에 건물이
하나 보이고 안에서 사람들 말소리가 들려왔다. 위의방은 창문틀
사이의 종이에 혀를 갖다 대어 구멍을 낸 다음 안에 있는 주홍
색 둥근 모양의 정자를 바라보았다.

빨간 난간에 옥 계단
높다란 처마에 붉은 담장.
구름 병풍과 진주색 안개가 서로 같이 펼쳐 있고
칠보 전각과 옥돌 누각이 마주 보네.
물가엔 영지
파란 난새, 때깔 좋은 봉황새 서로 날고
하얀 사슴과 검은 원숭이가 서로 노닐다.

옥녀와 금동이 좌우에 도열하고
상서로운 안개가 이리저리 흩어지네.

장 진인은 머리에 관을 쓰고 신발도 갖춰 신고 검을 차고 홀을
들고서 마치 임금처럼 전각에 앉아 있었다. 전각 아래에는 붉은
옷을 입은 아전들이 두 줄로 시립했는데 귀신처럼 보이기도 했다.
그리고 두 명이 장 진인 곁에 시립하고 있었는데 가까운 쪽에 서
서 쇠 차꼬를 차고 자색 도포와 금색 요대를 한 자는 어느 곳의
성황신이라고 했다. 그곳의 호랑이와 늑대가 사람을 해치고 있으
나 호랑이와 늑대를 잡지 못했다고 고했다. 장 진인 곁에 약간 떨
어져서 서 있는 자는 갑옷과 투구를 입고 있는데 아무개 주 아무
개 현의 산신이라고 했다. 그곳의 호랑이와 늑대가 사람들을 해치
고 있으나 아무런 조치를 취하지 못했다고 고했다. 장 진인이 그
들에게 각각 벌을 주었다. 위의방은 그 광경을 몰래 훔쳐보다 자
기도 모르게 소리를 지르고 말았다.

"기이하다, 기이하다!"

전각에 있던 관리가 그 소리를 듣고는 즉시 노란 수건을 머리
에 둘러맨 장사를 보내 위의방을 붙잡아 계단 아래에 무릎 꿇게
했다. 그러면서 위의방이 감히 천기를 훔쳐보고 누설한 죄를 지
었다고 보고했다. 위의방은 황급히 머리를 조아리며 용서를 빌었
다. 장 진인이 뭐라 이야기를 하려고 할 때 한 부인이 봉황 모양
의 머리 장식을 하고 붉은 두루마기를 입고 보석 박힌 신발 신고
긴 치마를 입고 병풍 뒤에서 걸어 나왔다. 바로 위의방의 동생 문

녀였다. 문녀가 장 진인 앞에 조아리고 고했다.

"제 오라비이니 한 번만 용서해 주십시오."

"위의방은 본디 신선이 될 자로 나에게 칼을 빼 들고 덤벼들 자가 아니었다. 내가 그대의 얼굴을 보아 위의방에게 죄를 묻지 않겠다. 그리고 위의방에게 십만 전짜리 증표를 줄 것이다."

장 진인은 일어나 안으로 들어갔다. 얼마 지나지 않아 등나무 줄기로 만든 헌 모자를 하나 들고 와 위의방에게 주면서 양주 개 명교 아래에서 약재상을 하는 신 공(申公)에게 가서 이 증표를 내 밀고 십만 전을 받으라 했다.

"선계와 속계는 서로 다른 곳이니 그대를 오래 머물게 할 수는 없겠다."

장 진인은 피리 부는 목동을 불러서 위의방을 나귀에 태워 복숭아꽃 피는 마을을 빠져나가게 했다. 시냇가에 이르러 목동이 나귀 등에 타고 있던 위의방을 밀치자 위의방은 다리와 머리가 허공에 붕 뜨며 아래로 떨어졌다. 위의방은 술에서 깬 듯, 꿈에서 깬 듯 시냇가 언덕에 앉아 있었다. 품속을 만져 보니 모자 하나가 잡히는 게 꿈인지 아닌지 잘라 말하기가 어려웠다. 위의방은 그 해진 모자를 들고 산 아래로 내려갔다.

그리고 어제 묵었던 여관에 찾아가 수행원을 찾았으나 보이지 않았다. 여관의 하인이 나오더니 위의방에게 이렇게 말했다.

"이십 년 전에 위씨 나리가 짐을 맡기고 모산으로 들어갔다가 나오지 않기에 수행원들도 기다리다 지쳐 그만 돌아가고 말았습니다. 올해가 수 양제 대업(大業) 2년(606)이니 정말 딱 이십 년

되었네요."

"어제 가서 하루 있다가 돌아왔는데 이십 년이 지났다니! 어서 육합현의 양마소로 가서 부모님을 찾아뵈어야겠다."

위의방은 여관 쥔장과 작별하고 육합현으로 갔다. 사람들에게 물으니 이십 년 전에 양마소에 위 감독관이 근무한 적이 있는데 위 감독관 자신과 그 열두 가족이 모두 벌건 대낮에 하늘로 올라갔으며 지금도 승선대(昇仙臺)에 그 흔적이 남아 있다고 대답했다. 그리고 그 아들이 어디론가 떠나서 돌아오지 않고 있다고 했다. 위의방은 이 말을 듣고서 하늘을 바라보며 울었다. 하루 만에 이십 년이 지나가 버리고 부모님을 뵐 수도 없으며 찾아갈 곳도 없다니. 이젠 기댈 구석 하나 없으니 신 공을 찾아가 십만 전을 받는 수밖에 없었다.

육합현에서부터 길을 잡아 양주까지 가서 사람들에게 물어 개명교 아래로 가니 정말 신 공이 약재상을 열고 있었다. 위의방이 약재상 앞에 다다르자 한 노인이 눈에 띄었다.

생긴 것은 노인네가 분명하나
차림새나 분위기가 청신하다.
은빛 수염
눈 내린 것처럼 하얀 머리카락.
솔개 닮은 어깨, 거북이 닮은 등
하늘에서 내려온 별인가.
학의 골격, 소나무 같은 몸집

부처로 변했다는 노자이런가.

상령(商嶺)으로 숨어들어 간 진(秦)의 유민인가

반계(磻溪)에서 낚시하던 태공인가.

노인은 약재상 안에 앉아 있었다. 위의방이 입을 열었다.

"노인장께 인사 올립니다. 여기가 신씨네 약재상 맞습니까?"

"그렇소만."

위의방은 눈을 돌려 약재상 안을 살펴보았다.

광주리는 네 개인데 세 개는 비어 있고

한 개도 그저 바람으로 채운 것.

위의방은 생각에 잠겼다.

'아니, 이런 가게에 어디 십만 전이 있을까!'

위의방이 물었다.

"어르신 박하 세 푼어치 좀 사려고요."

"박하 좋지, 『본초강목』에 머리와 눈을 맑게 한다고 했지. 그런
데 얼마나 사려고?"

"아, 세 푼어치요."

"아이고, 어쩌지! 그게 지금 다 떨어졌네."

"그럼 백약전(百藥煎) 좀 주셔요."

"백약전 좋지, 숙취 해소에도 효용이 있고 목도 잘 다스려 주
고. 근데 얼마나 사려고?"

"세 푼어치요."

"아이고, 어쩌나! 다 팔려 버렸네."

"그럼 감초 좀 주셔요."

"감초 좋지, 감초가 심장을 다스리고 독을 해소해 주고, 다른 약재의 성분도 중화시켜 주고, 금석초목의 독성도 해소해 주기 때문에 약초의 제왕이라고 불리지. 근데 얼마나 사려고?"

"다섯 푼어치요."

"아이고, 이거 미안해서 어쩌나! 마침 다 나갔네."

위의방이 마침내 말했다.

"사실 저는 약재를 사러 온 것은 아니고 참외를 심는 장 진인의 말씀을 듣고 찾아온 것입니다."

"장 진인이 나한테 볼일이 있는 것은 아닐 테고. 그래 나한테 뭘 부탁하라고 하던가?"

"여기 와서 십만 전을 찾으라고 하였습니다."

"그래, 돈이야 있는데 증거는 있는가?"

위의방은 품속을 뒤져서 등나무 줄기로 만든 해진 모자를 건넸다. 신 공은 그 해진 모자를 파란 휘장 안쪽으로 들고 가서 보더니 아내를 불러 나오게 했다. 휘장 뒤에서 나오는 아내는 바로 열일곱 살 먹은 소녀였다.

"여보, 무슨 일이세요?"

위의방이 속으로 생각했다.

"장 진인처럼 어린 여자를 좋아하는군."

신 공은 아내에게 이 모자가 맞는지 살펴보게 했다.

"전에 장 진인이 나귀를 타고 지나가다가 우리 집에 들렀지요. 그때 모자 안쪽이 찢어져서 저에게 기워 달라고 했어요. 그때 마침 검은 실이 없어 붉은색 실로 윗부분까지 기웠지요."

모자를 뒤집어 보니 과연 그러했다. 신 공은 위의방을 데리고 안으로 들어가서 십만 전을 꺼내 주었다. 위의방은 돈을 받아 들고는 다리를 놓고 길을 닦고 가난한 자들에게 보시하는 데 사용했다.

어느 날 술집 앞을 지나는데 어린아이가 나귀를 타고 지나갔다. 위의방이 보니 자기를 데리고 시내를 건너 복숭아꽃 살구꽃 마을로 안내했던 그 목동이었다. 위의방이 즉시 물었다.

"상 진인은 어디 계시오?"

"아, 술집에서 신 공하고 약주를 나누고 계십니다."

위의방이 술집으로 달려가 보니 과연 두 사람이 대작을 하고 있었다. 위의방이 바로 인사를 올리자 장 진인이 입을 열었다.

"나는 본디 장흥궁(長興宮)의 으뜸 신선이고 문녀는 본디 윗하늘의 옥녀였다. 문녀가 인간 세상에 관심을 보이자 상제께서 혹 인간 세상에서 오염을 입을까 걱정하셔서 나를 이런 모양으로 보내어 다시 문녀를 윗하늘로 데리고 오게 한 것이다. 위의방 그대도 본디 신선이 될 운명이었으나, 그동안 사람을 너무 많이 죽인 까닭에 양주 성황당이 성황신이 되게 하노라."

말을 마친 다음 손을 들어서 두 마리의 학을 불러 신 공과 함께 각각 타고는 하늘로 날아갔다. 한참을 바라보니 종이 한 장이 내려왔는데 펼쳐 보니 여덟 구절의 시가 적혀 있었다.

장흥궁에서 떠나온 지 어언 이십 년

참외를 키우며 속진 세상에 잠시 거처했네.

애석하다, 속진 세상 사람들의 안목이여

안개 속에서 신선 만나면 누가 알아보리오?

위의방은 성황신의 직책을 받고

문녀는 난새를 타고 다시 하늘로 오르다.

학을 타고 승천했다던 누각은

예나 지금이나

장대한 모습을 뽐내도다, 양주에서.

李公子救蛇獲稱心

이 공자가
뱀을 살려 주고
칭심을 얻다

이 작품에서는 사람이 뱀이나 죽은 자와 이야기를 나누고, 물속에 들어가서도 숨을 쉬고, 저승에 갔다가 이승으로 돌아오기도 한다. 사람만 있는 게 아니라 사람과 타자가 공존하는 것이다. 알면 알수록 사람은 위대한 존재이고, 알면 알수록 초라한 존재이다. 파스칼이 설파한 것처럼 사람이 위대한 것은 자신의 위대함과 초라함을 모두 각성할 수 있기 때문이다.

이 작품을 「흥부전」처럼 주인공의 선행에 대한 보답의 서사로 읽을 수도 있겠다. 우리가 이렇게 인과응보에 목을 매는 이유는 자신은 열심히 노력하는데 아무것도 되는 게 없다는 상실감을 채우고 싶어서일 것이다. 그러나 이렇게 접근하면 또 다른 쪽에서는 너희가 복을 받지 못하는 것은 노력이 부족했기 때문이니 스스로를 원망하고 반성하라고 공격해 온다.

손숙오가 착한 일을 하고 받은 보답 중 가장 확실한 것은 그 순간 그가 인간으로서의 자부심과 도덕적 우월성을 느꼈다는 것이다. 왼손이 하는 일을 오른손이 모르게 하라고 한다. 그렇다. 오른손은 몰라도 나의 뇌는 나의 선행을 지각하고 나에게 기쁨을 느끼게 한다. 그러므로 오른손이 알기를 바랄 필요가 없다. 이 작품의 주인공은 선행의 대가로 과거급제를 바란다. 이 순간 그의 선행은 과거 급제의 미끼가 되고 만다. 더욱 재미있는 것은 그가 과거에 급제하면 기분이 날아갈 것 같다고 표현하면서 쓴 두 글자가 우연히도 용왕 딸의 이름과 같았다는 것이다. 생각지도 않은 중얼거림이 과거 급제도 이루게 하고 아름다운 여인과의 사랑도 선물한다. 어쩌면 세상사 모든 게 이처럼 우연의 연속일지도 모른다.

독경을 그만두라
주문을 그만 외라.
자비를 바라는 경문과 주문 아무리 왼들
업보를 어찌 피하리.
콩 심은 데 콩 나고
팥 심은 데 팥 나리니.
인과응보란 예외 없는 것.
뿌렸으면 거둬야지.

서신옹(徐神翁)[10]이 지었다는 이 시는 사람이 살면서 선을 행하면 선한 보응을 받고 악을 행하면 악한 보응을 받는 거라고 말한다. 재산을 물려준다 한들 자손들이 잘 지킨다는 보장이 없고,

---

10 1033~1108. 본명은 수신(守信)이며, 송 대의 도사이다. 시를 잘 지었고 부적이나
   점술에도 능하여 민간의 숭앙을 받았다.

책을 물려준다 한들 자손들이 잘 읽는다는 보장이 없으니 적선하고 덕을 베풀어 자손들에게 장구지책을 마련해 주는 것이 낫다는 말이다. 옛날에 손숙오(孫叔敖)가 아침에 길을 나섰다가 대가리가 둘 달린 뱀이 길을 가로질러 가는 것을 보았다. 손숙오는 돌을 집어 그 뱀을 찍어 죽이고는 묻어 주었다. 집에 돌아와 어머니에게 말했다.

"어머니, 전 곧 죽을 거예요."

"그게 무슨 말이냐?"

"옛말에 대가리가 둘 달린 뱀을 보면 죽는다고 했는데 오늘 제가 그 뱀을 보고 말았습니다."

"죽여 버리지 그랬느냐."

"그렇지 않아도 이미 죽여서 묻었습니다. 나중에 다른 사람이 보고 또 제 명에 못 죽는 일이 있을까 봐서요. 저 하나 죽는 것으로 충분하잖아요."

"애야, 너한테는 다른 사람을 돕는 마음이 있구나. 이런 선행을 하는 자는 쉬 죽지 않는 법이다."

나중에 손숙오는 초나라의 재상 자리에 올랐다.

오늘 이야기하려는 수재는 뱀을 구하여 그 은덕을 입는다. 남송 신종 황제 회녕 연간에 이의(李懿)라는 관리가 있었으니 기현(杞縣) 현령을 지내다 항주의 판관, 그러니까 부주지사로 발령받았다. 이의는 본디 진주 출신으로 한 씨와 결혼하여 아들을 하나 두었으니 이름은 원(元), 자는 백원(伯元)으로 유학을 배우고 있었다. 이의는 집에 들러 짐을 꾸린 다음 부인과 아들은 두고 하인

　　　　　　　　李公子救蛇獲稱心

둘과 함께 항주로 떠났다.

임지에서의 일 년은 빠르게 지나갔다. 이의는 아들의 유학 공부에 나름 진전이 있는지 매우 궁금했다. 그리하여 편지를 써서 왕안(王安)에게 주며 진주 집에 있는 아들에게 전해 주라 했다. 이의는 아들을 항주로 데려와 조석으로 자기 곁에서 공부하게 할 요량이었다. 왕안은 며칠 걸려 진주에 도착하여 이의의 편지를 전했다. 이의의 부인은 글방에서 공부하던 아들을 불러 부친의 편지를 읽게 한 뒤 짐을 꾸리라고 했다. 이원은 지난번 과거에서 낙방하였기에 책을 멀리하고 산과 들로 유람하러 다니면서 소일하고 있었다. 그러나 아버지의 편지를 읽고는 바로 책을 꾸려 왕안과 함께 길을 떠났다. 길을 따라 걷고 배를 바꾸어 타면서 그들은 양자강에 도착했다. 이원이 양자강의 풍광을 보니 너무도 아름다운지라, 시 한 수를 지었다.

서쪽 곤륜산에서 시작하여 동으로 바다까지
거센 파도 강둑을 치받으며 포말은 하늘로 날리네.
달빛 아래 강 물결 소리 귀를 찢을 듯 울리며
객선의 나그네를 전송하네.

그들은 양자강을 건너 윤주(潤州)에 도착했고, 그런 다음 상주와 소주를 지나 오강에 이르렀다.

그날 오후 신시경 해가 저물 무렵, 이원은 배에서 오강의 풍경을 감상했다. 오강의 풍경은 소상강의 풍경에 전혀 뒤지지 않았다. 이원은 사공에게 배를 장교(長橋) 옆에 대라 하고는 다리를 건너 수홍정에 올랐다. 수홍정 난간에 기대어 앉아 태호의 저녁 경치를 감상하다 보니 장교 동쪽 근처 회칠한 담장 너머로 집이 하나 보였다. 누구 집인지 궁금하던 차에 어깨에 그물을 들러 메고 오는 어부를 보자 읍을 하고 물었다.

"저 회칠한 담장 너머로 보이는 집은 어떤 집입니까?"

"아, 그건 삼고사사(三高士祠)라고 뛰어난 세 분을 모신 사당입니다."

"뛰어난 세 분이란 누구를 말합니까?"

"범려(范蠡), 장한(張瀚), 육구몽(陸龜蒙), 이렇게 세 분입니다."

이원은 그 대답을 듣고 기쁜 마음에 다리를 건너 삼고사사를 찾아갔다. 옆문을 열고 사당 안으로 들어가 석비를 살펴보고 당실 안으로 들어가니 세 분의 상이 각자의 자리에 모셔져 있었다. 중앙에 범려, 왼쪽이 장한, 오른쪽이 육구몽이었다. 이원이 바라보며 생각에 잠겨 있는데 사당지기라는 노인이 지팡이를 짚고 다가왔다. 이원이 물었다.

"이곳에 사당이 생긴 지는 얼마나 되었습니까?"

"거의 천 년이 다 되었지요."

"장한은 조정의 뛰어난 관리였으나 전어와 순채의 맛을 그리워하여 관직을 버리고 고향으로 돌아가 늙어 죽을 때까지 다시는 벼슬을 하지 않았으니 가장 잘나갈 때 용퇴할 줄 알았던 고매한 선비였지요. 육구몽은 세상에 둘도 없는 시인으로 오송강 근방에 은거하면서 오리를 기르는 낙으로 살았으니 역시 세상의 고매

李公子救蛇獲稱心

한 선비였습니다. 이 두 분을 위해 사당을 지은 것은 당연한 일이라 하겠습니다. 범려는 월나라의 상경(上卿)일 때 오왕 부차에게 서시를 바치고 그러면서 모사를 꾸며 오나라를 무너뜨렸습니다. 그러나 후에 월나라 왕에게 푸대접을 받자 일엽편주를 타고 오호를 유람하면서 자기 스스로를 소가죽 술부대[11]라고 불렀지요. 이 사람은 비록 현명하기는 했으나, 오나라한테는 원수 같은 사람인데 어찌하여 이 사당에 모셔진 것인지요?"

노인이 대답했다.

"옛날 사람들이 만든 거라 사연은 잘 모르겠소이다."

이원은 노인에게서 붓과 벼루를 빌려서 벽에다 시 한 수를 적어 범려가 이 사당에서 제사를 받으면 안 된다는 뜻을 밝혔다.

장한과 육구몽은 이 땅의 모든 이에게 칭송을 받기 마땅하네
이 사당에 모신 것 또한 당연하지.
천 년이 가도 잊기 어려운 것 나라 잃은 슬픔
이곳에 소가죽 술부대를 모셔서는 아니 될 일.

이원은 시를 다 짓고 나서 노인에게 붓과 벼루를 돌려주고는 사당을 나섰다. 들판에서 아이들이 대나무 막대기로 수풀을 뒤지며 장난삼아 뱀을 잡고 있었다. 이원이 가까이 다가가 보니 뱀

---

11 원문은 치이자(鴟夷子)로 '가죽으로 만든 술 담는 부대'를 의미한다. 술 부대도 그렇고 모든 그릇의 운명과 쓰임은 그것을 사용하는 자에게 달렸다. 공을 이루고도 푸대접받다가 은퇴한 범려가 자신을 술 부대라 부르며 신세를 한탄한 것이다.

의 생김새가 참으로 기이했다. 노란 눈에, 노란 주둥아리, 붉은 몸 뚱이에 비단 비늘, 몸 전체는 산호 같은데, 아가리 쪽에 푸른 털 이 한 일 촌 정도 나 있었다. 전체 길이가 약 일 척 정도로 마른 대나무와도 비슷했다. 이원은 황급히 다가가 아이들을 말렸다.

"얘들아, 내가 동전 백 전을 줄 테니 그 뱀을 나한테 팔아라."

아이들이 이원을 빙 둘러싸고 돈을 달라고 하니 이원은 일단 붉은 뱀을 소매 품에 싸안은 다음 아이들을 데리고 정박해 둔 배에 가서 동전을 주었다. 이원은 왕안을 불러 짐 상자를 가져오 게 했다. 그 상자 안에서 쑥 이파리를 꺼내어 끓이고 조금 식기를 기다려 대야에 부은 다음 붉은 뱀을 대야에 넣고 피와 상처를 잘 씻어 주었다. 그러고는 사공에게 배를 몰게 하여 강 언덕 너머 초목이 무성하고 사람들이 다니지 않을 만한 곳을 찾아서 뱀을 놓아주었다. 뱀은 몇 차례나 머리를 돌려 이원을 바라보았다. 이 원이 이렇게 말했다.

"그래, 내가 오늘 너를 놓아주니 사람 발길이 닿지 않는 곳으 로 어서 가라. 다시는 사람들 눈에 띄지 말아라."

붉은 뱀은 물 가운데로 헤엄쳐 들어가 강 물살을 헤치고 멀어 졌다. 이원은 배를 돌려 항주를 바라고 나아갔다.

이원은 사흘 만에 도착하여 아버지를 만났다. 집안 이야기를 나누고 나니 아버지가 이원에게 학업에 대해 물었다. 이원이 일 일이 대답하자 아버지가 대단히 흡족해했다. 이원은 아버지 곁에 며칠 머무른 다음 이렇게 물었다.

"집에 어머니 혼자 계신데 조석으로 봉양하는 이가 없습니다.

　　　　　　　　李公子救蛇獲稱心

소자가 돌아가 어머니를 모시다가 봄에 실시하는 과거에 응시할까 합니다."

이원의 아버지는 평소 다 쓰지 않고 남겨 두었던 녹봉으로 항주 토산물을 사서 집으로 돌아가는 이원에게 들려보냈다. 더불어 왕안에게 이원을 보살피게 했다. 짐을 다 꾸려 배에 실어 놓고 아버지에게 하직 인사를 하고 왕안과 항주를 출발하여 동신교(東新橋) 관당대로(官塘大路)를 경유하여 장안 제방을 지나 가화에 이르니 오강이 코앞이었다. 이원은 지난번에 이곳을 지나면서 보았던 경치를 잊을 수가 없었다. 장교에 이르니 해가 이미 서산에 걸려 있었다.

이원은 잠시 배를 멈추게 하고는 경치를 구경한 뒤 다음 날 아침에 가겠다고 했다. 다리 아래 강 언덕이 오목하게 들어간 곳에 배를 대고 다리 위에 올라 수홍정에 이르러서는 난간에 기대어 사방을 구경했다. 석양에 빛나는 호수의 잔물결과 저녁 안개에 싸인 산 풍경이 아득한데 바람은 자고 어선에서 들려오는 뱃사람의 노랫가락이 절절하고 물결 위에 비친 기러기 그림자가 물결 사이로 보였다 사라지기를 반복했다.

이원이 경치에 푹 빠져 있을 때 파란 옷을 입은 소년이 다가와 인사를 했다. 손에는 이름이 적힌 간찰을 하나 들고 있었다.

"제 주인 나리의 간찰입니다. 주인 나리께서 손님을 뵙고자 하니 먼저 허락을 구합니다."

"네 주인이 어디에 계시냐?"

"저 다리 왼쪽에서 손님의 답을 기다리고 계십니다."

이원은 간찰에 적힌 글자를 자세히 바라보았다.

"학생 주위(朱偉)가 삼가 뵙기를 청합니다."

이원이 소년에게 다시 물었다.

"혹시 네 주인이 사람을 잘못 보신 게 아니냐?"

소년이 대답했다.

"제 주인 나리가 뵙고자 하는 분은 손님이 틀림없습니다. 실수하실 리가 없습니다."

"나는 양자강 동편에서 온 객지 사람이라 이곳에는 아는 사람이 없다. 게다가 나에게는 주씨 성을 가진 친구도 없느니라. 혹시네 주인이 나와 성이 같은 다른 사람을 찾고 있는 것은 아니냐?"

"바로 항주 부주지사의 아들 이원 나리를 만나고자 하십니다. 절대 사람을 잘못 보셨을 리 없습니다."

"그래, 그렇다면 필시 네 주인도 점잖은 학자이실 테니 만나 보지 않을 이유가 없구나."

잠시 후 그 소년이 주 수재를 모시고 나타났다. 시원한 눈썹과 맑은 눈동자, 하얀 치아에 붉은 입술 등 빼어난 선비의 기상이 어려 있었다. 주 수재가 이원을 보고 먼저 인사를 했다. 이원도 황망히 답례를 했다.

주 수재가 말했다.

"저의 부친은 선생의 부친과 절친한 사이입니다. 선생께서 항주를 다녀오신다는 소식을 듣고 저에게 여기서 기다리라 하셨습니다. 괜찮으시면 저의 집으로 가셔서 제 부친과 말씀을 나누셨으면 하는데, 어떠신지요?"

　　　　　　　李公子救蛇獲稱心

"제가 아직 철이 없어 제 부친과 선생의 부친이 각별한 사이임을 미처 모르고 실례를 범했습니다. 굽어 살펴 용서해 주십시오."

"제 집이 바로 지척에 있습니다. 부디 찾아 주시기를 바랍니다."

이원은 주 수재가 이렇게 간절하게 청하는 것을 차마 거절할 수가 없어 마침내 주 수재를 따라 수홍정을 나섰다. 장교가 끝나는 곳에 이르니 녹음이 우거진 곳에 화려한 배 한 척이 정박해 있고 그 안에 몇 명이 앉아 있는데 모두 다 헌걸차고 깔끔하고 화려한 차림이었다. 이원에게 배에 내려오기를 청했다. 배에 내려가 보니 바닥의 깔개가 화려하기 그지없어 깜짝 놀랄 지경이었다. 주 수재가 배를 출발시키자 배가 쏜살같이 나아가는데 배 양편으로 물살이 일어나는 것이 마치 눈가루가 흩어지는 듯했다.

잠시 후 배가 강 언덕에 도착했다. 주 수재가 이원에게 강 언덕으로 올라오라고 청했다. 이원이 바라보니 소나무, 잣나무가 높이 솟은 것이 마치 하늘을 덮은 듯했고 모래사장과 수초 가득한 여울목엔 자색 적삼과 은색 허리띠를 두른 이십여 명의 사람들이 두 채의 자색 등나무 가마를 호위하고 있었다. 이원이 물었다.

"저 사람들은 뉘 댁의 집사들이오?"

"아, 저들은 제 부친의 집사들입니다. 어서 가마에 오르시지요. 저의 집이 지척에 있습니다."

이원은 놀라기도 하고 의심이 일기도 했지만 가마에 오르고 말았다. 좌우의 집사들이 구령에 맞춰 가마를 메고 소나무, 잣나무 숲으로 들어섰다. 얼마 가지 않아서 녹음 우거진 산을 등지고 파란 물을 마주 보는 궁전이 하나 나타났다. 물 위에는 다리가 하나 있었고 다리 위에는 장식한 돌난간이 있었다. 궁전의 지붕은 유리로 덮이고, 건물 양옆엔 붉은 회칠을 한 담이 있었다. 붉은색 문이 세 곳에 있었고 그 위에는 황금색 글자로 '옥화지궁(玉華之宮)'이라고 새겨진 현판이 있었다. 가마가 궁전 문 앞에 이르자 집사들이 이원에게 가마에서 내리게 했다.

이원은 긴장되어 걸음을 옮기지 못했다. 이때 궁궐 문 안쪽에서 초선관을 머리에 쓰고, 자색 도포를 입고, 허리에는 황금색 허리띠를 매고, 손에는 꽃무늬 모양이 새겨진 홀을 든 두 사람이 나와서 이원에게 말했다.

"대왕께서 나리를 모셔 오라십니다."

이원은 한참을 멍하니 서서 아무런 대답을 하지 못했다. 주 수재가 옆에 있다가 한마디 거들었다.

"제 아버님의 부탁이니 부디 사양하지 마십시오."

이원이 다시 물었다.

"여기가 어디입니까?"

"궁전 안에 들어가 보시면 압니다."

이원은 하는 수 없이 두 사람을 따라서 안으로 들어갔다. 동편 행랑의 계단을 따라 안으로 들어가 누대에 오르니 비단옷을 입은 수십 명의 사람들이 한 노인을 모시고 궁전 안으로 들어섰다. 노인은 초선관을 쓰고 소매 품이 넓은 웃옷을 입고 빨간 신발에 긴 아랫도리를 입고 손에는 옥으로 만든 홀을 들고서 이원을 맞이했다. 이원이 황망히 엎드려 절하자 그 늙은 왕이 좌우에 명하여 일으켜 세우게 했다. 왕이 말했다.

李公子救蛇獲稱心

"이렇게 급작스럽게 초청하느라 실례를 많이 범했습니다. 그래도 거절하지 않고 방문해 주시니 다행입니다. 부디 저의 실례를 용서해 주시오."

이원은 다른 말은 하지 못하고 그저 나지막이 예, 예, 라고만 대답했다.

좌우 신하들의 호위를 받으며 궁전에 들어간 왕이 어좌에 앉았다. 왕이 이원을 불러 자신의 왼쪽 자리에 앉게 했다. 이원이 왕에게 재배하고 말했다.

"미천한 제가 감히 어떻게 대왕님 곁에 앉겠습니까?"

"그대는 우리 집안의 은인이시라 내가 특별히 큰아들을 보내 모셔 오게 했는데 내 옆자리에 앉지 못할 이유가 무어란 말이오?"

신하 둘이 이원에게 다가와 이렇게 말했다.

"대왕의 호의를 부디 거절하지 마십시오."

이원이 거듭거듭 거절하다가 하는 수 없이 머리를 조아리며 왕의 옆자리에 나아가 앉았다. 왕이 작은아들을 불러 은인에게 감사 인사를 드리라고 했다.

잠시 후 병풍 뒤에서 한 무리의 궁녀들이 한 남자를 모시고 나왔다. 남자가 나와서 왕 옆에 섰는데 머리에는 작은 관을 쓰고 붉은 옷을 입고 허리에는 옥대를 차고 발에는 꽃무늬 신발을 신고 얼굴은 분을 바른 듯 피부가 반질반질 윤이 났다. 왕이 입을 열었다.

"내 아들이 일전에 물가에 놀러 나갔다가 불행하게도 어린아이들에게 붙잡혔지요. 그대가 일심으로 내 아들을 구해 주지 않았더라면 어디선가 말라비틀어져 죽었을 것입니다. 우리 가족은 그대에게 큰 은혜를 입었습니다. 그 은혜를 어떻게 보답해야 할지 모르겠습니다. 일단 그대가 여기까지 오셨으니 내 아들이 마땅히 감사 인사를 올려야 할 것입니다."

작은아들이 앞으로 나와 절을 올렸다. 이원이 황망하게 답례를 했다. 왕이 말했다.

"그대는 내 아들을 구해 주신 생명의 은인입니다. 어서 절을 받으십시오."

왕은 좌우에 명하여 작은아들이 인사를 올리도록 부축하게 했다.

이원이 왕을 바라보니 얼굴에 수염이 가득하고 눈에서는 신기한 빛이 났다. 좌우에 있는 자들도 모두 그 모습이 기이하여 이원은 혹시 여기가 바로 용궁이고 저 대왕이 바로 용왕이며 옆에 서 있는 저 작은아들은 바로 며칠 전 자신이 삼고사사에서 구해 준 작은 뱀이 아닌가 하는 생각이 들었다. 이원이 황망히 머리를 조아리며 계단 아래에서 절을 올렸다. 대왕이 몸을 일으키면서 말했다.

"여기서 이렇게 말로만 은혜를 갚는다 할 것은 아닌 것 같소이다. 어서 안으로 들어갑시다. 내가 술이라도 한잔 대접하고 싶소이다."

이원은 대왕을 따라 옥 병풍 뒤로 갔다. 화려한 대리석 비탁 위에는 장식한 깔개가 깔리고 양쪽으로는 비단 휘장이 펼쳐져 있었다. 본전에서 나와 행랑을 돌아 편전으로 들어서니, 황금과 푸

李公子救蛇獲稱心

른 옥이 서로 빛을 내고 안쪽엔 용과 봉황 모양의 등불이 빛을 밝히며 옥 화로에선 사향 향기가 뿜어져 나오고 화려한 휘장에는 술이 장식되어 한들거리고 있었다. 그 안에 두 개의 보좌가 있는데 모두 교룡이 수놓여 있었다. 이원이 깜짝 놀라 자리에 앉지 못하자, 대왕은 좌우에 명하여 이원을 그 보좌에 모시게 했다.

주변에서 멋진 음악 소리가 들려왔다. 수십 명의 미녀들이 각기 악기를 들고 차례로 들어왔다. 앞에서 술잔에 술을 따라 바치고 안주를 바치는 자들은 모두 절세미녀였다. 기이한 향기가 진동하고 상서로운 기운이 주변을 감쌌다. 이원은 마치 술에 취한 듯 멍하여 어쩔 줄을 몰랐다. 대왕이 두 아들에게 술을 따라 바치라 명했다. 두 아들이 모두 술을 따르고 재배했다. 안주가 놓여 있는 탁자를 바라보니 안주 그릇은 모두 유리, 수정, 호박, 마노로 만들어졌는데 그 솜씨가 정교하기 이를 데 없는 것이 이 세상 물건이 아닌 듯했다. 대왕이 직접 일어나 이원에게 술을 한 잔 권했다. 그 술맛 또한 너무도 일품이었다. 안주 종류는 하도 많아서 종류도 가늠할 수 없을 정도였다. 대왕은 주변의 신하들을 시켜 이원에게 술을 한 잔씩 바치게 했다. 이원이 자기도 모르게 술에 흠뻑 취하자 몸을 일으켜 대왕에게 말했다.

"제가 이미 술에 흠뻑 취하였습니다."

그런 다음 바닥에 엎드려 일어나지 못했다. 대왕이 이원을 부축하여 궁전 밖 객관에 모시게 했다.

이원이 깨어나 보니 해가 이미 창문을 넘어가고 있는데 교룡 무늬가 새겨진 비단 휘장이 침대를 둘러싸고 있었다. 시종들의 도움을 받아 세수와 양치를 마치니 어제 이원을 이곳으로 초대한 주 수재가 방으로 찾아왔다. 주 수재는 어제 입었던 학자 복장이 아니라 궁정 관리의 복장을 하고 있었다. 궁정 관리의 관을 쓰고 붉은색 관포를 입고 옥대를 하고 검정 신발을 신고 있었으며 수행원들은 각자 도끼를 들고 있었다. 이원이 주 수재에게 말했다.

"어제는 제가 너무 취하여 실례가 많았습니다."

주 수재가 대답했다.

"대접할 게 시원치 않아 죄송할 따름입니다. 아버님께서 아침 식사를 같이 하시려고 기다리시니 편전으로 가시지요."

주 수재가 이원을 안내하여 대왕을 알현하게 했다. 대왕이 이원에게 말했다.

"그대는 아무런 걱정하지 말고 며칠 동안 푹 쉬었다가 가시오."

이원이 재배하고 답했다.

"대왕님의 후의는 감사하나 저의 부친께서 집으로 돌아가 모친을 모시다가 봄에 있을 과거에 응시하라 하셨습니다. 봄에 있을 과거가 이제 얼마 남지 않았습니다. 게다가 저의 하인이 제가 오랫동안 보이지 않으면 필시 걱정할 것이고 그러면 다시 항주로 돌아가 제 부친에게 알릴 터이니 틀림없이 제 부친이 걱정하실 것입니다. 이런 이유로 이제 그만 돌아가고자 합니다."

"그대가 돌아가고 싶어 하니 어찌 억지로 붙잡을 수 있겠소? 내가 갖고 있는 보잘것없는 것들로 은혜를 갚을 수는 없으나 그래도 무엇이든 원하는 것이 있으면 주고 싶구려."

"제가 감히 무엇을 바라겠습니까? 그저 제 평생에 과거에 급제하는 운수 대통하는 일[稱心]¹²이 있기를 바랄 따름입니다."

"그래, 그대가 내 딸을 아내로 맞아들이기를 바란다면 내가 어찌 거절하겠소? 그러나 삼 년 후에는 다시 돌려보내 주어야 할 것이오."

대왕이 그 말을 마치고 딸 칭심(稱心)을 불러오게 했다.

잠시 후 시녀들이 한 여인을 모시고 들어왔다. 이원이 슬쩍 바라보니 윤기 나는 검은 머리에 버들가지처럼 가냘픈 눈썹, 반짝이는 눈동자를 지닌 것이 그야말로 새나 물고기도 시샘할 미녀였다. 대왕이 여인을 가리키며 말했다.

"이 아이가 내 딸로 이름이 칭심이라. 그대가 원한다면 기꺼이 아내로 주겠소."

이원이 바닥에 엎드려 고했다.

"제가 칭심이라고 아뢴 것은 과거에 급제하는 기쁨을 말한 것입니다. 어찌 감히 대왕의 딸을 아내로 맞을 수 있겠습니까?"

"이 아이의 이름이 바로 칭심이오, 이 아이를 그대에게 시집보내도 전혀 아깝지가 않소. 만약 그대가 과거 급제를 진심으로 바란다면 이 아이가 해결해 줄 거요!"

대왕은 주 수재를 불러 딸과 이원을 같이 바래다주게 했다. 이원이 재배하고 감사의 뜻을 표했다.

---

12 칭심(稱心)은 '만족하다', '흡족하다', '마음에 들다'라는 의미를 지닌 단어인 동시에 용왕 딸의 이름이기도 하다. 이원이 과거 급제하는 흡족한 일을 바란다고 말한 것을 용왕이 자기 딸을 바란다는 말로 들은 이유는 이 때문이다.

주 수재는 궁에서 나와 이원을 데리고 뱃머리로 갔다. 칭심은 이미 평상복으로 갈아입고 배에서 기다리고 있었다. 주 수재가 이원에게 말했다.

"속진 세상은 이곳과는 전혀 다른 곳이라 제가 직접 전송할 수 없습니다. 부디 몸조심하십시오."

이원이 주 수재에게 물었다.

"부왕의 성함은 무엇입니까?"

"우리 아버님은 서해 용왕으로 많은 공덕을 세워 옥황상제의 칙명을 받고 이곳에 터를 잡으셨습니다. 다행히 이곳은 물이 맑아 우리 자손이 번성하기에 족합니다. 그대는 이곳을 떠나더라도 절대 천기를 누설하지 마십시오. 만약 천기를 누설하면 엄청난 재앙이 닥칠 것입니다. 내 여동생에게도 너무 세세히 묻지 마십시오."

이원은 두 손을 가지런히 맞잡고 이야기를 듣고 나서 작별 인사를 하고 배에 올랐다. 주 수재는 또 이원에게 금은보화 한 상자를 건넸다. 귓가에 바람 소리가 진동하더니 순식간에 장교에 도착했다. 수행원들은 주 수재의 여동생과 이원을 강 언덕에 내려주고 금은보화 상자를 전달하고는 다시 배를 저어 쏜살같이 사라졌다.

이원은 마치 꿈에서 막 깨어난 기분이었다. 고개를 돌려보니 그 여인이 곁에 있는지라 너무도 놀랍고 기뻤다. 이원이 여인에게 말했다.

"그대의 아버지가 그대를 나에게 허락하셨소. 그대는 나를 따

　　　　　　　李公子救蛇獲稱心

라가기 원하시오?"

"저야 당연히 아버님의 명을 따를 것입니다. 저는 나리를 위해 밥 짓고 청소하며 모실 것입니다. 다만 저의 사연을 누구한테도 누설하지 마십시오. 비밀이 누설되면 더 이상 나리 곁에 머물 수 없습니다."

이원은 여인을 데리고 배로 갔다. 왕안이 깜짝 놀라며 이원을 배 안으로 모셨다.

"밤새 어디를 다녀오시는 건가요? 소인이 아무리 찾아도 나리를 찾을 수 없었습니다."

"아, 우연히 친구를 만나 호수에서 술 한잔을 했네. 그리고 이 아낙은 내가 부인으로 삼을 거야."

왕안은 감히 꼬치꼬치 캐묻지는 못하고 여인을 배에 모신 다음 짐과 보석을 부대에 잘 넣어 놓고 배를 출발시켰다.

배는 한참을 가다 강물을 넘고 강 언덕에 닿아 진주에 이르렀다. 집에 도착하여 어머니께 인사하고 아버지를 만난 이야기를 전했다. 그런 다음 무릎을 꿇고 말했다.

"소자가 집에 돌아오는 길에 아내를 취했습니다. 그러나 아버님과 어머님의 허락을 아직 받지 못했기에 감히 인사를 드리지 못하고 있습니다."

"남녀가 만나서 결혼하는 거야 당연한 일이지. 기왕에 아내를 취했다면 굳이 인사를 시키지 못할 이유가 무엇이냐?"

어머니의 말을 듣고 여인을 데려와 인사시키니 온 집 안에 웃음꽃이 피었다.

이원이 집에 돌아온 지 얼마 지나지 않아 바로 과거가 있었다. 이원은 칭심이 총명하고 만사에 통달한 여인이라는 말을 들었던 기억을 떠올리며 그녀에게 물었다.

"지난번에 그대의 아버님께서 만약 내가 과거에 급제하고 싶다면 당신에게 물어보라고 하였소. 내일 아침이면 과거 시험장에 들어가는데 혹시 나에게 해 줄 말이 없소이까?"

"오늘 밤 제가 과거 시제를 알려 드릴 테니 밤에 미리 답안을 작성해 보시고 내일 과장에서 적어 제출하십시오."

"그것 참 신묘한 계책이오. 그런데 과거 시제는 어떻게 구한단 말이오?"

"제가 눈을 감고 과거 시제를 맞혀 낼 것입니다. 절대 그 모습을 훔쳐보시면 안 됩니다."

이원은 칭심의 말을 믿지 못했다. 칭심은 방 안으로 들어가 문을 걸어 잠갔다. 안에서는 일진광풍이 몰아치는 소리가 들리고 커튼이 바람에 말려 올라갔다. 두어 시간쯤 지났을까, 칭심이 방문을 열고 나와 과거 시제를 이원에게 건네주었다. 이원은 크게 기뻐하며 혼자서 이 책 저 책을 참고하여 답안을 작성했다. 다음 날 과장에 들어가니 과연 시제가 동일했다. 이원은 일필휘지하여 답안을 작성해 제출했다. 그다음 시험도 마찬가지였다. 칭심은 이렇게 연거푸 세 차례나 과거 시험을 담당하는 곳에 들어가 시제를 훔쳐 냈다. 방이 붙는 날 이원은 과연 높은 성적으로 합격했다. 그리고 강주의 부주지사에 임명되어 친구들과 친척들의 축하를 받으며 임지로 부임했다. 일 년 후에는 문서관도 겸임했다.

　　　　　　　　李公子救蛇獲稱心

삼 년의 임기를 채운 뒤에 강남 오강 현령에 임명되었다. 이원은 칭심과 노복 다섯을 거느리고 부모님께 하직 인사를 올리고 임지로 출발했다. 임지에 도착한 지 얼마 되지 않아 칭심은 이원에게 작별을 고했다.

"삼 년 전 제 동생이 나리께 목숨을 구해 주신 은혜를 입었기에 부친께서 제게 나리를 위해 밥 짓고 청소하도록 명하셨습니다. 이제 기한이 다 찼으니 저는 떠나야 합니다. 나리께서는 부디 옥체를 보존하십시오."

이원은 칭심을 보낼 수가 없어 앞으로 나가 붙잡으려 했다. 이때 갑자기 일진광풍이 불더니 칭심이 문밖으로 나가 구름을 타고 하늘을 날아 떠나갔다. 이원은 하늘을 우러러보며 엉엉 울었다. 칭심의 목소리가 들려왔다.

"아까운 청춘 흘려보내지 마시고 어서 다른 사람 만나십시오. 그리고 벼슬이 상서까지 올라가면 지체 없이 은퇴하십시오. 저는 지금 돌아가지 않으면 큰 벌을 받습니다. 제가 시 한 편을 드릴 것이니 그것으로 마음의 정표를 삼으십시오."

공중에서 꽃무늬 종이가 내려왔다.

삼 년 동안 그대의 은혜 갚았으니 이미 만족하리다.
제가 돌아가더라도 너무 한탄하지 마십시오.
옥화궁에 파도쳐서 눈발조차 가렸거늘
밝은 달 하늘에 가득한데 어디서 저를 찾으리?

이 공자가 뱀을 살려 주고 칭심을 얻다

이원은 하루 종일 슬픔에 잠겨 있었다. 삼 년의 임기가 차고 진주로 돌아왔다가 비서 벼슬에 봉해지니 왕 승상이 이원을 사위로 맞아들였다. 이원의 관직은 마침내 이부상서에 이르렀다. 지금 오강의 서문 밖에는 용왕의 사당이 아직도 그대로 있는데 이원이 세운 것이라고 한다. 시는 다음과 같이 이른다.

옛날엔 유의(柳毅)가 용녀의 편지를 전하더니[13]
오늘은 이원이 칭심을 만나는구나.
남을 불쌍히 여기는 어진 마음으로 착한 일을 행하니
하늘이 알아서 복을 내려 주는구나.

---

13 『태평광기(太平廣記)』 권 419에 실려 전하는 내용이다. 작자는 이조위(李朝威)라고 전해진다. 동정 용왕의 딸이 경천(涇川)에 시집을 갔다. 용왕의 딸은 남편인 경양군과 시어머니의 학대를 받다가 마침 그곳을 지나는 서생 유의 편에 동정 용궁에 편지를 전한다. 숙부 전당군이 나서서 용왕의 딸을 구한 다음 은혜에 보답하고자 유의에게 조카인 용왕의 딸과 결혼하기를 권한다. 유의는 본디 다른 의도가 있어서 도운 것도 아니고 또 결혼을 권하는 전당군의 태도 또한 무례하게 느껴져 거절한다. 그러나 용왕의 딸이 일심으로 유의를 섬기며 다른 남자는 거들떠보지도 않고 기다리니 이에 감동하여 마침내 용왕의 딸과 혼례를 치른다.

李公子救蛇獲稱心

簡帖僧巧騙皇甫妻

땡추중이 편지로
황보 씨의 아내를
빼앗다

자기를 사랑하는 여자라면 당연히 다른 남자와는 눈도 마주치지 말아야 한다고 생각하는 남자들이 있다. 여자의 마음을 읽는 눈이 없으므로 오직 결과로서 정조의 의무에 집착하는 것이다. 그런 남자들에게는 여자를 사랑한다는 사실 자체가 불행으로서, 여자를 자기 방식대로 끔찍이도 사랑한다. 게다가 체면을 중시한다.

이 작품의 주인공 황보는 매우 착한 사람이다. 석 달 출장 다녀오는 동안 아내가 외간 남자와 바람을 피웠다는 조작된 증거를 앞에 두고 분노하지만, 그저 아내를 조용히 떠나보내는 것으로 마무리한다. 그리고 해가 바뀌어 정월 대보름, 그는 "해마다 정월 초하루면 아내와 같이 대상국사에 놀러 가서 향을 사르곤 했지. 올해 정월 초하루는 외롭게 나 혼자구나. 아내는 어디로 간 걸까?"라고 중얼거린다. 여전히 그녀를 사랑하는 것이다. 그 사랑이 그를 대상국사로 이끌어 그녀를 다시 만나게 한 것일 터. 그는 올가미를 씌워 아내를 빼앗아 간 땡추중을 찾아내 복수한다.

풍몽룡은 이 작품을 통해 착한 일을 하는 사람은 결국 선한 결과를 얻는다는 인과응보의 원리를 독자들에게 다시 한번 확인시켜 준다. 이미 백 년 전에 『청평산당화본』이란 소설집에 수록되었던 작품이 풍몽룡의 손을 거치며 더욱 다듬어져서 우리에게 읽히게 되었다.

그대 남편 일 마치고 돌아왔다는 소식

나를 더욱 애달프게 하네.

옥가락지, 금비녀, 편지 한 통을 보내니

염려 마시고 받아 두오

얇은 모시 적삼 속으로 선뜻 바람 스며들고

누에고치 뽕잎 먹는 소리 긴 복도에 울린다.

우문(禹門)[14]에는 벌써 복사꽃이 도랑에 떨어졌을 테고

달빛 비치는 궁전에는 계수나무 향내 가득하리라.

북해의 붕새, 조양(朝陽)의 봉황처럼 책과 검을 들고서 먼 길 떠

나도다.

오늘 속진 세상을 떠나려는 큰 뜻 품었나니

인간 세상의 과거 시험이야 눈에 차기나 하리.

---

14 산서성(山西省) 하진현(河津縣) 서쪽에 있다는 나루터. 용문(龍門)이라고도 한다.

장안성 북쪽에 현이 하나 있으니 이름하여 함양현이다. 장안에서 사십오 리쯤 떨어진 곳이다. 이 현에 한 위인이 살았으니 성은 우문(宇文)이요, 이름은 수(綬)다. 그는 함양현을 떠나 장안에 과거를 보러 갔으나 연거푸 세 번이나 낙제하고 말았다. 그의 아내 왕 씨는 남편이 과거에 급제하지 못하자 남편의 성 우문이 복성(複姓)인 것에서 착안하여 남편을 비웃는 사를 지었다. 그 제목이 바로 '강남을 바라보며' 라는 의미의 「망강남(望江南)」이다.

그대 못남[公孫]으로 인한 한
내가 나무 다듬어[端木] 만든 붓으로 글을 써 다 풀어 드리리.
서쪽 문[西門]에서 이별하던 때를 하릴없이 생각하나니
그대는 편지를 보내어 늦가을에 만나자 했는데
이젠 흘러내리는 두 줄기 눈물만 훔치고 떨어낸다.[拓拔]
내 신랑 우문[宇文]은 모든 걸 포기하고
울적한 마음에 혼자서 외로이[獨孤] 배를 탄다네.
장원급제야 애당초 기대하지 않았으니
몸 상하지 않고 용모와 얼굴빛 그대로이기만을 바라네.[慕容]
동구 밖 언덕[閭丘]에서 나 그대를 기다리겠네.[15]

---

15 여기서 공손(公孫), 단목(端木), 서문(西門), 탁발(拓拔), 우문(宇文), 독고(獨孤), 모용(慕容), 여구(閭丘)는 모두 복성이다. 이 노래는 우문수의 아내 왕 씨가 자기 남편의 성씨가 복성인 '우문'인 것에 착안하여 고래의 복성 인물들을 소환하여 말장난에 가까운 시를 지은 것이다. 예를 들어 '독고'는 '독고라는 성을 지닌 인물'이라는 뜻과 아울러 '과거에 낙방하고 타는 외로움의 배'라는 이중적 의미를 지닌다. 본문에 들어 있는 한자어들은 바로 그 복성을 나타낸다.

왕씨는 그래도 성에 차지 않았던지 남편을 바라보며 네 구절의 시를 지었다.

뛰어난 재주를 지니고 있다고 득의양양하더니만
어이하여 해마다 낙방하고 돌아오시는고?
그대, 천첩의 얼굴 보기도 부끄러울 터이니
이번에는 야밤에나 돌아오시구려.

우문수는 이 편지를 보고 크게 깨닫고 마음을 다잡았다.
'과거에 급제하지 못하면 결코 돌아가지 않으리라.'
과연 다음 해에 그는 과거에 급제했다. 그러나 장안에서 노닐면서 고향에는 돌아가지 않았다.
우문수의 아내 왕 씨는 남편이 돌아오지 않는 것을 보고 바로 남편의 속셈을 알아차렸다.
'내가 전에 시를 지어 비웃었더니 그 때문에 돌아오지 않는 모양이구나.'
그녀는 편지를 써서 하인 왕길을 불렀다.
"이 편지를 가지고 사십오 리 길을 떠나 주인 나리께 전해 드려라."
날씨 이야기와 인사치레로 가볍게 시작된 그 편지에는 이어 「남가자(楠柯子)」라는 사 한 수가 적혀 있었다.

이른 아침 까치가 나뭇가지에서 기쁘게 울더니

깊은 밤 등불이 꽃처럼 밝게 피네.
과연 저 먼 곳에서 소식 전해 와
낭군께서 과거에 급제하여 장안에서 출발하신단다.
양미간 사이의 시름은 눈 녹듯이 사라지고
기쁨만이 얼굴에 배시시 피어오르네.
그동안 나 낭군을 괜히 의심하였기 때문이런가,
낭군께서는 해 넘기고도 노느라 집에 돌아오지를 않으시네.

이 사 뒤에 이어 시 네 구절을 적었다.

장안이 예서 얼마나 먼 곳이라고
그곳에는 화려한 기운만이 흘러넘치는구나.
낭군님 젊은 나이에 뜻을 이루어
오늘 저녁에는 어느 술집에서 잠드시려나?

우문수는 편지를 받아 들고는 사와 시를 읽어 보았다.
"전에는 시를 지어 야밤에나 돌아오라 이르더니, 이제 과거에
급제하니 어서 돌아오라 독촉하는구나."
우문수 역시 객사에서 문방사우를 꺼내어 사 한 수를 지으니
바로 '풀밭을 거닐며'라는 의미의 「답사행(踏莎行)」이다.

발은 구름사다리를 딛고 섰으며
손은 선계의 계수나무를 잡았으니

이름이 과거 급제자 명단에 오르다.
견마 잡은 자 장원 급제 나가신다 소리를 지르고
금 안장 옥 굴레는 열을 지었네.
연회를 마치고 돌아오다
화류계에서 노니니
이제 바야흐로 평생에 품은 뜻 드러내는 것인가.
어서 글 닦아 고향 집 마님에게 고하라
나 예서 풍류객으로 소일하고 있노라고.

사를 다 지은 그는 꽃무늬 편지지를 꺼내어 적고 아울러 이런
저런 말을 쓰고자 했다. 그러나 먹을 가는 도중 실수로 먹물이
튀는 바람에 다시 새 꽃무늬 편지지를 꺼내야 했다. 그는 집에 보
내는 편지를 완성하여 왕길에게 주며 이렇게 당부했다.
"내가 이제 장안에서 과거에 급제했으니 밤이 되면 돌아갈 것
이다. 너는 마님에게 가서 밤이 되지 않으면 돌아오지 않을 것이
라 전해라."
왕길은 편지를 받아 들고는 인사를 마치고 득달같이 사십오
리 길을 달려 집에 도착했다.
한편 우문수는 편지를 보내고 나서 별다른 일이 없어 바로 잠
이 들었다가 꿈을 꾸게 되었다. 꿈속에서 함양현의 집에 도착해
보니 왕길이 문 앞에서 짚신을 벗고 발을 씻고 있었다.
"왕길아, 언제 도착했느냐?"
두세 번 연거푸 물어도 왕길은 대답하지 않았다. 조급해진 우

문수가 고개를 들어 보니 아내 왕 씨가 촛불을 들고서 방으로 들어가고 있었다. 우문수가 서둘러 뒤를 쫓으며 소리쳤다.

"부인, 나 돌아왔소이다."

그러나 아내 왕 씨는 뒤도 돌아보지 않았다. 우문수가 다시 소리를 질렀으나 아내 왕 씨는 역시 돌아보지 않았다. 우문수는 꿈인 줄도 모른 채 아내를 따라 방으로 들어갔다. 왕 씨는 탁자 위에 촛불을 내려놓고는 머리에 꽂아 두었던 빗치개 뒤꽂이를 빼서 우문수가 아침에 보냈던 편지를 열어 보았다. 한데 편지는 그저 백지 한 장이라. 아내 왕 씨는 웃음을 머금고 촛불 아래서 붓을 들어 백지 위에 네 구절의 시를 써내려갔다.

파란 비단 창 아래서 봉함 편지 뜯어 보니
편지에는 글자 한 자 없어라.
그대 돌아오고 싶은 마음 간절함을 이제야 알겠으니
말 없음 속에 그리운 마음이 더욱 묻어나외다.

왕 씨는 다 쓰고 나서 봉투를 바꾸어 봉함했다. 왕 씨가 빗치개 뒤꽂이로 촛불을 눌러 끄려다 그만 우문수의 얼굴을 긋고 말았다. 깜짝 놀란 우문수가 벌떡 일어나 보니 객사에서 잠들었던 것이라. 촛불은 아직도 계속 타고 있었다. 탁자 위를 살펴보니 아뿔싸, 정말 백지를 잘못 부친 것이 아닌가. 그는 다시 종이 한 장을 가져와 꿈속의 그 시를 적어 두었다. 다음 날 아침 식사를 마치고 나자 왕길이 답장을 가지고 왔다. 편지를 열어 보니 시 한

簡帖僧巧騙皇甫妻

수가 적혀 있는데, 바로 꿈속에서 아내가 적었던 그 시였다. 그는
즉시 봇짐을 꾸려 고향으로 출발했다.

이게 바로 「잘못 봉한 편지」라는 이야기의 전말이다. 이제부터
이야기하려는 것은 바로 잘못 전해진 편지다. 어느 집에 부부 두
식구가 같이 있는데, 이때 누군가가 그 부인에게 편지를 건넨다.
그런데 이 편지로 말미암아 기괴한 이야기가 생겨나고 말았다.

말발굽에 이는 먼지처럼 일어나는 풍파 언제나 그치려나
모든 일이야 사람 마음에 달려 있으니 언젠가는 그치리다.

미인을 읊은 '자고새 나는 하늘'이란 의미의 「자고천(鷓鴣天)」이
라는 사 한 수가 있다.

엷게 눈썹 그리고 빗질하는 정도
진한 화장 화려한 치장은 남의 이야기.
구름과 안개 가득한 규중심처에서 조용히 앉아
화선지 위에다 초서를 쓰네.
요염함이 넘치는가 하면 청초하기 이를 데 없어
신선 세상에나 있을 법한 그녀.
남들은 매화꽃 같다고 하더니만
이제 보니 매화꽃이 외려 그녀만 못하구나.

변주 개봉부의 조삭항에 황보송(皇甫松)이라는 사람이 살고 있

었다. 나이는 스물여섯 살로 궁성 수비대의 조장이었다. 그에게는 스물네 살의 양 씨(楊氏) 성을 가진 아내와 열세 살 난 영아라는 몸종이 있었으며, 이들 세 사람 외에 다른 가족은 없었다. 황보 조장은 변방에 있는 부대에 겨울용 군복을 전달하라는 임무를 띠고 떠났다가 돌아왔는데, 그때가 마침 설날이었다.

조삭항 초입에는 작은 찻집이 하나 있는데 주인은 왕이라는 사람이었다. 바로 그날 정오 무렵, 바쁜 일이 얼추 지났을 때 한 남자가 찻집 안으로 들어왔다. 그자의 생김생김을 한번 볼거나.

짙은 눈썹, 커다란 눈, 들창코, 커다란 입.
물동이 모양의 두건을 쓰고
소매 깃이 넓고 비스듬하게 옷깃을 접은 도포를 입었구나.
그리고 그 안에 잘 맞는 옷을 입고,
아울러 신발과 양말도 잘 갖추어 신었구나.

그자가 안으로 들어와 자리에 앉자, 찻집 주인 왕이가 차 한 잔을 따라서는 그에게 건네주었다. 그는 차를 받아 마시면서 왕이에게 말했다.

"여기서 사람을 좀 기다리려네. 괜찮겠나?"

"괜찮고말고요."

얼마 후 승아라는 소년이 접시를 들고 다니면서 외쳤다.

"메추리 훈둔[16] 사세요, 메추리 훈둔 있습니다."

남자는 손짓으로 훈둔 파는 소년을 불러 세웠다.

"여기 하나 다오."

소년은 접시를 가지고 들어와 식탁 위에 올려놓고는 꼬챙이로 훈둔 하나를 꿰어 소금을 조금 쳐서 그 앞에 대령했다.

"드시죠."

소년이 말했다.

"그러지, 그런데 먹기 전에 부탁이 하나 있다."

"무슨 부탁이신데요?"

남자는 길을 따라 네 번째에 있는 집을 가리키며 승아에게 물었다.

"저 집에 사는 사람을 아느냐?"

"그럼요. 그 집은 황보 조장의 집으로, 변방에 있는 병사들에게 겨울 의복을 전달하고 막 돌아왔지요."

"집안 식구는 몇이나 되지?"

"황보 조장하고 그의 부인, 그리고 하녀, 이렇게 세 명이 살고 있습니다."

"너, 황보 조장의 아내를 아느냐?"

"그분은 밖에 돌아다니는 법이 거의 없어요. 하지만 가끔 저에게 훈둔을 사서 저하고는 잘 알고 지냅니다. 그런데 왜 물으시죠?"

남자는 금으로 장식한 지갑에서 오십여 냥 정도를 꺼내어 소년의 눈앞에다 대고 흔들다가 접시 위에 올려놓았다. 그 돈을 본

---

16 작은 만두로 만든 중국 음식.

소년은 합장을 하며 고개를 숙이고 인사를 했다.

"시키실 일이 무엇입니까, 나리?"

"간단한 일 하나만 해 주면 돼."

남자는 소매에서 하얀 종이를 꺼냈다. 그 종이 안에는 옥가락지, 금비녀 그리고 편지 한 통이 들어 있었다. 남자는 이것을 소년에게 건네주며 말했다.

"수고스럽겠지만 이것들을 아까 말했던 그 부인에게 전해 주어라. 절대로 황보 조장에게 주어서는 안 돼. 부인을 보면 어떤 나리가 약소하지만 선물로 드리고자 하니 받아 주시면 대단한 영광으로 알겠노라고 했다고 전하면 된다. 자, 이제 출발하거라. 나는 여기서 네가 돌아오기를 기다리겠다."

소년은 훈둔 접시를 찻집에 놓아둔 채로 세 가지 물건을 가지고 조삭항으로 접어들었다. 그리고 황보 조장의 집에 도착하여 대나무 주렴을 살짝 젖히고 안을 살펴보았다. 그때 황보 조장이 문 안쪽에서 팔걸이의자에 앉아 있었는데, 가만히 보니 훈둔을 파는 녀석이 주렴을 살짝 열고서 안쪽을 황망히 들여다보고는 달아나는 것이 아닌가. 황보 조장이 벼락같이 소리를 질렀다.

장판교의 영웅 장비가
조조의 백만 대군에게 일갈하듯.

"뭐 하는 녀석이냐?"

소년은 뒤도 돌아보지 않고 걸음아 날 살려라 하고 도망했다.

　　　　　　　　簡帖僧巧騙皇甫妻

황보 조장은 벌떡 일어나 몇 걸음 만에 소년을 붙잡아 안으로 끌고 왔다.

"무슨 일이냐, 무슨 연유로 안을 살피다가 도망치는 게냐?"

"어떤 나리가 이것을 마님에게 전해 주라 하셨어요."

"무언데?"

"묻지 마세요. 조장님께 드릴 물건이 아니에요."

황보 조장은 주먹을 꽉 쥐고서 소년의 머리통을 쥐어박았다.

"나한테 보여 주는 게 좋을걸."

주먹에 맞아서 정신이 얼얼해진 소년은 하는 수 없이 물건을 주머니에서 꺼내면서 중얼거렸다.

"마님한테 전해 주라고 한 것인데. 조장님께 보여 주어서는 안되는데."

황보 조장은 잽싸게 물건을 빼앗아 열어 보았다. 그 안에는 옥가락지, 금비녀 그리고 편지 한 통이 들어 있었다.

삼가 마님 안전에 이 편지를 올립니다. 만물이 소생하는 초봄, 그동안 별고 없으셨습니까? 그저께 마님에게서 술대접받은 일은 아직도 마음속에 남아 있습니다. 제가 일 때문에 직접 찾아 뵐 수가 없어 '속마음을 읊는다'는 의미의 「소충정(訴衷情)」이란 사로 만남을 대신하고자 합니다. 한번 읽어 주신다면 더할 나위 없는 영광이겠습니다.

그대 남편 일 마치고 돌아왔다는 소식,

나를 더욱 애달프게 하네.

옥가락지, 금비녀. 편지 한 통을 보내니

염려 마시고 받아 두오, 그리고 마음의 근심 모두 털어 버리오.

그대와 헤어진 후 이 내 몸은 외로이 서재만 지키고 있구려.

황보 조장은 편지를 읽고 나서 미간을 있는 대로 찌푸리고 이를 바득바득 갈며 소년에게 물었다.

"너에게 편지 심부름을 시킨 자가 누구냐?"

소년은 골목 어귀에 있는 왕이의 찻집을 가리키며 대답했다.

"짙은 눈썹, 커다란 눈에, 들창코와 커다란 입을 가진 분이 마님에게 이 편지를 전해 달라 하셨어요. 조장님에게 주면 안 된다고 했는데."

황보 조장은 소년의 머리채를 잡아 쥐고는 골목길로 나가 왕이의 찻집 앞에 이르렀다. 소년이 찻집을 가리키며 말했다.

"바로 저 탁자에 앉아 있는 분이 마님에게 편지를 전해 달라 하신 건데 왜 나를 가지고 그래요!"

황보 조장이 안을 살펴보니 아무도 없었다.

"거짓말하지 마라, 이놈아!"

황보 조장은 찻집 주인 왕이와는 이야기할 생각도 않고 다짜고짜 소년을 잡아끌고 집으로 돌아와 빗장을 잠갔다. 소년은 놀라서 벌벌 떨고만 있었다. 황보 조장은 스물네 살의 꽃다운 아내를 불렀다.

"이것들 좀 보시오!"

　　　　　　　　　　　簡帖僧巧騙皇甫妻

아내는 영문도 모른 채 의자에 앉았다. 황보 조장이 편지와 가락지, 비녀를 아내에게 보여 주었지만 아내로서는 편지를 읽어 보아도 도대체 영문을 모를 일이었다.

"내가 석 달 동안 변방에 의복을 전달하고 돌아오는 사이, 어느 놈하고 같이 술 마시고 놀아난 거요?"

"저는 이미 한 남자의 아내가 되었는데, 당신 없는 사이에 어찌 감히 외간 남자하고 술 마시고 놀아나겠어요?"

"그래, 그런 일이 없다면 이 물건들은 도대체 어떻게 된 거요?"

"그걸 제가 어찌 알겠습니까?"

황보 조장이 왼손 오른손으로 아내의 뺨따귀를 번갈아 갈겨 대니 아내는 어이쿠 소리를 지르며 얼굴을 감싸 쥐고 흐느꼈다. 황보 조장은 열세 살 먹은 하녀 영아를 소리쳐 부르면서 벽에다 걸어 둔 아름드리 대나무 몽둥이를 잡아 내렸다. 영아의 생김생김을 볼거나.

짤막한 팔뚝, 비파 통처럼 굵은 종아리.
나무 잘 하고 물 잘 긷고,
밥도 잘 먹고 똥도 잘 싸게 생겼구나.

황보 조장은 옷걸이에서 가는 줄을 꺼내더니 영아의 두 팔을 꽁꽁 묶어 대들보에 걸었다. 그런 다음 대나무 몽둥이를 휘두르며 물었다.

"내가 일 떠난 석 달 동안 마님이 집에서 누구하고 술을 마셨느냐?"

"그런 일 없습니다."

성난 황보 조장이 대나무 몽둥이로 영아를 내려치니 영아는 아이고, 아이고, 돼지 멱따는 소리를 냈다. 한 번 묻고 한 번 몽둥이질, 다시 한번 묻고 다시 몽둥이질. 몽둥이질에 못 견딘 영아가 마침내 입을 열었다.

"나리께서 일 떠나신 석 달 동안 마님께선 밤마다 다른 사람하고 잠자리를 같이했습니다."

"그럼, 그렇지."

황보 조장은 영아를 풀어 주고 가까이 다가오게 한 다음 물었다.

"그래 누구하고 같이 자더냐?"

"나리, 사실대로 말씀드리자면 나리 안 계신 석 달 동안 마님은 늘 저하고 같이 주무셨습니다."

"이년이 나를 가지고 놀아?"

황보 조장은 밖에서 대문을 걸어잠그고 골목 어귀까지 나가 순라군을 불렀다. 바로 장천, 이만, 동초, 설패 네 사람이었다. 황보 조장은 그 네 명의 순라군과 함께 집으로 들어가 훈둔 파는 소년을 가리켰다.

"수고스럽겠지만 이 녀석 좀 끌고 가시오."

"나리의 명령을 우리가 어찌 감히 거역하겠습니까?"

"잠깐만! 끌고 갈 사람이 더 있소이다."

황보 조장은 안에서 영아와 아내 양 씨를 끌고 나왔다.

　　　　　　　　　簡帖僧巧騙皇甫妻

"이 사람들도 모두 끌고 가시오."

"나리, 어찌 감히 부인 마님을 끌고 갈 수가 있겠습니까?"

황보 조장이 버럭 성을 냈다.

"그들을 끌고 가지 못하겠다는 말이오? 이건 사람 목숨이 달려 있는 일이오."

황보 조장의 고함 소리에 기가 꺾인 순라군은 하는 수 없이 그 세 사람을 개봉부 청사로 끌고 갔다.

황보 조장은 순라군을 따라 개봉부 청사로 가서 부윤을 알현하고 옥가락지와 금비녀 그리고 편지를 바쳤다. 개봉부의 부윤 전명일(錢明逸)은 즉시 휘하의 관리 산정을 불러 이 일의 처리를 맡겼다. 산정이 일을 맡고 나서 소년을 불러 물으니 소년이 대답했다.

"짙은 눈썹, 커다란 눈에, 들창코와 커다란 입을 가진 사람이 왕이의 찻집에서 제게 이 편지를 부인 마님께 전해 달라 하셨어요. 그게 전부입니다."

영아에게 물으니 영아가 대답했다.

"마님과 함께 술 마시러 온 남정네는 없었고, 저는 그 편지에 대해서는 아무것도 모릅니다. 정말입니다."

이번엔 황보 조장의 아내 양 씨에게 물으니 양 씨가 대답했다.

"어려서 황보 조장과 부부의 연을 맺은 이후로 오로지 남편만을 모시고 살았을 뿐 누구와 편지 왕래한 적은 아예 없습니다."

산정이 양 씨를 보니 너무 가냘퍼서 차마 고문할 수가 없었다. 산정은 이리저리 궁리한 끝에 옥졸들에게 죄인 하나를 끌고 나오게 했다. 그 죄인의 모습을 볼거나.

긴 얼굴에 수레바퀴 같은 안면 근육
볼따구니는 영락없는 돼지라.
아마도 두억시니가
온통 저주를 퍼부은 듯한 얼굴이로구나.

이 녀석은 바로 '정산대왕(靜山大王)'이라는 별명의 강도였다.
양 씨는 그 죄인을 보더니 소스라치게 놀라 두 손으로 얼굴을 가
리고 감히 눈조차 뜨지 못했다. 산정이 옥졸에게 소리를 질렀다.
"무얼 꾸물대는 거냐?"
옥졸이 그 죄인에게 씌워져 있던 칼을 더욱 비트니 죄인의 머
리가 저절로 아래로 꺾였다. 옥졸이 다시 몽둥이를 들고 와서 죄
인을 개 패듯이 두드렸다. 산정이 물었다.
"네가 사람을 죽인 일이 있느냐?"
"그렇습니다."
"불을 지른 적이 있느냐?"
"그렇습니다."
산정은 옥졸들에게 그 죄인을 다시 끌고 가라 했다. 산정은 고
개를 돌려 양 씨를 바라보며 물었다.
"정산대왕이 몽둥이찜질을 견디지 못하고 사람 죽이고 불 지른
것을 자백하는 것을 보았겠지요. 부인, 무슨 일이든지 털어놓는
것이 좋을 것입니다. 그 무서운 매를 어찌 견디려고 하십니까?"

양 씨는 하염없이 눈물을 흘리며 말했다.

"제가 어찌 나리를 속이겠습니까? 종이와 붓을 구해 주시면 내용을 소상히 적어서 드리겠습니다."

양 씨는 종이 위에 자신의 심경을 적었다.

"결혼한 후로는 친척하고도 편지 왕래조차 하지 않았습니다. 그 편지를 누가 보냈는지 저는 정말 모릅니다. 저에게 죄를 주고 안 주고는 모두 부윤님의 붓끝 하나에 달려 있습니다."

산정이 여러 차례 되물었으나 양 씨의 대답은 한결같았다.

이러구러 사흘이 지났으나 사건은 도무지 해결될 기미가 보이지 않았다. 문득 산정이 고개를 들어 보니 이때 황보 조장이 찾아와 사건이 어찌 되어 가는지 물었다.

"사흘이나 지났는데도 아직 해결을 못 하셨단 말이오? 그래, 편지를 부친 놈한테 뇌물이라도 먹고 일부러 사건 처리를 늦추고 있는 거요?"

산정이 황보 조장의 말을 듣고는 대답했다.

"황보 조장, 그대는 이 일을 어떻게 처리하면 좋겠소?"

"그저 아내와 갈라서기만을 바랄 뿐이오."

산정은 청사 안으로 들어가 부윤에게 이 사건의 심문 결과를 문서로 작성하여 올렸다. 부윤이 황보 조장을 불러 물었다.

"장물을 확인하여 도둑을 잡고, 붙어 있는 현장을 확인하여 간부(奸婦)를 잡는 법인데, 이 사건은 뚜렷한 물증이 없으니 어떻게 처리하면 좋을꼬?"

"소인은 이제 양 씨와 더 이상 부부의 연을 끌고 갈 수 없습니다. 양 씨와 헤어지게 해 주십시오."

부윤은 재판을 열어 황보 조장의 손을 들어 주었다. 황보 조장
은 혼자 집으로 돌아갔다. 아전들은 영아와 소년을 불러내서 밖
으로 내보냈다. 양 씨는 황보 조장이 자신을 버리고 혼자서 집으
로 돌아가는 것을 보고는 울면서 개봉부 청사를 나왔다.

"서방님이 나를 버리시다니, 의지할 곳도 없는 나는 어쩌란 말
인가? 내 차라리 스스로 목숨을 끊으리라."

천한교에 다다르니 변하(汴河)가 출렁대며 흘렀다. 양 씨가 막
다리에서 몸을 날리려는 순간 뒤에서 누군가가 그녀의 옷자락을
붙잡았다. 고개를 돌려 보니 늙어 빠진 할멈이었다.

눈썹은 눈처럼 하얗게 셌고
머리는 새집처럼 쪽 지어 비녀를 꽂았구나.
눈동자는 낙엽 진 가을의 계곡 물처럼 흐릿하고
산자락 감도는 구름처럼 머리칼도 다 셌구나.

"애야, 대관절 무슨 일로 그리 쉽게 목숨을 끊으려 하는 게냐?
나를 알아보겠느냐?"

"잘 모르겠어요."

"나는 너의 고모 되는 사람이다. 우리 집 살림이 찢어지게 가
난하여 네가 시집간 이후로 혹여 네게 누가 될까 하여 너와는 왕
래를 끊고 지냈다. 하나 며칠 전에 네가 남편하고 송사를 벌인다
는 소리를 듣고서 여기서 며칠을 기다렸다. 듣자하니 이혼을 당했

다고 하던데, 물에 뛰어들어 무얼 어쩌겠다는 거냐?"

"위를 살펴보아도 저를 가려 줄 기왓장 하나 없고, 아래를 살펴보아도 송곳 하나 꽂을 땅이 없네요. 남편은 저를 버렸고, 이 몸 하나 의탁할 친척도 없으니 이 모진 목숨 스스로 끊을 수밖에요."

"나랑 같이 가자. 하늘이 무너져도 솟아날 구멍이 있다고 하지 않더냐?"

양 씨는 잠시 생각했다. '이 할멈이 진짜 내 고모든 아니든 나는 이제 의지가지없는 몸. 우선 따라가 보자.' 노파를 따라가 보니 집 안의 살림살이라곤 의자하고 탁자가 전부였다.

그 할멈 집에서 이삼 일을 지낸 어느 날 식사를 마치고 나니 한 남자가 대문 밖에서 소리를 질렀다.

"할멈, 물건을 팔아 준다고 가져갔으면 돈을 갖다 주어야 할 것 아니오!"

할멈이 그 말을 듣더니 허둥지둥 나가서 대문을 열어 주었다. 양 씨가 그 남자를 보니 그 생김새가 이랬다.

짙은 눈썹, 커다란 눈, 들창코, 커다란 입.
물동이 모양의 두건을 쓰고
소매 깃이 넓고 비스듬하게 옷깃을 접은 도포를 입었구나.
그리고 그 안에는 잘 맞는 옷을 입고
아울러 신발과 양말도 잘 갖추어 신었구나.

남자를 본 양 씨는 자신도 모르게 혼잣말을 했다.

"훈둔 파는 소년이 자기에게 편지를 전달해 달라고 부탁했다던 남자와 영락없이 닮았네."

남자는 들어오더니 의자에 앉아 약간은 호들갑스럽게 입을 열었다.

"할멈, 삼백 냥이나 되는 내 물건을 갖다가 팔아먹은 지가 벌써 한 달이나 지났는데 왜 여태까지 꿩 구워 먹은 소식이오?"

"물건을 팔긴 팔았는데 아직 수금을 못 했어. 조금만 시간을 더 주면 곧 돈을 갖다 줄게."

"별로 특별할 것도 없는 장사 가지고 이렇게 시간을 끈단 말이오? 그래 좀 더 말미를 줄 테니 실수하지 마시오."

남자는 한 번 더 오금을 박고 나갔다. 할멈은 방 안으로 들어와 양 씨를 보면서 주룩주룩 눈물을 흘렸다.

"이 일을 어떡하면 좋다지?"

"무슨 일인데요?"

"아까 그 사람은 채주통판(蔡州通判)을 지낸 홍 씨라는 사람으로 지금은 퇴직해서 보석 장사를 한단다. 일전에 내게 물건 하나를 팔아 달라고 맡겼는데 내가 그만 사기를 당했지 뭐냐. 그래, 그 돈 갚을 길은 막막하고 정말 죽고 싶은 심정이란다. 더구나 그가 나에게 부탁한 일도 있는데 나는 그 일도 아직 해결하지 못했으니……"

"무슨 일인데요?"

"참하게 생긴 첩을 하나 구해 달라고 했단다. 너 같은 여자라면 홍 씨가 정말 좋아할 텐데. 너는 이미 남편에게 버림받은 몸, 내가 중매를 설 테니 홍 씨와 인연을 맺어 평생 호강하는 것은 어떠냐? 그럼 이 고모한테도 비빌 언덕이 생기는 셈이니, 누이 좋고 매부 좋은 일 아니냐?"

양 씨는 한참이나 고민하다가 상황이 어쩔 수 없는지라 할멈의 말을 따르기로 했다. 할멈이 홍 씨에게 이 소식을 전하자마자 그가 득달같이 달려와서 양 씨를 데려갔다.

이러구러 일 년이 지나 정월 초하루가 되었다. 아내와 헤어진 후 황보 조장에겐 도무지 낙이랄 게 없었다.

시간은 바람과도 같고 불과도 같아
한겨울처럼 차갑던 마음도 녹여 주누나.

'해마다 정월 초하루면 아내와 같이 대상국사에 놀러 가서 향을 사르곤 했지. 올해 정월 초하루는 외롭게 나 혼자구나. 아내는 어디로 간 걸까?'

두 줄기 눈물은 주르륵 흘러내리고 답답한 가슴은 풀 길이 없었다. 간신히 자줏빛 적삼을 걸치고 은으로 만든 향합을 들고서 대상국사에 향을 사르러 가기로 했다. 대상국사에서 향을 사르고 막 나서려는데 남정네 하나가 여인과 같이 들어서는 게 보였다. 짙은 눈썹, 커다란 눈, 들창코에 커다란 입을 가진 그 남정네가 여인을 데리고 들어오는데 바로 헤어진 아내 양 씨가 아닌가. 황보 조장이 양 씨를 바라보는 순간 양 씨도 황보 조장을 향해 고개를 돌리니, 두 사람의 눈이 허공에서 마주쳤다. 두 사람은 아무도 입을 열지 않았다. 그 남자와 양 씨는 절 안쪽으로 걸어갔다. 황보 조장은 절 입구에서 한참이나 머뭇거렸다. 마침 이때 한 스님이 절 입구에서 시줏돈을 받고 향과 초를 팔다가 절 안쪽으로 들어가는 남정네와 양 씨를 보더니 중얼거렸다.

"내 눈에서 피눈물 나게 한 저놈을 여기서 다시 만나다니!"

중얼거리던 그 스님은 절 안으로 성큼성큼 발걸음을 옮겼다. 황보 조장은 그 스님이 두 사람을 쫓아 절 안으로 들어가는 것을 보고 황망히 불러 세워 물었다.

"스님, 저 두 사람을 따라가는 참이시오?"

"그렇소이다. 저놈이 나를 얼마나 호되게 괴롭혔는지! 오늘날 내가 이 모양 이 신세가 된 것도 다 저놈 때문이라오."

"저 여인을 아시오?"

"여인은 모르오."

"그녀는 바로 내 아내였다오."

"그런데 왜 저놈을 따라다니시오?"

황보 조장은 그간의 기막힌 사연을 그 스님에게 구구절절이 이야기해 주었다. 황보 조장의 말을 듣고 스님이 한마디 했다.

"그런 사연이 있었구먼."

이번엔 스님이 황보 조장에게 물었다.

"저놈에 대해서 좀 아시오?"

"잘 모릅니다."

"저놈은 본래 개봉부 동쪽에 있는 번대사의 중이었소. 내가 번

대사의 살림을 맡아 보고 있을 무렵, 머리 깎고 중이 됐지요. 그런데 일 년 전쯤인가 저놈이 내 돈과 절의 기물을 훔쳐 달아나는 바람에 죄 없는 나만 절에서 고문을 당했소. 한때는 절에서도 쫓겨나 밥 빌어먹을 곳조차 막막했다오. 다행히 이곳의 살림을 맡은 스님과 안면이 있는지라 여기서 중노릇을 하면서 지내고 있다오. 오늘 저놈을 만났으니 가만두지 않을 생각이오."

이때 그 남자와 여인이 절 안쪽에서 걸어 내려왔다. 이를 본 스님이 소매를 걷어붙이더니 그를 향해 달려들려 했다. 황보 조장이 스님을 막아세우고는 같이 문설주 뒤쪽으로 몸을 숨겼다.

"우선 그냥 내버려 두시오. 우리 둘이서 저 녀석을 미행하여 어디에 사는지 알아 두었다가 관가에 고발합시다."

두 사람은 그들의 뒤를 밟았다.

한편 양 씨는 남편을 보고 난 후 절에서 향을 사르고 나오는 내내 눈물을 그치지 않았다. 돌아오는 길에 남자가 물었다.

"왜 그러시오. 옛 남편이라도 본 거요? 내가 당신을 갖기 위해서 얼마나 공을 들였는지 알기나 하오? 당신 집 앞을 지나다가 창 밑에 서 있는 아름다운 당신을 보고서 완전히 마음을 빼앗겼다오. 그 후 당신을 아내로 맞아들이기까지 정말로 쉬운 일이 하나도 없었지."

얘기를 나누다 보니 어느새 집에 도착했다. 집으로 들어가면서 양 씨가 물었다.

"그럼 그 편지는 누가 보낸 거예요?"

"기왕 이렇게 된 거 다 이야기하지. 내가 훈둔 파는 녀석을 꼬드겨서 편지를 보내게 했지. 당신 남편이 내 계략에 빠져서 당신을 버린 거야."

이 말을 들은 양 씨는 그 남자를 쥐어뜯으며 소리를 질렀다. 남자는 갑자기 소리를 지르며 자신을 쥐어뜯는 양 씨를 보고 당황하여 목 졸라 죽이려 들었다. 이때 그들을 미행하던 황보 조장과 스님이 집 밖에서 소란스러운 소리를 듣고 놀라 황급히 들어가 보니 그자가 양 씨의 목을 졸라 죽이려 하고 있는 게 아닌가. 그들은 즉시 문을 박차고 들어가 양 씨에게서 그자를 떼어 내어 개봉부 청사로 끌고 갔다. 개봉부 부윤 전명일은 어떤 사람이던가.

나가서는 말채찍 휘두르는 장수
들어와서는 남을 어루만질 줄 아는 따듯한 사람.
대대로 뛰어난 업적 이루어,
자자손손 벼슬자리에 올랐네.
그가 바로 양절(兩浙) 지방 전왕(錢王)의 아들이요
오월 국왕의 손자니라.

전 부윤이 청사에 나와 이 사건을 심리했다. 황보 조장과 양 씨는 지금까지의 이야기를 전 부윤에게 일일이 설명했다. 전말을 들은 전 부윤은 대로하여 그 남자에게 칼을 씌우게 했다. 아울러 곤장 백 대를 친 후 자세히 심문하도록 명했다. 황보 조장은 다시 양 씨를 아내로 맞아들이고 스님은 그 남자에게서 배상을 받아 냈다. 남자는 모든 사실을 이실직고했으며, 계략을 꾸며 남의

아내를 빼앗고, 일이 발각되자 그녀를 죽이려 한 죄는 백번 죽어
마땅하다고 인정했다. 법률에 의거하여 남자는 곤장을 쳐서 죽이
고, 공모한 할멈은 다른 고을로 유배를 보내도록 했다. 그 남자를
처형하던 날 이야기꾼 하나가 그 광경을 지켜보고는 사를 한 수
지어 남겼는데, 그 사가 바로 '남쪽 마을 남정네'라는 의미의 「남
향자(南鄕子)」이다.

어이하리! 땡추중 하나
계략을 꾸며 남의 아내 빼앗더니 결국 처형당하는구나.
판결문이 작성되고 형이 집행되니
몽둥이로 때려죽여 구경꾼들에게 보인다.
길가에 늘어선 구경꾼들 이 광경 보더니
관세음보살을 연신 읊어 대는구나.
우리를 돌보시는 신들에게 합장하면서
낮은 목소리로 읊조리기를,
금강역사가 과연 우리를 버리지 않으셨구나.

宋四公大鬧禁魂張

송사공이
구두쇠 장 씨를
골려 주다

이 작품은 재미있고, 신기하고, 상스럽다. 옛날 도둑들의 기기묘묘한 수법과 투철한 직업 정신을 엿볼 수 있다는 점에서 우선 재미가 있다. 값나가는 물건을 훔치기 위해 여장도 마다 않고, 미리 잠입하여 몇 시간 동안 오줌을 참으며 버티는 것도 예사고, 집 지키는 개를 잠재우는 비법도 구사하며, 몽혼약을 사용하여 주인장을 잠에 빠뜨리기도 한다.

신기한 것은 그들이 부자가 되려고 도둑질을 하는 게 아니라는 것이다. 스승은 자기가 최고의 도둑이라 믿으며 자부심을 느끼고 제자는 그런 스승을 이겨 먹으면서 성취감을 느낀다. 스승은 자부심에 상처를 입히는 제자를 서슴지 않고 제거하려 든다. 또 물건을 훔치고 자기가 훔쳤다며 쪽지를 남기고, 자신들을 잡으려 하는 포졸들을 골려 준다. 그러므로 그들에게 도둑질은 일종의 놀이이다.

그들은 상스럽다. 목적을 위해서는 수단 방법을 가리지 않는다. 도둑질을 위해서 사람을 죽이고, 적과 싸우기 위해 적의 아이를 적의 손으로 죽이도록 계략을 짠다. 온갖 욕을 입에 달고 살고, 도덕을 이야기하는 자를 비웃는다. 그들을 통해 관계의 역전과 권위를 벗겨 내는 통쾌함을 느낄 수도 있으나 뒷맛이 개운하지 않음은 이런 이유 때문일 것이다.

돈이란 돌고 도는 것, 있다가도 없는 것

가난하고 불쌍한 사람 보고서 돈을 아까워해서야 되겠는가.

천하에 제일가는 부자 석숭을 보게나

그 화려하던 집이 지금은 잡풀만 무성하지 않던가.

진나라에 석숭이라는 사람이 살았다. 그는 젊어서 지지리도 가난하여 강에서 배를 부리며 물고기를 잡아 겨우 연명했다. 어느 날 삼경, 누군가가 석숭의 배를 두드리며 소리를 질렀다.

"석숭, 나 좀 살려 주게!"

석숭이 이 소리를 듣고 빼꼼히 고개를 내밀어 보니 밝은 달빛 아래 강가에 한 노인이 서 있었다.

"무슨 일로 이 늦은 밤에 소리를 지르시우?"

"나 좀 구해 달라니까."

석숭은 나가서 그 노인을 구해 배에 태웠다. 그제야 노인이 석숭에게 자신의 이야기를 털어놓았다.

"나는 사람이 아니라 용왕이라네. 내가 나이 들고 기력이 쇠한 걸 보고서 젊은 용이 나를 쳐 없애려고 하는지라 전전긍긍하는 참일세. 그 녀석이 나에게 내일 한판 승부를 겨루자고 한다네. 자네가 내일 강에 배를 타고 나오면 물고기 두 마리가 서로 싸우고 있을 걸세. 그 가운데 앞서 달리는 게 바로 나이고, 뒤에서 쫓는 게 그 젊은 녀석일세. 자네가 그 젊은 녀석을 활로 쏘아 맞혀 주면 내가 후히 보답하겠네."

석숭은 머리를 조아리며 그렇게 하겠다고 대답했다. 노인은 석숭에게 인사를 하고 강물에 풍덩 뛰어들었다.

다음 날 낮 석숭은 활과 화살을 준비하고 배를 저어 강으로 나갔다. 정오가 되자 물고기 두 마리가 서로 쫓고 쫓기는 모습이 보였다. 석숭이 뒤쫓는 물고기를 겨누어 화살을 날리자 화살이 물고기의 배를 관통했다. 강물이 물고기의 피로 붉게 물들었다. 강물도 잠잠해졌다. 이날 밤 삼경, 어제의 노인이 다시 석숭의 배를 두드렸다.

"자네 덕에 내가 목숨을 건졌네. 내일 정오에 장산(蔣山) 남쪽 언덕의 일곱 번째 버드나무에 배를 대고 기다리게."

다음 날 석숭은 노인이 일러 준 대로 장산 남쪽 언덕 일곱 번째 버드나무에 배를 대고 기다렸다. 잠시 후 용궁의 사신 셋이 나타나더니 석숭의 배를 용궁으로 몰고 들어갔다. 얼마쯤 시간이 지났을까 금은보화를 가득 싣고 석숭의 배가 돌아왔다. 노인도 배와 함께 나타났다.

"만약 금은보화가 더 필요하거든 빈 배를 몰고 여기로 와서 기다리게."

이날 이후로 석숭은 매일 버드나무 아래로 빈 배를 몰고 갔다. 석숭의 배에는 날마다 금은보화가 가득 찼고 석숭은 결국 나라 안에서 으뜸가는 거부가 되었다. 석숭은 금은보화를 권문세가에 바치고 벼슬을 사서 마침내 태위를 지냈다. 재물과 권세를 다 쥔 석숭은 성안에 저택을 마련하고 뒤뜰에는 금곡원(金谷園)이라는 정원을 조성하고 그 안에 수많은 정자를 지었다. 석숭은 호박만 한 옥을 주고서 녹주(綠珠)라는 이름의 첩을 들였다. 여기에 수많은 첩과 하녀를 거느리고서 낮이나 밤이나 환락에 빠져 살았다. 권세와 재물을 십분 활용하여 조정의 신하와 황실과도 친분을 쌓았으니 천상의 인간이 부러울 것 없었다.

어느 날 석숭이 잔치를 열어 황후의 동생 왕개(王愷)를 초청했다. 석숭과 왕개는 둘 다 술이 얼큰하게 취했다. 석숭은 녹주를 불러 술을 따르게 했다. 왕개가 보니 녹주가 천하일색이라 한눈에 반했다. 잔치가 끝나고 왕개는 돌아갔다. 왕개는 돌아가면서도 녹주가 그리워 몇 번이고 뒤를 돌아다보았다. 평소 왕개는 석숭이 재물이 많은 걸 질투하고 있었다. 그러나 석숭이 늘 자신을 깍듯이 대접하는지라 달리 꼬투리를 잡지 않았다.

어느 날 왕개가 황실의 잔치에 초대되었다. 왕개는 황후를 뵙더니 눈물을 흘렸다.

"누님, 성안에 사는 석숭이란 녀석이 재물이 많다고 기고만장합니다. 그 녀석의 코를 납작하게 만들어 주고 싶으나 제가 가진

게 있어야지요. 누님께서 이 아우를 불쌍히 여겨서 황실 창고의 보물을 좀 꺼내 주시구려."

황후가 보니 아우가 불쌍한지라 황실의 창고지기를 불러 황실의 보물 하나를 갖다 달라 했다. 창고지기가 가져온 보물은 산호나무로 높이가 삼 척 팔 촌이었다. 황후는 황제에게는 비밀로 하고 이 산호 나무를 왕개의 집에 날라다 주게 했다. 왕개는 집으로 돌아와 비단으로 그 산호 나무를 잘 덮어 두었다.

다음 날 왕개는 음식을 장만하여 석숭의 금곡원으로 들고 가서 석숭을 초청했다. 왕개는 미리 그 산호 나무를 금곡원에서도 가장 눈에 잘 띄는 곳에 갖다 두게 했다. 석숭과 함께 술을 들던 왕개가 잠시 후 석숭에게 말을 건넸다.

"나에게 보물이 하나 있는데 감상이나 하시겠소? 웃음거리나 되지 않으려나 모르겠지만."

석숭은 비단 보자기를 치우고 산호 나무를 바라보다가 너털웃음을 터뜨렸다. 그러더니 갑자기 지팡이로 그 산호 나무를 때려 부숴 버렸다. 왕개는 놀라 얼굴이 창백해졌다.

"이건 황실 창고에서 빌려온 것이오. 이것이 너무 탐나 순간 질투심이 발동한 것이오? 대체 왜 그걸 때려 부순단 말이오? 이를 어쩐다."

석숭이 다시 너털웃음을 웃더니 대답했다.

"염려 붙들어 매시오. 그게 무슨 보배라고."

석숭은 왕개를 자신의 산호 나무가 있는 곳으로 안내했다. 크고 작은 삼십여 그루의 산호 나무 가운데는 키가 칠팔 척에 이르는 것도 있었는데 석숭은 그 중에서 삼 척 팔촌짜리 하나를 골라 왕개에게 주었다. 왕개는 분하고 창피스러워 견딜 수가 없었다.

어느 날 왕개가 황제를 알현했다.

"성안에 석숭이라는 거부가 살고 있습니다. 태위 벼슬을 지내고 있는데 나라 안에 그와 재물을 다툴 자는 아무도 없습니다. 그자는 자신의 재물을 믿고 기고만장하여 황제도 자신보다 나을 게 없다고 큰소리치고 있습니다. 그자를 없애지 않으시면 훗날 큰 탈이 있을 것입니다."

황제는 그 말을 듣고 친위 부대를 파견하여 석숭을 체포하게 하고 그의 재산을 몰수하도록 했다. 왕개는 녹주를 자신의 첩으로 삼고자 친위 부대를 동원하여 그녀를 위협했다. 녹주는 마음속으로 생각했다.

"주인 나리가 붙잡혀 가 생사존망을 알 수 없는데 내 비록 힘이 없다손 어찌 순순히 왕개에게 끌려가겠는가? 욕을 당하느니 차라리 목숨을 버리리라."

그러고는 누대 아래로 몸을 던졌다. 왕개는 녹주가 목숨을 버렸다는 소리를 듣고는 대로하여 석숭을 능지처참하라 일렀다. 형 집행을 앞두고 석숭이 애원 반 한탄 반으로 망나니에게 말했다.

"나리, 내 집 재산을 나누어 드리리다. 그걸 가져가시면 팔자를 고치실 것이오."

망나니는 석숭의 말을 듣고 한마디 쏘아붙였다.

"젠장, 재산이 많아서 되레 목숨을 잃는 주제에 나눠 주려면 진즉에 좀 나누어 주지."

석숭은 대꾸할 말이 없었다.

녹주가 몸을 던져 죽은 이야기는
진나라에 전해 오는 슬픈 이야기.
금곡원에 넘치던 산호 나무
석양빛 노을에 나오는 건 한숨이라네.

석숭은 자신의 재물을 자랑하다 질투심 많은 왕개를 만나 목숨을 잃고 말았다. 이제 또 다른 부자 하나를 소개하겠다. 그 사람 자기 분수를 지키고 겸손했더라면 아무런 시빗거리가 없었을 것을. 인색하게 굴다가 엄청난 일을 당하여 결국 우스운 이야깃거리가 되고 말았구나. 그 사람 이름이 뭐냐고? 잠시만 기다려 보시라. 내가 천천히 이야기해 줄 테니. 바로 장부(張富)란 사람으로 동경 개봉부에 살고 있지. 장부는 조상 대대로 전당포를 했는데 남들은 그를 장 원외라고 부른다네. 그 장 원외에게는 바로 다음과 같은 병통이 있었다.

벼룩의 간 빼먹기
백로 다리에서 살점 빼먹기
불상 얼굴에서 금 벗겨 내기
검정콩 껍질에서 검정 벗겨 내어 안료로 쓰기
가래침 모아서 등잔 기름으로 쓰기
송진 모아서 불 때기.

장 원외에게는 평생 네 가지 소원이 있었다.

첫째, 평생 옷이 해지지 않았으면,
둘째, 아무리 먹어도 줄지 않는 음식이 있었으면,
셋째, 길에 떨어진 동전이나 물건은 다 내가 주웠으면,
넷째, 밤에 꿈속에서 신령과 교통했으면.

장 원외는 진짜 한 푼도 아까워 벌벌 떠는 구두쇠였다. 길에서 동전이라도 주우면 당장 그걸 갈아서 구리 거울로 만들거나, 녹여서 경쇠를 만들거나, 톱으로 만들고서는 "내 거다."라고 소리 높여 외치고 나서 쪽쪽 소리가 나도록 입을 맞춘 뒤 자기 서랍에 넣어 두곤 했다. 장 원외가 너무도 자린고비 짓을 하는지라 사람들은 그를 귀신도 나자빠질 구두쇠 장 씨라고 불렀다.

어느 날 장 원외는 외출했다 돌아와 냉수에 밥을 한 술 말아서 먹고는 점원 녀석들이 가게를 잘 보는지 살펴보러 나갔다. 이때 거지 하나가 온몸에 문신을 하고 누더기 옷을 걸치고는 동냥을 왔다.

"한 푼 줍쇼. 한 푼 줍쇼."

점원은 장 원외가 보이지 않자 동전 두 푼을 던져 주었다. 이때 마침 가게로 통하는 문 안쪽에서 바라보고 있던 장 원외가 놀라서 황급히 가게로 들어섰다.

"잘한다, 잘해. 그래 뭐 잘났다고 거지에게 두 푼이나 주는 거야? 하루에 두 푼이면 천 일 지나면 두 냥이라구."

장 원외는 성큼성큼 다가가 거지의 쪽박을 낚아챘다. 거지의 쪽박은 땅바닥에 팽그르르 굴러떨어졌고 그 안에 있던 동전들도 땅바닥에 뒹굴었다. 지나가던 사람들은 혀를 차면서도 감히 아무도 나서지 못했다. 거지는 감히 장 원외에게 달려들지 못하고 전당포 밖에서 욕을 해 댔다. 이때 마침 그곳을 지나던 노인이 거지에게 동전 두 푼을 적선하면서 말했다.

"저 장 원외라는 작자는 도대체가 사리 분별을 못 하는 사람이니 괜히 시간 낭비할 것 없소. 내가 돈을 좀 적선해 줄 테니 장사라도 시작해 보구려."

거지는 돈을 받아 들고는 연신 허리를 조아리며 떠나갔다.

거지에게 적선한 노인은 바로 송사공이라는 작자로 알아주는 한량이었다. 송사공은 깊은 밤 삼경에 금량교에서 만두를 사 들고는 구두쇠 장 씨 집으로 갔다. 그날따라 달도 자고 길에는 행인 하나 없었다. 송사공은 장 씨 집에 도착하여 품에서 이상하게 생긴 도구를 꺼내어 처마에 묶고 그 끝에다 쟁반 비슷한 것을 매달아 하나씩 하나씩 아래로 내려보냈다. 행랑채의 한구석에서 등불이 빛나고 있었다. 귀를 기울여 보니 아녀자의 목소리가 들렸다.

"이렇게 밤이 깊었는데, 그이는 왜 안 오시지?"

송사공은 혼자서 중얼거렸다.

"저것이 오늘 여기서 남몰래 남자를 만나기로 한 모양이군."

송사공은 고개를 빠끔히 내밀어 그녀를 바라보았다.

숯덩이같이 새까만 머리카락

새하얀 이마

비취와도 같은 눈썹

촉촉이 젖어 땡그르르 구르는 눈동자

적당히 솟아오른 콧날

적당히 불그스름하게 돋아 오른 뺨

향내를 뿜어내는 입

적당히 살이 오른 가슴

그 위에 봉긋 솟아오른 젖가슴

섬섬옥수

한들거리는 허리

쭉 뻗은 다리.

송사공은 소매 품으로 그녀의 얼굴을 가린 다음 처마 위로 끌어 올렸다.

"아이, 왜 얼굴을 가리고 그래, 이런 장난 싫어."

그녀는 콧소리를 냈다. 송사공은 품에서 칼을 꺼내 그녀의 턱 밑에 갖다 댔다.

"소리 지르지 마라. 소리 지르면 죽는다."

그녀는 갑자기 덜덜 떨기 시작했다.

"제발 목숨만 살려 주세요."

"내가 오늘 여기서 일을 좀 봐야겠는데 말씀이야, 묻는 말에 순순히 대답 좀 해 주어야겠어. 창고는 어디에 있고, 자물쇠는 몇 개나 있지?"

"제 방에서 열 걸음 가면 함정이 있고 사나운 개 두 마리가 버티고 있습니다. 거길 지나면 창고를 지키는 장정이 다섯 있구요. 그들은 한 사람이 한 경씩 번을 서는데 평소에는 노름을 하거나 술추렴을 하지요. 그곳을 통과하면 창고로 들어갈 수 있는데, 창고 안에 들어가자마자 은으로 만든 공을 들고 있는 인형이 있습니다. 그 은 공이 바로 비밀 통로를 열어 주는 열쇠 역할을 합니다. 그걸 건드리는 순간 쭈르르 미끄러져 곧장 나리 책상 앞에 떨어지게 되어 있지요. 나리는 앉아서 도둑을 잡는 셈입니다."

"아하, 그렇군. 아가씨, 저 뒤에 오는 사람은 누구요?"

그 여인은 그 말이 속임수인 줄도 모르고 고개를 돌렸다. 그 순간 송사공은 여인을 단칼에 베어 버렸다. 검붉은 피가 바닥에 흥건히 고였다. 송사공은 그곳에서 나와 열 걸음을 걸어갔다. 더듬거리며 함정을 피해 가니 사나운 개 두 마리가 으르렁거렸다. 송사공은 미리 준비해 온 만두를 품에서 꺼내 그 속에 맹독을 넣은 다음 개에게 던져 주었다. 개들은 맛있는 냄새가 피어오르는 만두를 보더니 코를 킁킁거리다 냉큼 물었다. 몇 발짝 나가려니 사람들이 떠들썩하게 노름하는 소리가 들렸다. 송사공은 깡통 하나를 꺼내어 그 속에다 기묘하고도 향기로운 냄새가 나는 향을 집어넣고는 사람들 가까운 곳에 던졌다. 노름하던 사람들은 그 향기를 맡더니 한소리씩 했다.

"거참 향기 한번 좋다. 장 씨 영감이 오늘 특별한 향을 사르는 모양이야."

사람들은 향기를 맡다가 하나둘씩 꼬꾸라졌다. 송사공은 가까이 다가가 사람들을 하나씩 관찰하면서 그들이 먹다 남긴 술과 안주를 집어먹었다. 보아하니 사람들은 눈은 뻔히 뜨고 있었지만 입으로는 전혀 말을 하지 못했다. 창고 문 앞으로 다가가니 호박통만 한 자물쇠가 채워져 있었다. 송사공은 평소 애용하던 만능열쇠를 꺼내 단숨에 자물쇠를 열어 버렸다. 안에 들어가 보니 과연 은 공을 들고 있는 인형이 있었다. 송사공은 그 은공에 주의하면서 창고 안의 물건을 쓸어 담았다. 모든 게 다 최상품의 금제품, 옥구슬이었다. 송사공은 품에서 붓을 꺼내 침을 뱉어 촉촉하게 적신 다음 벽에다 일필휘지로 써 내려갔다.

송(宋)나라 출신의 한량
사(四)방을 휘젓고 돌아다니더니
일찍이(曾) 예까지 방문하셨다
도(到)처에 그 이름이 유명짜하더라.

글을 다 쓴 후 송사공은 창고문을 닫지도 않고 유유히 사라졌다.
"동경이 비록 살기 좋다 하나 내가 오래 머물 곳은 아니로다."
송사공은 밤을 도와 정주로 달려갔다.
다음 날 아침 창고를 지키던 장정들이 몽롱한 잠에서 깨어나 보니 창고 문은 활짝 열려 있고 개 두 마리는 모두 죽어 있고 아녀자 한 명이 칼에 베여 죽어 있었다. 사람들이 달려가 장 원외에게 보고했고, 장 원외는 즉시 관가에 신고했다. 등대윤(藤大尹)은 왕준(王遵)에게 이 사건을 일임했다. 왕준 휘하의 포졸들이 현장을 살펴보다가 벽에 쓰여 있는 글자를 발견했다. 포졸 가운데 주선(周宣)이 등대윤에게 보고했다.

"나리, 범인은 다른 사람이 아니라 바로 송사공입니다."

주선의 보고를 받은 등대윤이 주선에게 되물었다.

"그걸 어찌 알았느냐?"

"도둑이 벽에다 일곱 글자씩 네 구절을 적어 놓았는데 그 네 구절의 맨 앞 글자만 연결해 보면 '송사공이 일찍이 다녀가도다[宋四曾到]'라는 말이 되니 송사공이 범인임은 누구든지 알 수 있습니다."

왕준이 옆에서 끼어들었다.

"송사공이 본디 정주 사람으로 수단이 보통이 아니라고 들었는데 그 도둑놈이 바로 그놈이구먼."

왕준은 주선에게 포졸들을 데리고 정주에 가서 송사공을 잡아 오라 일렀다.

포졸들은 풍찬노숙하며 정주에 도착했다. 물어물어 송사공의 집을 찾아갔더니 송사공의 집 앞에 작은 찻집이 문을 열고 영업하고 있었다. 포졸들이 그 찻집으로 들어갔다. 찻집 안에는 점원이 차를 끓이고 있었다.

"송사공이란 사람 있으면 모셔 오시오. 우리가 차 한잔 대접한다고 하시오."

"그 양반이 지금 병이 나서 누워 있다오. 내가 가서 데려올 테니 잠시만 기다리시오."

점원이 들어간 후 안에서는 송사공이 점원을 나무라는 소리가
들렸다.

"내가 머리가 깨질 정도로 아파 죽 좀 사 오라 했더니 아직까
지 안 사 왔단 말이냐. 월급 줄 때는 날름날름 잘도 받아먹더니
일 시키면 그렇게 게으름을 피우느냐."

송사공이 점원을 나무라는 소리가 밖에까지 들렸다. 점원이
손에 죽 그릇을 들고 나왔다.

"잠시만 기다리세요. 송사공이 죽을 먹고 나서 바로 나온다고
하네요."

아무리 기다려도 죽을 사러 간 사람도 송사공도 나타나지 않
자 포졸들은 답답한 마음에 안으로 들이닥쳤다. 안에는 점원만
이 밧줄에 묶여 있었다. 포졸들이 물으니 묶여 있던 점원이 대답
했다.

"방금 전에 죽 그릇 들고 나간 사람이 바로 송사공입니다."

포졸들이 놀라 탄식했다.

"과연 고수는 고수로군. 우리가 보기 좋게 속고 말았어."

찻집 문을 박차고 나가서 송사공의 종적을 찾았으나 어디에서
도 찾을 수 없었다. 포졸들은 조를 나누어 사방으로 흩어져 송사
공을 찾았다.

본디 송사공이 안에서 얼쩡거리고 있는데 한 무더기 사람들이
찻집으로 몰려드는 소리가 들리는 것 아닌가. 그 사람들이 동경
말씨를 쓰길래 송사공은 혹시나 하여 내다보았고 그들이 바로 동

경에서 자기를 잡으러 온 포졸들임을 확인하고 일부러 점원에게 트집을 잡고선 옷을 바꿔 입고 도망간 것이었다.

찻집에서 도망 나온 송사공은 생각에 잠겼다.

"이제 어디로 간다지? 평강 출신 제자 조정(趙正)에게나 가 볼까. 그래 지금은 모현에서 지낸다고 하니 우선 모현으로 가서 그 녀석을 만나 보자."

송사공은 머슴으로 변장한 후 부채로 얼굴을 가리고 장님 행세를 하면서 모현을 향해 유유히 걸음을 옮겼다. 모현 언저리에 이르자 작은 주점이 눈에 띄었다.

구름 일고 안개 피어오르는 곳, 주막 깃발은 날리네
시절은 태평하여 해도 천천히 걸음을 옮긴다.
영웅의 기개가 있는 사람이라면
여인네의 답답한 가슴을 풀어 줄 수 있으련만.
강 언덕의 버들개지는 저리도 흐드러져
복사꽃 가득 핀 곳까지 늘어졌구나.
사내대장부 평생의 품은 뜻 이루지 못했거든
모름지기 주막에 들러 술 한잔에 취할 일이다.

송사공은 마침 배도 주린 터라 주막에 들러 술과 안주를 주문했다. 송사공이 천천히 술잔을 기울이고 있자니 젊은 녀석 하나가 안으로 걸어 들어왔다.

흰칠한 이마 위로 각지게 두건을 둘러쓰고
검은색 조끼를 받쳐 입었다.
아래에는 품이 넓은 바지
비단 신발을 꿰신었구나.

그 젊은이는 주점 안으로 들어와 절을 했다.
"어르신께 인사 올립니다."
고개를 들어 보니 다른 사람이 아닌 바로 제자 조정이었다. 송사공은 다른 사람들의 이목 때문에 차마 제자라고 공개적으로 부르지 못하고 그저 젊은 도령이라고만 불렀다.
"그래, 도령은 옆으로 앉으시게."
조정은 송사공과 이런저런 인사말을 나눈 후에 주모에게 술을 주문하여 같이 마셨다. 술 한잔을 걸친 후 조정은 송사공에게 나지막하게 물었다.
"스승님, 오랜만에 뵙습니다."
"요즘 재미는 어떤가?"
"재미랄 게 있겠습니까? 벌면 쓰기 바쁘지요. 스승님께서는 동경에서 한 건 크게 터뜨렸다면서요."
"별거 아니야. 겨우 사오만 전 정도 벌었을까. 그래, 자네는 지금 어디로 가려는 참인가?"
"사실 저도 동경에 가서 한판 크게 벌여 볼까 생각 중입니다. 동경에서 한판 크게 벌이면 뭐 고향에 가서 할 이야기라도 있겠지요."

"자넨 동경 가면 안 되네."

"왜 안 됩니까?"

"이유는 세 가지일세. 첫째, 자넨 절강 촌사람이라 동경 가 봐야 아는 사람 하나 없는 처지 아닌가. 둘째, 동경은 백팔십 리 성에 둘러싸인 곳인데 자네 같은 촌사람이 물정도 모르고 가서 뭘할 수 있겠나? 셋째, 동경에는 도둑 잘 잡는다고 소문이 자자한 포졸만 해도 오천 명이나 있는데 어찌 어설프게 일을 하겠나?"

"스승님, 그 정도라면 걱정하지 않으셔도 됩니다. 저도 그렇게 어리바리한 놈이 아닙니다."

"내 말을 듣지 않고 기어코 가겠단 말인가? 그렇다면 내가 동경 장 원외의 집에서 훔친 보물을 내 베개 속에 넣어 둘 테니 한번 훔쳐 보게. 만약 성공한다면 동경에 가도 좋을 것이네."

"언제든지 시험해 보십시오."

송사공은 술값을 치른 다음 조정을 자신이 묵고 있는 객점으로 데리고 갔다. 객점의 점원은 송사공이 손님을 데리고 온 것을 보고는 두 사람을 안내했다. 조정은 송사공이 방으로 들어가는 것을 보고 인사를 올리고 물러갔다. 시각은 해 질 무렵, 사방이 어둑해지기 시작했다.

저녁 안개 저 먼 산골짜기에서 피어오르고
하늘 위로 불그스레한 저녁노을이 진다.
이젠 뭇별들이 떠오르고 달빛 밝아 오겠지.
멀리 보이는 강물과 산색이 서로 푸름을 다투기라도 하는가.

우거진 수풀 속에는 오래된 절 하나
저녁 종소리 멀리 바람을 타고 날아간다.
강 언덕에 매어 있는 작은 배 하나
물고기 잡는 불빛이 깜빡깜빡.
달빛 아래 두견새는 울어 대는데
꽃 사이 날아다니던 나비는 어디서 잠들었는고?

숙소에 돌아온 송사공은 생각에 잠겼다.

'명색이 스승이라는 사람이 제자에게 털리면 그것도 체면이 안 서는 일이지. 일단 잠을 좀 자 두자.'

송사공은 혹시 잠이 든 사이에 조정이 털러 올까 봐 걱정이 되어 장 원외의 집에서 훔친 보물을 베개 속에 넣고는 잠을 청했다. 한데 이상하게도 대들보 위에서 찍찍 소리가 났다.

'아직 밤도 깊지 않았는데 벌써부터 쥐새끼 소리가 나다니.'

송사공이 고개를 빼꼼히 들고 대들보를 쳐다보노라니 대들보 위에서 쌓인 먼지가 날아 내려왔다. 먼지가 눈과 귀에 들어가면서 송사공이 재채기를 해 댔다. 잠시 있으려니 쥐새끼 소리는 안 나고 야옹야옹 고양이 우는 소리가 나더니 급기야는 고양이 오줌이 송사공의 입으로 떨어졌다. 더럽다 입을 비비던 송사공은 이내 잠에 곯아떨어졌다.

아침에 일어나 보니 보물이 모두 사라져 버렸다. 몹시도 황당한 송사공이 멍하니 앉아 있는데 점원이 찾아왔다.

"나리, 어제 같이 오셨던 그분이 나리를 찾아오셨습니다."

송사공이 나가 보니 바로 조정이었다. 송사공은 조정을 자기 방으로 들어오게 한 다음 문을 걸어 잠갔다. 조정은 품에서 복주머니 같은 것을 꺼내어 송사공에게 건넸다.

"창문도 방문도 모두 열린 흔적이 없던데 도대체 어떻게 훔쳐 갔느냐?"

"스승님께서 계신 방에 미리 들어가 숨어 있었죠. 대들보 위에서 쥐새끼 소리를 흉내 내면서 말이지요. 스승님이 올려다보시기에 대들보 위의 먼지처럼 가루약을 뿌렸는데 실은 그것이 몽혼약이었습니다. 그것이 스승님의 코를 자극하여 재채기를 하게 만들었지요. 참, 스승님 입으로 떨어진 고양이 오줌은 실은 제 오줌이었습니다."

"이런 빌어먹을 놈!"

"저는 스승님이 묵고 있는 방의 창살 두 개를 톱으로 자르고 들어왔다가 나갈 때는 감쪽같이 붙여 놓았습니다. 그런 다음 창호지까지 그대로 붙여 놓았으니 제가 다녀간 흔적이라곤 찾아보기 힘들었을 것입니다."

"허허, 이거 청출어람이네. 그래 자네가 오늘 저녁에도 다시 이보물을 훔친다면 내가 자네 실력을 인정하지."

"그야 어려운 일이 아니지요."

조정은 자신이 훔쳤던 보물 주머니를 송사공에게 돌려주었다.

"스승님, 그럼 안녕히 계십시오."

"저런 녀석에게 다시 당하느니 얼른 도망치는 게 상책이겠다."

송사공은 얼른 점원을 불렀다.

"자, 여기 이백 전을 자네에게 주겠네. 내가 지금 길을 떠나야 겠으니 육포 백 전어치 좀 사다 주게나. 소금이랑 양념도 좀 사 오고 떡도 오십 전어치 사다 주게. 그리고 남는 오십 전은 자네가 갖게."

점원은 송사공에게 꾸벅 절하고 시장으로 떠났다. 시장에서 물건을 사고 돌아오는 길, 십 리쯤 남은 길에 찻집이 하나 있었 다. 그 찻집에서 손님 하나가 송사공의 심부름을 하던 점원을 불 렀다.

"어디 갔다 오는 길인가?"

점원이 그 손님을 바라보니 바로 송사공과 같이 들렀던 손님 조정 아닌가?

"송사공께서 길을 떠나시려는지 저에게 육포와 떡을 사다 달라 고 하셨습니다."

"어디 이리로 좀 가져와 보게나."

그 손님은 떡과 육포를 싼 연잎을 들추어 보고는 물었다.

"그래 이 육포는 얼마치인가?"

"예, 백 전어치입니다."

조정은 품속에서 이백 전을 꺼내 들었다.

"여보게, 이 육포와 떡을 여기다 놔두고 가게. 내가 이백 전을 그대에게 줄 터이니 번거롭겠지만 나에게도 육포와 떡을 사다 주 게. 그리고 남는 오십 전은 그대 술값에 보태 쓰게나."

"고맙습니다."

점원은 인사를 마치고 쏜살같이 달려 나갔다. 점원은 조정이 부탁한 물건들을 사 가지고 돌아왔다.

"수고스럽겠지만 이 육포를 잘 싸서 송사공 나리에게 전해 주게나. 그리고 오늘 밤 조심하시라고 좀 전해 주게."

점원은 객점에 도착하여 송사공에게 육포와 떡을 건네주었다. 송사공은 육포와 떡을 받아 들고 점원에게 사례했다.

"자네한테 폐가 많았네."

점원이 송사공에게 말했다.

"참, 어제 나리와 함께 여기 오셨던 그 손님이 오늘 밤 조심하시라는 말을 꼭 전하라고 당부하시던데요."

송사공은 짐을 꾸리고 방값을 치른 다음 장 원외의 집에서 훔친 보물을 품에 숨겨 객점을 떠났다. 얼마쯤 걸었을까, 팔각진(八角鎭) 가는 길목에 접어들었다. 나루터에 도착하니 배는 저쪽 강 언덕에 있었다. 송사공은 그 배가 이쪽 강 언덕에 도착하기를 기다리면서 바닥에 앉아 육포와 떡을 꺼내어 한입 베어 물었다. 그런데 이게 웬일인가? 갑자기 하늘이 아래로 꺼지고 땅이 위로 올라가는 것 아닌가. 송사공은 그 자리에 넘어지고 말았다. 송사공은 넘어진 채로 실눈을 뜨고서 포졸 복장을 한 젊은 녀석이 자기에게 다가와 보물 보따리를 가져가는 걸 그냥 지켜보는 수밖에 없었다. 그 녀석은 보물 보따리를 들고 먼저 강물을 건너갔다.

송사공은 한참이 지나서야 겨우 깨어났다.

'내 보물 보따리를 뺏어 간 놈이 누굴까? 객점 점원이 사다 준 육포와 떡에 분명 몽혼약이 섞여 있었던 게야.'

송사공은 한숨을 쉬고 나서 천천히 일어나 강물을 건넜다.

'그놈을 어디 가서 찾는다지?'

화가 치밀어 오르고 배도 고팠다. 멀리 주점이 보였다.

문은 반나마 열려 있는데
주막 알리는 깃발이 바람에 날리는구나.
촌구석 주막에서 술 거르는 저 녀석
사랑 때문에 도망쳐 와 술장사하던 사마상여 같을 리 있을까?
촌구석 주막에서 술 따르는 저 아낙
사랑에 눈이 멀어 님 따라 집을 떠난 탁문군 같을 리 있을까?
저 촌구석 주막 벽에는
그저 촌구석에서 공부깨나 한다는 녀석이 술 취해 휘갈긴 몇
글자.
이런 주막에서는
거친 옷 입고 되는대로 술 마시는 게 어울릴 일이다.
깨진 옹기 술잔에 이 빠진 나무 탁자
술 취해 부르는 시골 사람의 구성진 노랫가락.

송사공은 주막 안으로 들어가 술을 시켜 마시며 울적한 기분을 달랬다. 한 잔 또 한 잔. 술잔은 자꾸 쌓이는데 한 아낙이 안으로 들어왔다.

분단장한 얼굴에
하얀 치아 앵두 같은 입술.

머리 보자기를 눈썹까지 내려쓰고
땅바닥까지 내려오는 비단 치마 입었다.
머리에는 꽃 장식 머리핀을 꽂고
얼굴에는 함박웃음 지었구나.
비록 경국지색은 아닐지라도
주막집 여인으로는 아까운 인물이로고.

아낙은 주막 안으로 들어와 송사공에게 인사를 하더니 노래를
한 곡조 뽑았다. 보아하니 주막을 돌아다니면서 노래를 파는 여
인 같은데 아무래도 어디선가 본 듯한 얼굴이었다. 아낙은 송사
공 앞에 앉아 점원에게 잔을 가져오라 하더니 술잔을 기울였다.
송사공은 아낙을 이리 쳐다보고 저리 쳐다보았다. 마침내 송사공
이 손을 뻗어 그 아낙의 가슴을 만져 보았다. 그러나 물컹한 젖
가슴이라곤 전혀 만져지지가 않았다.
"넌 도대체 누구냐?"
그 아낙은 팔짱을 낀 채로 대답했다.
"난 노래를 팔러 다니는 여인이 아니라 소주 평강부 태생의 조
정이라는 사람입니다."
"이런 빌어먹을 놈, 그래, 스승 등쳐 먹는 버릇은 어디서 배웠더
냐? 포졸로 변장하고 내 보물을 훔쳐 간 놈이 바로 네 녀석이렷
다. 그래 내 보물을 어디에 두었느냐?"
조정이 술을 따르면서 대답했다.
"스승님께 돌려드리려고 이렇게 가져왔습니다."

송사공은 보따리를 받으면서 물었다.

"대체 어떻게 훔쳐 간 것이냐?"

"제가 스승님이 묵고 있던 객점 옆의 찻집에서 바라보니 객점의 점원이 육포를 사 가지고 가는 게 아니겠어요. 그래서 그 녀석을 불러 나한테도 똑같은 걸 사다 달라고 부탁하고 그 녀석이 두고 간 육포에다가 몽혼약을 탔지요. 그리고 전 포졸로 변장한 다음 스승님 뒤를 밟았다가 스승님의 보물 보따리를 훔쳐 가지고 여기서 기다리고 있었습니다."

"그래 이 녀석 재주도 좋다. 이젠 동경으로 가도 좋다."

술값을 치르고 두 사람은 주점에서 빠져나왔다. 시냇가에 이르자 조정은 머리핀을 빼고 얼굴을 씻고는 옷을 갈아입었다.

"그래 기왕에 동경으로 간다 하니 내가 너에게 소개장을 써 주겠다. 이 사람도 내 제자이니 찾아가거든 이 소개장을 보여 주어라. 변하강(汴河江) 둑방길에서 사는 녀석인데 사람을 죽여서 만두를 만들어 팔지."

"스승님 감사합니다."

맞은편 찻집으로 가서 송사공은 조정에게 소개장을 써 주었다. 조정은 서울로 떠나고 송사공은 모현에 남았다.

그날 밤 조정은 객점에 들어 송사공이 써 준 소개장을 펴 보았다.

나의 제자에게 이 글을 주노라. 그동안 별고 없었느냐? 소주의 소문난 도둑 조정이 동경으로 간다 하여 내가 특별히 너희들을 소개해 주었다. 이놈은 우리 패거리하고 전혀 관련이 없는 녀석이니 당장 죽여서 만두소나 만들도록 하라. 내가 그놈에게 세 차례나 당했으니 놈을 죽여 후환을 없애도록 하라.

"그래, 다른 놈들이야 겁을 먹을지 몰라도 천하의 조정이 이깟 편지 한 통에 겁먹을쏘냐. 한번 가서 이놈들이 어떻게 나오는지 보아야겠다."

조정은 그 편지를 원래대로 잘 접었다.

다음 날 날이 밝자 조정이 길을 떠났다. 팔각진을 지나 판교를 거쳐 진류현에 도착했다. 정오 무렵 변하강 둑방길의 만둣집에 도착했다. 만둣집 문 앞에는 여인네 하나가 허리춤에 수건을 두르고 소리를 지르고 있었다.

"손님, 만두 좀 드시고 가세요."

만두집 문설주에는 "후흥(侯興) 만두, 최고급 만두 일체"라고 쓰여 있었다.

"여기가 바로 후흥이네 만둣집이구먼."

조정이 가게 안으로 들어가니 아낙이 물었다.

"무얼 드시겠습니까? 손님."

"잠시만요!"

조정이 지고 있던 봇짐을 열어 풀어 헤치니 비녀가 나오는데 금으로 된 것, 은으로 된 것, 하얀색, 노란색 등등 온갖 비녀가 거푸 나왔다. 모두 조정이 예까지 오면서 길에서 훔친 것들이었다. 아낙은 눈이 휘둥그레졌다.

'그래, 요 녀석 잘 걸렸다. 내가 비록 겉으로 보기에는 만두나 파는 여인네지만 그래도 명색이 한가락 한다 하는 후홍이의 마누라 아니냐. 잠시만 기다려라. 내가 몽혼약을 탄 만두를 먹여 너를 저세상으로 보내 주마. 저 비녀들은 모두 내 것이나 다름없다.'

"이보슈, 만두 다섯 개만 주슈."

"예."

아낙은 주방에서 만두를 담으면서 만두 속에다 몽혼약을 넣었다. 아낙이 만두 접시를 내왔다. 조정은 품속에서 약봉지를 꺼내서는 아낙에게 부탁했다.

"이보슈, 약 좀 먹게 물 한잔 갖다 주슈."

아낙은 물을 떠서 조정의 탁자 위에다 올려놓았다.

"만두 먹기 전에 약부터 먹어야지."

조정은 약을 먹고 난 다음 젓가락으로 만두피를 잇대어 놓은 곳을 헤집으면서 말하였다.

"이보슈, 우리 아버지가 변하강 둑방길에 있는 만둣집엔 가지 말라고 합디다. 그곳에선 사람을 죽여 가지고 만두소를 만든답디다. 봐요 봐. 이거 딱딱한 건 바로 사람의 손톱 아니요? 그리고 이 털은 바로 사람 거기 털인 것 같은데."

"아이고, 손님 농담도 잘하셔."

조정이 만두를 집어 먹노라니 아낙이 주방에서 혼잣말로, 이젠 걸려들었다고 중얼거리는 소리가 들려왔다. 한데 조정이 끄떡도 하지 않고 다시 입을 열었다.

"이보슈, 만두 다섯 개만 더 주슈."

만두를 가지러 주방으로 간 아낙이 혼자서 중얼거렸다.

"내가 몽혼약을 너무 적게 넣었나? 이번에는 좀 더 많이 넣어야겠군."

조정은 다시 품에서 약을 꺼내 먹었다.

"무슨 약을 드시우?"

"평강부 제형산이 제조한 약인데 만병통치약이라오. 여자들 두통, 산전산후통, 위통, 장염에도 모두 잘 듣는다오."

"저도 좀 먹어 볼 수 있을까요?"

조정은 품에서 백여 알을 꺼내어 아낙에게 주었다. 아낙은 그약을 먹더니 마침내 주방 안에서 쓰러져 버렸다.

"저 아줌마 나를 어찌해 보려다 도리어 자신이 당했군. 다른 사람이라면 이 상황에서 도망가기 바쁘겠지만 나야 그런 사람과는 다르지."

조정은 객점에 태연하게 앉아 허리춤을 풀어 헤치고 이를 잡았다.

얼마 지나지 않아 짐을 메고 들어오는 남정네가 보였다.

"저놈이 바로 남편 후흥인가 보구나. 어떻게 나오는지 보자."

후흥이 조정에게 말을 붙였다.

"손님, 뭐 좀 드셨습니까?"

"먹었소."

"여보, 손님한테 음식값 받았어?"

후흥이 소리를 지르면서 마누라를 찾았다. 이리저리 찾아 헤매다 보니 제 마누라가 주방에서 침을 질질 흘리며 쓰러져 있는 것 아닌가.

"여보, 내가 당했어요."

"내 이럴 줄 알았어. 강호의 고수를 몰라 뵙고 설치다가 언제고 당할 줄 알았다니까."

후흥이 조정을 바라보고 입을 열었다.

"아이고, 형님 죄송합니다. 소생의 처가 형님을 몰라뵙고 죄를 짓고 말았습니다. 부디 한 번만 너그럽게 봐주십시오."

조정이 후흥에게 물었다.

"이름이라도 알고 지냅시다."

"저는 후흥이라고 합니다."

"난 소주 태생 조정이라고 하오."

두 사람은 서로 인사를 나누었다. 후흥이 품에서 해독약을 꺼내어 마누라 입에 물려 주었다. 조정은 송사공이 써 준 소개장을 후흥에게 건넸다. 후흥이 소개장을 읽어 보고 자신의 스승이 조정에게 세 차례나 당했으며 자신에게 조정을 죽여 달라고 부탁했음을 알게 되었다. 스승이 당했다는 사실에 후흥은 분기탱천하여 어떻게든 기회를 잡아서 조정을 박살 내리라 생각했다. 후흥은 노기를 감추고 조정에게 다시 인사를 올렸다.

"이렇게 명성이 자자한 분을 오늘에야 만나 뵙게 되었습니다."

후흥은 술상을 봐서 조정과 대작했다. 술자리가 파하자 후흥은 조정에게 객점에서 묵도록 권했다.

조정이 객점의 방에 들어가 보니 온통 퀴퀴한 냄새가 코를 찔렀다. 손으로 더듬더듬 찾아보니 침대 밑에서 항아리가 발견되었다. 그 항아리에는 사람 해골이며 손이며 발이 가득 들어 있었다. 후흥은 항아리를 뒷문으로 끌고 가서 뒷문의 처마에다 밧줄로 묶어 놓았다. 뒷문을 닫고 다시 방 안으로 들어오니 후흥 부부가 속삭이는 소리가 들려왔다.

"여보, 이제 손을 쓰시지요."

"아냐, 저 녀석이 경계를 풀 때까지 좀 더 기다리자고."

"여보, 오늘 낮에 내가 저 녀석의 봇짐을 봤는데 값나가는 비녀가 수백 개는 됩디다. 내가 오늘 저 녀석을 해치우고 비녀를 빼앗아서 내 머리에다 꽂고 다닐 거야. 다른 여자들이 부러워하는 걸 내 눈으로 보고 말 거야."

조정은 속으로 중얼거렸다.

'그래, 저것들이 나를 해치우겠다 이거지. 정말 놀고 있네.'

후흥에게는 열 살 먹은 반가라는 아들이 있었는데 요즘 학질에 걸려 누워 지냈다. 조정은 살며시 반가의 침실로 가서 반가를 안아 와 자신의 침상에 뉘이고는 이불을 덮어 주었다. 잠시 후 후흥의 아내는 등불을 들고, 후흥은 도끼를 들고 조정의 침실에 들어왔다. 후흥은 이불도 걷어 내지 않고 자는 사람을 도끼로 세 토막 내어 버렸다. 후흥은 도끼를 내려놓고 이불을 걷었다.

"아이고, 이런 내가 내 아들을 작살내 버렸구나."

후흥 부부는 땅을 치며 통곡했다. 조정이 뒷문에서 소리를 질렀다.

"그래, 멀쩡한 자식을 죽이니 그 기분이 어떠냐? 조정 나리는 예 있다."

후흥은 그 말을 듣고 당황하여 목소리가 들려온 곳으로 도끼를 들고 달려갔다. 후흥이 뒷문에 다가서는 순간 후흥은 항아리에 머리통을 찧고 넘어져 버렸다. 항아리에 담겨 있던 해골과 손발 등이 주루룩 바닥에 떨어져 내렸다. 후흥은 마누라에게 치우라 하고는 계속해서 조정을 찾았다. 조정은 객점에서 나와 강물이 보이는 곳까지 달려갔다. 강가에서 자란 조정은 헤엄치는 거하나는 자신 있었다. 조정이 강물에 뛰어드니 후흥도 앞뒤 가리지 않고 따라서 뛰어들었다. 조정은 단숨에 헤엄쳐서 강물을 건넜지만 후흥은 한참 뒤에도 강물에서 벗어나지 못했다. 조정은 옷을 벗어서 짠 다음 다시 입었다. 후흥은 사경부터 오경까지 물경 십이 리 길을 계속해서 조정을 쫓아왔다. 조정이 순천(順天) 신정문(新鄭門)의 목욕탕에 들어가 얼굴을 씻고, 옷도 말리려 하는데 후흥이 달려와 조정의 허벅지를 잡고 늘어졌다. 조정은 후흥을 깔고 앉아 두들겨 패기 시작했다.

이때 포졸 복장을 한 노인이 황망히 뛰어 들어오면서 소리를 질렀다.

"여보게들, 나를 봐서 이제 그만두게나."

조정과 후흥이 고개를 들어 보니 바로 송사공이었다. 둘은 곧장 일어나 송사공에게 인사했다. 세 사람은 찻집에 가서 차를 들었다. 후흥은 아직도 억울한 듯 송사공에게 저간의 사정을 털어놓았다. 송사공이 입을 열었다.

"다 지난 이야기이니 이제 와서 어쩌겠는가? 지난 이야기는 이제 다 접어 두게나. 동경 금량교(金梁橋)에서 만두소를 파는 왕수

(王秀)라는 자가 있는데 담을 뛰어넘고 남의 집 들어가는 게 너무 날래서 별명이 도둑고양이라네. 사실 우리 동업자인 셈이지. 대상국사 뒤편에 있는 그의 가게에는 금실로 도금한 항아리가 하나 있어. 그 항아리는 정주(定州) 중산부(中山府) 도요에서 구워 낸 것으로 천하의 보배라네. 왕수가 그 항아리를 마치 자신의 목숨처럼 아낀다니 자네가 그 항아리를 훔쳐 올 수 있겠나?"

조정이 대답했다.

"그야 어려운 일이겠습니까."

조정은 송사공에게 후홍 집에서 기다리라고 하고는 성문이 열리자 성안으로 들어갔다.

조정은 머리에 각진 두건을 쓰고 검은 비단 조끼를 입고서 금량교에 찾아갔다. 왕수 집의 시렁을 보니 송사공이 말한 항아리가 보였고 그 아래에 노인 하나가 서 있었다.

운주(鄆州) 비단으로 만든 두건을 쓰고
버들가지 모양 아로새긴 적삼을 입고
허리에는 수건을 묶어 두었다.

"저자가 바로 왕수인 모양이군."

조정은 그곳을 지나 싸전에 가서 쌀을 사고, 채소전에 가서 배추를 사서 쌀과 배춧잎을 입에 넣고 잘게 씹어 부수었다. 그런 다음 다시 왕수의 가게에 가서 만두소 여섯 푼어치를 샀다. 조정은 돈을 건네면서 동전 한 닢을 일부러 떨어뜨렸다. 왕수가 동전을

宋四公大鬧禁魂張

줍느라고 고개를 숙이자 조정은 입안에 머금고 있던 쌀과 배춧잎 으깬 덩어리를 왕수의 두건 위에다 뱉고는 만두소를 받아 들고 가게를 떠났다. 조정은 금량교 다리 위에서 얼쩡거리고 있었다. 조금 있자니 꼬마 녀석 하나가 그 앞을 지나갔다. 조정이 그를 불렀다.

"꼬마야, 나 좀 보렴. 내가 동전 다섯 닢을 줄 테니 왕수네 만두소 가게에 가서 왕수 아저씨 머리에 벌레 똥이 묻었다고 알려 드려라. 내가 시키더란 말은 절대 하지 말고."

꼬마는 조정에게서 동전을 받아 쥐더니 곧장 왕수네 가게로 달려갔다.

"아저씨, 두건 좀 보세요."

왕수가 두건을 벗어 보니 벌레 똥이 묻어 있는 것 아닌가. 왕수는 두건에 묻어 있는 벌레 똥을 씻어 내려고 안으로 들어갔다. 왕수가 다시 가게로 나와 보니 보배 항아리가 감쪽같이 사라져 있었다. 왕수가 안으로 들어간 틈에 조정이 항아리를 잽싸게 훔쳐서 후홍네 만두 가게로 달아난 것이다. 송사공과 후홍은 조정 의 솜씨에 감탄을 금치 못했다.

"이 항아리가 탐나서 훔친 건 아니니 왕수의 마누라에게 다시 돌려줄 거요."

조정은 방 안으로 들어가 해진 두건을 쓰고 더러워진 옷을 입 고 나와 해진 삼베 신발을 신고서는 대상국사 뒤편의 왕수네 살 림집으로 찾아갔다. 조정은 왕수의 마누라에게 인사를 올렸다.

"마님, 나리께서 새 적삼과 바지, 신발을 가져오라 하시면서 그

징표로 이 항아리를 저에게 주셨습니다."

왕수의 마누라는 조정의 말을 철석같이 믿고 항아리를 받아
들고 적삼과 바지 그리고 신발을 내주었다. 조정은 다시 송사공
과 후홍이 기다리는 곳으로 갔다.

"제가 항아리를 돌려주고 그 대신 적삼과 바지 그리고 신발을
받아 왔는데, 저랑 같이 가서 왕수를 한번 만나 보시지요? 왕수
의 황당해하는 모습을 보는 것도 재미있을 것 같습니다."

조정은 왕수의 마누라에게서 받은 옷과 신발을 챙겨 들고 다
시 성안으로 들어가 상가와(桑家瓦) 시장을 어슬렁거리다가 음식
을 사 먹었다.

다시 금량교에 찾아가려니 누군가 뒤에서 그의 이름을 불렀다.
조정이 고개를 돌려 보니 바로 송사공과 후홍이었다. 세 사람은
같이 왕수네 가게로 찾아갔다. 송사공이 왕수를 보고 먼저 입을
열었다.

"왕수 나리, 차나 한잔합시다."

왕수가 송사공 일행을 보더니 특히 조정에게서 눈을 떼지 못
했다. 왕수가 송사공에게 물었다.

"저 양반은 뉘시오?"

조정은 대답하려는 송사공의 귀에다 속삭였다.

"내 이름을 알려 주지 말고 그저 친척이라고만 말해 주시우."

송사공이 왕수에게 대답했다.

"내 친척인데 동경에 오면서 심심할까 봐 데리고 왔다네."

왕수는 송사공의 말을 듣더니 옆 가게 주인에게 만두소 가게

를 좀 봐 달라고 맡겼다. 네 사람은 순천 신정문에 있는 조용한 술집으로 자리를 옮겼다. 주점에서 술을 몇 순배 마셨다. 왕수가 송사공에게 하소연했다.

"내 참, 오늘 재수가 없으려니, 아침에 어떤 녀석이 만두소를 사러 왔습디다. 그 녀석이 동전을 떨어뜨렸길래 그걸 줍는다고 고개를 숙였더니 그사이에 두건 위로 벌레 똥이 떨어졌지 뭐요. 그래 그 벌레 똥을 씻어 내느라고 잠시 들어갔다 나와 보니 아, 그 비싼 항아리가 감쪽같이 없어진 거예요."

송사공이 맞장구쳤다.

"그 도둑놈, 참 간도 크다. 그래 자네가 눈을 뻔히 뜨고 있는데 항아리를 훔쳐 갔다는 거야? 재주도 좋네그려. 너무 걱정하지 말게. 내일 짬을 내서 같이 찾아보자고. 그 항아리야 흔한 항아리가 아니니 찾는 것도 그리 어렵지 않을 거야."

조정은 웃음이 나오려는 것을 억지로 참았다. 네 사람은 모두 술에 취해 흩어졌다.

왕수가 집에 돌아오니 마누라가 반갑게 맞았다.

"여보, 무슨 일로 그 항아리를 집으로 보냈어요?"

"그런 일 없는데."

"무슨 말씀이세요? 여기 이렇게 항아리가 있는데. 참 옷과 신발은 뭐 하러 가져오라 하셨소?"

잠시 머리가 멍해진 왕수는 마침내 송사공의 친척이라는 그 젊은이를 의심하기 시작했다. 그 녀석이 입고 있던 옷과 신발이 아무래도 자기 옷과 신발 같았다. 답답한 심사를 달래려 왕수는 마누라와 함께 술을 다시 마셨다. 왕수는 술이 목에 찰 정도로 마신 후에 마누라와 같이 잠자리에 들었다.

"여보 마누라, 같이 잠자리를 하는 것도 오랜만이군."

"아이고, 이 양반이 망령이 들었나. 갑자기 무슨 귀신 씻나락 까먹는 소리여?"

"아니, 자네는 마른 장작이 더 오래 탄다는 말도 못 들었는가?"

왕수는 마누라를 껴안고 일을 벌였다. 이때 조정은 미리 왕수 부부의 침실에 숨어들어 왕수 부부가 방사를 치르는 것을 훔쳐보다가 두 사람이 한창 정신이 팔려 있을 때 오줌을 방문에 뿌렸다. 화들짝 놀란 왕수 부부가 금세 떨어져 벌떡 일어서니 침상 밑에 웬 녀석이 보자기 하나를 들고서 이쪽을 응시하고 있는 것 아닌가?

"웬 놈이냐?"

"송사공이 이 보자기를 돌려주라고 하던데요."

왕수가 그 보자기를 살펴보니 자신의 옷가지가 들어 있었다.

"당신은 뉘시오?"

"나는 소주 태생 조정이라고 하오."

"조정 선생, 내 그 명성은 익히 들어 왔소이다."

왕수는 조정을 자기 집에서 하룻밤 묵게 했다.

다음 날 아침 조정은 한가롭게 산책을 했다.

"이봐요, 조정 선생, 저 백호교 아래 저택이 보이지. 그 저택이 바로 세상에서 제일가는 부자라는 전숙(錢俶)의 집이오."

"차차 손 한번 봐 줍시다."

그날 밤 삼경에 조정은 전숙의 집에 구멍을 파고 들어가 삼만 냥어치 금은보화와 백옥 혁대를 훔쳐 왔다. 다음 날 전숙은 도둑 맞은 사실을 등대윤에게 신고했다. 등대윤은 전숙의 신고를 받고 대로했다.

"황제가 계시는 동경에서 감히 도둑들이 활개를 치다니."

등대윤은 관찰 마한(馬翰)에게 사흘 안에 범인을 찾아내라고 엄명했다.

마 관찰은 휘하의 포졸들을 대상국사에 집결하도록 명령했다. 그런 다음 먼저 대상국사 앞을 지나는데 각진 두건을 쓰고 자색 비단 조끼를 입은 사람이 나타나 인사를 했다.

"마 관찰님 안녕하십니까. 저랑 차나 한잔하시지요."

마 관찰은 그와 함께 찻집에 들어갔다. 차를 주문하고 나서 마 관찰은 그에게 물었다.

"당신은 누구요?"

"저는 조정이라고 합니다. 어제 전숙의 집에서 도둑질을 한 사람입니다."

그 말을 듣는데 마 관찰의 등에서 식은땀이 흘렀다. 포졸들이 어서 와서 이자를 잡아 주기만을 고대했다. 마 관찰은 차를 마시자마자 그 자리에서 거꾸러졌다.

"마 관찰님, 취하셨나 보군요."

조정은 마 관찰을 부축하면서 품에서 가위를 꺼내 마 관찰이 입은 옷의 소매를 잘라 품에 넣고는 셈을 치렀다. 조정은 찻집 점원에게 가서 부축할 사람을 불러 오겠다며 나갔다.

밥 한 끼를 먹을 시간이 지났을까 마 관찰이 부스스 자리에서 일어나 보니 조정은 이미 사라지고 없었다. 다음 날 아침 등대윤이 말을 타고서 입궐을 하고 있었다. 선덕문에 이르자 각진 두건에 검은 조끼를 입은 사람이 등대윤의 앞길을 막았다.

"전숙 나리께서 이 글을 올리라 하였습니다."

등대윤이 편지를 받아 들자 그 사람은 잽싸게 사라졌다. 등대윤이 자신의 허리를 만져 보니 허리띠에 달아 놓은 장식이 없었다. 편지에는 이렇게 적혀 있었다.

"소주의 조정이 대윤께 글 올립니다. 전숙 나리 댁의 재물은 제가 훔쳤습니다. 대윤께서 저를 만나고 싶어 하시는지요? 저는 멀다면 멀고 가깝다면 가까운 곳에 있습니다."

등대윤은 적이 당황했다. 대궐에서 조회를 마치고 돌아와 백성들이 접수한 고소장을 하나씩 읽어 나갔다. 열 번째쯤이었을까? 「서강월」 한 수가 적혀 있는 고소장이 발견되었다.

강물은 흐르고 흘러 대해로 가고
사람은 나고 자라면 동경으로 모인다네.
도둑 잡는 관찰 나리 자기 옷도 제대로 간수 못 하니
어이 도둑을 잡을쏜가.
전숙 나리 자신의 옥대를 잃어버리고
대윤 나리 자신의 허리띠도 제대로 간수 못 한다네.
그 대단한 도둑의 이름을 알고 싶은가?
그 이름은 바로 조정이라네.

"조정이란 녀석이 그렇게 대단한가!"

등대윤은 마 관찰을 불러 도둑을 언제 잡을 거냐며 닦달했다.

"소인도 사실 어제 조정이란 녀석을 만나서 당했습니다요. 그 녀석이 송사공의 제자라고 들었으니 제가 송사공이 있는 곳을 찾아가 그 녀석을 잡겠습니다."

등대윤은 송사공이란 이름을 듣자 저번에 장 원외 집의 재물을 훔친 자가 바로 그자라는 데 생각이 미쳤다. 그는 즉시 왕준을 불러 마 관찰과 같이 송사공과 조정을 체포하게 했다. 왕준이 대윤에게 말했다.

"이 녀석들은 도무지 그 종적을 잡기가 어려우니 바라건대 말미를 좀 더 주시지요. 아울러 그놈들을 잡는 포졸에겐 계급을 올려 준다고 하고 신고하는 사람에겐 상금을 내린다고 방을 붙이십시오. 백성들 가운데 돈 욕심에 신고하는 자가 있을 것입니다."

등대윤은 그들에게 한 달의 말미를 주었다. 아울러 송사공과 조정의 행방을 신고하는 자에게는 동전 천 관을 상금으로 준다는 방문을 적어 주었다. 왕준과 마 관찰은 방문을 들고서 전숙의 집에 찾아가 취지를 설명하고 상금을 희사해 주도록 했다. 전숙은 머뭇거리다가 상금을 냈다. 두 사람은 또 장 원외의 집에 찾아가 역시 상금을 좀 내라고 부탁했다. 오만 관이나 도둑맞은 장 원외가 순순히 상금을 내놓을 리 있겠는가?

"장 원외 나리, 적은 돈을 탐하다간 도둑을 못 잡습니다. 잃어버린 돈을 찾으면 그깟 천 관이 문제요? 대윤께서도 상금을 거셨고, 전숙 나리도 돈을 냈습니다. 장 원외 나리가 이러시는 걸 대윤께서 아시면 몹시 섭섭해하실 겁니다."

장 원외는 마지못해서 오백 관을 내놓았다. 마 관찰과 왕준은
청사 앞에 방문을 붙이고 나서 송사공과 조정의 행적을 조사하
기 시작했다. 청사 앞에는 사람들이 구름처럼 모여들어 방문을
읽고 있었다. 송사공은 방문을 읽고 나서 걱정을 했다. 조정은 송
사공을 향해 입을 열었다.

"왕준과 마 관찰은 우리한테 원수 진 것도 없는데 왜 이렇게
상금까지 걸면서 우리를 잡으려고 안달이죠? 그리고 그놈의 장
원외는 우리를 무시해도 유분수지, 다른 사람들은 모두 우리 목
에다 천 관을 내놓는데 그 녀석은 겨우 오백 관을 내놓다니! 이놈
을 혼내 주지 않으면 사람이 아닙니다."

송사공은 왕준이 전에 포졸들을 이끌고 자신을 잡으러 왔던
것 때문에 그리고 마 관찰이 자신과 조정을 한통속으로 지목하
여 잡으려 하는 것 때문에 두 사람을 골려 주고 싶은 마음이 굴
뚝같았다. 두 사람은 왕준과 마 관찰을 혼내 줄 계책을 열심히
짰다. 조정은 전숙의 집에서 훔친 옥대를 송사공에게 건네주었고
송사공은 장 원외 집에서 훔친 금 구슬 한 주머니 가운데 일부
를 조정에게 건네주었다. 두 사람은 헤어져 각기 길을 떠났다.

송사공은 길을 가다가 장 원외의 집 앞에서 조리 장사하는 이
를 만나 그를 후흥의 집으로 데리고 왔다.

"나 좀 도와주셔야겠소."

"평소에 그대의 은혜를 입은 바 많으니 그대의 청을 어찌 거절
하겠소?"

"다른 건 아니고 돈 천 관을 받으셔서 잘 쓰면 됩니다."

"아이고, 무슨 이야기를 하시는 거요? 내 팔자엔 그런 복이 없소이다."

"내 말대로 하면 아무런 문제 될 게 없소이다."

송사공은 후흥에게 금위군 복장을 하게 하고는 전숙의 집에서 훔친 옥대를 주었다.

"자넨 장 원외의 집에 찾아가 이걸 담보로 삼백 관만 빌리게. 그리고 장 원외에게 사흘 이내에 돈을 갚을 것이되 만약 사흘 기한을 어기면 이백 관을 더하여 갚겠다고 하게. 그리고 그 옥대를 직접 장 원외의 집 창고에 넣어 둔다고 하고서 몰래 다시 들고 나오게나."

장 원외는 옥대가 천하의 보배인 데다 이자까지 후하게 쳐 주겠다 하자 두말없이 돈을 빌려주었다. 후흥은 그 돈을 송사공에게 전해 주었다. 송사공은 미리 조리 장수를 보내어 방을 뜯고 자신이 도둑놈이라고 자수하라 했다. 전숙은 도둑이 잡혔다는 소리를 듣고서 그놈을 대령하게 했다. 조리 장수는 전숙에게 이렇게 말했다.

"소인이 그 옥대를 전당포에 맡기고 돈을 얻어 썼는데 나중에 그 전당포의 점원이 그 옥대를 천오백 관에 팔았다고 합니다."

전숙은 휘하의 식솔들을 풀어 조리 장수를 데리고 가서 그 옥대를 찾아오도록 했다. 장 원외가 막 외출을 하려는데 전숙의 식솔들과 포졸들이 들이닥쳤다. 그들은 앞뒤 가리지 않고 장 원외의 창고를 뒤져 옥대를 한참 찾더니 장 원외의 식솔들을 붙잡아갔다. 전숙이 보니 자수한 녀석의 말 중 틀린 게 하나도 없었다. 전숙은 조리 장수에게 천 관을 준다는 증서를 써 주었다. 전숙은 친히 등대윤을 찾아가 장 원외 집의 식솔들을 문초하도록 요구했다. 등대윤은 자신이 잡아야 할 도둑들을 전숙이 잡아 오자 부끄러운 생각에 소리부터 버럭 질렀다.

"이놈, 장 원외, 벼슬도 하지 않는 주제에 도대체 무슨 금은보화가 그리 많은가 의심스러웠더니 이제 보니 다 훔친 거였구나. 전숙 대감의 옥대도 네가 훔친 것이지?"

"소인의 재산은 조상님께 물려받은 것이지 결코 남의 것을 훔친 것이 아닙니다. 어제 저도 잘 모르는 사람이 저 옥대를 담보로 맡기고 삼백 관을 빌려 간 것입니다요."

"저게 전숙 대감이 잃어버린 옥대라는 걸 진정 몰랐더란 말이냐? 내력도 살펴보지 않고 냉큼 돈을 빌려주었더란 말이지? 돈을 빌려 간 놈은 지금 어디 있느냐? 헛소리 작작 해라."

등대윤이 장 원외와 장 원외 집의 창고지기를 매우 치게 하니 장 원외는 매를 견뎌 내지 못하고 사흘 기한을 주면 옥대를 맡기고 돈을 빌려 간 사람을 찾아올 것이며, 만약 약속을 지키지 못하면 벌을 달게 받겠다고 했다. 등대윤은 그 말을 듣고 창고지기는 그대로 가두어 두고 장 원외만을 풀어 주었다.

장 원외는 눈물을 흘리며 나가서 주점에 앉아 옥졸과 술을 마시기 시작했다. 막 술잔을 기울이는데 노인 하나가 들어왔다.

"여기 장 원외라는 분 계시오?"

장 원외는 고개를 숙이고 감히 대꾸하지 못했다. 옥졸이 대신 나서서 물었다.

"댁은 뉘신데 장 원외를 찾으시오?"

"저에게 좋은 소식이 있어서 장 원외에게 전해 주려 했더니 댁에 아니 계시기에 예까지 찾아오게 되었습니다."

"제가 바로 장 원외오만, 좋은 소식이란 게 무엇이오?"

그 노인이 장 원외 옆에 앉았다.

"그대는 전에 잃어버린 물건들의 행방을 아시오?"

"저야 알 리가 있나요."

"내가 짐작 가는 데가 있어서 이렇게 찾아온 것이오. 만약 나를 못 믿으시겠다면 같이 가서 확인하셔도 좋습니다. 장물을 보여 준다면야 상금을 받아도 좋지 않겠소이까."

"잃어버린 재물만 찾을 수 있다면 전숙에게 옥대 값을 물어 주고도 남으니 모든 문제가 일시에 해결될 것이오. 그대의 이름자라도 알려 주시겠소?"

그가 귀에다 대고 몇 마디 속삭이니 장 원외가 대경실색했다.

"어찌 이런 일이?"

"기왕 이렇게 된 거 나는 이제 등대윤을 찾아가 사실을 아뢸 것입니다."

"어서 술 한잔 드시지요. 등대윤께서 공무를 마치고 한가해질 틈을 타서 우리 같이 찾아갑시다."

그들은 등대윤에게 찾아갔다. 등대윤은 그들에게 왕준과 마 관찰이 장 원외 집의 재물을 훔쳤다는 이야기를 듣고서 입을 다물지 못했다.

"도둑 잡는 녀석들이 도둑질을 하다니! 무슨 증거라도 있느냐? 나는 도저히 믿지 못하겠다."

"제가 정주에서 그들이 장물을 돈으로 바꾸는 것을 수차 보았습니다. 그들은 또 아직도 집에 재물이 많다고 자랑했습니다. 그렇지 않아도 어떻게 그렇게 많은 재물을 지니게 되었는지 의심스러웠는데 장 원외가 잃어버렸다는 품목과 일치하니 조사해 보십시오. 만약 제가 무고하게 고발한 것이라면 그 죄를 달게 받겠습니다."

등대윤은 반신반의하면서 이 관찰에게 그 노인장과 장 원외를 대동하고 가서 조사해 보게 했다.

한편 왕준과 마 관찰은 여러 현을 돌아다니며 송사공과 조정을 잡기 위해 수사를 이어 나갔다. 이 관찰과 관원들이 왕준의 집에 들이닥쳤을 때 왕준의 아내는 월병을 먹으면서 세 살 된 아이를 어르다가 너무 놀라 말도 하지 못하고 떨면서 아이를 감싸고만 있었다. 관원들이 왕준의 아내에게 물었다.

"장 원외의 집에서 훔쳐 온 물건들을 어디에다 숨겼느냐?"

왕준의 아내는 눈만 동그랗게 뜨고서 아무 대답도 하지 못했다. 관원들은 왕준의 아내를 밀치고 수색을 시작했다. 그러나 비녀 몇 개만 발견되었을 뿐 결정적인 증거는 나오지 않았다. 이 관찰이 볼멘소리를 하자 제보자가 침상 밑을 파기 시작했다. 침상 밑 그리고 침상 옆 벽에서 보자기들이 나왔는데 그 보자기 안에는 금은보화가 그득했다. 장 원외는 그것들이 자기가 잃어버린 물건임을 확인하고는 목이 메어 울음을 터뜨렸다. 왕준의 아내는 어떻게 된 일인지 알지 못한 채 벌린 입을 다물지 못했다. 관원들은 불문곡직하고 왕준의 아내를 포박했고, 왕준의 아내는 울면서 아이를 옆집에 맡기고 붙잡혀 갔다.

관원들은 다시 마 관찰 집에 가서 제보자가 가르쳐 준 대로 장 원외의 집에서 잃어버린 물건들을 찾아냈다. 마 관찰의 아내 역시 끌려갔다. 등대윤은 청사에서 기다리다가 그들이 도착하자 소리를 질렀다.

"도둑고양이에게 생선을 맡긴 격이지, 그래, 도둑을 잡으랬더니 도둑은 잡지 않고 되레 도둑질을 해!"

등대윤은 관원들에게 두 여인을 옥에 가두고 이어서 왕준과 마 관찰을 붙잡아 오라고 명령했다. 장 원외가 등대윤에게 고했다.

"소인은 밥술이라도 먹고사는 처지인지라 전숙의 옥대를 훔칠 까닭이 없습니다. 제가 이렇게 잃어버린 보물을 되찾았으니 그 옥대는 제가 재수 없었던 셈 치고 돈으로 변상해 드리겠습니다. 나리께서 소인을 방면해 주신다면 그 은혜 백골난망이겠습니다."

등대윤은 장 원외의 억울한 심정을 헤아려 그의 청을 들어 주었다. 제보자는 장 원외에게 상금 오백 관을 받았는데 왕수였다. 그는 송사공의 말대로 왕준과 마 관찰의 집에다 장 원외 집의 물건을 몰래 숨겨 두었던 것이다.

왕준과 마 관찰은 아내가 잡혀갔다는 소리를 듣고서 쏜살같이 청사로 달려갔다. 등대윤은 두 사람에게 죄를 자백하라며 문초를 했다. 왕준과 마 관찰로서는 너무도 어이없는 일이었다. 등대윤은 그들의 아내를 옥에서 나오게 하여 대질시킨 다음 네 사람을 모두 옥에 가두었다. 다음 날 등대윤은 장 원외를 다시 불러 전숙에게 옥대값을 물어 주고 사건을 조용히 마무리하도록 타일렀다. 장 원외는 등대윤의 말을 감히 거역하지 못했지만 집에 돌아와서 생각해도 너무 답답하고 억울한지라 그만 들보에 목을 매달고 자결해 버렸다. 아깝도다. 천하의 구두쇠 장 원외가 이렇게 한평생을 마감하다니. 장 원외야말로 인색함 때문에 결국 자신의 생명을 잃고 말았구나! 왕준과 마 관찰은 옥에 갇혀 지내다 병들어 죽고 말았다.

조정 일당은 동경에서 공공연히 나쁜 짓을 저지르며 술 마시고 이름난 창기를 찾아다니며 분탕질을 쳤지만 아무도 그들을 어쩌지 못했다. 그 시절 동경은 치안이 어지러워 가가호호 마음 놓고 지낼 수가 없었다. 그러나 포공이 부윤으로 부임하자 조정 일당도 비로소 두려워하기 시작하여 이리저리 흩어져 버리면서 겨우 평온을 되찾았다.

탐욕은 오로지 불행만 낳을 뿐
결국 동경에 도적 떼를 불러들여 날뛰게 하였구나.
다행히 포공이 부임하셨으니
관리는 어질고 백성은 저절로 편안하도다.

梁武帝累修歸極樂

양무제가

끝없이 도를 닦아

극락으로 돌아가다

『태평광기(太平廣記)』의 「보응(報應)」 편에 이런 전설이 전한다. 양 무제(464~549, 재위 502~549)는 남제(南齊)의 왕 동혼후(東昏侯)를 죽이고 왕위를 빼앗았는데 이때 너무도 많은 인명을 살상했다. 동혼후가 죽던 날 태어난 후경(侯景)이 나중에 난을 일으켜 양나라의 수도를 격파하고 양 무제를 감금하여 굶겨 죽인 뒤 수많은 식솔들까지 몰살하여 살아남은 자를 찾기가 어려웠다. 동혼후는 양 무제에게, 양 무제는 후경에게 죽임을 당하는 전생의 인연이 있었던 것이다.

『남사(南史)』의 「양 무제 본기(梁武帝本紀)」는 양 무제가 미신과 불교에 탐닉하여 정사를 제대로 돌보지 않았다고 평가하고는 그것이 혹시 피비린내 나는 정쟁을 통해 정권을 잡았기 때문일지도 모른다고 말한다. 주 무왕이든 한 무제든 '무'라는 시호는 강직하고, 환란을 제압하고, 백성들을 강압적으로 다스리고, 고집이 센 선왕에게 부여하는 것이니 이런 면에서 보면 양 무제 역시 성품이 강압적이고 포악했을 가능성이 높다.

그런 양 무제가 불교를 숭앙했던 것은 폭압적인 정치에 대한 참회와 도피의 눈물이었을까, 아니면 부처님마저 자기편이니 나는 내 식대로 마음껏 정치를 하면 된다는 잘못된 신앙의 소산이었을까? 진의는 확인하기 힘들지만, 이 작품에서는 불교의 윤회설과 세속적 인과응보의 관념을 적절히 섞어 양 무제의 삼생에 걸친 윤회담을 펼쳐 내고 있다.

아름다운 저 정원에 향긋한 비 내렸나
새벽녘 앵무새 울었나.
잠에서 깨어나니 이제 막 참깨 익어 가고
저 산봉우리에 달도 아니 기울었네.

이 시는 제나라 명제(明帝) 때 우이현(盱眙縣) 광화사(光化寺)의
스님인 보능선사(普能禪師)가 지은 것이다. 보능선사의 속성은 범
(范)으로, 전생에 하얀 목의 지렁이였으며, 천불사(千佛寺) 대통선
사(大通禪師)의 선방 앞마당에서 살았다. 대통선사는 참선할 때
면 『법화경』을 외웠는데 이 지렁이는 나름 영특하여 목을 쭉 빼
고 그 소리를 듣곤 했다. 대통선사가 『법화경』을 삼 년 동안 외웠
으니 이 지렁이도 『법화경』 독경 소리를 삼 년 동안 들은 셈이다.
대통선사가 참선을 마치던 날 공양을 들고 예불에 참석했다. 그
러다가 자신의 방 앞에 마당에 풀이 무성한 것을 보고선 사미승

을 불러 풀을 좀 베라고 하였다. 사미승은 마당 가운데부터 풀을 베어 나가다 담 쪽으로 가서 호미로 풀을 긁던 중에 자기도 모르게 땅속 깊이까지 호미질을 하게 되었고 그때 그만 지렁이가 두 동강이 나고 말았다.

"아미타불! 오늘 내가 한 생명을 상하게 했구나. 이런 죄를 범하다니, 이런 죄를 범하다니!"

그 사미승은 땅을 파고 지렁이를 묻어 주었다.

이 지렁이는 독경 소리를 들은 힘으로 사람의 형상을 입고 범씨 가문에 태어나게 되었다. 나이가 들 무렵 부모가 모두 세상을 떠나 광화사에서 출가하여 공곡선사(空谷禪師) 휘하에서 취사를 맡게 되었다. 사람됨이 착실하여 밥을 짓고 차를 끓이는 일을 하면서도 온갖 정성을 다하여 주지 스님을 잘 모셨다. 다른 스님들도 차별을 두지 않고 모두 잘 섬겼다. 범 행자는 비록 글을 읽고 쓸 줄은 몰랐으나 억지로 불경 공부를 했으며 그중에서도 특히 『법화경』만은 아주 물 흐르듯이 외웠으니 아침저녁으로 짬만 나면 『법화경』을 외우며 수행했다. 광화사에서 지낸 지 삼십여 년 천불사의 대통선사가 열반에 들었다는 소식을 듣고는 세상사에 미련을 끊고 나름 서원을 한 다음 광화사의 주지에게 말했다.

"제가 이 광화사에서 생활한 지도 어언 긴 세월, 그동안 고기를 삼가고 탐욕을 부리지 않았으며 이 세상 만물을 함부로 낭비하지 않았습니다. 이제 오늘 스님께 하직 인사를 올리고 이 세상을 떠나 평안한 곳으로 가고자 하니 스님께서 자비를 베푸셔서 저를 이끌어 주십시오."

梁武帝累修歸極樂

말을 마치고 엎드려 절을 올렸다. 주지가 입을 열었다.

"할 말이 있으니 일어나라. 네가 비록 수행을 했다고는 하나 깨달음의 요체를 얻지는 못했다. 이제 떠나거든 일체를 초탈하는 길을 가야지 헛된 부귀와 명예를 추구하는 길로 들어서서는 아니 된다. 길을 잘못 들어서면 윤회를 얻고 싶어도 얻지 못할 것이다."

범 행자는 이 말을 가슴에 새기고 주지에게 하직 인사를 한 다음 부엌에서 목욕재계를 마치고 깔끔한 옷으로 갈아입었다. 그리고 부처와 하늘과 땅과 부모에게 인사를 올리고 관 안에 가부좌를 틀고 앉아 눈을 감았다. 여러 스님이 범 행자를 위해 독경을 하고 절의 일꾼들에게 그 관을 메고 공터로 나가게 하여 주지 스님에게 장작에 불을 붙여 달라고 했다. 그 순간 불전에서 종소리가 들려왔다. 이때 주지가 화급하게 소리를 질렀다.

"아직 불을 붙일 때가 아니다."

주지는 가마를 타고 관 앞에 다다랐다. 사람을 시켜 관을 열게 하니 그 안에서 범 행자가 다시 정신이 돌아오는데 일어서지는 못하고 그저 합장을 한 채로 주지를 바라보았다.

"마침 제가 좋은 곳에 갔었습니다. 빨간 비단 장막 안이었는데 너무도 편안했습니다. 그리고 종소리가 나면서 황금빛 몸의 나한이 하얀 연꽃이 핀 연못으로 저를 밀어 넘어뜨렸습니다. 그 순간 깜짝 놀라 깼는데 무슨 의미인지 모르겠습니다."

"네가 잡생각이 들었기에 짐승으로 환생할 뻔했다. 그래서 내가 너를 깨운 것이니 윤회의 길로 다시 들어서 보자."

그런 다음 스님들에게 말했다.

"산문 밖의 은행나무 아래 있는 파란 돌을 파 보아라."

스님들이 나무 아래로 달려가 파란 돌을 파 보니 그 밑에 이제 갓 태어난 빨간 뱀 한 마리가 죽어 있었다. 스님들 가운데 놀라지 않는 이가 없었다. 스님들은 다시 돌아와 주지에게 자신들이 목격한 것을 보고했다. 주지가 당부했다.

"마음을 굳게 다잡고 수행하라. 잡념을 버리면 좋은 곳으로 윤회할 것이다. 왕후장상으로 태어나더라도 수행을 게을리 해서는 안 될 것이다. 그래야 극락에 갈 것이다."

범 행자는 이 말을 가슴에 새기면서 나무아미타불을 부르며 눈을 감았다. 스님들이 주지에게 장작더미에 불을 붙여 달라고 청하니 주지가 여래 가사를 입고 가마를 타고 범 행자의 관 앞에 다가가 게송을 주었다.

범 행자여, 범 행자여
매일 부뚜막에서, 매일 부뚜막에서.
그대가 바로 불속에 핀 황금 연꽃
엎어지고 또 엎어지고.

주지는 이 게송을 읊은 다음 장작더미에 불을 붙였다. 지지직하며 불길이 치솟아 올랐고, 스님들은 아미타불을 염송했다. 불속에서 파란 연기가 피어올라 관 꼭대기로 올라가는데 높이만 해도 수천 길이나 되었다. 파란 연기는 주위를 맴돌다 동쪽을 향하여 날아갔다.

우이현 동쪽에 안락촌이란 마을이 있었다. 그 마을엔 큰 부자가 살고 있었으니 성은 황(黃)이요, 이름은 기(岐)라, 재산이 넘치고 넘쳤다. 거래를 할 때면 저울질을 야박하게 하지 않고 남의 불행을 딛고 재물을 모으지 않고, 다른 사람들을 곤경에 빠뜨리지 않으며 널리 자비를 베풀고 음덕을 쌓았다. 그의 부인 맹 씨가 임신을 하여 출산을 앞두고 있었다. 범 행자는 주지의 설교를 듣고 자신의 혼을 맹 씨의 배 속으로 집어넣었다. 광화사에선 범 행자가 열반에 들고 안락촌에선 맹 씨가 아이를 낳았다. 맹 씨의 아이는 용모가 준수하고 골상이 헌걸찼다. 마흔이 넘도록 아이가 없다가 이런 아들을 낳으니 황기로서는 천하의 보배를 얻은 것과 마찬가지라 온 집안사람들이 크게 기뻐했다. 다만 한 가지 이 아기가 낮이고 밤이고 울어 대면서 젖을 빨지 않는 게 문제였다. 부부는 당황하여 치성을 드리고 부처님께 빌었으나 아무런 효험이 없었다.

그의 집에서 일하던 이 집사가 황기에게 이렇게 고했다.

"도련님이 저렇게 밤낮으로 우는 건 무슨 사연이 있기 때문인 것 같은데 알 도리가 없습니다. 여기서 이십 리 떨어진 곳에 광화사라는 절이 있고 그 절의 주지 스님인 공곡선사가 과거와 미래를 꿰뚫어 보는 능력이 있어 살아 있는 부처라고 불린다니, 나리께서 한번 찾아가 보시면 어떨지요? 틀림없이 무슨 방도가 있을 겁니다."

황기는 이 집사의 말을 듣고 황급히 예물과 향을 준비하여 광화사에 도착했다. 광화사의 모습이 어떠하였던고?

산사의 종소리는 계곡 서쪽까지 들려오고
계곡에 흐르는 물 위로 안개가 아스라이 피어오른다.
들꽃 가득 피어 있는 곳을 한가로이 노닐고
몇몇 행락객은 돌 제방을 건넌다.

주지의 거처에 다다르니 공곡선사가 맞아 주었다. 황기는 황망
히 절을 올리고 입을 열었다.

"갓 태어난 제 아들놈이 밤낮으로 울기만 하고 도대체 젖을 먹
으려고 들지 않으니 이러다 무슨 일이 생길까 걱정입니다. 스님께
서 자비를 베풀어 보살펴 주신다면 그 은혜는 죽어도 잊지 않겠
습니다."

공곡선사는 이게 다 범 행자가 자신에게 가르침을 받고자 하
는 것임을 직감했으나 아무런 내색을 하지 않았다. 공곡선사가
황기에게 이렇게 말했다.

"소승이 직접 가 보면 아마 문제가 해결될 것입니다."

공곡선사는 황기에게 절 음식을 대접한 다음 함께 가마를 타
고 밤을 도와 황기의 집에 도착했다. 황기가 공곡선사를 거실에
모시니 공곡선사가 아이를 데려와 보라 했다. 황기가 직접 아이
를 안고 나왔다. 공곡선사가 아이의 머리를 쓰다듬으면서 아이의
귓불에 대고 몇 마디를 해 주었다. 다른 사람들은 그 소리를 들
을 수 없었다. 공곡선사는 또 아이의 머리를 쓰다듬으면서 이렇
게 말했다.

"그대는 재난을 만나지 않을 것이니, 그대는 부모를 이롭게 할

지니, 그대의 불성은 전혀 손상되지 않을 것이니!"

이러자 아이가 울음을 뚝 그쳤다. 사람들이 깜짝 놀라며 이렇게 말했다.

"어쩜 이렇게 기이한 일도 있을까? 살아 있는 부처님이 아이를 구하셨네!"

황기가 공곡선사에게 말했다.

"이 아이가 돌이 되면 스님이 계신 절로 데려가서 승적에 올리겠습니다."

"너무도 좋은 생각이오."

공곡선사는 황기에게 이렇게 대답하고 절로 돌아갔다. 황기는 아이의 문제가 해결된 것을 매우 좋아했다. 온 집안 식구들이 그 아이를 애지중지 길렀다.

세월은 유수와도 같이 흘러 어느덧 일 년이 지났다.

"내가 일찍이 이 아이를 승적에 올리고 출가시킨다 했지."

황기는 상자 안에 예물을 담고 유모에게 아이를 안게 한 뒤 가마 두 대에 나눠 타고 공곡선사가 있는 절을 향해 갔다. 황기는 공곡선사를 찾아가 예물을 바쳤다. 공곡선사는 아이에게 복인(復仁)이라는 법명을 지어 주고는 어린아이용 승복과 승모를 입게 하고 음식을 나누었다. 황기는 다시 아이를 안고 집으로 돌아왔다. 해가 지고 달이 뜨고 육 년의 세월이 흘렀다. 황기는 독선생을 청하여 아이를 가르쳤다. 복인은 본디 뚝심도 있거니와 영리하기도 했다. 마을 사람들은 복인이 광화사 범 행자의 화신이며 앞으로 필시 부귀를 얻을 것이라고 믿었다.

이 우이현에 사는 동 태위(童太尉)가 복인이 잘생기고 똑똑한
데다가 황가네가 재산 또한 넘치니 중매쟁이를 통해서 복인과 동
갑내기인 자기 딸을 정혼시키려 했다. 황기는 동 태위의 제안이
마뜩지 않아 대답을 미루고 있었으나 동 태위가 거듭거듭 청해
오는지라 삼백 개의 상자, 이백 냥의 금장식, 천 냥의 은자, 비단
몇 필을 주고 정혼을 했다. 그러나 인연이 되려고 그랬는지 여자
아이도 총명하기 이를 데 없어 일찍이 따로 글을 가르친 적도 없
었으나 글자를 읽을 줄 알고 경서 낭송하기를 좋아했다. 어찌 이
런 일이 있을 수 있을까? 그녀는 바로 마가가섭(摩訶迦葉)을 곁에
서 모시던 시녀로 불도의 연기를 완성하고자 이 세상에 하강한
것이었다.

처음 정혼시켰을 때에야 서로들 어려서 그러려니 했으나 나이
가 들어 열대여섯 살이 넘어서도 둘 다 일심으로 불도에 정진하
고 결혼에 대해선 도무지 관심을 두지 않았다. 황기는 아들이 나
이가 차는 걸 보고 택일을 하여 혼례를 치르고자 했다. 동 태위
의 딸은 황가네에서 택일을 하여 혼사를 진행할 거라는 말을 듣
고 마음의 갈피를 잡지 못하여 일단 글을 써서 유모 편에 어머니
에게 전달했다.

나이가 들면 짝을 찾고 혼례를 치르는 것은 『시경』이나 『예기』
에서도 강조하고 있는 바입니다. 그러나 세상사 다 예외가 있어
법이나 예법도 일률적으로 적용될 수는 없습니다. 소녀의 마음
은 오로지 불문에 귀의하고자 하니 한 남자의 아내가 되는 것

에는 그다지 관심이 없습니다. 마음이 정각에 이르는 것에 기울어져 있으니 어찌 남녀가 짝을 이루는 것에 신경 쓸 수 있겠습니까? 한 번의 깨달음에 일체개공의 이치를 알고 속세의 모든 인연이 다 부질없는 것이 되고 맙니다. 참선으로 나아가는 등불 하나 밝히니 신랑 신부가 밝히는 화촉이 어이 당할 것이며, 범패 소리 울리니 혼례의 악기 소리가 어찌 당하겠습니까? 깨진 발우에 거친 밥도 맛나기 그지없고 납의가 편안하기 그지없습니다. 일체의 형상과 색채를 다 잊었으며 삶과 죽음을 넘어 모든 게 하나가 되었습니다. 어머니께서 부디 이런 소녀를 불쌍히 여기셔서 저의 뜻을 받아 주십시오. 남녀지정을 누린 무산의 신녀가 되기보다는 달로 달아난 항아가 되겠습니다. 이 소녀가 견성하게 되면 부모님의 은혜를 조금이나마 갚을 수 있겠습니다. 소사(簫史)와 결혼하여 옥피리로 봉황의 울음소리 냈던 농옥(弄玉)을 바라지 마시고,[17] 옥 절굿공이 예물로 바치고 결혼한 배항(裴航)의 이야기[18]는 남의 이야기려니 여겨 주십시오. 어

---

17 소사는 통소를 잘 불었는데, 특히 봉새와 난새가 춤추게 하는 가락을 잘 연주했다. 진 목공(秦穆公)의 딸 농옥 역시 통소를 잘 불었다. 진 목공이 농옥을 소사에게 시집보내니 부부가 함께 통소를 연주했다. 진 목공이 그들을 위해 누대를 지어 주어 그들은 그 누대에서 지냈다. 몇 년이 지나 농옥은 봉새를 타고, 소사는 용을 타고 하늘로 올라갔다.

18 당(唐) 배형(裴鉶)의 『전기배항(傳奇裴航)』에 나오는 이야기다. 수재인 배항이 배를 타고 가다가 동승한 번 부인(樊夫人)에게 마음이 기울어 구애하는 시를 바쳤으나 그녀는 "남교가 바로 신선 사는 곳인데, 어찌하여 힘든 길로 신선 되려 하는가?(藍橋便是神仙窟, 何必崎嶇上玉淸)"라는 시를 적어 주고 사라졌다. 나중에 배항이 남교를 지나다가 한 노파에게 물을 청하게 되었는데, 그 노파가 자신의 손녀

머니의 무한한 자비를 바라나니 그저 저를 불쌍히 여기시고 부
디 헤아려 주십시오.

유모는 이 글을 어머니에게 전달했다. 어머니는 글을 받아 들
고서 유모에게 말했다.

"황가 사돈댁에서 연일 날을 잡아 식을 올리자고 하면서도 아
직까지 사람을 보내어 아씨를 보자는 말은 하지 않더구나. 한데
무슨 연유로 이런 글을 보냈단 말이냐?"

유모는 아씨가 결혼할 생각은 하지도 않고 시간만 나면 불경
을 읽고 출가할 궁리만 한다는 이야기를 한바탕 해 주었다. 어머
니는 이 말을 듣고 마음이 편치 않아 딸에게서 받은 글을 동 태
위에게 보여 주었다. 동 태위가 글을 읽고 나서 입을 열었다.

"이런 바보 같으니라고! 남자건 여자건 나이가 들면 결혼하는
게 당연한 거지. 부모에게 효도하고 형제간에 우애하는 게 천지
신명에게 통하는 것이라는 말을 들어 보았어도, 수행하여 부처가
되어야 한다는 말은 들어 본 적이 없다."

동 태위는 편지를 찢어 버리고 험한 욕을 퍼부었다.

운영(雲英)을 통해 물 한 잔을 건네주었다. 배항이 운영에게 한눈에 반하여 청혼
하니 그 노파는 옥 절굿공이로 백 일 동안 선약을 조제하여 오라는 조건을 내건
다. 배항은 천신만고 끝에 괵주(虢州)의 약재상에서 옥 절굿공이를 구하여 밤낮
으로 선약을 조제하려고 노력했다. 달나라 옥토끼가 배항의 이런 모습에 감동하
여 찾아와 도와주니 배항이 마침내 선약을 완성할 수 있었다. 배항은 이 선약을
바치고 결혼을 허락받는다. 나중에 알고 보니 번 부인은 바로 운영의 언니였다.
배항과 운영은 행복한 결혼 생활을 하다가 나중에 다 함께 신선이 된다.

"아니, 이런 망할 것이 있나!"

동 태위는 황가 사돈댁에서 택일한 날 그대로 딸을 시집보내 버렸다. 황복인과 동 아씨 두 사람은 혼례를 치르고 신방에 들었지만 동침을 하지는 않았다. 그로부터 반년 동안 두 사람은 마치 든든한 동반자처럼 지냈다. 어느 날 황복인이 동 아씨에게 행운 유수처럼 탁발을 다니겠노라고 말했다. 그 말을 들은 동 아씨가 대답했다.

"당신이 탁발을 다니시겠다면 저도 따라서 출가하겠습니다. 자고로 아내는 결혼하면 남편을 따른다고 하지 않습니까, 결코 제 몸을 다른 사람에게 허락하지는 않을 것입니다."

복인은 수행하고자 하는 동 아씨의 뜻이 굳은 데다가 개가할 의사가 추호도 없음을 보고는 하는 수 없이 이렇게 말했다.

"그럼 우리 곁의 남매처럼 한마음 한뜻으로 같이 수행을 하도록 합시다."

동 아씨도 매우 기뻐했다. 두 사람은 부처님 전에 예불을 올리고 서원한 다음 거친 옷 입고 성긴 밥을 먹으며 재가 수행을 했다. 동 태위는 딸과 사위의 이런 모습이 도무지 탐탁지 않은 데다 사람들이 보면 뭐라 생각할까 걱정도 되어 딸과 사위에게 유모하나, 하녀 둘을 붙여 주고는 산 서쪽 마을에 허름한 집 하나를 구하여 따로 살게 해 주었다. 복인과 동 아씨는 날마다 불경을 읽고 염불을 외고 참선하기를 그치지 않았다.

삼 년여 동안 두 사람은 부처님 전에서 참선했다. 어느 날 아리따운 여인이 황복인에게 찾아와 인사를 올리며 이렇게 말했다.

"저는 동 태위 집안의 가기 여취입니다. 마님께서 나리가 아씨와 동침하지 않으시니 사돈댁이 대가 끊길까 걱정하시며 저를 보내셨습니다. 나리의 수행도 방해하지 말고 다른 사람들 눈에도 띄지 않게 하라고 분부하셨습니다."

말을 마치고 여인은 황복인에게 한껏 교태를 떨었다. 황복인은 여인이 너무도 교태를 떠는 데다 가문의 대가 끊긴다는 말을 듣자 자기도 모르게 마음이 흔들렸다. 그러다 이런 생각이 퍼뜩 들었다.

'미모로 치자면 동 아씨가 훨씬 빼어난데 그녀에게도 마음이 흔들리지 않았거늘 내 어찌 이 여인 때문에 도심이 흔들린단 말인가?'

이런 생각에 잠겨 있는 찰나 한 줄기 소리가 쨍하고 들려오더니 사방에서 불빛이 이리저리 번득였다. 복인은 문득 정신을 차렸다. 참선에 들었던 동 아씨도 눈을 떴다. 황복인은 황급히 일어나 부처님께 예불을 드리고 다시 동 아씨에게도 예를 갖추었다. 그런 다음 이렇게 말했다.

"내가 불심이 견고하지 못하여 마귀에 넘어갈 뻔했소이다. 당신의 가르침을 바라오."

사실 말이 났으니 말이지만, 동 아씨야 총명하기 이를 데 없고, 지혜롭고 원만하기가 황복인보다 훨씬 나았다. 동 아씨가 이렇게 대답했다.

"당신에게 색마가 씌었기 때문에 이런 환상이 나타난 것이랍니다. 공곡선사를 뵙고 가르침을 청하는 도리밖에 없겠습니다."

다음 날 두 사람은 광화사로 공곡선사를 찾아갔다. 공곡선사가 이렇게 말했다.

"욕심이 일어나면 견성도 무망이니 다시 윤회를 겪고 견성오도를 바라야 할 것이다."

그런 다음 그들에게 이렇게 읊조려 주었다.

애욕의 심연에서 뛰쳐나와
영산의 샘물을 마셔라.
남편은 떠남과 멈춤조차 초월할 것이니
부인은 복전을 밟을지라.
넓고 넓은 지극히 복된 절,
닿으리라, 극락 세상.

황복인과 동 아씨 두 사람은 공곡선사에게 작별 인사를 올리고 거처로 돌아와서는 유모와 하녀를 불러 말했다.

"우리는 오늘 밤 다른 세상으로 돌아가려 한다."

유모가 이렇게 대답했다.

"쇤네도 나리와 아씨를 여러 해 동안 모셔 왔습니다. 저도 같이 데려가 주시기를 바랍니다."

황복인이 대답했다.

"그게 억지로 되는 일인가? 그대와 나의 인연이 거기까지는 닿지 않는 모양이네."

"쇤네도 나름 헤아려 생각하는 바가 있습니다."

황복인과 동 아씨는 각각 목욕을 마치고 불전에 예불을 마치고 같이 열반에 들었다. 유모도 어찌 된 영문인지 모르나 자기 방에서 저세상으로 떠나갔다. 황기가 소식을 듣고 달려와 나머지 일을 수습했음을 두말할 필요도 없다.

한편 황복인의 혼령은 소 씨(蕭氏) 집안에, 동 아씨의 혼령은 지 씨(支氏) 집안에 깃들게 되었다. 어호(漁湖)라고 하는 지역에 소이랑(蕭二郞)이란 사람이 살고 있었으니 남조 제나라의 왕실로서 소의(蕭懿), 소탄지(蕭坦之)의 일족이었다. 소이랑의 아내 선 씨(單氏)는 자비롭고 남에게 베풀기를 좋아하는 성품으로 임신 구개월째였다.

바로 이 소이랑의 아내 선 씨의 품으로 황복인이 들어간 것이다. 선씨의 꿈에 키가 한 십 척쯤 되는 남자가 황금 옷을 입고 곤룡포에 면류관을 쓰고선 나타났다. 남자는 꿩 깃털로 장식한 화려하기 이를 데 없는 깃발에 둘러싸여 있었다. 한 무리의 사람들이 붉은 옷을 입고 수레를 몰고서 소이랑의 집에 찾아왔다. 황금 옷을 입은 자가 혼자서 선 씨의 방 안에 들어와서 선 씨를 바라보고 절을 올렸다. 선 씨가 깜짝 놀라 도대체 어떻게 찾아오신 거냐고 물어보려는 순간 꿈에서 깼고 그러면서 출산을 했다.

이 아이는 태어날 때부터 보통 아이와 달랐으니 우는 소리도 우렁차기 그지없었다. 아이의 이름을 소연(蕭衍)이라고 붙였는데 여덟아홉 살이 되니 몸에서 기이한 향내가 났다. 총명하고 재주가 많아 민첩했으며, 글 짓는 솜씨가 따라올 자가 없을 정도로 탁월했다. 병법에 능하여 적을 헤아려 승전을 따내는 계책을 세

움에 한 치의 실수도 없었다. 소연은 5월 5일생이었다. 당시 제나라의 풍습은 5월 5일에 태어난 자는 아버지와 상극이라는 속설이 있었기에 모두 이런 소연을 낳아 기르는 것을 탐탁지 않게 생각했다. 그의 어미는 소연을 몰래 키우면서 친부에게는 비밀로 해 두었다가 여덟아홉 살이 되어서야 알렸다. 소연의 생부는 이렇게 대꾸했다.

"5월에 태어난 아이는 부모와 상극이라는데 뭐 하려고 키운단 말인가?"

이때 옆에서 이 말을 듣고 있던 소연이 아버지에게 이렇게 말했다.

"5월에 태어난 아이가 부모에게 해를 입힌다는데 소자가 벌써 아홉 살, 구 년 동안 부모님께 해를 입힌 일이 있습니까? 이미 구 년 동안 해를 입히지 않았는데, 앞으로 구 년 동안 또 어찌 해를 입히겠습니까? 아버님께서는 조금도 걱정하시 마십시오."

소연의 아버지는 그 말을 기특하게 여기고 자신의 찝찝한 마음을 거두었다. 그의 숙부인 소의는 이 소식을 듣고 이렇게 말했다고 한다.

"아이의 식견이 탁월하니 언젠가는 우리 가문을 크게 일으킬 것이다."

소의는 이 일을 통해 소연의 비범함을 알아차리고 매사를 그와 상의했다.

이때 자사(刺史) 이분(李賁)이 모반을 일으켜 스스로 월나라 황제라 칭하고 관직을 임명하니 조정에서 장군 양표(楊瞟)를 파견하여 토벌하게 했다. 양표는 이분의 위세가 만만치 않아 토벌이 어려우리라는 걸 알아차리고 매번 소의를 찾아와 상의했다. 소의가 양표에게 이렇게 말했다.

"내 조카 소연이 비록 나이는 어려도 식견이 뛰어나고 세상을 호령할 재주가 있소이다. 내가 사람을 보내서 오게 할 테니 한번 상의해 보시오. 적어도 후회할 일은 없을 거요."

소의는 사람을 시켜 소연을 데려오게 한 다음 양표에게 인사를 시켰다. 양표가 보니 소연의 행동거지가 비범한지라 성심으로 답례를 한 다음 적을 깨칠 계책을 솔직하게 물었다. 소연이 대답했다.

"이분은 오랫동안 모반을 준비해 왔고 병사의 세력 또한 막강하며 따르는 자들도 많으니 나리의 군사를 그대로 몰아 이분의 군사를 공격하는 것은 호랑이 앞에 고깃덩어리를 던져 주고 호랑이한테 먹히는 것을 구경하는 격입니다. 듣자하니 이분은 회남을 손에 넣고 광주를 압박해 오고 있다고 합니다. 손경(孫冏)은 제때에 대처하지 못하고 머뭇거린 죄 때문에 벌을 받았으며, 자웅(子雄)은 패전의 죄로 자살을 명받았습니다. 이분은 지금 기세가 등등하고 거칠 것이 없는 상황입니다. 나리께서는 대군을 몰아 회남에 주둔하신 다음 한 무리를 따로 떼어 진패선(陳覇先)에게 주고서 먼저 이분의 후미를 습격하게 하시는데, 병사 수천 명 정도만 주어 공격하게 하시고 이기려고 하는 게 아니라 패한 척하고 도망하여 이분의 군사를 나리의 주력 부대가 있는 회남으로 유인하게 하십시오. 회남 지역은 갈대가 무성하고 땅이 축축하고 질퍽하며 진흙이 많으니 기마전을 하기에는 적합하지 않은 곳입니다. 나리께서 참호를 깊이 파고 돈대를 높게 세운 다음 적들과 싸우지는 마시고 다만 적병의 예봉만 꺾어 놓으십시오. 천시를 기다려 바람이 불 때 불을 놓으시고 진패선에게 뒤에서 이분의 귀로를 끊게 한 다음, 이분의 군대에게 패한 것처럼 꾸며 그 성을 빼앗게 하십시오. 그럼 진퇴양난의 형세가 되어 이분을 사로잡기 어렵지 않을 것입니다."

양표는 소연의 계책을 듣고선 찬탄을 금치 못하여 인사를 하고 돌아갔다. 양표는 소연의 계책대로 이분을 격파했다. 소연의 명성이 하늘을 찌를 듯이 높아져 원근각처에 자자했으며 사람들이 소연과 함께하기를 앙망했다.

소연은 나름 큰 뜻을 품고 있었다. 어느 날 제나라 명제(明帝)가 병사를 일으켜 위나라를 정벌하고자 했으나 고환(高歡)의 병사들이 수도 많고 막강하여 쉽사리 어찌하지 못하다가 환관을 보내 소연을 모셔 오게 했다. 소연은 환관을 따라 입궐하여 명제를 알현하고 예를 갖춰 인사를 올렸다. 명제가 평소 소연의 명성은 익히 들어 본 바 있지만 직접 보니 너무도 새파란 젊은이였다.

"그대는 아직 어린 나이임에도 명성이 자자하니 대체 무엇을 잘하는가?"

"학문의 세계는 끝이 없고 소인의 지식은 너무도 보잘것없으니 소신이 어찌 감히 재주를 들어 폐하를 모실 수 있겠습니까?"

명제는 갑자기 송구함을 느끼며 소연을 어린아이로 취급해서는 안 되겠구나 하는 생각이 퍼뜩 들었다. 이에 명제는 소연에게 계책을 상의했다.

"과인이 위나라를 정벌하고 이주영(爾朱榮)을 제거하고 싶으나 고환의 병사가 수도 많고 강력하여 고민이 되는지라 이렇게 경을 불러 상의하는 것이오."

"본디 병사의 수가 많다 함은 죽음을 두려워하지 않는 병사가 많다는 것이고, 병사가 강력하다 함은 천하 사람의 마음을 얻었음을 의미합니다. 그러나 지금 이주영은 흉포하고 교활하며 음흉하기 그지없으며, 고환은 남을 속이고 부정한 짓을 행하니 병사의 수가 많다 한들 그 마음은 얻지 못하였습니다. 게다가 임금과 신하가 서로 마음이 다르고 각자 자기 사람을 심기 바쁘니 함께 오래 지속될 형국이 절대 아닙니다. 폐하께서 잘 훈련된 병사를 징발하셔서 북벌을 하겠노라 선언하십시오. 그런 다음 그 동쪽을 치시되 적들이 동쪽을 방비하면 굳이 공격하지는 마시고 지켜보십시오. 금년에 한 차례 공격하는 모양을 취하고 내년에도 한 차례 공격하는 모양을 취하면 저들은 동요하고 불안하여 저절로 피곤해질 것입니다. 상하가 서로 불화하게 되어 마침내 나라는 내란이 일어날 것입니다. 폐하께서 그 틈을 타서 공격하시면 쉽게 취하실 수 있을 것입니다."

명제는 그 말을 듣고 크게 기뻐하며 소연을 궁에 머무르게 하고 황후와 비빈들에게도 인사를 시켰다. 황후와 비빈들은 소연과 만나는 것을 너무도 즐거워했다. 소연의 명성은 나날이 높아 가고 공로는 나날이 쌓여 가더니 그의 관직이 옹주 자사(雍州刺史)에 이르렀다.

후에 소보권(蕭寶卷, 499~501재위)이 제나라 왕위에 올랐으나 놀기를 좋아하고 황음무도하며 정사를 돌보지 않고 환관들을 중용했다. 소연이 이 소식을 듣고 장홍책(張弘策)에게 말했다.

"지금은 소요광(蕭遙光), 서효사(徐孝嗣) 등 여섯 권신들이 조정을 장악하고 있어 언젠가는 분란이 일어날 형국입니다. 더욱이 주상께서 포악하고 질투심이 많아 조왕(趙王) 윤(倫)은 이미 반란의 마음을 굳혀 조만간 실행에 옮길 기세이니 천하가 대환란에 빠질 수 있는지라 대비하지 않을 수 없습니다."

소연은 비밀리에 군비를 비축하고 날랜 병사 수만 명을 길렀으며 대나무를 벌채하여 단계(檀溪)를 메꾸고 건초 더미를 산더미처럼 쌓아 두었다. 제나라 왕은 소연이 딴마음을 품고 있음을 눈치채고선 정식(鄭植)과 더불어 병사를 일으켜 소연을 토벌하는 문제를 상의했다. 정식이 이렇게 말했다.

"소연이 이런 뜻을 품은 지 이미 오래되어 휘하의 병사들이 강건한지라 쉽게 격파할 수 없습니다. 폐하께서는 소신의 계략을 들어 주십시오. 소연에게 높은 벼슬을 임명하는 교지를 내리시고 그걸 소신에게 들려보내시면 소연은 소신을 맞아들일 것입니다. 그때 소신이 소연을 목 베면 저 혼자의 힘쓰는 것으로 수많은 병사와 군비를 절약할 수 있을 것입니다."

제나라 왕은 매우 기뻐하며, 즉시 정식을 옹주에 사신으로 파견하여 소연을 암살하게 했다. 한편 광화사의 주지 공곡선사는 제나라 왕의 계획을 간파하고 깜짝 놀라 소연의 꿈에 나타나기로 작정했다. 공곡선사는 천서 한 권을 마련하고 그 안에 날이 시퍼런 칼을 담아 소연의 꿈에 나타나 전달했다. 소연은 잠에서 깨어나 스스로 생각에 잠겼다.

"분명 스님이 틀림없는데 왜 칼이 들어 있는 천서를 주는 것일까, 혹시 누군가 나를 살해하려고 하는 것일까? 내일 아침에 일어나면 어떤 일이 생기는지 주의 깊게 살펴보아야겠다."

다음 날 아침이 되니 누군가 보고하기를 조정에서 정식이란 사신을 파견하여 자신의 관작을 높여 주기로 했다고 보고했다. 소연이 혼자 중얼거렸다.

"그래, 바로 이 일이구나!"

소연은 바로 정식을 접견하지 않고 일단 사람을 시켜 영만장사(寧蠻長史) 정소적(鄭紹寂)의 집에 술자리를 마련하게했다. 그런 다음 부하들을 매복시키고, 정식을 만났다.

"조정에서 그대를 보내어 나를 죽이라 했으니 필시 명령서가 있으렸다."

"그럴 리가 있겠습니까?"

"저놈을 뒤져라."

휘장 뒤에서 삼사십 명의 무사들이 뛰어나와 정식을 붙잡아 뒤지니 정식의 몸에서 칼 한 자루가 나오고 더불어 소연을 죽이라는 밀서도 나왔다. 소연이 대로했다.

"내가 조정에 죄를 지은 일이 없건만 어찌하여 나를 죽이려 한단 말인가?"

소연은 즉시 밤을 도와 장홍책을 불러 병사를 일으키는 문제를 상의하고 대장기를 세우고 날랜 병사 이만여 명과 병마 천여

필 그리고 군함 삼천여 척을 징발하여 일제히 단계를 출발했다. 진즉부터 대나무와 꼴을 다 베어 준비해 뒀기에 시간을 지체하지도 않았다. 왕무(王茂)와 조경종(曹景宗)을 선봉 삼아 한구(漢口)에 도착하여 물이 붇는 시기를 이용하여 가호(嘉湖) 지방을 습격했다.

한편 영성(郢城)과 노성(魯城)은 가호를 지키는 방어벽이자 건강(建康)으로 향하는 대문이었다. 이제 소연의 선봉 왕무가 이 가호를 공격하니 이 두 성을 지키는 관리는 간담이 서늘해지고 놀란 마음에 도저히 상대할 엄두를 못 내고 투항하기로 마음먹었다. 대문이 사라진 건강에서 소연의 병사를 당해 낼 자는 없었다. 소연의 병사는 파죽지세로 건강을 향해 진격했다. 이런 와중에도 제나라 왕은 여전히 향락에 빠져 헤어날 줄을 몰랐다. 제나라 왕은 장수 왕진국(王珍國)에게 병사 십만을 주고 주작항(朱雀航)에 진을 치도록 했다.

그러나 소연의 장수 여승진(呂僧珍)에게 화공을 당하여 진지가 불에 타고 조경종이 이 세를 타고 장수와 병사를 짓쳐 들어가니 그 북소리와 고함 소리가 하늘과 땅 사이에 진동했다. 왕진국의 병사는 더 버티지 못하고 붕괴했다. 소연의 군대는 이 기세를 몰아 선양문(宣陽門)에 이르렀다. 소연의 형제와 아들, 조카들이 모두 한자리에 모였다. 장수 서원유(徐元瑜)는 동부성(東府城)을 바치고 항복했으며, 이거사(李居士)는 신정(新亭)을 바치고 항복했다.

12월, 제나라 사람들이 마침내 소보권을 살해했다. 소연은 태후의 명령을 받들어 이미 죽은 소보권을 동혼후(東昏侯)로 강등,

폐위시키고 스스로 대사마(大司馬)에 오른 다음 선덕태후(宣德太后)를 궁으로 모셔 '제(帝)'의 칭호를 바쳤다. 소연은 나라의 으뜸 고문이자 재상이라는 뜻으로 국상(國相)이 되었고 양국공(梁國公)의 호칭을 받았으며, 구석(九錫)[19]의 예를 받았다. 황복인이 열 반에 들어 다시 윤회의 길을 갔을 때 유모는 범운(范雲, 451~503)으로, 하녀 둘 가운데 하나는 심약(沈約, 441~513)으로, 다른 하나는 임방(任昉, 460~508)으로 각각 윤회의 길을 갔다. 이 셋은 양국공 소연과 함께 경릉왕(竟陵王, 소자량(蕭子良), 460~494) 밑에서 관직을 맡았다. 전생의 인연이 있어서인지 이들은 아주 자연스럽게 의기투합했다. 양국공 소연은 범운을 자문관으로, 심약을 시중으로, 임방을 참모로 삼았다.

다음 해 4월, 양국공 소연은 제위를 선양받아 황제라 칭하고 양나라를 세웠다. 제나라 황제를 폐위하여 파릉왕(巴陵王)에 봉하고 제나라의 태후는 별궁으로 옮겼다. 소연은 비록 무력으로 천하를 얻었으나 불도와의 인연을 끊진 않았고 수행을 게을리 하지 않았다. 전쟁을 치르면서도 어진 마음을 놓지 않았다. 다시 또 전쟁을 벌이고 싶지 않아 위나라와 화의도 하고자 했다.

하루는 위나라에서 산기상시 이해(李諧)를 파견했다. 양 무제[20]

---

19 황제가 제후나 중요 신하에게 하사하는 아홉 종류의 예물. 황제에게서 최고의 대우를 받음을 상징한다. 수레, 의복, 가옥, 화살, 도끼 등이 바로 그것이다.
20 양나라를 세운 소연이 사후에 받은 시호가 무황제라서 양나라의 무황제라는 의미의 양 무제란 호칭이 나온 것이다. 이 작품의 제목에서 양 무제라고 부르고 있기도 하니 혼선을 빚지 않게 하고자 소연이 양나라의 황제에 오른 이후의 호칭은 양 무제로 통일한다.

소연은 그와 오랜 동안 이야기를 나누었다. 이야기를 마치고 이해를 궁궐에서 나가게 하고 나니 너무 늦은 시각이라 그냥 서재인 편전에서 하룻밤 묵기로 했다. 궁녀들과 관리들을 물리고 혼자 앉아 있자니 열린 창문 사이로 달빛이 비쳐 들어왔다. 일경쯤 되었을까, 사오십 명의 사람들이 파란 옷을 입고 좁은 통로에서부터 걸어왔다. 그리고 그 가운데 한 사람이 이렇게 노래하는 것이었다.

새장 속에 사는구나, 구속받는 일이 많기도 하네
일찍이 이 괴로움 다 끝나고 너른 바다로 나갈 수도 있었건만.
오호라, 내일이면 백정 손에 뼈와 살이 발릴 신세
이제 다시 하얀 발굽의 노래는 부르지 않으리.

양 무제는 이 노랫소리를 듣고 참으로 의아한 생각이 들었다. 사람들이 다가와 머리를 조아리고 말했다.

"폐하께서는 백성과 만물을 아끼고 사랑하며 늘 측은하게 여기고 자비를 베푸십니다. 저희들은 태묘에서 제사 지낼 때 희생으로 바쳐지는 이런저런 짐승인데 내일이면 모두 다 도륙을 당할 것입니다. 바라건대 폐하께서 자비를 베푸사 저희들을 이 고난에서 건져 주십시오. 그리하면 폐하의 공덕이 광대무변하게 빛날 것입니다."

양 무제가 그 파란 옷을 입은 자에게 말했다.

"태묘의 제사에 이렇게 많은 희생을 바치는 줄은 짐도 미처 몰랐구나. 짐도 차마 그냥 두고 볼 수 없으니 내일 조처를 하겠다."

파란 옷을 입은 자들이 일제히 머리를 조아린 다음에 떠났다. 이튿날 조회 시간에 양 무제는 문무백관에게 어제 파란 옷을 입은 자들을 만난 이야기를 해 주었다. 그러면서 이렇게 덧붙였다.

"종묘 제사야 그만둘 수 없으나 한꺼번에 많은 희생을 잡는 것은 차마 그냥 두고 볼 수 없구나. 이제부턴 쌀과 밀가루로 음식을 만들어 짐승을 잡는 희생을 대신하도록 하라. 그러면 제사를 폐하지 않으면서 널리 만물을 사랑하는 마음도 펼 수 있으니 양쪽 다 문제 될 게 없을 것이다."

양 무제가 이를 법으로 만들어 공표하니 누가 감히 거역할 수 있으리?

양 무제는 매일 재계하고 예불을 드렸다. 그러던 어느 밤 꿈에 붉은 옷을 입은 수천의 신인이 손에 부절을 들고 기린과 봉황 모양의 마차를 타고 호위병들을 거느리고서 찾아와 양 무제를 저승 세계로 초청했다. 대보전(大寶殿)에 이르니 금관을 쓰고 승복을 입은 신인이 양 무제를 안내하며 구경시켜 주었다. 각 건물에 도착할 때마다 그 건물을 담당하는 자가 나와 양 무제를 맞아 주었다. 착한 일을 한 사람들은 극락에서 편안하고 느긋하게 아무런 걱정 없이 노닐고 있었다. 악한 일을 한 사람은 그 죄과를 받고 있었다. 칼을 쌓아 놓은 산과 피가 흘러넘치는 바다에서 혀가 뽑혀 솥단지에 기름을 두르고 달궈지고 있었으며 뱀이 물고 호랑이가 깨물고 있었다. 또한 해진 옷을 입은 가난한 자들이 신발을 벗은 채 온몸에 두드러기와 부스럼이 난 채로 괴로움에 떨다가 양 무제를 보고선 애절하게 호소했다.

"폐하, 저희들을 불쌍히 여겨서 자비를 베푸소서. 저희들은 제사 지내 주는 자도 없는 혼령이라 배고프고 굶주린 채로 이 지옥에 빠져 있습니다."

"알았다. 내가 돌아가면 꼭 그대들을 구제하겠다."

그들은 모두 양 무제의 말에 고마워했다. 마지막으로 큰 산에 이르렀다. 산에는 동굴이 하나 있었고 그 동굴 입구에는 거대한 구렁이 한 마리가 대가리를 쳐들고 양 무제를 마주 보고 있었다. 마치 집채 하나가 가로막고 있는 듯했다. 양 무제는 그 모습을 보고 너무도 놀라 뒤로 물러서려 했다. 바로 이 순간 그 구렁이가 웅덩이보다도 큰 아가리를 벌리고 이렇게 말했다.

"폐하, 놀라지 마십시오. 저는 치후(郗后)입니다. 생전에 남한테 독하게 굴고 질투를 일삼아 죽어서 이렇게 구렁이가 되었습니다. 몸집이 너무 커서 움직일 수도 없으며 늘 배가 고프나 허기를 채울 길이 없습니다. 폐하께서 한때 부부의 연을 맺었던 정을 생각하셔서 저를 위해 불사를 일으켜서 제가 이 고액에서 빠져나가게 해 주신다면 그 공덕이 무궁할 것입니다."

원래 치후는 양 무제의 정부인이었으나 생전에 투기가 너무 심하여 양 무제가 정을 주는 여인은 어떻게 해서든 죽음으로 몰아넣었으니 치후에게 죽임을 당한 여인의 수가 헤아릴 수 없을 정도였다. 양 무제는 생전에 치후의 그런 모습을 두고 볼 수 없어 방도를 찾다가 꾀꼬리를 잡아 국을 끓여 먹이면 투기병을 낫게 할 수 있다는 말을 듣고 엽사들을 시켜 매월 꾀꼬리를 백 마리

씩 잡아 바치게 한 다음 매일 요리하여 먹이니 그나마 조금 차도
가 있었다. 그러나 나중에 치후가 이 사실을 알고는 그 국을 먹
지 않아 다시 병이 도졌다. 그런 치후가 이제 죽어서 구렁이가 되
어 양 무제에게 구제를 부탁하는 것이었다. 양 무제가 대답했다.

"짐이 궁궐로 돌아가면 당연히 그대를 위해 제를 올려 전생의
업보를 씻게 해 주겠소."

구렁이가 대답했다.

"폐하의 은혜에 감사드립니다. 제가 폐하가 환궁하시도록 안내
할 터이니 놀라지 마십시오."

말을 마치고 구렁이가 몸을 쭉 펴는데 굵기가 몇 길이나 되며
그 길이가 몇 백 길이나 되는지 모를 정도였다. 양 무제가 놀라서
깨니 온몸이 땀에 흠뻑 젖어 있었다. 한바탕의 꿈이었다. 양 무제
는 아침이 올 때까지 잠들지 못하고 깊이 탄식했다. 이튿날 조회
를 마치고 스님과 상의하여 우란분재를 열고 더불어 양나라 황제
의 참회록이라는 의미의 「양황보참(梁皇寶懺)」을 지었다. 우란분
재는 그 의미를 풀어 보자면 널리 구제하여 먹이는 것이라 봉양
받을 자식이 없어 굶는 귀신들을 위해 재를 올리는 것이다. 「양황
보참」은 치후가 지은 죄를 뉘우치고 악업을 씻어 내라는 기원을
기록하여 더불어 중생들의 죄를 풀어 주는 것이다. 음부의 죄인
들은 양 무제가 재를 베풀고 경을 염송해 주니 일체의 죄업에서
빠져나와 지옥에 죄 지은 자가 단 한 명도 남지 않게 되었다. 꿈
에서 보았던 치후의 모습도 생전의 모습으로 돌아갔으니 치후가
양 무제 앞에 나와 기쁜 마음으로 감사를 드렸다.

"제가 폐하의 참회록 덕분에 구렁이 몸에서 빠져나와 하늘에 오르게 되었으니 특별히 감사를 올립니다."

또한 꿈에서 보았던 백만의 지옥 죄수들이 모두 양 무제에게 절을 올렸다.

"폐하의 공덕에 힘입어 지옥에서 벗어나게 되었습니다."

이 일로 양 무제는 부처님을 더욱 받들어 모시게 되었으니 사방으로 고승을 찾아 가르침을 받고자 했으나 아직 그만한 사람을 만나지 못하고 있었다. 양 무제는 합두화상(榼頭和尙)이 불경에 정통하다는 소문을 듣고 특별히 사람을 보내 모셔 오게 하였다. 합두화상이 양 무제가 보낸 사람을 따라 궁에 들어왔을 때 양 무제는 마침 서재에서 시중(侍中) 심약과 바둑을 두고 있었다. 내시가 고했다.

"분부대로 합두화상을 모셔 와 오문 밖에서 기다리게 했습니다."

마침 양 무제는 바둑에 한참 정신이 팔려 어떻게 하면 저 한 집을 따먹을 수 있을까 하는 생각에만 몰두하고 있었다. 내시가 세 번이나 여쭈었으나 양 무제는 그 소리를 아예 듣지도 못한 채 손에 바둑알 하나를 들고서 이렇게 외칠 따름이었다.

"저놈을 죽여 버릴 테다!"

양 무제의 말은 상대방의 바둑 한 집을 죽이겠다는 말이었으나 내시는 그 말을 합두화상을 죽이라는 말로 알아듣고 이렇게 말했다.

"분부대로 시행하겠습니다."

그런 다음 오문 밖으로 나가 합두화상의 목을 베게 했다. 양
무제가 바둑 한 판을 다 두고 나니 심약이 말했다.

"합두화상이 폐하의 부름을 받고 도착하여 한참이나 기다리
고 있다고 합니다."

양 무제는 그 말을 듣고 황급히 내시를 불러 합두화상을 안으
로 모셔 오게 했다. 내시가 답했다.

"폐하의 명령을 받들어 이미 목을 베었습니다."

양 무제는 깜짝 놀랐다. 그러면서 자신이 바둑 둘 때 한 집 따
먹는 데 정신이 팔려 제대로 듣지 못했음을 깨달았다. 양 무제가
내시에게 물었다.

"스님이 죽기 전에 무슨 말을 안 하더냐?"

내시가 아뢰었다.

"전에 사미승 시절에 풀을 메다가 지렁이를 죽인 적이 있는데
폐하가 바로 당시의 지렁이였다고 합니다. 이제 금생에서 자신이
폐하에게 목숨을 내놓는 것은 당연하다고 했습니다."

양 무제는 한참이나 탄식했다. 그러면서 인과응보의 이치를 더
욱 신봉하게 되었다. 아울러 합두화상의 장례를 후히 치르게 했
다. 그러나 며칠 동안 마음이 편치 않았다.

심약은 양 무제의 뜻을 헤아려 사람들을 시켜 널리 이름난 스
님을 찾게 했다. 그러다가 지도림(支道林)[21]이라는 스님이 건강(建

---

21 314~366. 위진 남북조 시대 동진의 고승. 본명은 둔(遁), 도림은 그의 자이다. 스
물다섯 살에 출가했고, 노장사상과 주역 사상을 원용하여 불교 원리를 해석했다.
'무'라는 본체에 집착하지 않는 자심해탈(慈心解脫)을 중시했다. 양 무제가 464년

康) 십 리 밖에 초가집을 짓고 수행하고 있음을 알게 되어 양 무
제에게 알렸다. 양 무제는 즉시 심약에게 지도림을 찾아뵙도록 명
령했다. 심약은 수레에 깃발을 꽂고서 수행원을 거느리고는 근동
이 쩌렁쩌렁할 정도로 위세도 당당하게 출발했다. 지도림의 초가
에 도착하여 전갈을 넣었으나 지도림은 초가에 앉아서 꿈쩍도 하
지 않았다. 심약이 몸소 지도림의 책상 앞에 다가가 입을 열었다.

"스님께서는 시중 벼슬을 하는 심약이 찾아왔다는 것을 아시
는지요?"

"시중 심약은 소승이 앉아서 참선하고 있다는 것을 아는가?"

"스님이 지금 앉아서 참선하는 자리는 누구 덕에 마련한 것인
지 아시는지요?"

"출가한 사람이야 일정한 거처가 없으니 거리낄 바 또한 없는
법이외다."

이 말이 떨어지기가 무섭게 초가집도 스님도 모두 보이지 않게
되었다. 사방에는 그저 빈터뿐이었다. 심약은 너무도 놀라며 지
도림이 빼어난 스님임을 깨달았다. 심약은 황망하게 허공을 향해
절을 올렸다.

"소인이 제대로 알아 뵙지 못했습니다. 스님께서 자비를 베풀어
주십시오. 소인이 스님을 능멸하고자 한 것은 아닙니다. 다만 조
정의 심부름을 온 처지라 나름의 위엄은 갖추어야 했기에 부득

에 태어나 549년에 죽었고, 양나라를 건국한 해가 502년임을 고려하면 지도림
과 교유할 수는 없는 노릇이다. 실제 양 무제와 교유한 스님은 남조 제량 시기의
선승인 보지(寶誌, 418~514)이다.

불 그리했던 것입니다."

지도림은 심약을 받아들인 다음 선식을 대접했다. 그리고 심약이 가르침을 청하자 다음과 같은 게송을 주었다.

밤에 얽힌 이야기를 적을 땐 임금의 지기 싫어하는 성품을 살피고
혀가 잘리는 꿈을 꾸었던 것은 또 무슨 이유 때문인가?
마음에 괴로움을 풀어 버리고자
붉은 글씨를 써서 하늘에 아뢰었다지.

그런 다음 종이 뒷면에 감춘다는 의미의 '은(隱)' 자를 열 개나 적었다. 지도림이 이런 게송을 적은 이유는 무엇일까? 언젠가 예주(豫州)에서 이 촌이 넘는 대형 밤을 바친 적이 있었다. 양 무제는 심약에게 밤에 얽힌 이야기를 각자 적어 보자는 내기를 제안했다. 심약은 일부러 양 무제보다 세 가지 정도를 적게 적어 내고는 아무래도 폐하를 따라갈 수가 없다고 말했다. 조정에서 나온 심약은 주위 사람에게 우리 폐하는 남에게 지기를 너무 싫어하신다고 한마디 했다고 한다. 사실 이 말은 양 무제가 자신의 부족함을 인정하기 싫어하는 성격을 지녔음을 꼬집는 말이었다. 나중에 양 무제가 심약이 그런 말을 했다는 걸 알고는 속으로 심약에게 매우 섭섭한 생각을 갖게 되었다.

혀가 잘렸다는 이야기는 무엇인가 하면, 심약과 범운이 양 무제에게 제나라 황제로부터 선양을 받으라고 간언했다. 그러는 중에 심약이 병들어 누웠다 꿈을 꾸었으니 화제(和帝)가 칼로 심약

의 혀를 베어 버리는 내용이었다. 심약은 너무도 걱정되어 도사를 불러 몰래 주사로 붉은 글씨를 적게 하고는 하늘에 하소연하고 자신의 죄를 빌게 한 일이 있는데 그 일을 이르는 것이었다. 사실 이런 일들은 모두 지극히 사적인 일로 다른 사람들이 알 리 없는 일인데 지도림이 손바닥 안처럼 잘 알고 있었던 것이다. 심약은 모골이 송연하고 정신이 얼얼했다.

한참을 멍하니 있다가 지도림에게 무슨 연유로 '은(隱)'자를 적었는지 물었다. 사실 나중에 밝혀지는 바이지만 심약이 죽고 난 다음에 조정에서는 그에게 문후(文侯)라는 시호를 하사하려고 했다. 그러나 양 무제가 심약에게 속으로 서운하게 여기는 바가 있어 문후라는 호칭을 하사하지 않으려 했다. 그러면서 이렇게 말했다고 한다. "마음속에 있는 것을 다 말하지 않고 조금 감추고 있는 것도 좋지!" 그리하여 심약의 시호는 문후가 아니라 은후가 되었다.

지도림이 앞면에 적어 준 것은 심약의 과거지사이며, 뒷면에 적어 준 것은 미래의 일을 예견한 것이다. 하니 미래의 일을 심약이 어찌 쉽게 알아들을 수 있었겠는가. 심약은 재삼재사 머리를 조아리며 지도림에게 속 시원하게 사정을 설명해 달라고 졸랐으나 지도림은 이렇게만 이야기했다.

"천기를 누설할 수는 없소. 때가 되면 저절로 알게 될 것이오."

지도림은 말을 마치고 다시 눈을 감아 버렸다.

심약은 침울한 마음으로 돌아와 양 무제를 뵙고서 지도림이 얼마나 고매하고 빼어난 스님인지 알렸다. 양 무제가 대답했다.

"세상에는 이렇게 살아 있는 부처님이 계시는데 우리가 그들을 알아보지 못하는구나."

양 무제가 명령을 하달했다.

"내일 짐이 지도림의 초가에 찾아가겠다."

양 무제는 문무백관을 불러 모으고 이만여 명의 호위병을 동원하여 깃발을 꽂고 취타대를 앞세워 지도림이 거처하는 초가집으로 향했다. 지도림은 양 무제의 일행이 찾아올 것을 미리 예견했던 듯 짐을 꾸려 어디론가 떠나려는 모양새였다. 양 무제와 심약은 안으로 들어가 지도림을 만났다. 양 무제는 스스로를 낮춰 지도림에게 절을 올리고 스승을 뵙는 예로 존중했다. 예를 마치자 지도림이 입을 열었다.

"폐하께서는 앉으셔서 소승의 절을 받으십시오."

양 무제가 황급히 이렇게 말했다.

"제자가 스승의 절을 받는 경우가 어디 있습니까?"

"처가 남편의 절을 받는 경우는 또 어디에 있습니까?"

지도림의 이 말 한마디에 양 무제는 정수리부터 찬물 한 바가지를 뒤집어쓴 듯 온몸에 정신이 번쩍 들었다. 그리고 전생의 황복인과 동 아씨의 인연이 떠올랐다. 두 사람은 고개를 끄덕이며 서로의 마음을 이해하고 어루만져 주었다. 양 무제는 지도림과 함께 궁으로 돌아와 서재에 모시고 조석으로 공양했다. 또한 매일같이 정사를 마치고 서재로 찾아와 지도림과 같이 불가의 이치를 토론하고 탐구했다. 지도림이 양 무제에게 말했다.

"소승이 여기 머물자니 편치가 않습니다. 소승의 초가로 돌아가고 싶습니다."

"여기서 삼십 리 정도 떨어진 곳에 백학산(白鶴山)이 있습니다. 그곳은 맑고 그윽하여 신선이 사는 곳입니다. 제가 그곳에 사찰을 지을 테니 스승께서는 그곳에 거처하시지요."

지도림이 그러겠다 대답했다. 양 무제가 관리를 파견하여 크게 불사를 일으키고 건축의 재주를 다하여 수다한 선방을 지었으니 그 비용이 백만에 달했다. 그러고는 절의 이름을 동태사(同泰寺)라 지었다. 이는 전생에 부부의 인연을 맺었던 둘이 함께 극락왕생하고자 하는 의미가 담겨 있었다. 사방에서 수천의 승려들이 몰려들어 공양을 했다. 지도림은 동태사에서 일 년여를 머물렀다.

양 무제에게는 아들 소명태자가 있었으니 당시 나이가 여섯 살이었다. 어린 나이였지만 오경을 암송하고 총명하고 인자하며 효심이 깊었다. 어느 날 소명태자가 사지를 움직이지 못하고 눈을 뜨지 못한 채 정신을 차리지 못했다. 궁궐 안의 사람들이 모두 당황하여 황망히 양 무제를 찾아와 알렸다. 널리 의원을 구하여 보였으나 아무도 치료하지 못했다. 양 무제가 이렇게 말했다.

"세상에서 가장 귀한 아들이 깨어나지 않는다면 나 역시 이 세상을 살아갈 이유가 없다."

동궁의 비빈들이 모두 양 무제에게 말했다.

"폐하, 태자가 비록 정신이 돌아오지 않았으나 아직 사지가 따뜻합니다. 지도림 스님을 뵙고 여쭤보심이 어떨지요?"

양 무제는 서둘러 마차를 준비시키고는 동태사에 달려가 태자의 상태를 알렸다. 지도림이 그 말을 듣고 대답했다.

"폐하, 너무 걱정하지 마십시오. 태자는 죽은 게 아니라 잠시 혼수상태에 빠진 것입니다. 예전에 진 목공은 하늘나라를 유람하며 천상의 음악을 듣고서 이레 만에 소생했습니다. 조간자(趙簡子) 역시 하늘을 유람하다가 닷새 만에 소생했답니다. 조간자가 깨어나기 전에 곰을 쏘아 죽였던 일이 편작(扁鵲)의 말과 딱 맞아떨어지는지라 조간자는 동안어(董安於)를 시켜 궁에 이를 기록해 두게 했습니다.[22] 지금 태자도 천상에 계신 지 이미 나흘 되었습니다. 도리천에서 상제가 천상의 연회를 여니 태자께선 그 연회에서 음악을 듣느라 돌아올 줄 모르고 계시다가 그만 삼족오에 한 입 물려 버렸습니다. 그러나 서왕모께서 이미 그 삼족오를 죽여 버렸습니다. 태자께서 아직 천상에 머물러 계시니 제가 가서 모셔 오겠습니다."

양 무제가 엎드려 절을 올리고 말했다.

"만약 태자가 소생하면 저는 태자와 함께 출가하여 불교에 귀의하겠습니다."

지도림이 말했다.

---

22 조간자는 춘추 시대 진(晉)나라의 대부로 이름은 조앙(趙鞅)이다. 전국 칠웅의 하나였던 조나라의 기초를 다진 인물이다. 그가 일찍이 닷새 동안 인사불성이 된 적이 있는데 이때 편작이 그를 치료했다. 그가 깨어나 자신이 옥황상제를 만났으며 옥황상제의 명으로 곰 두 마리를 쏴 맞히고 대나무 상자 두 개를 선물로 받았다고 말했다. 나중에 해몽가에게 물으니 곰 두 마리는 장차 난리를 일으킬 자들을 암시하는 것이며, 대나무 상자 두 개는 나중에 정벌할 두 나라를 암시하는 것이라 풀이해 주었다고 한다. 동안어(董安於)의 '於'는 '오'라고 읽기도 하며 동안우(董安于)라고 표기하기도 한다.

"폐하, 어서 궁으로 돌아가십시오. 태자는 이미 소생했습니다."

양 무제가 급히 환궁하여 보니 정말 태자가 소생한지라 부자가 부둥켜안고 울었다.

"네가 혼수상태에 빠져 있는 동안 나는 살아도 산 게 아니고 죽어도 죽은 게 아니었다. 그 고통은 이루 말할 수 없었다."

"폐하, 소자가 천상 연회에 참석했다가 삼족오에게 손이 물렸습니다. 상제께서 천상의 의원을 시켜 소자의 손에 약을 발라 주게 하셨습니다. 제가 그곳에서 놀려고 하는데 어떤 스님 오셔서 소자를 안고 내려오셨습니다."

"너를 안고 내려오신 분이 바로 지도림 스님이시다. 내일 내가 너를 데리고 그분을 뵙게 하겠다."

양 무제는 출가하여 불가에 귀의하기로 약조한 일도 이야기했다. 양 무제는 사흘 동안 재계를 한 다음 궁실 요리사를 동태사에 보내 중생들에게 음식을 만들어 구제하는 것으로 천지에 고마움을 표시했다. 그리고 양 무제와 태자는 함께 동태사에 귀의했다. 태자는 다음과 같은 시 한 수를 지었다.

하늘 궁궐 안쪽에서 대문까지
얼마나 먼지 그 길이 끝이 없어라.
하늘 마차에서 울리는 방울 소리 봉새와 난새의 소리 같고
마차의 깃발들 펄럭펄럭
사위는 조용한데 계곡물 소리는 용솟음쳐 사람을 놀라게 하고
깊은 숲속의 나무들 바람에 울려 악기처럼 소리가 난다.

햇빛에 비치는 저 나무는 마치 불타는 듯 불나무던가
황금빛 전각은 하늘 끝까지 치달았노라.
멀리서 달 비치니 탑이 모습을 다 드러내고
안개가 일어나니 누각이 반쯤 모습을 감추었구나.
깨달음을 기약하는 비 내리니 수풀에 윤기가 돌고
어진 바람 불어와 성왕을 찬양하네.
불교 수양하려면 대승이 최고요
성현의 길을 따르려면 요순이 최고로다.
후추로 맛 낸 밥을 올리오리다
산벚꽃 향기가 곳곳에 피어오른다.
불로장생이야 아주 특별한 것이지만
소소한 복이야 어딘들 있지 않으리오!

양 무제와 태자는 동태사에 스무 날 동안 머물렀다. 문무 대신
과 백성들이 몰려와 어서 환궁하기를 읍소했으나 양 무제는 좀처
럼 움직이지 않았다. 태후가 특별히 사람을 보내어 환궁을 종용
해도 움직이지 않았다. 그날 밤 지도림이 양 무제를 만나 말했다.
"폐하의 애욕을 바라는 마음이 아직 사그라지지 않았으니 폐
하껜 마귀에게 진 빚이 있습니다. 지금 당장 해탈하시는 것은 불
가합니다. 어서 환궁하셔서 죄업들을 다 정리하고 그런 다음 다
시 오십시오. 그땐 거치적거리는 것이 없을 것입니다."
양 무제는 그 말을 따르기로 했다. 다음 날 문무백관이 찾아와
환궁을 조르니 양 무제가 말했다.

"이미 불가에 귀의하기로 했는데 오늘 다시 궁으로 돌아간다면 짐이 헛소리나 하는 사람이 되지 않겠느냐. 부처님 전에 복전이라도 바쳐야 궁에 돌아갈 수 있을 것이다. 짐이 일만 냥, 각 신료들이 일만 냥, 태후가 일만 냥을 각각 동태사에 시주하고 예불을 드린 다음에 궁으로 돌아가겠다."

관리들과 태후는 각각 은자 일만 냥을 절에 보내왔다. 양 무제 역시 자신의 이름으로 은자 일만 냥을 동태사에 가져오게 했다. 그런 다음 궁으로 돌아갔다.

로마 제국 관할의 조지(條枝)[23]란 나라가 있었다. 그 나라의 왕은 키가 칠 척이 넘고, 날음식을 먹고, 흉포하기 이를 데 없어 금수나 마찬가지였다. 또한 술법을 좋아하고 허탄하여 칼을 입에 넣고 불을 뿜으며 사람과 말을 도륙하는 기술이 있었다. 그는 양 무제가 왕위를 물려받았다는 소식을 듣고 온 나라의 사람과 말을 다 동원하여 양 무제와 한판 겨루고자 했다. 변방의 수비대들이 이 소식을 접하고 나는 듯이 달려와 보고했다. 양 무제가 회의를 열어 관료들과 논의했다.

"저 조지국의 인마를 어떻게 대적한단 말이오? 좋은 방법이 없겠소? 누구라도 병사를 거느리고 나가 저자를 물리치는 자에게는 짐이 후한 상을 내릴 것이오."

신하들은 서로 얼굴만 바라볼 뿐 감히 나서는 자가 없었다. 시

---

23 파르티아를 넘어 로마 제국으로 가는 길목에 위치했었다고 한다. 시리아라는 설도 있고, 페르시아만의 항구 도시를 근거지로 하여 번성했던 나라라는 설도 있다.

중 범운이 답했다.

"저희가 동태사에 달려가 지도림 큰스님에게 묘책을 여쭤보겠습니다."

양 무제가 이렇게 대답했다.

"짐이 직접 다녀오겠다."

양 무제는 황급히 동태사를 찾아가 지도림에게 조지국 국왕이 인마를 이끌고 쳐들어온 일을 알렸다. 지도림이 이렇게 말했다.

"그리 염려하실 것 없습니다. 조지국에서는 서해를 건너야 비로소 대해에 들어갈 수 있고 대해 천칠백 리를 건너야 비로소 명주(明州)에 도착할 수 있습니다. 그런 다음 명주에서 강을 두세 번 건너야 건강에 도달할 수 있습니다. 명주에 석가모니 진신 사리탑이 있으니 인도의 아소카 왕이 세운 것으로 석가모니의 머리카락과 손톱 사리가 그 안에 모셔져 있습니다. 이 탑은 그냥 아무렇게나 세운 게 아니라, 서해의 입구를 지켜 외적이 중국을 침입하지 못하도록 세운 것입니다. 그런데 지금 그 탑이 무너져 버렸으니 폐하께서는 우선 그 탑을 중건하여 바다 넘어 들어오는 바람과 물을 막게 하십시오. 소승은 석가모니와 아소카 왕에게 중국을 보호해 달라고 축원하겠습니다. 이렇게 하면 조지국의 국왕인들 어찌 감히 중국을 넘보겠습니까?"

양 무제는 그 말을 듣고 관리를 서둘러 파견하여 사리탑을 중수하되 금릉(金陵)의 장간탑(長干塔)처럼 탑신의 높이를 구백 척, 탑머리의 높이를 십 척 되게 했다. 탑을 쌓는 데 들어간 비용과 공력은 헤아릴 수도 없을 정도였다.

탑을 쌓는 동안 로마 제국의 황제는 조지국 국왕을 재촉하여 십만의 인마와 천 척의 전함, 용맹한 장수를 거느리고서 바다를 건너 공격하게 했다. 지도림은 참선하는 중에도 이 상황을 마치 눈으로 직접 보듯 훤히 보고 있었다. 다음 날 지도림은 양 무제를 초빙하여 석가모니와 아소카 왕을 위한 법회를 열었다. 지도림이 죄업을 씻는 염불을 하는 동안 양 무제는 법의로 갈아입고 모든 것을 내려놓고 청결하게 닦는 의식을 했다. 소박한 침상과 집기밖에 없는 곳에서 양 무제는 직접 예불을 올리고 독경을 했다.

여러분 보시라! 부처님의 법력이 얼마나 큰지를! 지도림과 양 무제가 예불을 올리고 독경을 하는 동안 조지국의 전함은 출발한 지 사나흘 만에 바로 태풍에 사로잡혀 거의 다 뒤집혔다. 그들은 전함을 섬에다 일시 정박시킨 다음 열흘여를 기다리다가 태풍이 잦아들자 다시 출발했다. 그러나 얼마 지나지 않아 태풍이 다시 일어 하얀 포말이 하늘까지 치솟으니 더 이상 항해를 하지 못하고 뱃길을 돌려 섬으로 돌아갈 수밖에 없었다. 항해를 멈추면 바람도 멈추고 항해를 시작하면 바람도 부니 조지국의 대장군 건독(乾篤)[24]은 이렇게 중얼거렸다.

"참으로 이상한 일 아닌가! 항해를 멈추면 바람도 멈추고 항해를 시작하려 하면 바로 바람이 거세지다니. 아무래도 중국 황제가 복을 받은 모양이다. 이런 상황으로 보아 우리가 바다를 건너

---

24 천축(인도)을 '乾篤'이라 표현하기도 하지만 여기서는 인명으로 해석되어야 한다. 전통 시대의 중국 인명, 지명 등의 고유 명사를 우리말 발음으로 읽었기에 여기서도 그냥 건독이라고 읽었다.

전쟁을 한다 해도 중국의 병사들을 이길 수 있을지 장담할 수 없구나. 군사를 돌리는 게 차라리 낫겠다."

뱃머리를 돌려 바다로 나서자 바람이 전혀 불지 않으니 그들은 순순히 항해할 수 있었다. 건독은 다른 장수들과 함께 로마제국 황제 만굴(滿屈)[25]을 알현하고 원정을 나갔다 돌아온 사정을 고했다. 만굴이 이렇게 말했다.

"중국 황제는 참으로 복을 넘치도록 받은 자다. 우리는 작은 나라니 중국같이 큰 나라를 대적할 수 없는 노릇이지."

로마 제국 황제는 항복 서신을 한 통 써서 대장군 건독과 여러 장수들에게 주고 아울러 사자, 코뿔소, 공작, 삼족 꿩, 긴 울음 닭과 같은 선물 그리고 사절단과 함께 중국을 방문하게 했다. 양 무제는 건독이 바람 때문에 바다를 건너지 못했다고 말하자 그것이 바로 탑을 중수한 덕분에 불력의 가호를 입은 것이라 여기고 부처님을 더욱 신실하게 모셨다.

양 무제는 나라의 재물과 힘을 믿고서 동위와 서위로 갈라선 두 나라를 병탄하고 후경(侯景)의 항복을 받아 내고자 했다. 후경은 동위 고환을 섬기고 있었으며, 왼다리가 유독 짧았고 활을 쏘거나 말을 타는 걸 잘 못했다. 그러나 모략만은 그 어떤 장수도

---

25 『후한서(後漢書)』 「서역전(後漢書·西域傳)」의 기록에 따르면 만굴은 파르티아 제국(현재 이란 일대를 아우르는 고대 제국. 중국식 표기는 안식국(安息國))의 황제라고 한다. 원문에서는 만굴을 로마 제국의 황제라 지칭하고 있다. 파르티아는 로마 제국과는 별개의 나라였고 때론 로마 제국과 전쟁을 하며 괴롭혔으니 파르티아를 로마 제국의 일부로 여겨 이렇게 지칭했다고 보기는 어려울 것 같다. 만굴을 로마 제국의 황제로 지칭한 것은 아마도 오류가 아닐까 싶다.

따라갈 수 없을 정도로 뛰어났다. 후경은 일찍이 고환에게 이렇게 이야기한 적이 있다.

"원컨대 날랜 병사 삼만 명만 주시면 천하를 주름잡다가 마침내 강을 건너 소가 노인네를 사로잡고 공을 천하의 제왕으로 만들어 드리겠습니다."

고환은 이 말을 듣고 대단히 기뻐하여 후경에게 병사 십만 명을 주고 하남 지방을 통할하도록 했으나 바로 얼마 지나지 않아 고환이 죽고 말았다. 양 무제는 고환의 아들 고징(高澄)과 후경이 평소에 사이가 좋지 않은 것을 알아채고서 둘 사이를 이간질하는 계략을 쓰기로 했다. 고징은 과연 후경을 의심하여 고환의 이름으로 조서를 보내 후경을 소환했다. 조서를 받아 든 후경은 바로 함정임을 직감하고는 하남을 근거지로 삼아 반란을 일으켰다. 후경은 낭중(郎中) 정화(丁和)를 시켜 항복 서신을 양 무제에 바치게 하고 하남 13주를 헌납하겠다는 뜻을 전했다.

양 무제는 정월 정묘일 밤에 중원의 지방 관리들이 모두 땅을 바치고 항복하는 꿈을 꾸었다. 다음 날 주이(朱異)를 만나 꿈 이야기를 하니 주이가 이렇게 말했다.

"이는 천하가 하나로 합쳐질 징조입니다."

과연 정월 을묘일에 정화가 항복 문서를 가지고 와서 후경이 양 무제에게 항복하고자 한다는 뜻을 알렸다. 양 무제는 이 일을 더욱 신기하게 여겨 항복하고자 하는 후경을 받아들이고 하남왕에 책봉했다. 아울러 병마를 파견하여 후경을 도왔다. 그러나 어이 알았으리, 후경은 마음이 한결같지 않고 흉악했음을! 한편, 임하왕(臨賀王) 소정덕(蕭正德)이 개인적인 욕심을 부리다가 양 무제에게 미움을 받게 되자 자신을 위하여 목숨을 바칠 각오가 되어 있는 자들을 몰래 길러 나라에 변고만 생기면 어찌해 보려고 준비하고 있었다. 후경이 정덕에게 편지를 보내 이렇게 제안했다.

황제는 연로하신데 간신들이 나라를 어지럽히고 있습니다. 대왕께서는 당연히 황제의 존위를 이어야 할 것이나 지금 이렇게 쫓겨나 있는 신세입니다. 제가 비록 재주는 없으나 대왕을 위해 모든 힘을 다 바치겠습니다.

소정덕은 후경의 편지를 받고서 너무도 기뻐 남몰래 후경과 연합하기 위해 편지를 보냈다.

나는 안에서 일을 도모하고 그대는 밖에서 일을 도모하고 있으니 어찌 연합하지 않으리오! 모든 일에는 다 때가 있는 법인데 지금이 바로 그때가 아닌가 싶소.

후경과 소정덕은 서로 밀약을 하고서 사냥을 떠난다는 핑계로 군사를 일으켰다. 10월에 초주를 습격하여 자사 소태(蕭泰)를 사로잡았다. 아울러 역양을 공격하니 태수 장철(莊鐵)이 성을 바치고 투항했다. 장철이 이렇게 말했다.

"나라가 태평성대를 오래 구가하다 보니 사람들이 전투에 익숙하지 못하여 대왕께서 병사를 일으키니 조야가 모두 두려움에 떨고 있습니다. 이 기세를 타고 신속히 건강에 짓쳐 들어가면 칼에 피를 묻힐 필요도 없이 큰 성공을 거두실 것입니다. 만약 조정에 방비할 틈을 주어 병약한 병사 천 명이라도 파견하여 채석(採石)을 지키도록 하면 비록 백만의 날랜 병사를 동원하더라도 쉽게 함락시키지 못할 것입니다."

후경은 그 말을 듣고 크게 기뻐하며 장철을 선봉장으로 임명했다. 양 무제는 소정덕과 후경이 내통했으리라고는 꿈에도 생각하지 못하고 오히려 소정덕을 단양(丹陽) 주둔 병사의 감독 책임자로 임명했다. 소정덕은 큰 전함 수십 척을 동원하여 꼴을 싣는다고 거짓말을 하고는 후경의 병사들을 가득 태웠다. 후경은 강을 건너 마침내 건강성을 포위하고는 낮이나 밤이나 성을 공략하기를 멈추지 않았다. 동훈(董勛)이 후경을 인도하여 성곽을 넘게 하니 마침내 건강성이 함락되고 말았다. 후경은 양 무제를 태극전 동쪽 방에 가두고 오백 명의 병사로 하여금 철통같이 감시하게 했다.

후경은 궁 안에 난입하여 보물과 양나라를 상징하는 기물들을 마음대로 빼앗고 수천 명의 비빈과 궁녀들을 처첩으로 삼았다. 물건도 큰 데다 음욕마저 넘쳤던 후경은 황음무도하기 이를 데 없어 밤마다 수십 명의 여인들과 즐기면서도 아쉬워하곤 했다. 후경은 율양(溧陽) 공주가 음률에 뛰어나고 경국지색을 지녔다는 소문을 듣고서 자신의 비로 맞아들이고자 했다. 그는 환관 전향아를 시켜 보석 상자를 자색 옥실로 동심결 모양으로 매듭지어 묶고 더불어 남녀 간의 결합을 축하하는 과일을 금박 입힌 상자에 담아 남몰래 공주에게 전달하게 했다. 공주가 그걸 받아 열어 볼 때 좌우에 있던 자들이 모두 크게 화를 내며 버리라고 했으나 공주는 고개를 저었다.

"그렇게만 생각할 일이 아니다. 그대들이 미처 생각하지 못한 부분이 있다. 후경은 천하의 영웅이다. 부왕께서 전에 원숭이가 어좌에 올라가는 꿈을 꾼 적이 있다는 말씀을 하셨는데 아마도 오늘이 그날인 듯하다.[26] 내가 후경에게 몸을 바치지 않으면 우리 소씨 집안에 살아남을 자가 아무도 없을 것이다."

율량 공주는 봉황새 두 마리를 아로새긴 비단 이불과 산호에 연꽃 모양을 금박으로 입힌 베개를 후경에게 선물로 보냈다. 후경은 전향아가 돌아와서 보고하는 소리를 듣고 매우 기뻐했다. 후경은 친히 가까운 신하들을 거느리고 공주를 맞이했다. 공주를 맞아들인 그날 밤 후경은 공주를 아무런 거리낌 없이 탐닉했다. 공주는 싫은 내색 없이 이를 모두 감내했다. 이 일로 후경이 공주를 친애하는 마음이 더욱 굳어져 시시비비를 가리는 일과 조정의 사무에 공주의 입김이 두루 미치게 되었다. 후에 왕위(王偉)가 후경에게 간문제(簡文帝, 소강(蕭綱))를 폐위하고 소씨 일족을 일소하라고 건의하는 바람에 공주와 왕위가 대립하게 되었는데 그러면서 공주를 향한 후경의 총애도 조금씩 식어 갔다.

후경에게 감금당한 양 무제는 지도림을 만날 수조차 없었다. 자신이 바라는 바를 마음대로 할 수 없으니 먹는 것도 줄어들었

---

26 후경의 성씨 후(侯)는 원숭이를 의미하는 후(猴)와 발음이 같다는 점에서 착안한 해석인 듯하다.

다. 입이 껄끄럽고 써서 꿀을 좀 얻어 바르고 싶어도 얻을 수가 없었다. 양 무제는 그렇게 쓸쓸하게 죽음을 맞았으니 향년 86세였다. 후경은 양 무제의 사망을 비밀에 부치고 상을 치르지도 못하게 했으나 지도림은 그 사실을 훤히 꿰뚫고 있었다. 더욱이 자신 또한 입적할 시간이 다가오니 거리낌 없이 열반에 들었다.

한편 양의 상동왕(湘東王) 소역(蕭繹)이 양 무제가 후경에게 감금되어 핍박당하다 죽은 것을 분통하게 여겨 '황제의 위임을 받은 전국 총사령관'이라는 의미의 '가황월대도독중외제군(假黃鉞大都督中外諸軍)'이라는 직함을 내걸고 병사를 일으켜 후경을 토벌하고자 했다. 먼저 경릉 태수 왕승변(王僧辨)으로 하여금 병사 오천을 거느리고 건강을 수복하게 했다. 병사들이 상주 지역에 도달할 무렵 왕승변은 몰래 조백초(趙伯超)에게 명령하여 후경을 탐문하게 했다. 조백초는 갑옷을 입은 채로 길을 가기는 어렵다는 생각이 들어 장사꾼 복장을 하고 길을 떠났다가 백동산의 깊은 숲속 길까지 이르렀다.

이때 멀리서 양 무제와 지도림이 각각 지팡이를 짚고서 천천히 걸어오는 모습이 보였다. 조백초는 깜짝 놀라며 황급히 다가가 무릎을 꿇었다.

"폐하, 스님, 이곳에는 어인 일이십니까? 어디로 가시는 길이신지요?"

양 무제가 대답했다.

"짐은 이승에서의 과업을 마치고 스님과 함께 천축 극락국으로 가는 길이오. 그렇지 않아도 상동왕에게 편지를 보내려던 참

이었으나 심부름해 줄 사람이 없던 차였는데 그대가 이 편지를
잘 받아서 전달해 주시오."

양 무제는 품에서 편지를 꺼내어 조백초에게 건넸다. 조백초가
편지를 받아 들고서 고개를 들어 보니 양 무제와 지도림이 사라
지고 보이지 않았다. 조백초는 후경의 소식을 탐문한 다음 왕승
변에게 보고하는 자리에서 그 편지를 바쳤다. 상동왕이 왕승변에
게서 편지를 받아 열어 보니 고풍(古風) 한 수가 적혀 있었다.

간악한 잡놈이 왕좌를 찬탈하니
악독한 기운이 천하를 덮는구나.
안타깝도다, 소정덕이여
후경의 꾐에 빠져들었구나.
임금과 아비를 저버린 자에겐
더 이상 조상의 가호도 백성의 기림도 없으리라.
오직 저 상동왕만이
충성스러운 마음에 떨쳐 일어났도다.
진(陳)나라 패선(覇先)이 낙성촌(落星村)에서 모의하여
건강을 차지한 후경을 거꾸러뜨리도다.
후경이 비록 사답인(謝答仁)에게 도망가나
결국 참새가 올빼미에게 잡아먹히듯 양치(羊鴟)에게 죽임당하네.
머리는 잘리고
다섯 아들은 이국에서 죽음을 맞는구나.
효수된 후경의 머리가 진나라 저잣거리에 걸리니

梁武帝累修歸極樂

백성들이 서로 앞을 다퉈 달려들어 그 살을 먹어 치우도다.
아, 이제 다 해진 신발 벗으니
가거나 머무르거나 거리낄 것이 없구나.
석가세존 계시는 저 극락에서
자유자재로 노닐고 싶어라.
반란을 일으킨 자 지금 어디 있는가?
천년토록 도끼에 찍히고 있구나.

상동왕은 이 시를 읽고 자기도 모르게 눈물을 흘리며 오열했
다. 훗날 왕승변, 진패선이 후경을 격파하니 후경은 도망하여 사
답인을 찾아가 몸을 의탁했다. 양간(羊侃)의 둘째 아들 양치가 후
경을 죽이고 후경의 시체를 저잣거리에 널어 놓았다. 백성들이 서
로 달려들어 후경의 살을 떼어 먹으니 뼈조차 하나도 남지 않았
다. 율량 공주 역시 후경의 살을 먹는 것으로 하늘에 대고 설원
한 다음 스스로 목숨을 끊었다. 후경의 다섯 아들은 모두 북제
(北齊, 550~577) 사람들에게 죽임을 당했다. 양 무제가 시에서 예
언한 대로 이루어지지 않은 일이 하나도 없었다.

세상 사람들의 안목이 어찌 이리도 좁은가?
겨우 눈앞의 길흉화복에만 관심을 갖는구나.
건강에서 떠나는 길은 서천으로 가는 길
세상을 초월한 도가 있다는 그곳.

任孝子烈性爲神

효자 임규의 불같은
성격이 마침내 그를
신이 되게 하다

양성금은 비난받아 마땅한 여자다. 굳이 정조의 의무를 거론하지 않더라도 결혼까지 하고서 남편을 헌신짝 취급하고 다른 남자와 바람을 피우다니! 그러나 불행의 씨앗은 그녀가 원치 않은 결혼을 한 데 있었다. 바람둥이에게 빠져 정신 못 차리는 딸을 둔 부모는 소문이 나기 전에 다른 곳으로 시집보내려 한다. 부모의 성화를 견디지 못하고 양성금은 임규와 결혼한다.

마음은 다른 남자에게 있으나 몸은 임규에게 매인 신세. 그녀에게 임규와 시아버지는 사랑의 장애물일 뿐이다. 임규는 또 무슨 죄인가? 그저 착하게 산 죄밖에. 착하게 살았기에 배신의 절망감이 더욱 컸을 것이고 그래서 아무 망설임 없이 복수를 결심했을 것이다. 복수를 결행하는 순간에도 홀로 남을 아버지를 누이에게 부탁하는 효자이기도 하다.

결혼이라는 제도가 존재하는 한 이 문제는 영원히 해결될 수 없을 것이다. 개인이라는 존재가 없다면 사랑도 결혼도 더 이상 성립하지 않을 것이나 그 개인의 욕망이 약속으로서의 사랑과 제도로서의 결혼을 침해하면 우리는 약속과 제도를 수호하기 위해 벌해야 하므로 이 둘 사이의 갈등은 영원할 것이다.

제도로서의 결혼 그리고 가정을 우위에 두는 사회에서 양성금은 죽어 마땅한 여자였고, 그를 통쾌하게 죽인 주인공 임규는 신이 될 자격이 있는 자이다. 우리가 임규를 숭앙하는 것은 임규의 인간성 때문이 아니라 우리 사회를 지탱해 줄 후손이 결혼과 가정이라는 제도 안에서 충원되기를 바라기 때문일 것이다.

풍류에 빠져들다 보면

결국 좋지 못한 인연에 얽히기 마련.

미혹된 마음으로야 모든 게 그럴듯해 보이지만

냉정히 따져 보면 혐오스럽기 그지없다.

노류장화(路柳墻花)라고 함부로 꺾지 말아야

몸과 마음이 모두 편안해질 것이니.

못생겨도 내 마누라

속 썩이지 않고 헛돈 쓰게 하지도 않는다오.

색에 빠져드는 것은 몸을 망치는 지름길이므로 함부로 살지 말라고 경계하고 있다.

남송 광종(光宗) 소희(紹熙) 원년(1190), 임안부(臨按府) 청하방(淸河坊) 남쪽 승양궁(升陽宮) 앞에 장 원외(張員外)라는 사람이 살았다. 그는 사천과 광동의 약재를 주로 다루는 약재상으로 대단한 재산가였다. 예순 살을 넘긴 나이에 마누라는 이미 저세상으로 떠났고 스무 살 난 아들이 하나 있는데 이름은 장수일랑(張秀一郞)으로 생김새도 준수하고 머리도 영민했다. 장수일랑은 바깥출입을 삼가고 매일같이 장사에만 전념했다. 장수일랑이 아직 나이도 어리고 장사도 바빴으므로 장 원외는 딴 살림을 차려 줄 엄두도 내지 못한 채 데리고 함께 장사를 했다.

약재상에는 임규(任珪)라는 점원이 있었다. 나이는 스물다섯으로, 어려서 어머니를 여의고 앞 못 보는 아버지와 단둘이 살고 있었다. 임규는 아침 일찍 집을 나설 때나 밤늦게 일을 마치고 집에 돌아올 때나 아버지께 인사하는 것을 잊지 않는 효성이 지극한 청년이었다. 임규네는 대대로 전당강 가의 우피가(牛皮街)에서 살았다. 그해 겨울 임규는 중매로 아내를 맞아들였다. 스무 살의 아름다운 아내는 성안 일신교(日新橋)에서 우산을 만드는 양 씨의 딸로 이름은 성금(聖金)이었다. 임규와 결혼한 양성금은 임규가 착실한 것은 마음에 들었지만 친정에서 너무 멀리 시집와서 친정 갈 엄두조차 내기 어려운 것이 늘 불만이었다. 양성금은 하루 종일 미간도 펴지 않고 인상을 찡그리며 보냈으며 치장에도 신경 쓰지 않았다. 게다가 임규가 아침 일찍 나가 밤늦게나 돌아오니 양성금의 불만은 더욱 깊어만 갔다.

사실 양성금은 시집오기 전에 이웃에 사는 기술자 주 씨의 아들 주득(周得)과 깊은 관계를 맺고 있었다. 주득은 미남형에 술과 노래를 좋아하는 데다 여자 후리는 재주도 보통이 아니었다. 주득은 서른이 넘은 나이에도 결혼하지 않고 이 여자, 저 여자와 바람을 피웠다. 주득과 양성금이 그렇고 그런 사이라는 것은 그들이 살던 동네에 소문이 다 나 있었다. 이런 사실을 모를 리 없는 양성금의 친정 부모는 바람막이 역할을 해 줄 아들도 없는지라 문제가 생기지 않도록 양성금을 되도록 멀리 시집보낸 것이었다. 순박한 임규는 이것저것 따지지도 않고 덜컥 결혼해 버렸다. 뜻하지 않게 임규와 결혼을 하기는 했으나 양성금의 마음은 여전히 주득을 그렸고, 두 사람의 정 또한 식지 않았으니 어찌하랴! 덧없이 흘러가는 건 세월뿐이었다.

버들가지 파랗게 늘어지더니
보릿대 노랗게 물든다.
매미 소리 쉼 없이 들려오더니
기러기 떼 지어 남녘을 향하는구나.

전당강에 물이 붇는 8월 18일, 성안의 선남선녀들이 강물을 구경하러 모여들었다. 주득은 두 동생과 함께 옷을 잘 차려입고 후조문(候潮門)을 나섰다. 오가는 사람과 수레로 발 디딜 틈이 없었다. 주득은 강물 구경은 뒷전으로 하고 동생들과 헤어져 곧장 우피가에 있는 임규의 집으로 달음질했다. 임규의 아비는 대문을 걸어 잠그고 처마 밑에 앉아 불경을 외우다가 주득이 부채 자루로 대문을 두드리자 아들이 돌아왔나 보다 생각하고는 더듬더듬 문을 열어 주었다. 주득이 임규의 아비를 알아보고 인사했다.
"노인장, 실례합니다."

"그대는 뉘시기에 우리 집에 오셨소?"

"저는 우산쟁이 양 씨의 누나의 아들 되는 자로서 강물 구경 나온 김에 저의 고종사촌 누이나 한번 보고 갈까 해서 들렀습니다. 그런데 누이는 지금 집에 있습니까?"

임규의 아비는 며느리의 고종사촌이 찾아왔다는 소리에 주득을 얼른 맞아들이고 안에 있는 며느리를 불렀다.

"아가야, 네 고종사촌 오라버니가 오셨구나."

양성금은 위층에서 혼자 심심하게 시간을 때우다가 누가 찾아왔다는 소리에 황급히 분단장을 하고 옷을 잘 차려입고 아래층으로 한들한들 내려왔다. 주렴을 살짝 걷어 보니 바로 꿈에도 잊지 못하던 그리운 님이 아닌가. 얼굴 가득히 미소 지으며 주렴을 밀치고 걸어오는데, 그러한 성금을 보는 주득의 심정은 이러했다.

삼 년 가뭄에 단비를 만난 듯
타향에서 고향 친구를 만난 듯.
허리를 부여안고 기쁨 나눌 생각뿐.
관가에 머리 내놓을 생각이야 할 수조차 없구나.

남녀는 어깨를 나란히 하고 앉았다. 양성금은 주득을 보더니 마음이 쿵덕쿵덕, 정신이 오락가락 도무지 진정할 수가 없었다. 주득의 손을 잡고 주렴 저쪽으로 끌고 가면서 한마디 했다.

"오라버니, 올라가서 얘기해요."

임규의 아비는 두 사람을 신경 쓰지 않고 계속해서 처마 밑에 앉아 불경을 외웠다. 두 사람은 위층으로 올라가자마자 서로 부둥켜안았다.

"미워 죽겠어. 나는 당신이 보고 싶어서 병이 다 났는데 한 번도 찾아오지 않다니, 마음이 변한 거야?"

"당신이 시집간 후로 나도 병이 날 지경이었지. 진작부터 찾아오고 싶었지만 당신 시아버지가 의심할까 봐 참고 있었다고."

그들은 말을 나누면서 끌어안고 침상으로 간 다음 옷을 벗고서 지난날 사랑의 맹서를 새롭게 떠올리고는 사랑을 나누기 시작했다.

어깨를 감싸고 뺨을 비비네.
향기로운 가슴을 어루만지는 부드러운 손
기묘한 떨림.
신발과 옷가지는 몸에서 달아나고
가녀린 몸은 사내에게 기댄다.
혀에서 전해지는 정향 향기
봉새와 난새처럼 나눈 사랑이 지나고
내 님에게 부탁하노니,
내일 아침 늦지 않게 다시 오세요.

이 사가 바로 이들의 사랑을 읊은 「남향자(南鄕子)」다. 한 차례 격정의 순간이 지나고, 두 사람은 주섬주섬 옷을 챙겨 입었다. 양성금은 주득을 품 안에 꼭 껴안았다.

"내 남편은 아침 일찍 나갔다가 밤늦어서야 돌아와요. 아직도 나를 사랑한다면 집으로 찾아와요. 시아버지라는 사람도 눈이 멀어서 누가 들고나는지 알지 못하는데 뭐가 걱정이에요? 위층에서 나랑 사랑하면 돼요. 정말 내 사랑을 모른 척하면 안 돼요."

"성금, 내 사랑. 당신이 나를 버리지 않는 이상 나도 절대 떠나지 않을 거야. 만일 당신을 버린다면 나는 아비지옥에 떨어져 고통받을 거야."

양성금은 주득의 사랑의 맹세를 듣고는 주득의 얼굴을 어루만졌다. 입에 정향을 물고 혀로 만지작거리다 주득의 입에 넣어 주었다.

"사랑해, 내 마음속에는 당신밖에 없어. 제발 나를 자주 찾아와 줘요. 오지 않는 님을 마냥 기다리는 건 너무 괴로워요."

두 사람은 차마 헤어질 수 없었다. 주득은 떨어지지 않는 걸음을 떼어 아래층으로 내려와 임규의 아비에게 인사를 하고 떠났다.

"아버님, 제 고종사촌 오라버니는 심성도 곱고 말수도 적은 착실한 사람이에요."

"그래, 그러니."

양성금은 시아버지에게 점심을 차려 주고는 위층으로 올라가 저녁때까지 늘어지게 낮잠을 잤다. 임규가 저녁에 돌아와 아버지에게 인사를 하고 위층으로 올라갔다. 부부는 별다른 말없이 잠자리에 들었다. 날이 밝자 임규는 다시 약재상으로 일하러 갔다.

양성금을 만나고 돌아온 날 밤, 주득은 가슴이 진정되지 않아 도저히 잠을 이룰 수 없었다. 주득이 이틀을 견디지 못하고 다시

양성금을 찾아가니 욕정이 이미 불길처럼 타오른 것이었다. 우피
가는 본디 사람들의 왕래가 적은 거리였던지라 주득이 양성금을
찾아오는 것을 본 사람은 아무도 없었다. 그러던 중에, 주득이 재
판에 연루되어 두 달이나 양성금을 찾아오지 못했다. 욕정을 주
체하지 못한 양성금은 주득을 그리는 마음에 병이 나고 말았다.

해가 지면 달이 뜨고, 달이 지면 해가 뜨고
세월은 쉼 없이 흐르고 흘러.
여와가 돌을 구워 구멍 난 하늘을 메운 적은 있다지만
가는 해와 달을 가로막을 수야 있으리?

어느덧 세월은 흘러 정월 대보름, 임안부 사람들이 모두 모여
등불놀이가 한창이었다. 생각보다 빨리 재판을 마무리 지은 주
득은 옷을 차려입고 사시(巳時)에 양성금을 찾아갔다. 문 앞에서
불경을 외우던 임규의 아비에게 인사를 하고 곧장 위층으로 올라
갔다. 주득은 소매 안에 넣어 온 고기를 꺼내 놓고 양성금과 술
안주 삼아 먹고는 옷을 벗고 침대에 올랐다. 꿀이런가, 설탕이런
가, 아교풀이런가, 찐득찐득한 옻이런가. 난새와 봉새가 서로 탐
하듯 껴안고 떨어질 줄 모르는구나. 한참이나 시간이 흘러 신시
가 되어도 주득은 아래층으로 내려오지 않았다. 임규의 아비는
배도 고프고 화가 났다. '저, 고종사촌이란 녀석은 하루 종일 위
층에서 뭐 하는 거야?'
급기야 아래층에서 소리를 질렀다.

"아가야! 배고파 죽겠구나. 밥 좀 챙겨라."

"배가 아파서 꼼짝할 수가 없었어요. 조금만 기다리세요."

임규의 아비는 화를 참으며 속으로 생각했다. '아무래도 저 연놈이 뭔가 있는 게야. 좀 있다가 아들 녀석이 돌아오면 이야기해 주어야겠다.'

두 사람은 더 이상 있지 못하고 아쉬운 걸음으로 아래층으로 내려왔다. 양성금이 조용히 문을 열어 주니 주득이 돌아갔다. 양성금은 배가 아픈 척 손으로 배를 잡고 허리를 구부려 저녁 준비를 하더니 시아비에게 아무렇게나 차려 주고는 바로 위층으로 올라가 열락의 순간을 되새겼다.

밤늦게 돌아온 임규가 아비에게 인사를 하자, 그 아비가 "애야, 잠시만 기다려라. 할 말이 있다." 하고 불러 세우고는 그간의 일을 차근차근 알렸다.

"네 처의 고종사촌이란 작자가 작년 8월 18일에 전당강 구경을 왔다가 우리 집에 들른 후로 시도 때도 없이 찾아와 위층에서 며느리하고 이런저런 이야기를 나누지 않겠니? 오늘은 아침부터 찾아와 점심도 안 차려 주고 놀기에 내가 소리를 질렀더니 그 작자가 황망히 나가더구나. 내가 그렇지 않아도 좀 께름칙하여 언제고 네게 한번 물어보려고 했지만 네가 새벽같이 나가서 밤늦게 들어오니 어디 물어볼 틈이 있어야지. 다 큰 남녀가 내 눈을 피해 하루 종일 같이 있는 거, 그거 필시 서로 그렇고 그런 사이 아니겠느냐? 눈먼 늙은이가 뭘 알겠냐만 네가 좀 찬찬히 알아보아라."

이 말은 들은 임규는 분을 삭이지 못하고 곧장 위층으로 올라갔다.

입은 모든 재앙의 출입구
혀는 몸을 망치는 칼.
입을 다물고 혀를 내밀지 말라
그것이 바로 생명을 지키는 길이니.

화가 머리끝까지 치민 임규는 '그래, 이년이 어떻게 나오는가 보자.' 하고 벼르며 양성금에게 물었다.
"아버님은 진지 드셨소?"
"그럼요."
양성금은 침대에 등불을 켜고 이불을 펴더니 옷을 벗고 침상에 올라 잠을 청했다. 임규 역시 침대에 올랐으나 눕지는 않고 베개 옆에 걸터앉아 양성금에게 물었다.
"당신 고종사촌 오라비라는 자가 우리 집에 자주 놀러 온다던데 어찌 된 일인지 말 좀 해 보시게."
양성금은 임규의 말을 듣더니 벌떡 일어나 옷가지를 챙겨 입고는 한껏 교태스러운 미소를 지으며 대답했다.
"우리 아버지하고 의남매를 맺은 분의 아들이에요. 친정어머니와 아버지가 제가 그리워서 늘 그 오라버니를 보내곤 하신답니다. 이상하게 생각할 것 하나도 없어요."
그러더니 갑자기 신경질을 부렸다.

"어느 놈이 그런 이야기를 해요? 내 비록 현모양처는 아니어도 부끄러운 일을 한 적은 없어요. 도대체 어떤 인간이 그런 이야기를 하는지 우리 같이 가서 한번 따져 보자고요."

"그만해! 아버님이 말씀해 주신 거야. 오늘도 그 고종사촌 오라비라는 작자가 위층에서 하루 종일 당신이랑 놀다 갔다고 하시더군. 마음에 꺼리는 일이 없으면 됐지, 뭘 그래?"

말을 마친 임규는 옷을 벗고 잠자리에 들었다. 양성금은 화가 나서 금방 숨이라도 넘어갈 것처럼 씩씩거리다가 제풀에 훌쩍거렸다.

"우리 아버지가 눈이 삐었지. 어찌 이런 데 나를 시집보냈을까? 고종사촌 오빠 한번 다녀간 걸 가지고 참 말들도 많네."

임규는 일어나서 양성금을 안으며 위로했다.

"그만하시오, 다 내 잘못이야. 서로 살 맞대고 사는 부부인데 내가 사과하지."

양성금은 임규의 품으로 파고들었다. 임규와 양성금은 격렬한 사랑을 나누었고 그 일에 관해서는 더 이상 말을 꺼내지 않았다.

다음 날 아침, 임규는 일어나 아버지에게 인사를 올리고 약재상으로 일하러 갔다. 매일 그렇듯이 임규는 아침 일찍 나갔다 밤 늦어서야 돌아왔다. 양성금은 앉으나 서나 주득 생각뿐이었다. '어떻게 하면 주득과 만날 수 있을까? 무슨 핑계라도 대서 친정에 한번 가야 사랑을 나눌 수 있겠구나.' 낮이나 밤이나 주득 생각으로 성금은 주득을 만날 날만을 손꼽아 헤아렸다. 이렇게 또 보름이 지났다.

어느 날 아침을 치우고 났을까, 주득이 다시 찾아왔는데 슬며시 문을 열고 들어오더니 임규의 아비는 본 체 만 체하고 곧바로 위층으로 올라갔다. 양성금은 주득의 품에 안겨 낮은 목소리로 속삭였다.

"눈도 먼 저 망할 놈의 영감쟁이가 자기가 우리 집에 찾아와 하루 종일 놀고 갔다는 이야기를 서방한테 했지 뭐예요. 내가 대충 둘러대어 넘어가긴 했지만 당분간 찾아오지 마요. 내가 무슨 수를 찾아내서라도 친정에 갈 테니 그때 만나요."

주득은 양성금의 말을 듣고 미간을 찡그리며 계략을 생각해 냈다.

"성금, 마침 자기 집의 고양이가 한창 발정기라 성질이 사나워져 있으니 그 고양이를 가슴에 껴안고 조금만 있어도 녀석이 발광하여 가슴에 상처를 낼 거야. 그럼 고양이를 풀어 주고 한껏 상심한 표정으로 울고 있으라고. 당신 남편이 돌아오면 틀림없이 물어볼 거 아냐. 그럼 그 잘난 시아비가 겁탈하려고 하기에 반항했더니 가슴에 상처를 낸 거라고 대답해. 그런 다음 서럽게 울면 당신 남편이 당신을 친정으로 보내지 않겠어? 그럼 당신하고 나는 매일매일 함께 지낼 수 있으니 이렇게 도둑고양이처럼 몰래몰래 잠시 잠깐 만나는 것보다야 백배 낫지. 나중 일은 그다음에 다시 생각하자고. 어때, 괜찮은 방법이지?"

양성금은 탄복해서 말한다.

"역시 최고야! 그러니까 내가 자기를 사랑하는 거 아니겠어요?"

두 사람은 서로 껴안고 침대에서 뒹굴었다. 한차례 격랑의 순간이 지나자 주득은 옷을 챙겨 입고 황망히 돌아갔다.

거북이 등딱지 삶는다고 부드러워지나
제 버릇 개 못 주고 다른 사람에게까지 해를 끼치는구나.

양성금은 며칠 동안 분위기를 살피다가 마침내 어느 날 하루 고양이를 잡아 가슴에 품었다. 고양이는 답답한지 양성금의 품속에서 이리저리 발길질을 해 댔다. 양성금은 통증을 참으며 젖가슴에 상처가 패일 때까지 기다렸다가 고양이를 풀어 주었다. 때는 이미 신시, 양성금은 저녁 준비도 팽개친 채 옷을 입은 그대로 침대에 누워 일부러 눈을 비벼 충혈되게 하고는 서럽게 울기 시작했다. 땅거미가 깔릴 무렵 임규가 돌아왔다. 아버지에게 인사를 올릴 때까지 마누라가 보이지 않자 임규가 소리쳐 마누라를 찾았다.

"여보, 어서 내려오지 않고 뭐 하는 거요?"

양성금은 임규의 목소리를 듣자 더욱 서럽게 울었다. 영문을 모르는 임규는 위층에 올라가 마누라에게 물었다.

"저녁은 먹었소? 무슨 일로 그렇게 서럽게 우는 거요?"

임규가 연거푸 물어도 성금은 입도 열지 않았다. 이 음탕한 계집은 계속 울다가 대답했다.

"묻긴 뭘 물어요? 내가 정말 창피스러워서. 난 개돼지처럼 살수 없으니 어서 이혼장을 써서 친정으로 보내 주세요. 그러지 않으면 내일 당장 목숨을 끊고 말 거예요."

"그만 좀 울어. 도대체 무슨 일인지 말을 해야 할 거 아뇨?"

양성금은 침대에서 일어나 옷소매로 눈물을 찍으며 가슴을 풀어 헤쳐 임규에게 보여 주었다. 가슴에는 여러 군데 할퀸 생채기가 선명했다.

"이게 다 당신 아비라는 작자가 한 짓이라고요. 당신이 약재상으로 간 뒤에 나는 위층으로 올라왔어요. 그런데 그 죽일 놈의 영감쟁이가 슬금슬금 위층으로 올라와서는 나를 끌어안더니 가슴을 만지며 겁탈하려고 하지 뭐예요. 내가 죽어라 반항하니까 내 가슴을 이리 쥐어뜯어 놓았다고요. 할 수 없이 내가 소리를 질러 대니까 그제야 아래층으로 내려가더군요. 나는 당신이 돌아오기만을 눈이 빠지게 기다리고 있었다고요."

말을 마친 양성금은 대성통곡하더니 한마디 덧붙였다.

"우리 집안은 이렇게 인륜도 없이 짐승만도 못한 집안은 아니라고요!"

임규가 당황해서 말했다.

"목소리 좀 낮춰요. 남들이 들으면 어쩌려고."

"흥, 남들이 들을까 봐 겁은 나는 모양이지? 그럼 당장 가마를 준비해서 나를 친정으로 보내 주면 될 거 아녜요?"

평소 효성이 지극하던 임규였으나 양성금의 요망한 말을 듣고 나니 자기도 모르게 화가 치밀어 어쩔 줄을 몰랐다.

"호랑이 가죽 그리기는 쉬워도 호랑이 뼈를 그리기는 어렵고 사람 생긴 것은 알기 쉬워도 사람 마음속은 알기 어렵다더니. 며칠 전 당신 고종사촌 오라비하고 정을 통했다고 근거도 없이 함부로 이야기하더니만. 내 이런 짐승만도 못한 작자를 더 이상 두고 보지 않을 테요! 여보, 이제 그만 울어. 어서 밥이나 먹고 자자고."

베갯머리송사란 원래 이런 것
열에 아홉은 마누라 마음대로.

임규는 마누라 말만 철석같이 믿고 아버지에게는 사실 여부를 물어볼 생각조차 하지 않았다. 다음 날 아침밥을 먹자마자 가마 한 대를 부르고 거위 고기와 술 두 병을 장만하여 양성금을 친정으로 보낼 준비를 했다. 양성금은 옷가지를 챙기더니 시아버지에게는 인사도 드리지 않고 가마에 올라탔다. 친정에 도착한 양성금은 바로 위층으로 올라갔고, 주득 역시 양성금이 친정에 돌아왔다는 소식을 듣고는 부리나케 달려와 성금을 껴안고 침대에서 뒹굴었다.

"어때? 내 꾀가 그럴듯하지 않았어?"

"두말하면 잔소리죠. 정말 미워 죽겠어. 그동안 남의 눈치 보느라고 참았으니 오늘 밤은 마음껏 즐겨 봐요."

두 남녀 사이의 격정의 순간이 지나간 후 주득이 술과 안주를 사러 아래층으로 내려가려 하자 양성금이 주득에게 말했다.

"거위 고기랑 술은 내가 가져왔어. 생선하고 과일만 더 사 오면 될 거야."

주득은 쏜살같이 나가서 생선 한 마리와 족발, 오색 과일, 그리

　　　　　　任孝子烈性爲神

고 오가피주 한 병을 사 와 계집종 춘매에게 준비하라 일렀다. 이 때가 이미 신시였다. 양성금이 식탁을 차리고 친정 부모도 자리를 같이했다. 주득과 양성금은 서로 마주 보고 앉았다. 계집종은 술을 거르고 네 사람은 초경까지 술을 마셨다. 저녁 식사를 마치고 양성금의 친정 부모는 아래층으로 내려갔다. 위층에는 성애에 굶주린 남녀 두 사람만 남게 되었다. 정은 갈수록 새록새록 깊어만 가니 이 밤이 새도록 사랑을 불태우리라. 한데 누구인가? 이 순간 문을 두드리는 자는.

대낮에 정정당당하게 살아온 자라면
한밤 문 두드리는 소리를 겁내지 않으리라.

욕망의 나락으로 빠져들려는 이 순간 문을 두드리는 자 누구란 말인가? 부엌일을 정리하던 춘매가 이 소리를 듣고 등불을 들고 나가서 문을 열어 주었다. 문밖에 서 있는 사람은 바로 임규가 아닌가? 춘매가 깜짝 놀라 그 자리에 우뚝 서더니 소리를 크게 질렀다.
"임 서방님이 오셨어요!"
주득은 이 소리를 듣자마자 허겁지겁 옷을 차려입고 쏜살같이 아래층으로 내려갔다. 아무리 보아도 숨을 곳이 없는지라 다급한 마음에 측간으로 황급히 뛰어들었다. 양성금이 부러 천천히 내려왔다.
"이 늦은 시간에 어인 일이어요?"

"성문을 나서려는데 시간이 늦어서 성문이 닫혀 버렸지 뭐요. 주인 나리 집으로 가기에는 너무 늦은 시간이고 하여 여기서 하룻밤 묵으려고 왔소."

"저녁은 드셨소?"

"먹었소. 발 씻을 물이나 주구려."

춘매가 종종걸음으로 대야에 물을 담아 왔다. 양성금은 다시 위층으로 오르고 임규는 측간으로 일을 보러 갔다. 아, 이때 누구라도 임규를 말려 주었더라면. 측간 한번 잘못 갔다가 비명횡사할 뻔했구나.

은혜를 베풀며 살게나
사람은 어디서고 꼭 다시 만난다네.
원수지지 말고 살게나
원수는 외나무다리에서 만난다고 했으니.

임규가 측간에 발을 들여놓는 순간 주득이 임규의 머리통을 붙잡고는 목청껏 소리를 질렀다.

"도둑이야!"

양성금과 장인 장모, 계집종들이 몽둥이를 들고 나와 인정사정 볼 것 없이 임규를 두들겨 패기 시작했다.

"나야, 나. 나란 말이야, 도둑이 아니라니까."

임규가 소리소리 질렀지만 사람들은 다짜고짜로 계속 두들겨 패기만 했다. 주득은 이 소란을 틈타서 살며시 빠져나갔다. 임규가 소리를 지르다 목이 쉬어 버릴 정도가 되어서야 사람들이 몽둥이질을 멈추었다. 불을 밝혀 보니 바로 임규가 아닌가. 모두들 화들짝 놀란 척했다. 임규가 말했다.

"내가 도둑에게 머리통을 붙잡혔는데 외려 나를 두들겨 패다니 그사이에 도둑이 도망가 버렸잖소."

양성금 일행은 짐짓 분한 척하며 한마디씩 했다.

"말을 하려면 똑바로 해야지! 그저 도둑이야, 하고 소리만 질러 대니 그놈의 도둑이 눈치 빠르게 도망가지."

그러고는 다들 돌아갔다. 임규는 화가 치밀어 오르는 걸 가까스로 참았다.

'이것들이 누군가를 숨겨 두고 있었던 게 틀림없어. 그래 나한테 발각될까 봐 부러 나를 두들겨 팼구먼. 서두르지 말고 천천히 조사해 보아야겠다.'

시각은 이미 삼경, 임규는 장인의 처소에 잠을 청하러 갔다. 마음속 생각은 천 갈래 만 갈래로 복잡하여 도무지 잠이 오지 않았다. 뒤척이다 보니 벌써 오경이었다. 임규는 날이 밝기도 전에 일어나 옷을 걸치고 나갔다. 장인이 임규를 붙잡으며 말했다.

"조금 있다가 아침이나 들고 가게나."

어젯밤에 뼈가 으스러지도록 두들겨 맞은 터에 무슨 기분이 나서 장인과 같이 밥술을 뜨겠는가? 임규는 장인의 말에 대꾸도 하지 않고 대문을 열고 별빛이 채 스러지지 않은 길을 걸어 후조문으로 갔다.

너무 이른 시각인가, 성문은 아직 굳게 닫혀 있었다. 장사꾼들이 성안에 들어가 팔 물건을 메고서 성문이 열리기를 기다리고 있었다. 돈 받고 노래하는 이, 만담하는 이, 잡동사니를 파는 이가 골고루 섞여 있었다. 임규는 그 사람들 무리에 끼어 갑갑해하며 앉아 있었다. 세상에는 이렇게 기묘하고 우연한 일이 일어나기도 하는구나.

밥 먹을 때 소금과 식초를 너무 많이 치지 말지니
가서는 안 될 곳엔 가지 말지니
남이 알아주길 바라거든 학문에 힘쓸지니
남이 알까 부끄러운 일은 하지 말지니.

마음이 울적하고 답답해진 임규는 이러지도 저러지도 못하고 있었다. 이때 옆에 앉아 있던 사람들이 떠드는 소리가 들려왔다.

"글쎄, 우리 옆집인 우산쟁이 양 씨 집에 아주 우스운 일이 있었다네."

"무슨 일인데 그러나?"

"양 씨 집에 성금이라는 딸내미가 하나 있는데 스무 살 남짓이라지, 아마. 근데 고년이 시집가기 전에 앞집 사는 주득이라는 사내놈과 그렇고 그런 사이였다는구면. 그러다 작년에 우피가에 사는 임규라는 약재상 점원에게 시집을 갔다네. 그런데도 주득이란 놈이 옛정을 못 잊어 성금이와 내왕하다가 성금의 시아버지에게 들켜 더 이상 내왕하기 힘들게 되었다나 봐. 어제 성금이 친정으로 돌아오자 주득이 또 술이야 안주야 장만해 가지고 찾아가 밤

늦도록 부어라 마셔라 놀았다지. 근데 그 연놈이 막 위층으로 올라가서 일을 벌이려는 순간, 생각지도 않게 성 밖으로 미처 나가지 못한 임규가 처가에 하룻밤 묵어 가려고 들이닥친 거야. 놀란 간부(姦夫)가 아무리 숨을 곳을 찾아도 숨을 곳이 없자 측간에 숨었다는군. 그런데 임규도 일을 보려고 측간에 간 거야. 거참 일이 어찌 그리 묘하게 됐을까. 한데 그 꾀 많은 주득이 임규를 붙잡고는 도둑이야 하고 소리를 질러 댄 거야. 그 소리를 들은 양씨 부부와 성금이 몽둥이를 들고 나와 임규를 두들겨 팼고 그 틈에 주득은 도망쳤지. 세상에 이런 일이 있을 수 있는가!"

사람들은 이 이야기를 듣고 박장대소했다.

"세상에 그런 등신이 있나. 제 마누라하고 간부하고 짜고 설치는데도 그걸 눈치도 못 채다니."

"나 같으면 그 두 연놈을 그냥 두 동강 내 버리겠다. 임규라는 작자 혹시 배알도 없는 좀팽이 아냐?"

"그 사람은 마누라가 간통한다는 걸 눈치채지 못했을 거야. 그러니까 일이 이 지경이 됐지."

사람들은 계속 이야기하면서 웃음을 터뜨렸다.

입이란 온갖 재앙의 근원

그 입에서 모든 시비가 생겨난다지.

임규는 사람들의 말을 하나도 빠뜨리지 않고 모두 새겨들었다. 성문이 열리자 사람들은 성문을 나서 각자 제 갈 길을 갔지만 임규는 성문을 나서지 않고 다시 장 원외의 가게로 가서 은자 서너 푼을 얻어 철물점에서 날이 시퍼렇게 선 칼 한 자루를 사서는 허리춤에 감추었다. 전당문 옆 안공묘(晏公廟)에 모셔진 신이 영험하다는 소리를 들어 왔던 터라 털이 하얀 수탉 한 마리와 향초 그리고 제사 때 태우는 종이로 만든 말을 사 가지고 사당에 가서 치성을 드렸다.

"신령하신 신이여! 소인의 마누라 양 씨가 이웃 사는 주득과 간통하였습니다. 제가 밤에 처가에 들렀더니……."

임규는 신에게 지난 이야기를 모두 고하고 칼집에서 칼을 꺼냈다. 한 손엔 칼을, 한 손엔 닭을 들고서 임규는 하늘을 바라보고 점을 쳤다.

"제가 한 사람을 죽여야 한다면 닭이 한 번 뛰어오르게 하시고, 두 사람을 죽여야 한다면 두 번 뛰어오르게 하십시오."

말을 마친 임규가 칼로 닭의 모가지를 잘랐다. 그 닭을 땅바닥에 던지니 닭은 연거푸 네 번을 뛰어올랐다. 그리고 마지막으로 힘차게 땅에서 뛰어오르더니 대들보를 넘어 땅바닥으로 내려와 날개를 쭉 뻗었다. 모두 다섯 번이었다. 임규는 칼을 다시 칼집에 넣고 재배를 올리며 복수를 도와 달라고 천지신명에게 빌었다. 임규는 종이 말을 태우고 사당에서 나와 거리를 배회했다. 아무리 생각해도 뾰족한 수가 없어 하루 종일 방황하다가 저녁이 되자 다시 약재상 장 원외의 집으로 들어갔다. 의욕도 없고 장사할 기분도 나지 않았다.

다음 날 아침 일찍 일어나 칼을 허리에 차고 주인집을 나섰으나 일을 치를 곳이 마땅치 않았다. 처가에 가서 결판을 내고 싶어도 주득은 죽이지 못하고 마누라만 죽이고 말까 염려되었다. 그러나 일단 시작하기로 했으면 끝장을 봐야 했다. 아무리 생각해도 주득을 씹어 죽이지 못하는 것이 한스러울 뿐이었다. 그런 임규가 바로 이곳을 찾아가게 되었다. 이곳에서 임규는 마침내 배포를 키우고 마음을 독하게 다잡아 먹게 되었으며, 이로 말미암아 일신교에 일대 소동이 일어나고 임안부가 발칵 뒤집히게 된다.

삶과 죽음이 같이 길을 가니
길조와 흉조를 분간하기 어렵다네.

이곳이 어디이던가? 이리저리 배회하던 임규는 미정교(美政橋)에 있는 누나 집으로 찾아갔던 것이다.
"내게 요즘 일이 생겨서 아버님을 돌봐 줄 사람이 없어 그러니 누님이 좀 돌봐 주시구려. 안 된다고 하진 말고."
"아버님이야 내 집에 얼마든지 계셔도 되지."
누나는 아들을 시켜 아버지를 집에 모셔 오게 했다.
이날도 임규는 거리를 쏘다니다가 누나 집으로 들어갔다. 그리고 아버지를 뵙고는 자초지종을 자세하게 이야기했다.
"제가 계집의 요사스러운 말에 넘어가 아버님을 탓하고 그년의 꼬임에 빠져들 뻔했습니다. 이 분한 마음을 어떻게 해야 합니까?"
"아, 그년을 보지 않으면 될 일을 가지고 왜 그리 괴로워하느냐?"

"언제고 제 손에 잡히면 그냥 두지 않을 것입니다."

"그만두어라. 이제부터 그 연놈을 상대하지 말고 따로 현숙한 아내를 얻으면 될 일이야."

"저에게도 생각이 있습니다."

임규는 아버지와 누이에게 작별을 고하고 노기등등하게 성안으로 들어갔다. 마침 황혼녘이라 임규는 주인집으로 들어가서 장 원외에게 지난 일을 낱낱이 이야기했다. 임규는 마지막으로 한마디 덧붙였다.

"아버님이야 누나 집에 있을 수 있으니 그나마 다행이지요."

장 원외가 임규에게 당부했다.

"마음을 가라앉히고 조금만 참게. 이 일은 아무렇게나 처리해서는 안 되네. 옛말에도 간부를 잡으려면 현장을 덮쳐야 하고 도둑을 잡으려면 장물을 찾아야 한다고 하지 않던가? 만약 일을 제대로 처리하지 못하면 외려 자네가 당할 수 있어. 자네가 사형수 감옥에 갇히면 자네를 돌보아 줄 사람도 없으니 내 말 듣고 괜히 사람을 죽이지 말게. 원한은 푸는 것이지 맺는 게 아니야."

임규는 그 말을 듣고는 고개를 숙이고 아무 말도 하지 않았다. 장 원외는 하녀를 시켜 임규에게 술과 저녁밥을 대접하게 한 후 내일 다시 이야기하자며 잠자리에 들게 했다. 임규는 인사를 하고 잠잘 방으로 들어왔다. 자리에 드니 가슴은 마치 칼로 도려내는 듯 쓰렸다. 임규는 옷을 입은 그대로 침대에 누워 잠을 청했다. 이리 뒤척 저리 뒤척 아무리 잠을 청해도 잠은 오지 않고 가슴속의 불기둥은 가라앉을 줄을 몰랐다. 임규는 자리에서 일어나 옷매무새를 다듬은 다음 칼을 허리에 차고 더듬더듬 부엌으로 갔다. 조심스럽게 부엌문을 열고 뒤로 가니 뒷담이 나왔다. 뒷담은 별로 높지 않았다. 임규는 한걸음에 담을 뛰어올랐다. 시절은 바야흐로 여름이 가고 가을이 오려는 때, 달빛은 대낮처럼 밝았다. 임규는 훌쩍 뛰어 땅바닥에 내려섰다.

"그래, 좋다!"

임규는 곧장 처가를 향해 걸어갔다.

십여 호만 더 지나면 바로 처가. 어둠 속 남의 집 처마 밑에 기대어 섰다. '오긴 왔는데, 어떻게 안으로 들어간다지?' 결정을 못 내리고 망설이는데, 마침 떡장수 왕 씨가 대나무 통을 두드리며 걸어오고 있었다. 이때 처갓집 대문이 열리고 춘매가 쪼르르 걸어 나오더니 왕 씨를 불러 떡을 샀다. 임규는 나지막이 "저 죽일 연놈들." 하고 내뱉으며 잽싸게 대문 안으로 뛰어 들어가 계단 옆 장인의 방으로 달려 들어갔다.

방문을 열어젖히고 손에 칼을 들었다. 장인과 장모는 함께 잠들어 있었다.

"주득, 이 죽일 놈은 위층에 있으렷다."

한 칼에 머리 하나씩을 사정없이 베어 버렸다. 머리는 침대 머리맡에 그대로 떨어졌다. 막 위층으로 올라가려는데 춘매가 떡을 사들고 계단 쪽으로 오고 있었다. 임규는 춘매의 머리채를 잡아챘다.

"소리 지르지 마라. 소리 지르면 죽는다. 주득은 어디에 있느냐?"

춘매는 임규의 목소리를 듣고 그 손에 들린 칼을 보고서는 앞
뒤 가리지 않고 소리를 질러 댔다.

"임 서방이 왔다!"

화가 치민 임규는 단칼에 춘매의 목을 베어 버렸다. 춘매의 머
리가 땅바닥에 데구루루 굴러떨어졌다. 임규는 두 연놈을 찾아
성큼성큼 걸음을 뗐다.

콩 심은 데 콩 나고
팥 심은 데 팥 난다지.
하늘이 무심한 것 같아도
죄 지은 자 가만두지 않는다네.

임규는 미친 듯이 위층으로 뛰어 올라갔다. 두 연놈은 침상에
서 한창 일을 벌이다가 떡장수 왕 씨의 대나무 통 소리를 듣고선
춘매를 불러 떡을 사 오게 했던 것이다. 하여 문도 열린 채 그대
로요, 불도 켜진 채 그대로였다. 임규가 침상 곁으로 다가서니 아
내 양성금은 춘매의 비명을 듣고서 후닥닥 잠이 든 척했다. 임규
는 한 손으로는 양성금의 머리를 잡고 나머지 손으로 양성금의
머리를 베어 버렸다.

"이제야 속이 좀 후련하구나. 하지만 주득을 죽이지 않고선 분
이 풀리지 않을 것이야. 사당에서 닭의 목을 잘랐을 때 닭이 다
섯 번 뛰어올랐지. 장인, 장모, 마누라, 춘매만 죽여야 했다면 닭
이 네 번만 뛰어올랐을 거야. 그 닭이 네 번을 뛰고 마지막 다섯

번째에 대들보를 뛰어넘은 것은 무슨 이유가 있을 텐데."

퍼뜩 생각이 미쳐 고개를 들어 보니 주득이 발가벗은 채로 대들보 위에 엎드려 있었다.

"어서 내려와라. 목숨만은 살려 주마."

임규가 소리쳤다. 주득은 두려움에 떨면서 대들보 위로 올라갔지만 이제 아래에 임규가 있는 것을 보자 너무 떨려서 도무지 움직일 수가 없었다. 화가 치밀어 오른 임규는 침상에서 뛰어올라 칼을 마구 휘둘러 주득을 찔렀다. 가련한 주득은 대들보에서 떨어졌다. 임규도 같이 뛰어내려 주득의 가슴을 발로 누르고 십여 차례나 칼로 찔러 댔다. 임규는 주득의 머리를 잘라 머리카락을 풀어 헤쳐 간부와 간녀의 머리카락을 서로 묶었다. 임규는 칼을 칼집에 넣고 아래층으로 두 머리를 옮겼다. 계단 아래에서 임규는 하녀의 머리를 마저 갖다 놓고 장인 장모의 머리를 가지러 갔다. 임규는 그들의 머리카락을 풀어 머리 다섯을 한데 묶고 대청 밖으로 끌어냈다.

사방이 환하게 밝아 오는데 임규는 생각했다. '일을 다 끝내고 나니 마음이 다 후련하구나. 도망치다가 붙잡히는 것은 대장부가 할 행동이 아니지. 정정당당하게 자수하자. 내 목은 달아날지언정 이름은 후세에 영원히 전해지리라.' 임규는 대문을 열고 거리로 나서 외쳤다.

"동네 사람들, 내가 저 더러운 마누라와 그 일가족, 그리고 간부 주득을 모조리 해치웠소이다. 내가 그냥 도망가면 동네 사람들이 공연한 누명을 쓸까 봐 걱정이오. 번거롭겠지만 나와 같이 관가로 좀 갑시다."

동네 사람들은 임규의 말을 믿지 못하겠다는 듯, 황급히 그의 처가로 달려가 보았다. 장인 장모 그리고 춘매의 목 없는 시체가 보였다. 위층으로 올라가 보니 주득의 시체가 보였다. 목 없는 시체에는 수없이 칼자국이 나 있었고, 아직도 피가 흐르고 있었다. 양성금은 침대 위에 죽어 있었다. 동네 사람들은 놀란 가슴을 쓸어내리며 아래층으로 내려왔다. 아래에는 다섯 개의 머리가 한데 묶여 있었다.

"임규는 정말 대장부다. 우리 모두 관가로 달려가서 본 대로 이야기합시다."

이때 이장과 포졸들이 달려와 임규를 포박하려 들었다.

"굳이 묶을 것 없소이다. 내 발로 가겠소. 절대로 당신들에게 피해 입히지 않으리다."

말을 마치고 임규는 두 손으로 다섯 개의 머리를 들고 뚜벅뚜벅 걸어갔다. 사람들은 일제히 임규의 뒤를 따르기 시작했다. 온 동네 사람들이 모두 나와 거리를 가득 메우고 구경하니 성 전체가 한바탕 뒤집혔다. 여기서 이야기를 한 대목 또 나누어 볼거나.

살아서는 온 정성을 다하는 효자
죽어서는 신이 되어 그 이름 빛나도다.

동네 사람들과 임규는 임안부 청사로 찾아들었다. 부윤은 대략 자초지종을 듣고 깜짝 놀라며 대청으로 올랐다. 아전과 포졸

들이 좌우로 늘어섰다. 임규는 다섯 개의 머리와 시퍼렇게 날이
선 칼을 앞에다 내려놓더니 무릎을 꿇고 고했다.

"저는 올해로 스물여덟 먹은 임규라고 합니다. 본디 이 고장 사
람으로 조상 대대로 우피가에 살았습니다. 어려서 어머니를 여의
고 앞 못 보는 아버지를 모시고 살던 중에 작년 겨울에 중매로
일신교 근처에 살고 있던 양성금이란 여인과 결혼했습니다. 저는
장사 밑천도 없고 하여 장 원외 나리의 약재상에서 점원 노릇을
했습니다. 아침 일찍 일하러 나가면 저녁 늦어서야 돌아왔기 때
문에 제 처가 별로 좋아하지 않았습니다. 작년 8월 18일, 그날 아
버님은 아래층에서 불경을 외고 있었습니다. 제 처 양성금은 결
혼하기 전에 이웃에 사는 주득이란 놈과 사통하던 사이였습니다.
그날 제가 일을 마치고 돌아와 보니 아버님께서 고종사촌 오라비
가 다녀갔다고 일러 주셨습니다. 그날 이후로 그 고종사촌 오라
비라는 작자는 아버님이 앞 못 보는 것을 기회로 뻔질나게 드나
들었습니다. 어느 날 아버님이 제게 말씀하시기를 '고종사촌 오라
비라는 작자가 뻔질나게 드나드는데 아무래도 뭔가 수상쩍다.'고
하셨습니다. 저는 그 말을 듣고 아내에게 따져 물었습니다만 생
각이 모자랐던 탓에 외려 시아버지가 자신을 희롱하려 들었다는
아내의 앙큼한 말에 넘어가 사흘 전에 아내를 친정으로 보냈습니
다. 아내를 친정으로 보낸 바로 그날 제가 그만 너무 늦어 성문이
닫힌지라 하는 수 없이 처가로 갔습니다. 한데 마침 마누라하고
엉겨 붙어 있던 주득 녀석이 당황하여 측간에 숨어 있다 제가 측
간에 들어서자 제 머리통을 붙잡고는 "도둑이야!" 하고 소리를 질

렀습니다. 그러자 장인, 장모, 마누라, 하녀 할 것 없이 모두 뛰쳐
나와 저에게 몽둥이찜질을 했습니다. 그리고 주득은 그 틈을 타
서 유유히 사라졌지요. 저는 아픔을 참고 집으로 돌아왔습니다
만 울화가 치밀어 도저히 참을 수가 없었습니다. 하여 고민 고민
하다가 칼을 빼 들고 처가로 달려가 장인 장모를 먼저 죽이고, 이
어 하녀를 죽이고 위층으로 올라가서 마누라를 죽였습니다. 그리
고 주득 녀석이 쥐새끼처럼 대들보 위로 도망가 숨어 있길래 뛰
어 올라가 그 녀석마저 죽였습니다. 지금 머리 다섯 개를 들고 와
자수하니 부윤께서 거울처럼 맑은 마음으로 굽어 헤아려 주십시
오."
　부윤은 다 듣고 나서 한참 동안 생각에 잠겼다. 이웃에게 물어
보니 임규의 말이 과연 모두 사실이었다. 부윤은 임규에게 명하
여 자백한 내용을 친필로 적도록 했다. 아울러 아전과 포졸들에
게 임규를 데리고 가서 현장 검증을 하고 검시하도록 했다. 사람
들이 구름처럼 몰려들어 구경했다.

　　저승사자마저 흥분할 일이니
　　이 일이 어찌 작은 일이랴.

　모두 임규의 처가로 몰려갔다. 시신 다섯 구를 일일이 검사한
후 대문을 굳게 걸어 잠갔다. 아전과 포졸들은 임규를 데리고 다
시 청사로 돌아와 부윤에게 보고했다.
　"다섯 구의 시체를 검사해 보니 모두 임규가 칼로 베어 죽인

것이 틀림없습니다."

"임규가 비록 자수했다고는 하나 다섯 명이나 죽인 죄를 면하
긴 힘들겠구나."

부윤은 포졸들에게 명하여 곤장 스무 대를 때린 후 큰 형틀을
씌우고, 손발에는 쇠로 된 차꼬를 채워 사형수 감옥에 가두게 했
다. 동네 사람들은 모두 돌아갔다. 동네 사람들과 이장이 나서서
양 씨 집안의 재물을 팔아 다섯 구의 관을 마련하여 시체들을
입관했다. 임규가 옥에 갇히자 사람들은 일세의 영웅이라며 조석
을 공양해 주었다.

임안부의 부윤은 담당 아전과 상의했다. 임규가 열혈 대장부
인 것은 분명하나 사람을 너무 많이 죽였으니 그냥 살려 주기도
어려웠다. 부윤은 고민 끝에 사건의 자초지종을 소상히 적어 형
부에 보고했고 이 사건은 마침내 황제에게도 보고되었다. 황제는
보고를 받고서 이렇게 판결했다.

"간부와 간녀를 죽인 것은 이치상 당연하다. 그러나 장인 장모
와 하녀까지 죽인 것은 잘못되었다. 육십 일 기한 내에 범인 임규
를 능지처참하여 백성들에게 보이도록 하라. 임규에게 죽임을 당
한 시체들은 화장할 것이며, 그 재산은 관가에 귀속시키도록 하
라."

황제의 칙령이 도착하자 부윤은 아전과 포졸들을 시켜 임규를
데려오게 했다. 부윤은 황제의 칙령을 임규에게 보여 주었다. 임
규는 자기 죄의 막중함을 인정하고 죽음을 달게 받겠다고 했다.
부윤은 명령에 따라 포졸들이 임규에게서 형틀과 차꼬를 풀어내

고 사형대 위에 그를 올렸다.

사지에 대못을 박더니
세 가닥 삼끈으로 칭칭 묶는구나.
양날이 시퍼렇게 선 칼이 춤을 추고
한 떨기 종이꽃이 날리는구나.

아전과 포졸들은 임규를 끌고 시장거리를 다니며 사람들에게
보였다. 앞에는 임규의 죄목을 적은 방(榜) 뒤에는 몽둥이가 따랐
다. 사형 집행 장소인 우피가에는 사람들이 벌 떼처럼 몰려들었
다. 오시가 지난 지 얼마 되지 않았을 때, 갑자기 사방이 어두워
져 한 치 앞을 분간할 수 없더니 사방에서 미친 듯이 바람이 피
어오르고 모래와 돌멩이가 날아다녔다. 구경하던 사람들은 두려
움에 젖어 흩어졌다. 잠시 후, 사위가 잠잠해지고 바람이 잦아들
었다. 사람들이 임규를 보니 묶고 있던 끈이 모두 풀리고, 임규의
사지를 박아 놓은 못도 모두 빠져 있었다. 임규는 사형대 위에 앉
은 채로 죽어 있었다.
"세상에 이런 일이! 세상에 이런 일이!"
사람들은 일제히 소리를 질렀다. 사형 집행인은 놀라서 말을
잊었고, 망나니는 놀라서 입을 다물지 못했다. 아전과 포졸들이
임규의 시체를 살펴보고 황급히 말을 달려 부윤에게 보고했다.
놀란 부윤이 가마를 타고 와서 살펴보니 과연 임규가 앉은 채로
죽어 있었다. 부윤이 이 사실을 형부에 보고하니 형부에서는 다

　　　　　　　任孝子烈性爲神

시 황제에게 보고했다. 다음 날 황제의 칙령이 당도했으니, 임규의 시체를 화장하여 능지처참을 면하게 하라는 내용이었다. 아전은 명령을 받들어 임규를 화장했다. 동네 사람들이 모두 와서 구경했다.

"세상에 이렇게 기이한 일이 있다니, 이런 일을 언제 또 볼 수 있으랴?"

한편 임규의 아버지와 누나는 임규가 죽었다는 말을 듣고 제수를 준비했다. 임규의 생질이 임규의 아비를 부축하고, 임규의 누나는 가마를 타고 달려와 거리에서 노제를 지냈는데 그 울음소리가 더없이 구슬펐다. 임규의 누나는 아들을 시켜 친정아버지를 부축케 하더니 집으로 모시고 돌아가 봉양했다.

임규가 세상을 떠난 지 두 달 동안 매일 해 질 무렵이면 그의 혼령이 나타나곤 했다. 병에 걸려 시름시름 앓던 사람도 임규가 죽음을 맞은 거리에서 제수를 바치고 빌면 모두 씻은 듯이 나았다. 어느 날 어린아이가 그 거리에서 놀다가 임규의 혼에 들렸다.

"옥황상제가 나의 효성과 열정을 어여삐 여겨서 성황과 토지신의 보우를 받도록 했고 우피가의 토지신이 되도록 했느니라. 너희들이 나를 위해 사당을 짓고 봄가을로 제사를 지내면 국태민안하리라."

말을 마치더니 어린아이는 제정신으로 돌아왔다. 마을 사람들이 그 말을 믿고 돈을 추렴하여 나무를 사들인 뒤에 터를 닦고 사당을 지었다. 아울러 신상(神像) 만드는 기술자를 불러와 임규의 상을 만들어 그 안에 모셨다. 그리고 소와 돼지를 잡고 제수를 마련하여 임규에게 제사를 지내 주었다. 이때부터 임규의 사당에는 향불이 꺼진 적이 없었으며, 임규의 상에 소원을 빌면 이루어지지 않는 일이 없었다. 그 사당은 지금까지 전해진다. 훗날 누군가가 이 사당 벽에 시를 지어 임규를 칭송했다.

돌도 쇳덩이도 다 변하지만
정신은 영원토록 변하지 않는다오.
간부와 간녀를 죽이고 스스로 목숨을 버렸으니
그 절개 염라대왕마저 감동시켰구나.

汪信之一死救全家

왕신지가
목숨을 바쳐
온 가족을 구하다

이처럼 영웅적이면서 이처럼 바보스러운 인물이 또 있을까? 돈과 권력을 쥐고 있는 형에게서 벗어나 자기 힘으로 철광산을 열고 어업을 일으켰으니 자수성가한 유력자라 부르기에 손색이 없다. 하지만 어이없는 누명을 뒤집어썼을 때 그것을 벗기 위해 차근차근 노력하는 것이 아니라 정작 자신을 도와주러 달려온 관리이자 친구를 죽이고 허둥대는 그는 바보이다. 이제 그는 억울한 누명을 쓴 자에서 관리를 살해하고 반항하는 역도의 괴수가 되었다.

이 작품의 주인공 왕신지에게 반역의 죄를 뒤집어씌운 자가, 북방 수복을 노리고 양성했던 충의군이 해산되면서 먹고살기 힘들게 된 병사였다는 점, 왕신지 스스로가 북방을 수복하기 위해 병사를 동원하려 했던 애국자였다는 점, 왕신지가 재산을 일구고 나서는 임안으로 가서 정계에 진출하고자 자신의 의견을 제시하는 상소를 올렸다는 점 등을 고려한다면 풍몽룡이 묘사한 왕신지는 단순한 자수성가형 인물이 아니라 세상의 도덕을 재건하고 잃어버린 중원을 회복할 영웅이었다.

이 작품의 연원이 되는 이야기가 악비의 손자이자 역사가인 악가(岳珂)의 『정사(桯史)』에 상당히 충실하게 실려 있는 것은 그런 면에서 의미심장하다. 중원을 회복하려 한 악비와 이 작품의 주인공 왕신지가 겹치는 것도 자연스럽다. 패트릭 해넌의 설명에 따르면 풍몽룡은 왕신지를 도덕적으로 완벽한 인물로 그리기 위해 『정사』에 실려 있던 부하의 아내를 유혹하는 대목을 삭제하고, 대신 가족을 위해 자신을 희생하는 대목을 강조했다고 한다. 그러므로 왕신지의 실패는 전략의 실패가 아니라 결국 운명의 실패다.

소동파가 쌓았다는 제방 위의 저 백발 노파
올해로 몇 살이나 되셨나?
남으로 피난하는 황제를 따라 이곳에 오셨으니
옛 수도 동경의 지난 일을 잘도 기억하고 이야기하는구려.
지난번 황제께서 행차하셨다가,
지난날 떠올리며 무척이나 상심했다는데
저 백발 노파, 특별히 맛난 생선국 끓여
두 손으로 공손히 받잡아 드렸다더라.

한편 송나라 효종 황제가 즉위하여 건도(乾道, 1165~1173), 순
희(淳熙, 1174~1189) 연간을 거치는 동안 전대 황제 고종은 태상
황의 직위를 누렸다. 이때는 송나라와 금나라의 관계가 원만하
여 사방이 안정되고 무를 억누르고 문을 숭상하며 황제와 백성
이 함께 즐거워했다. 효종 황제는 틈나는 대로 태상황 고종을 모

시고 서호에 나와 유람했다. 서호에서 장사하는 자들에겐 딱히 금제하는 바가 없었으므로 황제가 행차하는 틈을 타서 장사꾼들이 서호에 나와 마음껏 물건을 팔았다. 술 파는 집만 해도 백 집이 넘을 정도였다.

한편 그 술집 가운데 송씨 성에다가 집안 형제 사이에서 순서가 다섯째인 주모가 술을 파는 집이 있었으니, 사람들은 그녀를 송씨네 다섯째라 불렀다. 송씨네 다섯째는 본디 동경 사람으로 그곳에서부터 생선국 잘 끓이기로 유명했고, 그녀의 술집은 맛집으로 손꼽혔다. 그녀는 건염(建炎, 1127~1130) 연간에 황제의 피난 행렬을 따라 이곳으로 내려와 지금은 소동파 제방에 자리를 잡고 장사를 하는 중이었다.

어느 날 태상황이 서호를 유람하러 나왔다가 소동파 제방에 배를 대놓고 있을 때 어디선가 동경 말씨가 들려오는 것을 듣고는 환관을 시켜 불러오게 하니 바로 백발 노파였다. 늙은 환관 하나가 그 노파가 바로 동경 번루(樊樓) 아래에서 장사하던 송씨네 다섯째이며, 특별히 생선국을 잘 끓였던 것을 기억해 내고 태상황에게 고했다. 태상황은 한참을 처연하게 옛 추억에 잠겼다가 그 노파에게 생선국을 한번 끓여서 가져와 보라고 했다. 송씨네 다섯째가 끓여서 바친 생선국을 맛보니 정말 명불허전이라 태상황은 현금 백 문을 하사했다. 이 일이 일시에 임안 시내에 소문이 나서 명공 귀족과 돈푼깨나 있는 자들이 모두 찾아와 생선국을 사 먹었다. 그 백발 노파는 이리하여 돈을 엄청나게 벌었다. 이를 증명하는 시가 한 수 있다.

　　　　　汪信之一死救全家

생선국 한 사발이 몇 푼이나 하겠냐만

그래도 옛 도읍에서 먹던 그 맛이 황제를 감동시켰구나.

동네 사람들이 돈은 얼마든 내고 그 생선국 사 먹겠노라 덤벼

듦은

생선국 맛 때문이 아니라 황제의 심정을 위로하고 싶어서라네.

그리고 또 며칠 후 태상황이 배를 타고 단교를 지나게 되었다. 태상황이 배에서 내려 산보하다가 정갈한 주막집 하나를 발견했다. 그 주막집에 들어가 보니 하얀색 병풍이 하나 있었고 그 병풍에는 '소나무 사이에 부는 바람'이라는 의미의 「풍입송(風入松)」이란 사가 적혀 있었다.

봄만 되면 여인들에게 돈을 쓴다네.

날마다 서호에서 술에 취하네.

나의 애마도 서호 가는 길을 잘 알아

히잉히잉 울며 술집을 찾아가네.

살구꽃 향기와 어우러진 노랫가락, 춤사위

수양버들 그늘 아래 그네.

따듯한 바람 산들거리는 봄

한껏 머리 단장한 여인들 꽃 가에 서니 그 길이 10리는 되겠네.

화려한 배는 봄을 싣고서 돌아가나

다 싣지 못한 봄 정취는 서호 물안개에 띄웠구나.

내일 남은 술, 마저 마시러 올지니

그땐 여인네들이 흘린 비녀를 줍겠네.

태상황은 이 사를 읽어 보고 연거푸 칭송하더니 주막집 하인
에게 물었다.

"저건 누가 지은 것이더냐?"

하인이 답했다.

"태학생 우국보(于國保)가 술 한잔 걸치고 지은 것입니다."

태상황은 그 말을 듣고 웃으면서 한마디 했다.

"다 좋은데, '남은 술, 마저 마시러 올지니.'라는 구절은 아무래
도 좀 격이 떨어지는 것 같구나."

태상황은 붓을 들어 '내일 술이 덜 깬 몸을 겨우 가누네.'라고
고쳐 적었다. 그런 다음 바로 우국보를 불러 한림원대조(翰林院待
詔) 벼슬을 하사했다. 그 술집 병풍에 태상황이 직접 써 준 시구
가 있으니 사람들이 그걸 보러 오고 술도 마시고 하여 그 술집은
나중에 아주 떼돈을 벌었다고 한다. 우국보가 태상황을 알현하고
읊은 시도 있다.

술 한잔 걸치고 하얀 병풍에 시 한 수 적었네

태상황이 와서 보리라곤 상상도 못 했네.

누구의 작품이냐고 물었을 때 누가 대답해 주었던가?

술집 하인이야말로 진평을 유방에게 천거한 위무지 같은 자 아
니겠는가.

그 술집을 읊은 시도 있다.

태상황이 고쳐 쓴 글자의 먹물이 채 마르기도 전에
온 도성의 사람들이 소문을 듣고 앞다퉈 구경하러 오네.
별 볼 일 없던 술집이 하루아침에 벼락부자 되었으니
황실의 은덕이 이리도 큰 것을 이제야 알겠네.

그때는 바야흐로 남송이 나름 작은 평화를 누리던 때, 이렇게
알게 모르게 조정의 은택을 입은 자들이 얼마나 많았는지 모른
다. 반대로 문무를 겸비하여 천하의 호걸이라 불릴 만한 자가 자
기를 알아주는 자를 만나지 못해 세상 사람들의 조롱과 모함을
받다가 마침내 불행한 결말을 맺기도 했다. 이것이 팔자인가, 때
를 못 만난 것인가, 아니면 운이 그런 것인가?

때를 잘 만나면 하늘이 바람을 불어 그대를 등왕각으로 보내
주고[27]
운이 없으면 탁본 뜰 비석마저 번개에 쓰러져 버린다네.[28]

---

27 당 대 초기의 위대한 시인이자 문장가인 왕발(王勃, 649~676)은 아버지를 만나
러 배를 타고 가던 중 우연히 태수 염백서(閻伯嶼)가 등왕각(滕王閣)에서 잔치를
열고 글깨나 쓸 줄 아는 문사들을 초치하여 글 자랑을 하게 한다는 소문을 들었
다. 그러나 왕발의 배는 너무도 멀리 떨어진 곳에 있어서 도저히 그 잔칫날에 맞
춰 갈 수 없는 형편이었다. 이때 갑자기 순풍이 밀려와 왕발의 배를 등왕각이 있
는 남창에까지 데려다주었고, 왕발은 이 기회를 빌려 「등왕각서(滕王閣序)」라는
천하의 명문을 써서 만고에 이름을 떨쳤다.

한편 건도 연간에 엄주(嚴州) 수안현(遂安縣)에 부자가 한 사람 살았으니 성은 왕(汪)이고 이름은 부(孚)이며, 별명은 사중(師中)이었다. 일찍이 향시에 합격했던지라 재물에 더하여 나름의 위세도 지니고 있어 현 전체를 좌지우지하며 관리를 제멋대로 부리는 현의 세력가라 할 만했다. 그가 사람을 죽인 적이 있는데 죽은 사람 쪽이 나름 만만치 않아 결국 남쪽 멀리 길양군(吉陽軍)으로 유배를 떠나게 되었다. 그는 거기서도 또 위국공(魏國公) 장준(張浚)에게 찰싹 달라붙어 병사를 모집하여 나라의 은혜를 갚는다는 구실로 사면을 받고서 고향으로 돌아왔다. 그리고 고향에서 더욱 재산을 늘리고 치부하여 마침내 엄청난 부를 이루었다.

왕부에겐 피를 나눈 친동생이 하나 있었으니 이름은 왕혁(汪革), 별명은 신지(信之)로 문무를 겸비한 위인이었다. 왕신지는 어려서부터 형에게 의지하여 살았는데 하루는 형 왕부와 술을 마시다가 입씨름을 하고는 형에게 굽히기 싫어서 혈혈단신 집을 나섰다.

"내가 천금을 벌기 전에는 결코 다시 돌아오지 않으리라!"

---

28 송 대의 유명한 문학가이자 관리였던 범중엄(范仲淹, 989~1052)이 요주(饒州) 태수를 지낼 당시 가난에 찌든 한 선비가 도움을 요청해 왔다. 당시 서예가 중에서도 인기가 높던 구양순(歐陽詢)이 쓴 비문이 천복사(薦福寺)에 있었으니 범중엄은 그를 위해 그 비석의 탁본을 떠 주고자 했다. 그러나 종이와 먹을 다 준비하고 탁본을 뜨려던 전날 그만 하늘에서 번개가 쳐서 비석이 망가지고 말았다. 위 두 구절은 '운때가 맞지 않으면 잘 차려진 밥상도 제대로 먹지 못하고, 운이 맞으면 순풍에 돛 단 듯 모든 일이 술술 풀린다'는 의미이다.

그가 지닌 것은 달랑 우산 하나, 돈은 한 푼도 없었다.

"어디로 간다지? 사람들이 회경(淮慶) 일대는 농사나 대장간 일이 잘된다던데 일단 거기 가서 뭐라도 해 봐야겠다."

그러나 여비가 없었다. 왕신지는 한참을 궁리한 끝에 어려서부터 배운 창봉술과 권법을 써먹을 심산으로 옷소매를 질끈 닦아 묶었다. 인마가 모이는 곳을 찾아가서 일단 맨손으로 시범을 몇 차례 보여 주고 우산을 창봉 삼아 몇 차례 더 시범을 보이니 사람들이 박수를 치며 환호하고 돈 몇 푼씩을 건네주었다. 왕신지는 그 돈으로 술과 밥을 사 먹었다.

며칠 지나지 않아 양자강을 건너서 곧장 안경부(安慶府)에 이르렀다. 숙송(宿松)을 지나 삼십 리를 더 가니 마지파(麻地坡)라는 곳이 나왔다. 사방은 황량한 산으로 둘러싸이고 흉가처럼 변한 사당 하나 말고는 인가 하나 없었다. 산에는 온통 땔감 천지였다.

"여기다 대장간을 차리면 땔감 구하기는 문제없으니 돈 벌기 정말 좋겠다."

그는 사당을 집으로 삼고 떠돌이 부랑자들을 모아 산에서 나무를 베어 숯을 만들어 팔고 그 돈으로 다시 철괴를 사서 드디어 대장간을 열었다. 대장간에서는 철 그릇과 기구를 만들어 팔고, 또 대장간에서 일하는 사람들에게는 각각 맡은 바 일을 잘 분담시키면서 당근과 채찍을 적절히 구사하니 모두 왕신지를 믿고 따랐다. 몇 년이 지나지 않아 왕신지의 대장간은 크게 번창했다.

왕신지는 엄주로 사람을 보내 처자를 데려오게 해서는 마지파에서 같이 살았다. 천 칸에 이르는 집을 지었으니 그 위세가 대단했으며, 아울러 그곳에서 술집도 열어 매년 상당한 수익을 올렸다. 망강현(望江縣)에는 둘레가 칠십여 리에 달하는 천황호(天荒湖)라는 호수가 있었다. 그 호수에 물고기와 부들이 아주 많이 자란다는 걸 알게 된 왕신지는 그 호수를 자신의 소유로 사들였는데, 그 호수에서 물고기 잡고 살던 수백 가호가 그의 휘하에 놓인지라 매년 그에게 어업세를 바치니 들어오는 돈을 주체하지 못할 정도였다.

이제 왕신지는 마지파의 실력자가 되었고, 마을에 일이 있으면 모두 왕신지의 입만 바라보는 형편이 되었다. 출타할 때면 칼을 찼으며, 말을 타고 그 뒤를 따르는 자들이 구름 떼 같았으니 여느 고관대작에 비해도 전혀 부족함이 없었다. 산지사방의 주린 자들이 모두 그에게 귀의했고 왕신지가 그들에게 먹을 것, 입을 것을 챙겨 주니 사람들은 모두 왕신지를 위해 목숨이라도 내놓을 기세였다. 아울러 인근 군현의 관리들에게도 돈을 쥐여 주곤 했다. 자기에게 잘해 주는 관리들과는 술자리를 마다하지 않았고, 자기에게 맞서는 관리가 있으면 어떻게든 그들의 허물을 캐내곤 했다. 자신을 크게 반대하는 자는 일단 사람을 시켜 고발하고 재판을 걸게 하여 명예를 크게 실추시켰다. 또 자신을 크게 반대하는 관리는 사람을 시켜 길에서 목숨을 빼앗고 아무런 증거도 남기지 않았다. 이런 까닭에 사람들이 모두 그를 두려워하고 그의 환심을 사느라 여념이 없었다.

곽해(郭解)[29]가 다시 태어나고
주가(朱家)가 환생했구나.[30]
위세는 온 고을을 덮고
명성은 온 나라에 들썩이네.

한편 강회(江淮) 선무사(宣撫使) 황보척(皇甫倜)은 사람됨이 인자하고 관대하여 널리 인심을 얻고 있었다. 그는 사방의 호걸들을 불러 모은 뒤 그 가운데에서도 특히 뛰어나게 용맹한 자들을 따로 가려 특별히 우대하고 아침부터 저녁까지 훈련을 시켰다. 그는 그런 무리들을 '충의군(忠義軍)'이라 이름했다. 재상 탕사퇴(湯思退, 1117~1164)가 황보척의 위세가 너무 커지는 것을 두려워하여 이 선무사 자리를 자신의 문하생 유광조(劉光祖)로 대체하기로 마음먹었다. 하여 자기 말을 잘 듣는 어사를 사주하여 황보척이 군량미를 유용하고 무뢰배들을 불러 모으며 나가서 싸우려 들지 않으니 훗날 골칫거리가 될 것이라고 상소하게 했다. 조정은 황보척을 파면하고 유광조가 그 자리를 대신하게 했다.

유광조는 본디 사람됨이 겁이 많고 또 각박하기까지 했는데 할 줄 아는 건 그저 재상 탕사퇴에게 아부하는 것뿐이었다. 유광

---

29 한나라의 유명한 협객. 사전을 주조하고 도굴을 하는 등 악행을 저질렀으나 의협심 또한 강했다고 한다.
30 진나라 말, 한나라 초기의 유명한 협객. 본디 전국 시대 노나라 출신이다. 항우를 무찌른 한고조 유방이 항우의 장수였던 계포를 현상금을 걸고 죽이고자 했을 때 그를 구해 준 일이 유명하다. 계포는 주가의 추천 덕분에 사면을 받고 낭중 벼슬에 오르게 되었다.

조는 황보척이 하는 것과 정반대로만 했으니 충의군을 해산하고 다시는 그 지방에 모이지 못하게 했다. 슬프게도 황보척이 몇 년 동안 심혈을 기울여 키웠던 날랜 병사들이 하루아침에 이렇게 흩어지게 되었다! 충의군 병사들 가운데 일부는 고향으로 돌아가고 일부는 산으로 들어가 녹림 처사가 되었다.

그 가운데 형주 출신 정표(程彪)와 정호(程虎)에 대해 이야기하려 한다. 그들은 형제로 무예 실력이 출중했다. 졸지에 충의군에서 쫓겨나 받던 녹봉도 끊어지고 먹고살 길이 막막해지자 누구한테라도 몸을 의지해야 할 판이었다. 이때 무예 교관이었던 홍공(洪恭)이 떠올랐다. 태호현의 남문 창고 골목에서 찻집을 연 홍공은 무예 교관으로 있을 때 정표, 정호 형제와 각별하게 지냈으니 찾아가서 먹고살 방도를 상의해 보지 않을 이유가 없었다.

두 사람은 짐을 꾸린 다음 홍공을 만나러 태호현으로 향했다. 홍공이 마침 찻집에 나와 있었다. 그들은 서로 인사를 나누었다. 찾아온 이유를 밝혔지만 홍공은 집이 좁아서 두 사람을 재워 줄 형편은 아니었다. 그래도 기꺼이 닭 잡고 밥을 지어 두 사람을 대접하고 근처 암자에서 묵도록 배려했다. 다음 날 홍공은 두 사람을 다시 집으로 초대하여 식사를 대접한 다음 편지 한 통을 건네며 말했다.

"두 분이 이렇게 멀리서 오셨으니 의당 내 집에서 더 모셔야 하나 나 또한 형편이 빈한하여 어찌할 도리가 없소이다. 이제 내가 한 곳을 소개해 드리니 찾아가 보시구려. 그곳에서 서로 뜻이 맞아 나름 부귀공명을 이루기 바라오."

　·　 汪信之一死救全家

두 사람은 홍공에게 작별 인사를 하고 길을 나섰다. 편지를 보
니 '숙송현 마지파 왕신지 친전'이라고 적혀 있었다. 두 사람은 홍
공의 말대로 마지파로 왕신지를 찾아가 홍공의 편지를 건넸다.
왕신지가 열어 보니 이렇게 적혀 있었다.

소생 홍공이 삼가 왕 공께 이 서찰을 올립니다. 공을 뵙고 난
이후로 늘 공을 사념하는 마음을 품고 있습니다. 제가 알고 지
내는 정표, 정호 형제는 충의군 출신으로 무예가 특별히 출중
합니다. 그러나 지금 새로 부임한 선무사가 충의군을 해산해 버
렸기에 소생이 이에 그 두 형제를 공께 추천하니 그들을 부려
쓰신다면 특히 도련님께 크게 이익이 될 것입니다. 아울러 제가
살고 있는 마을에 호수와 늪지대가 여럿 있어 제법 물고기가 나
는지라 공께서는 이제 더 이상 미루지 마시고 꼭 오셔서 살펴보
십시오. 한번 오신다면 공의 사업에 크게 유익할 것입니다.

왕신지는 편지를 읽고 기뻐하며, 바로 아들 왕세웅(汪世雄)을
불러 정표, 정호 형제에게 인사를 시켰다. 그러고는 술을 대접하
고 머물 방을 마련해 주었다. 이날부터 정표, 정호 형제는 왕신지
의 집에 거처하면서 아침부터 저녁까지 왕세웅에게 궁술과 마술
을 가르치고 창봉술을 연습시켰다.
 눈 깜짝할 사이에 석 달이 지나가 왕신지에게 임안에 갈 일이
생겼다. 정표와 정호 형제는 왕신지가 길을 떠난다는 소식을 듣
고 작별 인사를 드리고자 했다. 왕신지가 형제에게 물었다.

"그래 두 분은 이제 어디로 가시려오?"

"태호현에 있는 홍공에게 다시 가야지요."

왕신지가 홍공에게 서찰을 써 주고 두 사람에게 노잣돈을 건네려고 하는데 아들 왕세웅이 이렇게 말하는 것이었다.

"소자가 아직 창봉술을 다 익히지 못했으니 두 분을 좀 더 머물게 하여 주십시오. 진법도 함께 배우고 싶습니다."

아들의 말을 들은 왕신지가 두 사람에게 말했다.

"제 아들놈이 아직 배움을 완성하지 못했다고 하니 한두 달 더 머물러 계시면 제가 돌아와서 두 분을 보내 드리겠습니다."

정씨 형제는 왕신지의 부탁을 받고 더 머물기로 했다.

한편 왕신지는 임안에 도착하여 볼일을 다 마쳤다. 한데 조정에 금나라가 강화의 약조를 배반했다는 소문이 잘못 전해져 금나라의 공격을 막아 낼 방도를 숙의하게 되었다. 이에 왕신지는 상서를 올려 화친책을 극력 비난했다.

"국가가 비록 안전하다 하더라도 전쟁을 잊으면 위험해집니다. 강회(江淮)는 동남 지역의 요충지인데 그 지역을 지키는 충의군을 해산시킨 것은 잘못된 일입니다."

그는 또 상소의 말미에 이렇게 적었다.

"소신이 비록 우둔하나 양회(兩淮) 지방의 충직하고 용맹한 자들을 모아 국가를 위해 앞서 달려가 중원을 수복하고 원수를 갚고자 이렇게 저의 뜻을 아룁니다."

황제는 왕신지의 상소를 받아 본 다음 추밀원에 논의하게 했다. 그러나 추밀원의 관리들은 하나같이 일 벌이기를 두려워하고 목이 마르면 그제야 샘을 파니, 불이 옮겨 붙기 전에 장작을 미리 치울 자들이 아니었다. 더구나 포의지사의 상서를 누가 주의 깊게 읽고 토론하려 들겠는가? 금나라 병사들이 지금 당장 쳐들어 올지 안 올지도 모르는 일이니 황제에게는 따로 보고하지도 않은 채 왕신지에게는 그저 듣기 좋은 말로 조정에서 등용할지도 모르니 대기하라고만 했다. 왕신지는 이 일로 인해 고향으로 돌아가기를 미루고 임안에 계속 머물렀다.

재상과 장군이 변변치 않으니 온 나라가 텅 비고
포의지사가 뜻을 세워 공연히 애만 끊는구나.
황금을 다 쏟아붓고 담비 옷 다 해지니
아, 공연히 임금 계신 곳에 상소를 올렸던가!

한편, 정표, 정호 형제가 왕 씨네 집에서 머문 지도 어언 일 년, 혼신의 힘을 다해 왕세웅에게 무예를 전수했으니 나름 보답을 받기 바랐다. 제자인 왕세웅도 스승인 정표, 정호 형제에게 후사하고 싶었다. 하나 정작 돈을 내줄 아버지가 임안으로 떠난 후에 감감무소식이니 다른 도리가 없었다. 정씨 형제는 더 이상 견디지 못하고 떠날 뜻을 비쳤으나 왕세웅이 번번이 붙잡았다. 그러나 붙잡는 것도 한두 번이지 이제는 더 이상 붙잡을 수도 없는 형편이었다. 왕세웅은 없는 형편이지만 수중의 돈을 탈탈 털어서 쉰 냥을 마련해 주고는 정씨 형제와 이별주를 나누었다. 그 자리에서 왕세웅이 형제에게 말했다.

"두 스승님께서 이렇게 몸소 저를 가르쳐 주셨으니 더욱 후사해야 하나 부친께서 임안으로 출타하시고 돌아오지 않으셨는데도 이렇게 가신다고 하니 그저 제 수중에 있는 것이라도 털어서 노잣돈을 마련했습니다. 나중에 다시 방문해 주시면 못다 한 사례를 꼭 다시 하겠습니다."

정씨 형제는 기대했던 사례를 제대로 받지 못하자 실망이 컸으나 아무 말 하지 않고 속으로만 불만을 삼았다.

"홍공이 말하기를 왕신지 부자가 의를 위해서라면 황금도 아끼지 않는 자들이라 해서 이렇게 특별히 찾아와 일 년이나 머물렀거늘 겨우 노잣돈 몇 푼 받고 다시 길을 떠나야 하다니. 허허, 충의군에 몸담고 있던 시절보다 나은 게 없구나. 이럴 줄 알았다면 왕신지가 임안으로 출발할 때 우리도 이 집을 떠날 것을. 그랬다면 지금보다는 좀 더 많이 받았을 것인데. 지금은 왕신지도 없고 게다가 이미 이별주를 나눈 상황이니 어이 이별을 늦추겠는가!"

정씨 형제는 그저 서운한 마음 그대로 길을 떠날 수밖에 없었다. 형제가 홍공에게 답신이나 써 달라고 하자 왕세웅은 글쓰기가 익숙하지 않아 전에 아버지가 써 놓았던 서찰을 다시 찾아서 건네주었다. 정씨 형제는 그 서찰을 받아 들었다. 왕세웅이 정씨 형제를 배웅하고 돌아갔다.

그날 정씨 형제는 내내 길을 걸었다. 해 질 녘 피곤함을 느낀 형제는 주막집을 찾아 여장을 풀고 술을 받아 대작했다. 정호가 먼저 가슴의 울분을 쏟아 냈다.

"아니, 왕세웅 이놈은 세 살 먹은 어린아이도 아닌데 돈 백 냥도 마음대로 못 한단 말입니까? 아버님이 안 계시다는 핑계로 이렇게 우리를 푸대접하다니!"

정표가 그 말을 받았다.

"왕세웅이야 좀 가벼워 보이긴 해도 그래도 사람이 솔직하고 정이 있는 편인데 왕신지가 괜히 우리를 붙잡아 놓고 떠난 다음 편지 한 통 없구나. 아무튼 왕세웅이 아버지가 집에 돌아오면 우리를 챙겨 준다고 했으니 기다려 보자. 설마 십 년이야 걸리겠느냐?"

정호가 다시 입을 열었다.

"왕 씨는 말이오, 그깟 재물이나 권세를 믿고서 자기 사는 동네에서 거들먹거리는 인간에 불과하지 애당초 영웅호걸한테 재물을 아끼지 않는 맹상군 같은 사람은 아니었던 겁니다. 아비가 출타 중인 틈에 아들이 우리를 내쫓은 격이니 이게 바로 쩨쩨한 집안의 꼴이 아니고 뭐란 말입니까?"

정표가 다시 대답했다.

"하긴 홍공도 사람 보는 눈이 없긴 없는 모양이다. 어디 저런 촌놈한테 우리를 추천한단 말이냐!"

형제는 주거니 받거니 한참 이야기를 나누며 받아 놓은 술을 거의 다 마셔 버렸다. 정호가 정표에게 물었다.

"왕신지가 홍공에게 써 준 편지 말이오, 도대체 뭐라고 썼는지 한번 뜯어나 봅시다."

정표가 짐 꾸러미를 열어 편지 봉투를 꺼낸 다음 풀칠한 부분에 물을 묻혀 불려 편지지를 살짝 꺼냈다. 그 편지지에는 이렇게 적혀 있었다.

보잘것없는 제자 왕신지가 감히 스승의 안전에 답장을 올립니다. 스승님과 이별한 후 늘 스승을 마음에 품고 있었더니 이렇게 편지를 보내 주시니 마치 직접 만나 뵙는 듯하여 기쁘기 한량없습니다. 추천해 주신 정씨 형제는 소생의 자식 놈과 함께 지내도록 했습니다. 하지만 정씨 형제도 떠나고자 하는 마음이 너무 강하고 저 역시 임안에 볼일이 있는지라 미처 후한 보답을 해 드리지 못했습니다. 스승님의 간절한 뜻을 제대로 받들지 못한 것 같아 송구하기 그지없습니다.

그런 다음 편지 말미에 작은 글자로 한 줄 더 적혀 있었다.

가을 찬바람이 나면 지난번 약속을 지키겠습니다.

왕신지 삼가 올림

정호는 그 편지를 다 읽고 나서는 버럭 화를 냈다.

"아니, 부자라는 소리에 기대를 하고 특별히 좀 붙어 살았던 건데. 그래 비단이나 황금 같은 것이라도 써서 대접을 해야 나중에라도 다시 만날 명분이 있지! 우리가 자기 부하라도 되는 줄 아나? 조만간에 다시 보자니! 급히 임안으로 떠나느라고 사례를 제대로 못 했다고? 그게 아니라 원래 우리를 대접할 생각이 없었던 거지."

말을 마친 정호가 편지를 갈기갈기 찢어서 불에 태워 버리려고 하는 걸 정표가 말리고 편지지를 접어서 다시 봉투에 집어넣었다.

"홍공이 추천했으니 이 편지를 그에게 전해서 우리가 왕신지한테 제대로 대접받지 못했다는 걸 알려야 하지 않겠느냐?"

정호가 대답하였다.

"그 말이 맞네요."

그날 밤 그들은 더 이상 아무 말 없이 잠들었다.

다음 날 아침 일어나 또 하루 종일 길을 걸었다. 사흘째 되는 날 태호현에 도착한 형제는 홍공의 찻집에 앉아 인사를 나눴다. 홍공이 세이(細姨)라는 소실을 하나 들였는데 일도 잘하고 살림도 잘하는 것이 누에도 키우고 실도 잣고 어려운 일도 척척 해내니 홍공이 아주 좋아 죽을 지경이었다. 다만 한 가지 워낙 꼼꼼하게 살림을 하다 보니 다른 사람한테는 물 한 바가지도 아까워했다. 지난번 정씨 형제가 홍공을 찾아갔을 때 홍공이 정씨 형제를 암자로 안내하여 재우긴 했어도 그래도 아침저녁 밥값 정도를 쓰지 않을 수 없었으니 그 일로 세이한테 며칠이나 잔소리를 들으며 시달렸다. 이제 정씨 형제가 또 찾아오니 홍공은 그들을 마음 놓고 맞아 줄 형편이 아니었다. 물론 돈이 없기도 했다. 집에 상급 비단이 몇 필 있으니 그걸 정씨 형제한테 주면 좋겠는데 이놈의 마누라가 절대 허락할 것 같지 않았다. 하여 아무도 몰래 방 안에 들어가 비단 네 필을 끊어서 품속에 감추고 나오다가 세이와 딱 마주치고 말았다.

"아니, 비단을 가지고 어디 가는 거예요?"

홍공은 뭐라고 둘러댈 수가 없어 사실대로 말했다.

"정호 형제는 나와 막역한 사이잖소. 고향으로 돌아가는 길에 먼 길 마다 않고 찾아와 인사를 하는데 챙겨 줄 게 있어야지. 이 비단, 나한테 빌려주는 셈 치고 막지 마시오."

"내가 남 주려고 힘들게 비단을 짠 줄 알아요! 당신 비단이 있으면 당신 걸로 줘요, 내 것은 건들지 말고."

"사람이 멀리서부터 일부러 찾아왔는데 술도 제대로 대접하지 못했소. 그런데 비단 네 필 주는 걸 가지고 이렇게 타박하면 안 되지. 이번 한 번만 그냥 넘어가 주시오. 일단 정씨 형제를 바래 다주고 다시 올 테니 그때 따지든 말든 합시다."

홍공이 말을 마치고 잽싸게 나가려고 하자 세이는 홍공의 소맷자락을 붙잡고 이렇게 소리를 질렀다.

"아니, 멀리서 와서 우리한테 뭐가 좋은데요? 지난번에 공짜 밥을 두 끼나 얻어먹었으면 됐지 또 뭘 바란다는 거예요? 이 비단은 아까워서 나는 옷도 못 해 입고 있었는데 정씨 형제가 무슨 대단한 마음이라도 먹고 왔다고 주려고 하는 거예요? 비단이 필요하면 나한테 직접 오라고 해요."

세이는 소매를 붙잡고 놔주지를 않지, 정씨 형제는 밖에서 기다리지, 홍공은 아내가 잡고 있는 소맷부리를 확 떼어 버리고 안채에서 찻집으로 나왔다. 다급해진 세이는 목청껏 소리를 질렀다.

"참, 염치도 좋지. 자기들이 우리 일가친척이라도 되나? 왜 시도 때도 없이 찾아와서 귀찮게 구는 거야? 사람이 일을 해야지,

일을! 코딱지만 한 찻집에서 돈을 벌면 얼마나 번다고. '남을 돕다 보면 둘 다 가난해진다.'는 말도 있거늘 이 영감은 분수도 모르고 이상한 사람들만 끌어들여서 집을 시끄럽게 만들어! 우리 솥단지에 안칠 쌀이 떨어지면 누가 우리한테 쌀 한 톨이라도 갖다줄 줄 알아요?"

세이는 일부러 홍공을 쫓아와서 짐승 같은 인간, 물정도 모르는 인간, 하면서 고래고래 욕을 해 댔다.

한편 세이가 소리를 지르기 시작할 때부터 정씨 형제는 한마디도 빼놓지 않고 다 듣고 있었다. 형제의 마음은 너무도 착잡했다. 그런데 이렇게 욕을 쏟아 붓는 소리를 듣자 기분이 아예 상해서 홍공과 인사를 나누지도 않고 바로 짐을 챙겨서 길을 나섰다. 홍공이 뒤에서 쫓아 나오며 소리를 질렀다.

"마누라가 요즘 나랑 사이가 틀어져서 일부러 말을 독하게 하는 거야. 너무 괘념치 말게. 별 볼일 없는 비단이지만 받아 두었다가 밥값에라도 보태게나. 너무 적다고 핀잔하지 말고."

정표, 정호 형제가 어찌 그것을 받겠는가? 두 사람은 한사코 사양하며 받지를 않았다. 홍공은 하는 수 없이 비단을 다시 들고 돌아갔다. 세이는 홍공이 다시 비단을 들고 오는 것을 보고 그제야 입을 다물었다.

본래 타고난 바탕이 인색하기 짝이 없어
돈 한 푼 쓰기도 아까워하는구나.
남편의 체면을 빡빡 깎아 놓고

친구나 일가친척과의 사이도 다 갈라놓는구나.

아녀자가 검소하고 부지런한 것은 미덕이라 할 것이나 그래도 어느 정도 인정을 살필 줄 알아야 하는 법, 세이처럼 아낄 줄만 알고 남편의 체면을 전혀 고려하지 않으면 문제가 된다. 세이 자신이야 집에서 생활하니 그렇다 쳐도 남편은 바깥출입을 하지 않을 수 없는데 이래서야 어찌 제대로 사람 구실을 하겠는가. 이런 까닭에 좋아하던 사이가 원수가 되고 마침내 재앙이 닥치는 경우가 왕왕 생기는 것이다.

"아내가 현숙하면 남편이 흉사를 당할 리 없으며, 아들이 효성스러우면 아버지가 마음을 탁 놓는다."더니 옛말 그른 것 하나도 없으렷다.

쓸데없는 이야기는 여기서 그만하자. 한편 정표, 정호 형제는 본디 홍공을 찾아갈 때는 예전처럼 환대받을 것을 기대했다. 그러면 그때 속마음을 털어놓고 왕신지 말고 다른 곳을 좀 소개해 달라고 해서 살길을 찾아볼 참이었다. 그러나 이렇게 한바탕 모욕을 당하고도 화풀이할 곳조차 없었다. 그러던 중 그들은 홍공에게 전달하지 않은 왕신지의 편지를 떠올렸다. 그 편지 가운데 "가을 찬바람이 나면 지난번 약속을 지키겠습니다."라는 구절이 있었는데, 그 약속이 과연 무엇일까? 왕신지를 미워하는 마음이 극에 달하자 왕신지를 반역죄로 몰아넣고 싶은 마음이 절로 일었다. 정씨 형제는 너무 화가 난 나머지 서로 좋은 생각이라며 맞장구를 쳤다. 하지만 증거가 없는지라 고민하다가 이렇게 저렇게 하자고 쑥덕거렸다.

두 사람은 태호현을 떠나 강주에 이르러 성 밖에 여관을 잡고 짐을 풀었다. 다음 날 정씨 형제는 옷을 갈아입고 선무사(宣撫司) 관청 앞을 서성거리다 돌아와 아침밥을 먹었다.

"오랫동안 심양루(潯陽樓)에 가 보지 못했으니 오늘 한번 가 볼까?"

정씨 형제는 여관 문을 잠그고 은자 부스러기 몇 냥을 챙겨서 심양루를 찾았다. 심양루는 인산인해, 정씨 형제는 난간에 기대 사방을 구경했다. 이때 누군가 정표의 옷소매를 잡아끌면서 이렇게 소리치는 것이었다.

"아니, 정 형, 언제 여기 오신 거요?"

정표가 고개를 돌려보니 강주 선무사 관청의 유명한 수사관인 '대머리 장 가(張哥)'였다. 정표는 황망히 동생을 불러 대머리 장 가와 인사를 나누었다.

"아이쿠, 말도 마쇼, 어디 가서 술이라도 한잔하면서 이야기합시다."

세 사람은 술집의 빈자리를 찾아 앉아 술을 내오게 하여 마시기 시작했다.

"듣자니 안경부의 왕신지 집에서 무술 선생을 하고 있다던데 대우는 잘 받으셨소이까?"

"대우는 무슨 대우! 그보다 큰일 났소이다."

정표는 대머리 장 가의 귀에 대고 나지막하게 속삭였다.

"왕신지가 안경부 일대에서 세력을 키우더니 나라님을 거슬러 모반을 일으킬 꿍꿍이를 하는 것 같소이다. 나를 시켜 안경부 일대의 수천 명에게 궁술과 마술 그리고 진법을 가르치게 하더니 아마도 가을이 되면 태호현의 홍공과 내통하여 일을 벌일 모양이오. 우리한테는 충의군 옛 동지들을 규합하여 내응하라고 했으나 우린 그 말을 듣지 않고 곧장 이곳으로 도망 온 것이오."

대머리 장 가가 물었다.

"증거라도 있소이까?"

정호가 대답했다.

"왕신지가 홍공에게 전해 달라고 부탁한 서찰이 하나 있소이다. 한데 우리가 전달해 주지 않았소이다."

"그 서찰이 어디에 있소? 나한테 한번 보여 주시오."

"우리가 묵고 있는 곳에 있소이다."

술을 한 잔 더 기울이고 나서 대머리 장 가는 바로 정씨 형제를 뒤쫓아 서찰을 건네받았다.

"이처럼 중대한 일은 함부로 누설해서는 안 될 것이오. 내가 바로 선무사 어른에게 아뢸 것이니 두 분은 필시 후한 상을 받을 것이오."

말을 마치고 서로 헤어졌다.

다음 날 대머리 장 가는 선무사 유광조에게 아무도 몰래 이 일을 보고했다. 유광조는 즉시 정씨 형제를 붙잡아 옥에 가둔 다음 취조를 함과 동시에 왕신지가 홍공에게 보낸 편지를 추밀부에 보고했다. 추밀부관은 깜짝 놀라며 이렇게 말했다.

"왕신지라면 우리 부서에서 임용을 기다리고 있는 자잖아. 당장 잡아들여서 취조해야겠군."

추밀부관은 사람을 보내 왕신지를 잡아 오게 했다. 관리의 명을 받은 사람이 왕신지를 잡으러 갔을 때 왕신지는 이미 자취를 감춘 뒤였다. 왕신지가 평소에 사람들에게 돈도 잘 쓰고 인심도 잃지 않아서 추밀부 사람들이 모두 왕신지를 좋게 본 덕에 왕신지와 관련된 소문을 듣자마자 알려 주고, 이 소식을 들은 왕신지가 재빨리 야반도주를 한 것이다. 추밀부관은 왕신지를 체포하지 못했다는 보고를 받고서 마음이 더욱 조급해져 바로 황제에게 상소를 올렸다. 황제는 즉시 왕신지와 홍공을 잡아들이라는 조서를 내렸다. 선무사는 안경부의 이(李) 태수에게 공문을 보내고, 이를 다시 태호현과 숙송현에 이첩하게 하여 반란의 괴수를 신속하게 체포하라고 닦달했다.

한편 홍공은 나름 태호현 이곳저곳에 소식을 전해 주는 사람을 심어 두었던 터라 진즉에 몸을 피해 붙잡히지 않았다. 그러나 왕신지의 집안은 딸린 식솔도 많고 살림 규모도 만만치 않아 쉽게 몸을 움직일 수가 없었다. 이때는 마침 숙송현에 현령이 공석 중이어서 하능(何能)이라는 부현령이 현령의 역할을 대리하고 있었다. 하 부현령은 안경부의 공문을 접수하자 병사 이백여 명을 점고해서 마지파를 바라고 출발했다. 십 리쯤 갔을 때 하 부현령은 말 잔등 위에서 생각에 잠겼다.

"왕신지 부자는 용맹하기가 이를 데 없고 대장장이야, 어부야 해서 거느리는 사람만 해도 천 명을 훌쩍 넘기는데 내가 덤벼들었다가 외려 그에게 목숨을 빼앗기는 거 아닐까?"

하 부현령은 병사 가운데 우두머리 역할을 하는 자들을 불러 상의한 다음 산골짜기 깊숙한 곳에 병사들을 둔치고 기다리게 했다. 하 부현령은 안경부의 이 태수를 찾아가 보고했다.

"왕신지가 모역을 꾀하고 있는 것은 분명 사실일 것입니다. 왕신지가 사는 부락은 날랜 무기로 무장한 병사들이 굳게 지키고 있습니다. 소인은 중과부적이라 하는 수 없이 회군할 수밖에 없었습니다. 바라건대 병사들을 추가로 파병해 주셔야 죄수를 사로잡을 수 있겠습니다."

이 태수는 그 말을 듣고선 도감(都監) 곽택(郭澤)을 불러 상의했다. 곽택이 답했다.

"왕신지가 한 고을을 차지하여 제멋대로 굴면서 관가를 무시해 온 것은 어제오늘의 일이 아닙니다. 하지만 반란을 일으켰는지는 확증할 수 없습니다. 반역죄를 씌워 왕신지를 체포하고자 하면 관병 역시 살상을 입을 것이 분명합니다. 지금은 바로 병사를 일으킬 상황이 아닙니다. 소인이 비록 재주는 없으나 우선 왕신지 집 근처로 가서 정황을 살펴보겠습니다. 만약 왕신지가 반란을 꾀한 것이 아니라면 스스로 안경부 청사로 나와 해명하게 하겠습니다. 만약 왕신지가 나오지 않는다면 그때 잡아들여도 늦지 않을 것입니다."

이 태수가 곽택의 말을 듣고 대답했다.

"지당한 말씀이오. 힘들겠지만 어서 다녀오도록 하시오. 가거든 정신 똑바로 차리고 조사하여 실수가 없도록 하시오."

"예, 말씀대로 거행하겠습니다."

　　　　　　　　　　汪信之一死救全家

"갈 때는 몇 명이나 같이 갈 생각이시오?"

"글쎄요. 십여 명 정도 데리고 갈까 합니다."

"내가 특별히 한 명을 추천할까 하오."

이 태수는 포졸 왕립(王立)을 불렀다. 왕립은 즉시 달려와 이 태수에게 인사를 올리고 한쪽에 서서 대기했다. 이 태수가 왕립을 가리키며 말했다.

"왕립으로 말할 것 같으면 담력이 세기로 소문난 자이니 데리고 가면 언제고 쓸모가 있을 것이오."

사실 곽택은 평소 왕신지와 막역한 사이였던지라 이번에 자신이 혼자서 달려가 왕신지의 뒤를 봐줄 생각이었다. 한데 이 태수가 왕립을 붙여 보내려 하니 당황스러웠다. 왕립이 자신의 상관인 이 태수한테 능력과 재주를 자랑할 생각으로 이 일 저 일 다 상관하고 들면 참으로 골치 아플 게 틀림없었다. 그렇다고 왕립을 안 데리고 가자니 이 태수의 의심을 살 것 같아 제안을 받아들이지 않을 수 없었다. 곽택은 불편한 심사로 이 태수에게 인사를 올리고 자리를 빠져나왔다.

다음 날 아침 왕립은 일찌감치 준비를 마치고 곽택에게 달려와 출발을 재촉했다.

"곽 도감께서는 안경부에 도착한 공문을 꼭 지니십시오. 왕신지 이놈이 순순히 따라오면 별문제 없겠습니다만 만약 버티고 따라나서지 않으면 소인이 도둑 잡는 포승줄로 그놈의 모가지를 꼭꼭 묶어서 끌고 오겠습니다. 국법은 엄정하여 예외가 없는 법입니다. 설마 그놈이 하늘로 날아갔겠습니까."

곽택은 왕립한테 이미 빈정이 상한 터라 이렇게 말을 받았다.

"공문이야 챙겼으니까 걱정하지 말게. 그러나 이런 일이 한 번에 뚝딱 해결되는 게 아니잖나. 적당히 뜸을 들여 가며 처리하는 거지!"

왕립이 구태여 공문을 꼭 한번 보자고 덤비니 하는 수 없이 꺼내어 보여 주면서도 곽택이 그 공문을 자기가 간수하겠다고 하는 걸 억지로 말리고 다시 자기 소매에 접어 넣었다. 그날로 곽택과 왕립은 스무 명이 채 못 되는 병사들을 거느리고 안경부를 떠나 숙송현으로 출발했다.

왕신지는 임안에서 고향으로 돌아오자마자 추밀원에서 공문을 띄워 자신을 체포하려고 한다는 소식을 알게 되었다. 그러나 어찌하여 이런 사달이 났는지는 도무지 알 길이 없었다. 사실 그는 반란을 꾀한 적이 없어 당당한지라 마음을 놓고 있었다. 저번에 하 부현령이 병사를 이끌고 출동했다가 마지파 가까운 곳에서 돌아간 일도 나름 자세하게 알아보고 대비했거늘 이번에 다시 출동하는 사태가 벌어지니 알아보지 않을 수가 없었다. 곽택이 스무 명도 안 되는 병사를 이끌고 출동했다고 하니 혹 무슨 꿍수가 있을까 하여 마을 주변을 잘 살피며 꼼꼼하게 대비했다. 아들 왕세웅에게 일러 장정들을 매복시켜 누가 오는지를 샅샅이 살피라 했으며 더불어 관병이 오면 무조건 막아 싸우라 일러 두었다.

한편 왕세웅의 처, 그러니까 왕신지의 며느리 장 씨는 태호현의 소금 장수 장사랑(張四郞)의 딸로 꾀가 많고 지혜로웠다. 그녀는 남편이 무장하는 것을 보고 연유를 물은 뒤 왕신지를 찾아가 말했다.

"아버님, 아버님께선 평소 호걸로 이름이 높으셔서 관가의 시기를 받는 형편입니다. 아버님께서 모반을 꾀한 적이 없다는 것은 관가에서도 이미 알고 있을 것입니다. 그러나 이렇게 아버님을 붙잡으려 하는 것을 생각하면 차라리 몸을 피하시는 게 나중에 벌을 받더라도 덜 받으시고 가문을 지키시는 방법일 것입니다. 만약 아버님께서 관군이 체포하려고 하는 것을 거부하면 이건 진짜로 반역을 꾀했던 것처럼 비쳐 나중에 아무리 해명을 해도 믿어 주지 않을 것이니 그땐 후회해도 소용없게 됩니다."

"곽 도감은 나와 막역한 친구이니 그가 오면 틀림없이 나에게 좋은 계책을 일러 줄 것이다."

왕신지는 끝내 며느리의 말을 듣지 않았다.

한편 곽택은 마지파에 도착하자마자 바로 왕신지를 찾아갔다. 왕신지는 문밖에 서 있다가 그를 맞았다.

"곽 도감께서 이렇게 촌까지 찾아오시다니 미리 마중을 나가지 못해 죄송합니다."

"나 역시 부득이하게 여기까지 오게 되었습니다. 그대가 내 입장을 헤아려 주시기 바라오."

서로 인사를 나눈 다음 두 사람은 안으로 들어가 이런저런 이야기를 나누기 시작했다. 곽택이 보니 왕신지의 식솔들이 쉼 없이 내왕하는데 모두 번쩍번쩍 칼을 차고 있었다. 곽택은 왕신지에게 뭔가 말을 전하고 싶었으나 왕립이 옆에 딱 붙어 다니는지라 쉽사리 입을 열 수가 없었다. 왕신지가 마침내 입을 열어 물었다.

왕신지가 목숨을 바쳐 온 가족을 구하다

"이분은 뉘시오?"

"아, 이 태수께서 파견한 왕 관찰이라오."

그 말을 듣고 왕신지는 벌떡 일어나 왕립에게 다시 한번 읍하며 말했다.

"미리 알아 뵙지 못했습니다. 너무 허물하지 마십시오."

왕신지는 바로 거실 옆 작은 손님 방으로 안내하고는 하인을 시켜 모시게 했다. 아울러 곽택과 왕립을 수행하며 따라온 병사들도 각각 대문 옆 빈방으로 안내하여 쉬게 했다. 바로 세 사람을 위한 술자리가 마련되었다. 곽택이 손님 자리에 앉고, 왕신지가 곽택을 상대하며 주인 자리에 앉고, 왕립 역시 따로 한 자리를 잡고 앉았다. 나머지 수행원들은 탁자에 가득한 고기와 술을 마음껏 먹고 마셨다.

술자리 도중 왕신지는 잠시 곽택을 서재로 안내하여 찾아온 이유를 넌지시 물었다. 곽택은 부에서 지금 공문을 내려보내 왕신지를 체포하려고 한다는 사실은 빼고 이렇게 말했다.

"이 태수 어른께서 그대가 모함을 받은 것이라고 하시며 특별히 나를 보내서서 도와주라 하셨소이다. 그대가 만약 몸을 숨기고 나서지 않으면 모함을 풀 실마리를 버리는 길이 될 것이오. 만약 나를 따라가면 내가 그대를 위해 무슨 일이라도 다 하겠소이다."

"우선 편하게 한잔합시다. 이 일은 나중에 또 이야기 나누도록 합시다."

곽택은 왕립이 없을 때 어서 확실하게 이야기를 나눠 왕신지가 결단을 내리게 하고 싶었다. 왕신지는 곽택이 이렇게 서둘면서 몰아붙이는 것을 보고는 뭔가 있구나 하며 의심을 했다. 때는 바야흐로 6월, 푹푹 찌는 날씨라 왕신지가 곽택에게 시원하게 옷이라도 벗고 술을 드시라고 권했으나 곽택은 들은 체도 하지 않았다. 곽택이 몇 번이나 술자리에서 일어나려 했으나 왕신지는 거듭 말렸다. 큰 술잔에 술을 따라 연신 권하니 아침 사시에 시작한 술자리가 오후 신시가 되도록 이어졌다.

해가 저물려 하는 시간이라 오늘 여기서 머물면 큰일이라는 생각이 든 곽택이 이제 정말 일어나야겠다고 결심했다.

"오늘 나는 진정 충심에서 우러난 말만 전달했소이다. 내 말을 들을 것인지 안 들을 것인지를 어서 결정하시오. 여기서 낭비할 시간이 없소이다."

왕신지는 나름 술기운이 올라 있었다. 술 핑계를 대고 곽택의 별명을 부르며 이야기했다.

"희안(希顔), 그대는 나의 오랜 친구 아닌가. 내 솔직하게 터놓고 이야기하지. 내가 도대체 무슨 연유로 이런 모함을 받게 된 것인가? 내가 지금 태수를 알현하고 싶어도 태수가 불문곡직하고 나를 상부로 압송하고 죄를 뒤집어씌울 것 아닌가? 하물며 들짐승 날짐승도 죽기 싫어하는데 사람이 어찌 목숨을 아까워하지 않겠는가. 자, 여기 지폐 사백 장을 줄 터이니 이걸 받아 주시게나. 나에게 두세 달만 말미를 좀 만들어 주면 내가 임안으로 달려가 유력자들과 접촉하여 추밀원에 손을 쓰도록 부탁하겠네. 그리하여 윗선에서 일이 잘 마무리되면 그때 출두하지. 우리의 우정을 봐서라도 제발 모른 척하지 말게나."

곽택은 왕신지가 내미는 돈을 받을 생각이 추호도 없었다. 하지만 받지 않으면 왕신지의 의심을 사 일을 그르칠까 봐 일부러 웃는 모습을 보이며 말했다.

"그럼, 친구 사이인데 당연히 힘을 써야지. 이런 돈은 또 뭐 하러 주는가? 잠시 받아 두었다가 나중에 다시 돌려주리다."

곽택이 왕신지에게서 돈을 받으려고 하는 바로 이 장면을 왕립이 창문 옆에서 서서 다 듣고 있었을 줄이야. 한데 곽택한테만 뇌물을 주고 자신의 몫이 없는 걸 보니 술김에 화가 버럭 치밀었다. 왕립이 창문을 치며 버럭 소리를 질렀다.

"곽 도감, 참 잘하는 짓이오. 추밀원에서 어명을 받들어 우리 부의 역적 괴수를 잡아들이라 했거늘 그 괴수 놈한테 뇌물을 받고 말미를 주려 하다니, 누가 감히 그런 일을 저지른단 말이오?"

그런데 왕신지의 아들 왕세웅이 장정들을 거느리고 벽 뒤에 매복하고 있었다. 왕세웅은 왕립의 외침을 듣자마자 뛰어나와 곽택을 밧줄로 꽁꽁 묶고 욕을 퍼부었다.

"아니, 아버지가 당신을 어떻게 생각하고 있는데, 아버지를 붙잡으라고 하는 어명을 받아 놓고도 시치미를 떼고서 태수에게 데리고 가려고 하다니! 이건 사지로 몰고 가려고 하는 것 아니오? 어찌 이런 경우가 있단 말이오?"

창문 밖에 있던 왕립은 사태가 여의치 않음을 눈치채고 잽싸게 몸을 돌려 도망쳤다. 바로 이때 장정 하나가 칼을 빼어 들고 왕립의 앞을 가로막았다. 그 장정의 성은 유(劉), 이름은 청(靑),

별명은 '장사'로 왕신지 휘하에서 제일가는 심복이었다. 유장사가
고함을 쳤다.

"이 도둑놈아, 어디로 도망가는 거냐?"

왕립이 허리춤에 차고 있던 칼을 빼 대항하며 틈을 벌려 빠져
나가고자 했으나 유장사의 칼이 먼저 그의 왼쪽 어깨를 갈랐다.
왕립이 부상을 입은 채 달아났으나 결국 유장사에게 붙잡히고
말았다.

이와 동시에 왕신지의 집 밖에선 함성 소리가 곳곳에서 동시
에 울렸다. 왕세웅의 지시에 맞춰 포복하던 장정들이 일제히 들고
일어나 곽택과 왕립을 수행하고 온 병사들을 한 놈도 가리지 않
고 도륙해 버렸다. 다시 한번 어깨에 칼을 맞은 왕립은 도저히 안
되겠다 싶었는지 칼을 버리고 엎드려 죽은 척했다. 장정들이 갈고
리로 왕립을 걸어 다른 시체들과 함께 담 옆에 한 무더기로 쌓아
두었다. 왕신지는 대청마루에 앉고 왕세웅이 곽택을 수색하여 그
자리에서 곽택의 소매 품에서 문서를 찾아냈다. 왕신지는 그 문
서를 확인하고선 대로하여 당장 목을 베라 했다. 곽택이 고개를
숙이고 용서를 빌었다.

"사실 이 일은 내가 꾸민 일이 아니오. 그 망할 하 부현령이 이
태수에게 나리가 장정들을 거느리고 대항한다고 거짓 보고하는
바람에 이 태수가 대로하여 우리를 보낸 것이오. 나야 상관의 명
령을 받았으니 어쩔 수 없이 온 것 아니겠소. 하 부현령과 대질하
여 사실을 확인하게만 해 주신다면 나는 죽어도 여한이 없겠소
이다."

"너 같은 놈 목 하나 베는 건 일도 아니다만 그래도 하 부현령 잡아 족칠 때 증인이 없으면 안 되겠구나!"

왕신지는 좌우에 명령하여 곽택을 쪽방에 가두게 했다. 아울러 왕세웅에게 숯가마 산, 대장간 등에 달려가 장정들을 모두 모아 와 대기하게 했다.

한편 숯가마 산에 사는 사람들은 모두가 농투성이라 왕신지가 반란을 일으켰다는 소식을 듣고 잽싸게 산골짜기 깊숙한 곳으로 숨어 버렸다. 그래도 대장간에서 일하던 사람들은 나름 평소에 좀 놀던 건달들이라 왕신지의 명령이 전달되자마자 바로 모여들었으니 적게 잡아도 삼백여 명이나 되었다. 왕신지는 이들을 모두 집으로 불러 모아 소를 잡고 말을 잡아 먹이며 격려했다. 왕신지의 집에는 하루에 수백 리를 달리는 준마가 있었으니 모두 그 값이 천금에 달했다. 이 세 필의 말에는 각기 재미난 별명이 붙어 있었는데 바로 똑똑이, 얼룩이, 선머슴이었다. 한편 왕신지가 오랫동안 아껴 오던 네 명의 호걸이 있었다. 공사팔, 동삼, 동사, 전사이로, 용맹하기가 천하의 둘째가라면 서러울 자들이었다. 이들이 모두 왕신지의 집에 모여들어 흉금을 터놓고 술을 마셨으니 이미 삼경을 넘긴 시각이었다. 모두 술에 흠뻑 취해 있을 즈음, 갑옷을 입고 있는 왕신지의 모습은 진정 장수다웠다.

매듭지어 올린 머리 바람 맞아 흩날리고
백색 비단 도포 몸을 가렸네.
발에는 가죽 신발 꼭 조여 매고

허리에는 가죽띠 동여맸다.
버들가지 쏘아 맞힐 화살 가득 매고
적장의 목을 벨 칼을 당당히 찼다.
세상에 보기 드문 위엄
마지막에 영웅호걸 나셨네.

왕신지는 선머슴을 타고 있었다. 옆에서 고삐를 잡고 있는 자
는 바로 유청, 거칠고 험상궂기가 둘째가라면 서러울 유장사였다.
그 모양을 살펴보자.

뻣뻣한 수염, 동그란 눈 찬바람이 쌩쌩 도네
8척 장신에 비단을 둘렀다.
강철 같은 어깨를 상대할 자 있으리?
누구라도 그 앞에선 벌벌 떠는구나.

왕신지는 백여 명을 선봉대 삼아 이끌고 동삼, 동사, 전사이가
왕신지와 함께 삼백여 명의 본대를 이끌었다. 왕세웅은 얼룩이를
탔으며, 공사팔에게 똑똑이를 타고서 백여 명을 거느리고 후진으
로 곽 도감을 압송하여 뒤따르게 했다. 역할이 정해지고 채비가
다 갖춰지고 나니 대포 세 방을 쏘고선 바로 숙송현을 바라고 출
발하여 하 부현령을 붙잡으려 했다.

사람한텐 호랑이를 해칠 마음이 없으나

호랑이는 사람을 해치고자 하는구나.

숙송현을 오 리 정도 남겨 두었을 즈음 하늘은 이미 환하게 밝았다. 이때 전사이가 달려와 왕신지에게 알렸다.

"그깟 부현령 하나 잡으려고 이렇게 요란 떨 필요가 있겠습니까? 몇 명을 뽑아 돌연히 습격하여 잡아 오게 하면 될 일입니다."

"그래, 그대 말이 옳다."

왕신지는 바로 전사이에게 본대를 거느리고 주둔하고 있으라하고 동삼, 동사, 유장사, 그리고 이십여 병사를 거느리고서 출발했다. 성곽의 해자 부근에 이르니 어린아이들이 어깨동무를 하고 노래를 부르고 있었다.

열두 번째 멋진 녀석 왕가 놈
배를 훔쳐 강을 건넜네.
강을 건너 며칠이나 버틸까?
데운 술 한 잔이면 모든 게 끝장나리니!

아이들의 노랫소리가 끊임없이 들려왔다. 왕신지가 말 잔등에 채찍을 가하며 달려가 꾸짖으니 아이들이 홀연히 사라지고 보이지 않았다. 왕신지는 무척이나 꺼림칙했다. 왕신지 일행이 현청에 당도했을 때는 이미 아침 사무를 시작할 시간이었다. 그러나 이상하게도 사방은 인기척 하나 없이 너무나 조용했다. 왕신지가 말에서 내리니 숙직을 섰던 늙은 문지기가 무슨 일이냐고 소리를 치다가 유장사에게 붙들려 나왔다.

"하 부현령은 어디에 있느냐?"

"어제 동촌에 출장 가셨다가 아직 돌아오지 않으셨습니다요."

왕신지는 문지기에게 길잡이를 하게 하고는 동촌을 바라고 출발했다.

이십 리 정도 갔을까 큰 사당이 하나 보였다. '행복을 주는 제후의 사당'이란 뜻으로 '복응후묘(福應侯廟)'라 불리는 이 사당은 마을에서 제일 큰 사당으로 영험하다고 소문이나 찾는 사람이 가장 많은 곳이었다. 그곳을 지키는 늙은 문지기가 이렇게 말했다.

"부현령 나리는 동촌에 오실 때마다 매번 이곳에서 머무셨으니 가서 한번 살펴보십시오."

왕신지는 말에서 내려 사당 안으로 들어갔다. 박수무당이 왕신지의 기세를 보니 정체를 알 수 없는 인걸이 준마를 타고 칼과 화살을 들고 있는지라 오줌을 지리면서 무릎을 꿇었다. 왕신지가 부현령의 종적을 묻자 그가 이렇게 대답했다.

"어젯밤에 이 사당에서 머무셨다가 아침 오경쯤에 떠나셨는데 어디로 가셨는지는 알 수가 없습니다."

왕신지는 그제야 늙은 문지기의 말이 거짓이 아님을 알고 풀어 주었다.

왕신지는 사당에서 점심을 지어 먹고 사방에 사람을 풀어 하부현령의 종적을 찾도록 했으나 아무런 흔적도 찾을 수 없었다. 오후 신시가 되자 왕신지는 횃불을 가져오게 해서는 사당에 불을 놓아 잿더미를 만들어 버렸다. 그런 다음 무리를 이끌고 왔던 길을 되짚어 돌아갔다. 유장사가 왕신지에게 고했다.

"하 부현령은 내뺐을지라도 그의 처자식은 아직 아문에 남아 있을 것입니다. 그 처자식을 볼모로 붙잡으면 하 부현령이 나리 앞에 나타나지 않고는 못 배길 것입니다."

왕신지가 고개를 끄덕였다.

"그래, 그 말이 일리가 있다."

숙송현의 동문에 이르니 아직 해 질 녘이 채 되지 않은 시각, 그러나 성문은 굳게 닫혀 있었다. 바로 죽은 척하여 목숨을 건진 왕립이 달아나 저간의 사정을 순검에게 낱낱이 고했던 것이다. 순검은 왕립의 말을 듣고 얼굴이 흙빛으로 변하여 당장 성문을 닫아걸라고 명하는 한편 왕신지가 사람을 죽이고 모반을 꾀하고 있으니 어서 군사를 파견하여 체포해야 한다고 태수에게 보고했다. 왕신지가 성문이 닫힌 것을 보고 불을 놓고 공격하려 했다. 한데 이때 어디선가 괴이한 바람이 불어오더니 성 위를 맴돌다가 아래로 내려왔다. 그 기세가 너무도 세차서 모골이 송연할 정도였다. 깜짝 놀란 왕신지의 애마 선머슴이 몇 번을 히잉대며 울다가 뒷걸음쳤다. 그런 와중에 잔등에 타고 있던 왕신지가 비명을 지르며 아래로 떨어졌다.

살았는지 죽었는지 알 길이 없으나
어쨌든 사지가 움직이진 않는구나.

유장사가 왕신지가 낙마하는 것을 보고는 황망히 달려와 일으

400　　　　　　　　　　汪信之一死救全家

켜 세웠다. 왕신지는 마치 주문에라도 걸린 듯 아무 말도 하지 못했다. 결국 유장사는 왕신지를 안아서 안장에 앉히고 동삼, 동사에게 좌우에서 호위하게 한 다음 자신이 직접 말을 끌고 길을 재촉했다. 남문에 이르니 왕세웅이 이삼십 명을 거느리고 횃불을 들고서 맞으러 나왔다. 두 패는 한 패로 합하여 계속 이동했다. 얼마를 가자니 왕신지가 깨어나 입을 열었다.

"거참 이상하다! 분명 귀신인데 키가 몇 장이나 되고 머리는 수레바퀴만 하고 하얀 도포에 황금 갑옷을 입고 성벽에 앉아 있는데 다리가 땅에 닿아 있더군. 그 귀신을 에워싸고 있는 병사들의 수가 얼마나 많은지 도저히 셀 수가 없더라고. 깃발에는 '행복을 주는 제후, 복응후'라는 글자가 쓰여 있었어. 그 귀신이 왼발로 나를 차서 말에서 떨어뜨린 거야. 아마도 내가 사당을 불태운 것을 응징하느라 그런 듯해. 내일 해 있을 때 와서 다시 공격해 봐야겠어. 일이 어떻게 되는지 한번 봐야겠다."

왕세웅이 아버지 왕신지에게 말했다.

"아버님께서 아직 모르고 계신 것 같은데 전사이가 자신에게 화가 미칠까 두려워 이미 두 마음을 품었습니다. 그가 다른 사람들한테 어떻게 바람을 넣었는지 그를 따라 돌아간 자들이 삼 분지 이나 됩니다. 일단 집에 돌아가셨다가 후일을 도모하는 것이 나을 것 같습니다."

왕신지는 아들의 말을 듣고 한참을 고민했다.

왕신지가 휘하의 장병들을 둔쳐 놓은 곳에 이르렀다. 공사팔이 아뢰는 말 역시 아들의 말과 다를 바 없었다. 주둔지에는 곽택이 아직 그대로 묶여 있었다. 왕신지는 순간적으로 화가 치밀어 차고 있던 칼을 빼어 들어 곽택을 두 동강 내 버렸다. 무리를 이끌고 마지파로 돌아가는 길에 상당수가 또 흩어져 집에 이르러 점고해 보니 남은 이가 겨우 육십여 명뿐이었다.

왕신지가 입을 열어 한탄했다.

"내가 평소에 충성스럽고 의로운 뜻을 품고 있었거늘 간사한 놈의 모함을 받으니 속마음을 풀어놓을 길이 없구나. 부현령을 붙잡아 연유를 캐묻고 속 시원하게 원수를 갚고자 했거늘! 내가 가진 전 재산을 써서 천하의 호걸을 모아 강회 지방을 주름잡고 탐관오리를 물리쳐 온 세상에 이름을 드날리려 했거늘! 그런 다음 조정의 부름을 받고 나라를 위해 온 힘을 다하여 만세토록 공훈을 세우고자 했거늘! 그러나 그런 내 뜻을 하나도 이루지 못했으니 이 역시 내 운명이로다."

왕신지는 공사팔을 비롯한 추종자들에게 일렀다.

"형제들이 나를 버리지 않고 끝까지 함께해 주었는데, 내 어찌 그대들에게 허물이 미치게 하겠소? 나를 묶어 관가로 끌고 가서 그대들이라도 죄를 벗도록 하시오."

공사팔과 그 일행이 일제히 대답했다.

"아니, 형님 그게 무슨 말씀이시오! 우리가 평소 형님께 큰 은혜를 입었는데 지금같이 위중한 때에 어찌 딴마음을 먹을 수 있겠습니까? 형님, 우리를 전사이와 같은 사람으로 보지 마십시오."

"말은 고마우나 이곳 마지파는 꽉 막힌 지형이라 관군이 몰려오면 물러설 곳이 없소이다. 조정의 일이라는 게 대개 용두사미라 일단 잠시 피해 있다가 하늘이 나를 가련히 여겨 우리 가문을 멸족시키지 않으신다면 이 마지파는 자손 대대로 자리 잡고 사는 터전이 될 것이오. 만약 그게 아니라면 나는 죽은 혼이라도 다시는 여기를 찾지 않겠소이다."

말을 마치고 왕신지는 두 줄기 눈물을 뚝뚝 흘렸다. 아들 왕세웅은 엉엉 통곡을 했고, 공사팔과 그 일행은 차마 고개를 들지 못하고 눈물을 흘렸다.

왕신지가 다시 입을 열었다.

"내일 날이 밝으면 관군이 몰려올 테니 지체할 시간이 없다. 천황호 근처에 어부 집이 있으니 잠시 몸을 숨길 수 있을 것이다."

그런 다음 왕신지는 집 안의 금은보화를 탈탈 털어 그 반을 동삼과 동사에게 주면서 변성명하고 장사꾼 행색으로 임안에 숨어들어 하 부현령이 왕신지를 모함한 것이지 왕신지는 결코 모반을 꾀한 적이 없다는 말을 퍼뜨리게 했다. 즉, 왕신지가 억울한 일을 당했음을 사람을 만날 때마다 하소연하게 한 것이다. 나머지 반은 공사팔에게 주며 자신의 세 살 난 손자를 데리고 오 지역으로 숨어들라 했다. 그러면서 관군은 자신이 북쪽으로 가서 이민족과 손잡으리라 생각하지 이렇게 가까운 곳에 숨어 있으리라곤 생각하지 못할 것이라 했다. 일이 잠잠해지면 엄주 수안현에 있는 형님 왕사중을 찾아가라 했다.

아울러 세 필의 명마를 동삼, 동사 그리고 공사팔에게 나눠 주었다. 공사팔이 말했다.

"이 말은 한눈에 보아도 명마라 사람 눈에 너무 잘 띄니 타고 다닐 수가 없습니다."

왕신지가 입을 열었다.

"다른 사람에게 주는 것은 백해무익하다."

그러고는 칼을 빼서 말을 베어 버렸다. 세 필의 명마는 그 자
리에서 즉사했다. 왕신지의 저택 앞뒤로 무정한 불길이 활활 뜨
겁게 그리고 툭툭탁탁 소리를 내듯 치솟았다. 왕신지는 동삼, 동
사 그리고 공사팔과 불길 속에서 뜨거운 작별 인사를 나누었다.
왕세웅의 아내 장 씨는 세 살 난 아들과 생이별해야 하는 처지를
비관하여 대성통곡하더니 그예 불길에 자기 몸을 던졌다. 왕신지
가 일찍이 며느리 말을 들었더라면 오늘 같은 참사가 어찌 일어
났을까.

양약은 입에 쓰고
충언은 귀에 거슬리는 법.
지혜로운 아낙이
남정네보다 훨씬 낫구나.

왕신지는 마음이 너무 아팠지만 아무런 방법이 없었다. 날이
밝아 올 무렵, 왕신지는 휘하의 식솔들에게 따라오고 싶지 않은
자는 각자 자기 길을 가라고 지시했다. 그런 다음 처자식 그리고
유장사를 비롯한 심복 삼십여 명을 거느리고서 망강현 천황호로
달려가 다섯 척의 배에 각자 나눠 타고 갈대 우거진 깊은 곳으로
숨어들었다.

　　　　　　　　汪信之一死救全家

여기서 이야기는 두 갈래로 갈라진다. 안경부의 이 태수는 숙송현에서 보내온 보고서를 읽고 대경실색하여 득달같이 문서를 닦아 다시 상부에 보고했다. 아울러 각 현에 공문을 하달하고 민병을 소집하여 도적떼를 잡게 했다. 강회 선무사 유광조는 이 건을 한참을 부풀려 조정에 보고했다. 조정에서는 다시 추밀원에 공문을 하달했는데, 각 현에서 군마를 징집하여 다 함께 반군을 토벌하되, 절대 꾸물대지 말라고 명령했다.

유광조가 각 군에서 병사를 조발하니 그 수가 사천에서 오천을 헤아렸다. 유광조는 왕신지가 자기 집을 불태우고 천황호로 숨어들었다는 정보를 입수하고는 각처에서 병선을 조발하여 땅과 호수 양쪽으로 나아갔다. 평강 지역에도 공문을 보내 병사를 동원하여 반란군의 도주를 막게 했다. 도감, 제할, 부현령, 순검 등 일체의 무관들은 왕신지가 대단히 용맹한 데다 따르는 무리도 많다는 소문을 익히 들어 왔던지라 잔뜩 겁을 먹고 있었다.

육군은 망강성 바깥쪽에 진을 치고, 수군은 호수 안쪽 배 대는 쪽에 진을 치고서 그저 백성들 재산이나 뜯어내고 군량미나 축낼 뿐, 호수 안으로 들어가 왕신지 일행을 잡아들일 엄두는 내지 못했다. 이십여 일을 기다렸으나 호수에서는 아무런 동정도 보이지 않았다. 나름 배짱 좋은 병사 몇이 작은 배를 타고 정탐을 나서 보니 갈대 우거진 곳에서 밥 짓는 연기가 그치지 않고 멀리서 북소리가 메아리처럼 들려왔다. 그러나 감히 가까이 가 보지는 못하고 배를 돌려 돌아올 뿐이었다. 그러다 며칠이 더 지나자 밥 짓는 연기도 보이지 않고 북소리도 들리지 않았다.

수병이 이를 탐문하여 보고하니 관군들이 징과 북을 울리며 깃발을 높이 들고 배를 저어 일제히 호수 안쪽으로 다가갔다. 그러나 낚싯배처럼 작은 배조차 흔적도 없이 사라지고 없었다. 갈대숲 안쪽 연기가 피어오르던 곳을 조사해 보았으나 발자국 하나 발견할 수 없었다. 폐선이 불에 타서 검게 그을린 나뭇조각이나 풀뿌리가 널브러져 있었다. 갈대숲 사이 작은 섬에는 북이 두세 개 있었다. 그 북에 양이 묶여 있었다. 양은 못 먹어서 곧 말라 죽을 것처럼 보였다. 북소리는 저 양들의 다리가 북에 부딪히는 소리였고, 연기는 나뭇조각이 타면서 났던 것이다. 왕신지 일행은 호수를 따라 강물을 타고 동쪽으로 도망간 지 이미 오래였다.

관군은 혹시 문책을 당할까 두려워 배를 저어 뒤를 쫓았다. 호수와 강이 맞닿는 곳에 이르니 어선 다섯 척이 강변에 일렬로 정박하고 있었다. 어선에는 사람이 서 있었다. 병사 가운데 한 사람이 바로 천황호에서 고기 잡는 어선임을 알아봤다. 어선 가까이 저어 가서 어선에 서 있는 사람에게 물으니 그자가 눈물을 뚝뚝 흘리며 이렇게 답했다.

"소인은 성은 번(樊)이요, 이름은 속(速)으로 사천 출신 장사꾼입니다. 장사를 마치고 동향 친구들끼리 어울려 큰 배 한 척을 빌려 사흘 전에 이곳에 이르게 되었습니다. 그러다가 어선 다섯 척과 만나게 되었는데 그 배에 타고 있는 수많은 호한과 자칭 왕 뭐라고 하는 작자가 우리가 타고 있는 큰 배에다 사람을 싣고 가야겠다면서 자신들의 작은 배 다섯 척과 바꾸자고 했습니다. 저희가 거절하자 차고 있던 칼을 빼 들고 죽이려고 하여 할 수 없이 그 말을 들을 수밖에 없었습니다. 아니, 나리들 한번 보십시오. 이렇게 작은 배로 어찌 저 큰 강을 건너갈 수 있단 말입니까? 이제 다시 큰 배를 구해야 하니, 이를 어찌한단 말입니까!"

배를 저어 갔던 군관 둘이 서로 이야기를 나눴다.

"저 상인들이 말한 왕 뭐라고 하는 자가 바로 왕신지 아닐까? 왕신지를 따르던 자들이 다 흩어지고 이제 겨우 배 두 척만 남았다니 우리도 안심하고 뒤를 좇아갈 수 있겠네."

채석기(采石磯) 근처에 이르자 갑자기 수를 헤아릴 수가 없을 정도로 많은 전함이 보였다. 알고 보니 태평군에서 파견한 수군으로 채석기를 막아서고는 지나가는 배를 검문하여 왕신지 일행을 잡아내라고 한 것이었다. 양측은 서로 만나 자신들이 모두 관군임을 확인했다.

안경부에서 온 군관이 먼저 입을 열었다.

"왕신지는 배 두 척을 빼앗아 식솔들을 태우고 호수를 경유하여 강으로 도망쳤다고 합니다. 그렇다면 분명 이곳으로 지나갔을 것이라 본관이 여기까지 좇아온 것인데 아직 종적을 찾지 못했소이다."

채석기를 지키는 군관이 놀라 발을 구르며 소리쳤다.

"내가 이 간사한 놈한테 속았구려. 이틀 전 아침 진시에 식솔을 가득 태우고 지나는 배가 두 척 있었소이다. 그 배에서 관대를 차고 관모를 쓰고 있던 자가 말하기를 자신의 성은 왕(王)이요, 이름은 중일(中一)인데, 사천에서 참군(參軍) 임기를 마치고 다음 관직을 기다리기 위해 서울로 가는 길이라고 했습니다. 이제 와서 생각해 보니 '왕(汪)' 자의 오른쪽 변이 바로 '왕(王)'이고, 신지의 본명 '혁(革)' 자의 아랫부분에 바로 '중(中)' 자와 '일(一)' 자가 있지 않소이까? 그자가 틀림없이 왕신지일 텐데 지금 어디로 갔는지 알 길이 없구려."

두 군관은 모두 왕신지를 잡기 위해 이곳에 온 것이지만 지금은 왕신지의 종적을 알 수 없게 되었다. 그렇다고 거짓 보고를 할 수도 없는 노릇이라 사실대로 상부에 보고했다. 군관의 상사들은 왕신지의 행적을 찾을 수 없으니 추밀원에다 상급을 걸고 각처에 왕신지의 용모파기를 붙이자고 건의했다. 왕신지를 잡는 자에게는 일만 관의 상급을 주고 세 계급을 특진시키며 만약 왕신지의 식솔을 잡는 자에게는 삼천 관의 상급을 주고 일계급을 특진시킨다고 공포했다.

한편 왕신지 일행은 두 척의 큰 배에 옮겨 타고선 태호를 바라고 곧장 내려갔다. 며칠 지나지 않아 관군이 왕신지를 바짝 따라오고 있다는 소식이 들렸다. 이곳에서 안돈하기도 글렀다는 생각이 들자 두 척의 배에 구멍을 뚫어 호수 바닥에 가라앉혀 버렸다. 식솔들은 어부의 가정에 맡기고 금은보화를 안겨 주고선 일 년 후에 찾으러 오겠다고 했다. 아울러 유 장사와 아들 왕세웅을 시켜 지름길로 무위주의 조운사에게 찾아가 아비가 원래 모반을 꾀한 적이 절대 없으며 다만 하 부현령의 모함을 받아 지금 하는 수 없이 임안에 임시로 피난한 것이니 괜히 많은 병사들을 동원할 필요가 없이 와서 잡아가라고 아뢰게 했다. 이것은 가족 전체를 보호하기 위한 고육지책으로 더 이상 지체할 수가 없는 상황이었다. 왕세웅은 내키지 않았으나 아버지가 고집을 꺾지 않으니 출발하지 않을 수 없었다. 조운사는 왕세웅 일행을 맞더니 저간의 사정을 상세히 묻고 임안에 병사를 파견하여 왕신지를 체포하게 하는 한편 추밀원과 다른 부서에 널리 보고하고 전파했다.

왕신지는 식솔들을 숨기고 나서 자신은 옷을 바꾸어 입고 곧장 임안으로 나아갔다. 성 밖에서 며칠 머물다가 아들 왕세웅의 소식이 궁금하던 차에 성북(城北)의 책임자로 일하고 있으며 전에 왕신지가 임안에 있을 때 안면을 텄던 백정(白正)이라는 사람이 생각나 야밤에 북문으로 들어가 만났다. 백정은 왕신지를 보더니 깜짝 놀라며 몸을 숨기고 피하려고 했다. 왕신지가 백정을 붙잡고 말했다.

"형씨, 걱정하지 마시오. 나는 지금 혈혈단신 무기도 없이 자수하러 온 거요. 형씨에게 누를 끼칠 일은 없을 것이니 걱정하지 마시오."

백정은 그제야 마음을 가라앉히고 입을 열어 물었다.

"지금 그대를 체포하려고 다들 혈안이 되어 있는데 여기는 어인 일로 오신 거요?"

왕신지는 자신의 억울한 속사정을 하소연했다.

"제발 나를 좀 도와주시오. 그대의 도움으로 폐하께 나의 사정을 아뢸 수만 있다면 나는 죽어도 여한이 없겠소이다."

백정은 왕신지를 하룻밤 재워 주고는 다음 날 아침 왕신지와 같이 추밀부에 나아갔다. 왕신지는 대리원(大理院, 대법원) 감옥에 하옥되었다. 옥리가 왕신지를 고문하며 식솔들은 어디 있는지, 같이 모의한 자들은 또 어디 있는지 묻고 또 물었다.

"집에 불이 나서 다 타 죽었습니다. 아들 세웅이란 놈만 외지로 떠돌고 있는데 살았는지 죽었는지 알 길이 없습니다. 저를 따르던 자들은 모두 촌무지렁이들이라 각자 뿔뿔이 자기 살길을 찾아 흩어졌으며 소인은 그들의 이름도 모릅니다."

옥리가 아무리 고문을 해도 왕신지는 전혀 입을 열지 않았다.

한편 백정은 왕신지를 잡은 걸 드러내고 상을 받거나 승진을 할 생각이 아예 없었다. 대신 왕신지가 참으로 안됐다는 생각이 들어 감옥에 갇힌 왕신지를 음으로 양으로 돌봐 주었다. 임안 전체에 사람들이 가장 신기하게 생각할 만한 소식, 즉 왕신지가 투항했다는 소문이 널리 퍼져 동삼, 동사도 이 소문을 듣고 남몰래 왕신지를 위해 사방에 돈을 썼다. 임안 부윤 휘하의 거의 모든 관리들에게 뇌물을 먹이니 그 덕에 왕신지는 조금이나마 한숨을 돌릴 수 있었다. 왕신지가 옥중에 갇힌 채로 상소를 올렸는데 그 내용이 대략 이와 같았다.

신 왕혁, 신지는 모년 모월 감히 계책을 올려 양회(兩淮) 지방의 충의군을 이끌고 종묘사직을 위하여 오랑캐를 물리쳐 중원을 회복하고자 한 적이 있습니다. 신의 충정이 이와 같은즉 어찌 감히 두 마음을 품었겠습니까? 신이 모반을 꾀한다고 누가 모함했는지, 또 도대체 무슨 일을 두고 모함한 것인지는 도대체 알 길이 없으니 바라건대 저를 모함한 자를 대면하여 신의 억울함을 밝힐 수만 있다면 죽어도 여한이 없겠습니다.

　　　　　　　　汪信之一死救全家

황제가 왕신지의 상소를 받아 들고는 구강부(九江府)에 정표, 정호 두 사람을 임안으로 압송하여 대리시에서 조사하라고 명령했다. 때맞춰 무위주 조사(漕司, 수운 책임자)의 문서도 도착했고, 아들 왕세웅도 당도했다. 이날의 대심문은 매우 북적거렸다. 왕신지, 왕세웅 부자의 상봉이 얼마나 슬펐을지는 굳이 말할 필요조차 없었다. 왕신지는 자신을 모함한 자들이 바로 정씨 형제인 것을 알고선 너무도 깜짝 놀랐다. 더불어 왕신지는 이번 사단이 발생한 이유를 나름 짐작할 수 있을 것 같았다. 심문관이 묻자 정씨 형제는 아무런 말도 하지 않고 그저 왕신지가 홍공에게 보내는 편지를 증거로 내밀었다. 왕신지가 이렇게 대답했다.

"그 서신에 들어 있는 '가을 찬바람이 나면 지난번 약속을 지키겠습니다.'라는 구절은 태호현의 호수 하나를 사겠다는 것이지 결코 다른 뜻이 아닙니다."

심문관이 물었다.

"홍공이 이미 숨어 버렸으니 대질할 수가 없지 않느냐?"

왕세웅이 대답했다.

"홍공이 요즘 선성(宣城)에 머물고 있다고 합니다. 선성에 가서 그를 잡아 심문하면 바로 사실을 확인할 수 있을 겁니다."

심문관은 바로 결정을 내리지 못하고 일단 왕신지 부자와 정씨 형제를 각각 옥에 가두는 한편 영국부(寧國府)에 문서를 보냈다. 며칠 지나지 않아 홍공이 영국부에서 임안으로 호송되어 왔다. 유 장사는 그사이에 미리 호송원들에게 돈을 먹이고 더불어 홍공에게는 왕신지와 정씨 형제가 얽히게 된 저간의 사정을 세세하게 설명해 주었다. 이야기를 들어 보더니 홍공은 꿀릴 것이 없다고 생각했던지 당당하게 심문장에 들어섰다. 홍공은 자신이 정씨 형제를 왕신지에게 추천했던 일, 자신과 왕신지가 호수에서 만나기로 했던 일, 왕신지 일가에서 보수를 적게 받았다며 정씨 형제가 대단히 화를 냈던 일, 자신이 그들에게 비단을 주려고 했으나 거절했던 일 등을 있는 대로 밝혔다. 더불어 왕신지가 자신에게 써 준 답신을 정씨 형제가 전달하지 않았으며 정씨 형제가 자기들의 분한 마음에 마침내 이렇게 억울한 사람을 모함한 것이지 결코 다른 연유는 없다고 증언했다.

심문관은 홍공의 증언을 기록한 다음 옥에 가둬 둔 왕씨 부자와 정씨 형제를 불러 대질심문했다. 홍공이 이미 사실관계를 증언한 이상 정씨 형제는 입이 열 개라도 할 말이 없었다. 왕신지는 아울러 하 부현령이 자신을 체포하러 오는 길에 마치 자신이 사람들을 동원하여 관군에 맞서기라도 한 양 상부에 거짓 보고를 하여 관료들을 격노하고 걱정하게 만들었던 일을 낱낱이 고했다. 심문관이 재삼재사 확인해 보니 틀림이 없는 데다 이미 왕신지 일행에게서 뒷돈도 두둑하게 받아 두었던지라 어쨌든 왕신지에게 유리하게 일을 마무리하고 싶어 했다. 심문관이 마무리한 조서의 내용은 이러했다.

피의자 왕신지는 협객으로 이름이 높은 자로서 모반을 꾀한 정상을 찾을 수 없습니다. 다만 정표, 정호 형제가 개인적인 원한을 품고 왕신지의 편지를 마음대로 해석한 것이며 거기에 더하여 하 부현령이 말을 부풀려 마침내 이렇게 병사들이 대거 동원되는 참화가 발생한 것입니다. 그러나 고발이 접수된 이상 당연히 왕신지를 체포하여 조사해야 했을 것입니다.

왕신지가 순순히 관가로 찾아와 자신의 입장을 밝히지 않고 패거리를 모아 도감 곽택과 사졸 수 명을 살해한 것은 해서는 안될 일이었습니다. 왕신지에게 분명 억울함이 있기는 하나 그렇다고 그의 죄가 용서받을 수 있는 것은 아닙니다.

왕신지가 스스로 관가를 찾아와 벌을 청한 것을 보면 조정을 거스를 뜻이 없음을 가히 알 수 있습니다.

왕신지와 한패를 이룬 자들이 한둘이 아닐 것이나 왕신지의 자백에 따르면 이름도 모르는 자들이라 하며 이미 이리저리 다 흩어졌다고 합니다. 각 군현의 문서를 조사해 보면 유청이란 이름은 확인할 수 있으니 그자를 반드시 붙잡아 치죄하여 국법이 허술하지 않음을 천하에 알려야 할 것입니다.

왕신지의 아들 왕세웅이 아비와 함께 주동적으로 나섰는지는 명확하게 알 길이 없습니다. 그러나 무위주의 조운사가 보고한 문서에 따르면 왕세웅이 서로 패거리를 지어 소란을 피운 무리와는 직접 관련이 없다고 하니 본인이 자수한 정상을 참작하여 벌을 감하여 줌이 가할 듯합니다. 왕신지는 마땅히 지체 없이 법에 의거하여 능지처참하고 그 목을 저잣거리에서 걸어 사람들에게 보여야 할 것입니다만 왕세웅은 장형에 처하고 이천 리 밖으로 유배시킴이 가할 것입니다.

정표, 정호 두 사람은 허튼소리를 제멋대로 지어냈으니 장형에 처하고 천 리 밖으로 유배시켜야 할 것입니다.

이상의 판결은 유청과 나머지 패거리를 붙잡은 다음에 집행해도 늦지 않을 것입니다. 홍공은 전후 사정을 소상히 자백했으니 석방해도 좋을 것입니다. 부현령 하능은 범인을 체포하는 데 아무런 공훈을 세우지 못했으므로 삭탈관직함이 마땅한 줄 아룁니다.

심문관이 조서를 다 작성하여 보고하니 황제가 비준했다. 이런 저간의 상황을 미리 알아낸 유청은 옥중에 갇혀 있는 왕신지에게 차라리 약을 먹고 자결하는 게 나을 것 같다고 말했다. 이렇게 찾아든 왕신지의 죽음은 숙송현 성곽의 해자 부근에서 어린 아이들이 부르던 노랫말과 정확히 맞아떨어졌다. "열두 번째 멋진 왕가 놈"이란 바로 왕신지가 동일 항렬 가운데 열두 번째 순서임을 이르는 것이요, "배를 훔쳐 강을 건넜네."라는 구절은 바로 왕신지가 장사꾼의 큰 배를 빼앗은 것을 말함이요, "강을 건너 며칠이나 버틸까? 데운 술 한 잔이면 모든 게 끝장나리니!"라는 구절은 왕신지가 데운 술에 독약을 타 마시는 것을 두고 읊은 것이니 모든 게 그 노랫말처럼 된 것이라. 천상의 화성이 아이들 모습으로 변신하여 동요를 불러 길흉화복을 예언한다는 옛말이 있다. 사실 왕신지가 대단한 모반을 한 것도 아니고 관부가 별것도 아닌 일에 화들짝 놀라 장병들을 동원하고 여러 고을을 헤집고 다니며 소란이 일어 황제가 근심 걱정하게 된지라 하늘이 이런 동요로 앞날을 미리 알려 준 것이다.

객쩍은 이야기는 그만하자. 왕신지가 스스로 목숨을 끊으니 대리원의 책임자가 검시를 했다. 예정대로 왕신지의 시신에서 머리를 베어 내어 도성문에 걸었다. 유청이 왕신지의 남은 시신을 몰래 감추고 야밤에 왕신지의 머리를 훔쳐 나와 임안 도성 북문에서 십 리쯤 떨어진 곳에 묻었다. 다음 날 유청은 남몰래 동삼에게 찾아가 왕신지를 묻은 곳을 알려 주었다. 그런 다음 제 발로 대리원에 나아가 그동안 관군을 죽인 것들은 모두 자신의 소행이라고 인정함과 아울러 자신이 왕신지의 시신을 훔쳤다고 자백했다. 대리원의 책임자는 온갖 악독한 고문을 다하며 유청에게 왕신지의 시신이 묻힌 곳을 물었으나 유청은 끝내 입을 열지 않았다. 그날 밤 유청은 고문을 이기지 못하고 옥중에서 숨을 거두었다. 나중에 시인이 이렇게 읊었다.

순순히 관가로 찾아가 법의 처벌을 받음은
주인을 위하여 비분강개하여 목숨마저 내놓는 것이라.
나라의 녹을 먹는 자들 가운데
유청처럼 의를 위해 목숨 던지는 자 몇이나 될꼬?

유청이 죽으니 대리원의 책임자는 이제 이 사건은 마무리해도 좋을 것이라 판단했다. 그리하여 왕세웅과 정표, 정호를 옥에서 나오게 하여 지난번에 작성하고 보고했던 조서대로 장형을 집행하고 유배를 보내기로 했다. 동삼, 동사가 이미 곤장을 때리는 자들을 매수해 놓아 왕세웅은 털끝 하나 상하지 않았다. 그러나 정표와 정호는 혹심한 매질을 견뎌야 했다. 아울러 호송원들에게까지 두둑이 뇌물을 먹여 호송하는 도중 정표, 정호에게 모질게 대하니 정표는 그만 병을 얻어 저세상으로 떠나고 정호만 더 멀리 압송되었다고 하나 그 이상의 소식은 전해지지 않는다. 왕세웅을 압송하는 자는 뇌물로 받은 은자가 두둑한지라 삼사백 리 정도 가서 왕세웅을 놔줘 버렸다. 왕세웅은 강호에 몸을 숨기고 창봉술을 보여 주며 약을 팔며 지냈다고 하는데 이 이야기는 굳이 더 할 필요가 없겠다.

한편 동삼, 동사 형제는 왕신지에게서 받은 재산을 다 그러모아 소주로 향하여 공사팔을 만나고 왕신지의 손자를 찾았다. 그런 다음 태호의 어부 인가를 찾아다니며 왕신지의 식솔들을 거두었다. 동삼, 동사 그리고 공사팔은 왕신지 식솔의 하인인 양 길을 나서 엄주 수안현 왕사중의 집을 찾아갔다. 왕사중은 왕신지가 당한 일을 소상하게 듣더니 너무도 가슴 아파했다. 왕사중은 동삼 일행이 머물 거처를 마련해 주었다. 동삼, 동사 그리고 공사팔 등은 모두 왕사중이 왕신지 식솔을 위해 마련해 준 거처 근처에 이거하여 같이 살았다. 왕사중이란 든든한 배경이 버티고 있으니 수안현 일대에서 이들에게 시비를 붙는 자가 아무도 없었다.

반년 정도가 지나니 왕신지 건도 잠잠해졌다. 왕사중은 공사팔, 동사 두 사람을 마지파로 보내어 예전에 왕신지가 경영하던 사업이 어떤 상황인지 알아보게 했다. 그곳에선 여전히 숯을 굽고 철을 제련하고 있었다. 알아보니 전사이가 나서서 동리 사람들을 꼬드겨 왕신지가 하던 사업을 그대로 자기 것처럼 추스르

고 있었다. 다만 천황호의 어부만이 전사이에게 협조하지 않고
있었다. 동사가 버럭 화를 내며 소리쳤다.

"아니, 이런 배은망덕하고 의리 없는 놈이 있나! 이 틈에 동리
사람들을 이용해서 이렇게 날름 해 먹다니, 양심에 찔리지도 않
나? 내가 목숨이 없어지는 한이 있더라도 왕신지 형님의 원수는
반드시 갚아야겠다."

공사팔이 황급히 가로막았다.

"안 돼, 안 돼! 전사이가 이곳에서 나름 터를 닦았으니 동리 사
람들이 다 그놈 편을 들 거야. 중과부적이라 자칫하면 우리만 우
스운 꼴을 당할 수 있어. 일단 왕사중 형님께 돌아가서 상의드리
고 후일을 도모하세."

두 사람은 길을 되짚어 다시 숙송현까지 돌아왔다. 아뿔싸, 곽
도감 집 문 앞을 지나는데 마침 동사를 알아보는 자가 주둥아리
를 참지 못하고 곽 도감 집의 하인 곽흥(郭興)에게 일러바쳤다.

"저기 저 키 작고 뚱뚱한 녀석이 바로 왕신지의 심복으로 이름
은 동학(董學), 형제간 항렬이 넷째라 동사라 불리는 녀석입니다."

곽흥은 이 말을 듣고 바로 작정을 했다.

"돌아가신 주인 나리의 원수를 가만두지 않으리라!"

곽흥은 동사가 대문을 지나치자마자 전광석화처럼 뒷덜미를
힘껏 내려쳐 동사를 꺼꾸러뜨린 다음 소리를 질렀다.

"반적 왕신지 휘하에서 살인을 저지른 흉포한 죄인을 사로잡았
다!"

집 안에서 네댓 명의 장정들이 달려 나오고 길 가던 사람들도

몰려들었다. 깜짝 놀란 공사팔은 감히 어쩌지 못하고 냅다 줄행랑을 쳤다. 곽흥은 그길로 이장을 불러 동사의 팔을 등 뒤로 꺾어 묶게 하고 머리를 빡빡 깎아 버린 후 한 걸음 옮길 때마다 몽둥이를 한 대씩 치며 숙송현 현청으로 끌고 가게 했다.

당시에는 숙송현 현령이 아직 새로 부임하지 않았고 하 부현령마저도 이미 파면당한 때라, 이방 격인 전사(典史)가 임시로 현의 사무를 책임지고 있었다. 전사는 이 일을 처리하는 데 부담을 느끼고, 이 태수가 있는 안경부로 다시 압송했다. 이 태수는 지난번에 왕신지 건을 제대로 확인하지 않고 작은 일을 호들갑 떨며 크게 보고했다가 상부로부터 크게 질책을 받은 바 있어 심기가 매우 불편한 상태였다. 그러던 차에 왕신지 사건과 연루된 자가 또 잡혀 왔다는 소리를 들으니 머리부터 아팠다. 이 태수는 되레 동사를 압송해 온 이장에게 버럭 욕을 퍼부었다.

"왕신지 사건은 황제께서 성지를 내려 이미 오래전에 마무리하신 일 아니냐! 죽은 곽택의 억울함도 다 풀었는데 뭐 하러 그렇게 사서 일을 만드느냐?"

이 태수가 동사를 풀어 주라는 명령을 내리니 곽흥과 이장은 머쓱한 표정으로 발길을 돌렸다. 동사는 곽흥과 그 일행에게 얻어맞아 아프기가 그지없었으나 지체 없이 수안현을 향해 떠났다.

한발 앞서 돌아온 공사팔은 전사이가 숯을 굽고 철을 제련하는 사업을 멋대로 자기 것으로 만든 일이며 동사가 곽택 집안의 하인들에게 붙잡힌 일이며 등등을 자세하게 보고했다. 보고를 받은 왕사중은 동사가 필시 안경부로 압송될 것이라 예상하여 안경

汪信之一死救全家

부에 사람을 보내어 미리 돈을 써 주도록 했다. 그런데 바로 이때 머리가 빡빡 깎인 동사가 헐레벌떡 달려와 저간의 사정을 하소연했다. 만약 이 태수가 호의를 베풀지 않았다면 목숨을 건지기 힘들었을 거라는 말도 잊지 않았다. 이 말을 들은 왕사중이 입을 열었다.

"그래, 이 태수의 말을 듣고 헤아려 보건대 아우 건은 이제 다 해결되었다고 봐도 무방하겠다. 동사, 네가 고생을 하긴 했다만 그래도 희소식을 알아 왔구나."

며칠 후 왕사중은 하인들 이십여 명을 데리고 전사이를 찾아 마지파로 출발했다. 왕사중이 하인들을 거느리고 온다는 소식을 들은 전사이는 감히 왕사중과 맞설 수가 없어 집과 재물을 그대로 두고 처자식만 데리고 야반도주했다.

"이런 불의한 재물을 어찌 거두겠는가?"

왕사중은 이렇게 말하더니 마지파에서 숯을 굽던 자들에게 모두 마음껏 가져가라고 하고는 집을 다 부숴 버렸다. 그런 다음 목재를 사들이고 벽돌을 굽고 기와를 구워 다시 집을 지었다. 왕신지가 경영하던 숯 굽고 철을 제련하던 사업을 일일이 조사하여 왕씨네 사업으로 편입시켰다. 천황호의 어부들에겐 비단과 지폐를 하사하여 그들의 마음을 샀다. 이 칠십 리 천황호는 이렇게 왕씨네 재산임이 다시금 확인되었다. 왕사중은 숙송현의 위아래 관리들에게 두루 돈을 먹여 모든 사업의 명의를 자기 것으로 변경했다. 왕사중은 마지파에서 열 달 정도 머물면서 관련 일을 두루 마무리 짓고 하인 두어 명을 남겨 관리하게 한 다음 수안현으로 돌아왔다.

얼마 지나지 않아 철종 황제가 승하했다. 새 황제가 즉위하면서 천하에 대사면령이 내려졌다. 왕세웅이 비로소 집으로 돌아올 수 있게 되어 백부 왕사중을 만나 서로 껴안고 눈물을 흘렸다. 가족들 또한 모두 무사하여 어머니와, 그새 장성한 아들도 만났다. 아들은 백부가 지어 준 이름을 따라 천일(千一)이라 불리고 있었다. 기쁨과 슬픔이 교차하는 가운데 며칠 후 왕세웅은 백부에게 동삼과 같이 임안에 가서 부친의 유골을 수습해 장례를 치러 드리고 싶다고 말했다.

"효자라면 마땅히 그렇게 해야지. 내가 막을 이유가 있겠느냐? 어서 갔다 오너라. 무강산에 묘를 쓸 만한 명당자리가 많으니 내가 먼저 가서 장례 준비를 해 놓겠다."

왕세웅은 동삼과 함께 길을 떠났다. 별다른 사고 없이 며칠 후 그들은 왕신지의 유골을 수습하여 돌아왔다. 관을 마련하고 염을 하고 길일을 택하여 안장했다.

장례를 마치고 왕사중이 왕세웅에게 이렇게 말했다.

"마지파가 비록 사업이 잘되고 있기는 하나 네 아비가 참화를 입은 곳이고 너의 집안과 척진 사람들이 많은 곳이다. 게다가 공사팔, 동삼, 동사를 기억하는 자들도 많아서 네가 가서 살기 만만치 않을 것이다. 내가 괜히 네 아비 가슴에 못 박는 말을 하여 네 아비가 그길로 마지파로 달려가 이런저런 허다한 일이 생겨났구나. 내가 여기 사업을 모두 너에게 물려줄 테니 네가 맡아서 경영해라. 그리하면 네 아비가 구천에서라도 나에 대한 원망을 거둘 것이다. 마지파의 사업은 내가 식솔들을 거느리고 가서 경영하겠다. 마지파에서는 나를 해코지할 사람이 없을 것이다."

왕세웅은 백부에게 감사의 인사를 올렸다. 그날로 왕사중은 수안현의 장부를 모두 왕세웅에게 넘기고 하인들도 반으로 나눴다. 왕사중은 식솔들을 거느리고 마지파로 출발했다.

이제 왕씨네 사업은 수안현과 숙송현 두 곳으로 나뉘었다. 두 곳이 서로 빈번하게 내왕했음은 물론이다. 백부의 재산과 사업을 물려받은 왕세웅을 무시하는 자는 세상에 아무도 없었다. 왕세웅은 불길에 몸을 던져 저세상으로 떠난 아내 장 씨를 생각하여 평생 새장가를 들지 않고 아들 훈육에만 온 힘을 쏟았다. 후일 아들 왕천일은 무과에 급제하여 황제 호위군의 사령관을 지냈으며 자손들 또한 번성했다. 이 이야기가 바로 「왕신지가 목숨을 바쳐 온 가족을 구하다」이다. 후세 사람이 다음과 같이 시를 지어 기렸다.

올곧고 헌걸차며 기세도 당당한 대장부
적수공권으로 고향을 떠나 대업을 이루었구나.
진실하고 의로워서 남을 돕기를 마다하지 않았으나
속 좁은 녀석들 사례가 적다며 딴마음 품었구나.
칼을 들고 원수를 갚겠다 나선 것은 관리들의 핍박 때문이라,
감연히 몸을 던져 자수함은 온 가족을 구하기 위함이라.
왕사중이 집과 재산을 양보함은 기림받아 마땅하니
천고에 이름이 전해지니 누가 허튼소리 하리오?

沈小霞相會出師表

심소하가
출사표를
발견하다

의사의 죽음이 아름답고 숭고한 것은 죽을 줄을 알면서도 의거를 실행에 옮겼기 때문이다. 살아서 구차함을 목도하느니 숭고하고 아름다운 죽음을 택하는 것이다. 이 작품의 주인공 심련(?~1557)도 그런 사람이다. 그는 착하고 용기 없는 동료를 위해 죽음을 각오하고 재상 아들의 행동에 제동을 걸었다.

이런 용기를 지닌 자는 외롭다. 그러나 전혀 생각지도 않은 곳에서 생각지도 않은 사람의 도움을 받는다. 유배당한 심련에게는 그를 돕는 가석이 있었다. 두 사람 사이에는 조건 없는 우정과 신의가 존재했다. 궁벽한 시골에 사는 순박한 촌사람들이 아무런 조건 없이 올곧은 선비이자 무사인 심련을 믿고 따랐다. 그런 심련을 죽이지 않고는 두 다리를 뻗고 잘 수가 없는 게 정통성과 실력을 결여한 통치자다.

이 작품은 16세기 중엽, 중국 명나라에 실존했던 인물 심련을 통해 당시 중국의 정치상과 사회상을 보여 주는 전반부와, 이런 사회에서 고통받던 한 가정이 그 고통을 이겨 내는 과정을 담은 후반부로 구성되어 있다. 개인의 삶이 사회의 거대한 흐름과 분리되어 굴러가는 게 아님을 보여 준다는 측면에서 이 작품은 대단히 성공적이다.

애오라지 서재에 앉아 고금의 도서를 읽노라니
우연히 발견한 기이한 이야기들이 사람을 감동시키는구나.
충신이 외려 간신의 계략에 빠지니
곤경에 빠진 영웅 때문에 눈물 흘려 옷깃을 적시네
패옥 다는 인끈을 풀지 마시게나, 비녀를 던지지 마시게나.
세상사 어둠이 지나면 밝은 날이 오지 않던가?
길흉화복은 결국 인과응보
하늘은 바름과 그름을 제대로 가르더라.

때는 바야흐로 명나라 가정(嘉靖, 1522~1566) 연간 성스러운
임금이 다스리시니 바람은 때맞춰 불어오고 비는 알맞게 내려
나라가 태평하고 백성들이 평안했다. 그러나 간신 하나를 잘못
등용하는 바람에 조정이 어지러워지고 나라가 혼란에 빠져들었
다. 그 간신이 누구던가? 성은 엄(嚴)이요, 이름은 숭(嵩), 호는 개

계(介溪)로 강서 분의 사람이다. 나긋나긋한 성격으로 황제의 총애를 입고 환관들과 내통하여 황제의 뜻을 헤아려 비위를 맞추었다. 재초(齋醮)를 정성껏 모시고 황제를 칭송하는 글을 지어 바쳐 마침내 벼락출세를 이루었다.

겉으로 보기에는 유순하고 조심성이 많은 듯 보이지만 속은 의심 많고 야박하여, 대학사 하언(夏言)을 참소하여 쫓아내고 자기가 대신 재상 자리를 차지했다. 엄숭의 지위가 높아지고 권세가 막강해지니 조야의 사람들이 감히 엄숭을 똑바로 쳐다보지 못했다. 엄숭의 아들 엄세번(嚴世蕃) 역시 태학생 신분에서 하루아침에 공부시랑으로 발탁되었다. 엄세번은 아비 엄숭보다 더욱 교활하고 악독했지만 나름 자잘한 재주가 있었고 박람강기하여 꾀가 많고 셈이 빨랐다. 엄숭은 오직 아들 엄세번의 말만을 신용하여 대소사를 모두 엄세번과 상의했으니 조정에는 '큰 재상', '작은 재상'이란 말이 돌았다.

이들 부자는 손을 잡고 악행을 저질렀으니 권세를 믿고 뇌물을 받아 매관매직을 했다. 관리 중에 현달하고자 하는 자들은 엄씨 부자에게 뇌물을 갖다 바치며 양아들을 자처했고 그런 자들이 결국은 높은 자리에 올랐다. 별 재주도 없는 자들이 구름처럼 엄씨 부자 주위에 몰려들었고 과거 시험장이든 관청이든 모두 엄씨 부자의 심복들로 가득 찼다.

엄씨 부자에게 맞서는 자는 즉각 화를 입었다. 크게 밉보이지 않은 자들은 곤장을 맞거나 유배를 당했고 크게 눈 밖에 난 자들은 거침없이 죽임을 당했으니 살벌하기가 그지없었다. 정말 죽을 각오를 하지 않고는 이러쿵저러쿵 말도 꺼낼 수 없었다. 관룡봉(關龍逄),[31] 비간(比干)[32]과 같이 나라를 위해 목숨조차 아끼지 않는 충신이 아닌 바에야 나라가 도탄에 빠지는 것을 그냥 지켜볼지언정 어찌 엄씨 부자에게 대들 것인가? 당시 무명씨가 비분강개하여 신동시(神童詩)를 이렇게 개작했다.

어려서 힘들게 공부하지 말지라,
나중에 돈 벌면 벼슬자리 살 수 있으리니.
그대 엄 재상을 보아라,
돈 있는 자만 골라 등용하지 않더냐!

아울러 또 이렇게 개작했다.

천자는 권세 있는 자를 중용하노니
괜히 입 열어 화를 자초하지 말지라.
이런저런 것 다 필요 없으니
그저 엄씨 부자에게 잘 보이면 최고라네.

엄씨 부자가 황제의 총애를 믿고서 제멋대로 저지른 죄악이 온 산하를 덮으니 하늘이 충신을 내어 기기묘묘한 행적을 보이게 하고 마침내 천하에 떠들썩한 이야깃거리가 되었으며 몸은 죽었

---

31 하나라의 마지막 임금인 걸 임금에게 충언을 했다가 목숨을 잃은 전설적인 인물.
32 은나라의 마지막 임금인 주 임금에게 충언을 했다가 목숨을 잃은 전설적인 인물.

으되 이름은 만고에 날리게 되었다.

집안에 효자가 많으면 부모가 평안하고
나라에 충신이 나면 세상이 태평하다.

그 충신의 이름은 심련(沈鍊), 별명은 청하(靑霞), 절강성 소흥 출신이다. 문무를 겸비했고, 세상을 구제하여 백성을 평안하게 하고자 하는 의지가 넘쳤다. 어려서부터 제갈량을 존경하고 제갈량이 지은 군대를 이끌고 출정하며 바치는 글이라는 의미의 「전출사표(前出師表)」와 「후출사표(後出師表)」를 애송하면서 수백 번을 베껴 쓰고 또 베껴 써서 집 벽면을 도배할 정도였다. 술을 마실 때면 매번 큰 소리로 암송하다가 "이 한 몸 나라 위해 기꺼이 바치리니 오직 죽어서야 그만두리라."라는 구절에 이르면 장탄식을 하고 격정에 빠져 방성대곡하기도 했다. 이런 모습을 보고 그가 미쳤다고 수군대는 사람도 있었다. 가정 무술년, 그러니까 1538년 그는 진사시에 급제하여 현령에 임명되었다. 율양(溧陽), 장평(莊平), 청풍(淸豐)에서 현령을 지내며 맡은 바 소임을 너무도 잘 처리했다.

휘하의 아전들이 모두 법을 준수하게 만들고
본인은 청렴하여 절대 뇌물을 받지 않으며
지역의 권세가들을 제대로 단속하니
백성들 모두 평안하다.

그러나 성품이 강직하여 아부할 줄을 모르는지라 마침내 황제 호위 부대의 문서 담당관으로 좌천되었다. 북경으로 들어온 그는 엄씨 부자의 온갖 추행이 더 이상 봐줄 수 없는 정도임을 목도하고 분노에 휩싸였다. 어느 날은 공식 연회에 참석했다가 엄세번의 오만방자한 모습을 직접 보게 되었다. 엄세번은 술을 마시다가 미친 듯이 소리를 지르기 일쑤였으며, 커다란 술잔에 술을 가득 부어서는 다 마시지 못하는 사람에게 벌을 주었다. 그 술잔은 족히 한 말은 들어갈 정도로 컸으나 양쪽에 들어선 사람들 중 엄세번의 위세에 눌려 못 마시겠다고 하는 자가 하나도 없었다.

그중에도 마급사(馬給事)는 체질적으로 술을 마시지 못했다. 엄세번은 일부러 그런 마급사 앞에 술잔을 갖다 댔다. 마급사가 재삼재사 사정했으나 엄세번은 들은 체도 하지 않았다. 마급사는 술잔에 입을 대자마자 벌써 얼굴이 빨개지고 미간이 굳어지며 곤혹스러운 표정을 감추지 못했다. 그런데도 엄세번은 직접 마급사에게 다가가 귀를 잡고 술잔을 들이부었다. 마급사는 어쩔 수 없이 참고 몇 입을 마셨다. 술을 마시지 않았을 때는 그나마 괜찮았으나 이제 술을 한 모금 마시고 나니 하늘이 아래로 내려오고 땅이 위로 치솟는 듯하고 사방의 벽이 빙빙 돌고 머리는 자꾸 아래로 처지고 다리는 하늘로 향하여 도저히 서 있을 수가 없었다. 엄세번은 이 모습을 보고 깔깔대며 손뼉을 쳐 댔다.

심련이 이 꼴을 보고 도저히 참을 수가 없어서 소매를 털고 일어나 술잔을 뺏어 들고 가득 술을 따른 다음에 엄세번 앞으로 다가가 말했다.

"마급사가 선생이 따라 주는 술을 다 마시지 못하고 취해 버려 실례를 범했습니다. 소인이 마급사를 대신하여 선생에게 술잔을 돌려드리겠소이다."

이 말을 듣고 엄세번은 당황하여 손을 휘저으며 사양했다. 그러나 심련은 정색을 하고 소리쳤다.

"이 술잔으로 다른 사람에게 술을 권했으니 당신도 마셔야 하는 것 아니오. 다른 사람들은 그대를 두려워하는지 모르나 나 심련은 조금도 두렵지 않소이다."

심련은 바로 엄세번의 귀를 잡고서 엄세번에게 술을 마시게 했다. 그러고는 탁자 위에 술잔을 집어 던지고 아까 엄세번이 그랬던 것처럼 손뼉을 치면서 큰소리로 웃었다. 자리를 함께했던 관리들은 놀라서 얼굴이 사색이 된 채로 고개를 숙이고 찍소리도 내지 못했다.

엄세번은 취했다는 핑계로 자리를 빠져나갔다. 심련은 그런 엄세번에게 신경도 쓰지 않고 의자에 털썩 주저앉아 탄식했다.

"아, 한 왕실과 반역자들이 어찌 함께할 수 있으랴! 한 왕실과 반역자들이 어찌 함께할 수 있으랴!"

사실 이 구절 역시 「출사표」에 나오는 대목이었다. 심련은 엄씨 부자를 조조 부자에 비긴 것이다. 사람들은 엄세번이 행여 들을까 하여 아무 소리도 내지 못하고 땀만 줄줄 흘렸다. 심련은 그런 것들에겐 전혀 신경도 쓰지 않고 술 몇 잔을 연거푸 들이켜다가 술기운이 오르자 자리를 떴다.

오경 무렵 잠자리에서 일어난 심련은 생각에 잠겼다.

"엄세번이 나 때문에 억지로 술을 마시게 되었으니 분명 가만히 넘기지 않고 해코지를 하려 들 것이다. 기왕에 시작한 것 반드시 끝장을 봐야겠다. 궁리하고 자시고 할 것 없이 일단 먼저 선수를 치는 게 낫겠구나. 엄씨 부자의 패악질이 이미 하늘과 사람들의 공분을 샀다. 그들 부자는 조정에서 크게 신임을 받고 있고 나는 그저 하급 관리에 불과하니 섣불리 말을 꺼냈다간 본전도 못 찾을 테니 일단 시간을 두고 기다렸다가 손을 써야 마땅할 것이다. 그러나 이젠 더 이상 무작정 기다릴 수가 없구나. 장량이 박랑사(博浪沙)에서 진시황을 철퇴로 공격한 일이 있지 않은가! 비록 성공을 거두지는 못했지만 뭇사람들에게 의기의 본을 보이지 않았던가!"

심련은 밤새 임금께 올릴 상소를 구상했다. 해가 밝아 올 무렵까지 생각에 생각을 거듭하다가 일어나 향을 사르고 손을 씻은 다음 마침내 상소를 적기 시작했다. 상소에 엄씨 부자가 권세를 믿고 뇌물을 받아 챙긴 일, 온갖 극악무도한 짓을 행한 일, 임금을 속이고 나라를 망친 대죄를 저지른 일 등등을 소상히 적고 그들을 죽여 천하에 사죄케 하라고 적었다. 임금이 그 상소를 읽고서 성지를 내렸다.

"심련은 조정의 대신을 함부로 비방함으로써 자신의 명예를 높이고자 했으니 호위 부대에 보내어 장형 백 대에 처할 것이며 삭탈관직하고 변방으로 보내라."

엄세번은 호위 부대 장교에게 사람을 보내 심련을 심하게 쳐서 아예 죽여 버리라고 일렀다. 그러나 다행스럽게도 책임자 육병은 나름 심지가 곧고 평소 심련의 절개와 의리를 존중하던 자라 오히려 부하들이 심련을 심하게 치지 않도록 손을 써 두었다. 덕분에 심련은 곤장을 맞아도 그렇게 심하게 맞지 않았다. 호부에 가서 삭탈관직되어 평민이 되었음을 신고하고 보안주의 주민으로 편입했다. 심련은 그날로 짐을 꾸려 처자식을 데리고 보안주를 향해 출발했다.

본디 심련은 부인 서 씨(徐氏)와의 사이에 아들 넷을 두고 있었다. 장남 심양(沈襄)은 과거 지방 시험에 합격하여 일정하게 학비를 보조받는 수재였으므로 소흥부에 남아 있었다. 둘째 심곤(沈袞), 셋째 심포(沈褒)는 부친의 임지를 쫓아와 공부하고 있었다. 막내 심질(沈峽)은 이게 겨우 돌을 지난 아이였다. 이렇게 다섯 식구가 길을 떠나니 만조백관들은 엄씨 부자의 눈이 무서워 아무도 배웅을 나오지 않았다. 시 한 수가 있어 이를 증거한다.

한 통의 상소가 천자의 비위를 건드니
슬프다, 선비는 짐을 꾸려 변방으로 향하는구나.
배웅하러 오는 자 아무도 없음은
권세가의 비위 거슬려 화를 입을까 걱정함이라.

보안주를 향하여 가는 길이 험난하고 고생스러웠음은 말할 필요도 없겠다. 아무튼 그래도 별 탈 없이 보안주에 당도했다. 보안주는 선부(宣府)에 속한 아주 궁벽한 곳으로 번화한 내지와 달리 모든 게 낯설고 처량했다. 게다가 음산한 비가 연일 내려 하늘땅이 온통 거무튀튀하니 쓸쓸한 기운이 더욱 깊었다. 누구 집이라도 하나 빌려 살아야겠는데 아는 사람 하나 없으니 어디로 가서 몸을 쉬어야 할지 막막했다.

어찌할 줄 모르고 당황하던 바로 그때 작은 우산을 쓴 사람이 걸어오다가 길옆의 짐과 함께 서 있는 심련의 범상한 모습을 발견하고 걸음을 멈추었다.

"나리, 성씨는 어떻게 되십니까, 어디서 오셨습니까?"

"나는 심가고, 북경에서 왔소이다."

"황제의 호위 부대 문서 담당관 심련이 상소를 올려 엄씨 부자를 처단하라고 요구했다던데 나리가 바로 그 심련이십니까?"

"그렇소이다."

"제가 오래전부터 나리를 앙모하였습니다. 예서 멀지 않은 곳에 저의 집이 있으니 식솔들과 함께 잠시 머무르시다가 다른 곳을 알아보시지요."

이렇듯 정중한 권유를 받자 심련은 두말없이 뒤를 따랐다. 얼마 가지 않아 남자의 집이 나타났는데 그리 크지는 않아도 정갈한 집이었다. 남자는 심련을 거실로 안내한 다음 머리를 조아려 인사를 올렸다. 심련이 놀라며 황망히 답례했다.

"그대는 대체 뉘시오? 어인 일로 저를 이렇게 챙겨 주시는 거요?"

"저는 성은 가(賈)요, 이름은 석(石)입니다. 선부 아문의 무관으로 본디 형님이 맡았던 자리였으나 형님이 작년에 돌아가시고 슬하에 아들이 없어 제가 물려받았습니다. 한데 엄씨 부자가 권력

을 농단하면서 부형에게서 관직을 물려받은 자들에게 뇌물을 바
치라고 노골적으로 요구하기에 벼슬을 내려왔습니다. 그나마 조
상님이 물려주신 땅뙈기가 조금 있어 농사를 지으며 소일하는 중
입니다. 며칠 전 나리께서 엄씨 부자를 탄핵했다는 소식을 듣고
는 나리야말로 천하의 충신이요, 의로운 선비라 여겼습니다. 나리
께서 이곳으로 폄적되었다는 소식을 듣고 나리를 직접 만나 뵙고
싶었는데 이 소망을 하늘이 들어주시니 필시 삼세에 걸친 인연이
라 생각합니다."

말을 마치더니 다시 엎드려 인사를 올렸다. 심련은 가석을 일
으켜 세우고 둘째 아들 심곤과 셋째 아들 심포를 불러 인사를 시
켰다. 가석은 아내를 불러 심련의 부인을 안으로 모시게 했다. 마
차에서 짐을 내리고 마부를 돌려보낸 다음, 돼지를 잡고 술을 걸
러 심련의 가족을 접대했다.

가석이 심련에게 말했다.

"이렇게 음산하게 비까지 내리니 다른 곳에 가지 마시고 아쉬
운 대로 소인의 집에 머무시지요. 평안하게 술도 몇 잔 드시면서
그동안 쌓인 여독을 푸십시오."

심련이 감사하며 말했다.

"부평초가 물길 따라 흐르다 우연히 멈추듯 아무런 약속도 없
이 우연히 만난 그대에게 이렇게 큰 신세를 지다니 참으로 면목
이 없소이다."

가석이 대답했다.

"시골집이라 옹색하고 누추합니다. 보리밥에 푸성귀라도 너무

나무라지 마십시오."

심련과 가석은 서로 술잔을 주거니 받거니 하면서 시대를 슬퍼하고 통탄하는 이야기를 나눴다. 대화를 하면 할수록 마음이 잘 맞아서 이제야 만난 것이 한탄스러울 지경이었다.

다음 날 아침 심련이 일어나서 가석에게 말했다.

"집을 구하여 식솔들을 안돈시키고 싶은데 번거롭겠지만 좀 도와주셨으면 고맙겠소이다."

"어떤 집을 원하십니까?"

"이 집 정도면 좋겠습니다. 집세는 얼마나 내야 하는지도 좀 알려 주셨으면 좋겠소이다."

"그야 어렵겠습니까!"

가석이 집을 나갔다 얼마 지나지 않아 바로 돌아와 심련에게 말했다.

"빌릴 만한 집이 있기는 하지만 모두 좁기도 하고 더럽기도 해서 마음에 드는 게 없습니다. 차라리 소인이 처자식을 데리고 처가에 가서 살다가 나리께서 북경으로 돌아가시면 다시 돌아와 사는 게 나을 것 같습니다."

심련이 대답했다.

"마음은 고마우나 어찌 그대의 집을 차지할 수 있겠소? 안 될 말씀이오."

가석이 대답했다.

"소인이 비록 촌부에 불과하나 세상 이치는 좀 압니다. 충성스럽고 의로운 선비이신 나리를 위해서 말고삐라도 잡고 허드렛일을 하고 싶었으나 기회가 없었다가 이제 하늘이 이런 기회를 주셨으니 이제 이 누추한 집을 나리께 내어드림으로써 저의 존경심을 표하고자 합니다. 제발 사양하지 마십시오!"

말을 마치기가 무섭게 가석은 하인을 시켜 마차와 말 그리고 노새를 준비시켰다. 그리고 당장 자기한테 필요한 것들만 옮기게 하고는 나머지 가재도구는 심련이 쓰도록 그대로 남겨 두었다. 가석이 하도 단호하게 나오는지라 심련도 감히 그 뜻을 꺾지 못했다. 심련이 가석에게 의형제를 맺자고 제안하자 가석이 대답했다.

"일자무식 촌놈이 어찌 감히 조정의 권신과 의형제를 맺겠습니까?"

"장부끼리 뜻이 통하면 됐지 촌놈이다 권신이다를 어찌 따지겠소이까?"

가석이 심련보다 다섯 살 어리니 가석이 아우, 심련이 형님을 하기로 했다. 심련은 두 아들에게 가석을 숙부로 부르게 했고 가석은 안식구들도 인사를 시켰다. 두 가족은 마치 한 가족처럼 되었다. 가석은 심련과 함께 식사를 한 후 처자식을 데리고 처가로 떠났다. 심련은 가족들과 함께 가석의 집을 오롯이 쓰게 되었다. 당시의 시인이 시를 지어 가석이 심련에게 집을 내준 일을 읊었다.

마차를 몰고 가다 지나치듯 만나도 뜻이 통하면 진정한 친구
자기 집 비워 주고 친구에게 쓰라 하며 우정을 드러내네.
이 세상의 많고 많은 일가친척, 친구들아
그깟 재산 때문에 다툼이 얼마나 부끄러운가.

한편 보안주의 관리나 유지들 사이에는 심련이 엄씨 부자를 탄핵하는 상소를 올렸다가 이곳까지 유배 왔다는 소문이 돌았다. 관리나 유지들은 모두 심련을 경외하여 얼굴이라도 한번 보기 위해 앞다퉈 찾아왔다. 그중에는 쌀을 실어 오는 자, 땔감을 실어 오는 자, 술과 안주를 마련해 오는 자도 있었다. 또 자제들을 보내 심련에게 가르침을 청하는 자들도 있었다. 심련은 날마다 보안주의 사람들에게 충효를 강론하고 고래의 충의지사 이야기를 설파했다. 나름 힘주어 이야기하는 대목에 이르면 머리가 쭈뼛 서서 관을 뚫고 나올 듯하기도 하고, 손바닥으로 탁자를 내려치기도 하며, 어느 때는 비탄에 잠겨 장탄식을 하면서 눈물을 흘리기도 했다. 보안주 사람들은 남녀노소 불문하고 심련의 이야기에 귀를 기울였다. 심련이 혹여 엄씨 부자를 도적놈이라 침 뱉고 욕하면 사람들이 모두 동조했고 자기들 가운데 동조하지 않는 자들이 있으면 비겁하고 의롭지 못한 자라고 욕했다. 이런 심련의 강론과 청중들의 반응은 처음에 그저 재미로 시작했다가 마침내 하나의 전통처럼 되어 버렸다.

또한 심련이 문무를 겸비한 것을 알고는 활쏘기 모임에 초청하기도 했다. 심련은 지푸라기로 인형을 만들고 그 위에다 천을 덮어씌우고는 각각 '당나라의 간신 이임보(李林甫)', '송나라의 간신 진회(秦檜)', '명나라의 간신 엄숭(嚴嵩)'이라 쓰게 했다. 그러고는 각각 과녁으로 삼았다. 이임보 과녁을 향해 쏠 때면 "간신 이임보는 화살을 받아랏!"이라 외쳤다. 진회, 엄숭의 과녁을 향해 쏠 때도 마찬가지였다. 북방 사람들은 성격이 화통한지라 이런 식으로 활쏘기를 하면서도 엄씨 부자가 알건 말건 상관하지 않았다. 옛말에 "남이 알까 두려우면 아예 하지를 말라."고 했다. 그러나 세상의 권문세가에게 이런저런 소식을 물어다 주는 입들이 어디 한둘인가? 심련과 보안주 사람들이 이런 식으로 어울리는 것을 엄씨 부자에게 일러바치는 입이 진즉에 있었다.

엄씨 부자는 그 소식을 듣고는 이를 갈며 어떻게든 꼬투리를 잡아 심련을 죽여 없애고 싶어 했다. 마침 선부(宣府)와 대동(大同)을 관할하는 총독 자리가 비자, 재상 엄숭은 이부에 명하여 그 자리에 자신의 양아들 양순(楊順)을 보내게 했다. 이부는 엄숭의 말대로 시랑 양순을 선부와 대동을 관할하는 총독에 임명했다. 양순이 엄숭에게 출발 인사를 하러 찾아가자 엄숭은 주위 사람을 물리고는 양순에게 임지에 가거든 심련의 허물을 캐내어 보고하라고 당부했다.

독약을 준비하여 술에 타 넣을 때만 기다리고
날카로운 검을 마련하여 손에 들고 휘두를 때만 기다리네.
가련하다. 충성스럽고 의로운 심련이여
아무것도 모른 채 지푸라기 인형을 과녁 삼아 박장대소하다니!

한편 양순이 임지에 부임한지 얼마 되지 않았을 무렵 대동 지역 몽골 군주 알탄 칸[33]이 군사를 이끌고 응주 지역을 침공하

___
33 俺答 汗(1507~1582). 몽골 튀메드 부의 군주. 16세기 중기부터 여러 차례 침입하여 명나라를 위협했다. 사실 몽골의 대칸이 아니라 몽골 6부족 연맹체 가운데 하

여 크고 작은 성 사십여 개를 연파하고 수많은 백성들을 노예로 잡아갔다. 양순은 알탄 칸을 맞아 싸울 엄두가 나지 않아서 알탄 칸의 군사들이 물러나면 장병들을 파견하여 그 뒤를 쫓는 시늉이나 할 요량이었다. 북을 치고 징을 울리고 깃발을 들고서 포를 쏘아도 모두 시늉에 불과할 뿐 적병은 그림자조차 보이지 않았다. 적병을 맞아 제때에 싸우지 못했다는 죄를 입을까 무서웠던 양순은 적을 피해 숨어든 백성들을 색출하여 목을 벤 뒤 그게 다 적병의 수급이라고 우겼다. 이런 식으로 상부에 보고하느라 무고한 백성이 수없이 죽임을 당했다.

이 상황을 알게 된 심련은 울화가 치미는 것을 참지 못하고 편지를 써서 양순 휘하의 장교에게 양순에게 전달하라고 부탁했다. 심련이 너무 강직하고 직설적인 것을 잘 알고 있는 그 장교는 편지 안에 어떤 내용이 담겨 있을지 몰라 양순에게 전달하기를 거절했다. 하여 심련은 의관을 정제하고 군문 밖에서 기다리다가 양순이 나올 때 직접 전달했다. 양순이 그 편지를 받아 보니 내용은 대략 이러했다.

한 사람의 공명이야 지극히 사소한 것이고, 백성들의 생명은 지극히 중대한 것입니다. 그런데 백성을 죽여 공명을 이루려 하니 어찌 그대로 두고 볼 수 있겠습니까? 하물며 몽골 오랑캐가 이미 노략질을 그친 마당에 외려 우리 백성들을 도륙하다니요.

___

나인 튀메드 부의 칸일 따름이다.

이는 정말로 우리 장수의 악독함이 몽골 오랑캐보다 더욱 심한 것입니다.

아울러 편지 말미에는 시가 한 수 붙어 있었다.

백성을 죽여 공훈을 이룬 양 천자에게 보고하다니,
그 공훈 뒤에 수만 백성들의 해골이 숨겨져 있음을 같이 보고 했던가.
사막에 비바람이 부는 밤,
억울한 혼령이 떨어져 나간 머리 찾는 곡성이 들리는가.

양순은 편지를 읽고 대로하여 갈기갈기 찢어 버렸다. 한편 심련은 제문을 지어 문하의 자제들과 함께 억울한 혼령을 위로하는 제사를 지냈다. 아울러 '변방의 노래'라는 의미의 「새하음(塞下吟)」이라는 시를 지었다.

봉화가 구름을 뚫고 치솟으니
변방의 장수는 죽을힘을 다하는구나.
오랑캐 장수의 목 대신 백성들의 목을 베니
억울한 피만 날선 검에 묻었도다.

시 한 수가 더 이어졌다.

오랑캐를 피하여 살고자 도망했더니

오랑캐를 피하긴 했으나 산 자를 목 베는 칼은 못 피했구나.

백성의 머리로 오랑캐 머리를 대신함을 진즉 알았더라면

오랑캐를 따라나섰을 것을.

양순의 심복인 나개가 심련이 지은 제문과 시를 몰래 베껴서 양순에게 바쳤다. 양순은 더욱 화가 치밀었다. 그러고는 첫 번째 시의 몇 글자를 제멋대로 바꿔 이렇게 만들었다.

봉화가 구름을 뚫고 치솟으니

변방의 장수 아무리 애를 써도 헛수고로구나.

오랑캐 장수가 간신배의 목을 베어 버린다면

군이 천자께 주청하여 탄핵할 일은 없으리라.

양순은 또 밀서를 작성하여 개작한 시와 함께 봉해서는 나개에게 주어 엄세번에게 전달하게 했다. 그 밀서에는 이렇게 적혀 있었다.

심련은 엄 재상 부자를 원망하여 죽음까지도 함께할 검객들을 은밀히 모아 복수의 칼을 갈고 있습니다. 지난번에 몽골 오랑캐가 쳐들어왔을 때도 오랑캐의 칼을 빌려 간신배를 베어 버리고 싶다 하는 시를 지었으니 그 의도가 심히 불순합니다.

이 밀서를 보고 대경실색한 엄세번이 심복인 어사 노해(路楷)를 불러 상의했다. 노해가 엄세번에게 이렇게 말했다.

"소인이 비록 재주는 없지만 그곳으로 달려가 나리를 위해 이 일을 해결하겠습니다."

엄세번은 바로 도찰원에 명하여 노해를 선부 대동 지역의 순찰사로 파견케 했다. 노해가 떠나기 직전 엄세번은 이별주를 권하며 이렇게 당부했다.

"가거든 양순과 협조를 잘하도록 하라. 만약 이 목의 가시 같은 골칫거리를 제거해 준다면 내가 높은 관작으로 그대들에게 보답하겠다. 결코 이 약속을 저버리지 않을 것이다."

며칠 후 노해는 황제의 임명장을 수령하고 선부로 떠나 마침내 양순을 만났다. 노해는 양순에게 엄세번이 한 말을 하나도 빠짐없이 전달했다. 양순이 그 말을 듣고 대답했다.

"저 역시 이 일 때문에 늘 걱정이 태산입니다. 잠을 자려고 누워도 잠이 오지 않고 밥을 먹어도 맛을 모를 정도입니다. 그러나 그놈을 처단할 묘책이 떠오르지 않으니 답답할 따름입니다."

"우리 함께 노력해 봅시다. 첫째는 엄 공 부자의 부탁을 저버리지 않기 위함이요, 둘째는 그게 바로 우리의 출셋길이기 때문입니다. 이 기회를 놓치지 맙시다."

양순이 이 말을 듣고 다시 대답했다.

"옳은 말씀이십니다. 손쓸 만한 일이 있으면 서로 알려 주기로 합시다."

이날 이들은 이렇게 말을 마치고 헤어졌다.

양순은 노해의 말을 듣고 이런저런 생각을 하느라 밤새 잠을 이루지 못했다. 다음 날 아침 집무를 시작하려니 양순의 부관이 달려와 보고했다.

"울주(蔚州)의 경비가 요사한 도적 둘을 붙잡아 왔습니다. 지금 군문 밖에서 기다리면서 나리의 처분을 바라고 있습니다."

"어서 안으로 들게 하라."

호송원이 머리를 조아리며 문서를 바쳤는데 양순이 문서를 열어 보고는 큰 소리로 웃었다. 요사한 도적 중 한 놈은 염호(閻浩), 다른 한 놈은 양윤기(楊胤夔)로서 요망한 술사 소근(蕭芹)을 추종하는 무리였다. 소근은 백련교의 지도자로 몽골 지역을 출입하면서 향을 피우고 예불을 드려 사람들을 미혹시켰다. 소근은 몽골의 알탄 칸에게 자기는 신비한 마술을 지니고 있어 주문을 외워 사람을 세워 놓은 채로 죽일 수 있으며, 주문을 외워 성곽을 무너뜨릴 수 있다고 자랑했다. 우매한 알탄 칸이 소근에게 속아 소근을 국사로 우대했다. 아울러 소근을 추종하는 무리 백여 명으로 별도의 부대를 편성했다. 알탄 칸이 몇 차례 중국에 침입할 때 소근의 무리가 길잡이 역할을 담당했다. 양순의 전임 총독이었던 사시랑(史侍郎)이 오랑캐 두목 탈탈(脫脫)에게 통역사를 보내 금은보화를 건네면서 화의를 제안한 바 있다.

우리 중국은 그대들과 우호 관계를 유지하기를 바라오. 우리의 베와 곡식을 그대들의 말과 교환하는 마시(馬市)를 열면 전쟁이 그치고 평안이 도래하리니 이 얼마나 좋은 일이겠소! 다만 소근의 무리가 중간에서 이간질하여 화의가 성립되지 못할까 걱정이오. 소근은 본디 우리 나라에서 떠돌던 무뢰배에 불과한 자로 기묘한 술법 같은 것은 애당초 없으며 그저 교활하게 사람을 속여 그대들의 땅이나 편취하여 이익을 꾀하려는 것이오. 만약 내 말을 믿지 못하겠거든 소근에게 그가 자랑하는 술법을 시연하여 보라고 하시오. 주문을 외워 사람을 세워 놓은 채로 죽일 수 있으며, 주문을 외워 성곽을 무너뜨릴 수 있다면 그땐 그에게 후한 상을 내리면 될 것 아니겠소. 그러나 주문을 외워 사람을 세워 놓은 채 죽이지 못하거나 주문을 외워 성곽을 무너뜨리지 못한다면 사기꾼이 분명하니 그를 묶어 중국으로 보내지 않을 이유가 없지 않소이까? 그럼 우리 중국은 그런 사기꾼을 잡아 준 그대 은혜에 후히 보답할 것이오. 마시가 한번 열리면 세세토록 그 이익이 전수될 것이니 재물을 약탈하는 것보다 백배 천배 나을 거요.

탈탈은 그 말을 듣고 그럴듯하다고 여겨 고개를 끄덕였다. 이 사실을 알탄 칸에게 고하니 알탄 칸 역시 크게 기뻐했다. 알탄 칸은 기마병 천 기를 붙여 소근이 도성으로 들어올 때 호송하게 했다. 알탄 칸은 소근이 자랑했던 그 술법, 즉 주문을 외워 사람 죽이고 성을 허문다는 요술이 사실인지 시험해 보게 했다. 소근은 이 시험을 죽어도 통과할 수 없음을 너무도 잘 아는지라 옷을 바꿔 입고 변장하여 밤을 도와 도망하다가 거용관을 지키던 수비대장의 검문에 걸렸다. 그리하여 졸개인 교원(喬源), 장반융(張

攀隆) 등과 같이 붙잡혀 사사랑의 관아에 끌려왔다. 그들을 심문하니 그들의 잔당이 산서, 섬서, 기남 등지에 널리 퍼져 있음을 자백했다. 그 후로 이곳저곳을 뒤져 잔당을 체포했으니 오늘 잡혀 온 염호, 양윤기 역시 그 소근 잔당 가운데 유명한 지도자였다.

이 둘이 잡혀 온 것을 보고서 양순은 소근 잔당을 잡았다고 보고할 수 있다는 생각에, 그리고 이 일을 빌미로 심련을 얽어매어 제거할 수 있겠다는 생각에 웃음이 나오는 것을 참을 수 없었다. 그날 밤 양순은 노해를 자기 안채로 불러 상의했다.

"다른 것으로는 심련을 제거할 수 없을 것이오. 다만 이 백련교 건만큼은 폐하께서도 격노하실 것이오. 지금 염호, 양윤기 두 사람을 심문한 조서에 심련이란 이름 두 글자만 집어넣으면 되오. 염호, 양윤기 등이 평소에 심련을 사사했으며 심련은 관직을 잃은 원망에 사로잡혀 염호, 양윤기 등에게 요술을 부리라 선동하고 오랑캐 무리와 결탁하여 역모를 꾀했노라고 적어 놓으면 되오. 천만다행으로 염호, 양윤기 무리가 우리에게 잡혔으니 폐하께 아뢰고 심련을 주살하도록 간청하여 후환을 제거합시다. 조서를 보낼 때 엄 재상 부자에게 먼저 보내 형부에서 이 건을 지체 없이 판결하고 처리하도록 손을 쓰게 해 놓으면 빠져나갈 길이 없을 것입니다."

노해가 손뼉을 치며 대답했다.

"정말 묘책이오, 묘책이야!"

두 사람은 즉시 조서의 내용을 상의하고 더불어 엄씨 부자에게 보내는 사신도 작성했다. 엄숭은 양순과 노해가 보낸 조서와

사신을 받아 들고는 아들 엄세번에게 형부에 미리 말을 전해 두
게 했다. 형부 상서 허론(許論)은 능력 없고 나이만 많은 늙은이
라 엄씨 부자의 명을 받들어 지체 없이 양순, 노해가 올린 조서
내용 그대로 결재해 버렸다. 황제도 요망한 무리는 각 지방 관서
에서 지체 없이 처단하라는 비준을 내렸다. 양순에게는 그 아들
가운데 하나를 황제 호위군의 장교로 특임될 수 있는 상을 내리
고 노해에게는 특별한 공을 인정하고 삼계급을 특진시키니 서울
에 와서 빈자리가 날 때까지 기다리게 했다.

한편 양순은 조서를 보낸 다음 아무도 몰래 심련을 잡아 하옥
시켰다. 당황한 심련의 아내 서 씨는 어찌할 줄 몰라 아들 심곤,
심포에게 가석을 모셔 와 상의하게 했다. 가석이 말했다.

"이건 양순, 노해 두 놈이 엄씨 부자를 위해서 원수를 갚아 주
고자 하는 것이 분명하다. 기왕에 자네 부친을 하옥시켰으니 무
고한 죄를 뒤집어씌울 것이다. 자네들은 멀리 피하여 엄씨 부자
의 위세가 수그러들기 전에는 절대 나타나지 마시라. 자네들이 이
곳에 머무는 한 양순과 노해는 일을 여기서 그치지 않을 것이다."

심곤이 대답했다.

"아버님의 소식도 모르는데 어찌 저희만 떠날 수 있겠습니까?"

"자네 부친은 이 세상의 내로라하는 권세가를 건드렸으니 목
숨을 보전하기 힘들 것이야. 아들이라면 당연히 가문을 이을 생
각부터 해야지, 작은 효도에 얽매여 멸문의 화를 자초하려는 겐
가? 어서 어머님 모시고 멀리 도망가 목숨을 부지할 계책을 세우
게. 아버님은 내가 사람을 써서 나름 보살필 터이니 너무 걱정하

지 말게."

심곤과 심포는 어머니에게 가석의 말을 전했다. 서 부인이 대답했다.

"네 아버지가 무고하게 하옥되었는데 어찌 이대로 떠나겠느냐? 가석이 비록 우리에게 잘해 주시기는 하나 피붙이는 아니지 않느냐? 양순과 노해는 엄씨 부자에게 잘 보이려고 네 아버지와 저렇게 척지고 있는 것이니 가족에게까지 해를 입히지는 않을 것이다. 너희들이 벌을 받을까 두려워 도망가 버리면 네 아버지가 돌아가셨을 때 누가 그 유골을 수습한단 말이냐! 그럼 너희들은 어떻게 세상에서 얼굴 들고 살 수 있겠느냐?"

서 부인은 말을 마치고 통곡했다. 두 아들 역시 어머니를 따라 울었다. 가석은 서 부인이 자신의 말을 따르지 않자 애석해하며 돌아갔다.

며칠 지나서 가석이 이리저리 알아보니 양순, 노해는 심련이 백련교당과 패거리를 이뤘다면서 사형에 처하려고 했다. 심련은 옥중에서도 양순과 노해를 욕하고 꾸짖었다. 양순은 스스로 뒤가 구린지라 심련을 공개적으로 처단하고 일을 빨리 끝내 버리고 싶었다. 그러나 심련이 처형당하면서 여러 사람 앞에서 자신에게 욕하고 따지고 들면 체면을 구길 게 분명했다. 양순은 옥리에게 심련이 옥중에서 병을 앓고 있다고 보고하게 하고는 심련을 살해한 후 병사한 것처럼 꾸몄다.

가석이 이 사실을 서 부인에게 전달하니 서 부인은 아들들의 목을 부여잡고 애달프게 통곡했다. 다행히도 가석이 아는 사람들편에 부탁하여 시신 하나를 사서 옥리에게 주면서 만약 심련의 목을 효수하여 걸어야 한다면 자기가 사 온 이 시신으로 대체해 달라고 부탁했다. 가석은 심련의 아들들에게는 비밀로 하고 자신이 심련의 시신을 수습하여 관을 사고 염을 한 다음 빈 땅을 찾아 묘를 썼다. 일을 모두 마친 다음 가석은 심곤에게 이렇게 말했다.

"자네 부친의 시신은 내가 잘 수습하여 장사했네. 일이 잠잠해지면 장소를 알려 주겠네. 지금은 자네에게 알려 줄 때가 아니니 그리 알게."

심곤 형제는 가석에게 감사하고 또 감사했다. 가석은 다시 한 번 심곤 형제에게 어서 이곳을 떠나 도피할 것을 권했다. 심곤이 이렇게 말했다.

"그렇지 않아도 숙부님의 집에서 오랫동안 신세를 지고 있어 마음이 편치 않았습니다. 다만 어머님께서 일이 가닥이 잡히고 나면 아버님의 유해를 가지고 고향으로 돌아가자고 하시는지라 아직 떠나고 못하고 있습니다."

가석이 버럭 화를 내며 말했다.

"나란 사람은 한번 일을 벌였다 하면 온 정성을 다해야 직성이 풀리는 사람이야. 지금 자네에게 어서 도피하라고 하는 것도 자네 가문을 보전하게 하고자 하는 것이지 자네 모자가 우리 집에 머무는 게 불편해서 하는 말이 절대 아니야. 형수님의 의견이 그러하시다면 재삼재사 강권하고 싶지는 않네. 나는 일이 있어서 어디를 다녀와야 하니 아마 일 년 반 동안은 돌아오지 못할 것이네. 그사이에 어머님을 모시고 잘 지내도록 하게."

가석이 바라보니 벽에 심련이 적어 놓은 「전후 출사표」가 붙어 있었다. 가석이 말했다.

"저 「전후 출사표」를 적은 종이를 떼어 내어 나에게 주게. 내가 기념으로 가져가겠네. 나중에 우리가 다시 만나면 이것으로 신표를 삼으세."

심곤은 아버지 심련이 적은 「전후 출사표」 각각 한 장을 조심스레 떼어 두 손으로 정성스레 접어 가석에게 건넸다. 가석은 받아서 소매에 넣고 눈물을 흘리며 이별을 나눴다. 가석은 양순과 노해가 워낙 불량한 놈들이라 심련을 죽이는 것으로 만족하지 않을 것 같아 걱정이 앞섰다. 평소 심련과 가깝게 지냈으니 자기에게도 화가 닥칠 것이 분명하다 여겨 미리 몸을 피하고자 했다. 하여 하남 지방의 친척 집에 잠시 몸을 의탁하기로 했다.

한편 양순은 심련을 죽여 공을 세웠음에도 자기 아들에게 음서로 벼슬자리를 주는 것 정도에서 그치는 것을 보고서 적이 실망하였다. 양순은 노해에게 이렇게 털어놓았다.

"엄세번이 나에게 이번 일을 잘 처리하면 조정의 중책을 맡기겠다 했는데 그 약속을 지키지 않으니 그 이유를 모르겠소."

노해가 한참을 생각에 잠기더니 이렇게 대답했다.

"심련은 엄씨 부자의 원수 덩어리요. 그런데 겨우 그 심련 하나만을 제거하고 그 아들을 그대로 놔두었으니 풀은 베었으되 뿌리는 그대로 놔두는 격이라 나중에 다시 싹이 나면 어쩌겠소? 재상 나리께서 만족하지 못한 것은 아마도 그런 이유 때문이 아닌가 하오."

양순이 이 말을 듣고 대답했다.

"만약 그런 이유라면 어려울 일이 뭐 있겠소? 다시 조서를 만들어 보고합시다. 심련이 비록 죄를 받고 죽었으나 그의 아들들 역시 그 일에 가담했으니 같이 죄를 물어야 하고 가산을 몰수해야 국법이 엄정함을 사람들이 알아서 비로소 두려워할 것이라고 합시다. 아울러 심련과 같이 지푸라기 인형을 만들어 활쏘기를 하던 몇 놈과 심련에게 집을 빌려주었던 놈을 같이 잡아들여 치죄하면 엄 재상 부자의 화가 좀 풀릴 것이오. 그때 다시 우리의 공을 아뢰고 상급을 바라면 우리를 모른 체할 수는 없을 것 아니겠소."

노해가 맞장구쳤다.

"참으로 좋은 계책이오. 꾸물거리지 말고 심련의 가족이 여기 아직 있을 때 바로 일망타진합시다. 행여라도 그들이 낌새를 채고 내빼면 골치 아프니까."

양순이 대답했다.

"참으로 지당하신 말씀이오."

그들은 조정에 조서를 올리는 한편 엄 재상 집에 편지를 보내 자신들의 의도를 미리 알렸다. 보안주의 지주에게 공문을 보내 죄인들이 도망하지 못하도록 감시하라고도 일렀다. 조정에서 조서를 비준하기만 하면 바로 잡아들일 기세였다.

둥지가 깨지면 알이 어이 온전히 배겨 낼 수 있으랴

450

풀을 없애려면 뿌리까지 뽑으려 함은 당연지사.

충신이 억울하게 죽은 것도 애석한데

그 가족마저 죽여 권신에게 아부하려 들다니!

다시 며칠이 지나고 성지가 내려왔다. 보안주의 관리들이 공문이 적힌 패를 들고 들이닥쳐 심련의 가족을 붙잡고 더불어 평소 심련과 내왕했던 사람들을 일일이 체포했다. 다만 가석은 이미 도망한지라 붙잡지 못했다. 이 역시 가석의 선견지명이었다. 당시의 시인이 지은 노래를 보자.

가석과 같은 의로운 선비 천고에 드문데

앞날을 미리 알고 화를 피함은 더욱 귀하도다.

아무리 그물을 펴고 붙잡으려 들어도

하늘 너머 멀리 날아가는 천상의 새를 어이 잡으리.

한편 양순은 심곤과 심포를 심문하며 오랑캐와 내통한 죄를 불라 했다. 하지만 없는 일을 어찌 만들어서 자백할 수 있으랴. 그저 억울하다고 외칠 뿐이었다. 심곤 형제는 이렇게 고문을 받다가 마침내 고문을 이기지 못하고 죽었다. 애달프다! 젊은 공자 둘이 이렇게 옥사하다니! 이때 함께 붙잡힌 자들 가운데 오랑캐와 내통했다 하여 죽임을 당한 자가 수십 명이었다. 막내 심질만큼은 아직 강보에 싸인 어린아이라 죽음을 면하고 어머니 서 씨와 함께 운주의 궁벽한 곳으로 강제로 이거되어 보안주에 더 이상

살 수 없게 되었다.

노해가 또 양순을 찾아와 이렇게 상의했다.

"심련의 장남 심양은 소흥에서 유명한 수재 아니오? 만약 그가 나중에라도 출세하면 우리를 가만 놔두지 않을 것이오. 이참에 함께 제거하여 후환을 영원히 없애는 것이 낫겠소. 더불어 엄 재상께 우리가 이렇게 노력하고 있음도 보일 수 있을 것이오."

양순은 노해의 말을 듣고서 바로 문서를 절강에 보내어 심양은 폐하께 죄를 지은 자이니 어서 압송하여 심문하라고 요구했다. 아울러 자신의 심복이자 문서 담당관인 김소(金紹)를 불러, 문서를 들고 심양을 잡아 오되 도중에 기회를 봐서 죽여 버리고 병들어 죽었다고 보고하라 일렀다. 일이 성사되면 호송원들에게는 후한 상을 내릴 것이며 김소에게는 특별 승진을 시켜 주겠다고 약조했다.

김소는 양순의 특별한 명령을 받고서 바로 돌아가 이 일을 맡길 만한 자를 물색했다. 경험도 많고 믿을 만한 호송원으로는 장천(張千)과 이만(李萬)이 최고였다. 김소는 장천과 이만을 은밀히 불러 술을 대접하면서 스무 냥을 꺼내 주었다. 장천과 이만이 화들짝 놀라며 말했다.

"한 일도 없이 어찌 돈을 받을 수 있겠습니까?"

"이것은 내가 주는 돈이 아니라 양순 나리가 내리는 걸세. 자네들은 문서를 들고 절강성 소흥부에 가서 심양을 잡아 오되 도중에 기회를 봐서 이리이리 하게나. 일만 잘 처리하면 상을 두둑이 받을 수 있네. 어서 가서 처리하고 보고해 주게."

"이렇게까지 하지 않으셔도 됩니다. 나리께서 부탁하시는 것을 저희들이 어찌 거역할 수 있겠습니까?"

장천과 이만은 돈을 받아 들고 황망히 길을 나서 남쪽을 향해 떠났다.

한편 심양은 호가 소하(小霞)로 절강성 소흥부의 지방 과거에 합격한 수재로 나라로부터 녹을 받는 자였다. 심소하는 부친이 엄씨 부자를 비난한 일 때문에 북방 변경으로 유배된 일을 늘 가슴에 새기며 언제고 보안주에 가서 부친을 만나 보고 싶어 했다. 그러나 집안을 건사할 사람이 없는지라 쉽사리 떠나지 못하고 있었다. 그러던 어느 날 소흥부에서 사람이 나와서 밑도 끝도 없이 심소하를 결박하더니 관아로 끌고 갔다. 소흥부의 부윤은 심소하를 체포하라는 공문서를 보여 주고 나서 체포 문서에 대한 보고서와 심소하를 함께 호송관에게 건네주며 호송관에게 잘 살펴 돌아가라는 인사를 했다. 심소하는 그제야 부친과 두 아우가 비명횡사했으며 모친은 이름 모를 먼 곳으로 쫓겨났음을 알고 목 놓아 울었다.

심소하가 통곡하며 소흥부 아문을 나서니 길가에 늘어섰던 동네 사람들이 함께 울어 주었다. 심소하의 일가친척들도 소식을 듣고 달려와 심소하와 이별을 나누었다. 이번에 가면 얼마나 고생할 것인지 잘 알고 있는 이들은 그저 말로라도 심소하를 위로하고 또 격려했다. 심소하의 장인 맹춘원(孟春元)은 은자 한 덩이를 꺼내어 호송원에게 쥐어 주며 사위를 잘 부탁한다고 머리를 조아렸으나 호송원들은 너무 적다며 받지 않았다. 심소하의 아내 맹 씨가 금비녀 한 짝을 빼내어 더하자 그제야 모른 척하며 받아 들었다.

심소하는 울면서 아내 맹 씨에게 당부했다.

"이번에 떠나면 살아 돌아오기는 힘들 것이오. 내 걱정은 하지 말고 그저 죽었거니 여기고 친정으로 돌아가 지내도록 하시오. 그대는 뼈대 있는 집안의 자손이니 함부로 재혼하지는 않을 것이라 나도 그런 걱정은 하지 않소."

그런 다음 다시 소실 문 씨를 가리키며 말을 이었다.

"저 문 씨는 나이도 어리고 의지할 곳도 없으니 개가해야 마땅하나, 지금 내가 나이 서른인데도 아들이 없는 상황이고 지금 임신 이 개월째라오. 만약 그녀가 아들을 낳으면 우리 집안의 대를 이을 것 아니오. 부인께서는 그동안 지내 온 부부의 인연을 생각해서 문 씨를 친정으로 데리고 가서 아들이든 딸이든 낳으면 그때 떠나보내 주시오."

심소하가 말을 마치기도 전에 문 씨가 이렇게 말했다.

"아니, 낭군께서는 무슨 말씀을 그렇게 하십니까? 서방님께서 수천 리 먼 길을 가시는데 돌봐 줄 사람 하나 없으니 어찌 혼자 떠나시게 하겠습니까? 형님은 친정으로 들어가시라고 하고 제가 머리가 헝클어지고 얼굴에 먼지가 묻더라도 서방님을 모시고 같이 떠나겠습니다. 서방님 혼자 외롭게 길 떠나게 할 수도 없고요. 또 형님께 부담을 줘서도 안 될 것입니다."

"자네가 같이 길을 가겠다고 하니 군이 말릴 필요야 없겠지만 내가 지금 떠나는 길은 죽음을 향해 가는 길이다. 뭐 하러 자네

마저 죽을 길을 따라나선단 말이냐?"

"아버님은 조정에서 벼슬살이하시고 서방님은 줄곧 고향에 계셨음은 아는 사람은 다 아는 사실입니다. 비록 아버님이 억울한 누명을 입으셨다고 하더라도 줄곧 고향에 계신 서방님과 어찌 함께 만나 모의를 할 수 있었겠습니까? 제가 서방님을 따라 관가에 가서 이 사실을 낱낱이 고하여 서방님껜 절대 죄가 없음을 밝히겠습니다. 만약 서방님께서 옥에 갇히신다면 제가 옥바라지를 하겠습니다."

맹 씨 역시 남편을 혼자 보내기에는 너무 걱정이 컸던 데다 문 씨가 하는 말이 나름 일리가 있는지라 남편에게 문 씨와 같이 길을 나서도록 극력 권했다. 심소하는 문 씨가 현숙하기도 하고 지혜롭기도 하고 늘 아껴 왔던 데다가 맹 씨가 극력 권하기도 하니 그 말을 따르기로 했다.

그날 밤 사람들은 모두 맹춘원의 집에 몰려가 잠을 청했다. 다음 날 장천과 이만은 어서 길을 떠나자고 재촉했다. 문 씨는 온몸에 하얀 옷을 입고 머리에는 파란 두건을 쓰고 보따리를 매고서 심소하를 따라 길을 나섰다. 길을 걷는 동안 문 씨는 심소하의 곁을 한 발짝도 떠나지 않고 끼니마다 심소하를 챙겼다. 장천과 이만은 처음에야 그저 좋은 말로 대해 주는 듯했지만 양자강을 넘어 서주에 도착하자 이젠 심소하의 고향과 어느 정도 떨어졌다는 생각에 본색을 드러내며 욕하고 함부로 대하여 심소하 부부를 견디기 힘들게 했다. 문 씨가 이런 상황을 눈치채고 심소하에게 말했다.

"저 호송원들이 우리를 어찌할 꿍꿍이속을 가지고 있는 것 같습니다. 저야 길을 잘 모르지만 아무튼 사람들이 잘 안 다니고 외진 곳을 지날 때는 반드시 마음의 준비를 하고 방비해야 할 것입니다."

심소하가 그 말을 듣고 고개를 끄덕이면서도 속으로는 반신반의했다.

다시 며칠을 더 길을 갔다. 호송원 장천과 이만이 서로 귀엣말을 주고받으며 은밀히 뭔가를 상의하는 게 자주 눈에 띄었다. 우연히 그네들의 짐 꾸러미에서 날이 시퍼렇게 선 일본도를 발견한 심소하의 가슴은 쿵쾅거리기 시작했다. 그는 두려운 마음에 문씨에게 말했다.

"자네가 나에게 저 호송원들이 불량해 보인다고 말한 적이 있는데 정말 내가 보기에도 그런 것 같네. 내일이면 우리가 제녕부 언저리에 도착할 텐데 제녕부를 넘어가면 태항산과 양산이네. 사방이 거친 들판이라 도적 떼가 출몰하는 곳이지. 그런 곳에서 저놈들이 흉포한 짓을 저지르면 나도 당신을 구하지 못하고 당신도 나를 구하지 못할 것이니 어쩌면 좋단 말이오?"

문 씨가 남편 심소하에게 대답했다.

"기왕에 이렇게 된 것 서방님께서는 어서 도망가십시오. 저는 혼자 여기 남겠습니다. 저놈들이 저를 잡아먹기야 하겠습니까?"

"마침 제녕부 동문에 풍 주사(馮主事)라는 분이 부친상을 치르러 와 있소이다. 이분은 아버님과 같은 해에 과거에 급제한 분으로 의협심이 있으셔서 아버님께서 특별히 가깝게 지내셨던 분이

오. 날이 밝으면 그분에게 찾아가 볼까 하오. 그분이라면 나를 받아 주실 것이오. 다만 자네가 힘없는 여자의 몸으로 저놈들의 행패를 견뎌 내야 할 것이라 그게 마음에 걸리오. 자네가 저놈들의 패악질을 견딜 만한 힘이 있다면야 도망을 가더라도 크게 걱정은 안 될 것이나, 그렇지 않으면 차라리 자네와 내가 여기서 같이 죽는 게 나을 것 같네. 이것도 다 우리의 운명이 아니겠는가! 나는 죽어도 여한이 없소."

"서방님께선 나름 살아날 방도가 있으니 어서 그 길로 가십시오. 제 일은 제가 알아서 할 것이니 걱정하실 필요 없습니다."

장천과 이만은 낮에 고생했다며 술을 퍼마시고 코를 골며 잠든지라 심소하와 문 씨가 이렇게 서로 상의하는 것을 전혀 눈치채지 못했다.

다음 날 아침 일찍 자리에서 일어나 그들은 다시 길을 떠났다. 심소하가 장천에게 물었다.

"제녕부까지는 얼마나 남았소이까?"

"사십 리밖에 안 남았으니 반나절이면 도착하겠구먼."

"제녕부 동문에 선친의 친구이신 풍 주사가 살고 있소이다. 풍주사가 지난번에 북경에 있을 때 선친에게서 은자 이백 냥을 빌린 적이 있는데 그 빚 문서를 내가 갖고 있소이다. 풍 주사가 지금 북신관을 관할하고 있고 마침 집에 은자도 있다고 하니 가서 빚을 갚아 달라고 하겠소이다. 지금 이렇게 고생하고 있는 나를 본다면 분명 두말 않고 빚을 갚을 것이오. 그럼 길 가는 노잣돈이 조금은 여유가 생길 것이니 생고생이야 면할 것 같구려."

장천이 이 말을 듣고 귀찮다는 듯이 머뭇거리고 있을 때 이만
이 우선 그러라고 대답한 다음에 장천에게 속삭였다.

"이봐, 저자가 그래도 거짓말할 사람 같지는 않아. 게다가 둘째
부인하고 짐이 다 여기 있는데 다른 짓이야 하겠어? 가서 돈을
받아 오면 그게 다 우리 돈이 되는 건데 가지 말라고 할 이유가
없잖아?"

장천이 대답했다.

"그렇긴 하지만 일단 객점에서 짐을 내려놓은 뒤 내가 둘째 부
인을 객점에서 지킬 테니 자네가 그를 데리고 같이 다녀오게. 그
게 문제가 안 생기고 확실할 것 같아."

아침 사시쯤에 일행은 일찌감치 제녕부 성곽 인근에 도착했다.
그들은 나름 정갈한 객점을 잡고 짐을 부렸다. 심소하가 장천과
이만에게 말을 붙였다.

"나와 같이 동문[34]에 다녀와서 식사를 해도 늦을 것 같진 않은
데요."

이만이 대답했다.

"내가 너와 같이 가겠다. 혹시 그 집에서 술과 안주를 대접해
줄지도 모르니."

문 씨가 일부러 남편에게 이렇게 말했다.

"사람 낯빛은 상대방 지위의 높낮이에 따라 변하고, 사람 인심
쓰는 것은 돈 있고 없는 거에 따라 변한다고 했으니 풍 주사가

---

34 원문에는 남문이라고 되어 있으나 앞서 풍 주사가 동문에 살고 있다고 했으므로
전후 맥락을 따져 동문으로 바로잡아 번역했다.

비록 아버님께 돈을 빌리기는 했으나 아버님은 이미 돌아가시고 당신도 이렇게 횡액에 빠진 것을 보면 순순히 돈을 갚으려 하지 않을 것입니다. 잘못했다간 우세 사기 십상인데 일단 요기를 하시고 길을 나서는 게 나을 듯합니다."

심소하가 이렇게 말했다.

"여기서 동문까지 얼마나 멀다고 그러느냐! 어차피 다녀와야 할 길인데 일찍 다녀온다고 손해 될 것 없지 않느냐?"

이만은 이백 냥이 눈에 아른거려 어서 가자고 걸음을 재촉했다. 심소하가 문 씨에게 다시 말했다.

"꾹 참고 기다려 보게. 내가 가자마자 금방 돌아오면 그건 아무런 소득이 없다는 것이고, 풍 주사가 우리를 붙잡고 뭔가 대접해 주면 그건 보나 마나 빌린 돈을 갚겠다는 것이니, 내가 내일 바로 가마를 불러 자네를 태워 주겠네. 요 며칠간 나귀 잔등을 타고 오느라고 고생이 말도 못하게 심했을 텐데."

문 씨는 장천과 이만이 보지 않는 틈을 타서 심소하에게 눈짓을 하며 이렇게 또 말했다.

"서방님, 그럼 갔다가 늦지 않게 돌아오세요. 저 혼자서 너무 오래 기다리지 하지 마세요."

이만이 이 말을 듣고 구시렁대었다.

"얼마나 먼 길을 간다고 이렇게 말이 많아, 거참 촌놈들 하는 짓거리 하고는!"

문 씨는 심소하가 길 나서는 것을 보고는 일부러 이만을 불러 세워 부탁했다.

"만약 풍 주사가 식사 대접이라도 한다고 붙잡아 시간을 지체하거든 나리가 어서 돌아가야 한다고 재촉하여 주세요."

"그야 여부가 있나!"

이만이 대답했다. 이만이 객점 계단을 밟아 내려가고 있을 때 심소하는 이미 저만큼 앞서 나가고 있었다. 이만은 마음을 놓고 있던 데다 제녕부는 늘 다니던 곳이라 익숙하기도 하고 동문의 풍 주사네 집도 알고 있던 터라 아무 의심도 하지 않았다. 이만은 얼마 안 있어 오줌도 마려워 도중에 길가 측간을 찾아 소변을 보고 나서 천천히 동문을 바라고 다시 길을 갔다.

한편 고개를 돌려 보니 이만이 뒤따라오지 않자 심소하는 풍 주사 집까지 단숨에 달려갔다. 그래도 심소하에게 운이 있으려고 그랬는지 마침 풍 주사 혼자서 대청에 있었다. 심소하와 풍 주사는 북경에서 서로 만나 안면이 있는 사이였다. 풍 주사는 심소하를 보더니 깜짝 놀랐다. 심소하는 인사를 올릴 겨를도 없이 풍 주사의 옷소매를 부여잡고 말했다.

"조용히 드릴 말씀이 있습니다."

풍 주사는 사연이 있나 보다 하는 생각에 심소하를 데리고 바로 서재로 갔다. 심소하는 서재에 들어서자마자 방성대곡했다.

풍 주사가 말했다.

"아니, 조카! 사연이 있으면 어서 말을 해야지. 우는 데 정신 팔려 일을 그르치면 어쩌려고 그러나?"

심소하는 여전히 울음을 그치지 못하면서도 입을 열어 하소연하기 시작했다.

"선친께서 간신 엄씨 부자에게 억울한 누명을 입어 돌아가신 것도 억울한데 선친의 임지로 같이 떠났던 동생 둘도 양순과 노해에게 살해당하고 말았습니다. 이제 겨우 저 하나 살아남았으나 저들이 제가 사는 소흥부에 공문을 보내어 저를 잡아다 벌 주려고 합니다. 이제 우리 가문이 아예 멸족을 당하게 생겼습니다. 게다가 저를 호송하는 호송원들은 불량하기가 이를 데 없으니 이는 분명 양순과 노해의 지시를 받고서 태항산이나 양산 같은 으슥한 곳에서 저를 없애려는 수작입니다. 제가 이 궁리 저 궁리 하다가 이렇게 숙부님을 찾아왔습니다. 숙부님께서 저를 숨겨 주시면 하늘에 계시는 선친께서도 숙부님의 은혜에 감격할 것입니다. 만약 숙부님께서 저를 숨겨 주시지 못한다면 저는 차라리 저 돌계단에 머리를 부딪혀 죽겠습니다. 그게 저 간사하고 흉악한 놈들의 손에 죽는 것보다 나을 것입니다."

"너무 걱정하지 마시게. 내 침실 뒤쪽 벽에 이중벽이 있어 그 벽과 벽 사이에 숨으면 다른 사람들은 절대 찾을 수 없을 걸세. 내가 조카를 그곳으로 안내할 테니 일단 거기서 며칠 숨어 지내시게나. 나에게 다 생각이 있네."

풍 주사가 직접 심소하의 손을 잡아끌어 침실 뒤쪽으로 데리고 갔다. 침실 뒷벽의 널빤지 하나를 들춰 내자 지하로 이어지는 통로가 나왔다. 그 통로를 따라 대여섯 걸음을 옮기니 불빛이 새어 나오기 시작했다. 한 세 칸 정도의 방이 보였다. 사방은 창문 하나도 없이 그저 벽이 둘러쳐져 있어, 누구에게도 들킬 일이 없는 곳이었다. 매일 먹을 것은 풍 주사가 직접 날라 주었다. 풍 주사 집안의 가풍이 너무도 엄한지라 그 누구도 풍 주사가 하는 일을 밖에다 한마디도 옮기지 않았다.

깊은 산골짜기엔 표범 숨을 만하고
빽빽한 버들가지엔 갈까마귀 숨을 만하다네.
계포 걱정은 할 필요 없으시네
노나라의 주가(朱家)[35]가 있지 않은가?

한편 이만은 측간을 다녀와서 동문의 풍가네 집을 바라고 갔다. 풍 주사네 집 앞에 도착하여 문지기에게 물었다.

"주사 나리 계신가?"

"예, 집에 계십니다."

이만이 다시 물었다.

"하얀 옷을 입은 남자가 나리를 찾아오지 않았는가?"

"예, 바로 지금 서재에서 점심을 같이하고 계십니다."

이만은 그 말을 듣고 적이 안심이 되었다. 아직은 오후 미시가 갓 넘었을 시각, 아니나 다를까 하얀 옷을 입은 남자가 걸어 나왔다. 이만이 급히 다가가 바라보니 심소하가 아니었다. 그 남자는 대문을 나서서 그대로 떠나 버렸다. 이만은 조바심이 나기 시작했다. 배도 고파 오는지라 문지기에게 물었다.

"나리와 같이 서재에서 식사를 한다던 양반은 왜 이리 나오지

---

35 이 책 373쪽 「왕신지가 목숨을 바쳐 온 가족을 구하다」에 나오는 '주가' 주석 참조.

를 않는 게냐?"

"아니, 아까 한 분 나가지 않았습니까?"

"그럼 지금 나리 서재에 손님이 있는 게냐, 없는 게냐?"

"저는 모르는 일입니다."

"방금 나간 그 하얀 옷 입은 사람은 누구인가?"

"아, 나리의 처남으로 자주 놀러 오시곤 합니다."

"그렇다면 나리는 지금 어디 계신가?"

"나리는 점심을 드시고 나면 꼭 낮잠을 주무시니 지금은 주무시고 계시겠네요."

이만은 문지기와 말을 나누면서 이상한 생각이 들어 당황하기 시작했다.

"사실 나는 선부와 대동을 관할하는 양순 나리의 명령을 받잡고 소흥부에 사는 심소하가 황제께 죄를 지었다 하여 압송하는 중일세. 제녕부에 이르렀을 때 그 녀석이 자기 선친과 동년에 과거에 급제한 분이 계시니 인사를 드리고 싶다고 간청하기에 여기까지 데리고 왔네. 그런데 한번 집 안에 들어가더니 아무리 기다려도 나오질 않는군. 아마도 아직 서재에 있을 것 같은데. 지금 자네는 모르겠다고 하고! 미안하지만 안에 들어가서 어서 길을 떠나야 한다고 말 좀 전해 주게나."

문지기가 일부러 큰소리로 대꾸했다.

"지금 무슨 말을 하는 거요? 당최 무슨 말인지 알아들을 수가 있어야지."

이만은 억지로 성미를 죽이며 저간의 사정을 세세하게 이야기했다. 문지기는 이만의 말이 끝나기가 무섭게 가래침을 끌어 올려 뱉고는 욕을 해 댔다.

"아니, 무슨 귀신 씻나락 까먹는 소리야, 무슨 심 공자인지 심 맹자인지가 왔다는 거야? 나리는 상중이라 외부 손님은 하나도 받지 않는데. 그리고 이 집의 대문이 이 몸의 소관이라 내 허락을 받지 않고는 누구도 드나들 수가 없단 말이오. 그런데 지금 무슨 황당한 소리를 하는 거야! 백주에 남의 집에 들어와 도적질이라도 하겠다는 거야? 그러니까 무슨 양순인가 하는 사람 사칭해 가지고 여기 물건이라도 어떻게 쓱싹해 보시겠다 이거지. 어서 썩 꺼져. 된통 혼나기 전에."

이만은 문지기의 말을 듣고 더욱 황당해져 급기야 화를 내며 소리를 질렀다.

"심소하는 대역무도한 죄를 지은 사람이다. 내가 지금 농담하는 줄 알아! 어서 가서 네 주인을 모시고 나와라. 내가 할 말이 있다."

"아니, 지금 주무시는 분을 내가 어떻게 깨운단 말이야. 이건 뭐 생판 촌놈이구먼. 물정을 이렇게도 모를까."

말을 마치더니 문지기는 그대로 몸을 돌려 어깨를 흔들며 안으로 들어갔다.

"아니, 이놈의 문지기 앞뒤가 꽉 막혔네. 주인한테 말 한마디 전하는 게 뭐가 어렵다고. 심소하가 저 안에 있는 게 분명한데 말이야. 참, 나한테는 관에서 준 공문서가 있었지. 그래 내 개인 일도 아니니 내가 직접 안에 들어가서 알아보자."

이만은 씩씩거리며 대청으로 들어가 대청 앞 가림벽을 힘껏 두드리며 소리를 질렀다.

"심소하, 어디로 도망간 거냐?"

안에서는 아무런 소리도 들리지 않았다. 이만이 여러 차례 소리를 지르자 안에서 어린 가동이 나와서 짜증을 냈다.

"아니, 문지기는 어디 갔기에 이렇게 아무나 들어와 행패를 부리게 만드는 거야!"

이만이 그 가동에게 뭔가 물어보려는데 가동은 목을 쏙 빼고 가림벽 안쪽을 바라보더니 서쪽으로 가 버렸다. 이만은 생각에 잠겼다.

"서재가 서쪽에 있는 모양이구나. 그럼 일단 그쪽으로 가 보자. 지금 이것저것 따질 때가 아니지!"

이만은 대청 뒤를 돌아 서쪽 방향을 잡아 갔다. 긴 복도가 연결되어 있는데 보이는 사람은 아무도 없는지라 이만은 계속 앞으로 나아갔다. 깊숙이 안채처럼 아스라하게 보이는 건물이 있고 수많은 방문들이 이곳저곳에 있으며 아낙들이 오가고 있었다.

이만이 더 이상 어쩌지 못하고 갔던 길을 되짚어 대청으로 돌아오는데 웅성웅성 소리가 들려왔다. 이만이 대문 쪽으로 다가가 보니 장천이 이만을 찾아왔다가 이만이 보이지 않자 문지기와 입씨름을 하고 있었다. 장천은 이만을 보자마자 다짜고짜 욕을 하기 시작했다.

"잘한다! 술 얻어먹고 밥 얻어먹느라 정신 팔려서 할 일을 팽개쳐 두는 게냐! 아침 사시도 안 돼서 성안에 들어가 놓고는 오

후 신시가 다 되도록 아직도 한가롭게 늘어졌으니 언제 범인을
데리고 출발할 거냐고?"

이만이 대답했다.

"술이고 밥이고 간에 지금 큰일났어. 그 잘난 범인이 코빼기도
뵈지 않는다고!"

"아니, 자네와 같이 성안으로 들어갔잖아?"

"내가 잠시 측간에 간 사이에 그놈이 내처 앞서 달려가 버렸
는데 아무리 그 뒤를 쫓아가려고 해도 잡을 수가 있어야지. 그래
내가 곧장 여기까지 달려와 문지기한테 흰옷 입고 찾아온 남자가
있었는지 물으니 그 남자가 서재에서 자기 주인과 점심을 먹고
있다대. 그래서 그놈이 그놈인가 보다 생각하고 기다리는데도 여
태 나오질 않는 거야. 문지기한테 안에 들어가 알아봐 달라고 해
도 꿈쩍도 안 하고. 젠장, 여태 물 한잔도 못 얻어먹었다고. 자네
가 잠시 여기서 기다리고 있게. 나는 객점에 가서 요기 좀 하고
돌아오겠네."

"어떻게 일을 이따위로 할 수가 있어? 그 범인이 어떤 범인인
지 알고 혼자 가게 둔 거야? 그놈이 서재에 들어간다고 하면 같
이 따라 들어갔어야지. 지금 서재에 있는 놈이 그놈인지 아닌지
는 또 어떻게 알고 한가하게 입을 놀려! 하여간 지금 이 사단은
자네 책임이지, 내 책임은 아니라고."

말을 마치고 장천이 자리를 뜨니 이만이 황급히 뒤쫓아 장천
을 붙잡아 세워 놓고 말했다.

"저 안에 있는 게 확실하다니까. 다른 데는 갈 데가 없다고. 우

리가 여기서 같이 그놈한테 어서 나오라고 재촉하는 게 나아. 자네는 밥도 배불리 먹어 놓고 뭐가 그리 급해서 그렇게 서둘러 가는 거야?"

"그놈 첩이 있는 곳에 가 봐야지. 객점 주인한테 단단히 일러 두기는 했지만 맘이 놓여야지. 그년은 우리가 심소하를 다시 잡아 올릴 수 있는 낚싯줄이라고. 그년이 있으면 심소하도 다시 오지 않고는 못 배길 거야."

"하긴 자네 말도 일리가 있네."

장천은 곧바로 먼저 객점으로 달려갔다.

이만이 밥도 못 먹고 기다렸지만 안에서는 아무런 소식이 없었다. 해는 이제 서산에 걸리고 뱃가죽은 아예 등에 붙을 지경이었다. 고개를 돌려 보니 근처에 주전부리를 파는 곳이 있는지라 저고리를 벗어서 전당포에 맡기고 구운 빵을 사 먹으러 갔다. 잠시 후 문고리 걸리는 소리가 들렸다. 이만이 황급히 달려와 보니 풍 주사 집 대문 닫히는 소리였다. 이만이 중얼거렸다.

"평생 관리 생활 하면서 이렇게 어이없고 화나는 일은 처음이군. 일개 주사가 뭐 그리 대단하다고 문 앞에서부터 이렇게 위세를 떨어! 그리고 심소하라는 놈은 또 뭐야. 처와 짐이 다 객점에 있으니 여기서 하루 잘 거면 연락이라도 해 줘야 할 거 아냐. 어차피 이렇게 된 거 처마 밑에서라도 하룻밤 지내고 내일 아침 말이 좀 통하는 집사라도 나오면 새로 이야기를 해 봐야겠구나."

때는 바야흐로 10월, 추위가 아직 시작되지 않았지만 한밤의 바람은 옷깃을 파고들어 사람을 오슬오슬 떨게 했다. 게다가 추

적추적 내리는 비에 옷까지 젖으니 사람 신세가 참 처량하기도
했다.

　날이 밝을 무렵 비가 그치자 장천이 다시 나타났다. 사실은 문
씨가 자기 남편 있는 곳으로 가 보라고 보냈기에 장천이 이렇게
다시 나타난 것이었다. 공문서를 들고 왔으니 그걸 믿고 이만과
장천은 그대로 문을 밀쳐 열고는 안으로 들어갔다. 대청에 있던
사람들이 호들갑을 떨며 소리를 질러 댔다. 문지기가 어떻게 손
을 쓸 겨를도 없이 집 안에 있는 남녀노소가 모두 몰려와 한마디
씩 해 대니 흡사 난리라도 난 형국이었다. 길 가던 사람도 풍 주
사 댁에서 무슨 일이 났는가 하여 문가에 둘러서서 구경을 했다.
이런 소란을 그냥 두고 볼 수 없다는 듯, 인자하고 의기로우며 부
친상을 당하여 집에 와 있던 풍 주사가 안에서 천천히 걸어 나왔
다. 그 풍 주사의 모습이 어떠하였던가?

> 치자꽃마냥 하얗고. 평평히 겹쳐 접은 상주 두건을 쓰고
> 거친 삼베로 뒤집어 접어 바느질한 상복을 입고
> 삼베 허리띠를 차고
> 짚으로 만든 신발 신었네.

　사람들은 어험 하는 기침 소리를 듣고선 모두 "나리 나오셨습
니까!"라고 외치더니 양옆으로 도열했다. 풍 주사가 대청에서 나
와 물었다.

　"무슨 일로 이렇게 소란스러운 게냐?"

장천과 이만이 한 발 앞으로 나오며 인사를 올렸다.

"풍 주사 나리, 소인들은 선부와 대동을 관할하는 양순 나리의 공문을 받들어 소흥부에서 대역죄인 심소하를 압송하다가 나리 댁을 경유하게 되었습니다. 그런데 그자가 나리가 바로 자신의 숙부가 되니 찾아뵙고 인사를 올리겠다고 했습니다. 저희들은 차마 막지 못하고 한번 찾아뵈라고 했습니다. 하여 어제 정오쯤 나리 댁에 도착했는데 아직도 나오지 않으니 이러다간 일정을 맞추지 못할까 걱정입니다. 나리 댁 하인들에게 부탁해도 제 말을 전해 드리려 하질 않아 이렇게 직접 말씀드리니 어서 그자에게 길을 떠나라고 채근해 주십시오."

말을 마무리하며 장천은 품에서 심소하를 압송하라는 문서와 다른 공문서를 꺼내어 보여 주었다.

풍 주사가 받아 보더니 물었다.

"이 심소하가 바로 천자 호위 부대의 문서 담당관이었던 심련의 아들인가?"

이만이 대답했다.

"아, 맞습니다."

이 말을 들은 풍 주사는 손으로 이마를 짚으며 말했다.

"바보 같은 사람들 같으니라고. 어찌 그렇게 물정을 모르는가! 그 심련은 조정의 중죄인 아닌가. 게다가 심련은 엄 재상 부자의 원수인데 누가 그런 자의 아들을 집에 들이겠나? 심소하란 자는 어제 우리 집에 온 일 자체가 없네. 이러다가 괜히 엉뚱한 말이 관부에 알려지고 엄 재상 부자의 귀에 들어가면 내가 그 화를 어

찌 감당하겠나? 자네들이 호송을 제대로 못 했거나 아니면 심소
하한테서 뇌물을 받아 처먹고 중죄인을 놓쳐 놓고는 괜히 왜 나
한테 와서 따지는 거 아닌가?"

말을 마치고 풍 주사는 하인들에게 두 사람을 당장 내쫓고 문
을 잠그라고 했다. 괜히 쓸데없는 일이 일어나 엄 재상 부자의 귀
에 들어가면 좋을 게 하나도 없다며 호통을 쳤다.

풍 주사는 욕하고 호통을 치면서 다시 안으로 들어가 버렸다.
하인들은 주인의 말대로 몇 놈은 밀치고 몇 놈은 끌어당겨서 장
천과 이만을 문밖으로 쫓아낸 뒤 문을 닫아 버렸다. 문 안쪽에선
하인 놈들이 시끌벅적 떠들고 욕하는 소리가 여전히 새어 나왔
다. 장천과 이만은 서로를 바라보면서 벌린 입을 다물지 못했다.
장천이 이만을 원망했다.

"어제 자네가 그렇게 심소하랑 같이 성안에 들어가겠다고 우겼
으니 당장 그놈을 찾아내."

"그렇게 원망만 하지 말고. 그놈 마누라한테 가 보자고. 그놈이
어디로 갔을지 그놈 마누라한테 캐 보고 그런 다음에 뒤쫓으면
되잖아."

"그려, 자네 말도 일리가 있는 것 같군. 그자 마누라가 그자를
참 좋아하는 것 같더라고. 어젯밤에 남편이 돌아오지 않으니 남
몰래 눈물을 흘리며 밤새 앉아 있더라고. 남편의 행방을 마누라
가 모를 리가 없지."

장천과 이만은 서로 말을 주거니 받거니 하면서 쏜살같이 성
을 빠져나와 객점으로 돌아갔다.

한편 심소하의 둘째 부인 문 씨는 호송원 장천과 이만이 돌아오는 소리를 듣고서 황망히 달려 나와 물었다.

"남편은 어찌하여 같이 오지 않는 거죠?"

장천이 이만을 가리키며 대답했다.

"저놈한테 물어봐."

이만은 어제 심소하와 길을 나섰다가 측간에 들르느라 뒤처졌던 일, 풍 주사 집에 달려갔다가 처음에 이러쿵저러쿵 나중에 이러고저러고 했던 일을 미주알고주알 전해 주었다. 장천이 입을 열었다.

"아침부터 밥도 안 먹고 성안에 다녀왔건만 결국 이렇게 속만 답답하고 더부룩해졌구먼. 네 남편이 풍 주사네 집에 있는 건 아닌 것 같아. 필시 다른 곳으로 간 거야. 마누라한테 어디로 간다고 말을 안 했을 리 없으니 어서 우리들한테 털어놓아라. 우리가 가서 잘 모셔 와야 할 것 아냐!"

장천의 말이 끝나기도 전에 문 씨의 두 눈에선 닭똥 같은 눈물이 흘러내렸다. 문 씨는 장천과 이만의 옷자락을 잡아 흔들면서 소리쳤다.

"어서 내 남편을 데려와요!"

"아니, 네 남편이 숙분지 뭔지를 만나러 가고 싶다고 해서 우리가 특별히 호의를 베풀어 데려가 준 거 아냐? 이제 남편이 사라졌다고 우리한테 떼를 쓰는 거야? 여기서 이렇게 호들갑을 떨어 봐야 네 남편을 찾을 길이 있냐고? 우리한테 남편을 데려오라니 우리가 네 남편을 숨기기라도 했다는 거냐?"

장천과 이만은 자신들의 옷자락을 붙잡고 있던 문 씨의 손을 매몰차게 떼 내고 버럭 화를 내며 자리에 앉았다.

문 씨는 밖으로 나가 객점 출입구를 가로막고 발을 동동 구르며 목 놓아 울었다. 객점 주인이 울음소리를 듣고 황망히 뛰어나와 달래자, 문 씨가 객점 주인에게 말했다.

"우리 남편이 나이 서른이 되도록 아들이 없어서 저를 첩으로 들였죠. 제가 남편의 첩으로 들어온 지 이 년째, 다행히도 지금이 임신 삼 개월째입니다. 제 남편이 한시도 제 곁에서 떨어지지 않으려 하니 제가 남편을 따라 이렇게 먼 길을 나서게 된 겁니다. 먼 길을 오는 동안 하루도 떨어져 본 적이 없는데 어제는 제 남편이 노자가 떨어져 가니 숙부를 찾아가 봐야겠다며 저 호송원 이만과 함께 길을 떠났던 겁니다. 그런데 밤이 다 가도록 돌아오지 않으니 이런 생각 저런 생각이 다 들었어요. 한데 오늘 아침에 저 두 사람만 돌아온 것을 보니 필시 우리 남편을 도중에 어떻게 한 것이 분명해요. 쥔장 나리께서 저 대신 남편 좀 찾아 주세요."

객점 주인이 대답했다.

"젊은 아낙이 왜 이리 성질이 급하신가! 저 호송원 나리들이 당신 남편하고 원한이 있었던 것도 아니고 원수가 진 것도 아닌데 무슨 일로 죽이려 한단 말이요?"

문 씨가 울다가 이젠 애절하게 하소연했다.

"쥔장 나리가 몰라서 그렇지 제 남편은 엄씨 부자와 원수가 된 사람이오. 저 두 호송원은 엄씨 부자의 명령을 받고 여기 온 거고요. 물론 자기들 스스로 나서서 공을 세운 다음 엄씨 부자한테 가서 대가를 요구하려고 하는 수작인지도 모르죠. 하니 설사 제 남편이 혼자서 내빼려고 해도 함께 따라간 이만이 어찌 가만 놔두었겠습니까? 틀림없이 저자들이 엄씨 부자에게 잘 보이려고 제 남편을 죽여 놓고도 모른 척하는 것이지요. 그럼 저는 청상과부가 되는 셈인데 이제 누구를 의지해서 살아간단 말입니까? 저들은 사람을 죽인 도적놈들입니다. 쥔장 나리, 관가에 가서 억울함을 하소연할 수 있도록 저를 도와주십시오."

장천과 이만은 문 씨가 울면서 하소연하는 이야기를 듣다가 어떻게든 도중에 말을 자르고 끼어들고 싶었으나 도대체가 그럴 틈을 찾을 수가 없었다. 객점 주인이 들어 보니 문 씨의 말이 딴은 일리가 있는지라 장천과 이만에게 의혹의 눈초리를 보내면서 문 씨를 불쌍히 여기기 시작했다.

"여보쇼, 젊은 아낙, 당신 말을 들어 보니 당신 남편이 꼭 죽었다고 단정할 수는 없는 것 같소. 며칠만 더 기다려 봐요."

"쥔장 나리의 말대로 하루 이틀 더 기다리는 거야 어렵지 않겠습니다만 저자들은 누가 붙잡아 둔단 말입니까? 저자들이 도망가면 어쩌죠?"

장천이 끼어들었다.

"우리가 네 남편을 죽이고 도망갈 요량이었다면 여기를 왜 다시 찾아 왔겠느냐?"

"내가 아녀자라서 아무런 물정도 모를 줄 알고 나마저도 어떻게 하려는 거 아니오? 어서 제발 사실대로 말해요. 내 남편의 시체를 어디다 버렸어요? 정말 관청에 가서야 입을 열 셈이오?"

객점 주인은 문 씨가 입에 거품을 물고 이야기하는 것을 보고 더 이상 뭐라 말하지 못했다.

이러는 동안 객점 주변에는 좋은 구경거리라도 생겼나 하여 몰려든 사람이 벌써 사오십 명을 넘어섰다. 아낙네가 이렇게 절절하게 이야기하는 걸 듣고는 호송원 장천과 이만을 질책했고, 만약 관청에 갈 요량이라면 자기들도 가서 도와주겠노라고 했다. 문 씨는 그들에게 고개 숙여 감사했다.

"여러분, 이렇게 저의 억울한 사정을 봐주시고 외롭고 슬픈 사연을 동정해 주셔서 너무너무 고맙습니다. 저 사람들이 도망가지 못하도록 저와 같이 관가로 가 주세요."

"걱정하지 마시오. 우리가 도와주리다."

장천과 이만이 사람들을 헤치고 빠져나가려고 하니 사람들이 막아섰다.

"여보쇼, 그렇게 내뺄 필요 없수다. 관가에 가면 저 아낙의 말이 사실인지 거짓인지 다 밝혀질 것 아니오. 당신들이 떳떳하다면 관가에 가는 게 뭐가 두렵소이까?"

문 씨는 울면서 관아로 걸어갔다. 동네 사람들은 장천과 이만을 에워싸고 관아로 갔으나 아직 문이 열리지 않았다.

그날은 마침 아문에서 억울한 일을 들어 처리하는 날이었다. 문 씨는 하얀 치마를 질끈 동여매고서 아문의 대문을 향해 냅다 달려갔다. 대문에는 큰 북이 걸려 있고 그 옆에 북채가 달려 있었다. 문 씨는 손으로 북채를 들고 있는 힘껏 북을 두드렸다. 북소리가 온천지에 울려 퍼졌다.

천지를 진동시키는 북소리에 아전들의 정신이 다 나가고 위병들의 귀가 다 떨어질 정도였다. 아전과 위병들이 동시에 달려 나와 문 씨를 오랏줄로 묶으며 소리쳤다.

"아이고, 아낙이 배짱도 좋네!"

문 씨는 바닥에 주저앉아 하늘도 무심하다며 소리를 질렀다. 안에서 날카로운 고함 소리가 들려오면서 바로 대문이 열렸다. 안을 보니 군관 왕 씨가 아문의 집무소에 앉아 있었다.

"북을 울린 자가 누구인가?"

위병이 문 씨를 데리고 들어왔다. 문 씨는 울면서 심련 삼부자가 불행하게 목숨을 잃었으며 그나마 하나 남아 있던 남편 심소하까지 어제 호송원들에게 목숨을 잃었다면서 사건의 전말을 그 줄거리뿐 아니라 소상한 속사정까지 일일이 고했다. 왕 씨는 장천과 이만을 불러들여 연유를 물었다. 문 씨는 장천과 이만이 한마디 하면 한마디 끼어들고 두 마디 하면 두 마디 끼어들었다. 장천과 이만은 도저히 문 씨를 당해 낼 수가 없었다. 왕 씨는 생각에 잠겼다.

'엄 재상 댁은 권세가 막강하니 개인적인 일로 사람을 죽이려 드는 일도 있을 법하지. 그러니 지금 이 일을 모두 거짓으로 볼 수만도 없지 않은가?'

왕 씨는 장천과 이만 그리고 문 씨를 제녕부로 압송하여 부윤이 추가 심문을 하도록 조치했다.

그곳의 부윤은 성이 하씨로, 이 건을 보고받고는 감히 허투루 처리할 수 없어 즉시 객점 주인을 불러오게 하고 네 사람의 자백을 받았다. 문 씨는 호송원들이 자기 남편을 모살했다고 계속 주장하고, 이만은 잠시 한눈파는 사이에 죄수 심소하가 도망쳐 버렸다고 주장했으며, 장천과 객점 주인은 모두 자기가 보고 들은 대로 자백하니 부윤은 도저히 판결을 내릴 수가 없었다. 그러나 문 씨의 애절한 호소가 그래도 사실과 가까워 보였다. 하지만 장천과 이만은 문 씨의 말에 절대 동의하지 않았다. 부윤은 하는 수 없어 네 사람을 모두 하옥시키고 직접 가마를 타고 풍 주사를 방문하여 그의 말을 들어 보기로 했다.

풍 주사는 하 부윤이 찾아왔다는 전갈을 받고 황망히 맞이했다. 서로 차를 한 모금 마시고 나자 하 부윤이 심소하의 일을 꺼냈다. 하 부윤이 말을 꺼내자마자 풍 주사는 머리를 감싸 쥐며 입을 열었다.

"그자는 엄 재상의 원수 집안 아닙니까! 소인과 같은 해에 과거에 급제하기는 했으나 지금은 전혀 왕래가 없습니다. 나리께서는 그런 말씀을 꺼내지도 마십시오. 엄 재상 댁에서 이 일을 알게 되어 소인에게 화가 미칠까 두렵습니다."

풍 주사는 말을 마치고 일어나 부윤에게 작별 인사를 했다.

"부윤 나리께선 처리할 공무가 많으실 테니 제가 더 이상 붙잡기 어렵겠습니다."

하 부윤은 풍 주사의 쌀쌀맞은 태도에 더 이상 앉아 있기 어려워 다시 가마를 타고 돌아왔다. 가마에 앉아 생각에 잠겼다.

'풍 주사가 엄 재상 댁이란 말만 듣고도 저렇게 겁을 먹는 것을 보면 심소하를 숨겨 주고 있는 것 같지는 않아! 그렇다면 호송원

들에게 모살당했을지도 모르겠군. 아니면 풍 주사 집을 찾아갔으
나 거절당하여 다른 사람을 찾아갔을지도 모르고.'

하 부윤은 관아로 돌아와 문 씨와 장천, 이만, 그리고 객점 주
인을 불렀다. 먼저 문 씨에게 물었다.

"네 남편은 풍 주사 말고 이 근방에 아는 사람이 있느냐?"

"제 남편은 이 근방에 아는 사람이 하나도 없습니다."

"네 남편은 언제 성안으로 들어갔느냐? 장천과 이만이 언제 돌
아와 남편이 사라졌다고 말해 주었느냐?"

"제 남편은 어제 점심도 먹기 전에 갔습니다. 그리고 이만이 제
남편을 감시하느라 같이 갔습니다. 그러다가 오후 신시가 좀 넘
어 장천이 그때까지 돌아오지 않는 이만과 제 남편한테 어서 길
을 떠나도록 재촉하러 간다며 성안으로 들어갔습니다. 장천이 해
저물녘에야 돌아와서는 '오늘 밤 내 동료 이만이 네 남편과 함께
풍 주사 집에서 잔다네. 내가 내일 아침에 가서 어서 길을 나서자
고 독촉해야겠어.' 이렇게 말했습니다요. 오늘 꼭두새벽에 장천이
성안에 들어가더니 이만과 둘이서 돌아오는데 유독 제 남편만 보
이지 않았습니다. 저들이 제 남편을 모살한 게 아니라면 무슨 일
이겠습니까? 만약 제 남편이 풍 주사 댁에 있지 않았다면 이만
이 그 사실을 몰랐을 리 없고 장천 역시 제 남편의 행적을 좇느
라 바빴을 것입니다. 뭐 하러 제 남편이 풍 주사 댁에 있다며 저
를 안심시키려 했겠습니까? 저들이 미리 약조를 하고 이만이 밤
에 제 남편을 죽이기로 한 것이지요. 오늘 새벽같이 장천이 다시
성안에 들어가 이만과 같이 제 남편의 시체를 묻어 버리고는 다

시 돌아와 저에게 이러쿵저러쿵 감언이설을 한 거지요. 지혜로우신 나리, 제발 굽어 살펴 주십시오."

하 부윤이 입을 열어 말했다.

"그래, 네 말이 참으로 그럴듯하다."

장천과 이만이 뭐라고 말하려는 순간 하 부윤이 호통을 쳤다.

"나라의 녹을 먹는 호송원이란 놈들이 도대체 무슨 일을 한 거냐? 너희들이 심소하를 모살하였거나, 아니면 돈을 받고 풀어 주었음이 분명하다. 도대체 무슨 할 말이 있는 게냐?"

하 부윤은 부하들에게 명령하여 장천과 이만에게 곤장 삼십 대를 치게 하니 두 사람의 살갗이 다 터져 피가 흥건했다. 장천과 이만은 그렇게 곤장을 맞으면서도 끝끝내 자신들의 죄를 인정하지 않았다. 문 씨는 옆에 서서 애절하게 울기만 할 뿐이었다. 하 부윤은 문 씨가 우는 소리를 듣고는 마음이 짠하여 마침내 두 사람의 주리를 틀라 하였다. 그러나 아무리 고통스럽기로서니 심소하를 죽인 일이 없는 장천과 이만이 어떻게 하지도 않은 일을 자백할 수 있으랴? 두어 번 연거푸 주리를 틀어도 도무지 자백을 하지 않자 하 부윤이 다시 또 주리를 틀라 하니 장천과 이만이 사정을 했다.

"저희들은 심소하를 절대 죽이지 않았습니다. 나리, 저희들에게 기한을 정해 주시고 심소하를 찾아오라 하시면 다시 찾아와 저 문 씨에게 돌려주겠습니다."

하 부윤 역시 달리 뾰족한 수가 없는지라 일단 장천과 이만의 말을 받아들이기로 했다. 하 부윤은 문씨를 비구니 암자로 보내어 거기서 지내도록 했다. 아울러 장천과 이만을 사슬로 묶고 장정 네 명을 붙여 감시하게 한 다음 닷새 안에 심소하를 찾아내도록 했다. 아울러 객점 주인은 석방하고 집으로 돌아가게 했으며 사건 처리 결과를 왕 씨에게 알리니 왕 씨는 사건 처리 결과에 전적으로 수긍했다.

장천과 이만은 쇠사슬에 묶여 네 명의 장정으로부터 돌아가며 감시를 받았다. 장정들은 장천과 이만의 품을 뒤져서 노자 몇 푼까지 다 빼앗아 버렸다. 그 돈을 술과 안주 값으로 쓸 요량이었다. 또 장천과 이만이 지니고 있던 일본도도 빼앗았다. 역시 술과 안주로 바꿔 먹을 요량이었다. 심소하가 꼭꼭 숨어 버린 마당에 이 넓은 제녕부 일대에서 어찌 심소하를 찾을 수 있겠는가?

문 씨는 비구니 암자에 기거한 지 닷새 만에 관아로 달려가 울며불며 하소연을 했다. 하 부윤은 달리 어떻게 할 방도가 없는지라 장천과 이만을 고문하고 또 고문했다. 십수 차례 고문을 계속하면서 얼마나 매질을 했던지 장천은 결국 병을 얻어 옥사했고 홀로 남은 이만은 황급히 비구니 암자로 문 씨를 찾아갔다.

"나는 지금 이러지도 저러지도 못한 채 정말 다급한 심정이니 저간의 사정을 고백하지 않을 수가 없소. 사실 내가 이 일로 출발할 때 문서 담당관 김소가 양순 나리의 명령이라며 당신 남편을 호송하는 도중에 적당한 곳에서 죽이고 그 증거를 가져와 보고하라고 했소. 우리가 입으로야 그 명령을 받들겠노라 했지만 차마 어찌 그런 일을 할 수가 있겠소? 그러나 무슨 연유인지 당신 남편이 어디론가 사라져 버렸고 지금은 그 종적을 찾을 수 없소이다. 하늘에 맹세코 내 말에 조금이라도 거짓이 있으면 우리 집안이 멸족을 당해도 좋소이다. 하 부윤이 우리에게 닷새 기한을 주고 당신 남편을 찾아오라 했으나 내 동료 장천은 이미 저세상으로 떠났고 나 역시 이제 죽지 않을 도리가 없으니 이렇게 억울할 데가 어디 있겠소! 우리가 당신 남편을 죽이지 않았으니 당신은 언젠가 남편과 만날 날이 있을 것이오. 그러니 제발 관아로 달려가 부윤에게 울면서 하소연하는 일은 이제 그만하시오. 대신 당신 남편을 찾는 기한을 조금이라도 연장하도록 도와주어 이 내 목숨을 살려 준다면 이는 정말 큰 음덕을 쌓는 일이 될 것이오."

문 씨가 대답했다.

"당신들이 내 남편을 죽이지 않았다고 주장하지만 그 말이 사실인지 어떻게 믿을 수가 있겠어요. 그러나 당신이 이렇게 애원하니 내가 다시는 울며 하소연하지 않고 당신이 내 남편을 찾는 기한이 연장될 수 있도록 도와주겠어요. 절대 게으름 피우지 말고 제 남편을 찾도록 혼신의 노력을 다해 주세요."

이만은 연신 그러하겠노라고 대답하며 물러갔다. 시 한 수로 이를 증거한다.

은 스무 냥 받고 죄수를 죽이려 했으나
호송하는 도중에 죄수를 놓칠 줄이야.
주리와 곤장을 견딜 수가 없어
비구니 암자 찾아가 아낙네에게 살려 달라 애걸하네.

하 부윤이 이렇게 기한을 정해 놓고 다급하게 심소하를 찾아 내려고 하는 것은 양순이 하도 빨리 잡아야 한다고 닦달하기 때문이기도 했고 문 씨가 날마다 찾아와 졸라 대기 때문이기도 했다. 그래도 이만의 목숨이 여기서 끝날 운명은 아니었는지 이만에게도 나름 기회가 찾아왔다.

한편 양순과 노해는 시도 때도 없이 만나서 엄 재상 부자의 비위를 맞춰 주고 조정의 높은 관직에 오를 수 있는 계책을 꾸미고 또 꾸몄다. 그러나 누가 알았으랴! 병부 급사중 오시래(吳時來)가 양순이 함부로 백성을 죽이고서 그걸 외려 공적으로 치장한 일이 있다는 말을 듣고서는 그 사정을 자세하게 조사하여 상소를 작성하고, 더불어 양순이 노해와 함께 짝을 이뤄 패악질한 것을 탄핵할 줄이야. 마침 가정제가 초제 지내며 하늘에 복을 빌던 때인지라 함부로 백성을 죽임은 결국 천지신명의 조화로운 기운을 해치는 것이라며 대로하면서 친위병을 직접 파견하여 양순과 노해를 잡아오게 했다. 엄숭도 황제가 너무도 진노한지라 중간에서 손도 못 써 주었으니 조정하여 큰 벌은 면하고 두 사람은 삭탈관직당하고 평민이 되고 말았다. 가소롭구나, 양순과 노해가 사람을 죽여 가며 아부하더니 이젠 결국 사람들의 비웃음거리가 되고 아무런 성과도 얻지 못하게 되었구나.

한편 양순의 관직이 떨어졌다는 소식을 듣고 나자 장천과 이만에 대한 하 부윤의 관심은 급작스럽게 식어 버렸다. 게다가 매일 와서 읍소하던 문 씨도 나타나지 않고 호송원 둘 가운데 하나는 이미 저세상으로 떠났고 이제 남은 이만은 매번 살려 달라고 애걸복걸하니 하 부윤은 이만에게 널리 세상을 돌아다니며 심소하를 찾아내라는 명령을 담은 문서를 주었다. 사실 이것은 이만을 풀어 주기 뭐하여 붙인 구실에 불과했다. 이만은 사면 문서를 받은 듯 연거푸 머리를 조아리며 인사를 올리고 관아를 쏜살같이 떠났다. 그러나 수중에 돈 한 푼 없으니 걸식하며 고향으로 돌아갔음은 물론이다.

한편 심소하는 풍 주사네 벽 틈에 몇 개월이나 숨어 있었다. 바깥 소식은 전혀 알 길이 없으니 그저 풍 주사가 이런저런 소식을 전해 주면 듣기나 할 따름이었다. 문 씨가 비구니 암자에 기거하게 되었다는 소식을 듣고 적이 안심했다. 일 년이 지나니 이만과 장천이 모두 그곳을 떠나고 사건 역시 흐지부지되었다. 풍 주사는 특별히 서실 세 칸을 정리하여 심소하에게 독서를 하게 했으나 절대 밖으로는 나오지 못하게 했으니 심소하의 소식을 알 수 있는 자는 아무도 없었다. 풍 주사는 삼년상을 마쳤으나 심소하를 챙겨 줄 요량으로 관직에 복귀하지 않았다.

세월은 유수와 같이 흘러 어느새 팔 년이 지났다. 엄숭의 일품부인 구양씨(歐陽氏)가 세상을 떠났다. 아들 엄세번이 운구하여 고향으로 돌아가기를 거부하고 아버지 엄숭에게 자신이 북경에 남아서 아버지를 봉양해야 한다는 상소를 올리게 했다. 그러나 엄세번은 상중에도 첩질을 하는 등 주색잡기에 빠져 지냈다. 효성이 지극했던 가정제는 이 소식을 듣고 매우 불쾌해했다. 이때 방사 남도행(藍道行)이 신들과 접신하는 술법을 부릴 줄 안다는 소문이 자자했다. 가정제는 남도행을 불러 자신의 신하들 가운데 누가 현명한지를 물었다. 남도행이 이렇게 답했다.

"제가 지금 초치한 신은 하늘에서도 정직하기로 유명한 신으로 절대 돌려 말할 줄 모르고 있는 사실만을 이야기합니다. 비록 제 점괘가 폐하의 심기를 불편하게 하더라도 신을 허물하지 말아주십시오."

가정제가 대답했다.

"짐은 오직 하늘의 바른 소리만을 듣고 싶은즉 어찌 그대를 허물하겠는가?"

남도행이 부적처럼 글을 쓰는데 그 붓이 사람의 손이 가지 않아도 저절로 움직이며 마침내 다음과 같이 적었다.

높은 산 그리고 울타리의 풀
부자가 조정의 대신.
해와 달이 빛을 잃고
하늘과 땅이 뒤바뀌었네.

가정제가 그 열여섯 글자를 보더니 남도행에게 부탁했다.

"그대가 풀이해 보라."

남도행이 아뢰었다.

"신은 어리석어 감히 해석하지 못하겠습니다."

가정제가 다시 입을 열었다.

"짐이 이미 그 뜻을 안다. 높은 산이라 함은 뫼 산(山) 자 아래에 높을 고(高) 자니 바로 숭(嵩)이며, 울타리의 풀이란 바로 울타리 번(番)자 위에 초두머리(++) 자가 올라가는 것이니 번(蕃)이라. 바로 엄숭, 엄세번 부자를 가리키는 것이로구나. 짐은 오래전부터 엄씨 부자가 권력을 농단하고 나라를 망치고 있음을 알고 있었다. 지금 하늘도 그것을 다시금 짐에게 일깨워 주니 이제 그들을 처분하지 않을 수 없구나. 그대는 이 일을 절대 누설하지 말라."

남도행은 머리를 조아리며 어명을 받들겠노라 하고 가정제의 하사품을 받고서 물러났다.

이 일이 있은 후로 가정제는 점차로 엄숭과 거리를 두기 시작했다. 어사 추응룡(鄒應龍)이 지금이 바로 기회라 생각하고는 마침내 엄세번이 아버지의 권세를 믿고서 매관매직을 비롯하여 허다한 악행을 저질렀다고 탄핵하고 처형해야 한다는 상소를 올렸다. 그의 아비 엄숭은 아들을 편애하여 파당을 짓고 현자의 앞길을 막았으니 의당 관직에서 물러나게 하여 정치를 바로잡아야 한다고도 주장했다. 가정제는 이 상소문을 보고 크게 기뻐하며 추응룡을 통정우참의(通政右參議)로 승진시켰다. 엄세번은 법의 심판을 받아 변방에 수자리를 살러 가게 되었다. 엄숭은 마침내 고향으로 쫓겨났다. 얼마 지나지 않아 강서순안어사(江西巡按御史) 임윤(林潤)이 상소를 올려, 엄세번이 변방으로 수자리를 살러 가지 않고 자기 집에 남아 온갖 포악한 짓거리를 하고 다른 이들의 재산을 강탈하며 아녀자들을 겁간하고 왜구와 내통하는 등 온갖 추잡한 일을 저지르고 있다고 보고했다. 가정제가 이 건을 삼법사(三法司)에 맡기니 삼법사의 심문관이 조사를 다 마치고 상주한 다음 결국 엄세번을 처형했다. 아울러 엄세번의 가산을 몰

沈小霞相會出師表

수했다. 엄숭은 오갈 데 없는 노인들이 머무는 구제원에서 일생을 마치게 되었다. 그제야 엄숭 부자에게 시달림을 받던 신하들이 분이 풀린 듯했다.

풍 주사는 이 기쁜 소식을 심소하에게 알리고 이제 세상으로 나가도 좋다고 했다. 심소하는 곧장 비구니 암자로 문 씨를 찾아가니 부부가 서로 얼싸안고 울었다. 문 씨와 심소하가 헤어질 때 문 씨가 임신 삼 개월째였으니 그때 낳은 아들이 암자에서 자라 벌써 열 살이 되었다. 문 씨가 직접 아들을 가르쳐서 오경을 암송할 줄 알았으니 심소하가 이를 보고 어찌 기뻐하지 않았겠는가. 풍 주사가 이제 다시 북경으로 가서 관직에 복직하고자 하며 심소하에게 같이 북경으로 가서 부친의 억울함을 풀어 드리는 게 어떠하냐고 권했다. 풍 주사는 또 문 씨에게 잠시 자기 집에 기거하도록 배려했다.

심소하는 풍 주사의 말을 따라 같이 북경으로 갔다. 풍 주사는 먼저 추응룡을 찾아가 심련, 심소하 부자의 억울한 사정을 하소연했다. 그런 다음 심소하가 작성한 재판 신청서를 보여 주었다. 추응룡은 이 건을 힘써 처리해 주기로 했다. 다음 날 심소하는 이 재판 신청서를 통정사(通政司)를 통해 황제에게 바쳤다.

조서가 내려졌다.

심소하는 충직함에도 불구하고 고난을 당했으니 원직 복귀를 허락하며 특별히 한 등급을 승진시켜 그의 충직함을 널리 알린다. 아울러 그의 아내 문 씨와 아들은 심소하의 고향으로 돌아가도록 하라. 심소하 가문이 몰수당한 재산은 그 양을 헤아려다 돌려주도록 하라. 심소하는 오랫동안 나라의 녹봉을 받는 수재였으니 이젠 현령의 직을 하사한다.

심소하는 다시 상소를 올려 황제의 은혜에 감사드렸다. 그 상소에는 이런 내용이 담겨 있었다.

제 선친께서 보안주에서 양순이 백성들을 함부로 죽인 뒤 그걸 외려 자신의 공으로 치장하는 것을 보고 도저히 참을 수가 없어 시를 지어 풍자했던바 어사 노해가 몰래 엄세번의 부탁을 받고서 선부와 대동 지역을 순찰하러 왔습니다. 양순과 공모하여 신의 선친을 처형하고 더불어 신의 동생 둘을 죽였으며 신 역시 죽을 뻔했습니다. 억울하게 죽임을 당한 선친은 아직 장사를 지내지도 못하고 거의 멸문을 당할 뻔했으니 세상에 신의 집안처럼 재앙을 당한 집안도 없을 것입니다. 지금 엄세번은 법에 의해 처형되었으나 양순과 노해는 아직도 버젓이 고향 땅에서 평안하게 살고 있으니 변경 지방에서 억울하게 죽임을 당한 수천수만의 억울한 혼령들이 그 억울함을 아직도 풀지 못하고 있습니다. 소신 집안의 억울한 죽임을 당한 세 혼령도 마찬가지로 그 비통함을 풀지 못하고 있습니다. 이는 공정한 법 집행도 아니요, 억울한 죽임을 당한 혼령을 달래는 것도 아니라고 사료됩니다.

조서가 내려졌다. 양순과 노해는 북경으로 다시 불려와 심리

후 사형을 선고받고 일단 하옥되었다.

심소하는 풍 주사에게 작별 인사를 하고 일단 운주로 가서 어머니와 동생 심질을 모셔와 풍 주사 댁과 가까운 곳에서 기거하도록 안돈시켰다. 그런 다음 보안주로 가서 선친의 유골을 모셔와 장례를 치르겠다고 말했다. 풍 주사는 심소하의 말을 듣더니 이렇게 대답했다.

"형수님 소식은 내가 이미 다 알아 놓았네. 형수님은 지금 운주에서 잘 지내신다네. 동생 심질은 그곳의 상서에 입학했다고 하네. 자네의 모친과 동생은 내가 가서 모셔 오겠네. 선친의 유골을 수습하는 게 더욱 시급하니 조카께서는 어서 보안주를 다녀와서 어머니와 동생을 만나시게."

심소하는 풍 주사의 말을 따라 바로 보안주로 출발했다. 보안주에서 이틀 동안 수소문했으나 아무런 소득이 없다가 사흘째 되는 날 몸이 힘들어 남의 집 문 앞에서 잠시 쉬고 있는데 한 노인이 나와 안으로 들어와 차라도 한잔하라고 청했다. 그 집 대청에 족자가 하나 걸려 있는데 해서로 써 있는 제갈공명의 「전후 출사표」였다. 족자에는 글쓴이의 서명은 없고 그저 글을 쓴 연도와 달만 적혀 있었다. 심소하가 그 족자를 계속 바라보니 노인이 물었다.

"어찌 그리 뚫어지게 보시오?"

"노인장, 한번 여쭤봅시다. 저 족자의 글은 누가 쓴 것입니까?"

"그건 죽은 나의 의형제인 심련이 쓴 것이오."

"그분이 어찌하여 노인장 댁에 머무르셨습니까?"

"이 늙은이는 성은 가, 이름은 석으로, 당초에 심련이 이곳에 유배를 왔을 때 나의 이 누추한 거처에서 살았다오. 나는 그분과 의형제를 맺고 서로 아끼며 지냈다오. 그러나 그 후로도 형님에게 재앙이 겹쳐 닥치니 나는 혹여 내가 그 일에 연루될까 두려워 하 남으로 피신하게 되었소이다. 이때 나는 저 「전후 출사표」를 표구 해서 벽에 걸어 놓고 매일 형님의 얼굴을 보듯 바라보았다오. 양 순이 파직당한 후에야 나는 비로소 고향으로 돌아올 수 있었소. 형수님과 막내 아들은 운주에 피신하여 있었으니 내가 시간 날 때마다 가서 보살폈다오. 이제 엄씨 부자도 권세를 잃었으니 형 님의 원한도 좀 풀렸을 것이오. 나는 이미 운주에 사람을 보내어 이 소식을 알렸소이다. 형님의 큰아들이 선친의 유해를 수습하고 자 나를 찾아올지도 모르니 이곳 대청에 형님의 친필 족자를 걸 어 놓고 큰아들이 돌아가신 아버님의 친필을 알아보게 하고자 하였던 것이외다."

노인장 가석의 말을 들은 심소하는 황망히 땅에 엎드려 "은혜 로우신 숙부님"이라며 거듭 절을 올렸다. 노인이 심소하를 황급 히 일으켜 세우며 물었다.

"그대는 대체 뉘시오?"

심소하가 대답하였다.

"제가 바로 심소하로, 저 족자는 제 선친이 쓰신 것입니다."

"듣자하니 양순 저 죽일 놈이 사람을 보내어 자네를 잡아 오게 한 뒤 도중에 죽여 자네 가문을 모조리 멸족시키려고 했다던데. 나는 자네가 저놈들의 마수에 걸려들었을 거라고 생각했는데 어찌 이렇게 살아 있었소?"

심소하는 제녕부에서 풍 주사 댁을 찾아가 숨어 있었던 일부터 모든 사정을 세세하게 말했다. 가석은 어찌 그런 일이 있을 수 있는가 하며 감탄을 금치 못했다. 가석은 하인을 시켜 밥을 챙겨 오게 하여 심소하를 대접했다.

심소하가 가석에게 물었다.

"숙부께서는 선친이 묻히신 곳을 필시 알고 계실 것입니다. 가서 인사 올리게 해 주십시오."

가석이 대답했다.

"자네 아버님이 옥중에서 억울하게 죽임을 당하였을 때 내가 몰래 묻어 주었지. 그리고 그 장소를 지금까지 어느 누구에게도 말하지 않았어. 이제 이렇게 큰아들인 자네가 찾아왔으니 내 노력이 헛되지 않은 셈이군."

가석과 심소하가 막 길을 나서려는 순간 밖에서 한 젊은이가 말을 타고 찾아왔다. 가석이 그 젊은이를 가리키며 말했다.

"절묘하군, 절묘해! 시간이 딱딱 맞는군! 저 젊은이가 바로 자네 동생이라네."

그 젊은이는 바로 심질이었다. 심질이 말에서 내려 인사를 올리자 가석이 심소하를 가리키며 심질에게 일렀다.

"이 사람이 바로 자네의 형이라네."

오늘에야 처음으로 만난 형제는 꿈인 듯 생시인 듯 껴안고 통곡했다.

세 사람은 함께 심련의 묘소를 향해 출발했다. 이리저리 잡초가 우거진 곳에 눈에 잘 띄지 않게 작은 봉분이 살짝 올라와 있었다. 가석이 두 형제에게 심련의 묘소에 참배하게 하니 둘은 선친 묘소에 절하며 애절하게 곡을 했다. 가석이 두 사람에게 말했다.

"함께 상의할 일이 있으니 그렇게 슬퍼하지만 마시게."

두 사람은 그 말을 듣고서야 겨우 울음을 그쳤다. 가석이 두 사람에게 말했다.

"그대의 둘째 형과 셋째 형, 그러니까 심곤과 심포 역시 죄 없이 억울한 죽임을 당하지 않았는가? 그래도 당시 옥졸인 모공(毛公)이 정의롭고 인정 많은 사람이라 그 두 사람의 유해를 거둬 성곽 서쪽 삼 리 정도 떨어진 곳에 묻어 주었다네. 지금은 모공이 이미 저세상 사람이 되었지만 그 묏자리는 내가 알고 있으니 그대들 아버님의 유해를 옮길 때 함께 같이 옮겨서 죽은 자네들의 형제가 저세상에서나마 함께 만나게 해 주는 게 어떻겠는가?"

심소하와 심질이 한목소리로 대답했다.

"숙부님의 말씀이 바로 저희들의 생각입니다."

그날로 바로 심소하와 심질은 가석을 따라 성곽 서쪽으로 가서 두 형제의 묘소에 참배했다. 그 애절함을 어찌 말로 표현할 수 있으랴!

다음 날 그들은 따로 관을 마련한 다음 길일을 택하여 선친과 두 형제의 묘를 파묘한 뒤에 다시 염하고 입관 절차를 밟았다. 심련, 심곤, 심포 셋의 유해는 조금도 썩지를 않아서 그 얼굴이 마치 산 사람의 얼굴 같았다. 아마도 이 삼부자의 충의로움 때문일 것이다. 심소하와 심질은 외려 더 슬픈 마음이 간절해서 애절하게 울었다. 바로 수레를 마련하여 세 구의 관을 싣고 가석에게 하직 인사를 하고 길을 떠나려 했다. 헤어지는 마당에 심소하가 가석에게 말했다.

"숙부님, 저 「전후 출사표」를 가지고 가서 선친의 사당에 봉안하고 싶습니다. 부디 거절하지 말아 주십시오."

가석이 흔쾌히 허락하고는 족자를 내려 건네주었다. 심소하와 심질은 가석에게 거듭 감사 인사를 올리고 눈물을 머금으며 작별했다. 심소하가 먼저 관을 메고 장가만(張家灣)에 도착하여 배를 사서 관을 실었다.

심소하는 북경에 도착하여 어머니를 만나 저간의 사정을 설명했다. 그런 다음 어머니를 모셔 와 준 것에 대해 감사 인사를 올리고 둘째 부인 문 씨와 아들을 만나기 위해 풍 주사댁으로 출발했다. 당시 북경의 관원들은 모두 심소하의 선친 심련의 충절을 다시금 추모했다. 더불어 심소하가 선친의 유해를 운구해 오고 그의 모친과 함께 기거하게 된 것을 알고는 심소하에게 여행 증명서를 챙겨 주거나 조의금 등 선물을 챙겨 주면서 돕는 손길이 줄을 이었다. 심소하는 여행 증명서만을 챙기고 조의금이나 선물은 모두 사양했다. 풍 주사를 만나러 가는 길에 장가만에 다시 이르러 심소하는 관선으로 옮겨 탔다. 인부 백여 명이 관선을 끌고 젓고 하니 속도가 빠르기 그지없었다.

제녕부에 이른 심소하는 잠시 배를 정박하라 이르고 혼자서 성안으로 들어갔다. 풍 주사 댁에 가서 풍 주사가 가족에게 전달하는 편지를 건네고 둘째 부인 문 씨와 아들을 배에 태워 북경으로 돌아왔다. 그들은 먼저 심련 삼부자의 관에 인사를 올린 다음 어머니 서 부인을 만났다. 서 부인은 장성한 손자를 보고 더없이 기뻐했다. 멸문지화를 당하여 가문이 다 끊겼다고 절망했다가 이렇게 장성한 손자를 보니 기쁘지 않을 수가 없었다. 심련과 그의 아들들에게 몹쓸 짓을 한 원수들이 이제 다 죽임을 다하고 벌을 받으니 이 역시 하늘의 뜻이 아니고 무엇이랴. 나쁜 짓을 한 자들은 언젠가는 벌을 받는 법이다. 착한 일을 한 사람들은 당연히 보답을 받는 것이고.

절강성 소흥부에 이르니 심소하의 장인 맹춘원이 여식 맹 씨를 데리고 이십 리 넘게 달려 나와 심소하를 맞았다. 생이별했던 일가족이 다시 만나 슬픔과 기쁨이 겹겹이라. 관을 실은 배가 부두에 정박하니 일대 관원들이 모두 상복을 입고 치상에 동참했다. 심씨 일가족의 옛 재산은 그 품목을 조사하여 모두 반환되었다. 심소하와 심질은 선친과 형제들의 장례를 모두 마치고 삼년상을 치렀으니 모두 효자로 칭송받았다. 소흥부의 순무사는 심련의 사당을 세워 주고 봄가을마다 제사를 지내기로 했으며 친필로 「출사표」 한 폭을 써서 사당에 걸었다.

삼년상을 마친 심소하는 북경으로 돌아가 관직을 제수받아 현령이 되었다. 늘 청렴결백하여 큰 고을의 태수로 승진했다. 둘째 부인 문 씨와의 사이에서 얻은 아들은 어려서 과거에 급제했으니 숙부 심질과 같은 해에 등과하여 진사가 되어 자손 대대로 서향이 넘쳐났다.

심소하의 목숨을 구해 준 풍 주사는 의로운 행적으로 말미암아 마침내 이부상서로 승진했다. 어느 날 심련이 풍 주사의 꿈에 나타났다.

"하늘이 소생의 충정을 가상히 여겨 이미 몇 해 전부터 소생에게 북경 성황당을 책임 지게 하였소이다. 한데 그대에게 남경의 성황당을 맡긴다고 하오. 내일 정오에 그대를 임명한다는구려."

풍 주사는 꿈에서 깨어 참으로 이상하다 생각했다. 정말 다음 날 정오가 되니 풍 주사의 눈에 자신을 맞이하러 오는 가마가 보였다. 풍 주사는 아무런 고통 없이 저세상으로 떠났다. 심련과 풍 주사가 모두 신선이 된 것이었다. 시 한 수가 이를 증거한다.

살아서 충성을 다하니 유골마저도 향기롭네
혼백은 신선이 되니 두고두고 칭송을 받네.
간사한 놈들, 죽어서도 지옥에 갈지니
하늘의 인과응보엔 한 치의 오차도 없도다.

한 개인의 세상 읽기를 읽다
풍몽룡과 『유세명언』, 그리고 17세기 중국의 자화상

1. 이중 나선: 둘이면서 하나인 자아, 풍몽룡

풍몽룡(馮夢龍, 1574~1646)이 호북성(湖北省) 마성(麻城)에서 『유세명언(喩世明言)』을 출간한 것은 그의 나이 마흔일곱 살이던 1620년이었다.[36] 1620년은 명나라가 망하기 이십사 년 전이었으며, 메이플라워호가 백두 명의 청교도를 태우고 사우샘프턴을 출발한 해였고,[37] 셰익스피어가 『햄릿』, 『리어왕』, 『맥베스』를 발표한

---

36 徐朔方,「馮夢龍年譜」,『馮夢龍全集』卷22, 附錄, 江蘇古籍出版社, 1993, 8쪽. 여기서는 『喩世明言』의 출판 연대를 특정하지 않고 있다. 물론 서삭방 역시 『유세명언』이 『경세통언』이나 『성세항언』보다 앞선 시기에 출간되었음을 부인하지는 않는다. 서삭방 이외의 학자들이 대체로 추정하는 1620년을 『유세명언』의 출간 시기로 보고 이하 논의를 전개한다. 특히 다음에서는 『유세명언』의 출판 시기를 1620년으로 특정하고 있다. Shuhui Yang and Yunqin Yang, *Stories Old and New : A Ming Dynasty Collection*, University of Washington Press, 2000.

37 http://www.historyorb.com/events/date/1620.

지 각각 십오 년에서 이십 년이 지난 해였으며, 허균의 『홍길동전』이 나온 지 팔 년, 허준의 『동의보감』이 완성된 지 십 년이 지난 해였다.

마성은 풍몽룡의 고향인 소주[38]에서 서쪽으로 650킬로미터 떨어진 곳이다. 풍몽룡이 고향을 떠나 서쪽 먼 곳 마성을 찾아든 것은 호구지책을 마련하기 위함이었다. 지금부터 400년 전 한 집안의 가장으로 먹고살기 위해서는 지주이거나, 관료가 되어 녹봉을 받거나 농사를 짓거나, 아니면 장사를 해야 했다. 이런 길들 가운데 윗길은 뭐니 뭐니 해도 과거에 급제하여 관직에 진출하는 것이었다. 이는 어렵고도 먼 길이었다. 학위를 가져야만 관리 임용 시험인 과거에 응시할 수 있었다는 점에 비추어 볼 때 관직을 얻어 가문을 빛내고 부유하게 살고자 한다면 그 긴 준비 기간을 견딜 경제력을 확보해야만 했다.[39] 지주 가문에서 태어나 과거 공

---

38 다음 글은 풍몽룡의 고향 소주의 분위기를 잘 묘사해 준다. "당시 소주는 남경, 소주, 항주의 삼각주 지역을 포함하는 강남에서도 적어도 문화적 측면에서는 중심지 역할을 했다. 이 비옥한 지역은 동시에 수상 교통의 중심지이기도 했다. 중국의 인구 밀집 지역이자 상업의 중심지인 강남은 명청 시대에 문화의 중심지로 자리 잡는다. 이 지역에서 진사 출신이 절대 다수 배출되었다는 사실에서도 이 점은 증명된다. 이 강남 지역은 또 전 시기를 걸쳐 소설의 창작과 간행의 중심지이기도 했다." Wilt L. Idema, *Chinese Vernacular Fiction: The Formative Period*, Leiden: E. J. Brill, 1974, p. XLVI.

39 Wilt L. Idema가 위의 책, p. XLVI에서 M. Elvin, *The Pattern of the Chinese Past*, London, 1973, pp. 235~289의 내용을 요약하며 마지막 결론 부분을 직접 인용했는데 그 인용한 문장은 이러하다. "이 시기에 도시를 기반으로 활동하는, 나름 조직화된 지배 계급이 등장했다. 이들의 지위는 부와 교육이라는 상호 긴밀하게 연관된 두 개의 축에 의존하고 있었다." 이 인용문 역시 과거 급제 그리고 그로 말

부에 걱정 없이 매달릴 수 있는 자들이 급제도 하고 관직에도 나가는 것이 현실이었다.

풍몽룡도 소주의 지주 가문에서 태어났다. 형 몽계(夢桂)와 아우 몽웅(夢熊) 삼형제가 문학적 재주를 뽐내 소주 근동에서 나름 이름을 날렸다고 한다. 그러나 청년기에 접어들면서는 끼니를 때우지 못할 정도로 궁핍해져서 작품 교정과 비평을 부탁하는 우인에게 다짜고짜 돈 빌려 달라는 말을 먼저 했다고 한다.[40] 1594년 스물한 살에 그는 생원(生員, 수재(秀才)라고도 불린다.)이 되었다. 생원에게는 부(府), 주(州), 현학(縣學)에 입학할 수 있는 자격이 부여되었을 뿐, 관직에 임명되는 것은 아니었다. 명 대를 통틀어 생원 학위 소지자는 늘 오십만 명 정도가 유지되었다. 그러나 이들 가운데 극소수만이 성(省) 단위 시험에 합격하여 거인(擧人) 자격을 획득했고(생원 가운데 단지 1퍼센트만 향시(鄕試)에 합격하여 거인이 되었다고 한다.), 과거의 최종 단계인 회시(會試)에 합격하여 진사(進士) 자격을 획득한 자는 이만 오천여 명에 지나지 않았다. 그러나 이런 가장 낮은 단계의 학위 소지자인 생원조차 매우 귀했다. 이들 학위 소지자는 가족까지 포함하여 인구의 2퍼센트 미만이었다.[41] 1573년경 중국의 전체 인구는 일억 오천만 명이었다.[42]

미암은 사회 문화적 지위 획득은 단순히 공부를 잘한다고 해서 가능한 것이 아니라 경제적 뒷받침이 필수적으로 따라야 했음을 시사하고 있다.

40 龔篤淸,「馮夢龍生平事迹考略」,『中國文學硏究』, 1986, 2, 48쪽.

41 존 K. 페어뱅크 외, 윤병남 외 옮김, 『동양문화사 상』, 을유문화사, 1989, 243쪽.

42 조너선 D. 스펜스, 김희교 옮김, 『현대 중국을 찾아서 1』, 이산, 1998, 128쪽.

아쉽게도 풍몽룡에게는 경제력이 충분치 않았다. 따라서 긴긴 과거 시험 준비 기간을 버텨 줄 호구지책을 찾아야 했다. 그리고 후일 자신이 과거 시험의 준비 방편으로 시작한 호구지책이 평생의 업이 되었음을 깨달았다. 그가 찾은 호구지책은 또 다른 과거 시험 지망생을 가르치거나 과거 수험서를 출간하거나 그도 아니면 필명으로 낙양의 지가를 올릴 무언가를 써내거나 출간하는 것이었다.

다행스럽게도 풍몽룡에게는 수험서를 출간할 만큼의 학식이 있었다. 원 대 복건(福建) 건양(建陽)을 중심으로 발전했던 인쇄업 역시 명 대에 이르러서는 그의 고향 강소성 소주로 그 중심축이 이동했다. 서른아홉 살이 되던 1612년에 그는 고향인 소주에서 서쪽으로 750킬로미터 떨어진 호북성 황주(黃州)를 찾아갔다. 유력 가문의 자제들에게 『춘추(春秋)』를 가르치고, 동시에 이로써 자신의 과거 시험을 준비하며, 이 과정에서 얻은 결과물을 출판하기 위해서였다. 1617년 마흔네 살에 그가 마성을 찾아간 것 역시 이런 바람의 연장선상이었다. 그는 마성에서 마흔일곱 살이 되던 1620년까지 머물렀다. 그 결과 『인경지월(麟經(春秋)指月)』(1620), 『춘추정지참신(春秋定旨參新)』(1623), 『춘추형고(春秋衡庫)』(1625), 『춘추별본대전(春秋別本大全)』 등 『춘추』 수험서 4종을 출간한다.[43] 이어서 『사서지월(四書指月)』(1630)을 출간했다.

---

43 林穎政, 『明代春秋學研究』, 臺北: 致知學術出版社, 2014. 이 책 24쪽을 보면 풍몽룡의 『춘추』 관련 저작들이 과거의 『춘추』 수험서로 나름 손꼽혔다고 한다. 더불어 이 책의 535쪽에서는 풍몽룡의 『춘추』 관련 수험서들은 당시 춘추학의 총

이런 일련의 『춘추』 관련 저작을 출간하고 나름 평가를 받았지만 그것은 수험서였을 뿐이다. 이 저작들의 학술적 가치는 높게 평가받지 못했다. 『춘추형고』를 제외하고는 사고전서에 수록되지도 못했다.[44] 그러나 이보다 더 충격적이고 실망스러운 결과는 풍몽룡이 향시에서 연거푸 낙방했다는 사실이다. 과거 준비생이라기보다는 작가이자 출판인의 삶을 살았던 그에게 이는 어쩌면 당연한 결과였는지 모른다.[45]

1618년, 1624년, 1627년은 풍몽룡이 향시를 치르러 자신이 살던 강소성의 성도(省都) 남경(南京)을 찾았던 해다. 이 시기는 또각각 40편씩의 단편 소설을 담고 있는 『유세명언』, 『경세통언(警世通言)』(1624, 51세), 『성세항언(醒世恒言)』(1627, 54세)이 출간된 시

본산이었던 마성의 학인들 사이에서 손꼽히는 명작으로 평가받았음을 밝히고 있다. 물론 책의 저자인 풍몽룡 자신은 과거에서 번번이 낙방했음을 잊지 않고 밝히고 있다. 그러나 이 책의 저자는 이보다 더 중요한 사실로 풍몽룡이 『춘추』의 내용을 통속화시켜 『열국지』를 개편하는 작업을 충실히 수행하여 역사의 문학화라는 또 다른 업적을 세웠음을 공정하게 밝히고 있다.

44 陸樹侖, 『馮夢龍散論』, 上海古籍出版社, 1993, 86쪽.

45 풍몽룡은 마흔일곱 살 나던 1620년에 역사 사실에 기댄 환상적 백화 소설 『평요전(平妖傳)』과 고금의 일화 모음집 『고금담개(古今譚槪)』의 출간을 시작으로, 쉰세 살이 되는 1626년에 위트 넘치는 짧은 이야기 모음집 『지낭(智囊)』과 송 대의 문언 소설 모음집 『태평광기(太平廣記)』의 축약본 『태평광기초(太平廣記鈔)』 그리고 인간의 진솔한 감정과 남녀의 애정 일화를 모은 『정사(情史)』를 출간하고, 쉰네 살이 되던 1627년에 당시의 유행가인 산곡 작품집 『태하신주(太霞新奏)』를 출간하며, 쉰다섯 살이 되는 1628년 무렵에 『정사유략(情史類略)』과 역사 소설 『신열국지(新列國志)』까지 줄줄이 출간한다. 풍몽룡이 편찬하거나 출간한 이야기 모음집, 산곡집, 백화 소설에 관한 설명은 다음을 참고하여 정리했다. 패트릭 해넌, 김진곤 옮김, 『중국 백화 소설』, 차이나 하우스, 2007, 170~204쪽.

기이기도 하다. 그는 과거 준비생으로서 다른 준비생의 가정교사, 출판인, 문학가와 같은 다양한 역할을 동시 수행해야 했다. 바로 그 대가가 과거 낙방이었던 셈이다.

이쯤 해서 우리는 반문할 필요가 있다. 풍몽룡은 정말 과거 급제에 목을 맸을까? 너무도 낮은 합격률 때문에 처음부터 과거 급제를 현실적인 목표로 설정하지 않은 것은 아닐까? 혹시 그 자신이 틀에 박힌 과거 공부에 넌더리를 냈을 수도 있지 않을까? 그는 기생집에서 풍류를 즐기면서 그 순간을 위해서라면 다른 모든 것을 기꺼이 내던질 수 있는 그런 성정의 소유자였을지도 모른다. 기생들과 부채 같은 하찮은 선물을 주고받으며 그걸 애지중지하는 사람의 말을 귓등으로 들으며 "뭘 그런 걸 가지고! 나는 소싯적 기생들과 흐벅지게 놀았으며 그들과 주고받은 시만 해도 넘치고 넘친다."라고 했다니,[46] 그가 남경 기생들을 1등부터 100등까지 순위를 매겨 『금릉백미(金陵百媚)』[47]를 지었다거나, 마작 매뉴얼이라 할 『패경(牌經)』, 『마적각례(馬吊脚例)』 등을 편찬했다는 게 그리 이상할 것도 없다. 그럼에도 그는 출세를 완전히 포기하지는 않았는지 이런 서적을 출간할 때면 필명이라는 안전장치를 사용하는 것도 잊지 않았다. 훗날 관리가 되려는 자로서 경박하다는 평가를 받고 싶지는 않았을 것이다. 그는 백화 소설을 출간하면서 실명을 사용한 적이 한 번도 없었다.[48]

---

46 徐朔方, 「馮夢龍年譜」, 『馮夢龍全集』 卷22, 附錄, 江蘇古籍出版社, 1993, 12쪽.
47 금릉(金陵)은 남경의 별명이다.
48 패트릭 해넌, 김진곤 옮김, 『중국 백화 소설』, 차이나 하우스, 2007, 170쪽.

여기서 우리는 풍몽룡의 이중적 자아를 인정할 필요가 있겠다. 위트와 유머가 넘치고 솔직하며 술과 여자에 탐닉하기를 주저하지 않는 방랑자로서의 풍몽룡과, 학자이며 지식인을 자임하면서 과거를 준비하고 정통성을 지녔다고 스스로 인정한 명 왕조의 끝자락을 끝내 놓지 않았던 정통 문인으로서의 풍몽룡이 한 사람 안에 조화롭게 공존하고 있었다.[49] 어쨌든 그는 한때 과거에 급제하여 관리로 나가 세상을 이끌고자 하는 열망을 가졌던 사람이다. 그러나 그는 그런 열망을 이 세상에서 실현하고 사는 자가 그리 많지 않음을 잘 알고 있었다. 모든 것은 타고난 팔자이자 운명의 소관이었다. 그는 대안적 삶을 하나쯤 마련하지 않고서는 이 힘든 세상을 견디기 어렵다는 것을 스스로 인정했던 것이다. 이런 인생관 덕분에 그의 자아는 분열되지 않을 수 있었다. 그는 자신의 문학적 자질을 스스로 인정할 정도의 배짱을 부리기도 했다.

팔릴 수 있는 책을 펴낼 줄 아는 감각을 지닌 것은 그에게 행운이었다. 하지만 예나 지금이나 잘 팔리는 책에는 시비가 붙고 평가가 야박하기 마련이다. 기윤(紀昀, 1724~1805)은 당대의 베스트셀러 『지낭(智囊)』과 『고금담개(古今譚槪)』를 "야담꾼들의 만담 같은 수준으로 경박하다."라고 깎아내렸으며, 『춘추형고』를 "두서 없이 여러 학설을 모은 것"이라고 폄하했다. 정통 문학 장르 종사자들의 평가는 더욱 야박했다. 주이존(朱彝尊, 1629~1709)은 풍

---

49 Shuhui Yang and Yunqin Yang, "Introduction", *Stories Old and New: A Ming Dynasty Collection*, University of Washington Press, 2000, pp. XVIII~XIV.

몽룡의 시를 "시라고 이름 붙이기는 좀 그렇고 그저 우스갯소리 같은 것"이라고 평가 절하했다.[50]

세상의 시선을 아랑곳하지 않고 문학가이자 출판인이며 언젠가는 관리가 될 가능성도 있는 자로 살아가던 풍몽룡은 쉰일곱이 되던 1630년에 드디어 공생(貢生)이 된다. 한 해가 지나 1631년, 쉰여덟의 나이에 그는 고향인 소주에서 서북쪽으로 150킬로미터 떨어진 단도현(丹徒縣)의 훈도(訓導) 자리를 얻는다. 현령의 속관으로 교육과 문화를 담당하는 미관말직인 훈도 자리를 인생의 첫 관직으로 얻은 것이다. 사 년간의 훈도 생활을 마치고 수녕현(壽寧縣)의 지현, 그러니까 부현령으로 승진한다. 1638년 예순다섯의 나이에 그는 수녕현의 지현 자리에서 물러나 고향으로 돌아간다. 이 팔 년이 그가 관직 생활을 한 시간의 전부다.

고향으로 돌아간 풍몽룡은 1646년 숨을 거둘 때까지 팔 년 동안 명 왕조의 몰락을 지켜보아야 했다. 그는 마지막 남은 인생을 명 왕조의 재건을 위하여 몸부림치면서 그 몸부림을 기록하는 데 바쳤다. 1644년은 그가 일흔한 살 나던 해이자 명나라가 역사의 뒤안길로 사라진 해이다. 그는 이자성(李自成)의 군대가 북경을 공격한 일, 숭정(崇禎) 황제가 목을 매어 자살한 일, 남명 정부 수립 과정 등을 기록하여 『중흥실록(中興實錄)』을 편찬했다. 그리고 1646년 그는 일흔셋의 나이로 생을 마감했다.

---

50 풍몽룡의 『지낭』과 『고금담개』 그리고 『춘추형고』에 대한 기윤의 평가, 풍몽룡의 시작 활동에 대한 주이존의 평가에 대해서는 다음을 참고. 陸樹侖, 『馮夢龍散論』, 上海古籍出版社, 1993, 99쪽.

풍몽룡의 일생은 고향 소주에서 어린 시절을 보내며 학문을
하고 과거를 준비하며 틈틈이 기생집을 드나들면서 풍류를 즐기
던 시절을 제1기라 할 것이며, 서른아홉 나던 1612년 고향을 떠
나 황주와 마성 등지를 떠돌다 다시 남경과 소주를 왕래하며 과
거 수험서와 문학 작품을 왕성하게 출간하던 시절을 제2기라 할
것이고, 쉰여덟 살 나던 1631년에 단도현 훈도를 시작으로 팔 년
의 관직 생활을 하고 다시 고향으로 돌아와 명 왕조의 퇴락과 잔
영을 몸소 겪고 기록했던 시절을 제3기라 할 것이다. 우리가 지금
읽은『유세명언』은 그의 인생의 황금기라 할 제2기 가운데에서도
창작과 출판에 한창 물이 올랐던 1620년, 그의 나이 마흔일곱 때
의 결실이었다. 만약 그가 초년에 과거에 급제하여 관직 생활에
바쁘고 먹고살 걱정이 없었더라면『유세명언』은 편찬되지 않았을
지도 모른다. 그가 가난했으며 관직 생활 기간이 팔 년을 넘지 않
았다는 점은 그 자신에게는 불운이었을지 모르나 우리에게는 행
운이었음이 틀림없다.

2. 소설『유세명언』의 매체적 특징

풍몽룡은 다중 언어 구사자였다. 고향에서 일상생활을 하고
고향의 학자들과 토론할 때 그는 자신의 고향 강소성과 절강성
일대에 퍼져 있던 오(吳) 방언을 사용했다. 그러면서도 북경 지방
을 중심으로 관리들이나 상인들이 사용하던 북경 방언을 적어도

글말로는 유창하게 사용할 줄 알았다. 이 북경 방언은 나중에 표준어로 확립되었으나 그가 살던 시절에는 아직 표준어라고 하기 어려웠다. 다만 수도를 끼고 있었던 덕택에 관화(官話) 정도의 지위는 확실히 누리고 있었다. 더불어 그는 우리가 지금 한문이라고 일컫는, 그리고 우리 조상들이 『삼국사기』나 『조선왕조실록』을 기록할 때 사용했던 고문(古文, Classical Chinese)을 구사할 줄 알았다.

사실 풍몽룡뿐 아니라 전통적인 중국의 문인이나 학자들은 태생적으로 다중 언어 구사자여야 했다. 명청 시대라면 관직에 있는 동안에는 북경 방언을 사용하여 대화를 했을 것이며, 편지를 보내거나 공문서를 작성할 때는 고문을 구사했을 것이다. 대체로 근엄한 척하는 문인이라면 기록은 고문으로, 대화는 고향 방언이나 북경 방언으로 해결했을 것이다. 이 고향 방언이나 북경 방언 같은 것들이 표기되고 어느 정도 보편성을 띠면서 우리는 그것을 백화(白話)라고 부르게 되었다. 백화란 단어 자체가 이야기하는 말, 즉 입말이란 의미를 담고 있다.

세계의 모든 언어는 입말이 먼저 성립되고 그걸 표기하는 수단으로서 글자가 뒤따르게 된다. 중국의 고문 역시 성립되는 시점의 입말을 적는 수단이었을 것이다. 그러나 말소리를 그대로 적기보다는 말소리 안에 숨겨져 있는 의미를 적는 쪽을 택한 까닭에 일상 언어에서 점점 멀어지고 마침내 옛날 글이라는 의미의 고문이 되어 버렸다. 그 괴리를 해결하기 위해 등장한 방법 중 하나가 바로 백화다. 백화는 당시의 일상 언어를 나름 편하게 적어 보고

자 하는 목적을 지니고 있었다. 고문을 기록할 때 사용되는 것과 같은 한자를 사용하면서도 당시의 일상 언어를 있는 그대로 최대한 흡수하여 기록하고자 시도한 것이다. 백화와 고문은 기본적으로 어순이나 문장 구조가 다르지 않았다. 중국어가 고대에서 현대까지 이르는 동안 기본적인 어순이나 문장 구조가 획기적으로 변하지 않았으니 이는 당연한 일이다.

일제 강점기에 고향인 제주도를 떠나 서울에서 대학을 다니고, 이어 일본에 몇 년 유학을 다녀온 다음 관직 생활을 하는 사람이 있다고 하자. 그는 고향 친구와 친지를 만나거나 제주도에 들르면 편하게 제주도 사투리로 대화를 했을 것이다. 서울에서 일상생활을 할 때는 아마도 제주도 사투리 억양이 조금은 남아 있는 서울말을 사용하지 않았을까? 그러면서 그는 서울말과 제주도 말이 어순도 같아 별반 다르지 않으나 주로 단어와 억양에서 차이가 많이 난다는 것을 느꼈을 것이다. 그가 일기를 쓴다면 아마도 기본적으로는 서울말을 주로 썼을 것이다. 즉, 그의 일기는 서울말의 글말로 기록되는 것이다. 그러면서도 제주도 친구와 주고받은 대화를 생동감 넘치게 묘사할 때나 고향 제주도의 풍물을 소개하는 대목에서는 제주도 말을 그대로 노출시켜 적었을 것이다. 당시의 시대 상황에 비추어 보면 관직 생활에서의 공문서는 일본어로 작성되었을 것이라는 추정이 가능하다. 그가 일본어로 공문서를 작성할 때 더 편했을지, 서울말로 일기를 쓸 때 더 편했을지는 꼭 짚어 이야기하기 어려울 것이나, 그 상황이 그렇게 곤혹스럽거나 혼란스럽지는 않았을 것이다. 더구나 당시 한국어의 글말은 한자로 적을 수 있는 경우 한자를 노출시켜 쓰는 것이 일 상다반사였으니 한국어와 일본어가 표기 수단으로서의 한자를 공유하고 있다는 점 역시 순기능으로 작용했을 것이다.

풍몽룡의 상황 역시 복합적이었다. 그는 고향 방언, 북경 방언 그리고 고문을 모두 자신의 창작 매체로 활용했다. 민가집을 펴 낼 때는 오 방언 그중에서도 특히 고향 소주를 중심으로 발달한 방언으로 민가를 수록하여 토속적 색채를 돋우었다. 그러나 주 석을 달고 비평하고 서문을 쓸 때는 당시 문단의 관례대로 고문 을 사용했다. 반대로 고문으로 기록된 작품 속에서도 사람들의 대화를 그대로 옮길 필요가 있거나 현장감을 살리고 싶을 때에 는 백화투 문장을 사용했다. 과거 수험서나 지방지 같은 공식 기 록에는 두말할 필요 없이 고문을 사용했다. 『평요전』, 『열국지』, 『유세명언』, 『경세통언』, 『성세항언』 같은 소설에는 기본적으로 북경 방언을 사용했다. 소설 작품에 인용되는 상소문, 포고문 같 은 것은 당연히 고문으로 기록했고, 지방색을 드러내는 민가나 특정 지역의 인물을 묘사하기 위해 방언을 옮겨 올 때는 그 지역 방언을 그대로 노출시켰다.

주 대에 사서삼경 같은 서적의 기록 과정을 통하여 확립되고 진한 대에 이르러 지금과 같은 글자 모양과 문장 구조를 재정립 하고 조정한 것이 바로 고문이다. 중국인들은 이 고문을 마치 법 률가가 법조문을 외우고 적용하듯이 진한 대의 문장을 그대로 외우고 활용하는 것을 이상으로 여겼고, 그 방식으로 공문서를 작성하고, 역사를 기록하고, 시를 짓고, 기행문을 작성하고, 상소문을 쓰고, 제문을 썼다. 진한 대로부터 백 년이 지나고 천 년이 지나 입말은 세월 따라 끊임없이 변하는데 글말은 여전히 그대로인 괴리 현상이 이제 더 이상 손을 쓸 수 없을 정도로 심각해졌다. 양자 사이에 화해의 길이 요원해진 순간 중국인이 택한 방법은 입말은 입말 나름대로 기록하고, 글말(고문)은 글말 나름대로 사용하는 것이었다. 하지만 적어도 90퍼센트가 넘었을 다수의 읽고 쓸 줄 모르는 사람들에게는 어차피 남의 나라 이야기였다.

그저 입말로만 존재하던 백화가 기록되기 시작하고 그것이 문학 창작의 매체로 등장한 시기가 바로 당 대였다. 당 대의 종교 장소이자 사교장이며 문화 서식지였던 사원에서 불경 내용을 풀어 말하는 연예 양식이 등장했고, 이를 본떠 중국의 역사나 일화에서 따온 이야기들을 공연하는 방식(흔히 강창(講唱)이라고 한다.)이 성행했다. 이 전통은 송 대와 원 대에 걸쳐 직업적인 이야기꾼이 등장하여 시장 한구석, 즉 오늘날 한국의 소극장 같은 곳에서 청중들을 모아 놓고 이야기를 들려주면서 돈을 버는 전통으로 계승되었다. 이야기하기가 돈이 되는 세상이 되었으니 옛날의 기록이나 떠도는 일화를 뒤져 멋들어지게 각색하여 공연하려 노력하는 사람들이 많아졌다.

당시 이야기꾼의 공연은 이처럼 나름 인기를 끌고 대중들에게 익숙한 장르로 자리 잡았다. 이에 따라 바로 그 장르적 특징인 '짤막한 도입부를 두어 사람들의 이목 집중시키기 — 본격적인 이야기 전개 — 시나 격언으로 전체를 마무리'하는 방식은 하나의 장르 규범이 되었다. 이는 바로 오늘날 영화관에서 '예고편(혹은 비상 탈출구 소개) — 영화 본편 — 엔딩 크레딧(엔딩 OST)' 형식으로 영화가 상영되는 것과 마찬가지라 할 것이다. 그런데 공연과는 별도로 이 장르 규범을 차용하여 처음부터 새롭게 기록되고 창작된, 읽기를 겨냥한 작품들이 등장한다. 이것이 바로 중국의 백화 소설이다.

『유세명언』 역시 당시의 백화, 특히 북경을 중심으로 하는 북방 표준 서면어로 기록되고 창작된 소설이다. 우리가 잘 알고 있는 사대 기서 가운데 『수호전(水滸傳)』, 『서유기(西遊記)』, 『금병매(金甁梅)』가 모두 백화로 창작되었으니, 명 대에 이르면 소설, 더 넓게는 문학을 대표하는 언어로 백화가 거의 자리를 잡았다 해도 과언이 아니다. 그러나 백화든 고문이든 복잡한 필획의 한자 한 글자 한 글자를 알지 못하면 내용의 이해는 고사하고 읽어 낼 수조차 없었으므로 소설이 백화로 쓰였다 하여 누구나 쉽게 구독하여 볼 수 있는 그런 통속적인 문학은 아니었던 셈이다.[51] 물론 이렇다 하더라도 고문보다는 백화가 쉽게 다가갈 수 있는 대상이었던 것도 사실이다. 누군가가 읽어 준다면 그래도 알아듣기 쉬운 것은 백화 쪽이었다. 이런 이유로 중국의 소설은 자연스럽게 백화를 매체로 선택하게 되었다. 물론 그 백화 소설도 읽기에 만만치 않았고, 구하기도 쉽지 않았고, 무척이나 비싼 게 사실이었다.[52]

---

51 천허재본(天許齋本) 『유세명언』이 상당히 고급스러운 장정이었고, 삽화 40장 또한 지극히 호화롭고 정밀하였다는 언급을 상기하자. 孫楷第, 『中國通俗小說書目』, 人民文學出版社, 1991, 2쇄, 105쪽.

52 1600년경 『봉신연의(封神演義)』의 가격은 은 두 냥 정도로 추정되는데, 18세기에 독선생이 은 두 냥을 벌기 위해서는 일 년 정도를 가르쳐야 했다.(『儒林外史』의

앞에서 언급한 것처럼 중국의 백화 소설이 비록 읽기의 대상이고, 구하기도 쉽지 않았고, 비싸기조차 했으나 그래도 그 태생이 시장, 도시, 공연과 직간접적 관계를 맺고 있었기에 백화 소설의 작가들이 왕후장상보다는 시정잡배의 일상사에 더 관심을 두었던 것 또한 사실이다. 백화 소설의 작가들은 백화 소설이 재미도 있고 쉽게 읽힌다는 주장을 연거푸 늘어놓곤 했다. 『유세명언』의 작가 풍몽룡 역시 백화 소설이 얼마나 재미있고, 그 재미가운데 얼마나 많은 교훈을 주는지를 강변했다. "『논어』, 『맹자』를 읽다가 조는 사람이 얼마나 많은가? 차라리 백화 소설이 몇 배나 더 유익하고 재미있지 않은가?"[53]

이런 탄생의 비밀을 지니고 있는 『유세명언』이기에 이 안에 들어 있는 40편의 작품은 애오라지 보통 사람의 냄새를 물씬 풍긴다. 『유세명언』의 첫 번째 작품 「장흥가가 진주 적삼을 다시 찾다(蔣興哥重會珍珠衫)」는 천지 사방을 떠돌며 장사를 하는 주인공과 그 주인공과 갓 결혼한 아내, 장사를 떠났다가 병에 걸리는 바람에 돌아오기로 약속한 기일을 넘긴 주인공, 그 주인공을 기다리다

제2회를 참고하라.) Wilt L. Idema, *Chinese Vernacular Fiction: The Formative Period*, Leiden: E. J, Brill, 1974, p. LVIII. 참고로 『유림외사』의 원문을 소개한다. "次日, 夏總甲果然替周先生說了, 每年館金十二兩銀子, 每日二分銀子, 在和尙家代飯, 約定燈節後下鄕, 正月二十開館."(주진이 받기로 한 보수는 일 년에 은자 열두 냥이다. 두 냥이든 열두 냥이든 그 자체가 엄청난 금액이라고 하기는 힘들 것이다. 그러나 관리를 제외하면 이 가격은 자신의 수입에 비해 상당히 큰 금액이었을 것이다.)

53 푸른 하늘 서재 주인의 『유세명언』 서문에 나오는 대목이다. 대부분의 연구자들은 이 주인을 풍몽룡으로 추측하는 듯하다.

슬며시 바람이 난 아내, 그 여인과 바람을 피운 또 다른 장사꾼, 그 여인과 장사꾼이 바람을 피우도록 다리를 놔주고 돈을 받아 챙기는 할멈이 서로 뒤얽혀서 만들어 내는 사건이 중심이 된다.

그런데 이 사건의 얽힘은 상당히 억지스럽기조차 하다. 풍몽룡이 이런 억지를 감수한 이유는 무엇일까? 아마도 재미와 더불어 교훈을 백화 소설의 존재 근거로 강조해 왔던 자신의 소신 때문일 것이다. 더구나 현실은 당위를 위해 존재해야 하고 원리를 위해 세상을 바로잡아야 한다고 생각하는 자들이 관계와 문화계를 주름잡고 있는 상황에서 풍몽룡은 바람난 아내와 오쟁이진 남편이 일상의 다반사이며 그렇게 사는 게 인생이라고 말할 수는 없었을 것이다. 그런 모습을 신나게 보여 주다가도 결정적인 순간 그들은 미리 짜인 운명의 틀 안에서 대오각성하고 삼강오륜의 틀 안에 들어오고 그 결과 큰 복을 누리는 것으로 마무리해야 했다. 이것은 바로 풍몽룡 자신의 이중적 자아 때문이기도 하고, 당시를 살아가는 전략이기도 했으며, 대부분의 백화 소설이 창작되고 유통되는 전략이기도 했다. 『유세명언』을 통해서 풍몽룡이 들려주는 17세기 중국인들의 자화상은 이렇게 조금씩 뒤틀린 자화상이다.

3. 오늘, 한국인에게 『유세명언』은 무엇인가?

톨스토이와 도스토예프스키가 아니었다면 내가 제정 러시아에 대해 무엇을 알 수 있었겠는가? 많이 알지는 못했을 것이다. 한 번 들면 끝까지 읽게 되는 패트릭 오브라이언의 오브리 머투린 시리즈를 읽지 않았다면 나폴레옹 시대 영국 해군의 일상에 대하여 내가 무엇을 알았을까? 거의 몰랐을 것이다.[54]

그렇다. 우리는 이야기를 통해서 세계를 인식한다. 시간마저도 이야기를 통해서 인지되고 기억에 저장되고 필요할 때 호출된다. 마치 탐정이 단서들의 퍼즐을 맞춰 사건을 해결해 나가듯이 우리는 우리에게 주어지는 조각난 정보들 사이의 인과 관계를 따라 세계를 이해한다. 우리는 우리의 이야기를 만들어 다른 이야기를 만들어 온 타자와 대화하고 이런 방식으로 세상을 이해한다. 나의 뉴욕은 이야기로 만들어진 뉴욕이다. 텔레비전에서 본 맨해튼의 모습과 영화 『다이 하드』에 비친 몇 개의 장면과 뉴욕 양키스 팀의 야구하는 모습을 담은 영상과 여행사 상품 정보지에 담긴 몇 컷의 사진을 이어 붙여 만들어 낸 이야기가 바로 내가 아는 뉴욕이다. 그렇게 이야기로 만들어지지 못한 것들은 쉬 잊히고 그래서 내 인생에서 의미를 갖지 못한다. 뉴욕은 뉴욕을 알고자 하는 사람의 수만큼 존재한다. 사람들이 아는 뉴욕은 정확한 뉴욕도 없고 맞는 뉴욕도 없다. 그저 자기의 뉴욕이 있을 뿐이다. 어쩌면 뉴욕을 가 보지 않은 사람이 가장 멋진 뉴욕을 그릴 수 있을지도 모른다. 뉴욕에 가 보지 않은 사람은 실재하는 뉴욕과

---

54 조너선 갓셜, 노승영 옮김, 『스토리텔링 애니멀』, 민음사, 2014, 183쪽.

상관없이 자신의 상상력만으로 뉴욕의 이데아를 가장 잘 그려 낼 수 있을 것이다.

이것이 우리가 이야기를 읽는 이유이자 목적이다. 이야기가 없다면 우리는 다양한 삶을 경험해 볼 도리가 없다. 상사에게 대들면 어떤 일이 벌어지는지, 남의 아내를 탐하면 어떤 결과가 초래되는지 알 수 없다. 이야기를 하는 자도 이야기를 듣는 자도 사람이기에 세상에 흘러 다니는 이야기의 태반은 사람 사는 이야기이다. 다른 사람의 이야기를 듣고서야 내가 남과 별반 다르지 않음을 알아차린다. 다른 사람의 이야기를 듣고서야 내가 남하고 별반 다르지 않지만 그래도 다른 구석이 있음도 알게 된다. 남들 사는 모습에서 자신의 모습을 발견하기도 하며, 자신의 위대함과 초라함을 동시에 발견한다. 이렇게 반복되는 과정을 통해 자신의 모습을 반성하고 어떻게 살아야 하는지 고민한다.

태어나고, 마음에 드는 사람을 만나 결혼하고, 아들딸 낳고 살다 죽음을 맞이하는 건 예나 지금이나 마찬가지다. 그러나 태어나는 모습, 남녀가 만나 서로 사랑을 나누는 모습, 결혼하는 모습 등은 또 얼마나 달라졌는가. 같으면서도 다르고 다르면서도 같은 것이 역사 속에 펼쳐지는 우리네 삶이다. 그래서 우리는 축적된 이야기 속에서 역사를 발견하며 아비의 삶에서 나의 모습을 읽어 내고, 그런 과정에서 아비를 연민하기도 하고 증오하기도 하고 어쩔 수 없이 끌어안기도 한다. 어떻게 살아야 하는지, 답 없는 답을 찾아서 헤매야 하는 우리가 그나마 기댈 수 있는 것은 남들이 살아왔고 또 살아가는 이야기들일 것이다. 그렇다면 좀 엉뚱한 구석이 있고 상상력이 기발한 이야기, 얼핏 보기에는 우리와 별로 인연도 없을 것 같은 이야기가 외려 우리를 자극하면서도 우리의 현실을 더욱더 극명하게 비춰 줄지도 모를 일이다. 이런 까닭에 공간적으로는 중국이란 곳을, 시간적으로는 사백여 년 전 명나라 때를 찾아 슬그머니 달아나 보는 것도 재미난 경험이 되지 않을까?

친구와의 의리를 지키기 위해 사랑하는 아내를 버리는 남정네, 구두쇠를 골려 주는 도둑, 기녀와의 애틋한 사랑을 이루는 기름 장수, 장사 떠난 남편을 그리워하다 결국 외간 남자와 정을 통하는 안타까운 여인, 도술을 부려 사악한 귀신을 물리치는 도사, 돈 한 푼 때문에 일어난 살인 사건을 해결하는 판관, 혼백과 사랑에 빠져 육신을 망가뜨린 청년. 이들은 중국의 명 대 단편 소설에 등장하는 다종다양한 인간 군상이다. 이들이 만들어 내는 얽히고 설킨 이야기들은 당시 중국의 이웃이었던 조선인의 감수성을 자극하기도 했다. 이 이야기들은 그들의 이야기이면서 동시에 사람 사는 이야기였기에 조선인들 역시 이 이야기를 통해 자신의 모습을 어렵지 않게 발견해 낼 수 있었다.[55]

이야기가 시공을 넘나들며 전해지고 읽히는 것은 바로 그것을 정리하고 펴낸 자들의 공로 덕이다. 사백 년도 더 지난 중국의 사

---

55 『유세명언』40편 이야기가 묘사하는 세계, 그리고 그 이야기를 지금 우리가 읽는 의미를 설명하는 부분은 예전에 번역자가 삼언의 작품 여덟 편을 골라 번역하여 엮어서 『강물에 버린 사랑』이라는 이름으로 출판할 때 적은 머리말에서 가져왔다. 풍몽룡, 김진곤 옮김, 『강물에 버린 사랑』, 예문서원, 2002, 5~7쪽.

람살이를 오늘날 만나 볼 수 있는 것도 바로 당시 유행하던 이야기들을 창고에서 꺼내고 정리하여 출판한 자의 노고 덕이다. 이런 이야기들을 모아 놓은 풍몽룡의 『유세명언』은 1620년에 중국의 출판사 천허재(天許齋)에서 최초로 출간되었고 그 판본이 지금도 일본의 내각문고(內閣文庫)에 소장되어 있다. 『유세명언』의 본명은 『고금소설유세명언』이었다. 나중에 풍몽룡이 『경세통언』 40편, 『성세항언』 40편을 연이어 출판하면서 이 시리즈는 '삼언(三言)'이라 불리게 된다. 삼언이라는 이름은 이 세 작품집의 이름에 '언'자가 들어 있는 데서 연유한 것이다.[56]

1947년에 왕고로(王古魯)가 일본 내각문고에 소장되어 있는 『유세명언』의 마이크로필름을 가져와 상무인서관(商務印書館)에서 출판한 것이 『유세명언』의 현대식 조판의 출발점이다.[57] 이어서 1958년 인민문학사에서 새롭게 교열하고 주석한 『유세명언』을 출간했다. 이 인민문학사판은 이후 1989년과 1990년에 걸쳐 4판까지 인쇄되지만 기본 판형이 그대로 유지되고 있다. 1993년 강소고적출판사(江蘇古籍出版社)에서 『풍몽룡 전집(馮夢龍全集)』을 출판하면서 삼언을 간행했다. 이 강소고적판은 가급적 원래

---

56 『고금소설』의 출간과 전래 과정에 대해서는 다음을 참고. 孫楷第, 『中國通俗小說書目』, 人民文學出版社, 1991, 2쇄, 105쪽. 江蘇省社會科學院 編, 『中國通俗小說總目提要』, 中國文聯出版公司, 1991, 2쇄, 184쪽. 大塚秀高, 『增補中國通俗小說書目』, 汲古書院, 1987, 9쪽. 陸樹侖, 「三言的版本及其他」, 『馮夢龍散論』, 上海古籍出版社, 1993, 10~22쪽. 손해제는 이 천허재본(天許齋本)을 초간본으로 인정하고 있다.

57 許政揚, 『喩世明言·前言』, 人民文學出版社, 1987, 15~16쪽.

의 면모를 그대로 유지하고자 세로쓰기와 번체자를 채택하고 있어서 고전의 간체자 출간에서 벌어질 수 있는 고유 명사 표기상의 문제점 같은 것을 해결했다. 삼언의 판본 역사는 1620년에서 1627년에 걸친 초간본의 시대, 명청 대의 복각본과 통행본의 유행 시대, 1940년대 이후의 현대식 조판의 시대, 이렇게 세 시기로 구분할 수 있다.

　다양한 판본이 존재하는 작품의 경우 번역자는 자신이 여러 판본을 집대성하여 하나의 판본을 구성해 내고 그것을 번역하고자 하는 유혹을 느낄 수도 있을 것이다. 그러나 이렇게 번역자에 의하여 만들어진 번역의 저본은 번역자에 의하여 새롭게 만들어진 판본이라고 해야 할 것이다. 번역자는 자신이 참고한 판본의 원래 모습을 그대로 보존하면서 자신이 번역자로서 개입한 흔적을 어떤 형태로라도 표현해 내는 의무를 부과받은 존재이다. 우리가 듣는 교향악이 악보가 아니라 누군가에 의해 연주된 실황 그 자체이거나 녹음된 것이듯이 작품의 번역 역시 종합 판본이 아니라 특정 판본이어야 한다. 『유세명언』의 번역 역시 예외일 수 없다. 나는 1993년 강소고적출판사에서 펴낸 『풍몽룡 전집』에 수록된 『유세명언』을 텍스트 삼아 그대로 완역했다.

　마지막으로 서양의 『유세명언』 번역사를 간단하게 조망하고자 한다. 범위를 넓혀 삼언까지 확장하면 1735년 프랑스 예수회 교단의 학자였던 장바티스트 뒤 알드(Jean-Baptiste Du Halde, 1674~1743)가 『경세통언』 제2편 「장자가 밥그릇을 두드리며 대오각성하다(莊子休鼓盆成大道)」와 『경세통언』 제5편 「여대랑이 은

자를 돌려주고 가족과 재회하다(呂大郞還金完骨肉)」를 프랑스어로 옮겨 자신의 중국 소개서에 실은 이후,[58] 이 프랑스어 번역본이 존 와트(John Watt)에 의하여 영어로 중역되고, 1738년에서 1741년에 걸쳐 에드워드 케이브(Edward Cave)에 의하여 한 번 더 영역됨으로써 서양에 소개되기 시작했다고 한다.[59] 이처럼 이미 1900년대 이전부터 꾸준히 진행되어 온 영어 번역 작업의 결과 『유세명언』 열다섯 작품이 번역되기에 이른다.

삼언을 영어로 번역하고자 하는 노력은 2000년부터 십 년 세월을 두고 마침내 결실을 맺는다. 2000년, 미국 메인주 소재 베이츠 칼리지(Bates College)에서 교수로 재직하던 양수후이(Yang Shuhui)가 양윈친(Yang Yunqin)과 함께 『유세명언』을 영어로 번역

---

58 장바티스트 뒤 알드(1674~1743)는 예수회 교단의 학자이다. 그는 예수회 교단에서 파송한 선교사들이 보내온 리포트와 서신을 바탕으로 1735년에 다음의 중국 개황서를 출간하였다. *Description géographique, historique, chronologique, politique et physique de Irie chinoise*(Paris: P. G. Lemercier 1735). 이 책은 이듬해인 1736년에 네덜란드에서도 출간되었다. 중국을 중심으로 티베트, 타타르 그리고 한국의 문화, 종교, 지리를 설명하고 있다. 볼테르에 따르면 뒤 알드는 중국에 가 보지도 않았으며 중국어를 할 줄도 몰랐다고 한다. 2차 세계 대전 직후 루스 베네딕트의 일본에 대한 인류학 연구서 『국화와 칼』이 집필되고 출간되는 과정을 연상하게도 하며, 중국 근대의 걸출한 서양서 번역가 옌푸(嚴復)가 서양어를 구사할 줄 몰랐으되, 서양어를 구사할 줄 아는 자들과 협업하여 수많은 서양의 학술사상서를 번역해 낸 과정을 연상하게 한다. http://en.wikipedia.org/wiki/Jean-Baptiste_Du_Halde. http://www.univie.ac.at/Geschichte/China-Bibliographie/blog/2010/06/17/du-halde-1735/.
59 許恬寧, 臺灣師範大學翻譯研究所碩士論文, 『話本文體英譯研究: 以三言杜十娘怒沈百寶箱爲例』, 2008, 3쪽.

하여 *Stories Old and New*라는 이름으로 워싱턴 대학 출판부에서 출간했다. 녹천관 주인이 쓴 서문의 번역, 열 개의 삽화, 열세 쪽에 달하는 역자의 해제 그리고 825쪽에 달하는 번역과 역주로 이루어진 이 번역본의 탄생은 독자에게 삼언의 완역을 기대하게 만들었다.

이 두 번역자는 2005년에 『경세통언』을 *Stories to Caution the World*라는 이름으로, 2009년에 『성세항언』을 *Stories to Awaken the World*라는 이름으로 영어로 번역, 출간하여 십 년에 걸친 삼언 영어 번역의 대장정을 마무리해 냈다. 21세기 이전에도 이미 『유세명언』 열다섯 작품, 『성세항언』 열아홉 작품, 『경세통언』 열여섯 작품 이렇게 총 오십 작품이 번역 완료된 바 있다.[60] 120작품과 50작품의 차이는 크다. 그러나 1735년에서 2009년까지, 270년이 넘는 세월 동안 삼언의 영어 번역 단행본만 해도 십수 종이 나왔던 축적의 과정이 없었더라면 120이라는 수치에는 도달하지 못했을 것이다.

우리 선조들 역시 삼언을 읽고 번역해 왔을 것이다. 이제 나부터 우리 조상의 흔적을 찾고 복원해야겠다. 나는 지금까지의 번

---

60 이 가운데 특히 『성세항언』 제33편에 수록되어 있는 「십오관희언성교화(十五貫戲言成巧禍)」의 경우 『경본통속소설』에 「착참최녕(錯斬崔寧)」으로 실려 전한 이래로, 그 위작 여부에 관계없이 문제작으로 꾸준히 언급되어 온바 무려 다섯 차례에 걸쳐 영어로 번역되어 영어권 독자들에게 서로 다른 풍미를 제공했다. 아울러 『경세통언』 제32편에 수록되어 있는 「두십낭노침백보상(杜十娘怒沉百寶箱)」은 네 차례나 번역되었고 그 작품의 번역 제목을 번역집의 표제로 삼을 정도로 서양에 널리 알려졌다.

역 과정에서 조상들의 축적을 제대로 살피지 못했다. 하늘 아래 새로운 일이 없고 평지돌출이 없다는데, 번역을 이렇게 마감하려니 곤혹스럽다. 『성세항언』과 『경세통언』으로 이어지는 번역의 과정에서는 이 점을 특히 보충하고 싶다. 아직 가야 할 길이 멀다.

김진곤

옮긴이 김진곤

1996년 서울대학교 중문과 대학원에서 『송원평화연구(宋元平話硏究)』로 박사 학위를 취득했다. 중국 역사 서사의 유형과 특질에 관심이 많으며, 중국 고전 서사를 우리말로 옮겨 우리 삶에 재미와 자양분을 공급하는 작업을 하고 있다. 『중국 고전문학의 전통』, 『이야기, 小說, Novel』, 『강물에 버린 사랑』, 『중국백화소설』, 『도교사』, 『그림과 공연－중국의 그림 구연과 그 인도 기원』 등의 저서와 역서를 발표했다. 현재 한밭대학교 중국어과 교수로 재직 중이다.

유세명언 3

1판 1쇄 찍음 2020년 12월 24일
1판 1쇄 펴냄 2020년 12월 30일

지은이   풍몽룡
옮긴이   김진곤
발행인   박근섭, 박상준
펴낸곳   (주)민음사

출판등록 1966. 5. 19. (제16-490호)
주소   서울시 강남구 도산대로1길 62
          강남출판문화센터 5층 (06027)
대표전화 02-515-2000－팩시밀리 02-515-2007

www.minumsa.com

ⓒ김진곤, 2020. Printed in Seoul, Korea

ISBN   978-89-374-2034-4 04820
          978-89-374-2031-3 04820(세트)

* 잘못 만들어진 책은 구입처에서 교환해 드립니다.